王向远文学史书系
Literary History Book Series by Wang Xiangyuan

# 东方文学译介与研究史

王向远 著

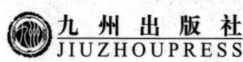
九州出版社
JIUZHOUPRESS

图书在版编目（CIP）数据

东方文学译介与研究史 / 王向远著. -- 北京：九州出版社，2021.7

ISBN 978－7－5225－0151－2

Ⅰ.①东… Ⅱ.①王… Ⅲ.①文学研究—东方国家 Ⅳ.①I106

中国版本图书馆 CIP 数据核字（2021）第 113717 号

## 东方文学译介与研究史

| | |
|---|---|
| 作　　者 | 王向远　著 |
| 责任编辑 | 周弘博 |
| 出版发行 | 九州出版社 |
| 地　　址 | 北京市西城区阜外大街甲 35 号（100037） |
| 发行电话 | （010）68992190/3/5/6 |
| 网　　址 | www.jiuzhoupress.com |
| 印　　刷 | 三河市华东印刷有限公司 |
| 开　　本 | 710 毫米×1000 毫米　16 开 |
| 印　　张 | 30 |
| 字　　数 | 415 千字 |
| 版　　次 | 2021 年 9 月第 1 版 |
| 印　　次 | 2021 年 9 月第 1 次印刷 |
| 书　　号 | ISBN 978－7－5225－0151－2 |
| 定　　价 | 99.00 元 |

★版权所有　侵权必究★

# 本书内容简介

  本书是第一部关于东方文学在中国的译介与传播史的研究著作，采用历史文献学与比较文学的方法，将翻译文学史、学术研究史结合起来，系统地梳理了20世纪一百年间东方各国文学在中国译介与传播的历史，对东方文学译介与研究的重要成果做了评述总结，并在书后附录《20世纪中国的东方文学研究论文编目》作为正文的补充与延伸，从而较为完整地呈现了这一领域的知识系统。本书对于东方学、比较文学与世界文学的学科建设，对于促进中国文学与东方文学、世界文学的交流，对于指导读者阅读东方文学译本，都有一定的参考价值。

  本书第一版题名为《东方文学各国文学在中国——译介与研究史述论》，于2001年列入《比较文学与世界文学学科建设丛书》，由江西教育出版社出版，2007年改题为《东方文学译介与研究史》，收于《王向远著作集》第二卷，由宁夏人民出版社出版精装、平装两种版本。现对旧版中的差错予以订正，补充更新历史人物卒年等信息，作为第三版，收于《王向远文学史书系》。

# 目录
CONTENTS

前　言 ································································· 1

**第一章　印度及南亚、东南亚各国文学在中国** ·············· 1

第一节　对印度文学史的研究 ································· 1
　一、研究印度文学史的困难性与重要性 ··················· 1
　二、两种《印度文学》 ········································ 3
　三、梵语与印地语文学专史 ································· 8
　四、综合性多语种印度文学史 ······························ 12

第二节　佛经文学的翻译 ········································ 15
　一、佛教东传与我国佛经翻译文学 ························ 15
　二、汉译佛本生故事与佛传故事 ··························· 17
　三、汉译譬喻文学 ············································· 20
　四、《法华经》与《维摩诘经》 ···························· 23
　五、对佛经文学翻译的理论与方法的探讨 ··············· 25

第三节　印度两大史诗的译介 ·································· 29
　一、对两大史诗的初步译介 ································· 29
　二、《罗摩衍那》的翻译与研究 ···························· 33
　三、《摩诃婆罗多》的翻译 ·································· 36

第四节　古典梵语诗剧、诗歌与诗学的译介 ·········· 40
　一、对《沙恭达罗》等古典诗剧的翻译与研究 ·········· 40
　二、对古典诗歌的翻译与研究 ·········· 47
　三、对古代诗学理论的译介与研究 ·········· 51

第五节　泰戈尔的译介 ·········· 54
　一、1920年代前半期：译介的第一次高潮 ·········· 55
　二、1950年代：译介的第二次高潮 ·········· 61
　三、1980—1990年代：译介的第三次高潮 ·········· 64

第六节　对普列姆昌德等现代作家的译介 ·········· 69
　一、1950年代对普列姆昌德的译介 ·········· 70
　二、改革开放后对普列姆昌德的译介 ·········· 73
　三、对萨拉特、钱达尔和安纳德等作家的译介 ·········· 77

第七节　对南亚、东南亚其他国家文学的译介 ·········· 84
　一、对巴基斯坦、孟加拉、斯里兰卡等南亚诸国文学的译介 ·········· 84
　二、对东南亚各国文学的译介 ·········· 86

## 第二章　中东各国文学在中国 ·········· 97

第一节　古巴比伦文学及《吉尔伽美什》的译介 ·········· 97

第二节　犹太文学及《希伯来圣经》的译介 ·········· 101
　一、对《希伯来圣经》及犹太文学的翻译 ·········· 101
　二、对犹太文学的评论与研究 ·········· 108

第三节　波斯古典文学的译介 ·········· 112
　一、1980年代前对波斯文学的译介 ·········· 112
　二、1980—1990年代对波斯文学的译介 ·········· 116

第四节　阿拉伯文学的译介 ·········· 120
　一、对阿拉伯文学史的介绍与研究 ·········· 120
　二、《古兰经》的翻译 ·········· 125

三、《一千零一夜》的译介 130
　　四、对其他古典名作的译介 137
　第五节　对阿拉伯—伊斯兰各国现代文学的译介 141
　　一、对埃及、黎巴嫩、土耳其等中东各国现代文学的译介 141
　　二、对纪伯伦的译介 146
　　三、对纳吉布·马哈福兹的译介 152

## 第三章　日本及东亚各国文学在中国 157
　第一节　对日本文学史的介绍与研究 157
　　一、20世纪上半期的日本文学史介绍与研究 157
　　二、20世纪下半期的日本文学史研究 160
　第二节　日本古典文学的译介 164
　　一、和歌、俳句的译介 164
　　二、《源氏物语》等古典散文文学的译介 170
　　三、古典戏剧文学的译介 178
　　四、市井小说的译介 181
　第三节　日本近代文学的译介 186
　　一、对19世纪后半期作家作品的译介 186
　　二、自然主义文学的译介 195
　　三、白桦派人道主义文学的译介 198
　　四、唯美主义文学的译介 205
　　五、新理智派文学的译介 212
　第四节　夏目漱石的译介 221
　　一、1920—1930年代夏目漱石的译介 222
　　二、1950年代对《我是猫》的译介 226
　　三、1980—1990年代对漱石后期作品的译介 229
　第五节　日本现当代文学的译介 235

一、左翼文学的译介……………………………………………… 235
　二、现代派文学的译介…………………………………………… 240
　三、井上靖历史小说的译介……………………………………… 243
　四、社会小说、家庭小说、经济小说的译介…………………… 246
　五、青春小说、爱情小说的译介………………………………… 251
　六、推理小说的译介……………………………………………… 255
　七、儿童文学、民间文学的译介………………………………… 258
第六节　川端康成、三岛由纪夫的译介…………………………… 262
　一、川端康成的译介……………………………………………… 262
　二、对三岛由纪夫的译介………………………………………… 270
第七节　对朝鲜—韩国文学的译介………………………………… 276
　一、古典文学的译介……………………………………………… 276
　二、现代文学的译介……………………………………………… 281
　三、对朝鲜—韩国文学的评论及文学史的研究………………… 285
第八节　对蒙古、越南文学的译介………………………………… 290
　一、蒙古文学的译介……………………………………………… 290
　二、越南文学的译介……………………………………………… 294

## 第四章　从国别文学研究到总体文学研究……………………… **299**
第一节　东方文学总体研究与学科成立…………………………… 299
第二节　东方文学研究中的问题与前景…………………………… 308

## 附录　20世纪中国的东方文学研究论文编目…………………… 313
## 初版后记………………………………………………………… 461
## 卷末说明与志谢………………………………………………… 464

# 前　言

　　我国对东方各国文学的翻译、评论和研究，已经拥有上千年的历史，取得了可观的成绩。早在东汉末期，我国就开始翻译印度的佛经文学，至唐代达到极盛。对佛经文学的翻译，是我国翻译文学的肇始，也是我国东方文学译介的开端。印度的佛经文学、民间文学对我国的小说、戏曲、诗歌、民间文学等的巨大影响，已是文学史上人所共知的事实。在20世纪的一百年间，我国对东方文学的译介从印度佛经文学向东方各国纯文学转移，对印度等南亚各国，日本、朝鲜等东亚、东南亚各国，阿拉伯、波斯及中东各国文学的翻译、评论和研究，进入了空前繁荣时期。粗略地统计，在20世纪的一百年间，我国出版的东方各国文学的单行本的中文译本（含复译本），就多达四千余种。其中日本文学的译本最多，达两千余种；印度文学居第二位，近五百种；阿拉伯—伊斯兰及其他中东各国文学的译本居第三位，共二百来种，如果算上《一千零一夜》的各种改编、改写本，则有四百来种；其他东方国家，如蒙古、朝鲜等东亚各国和越南、印尼、泰国等东南亚各国及巴基斯坦、斯里兰卡等南亚国家文学的译本也有二百来种。20世纪以来，东方各国文学对中国文学产生了种种影响，如阿拉伯的《一千零一夜》，印度的泰戈尔，日本近现代作家夏目漱石、芥川龙之介、日本左翼文学及当代作家川端康成等，都对中国文学产生了很大的影响。在评论和研究方面，一百年间，我国学者发表的有关东方文学（不含有关中国文学与东方文学的比较研究）的研究论文有四千多篇。其中，1904年至1980年近80年间，平均每年发表约15篇；1980年至2000年的20年间，平均每年发表130多篇。1980年以来，出版的各种东方各国文学研究方面的教科书、专著等已有近百种。其中，有关东方文学史类的东方文学总体研究的著作和教材，也有三十来种。近二十年来我国一些大学的外语院系，如北京大学、北京外国语大学、延边大学、上海外国语大学等，都建立了东方国别文学（如印度文学、日本文学、朝鲜文学、阿拉伯文学等）的硕士和博士学科点；在有关大学（如北京师范大学等）的中文系的比较文学与世界文学学科，可以培养东方总体文学研究和东方比较文学研究的硕士、博士。在学术研究、学科教学和人才培养方面，都取得了可观的成绩。

由此可见，在我国，东方文学作为外国文学中与西方（欧美）文学相并列的一个重要组成部分，作为一个知识部门，作为一个阅读、评论和研究的领域，作为一个学科，已经形成并具备了相当的基础和规模。但是我们对这个学科的发展演变的历史却没有总结，没有书写。迄今为止我国还没有一部东方文学学科史方面的专门著作。

本书就是为了适应我国东方文学及东方比较文学学术研究和学科发展的需要而撰写的。作为第一部中国的东方文学学科史，本书试图采用历史学和比较文学相结合的方法，立足于中国文化和文学，把"东方文学"作为研究和陈述的大语境，全面、系统而又有重点地梳理东方各国文学在中国的译介和评论研究的历史。

本书的题目是《东方各国文学在中国》。这里所谓的"东方各国"，所指涉的范围是亚洲和非洲北部各国。它由源远流长的三大文化区域构成：一是传统上以中国为中心的东亚文化区域；二是传统上以印度为中心的南亚、东南亚文化区域；三是以阿拉伯—伊斯兰文化为主体，包括犹太文化、波斯文化在内的中东（包括西亚、中亚和北非地区）文化区域。从这样的文化区域的界定出发，本书的前三章分别研究三大文化区域各国文学在中国的译介、传播和接受情况。第四章则由分到合，评述我国在国别文学基础上的东方总体文学的研究。

《东方各国文学在中国》中所谓"在中国"，指的是东方文学在中国的传播。它包含两部分内容：一是中国的东方文学翻译或称译介的情况，一是东方文学评论和研究的情况。中国的东方文学的译介，是中国翻译文学史的一个重要组成部分；研究中国的东方文学的译介，实际上就是书写中国翻译文学史中的一个重要篇章。而对东方文学的评论与研究，则是建立在对东方文学的翻译基础上的，它体现着中国人对外来文学的独特的感受、认知、理解、评价和判断。翻译与评论研究两个方面的内容是一个有机整体，共同构成了东方文学在我国的传播和接受的历史，构成了中国的东方文学学科的历史。因此，《东方各国文学在中国》这个课题，既是对我国的东方文学学科史的研究，也是对中国的翻译文学史和对中国与东方各国的文学、文化交流史的研究，因而本质上也是一种比较文学的研究。

《东方各国文学在中国》，既要研究东方各国文学在中国的译介情况，又要评述中国对东方各国文学的评论与研究情况，涉及的范围和论题很广。在一本篇幅不算太大的著作中对此加以论述与研究，只能是概略的。因此，本书相应地采取了史实概述与学术评论相结合的形式，并加上了一个副标题——"译介与研究史述论"。对这个领域的进一步全面、深入和缜密的研究，还有待于后来者。

# 第一章 印度及南亚、东南亚各国文学在中国

在古代几千年间，以印度为中心形成了南亚、东南亚区域文学，并对中国文学产生了一定影响。到了近代，印度及南亚、东南亚各国大都成为西方列强的殖民地，文学上也具有大体相同相似的创作主题与题材。印度文学是我国最早译介的外国文学，对印度文学的翻译与研究，形成我国翻译文学与外国文学研究中的一种独具特色的学术传统。

## 第一节 对印度文学史的研究

### 一、研究印度文学史的困难性与重要性

研究印度文学史，比起研究其他国家或民族的文学史，有着两个特殊的困难。困难之一，就是印度古来无"史"。由于宗教文化特别发达，神话传说取代了历史学的功能，印度人对所崇拜的神及神化了的帝王将相的生平事迹，极尽想象和渲染，敷演出汗牛充栋的数不清的神话传说，并且信以为真，却视世俗层面的现实生活为虚幻不可靠，极力超越、解脱，根本不曾考虑记事为实、条缕为史。因此，作为世界四大文明古国的印度，

却没有一部严格可信的历史学著作。这一点和中国文化、希腊文化形成了鲜明的对照。直到近代，才有欧洲学者在考古、考证的基础上，参考古代中国及欧洲有关印度的记载，最先为印度人整理出"历史"来。而研究和撰写文学史著作也是18世纪以来西方人学术研究、文学研究的一种常用方式。据说印度最早的文学史也是西方学者写出来的。

现代中国人研究印度文学史的困难之二在语言。公元10世纪以后，由于外来文化的冲击和印度社会自身的变化，作为宗教祭祀和学术语言而在几千年中被广泛运用的梵语，在印度逐渐式微，各地方语言随之逐渐流行。如北部地区的乌尔都语、旁遮普语、信德语、克什米尔语，中北部地区的印地语、孟加拉语、奥里萨语、阿萨姆语、马拉提语、古吉拉特语，南部地区的泰米尔语、卡纳达语、泰卢固语、马拉雅拉姆语等。这些形形色色的语言，不是人们所想象的一般意义上的方言。它们之间虽有相互的影响，但差异颇大，有些甚至属于不同语系。印度成为英国的殖民地以来，英语又在文化水平较高的人群中间流行。在这种情况下，印度独立后的宪法不得不兼顾各方要求，将上述16种语言（包括英语）都确定为法定语言。一个统一的国家竟有这么多不同的法定语言，这在全世界都是独一无二的。这种情况也给外国人学习印度的语言带来了很大的麻烦。近代以来，中国不少有识之士都关注印度，有的希望借鉴印度沦为殖民地的"亡国"教训，有的寄希望于"佛教救国"，有的试图复兴包括中国和印度在内的东方文化。他们都希望更多、更深入地了解印度，但都碰上了语言的屏障。近代著名文化人中，除章太炎、苏曼殊、许地山等极少数学者懂一些梵文之外，懂印度语言的人很少。当年鲁迅与周作人在日本留学，曾打算跟章太炎学习梵语，但上了几次课，便知难而退；康有为曾西游印度，并著有《印度游记》，但他并不懂印度语言。梁启超对佛教和印度文化很感兴趣，写了不少这方面的文章，但他也不懂印度语言。对此状况，梁启超在1920年曾感慨地写道："隋唐以降，寺刹遍地，梵僧来仪，先后接踵，国中名宿，通梵者亦正不乏，何故不以梵语，泐为僧课？而乃始终乞灵于译本，致使今日国中，无一梵籍，欲治此业，乃藉欧师，耻莫甚焉。"直到1930年代后，还是有少数学者，如陈寅恪、季羡林等，"藉欧师"学习梵语，并成为现代中国研究印度文化与文学的中坚力量。1949年后，北京大学设立了印度语言文学专业，培养了梵语、印地语、乌尔都语的专门人才，但一般每人只通晓其中一种语言。

尽管了解印度文学有着这些特殊的困难，但我国学者深知印度文学在世界文学中的重要地位及其与我国文学的密切关系。在过去上千年中唯一对中国文学产生很大影响的外国文学只有印度文学。中国古典文学博大精深，并且泽被周边诸国，但自东汉以来的上千年间却持续不断地接受印度文化与文学的影响。这足以表明印度古典文化与文学的巨大魅力，并足以激起现代中国人了解印度文学的冲动。而治中国文学史的学者，假如没有印度文学史的知识，就会对中国文学中的许多问题，如印度佛教对中国文学的影响问题、中国古代的翻译文学问题、印度声韵学与中国诗歌韵律的问题、梵剧与中国戏剧的起源问题、中国志怪神魔小说与佛经故事问题，乃至于中国现代史上东西方文化优劣问题的论战与印度诗圣泰戈尔访华、泰戈尔与中国现代"小诗"的形成等等问题，不可能有深入的理解和把握。正因为如此，在中国现代文学史上，学习西方文学（还有东方的日本文学）固然是时代大潮流，但不少学者和文学家们并没有忘记和忽视印度文学。

## 二、两种《印度文学》

而要系统地阐述印度文学，要广泛、全面地发表对于印度文学的看法，就必然要使用"印度文学史"这种著作形式。

于是，到了1930年，这样的著作出现了，那就是许地山的《印度文学》。

许地山（1893—1941年）的《印度文学》，由上海商务印书馆1930年初次出版发行，鉴于它填补了空白，在当时的学术界影响较大，于

1931年和1945年两次再版。这本书虽然不称为"印度文学史",但它其实是一本系统叙述从古代到近代印度文学发展进程的文学史著作。之所以不称"史",也许是因为该书在资料和篇幅上还没有达到足够的规模(全书只有65000字),我们可以把它看成是印度文学史的概论。这部书在我国的印度文学史研究中的地位,是由它的开拓性所决定的。首先,在印度文学史的分期上,它做了这样的划分:

第一期　吠陀文学或尊圣文学
1. 颂　2. 净行书或奥义书　3. 经书
第二期　非圣文学
1. 佛教文学　2. 耆那教文学
第三期　雅语文学
1. 科学　2. 赋体诗与往世书　3. 寓言与戏剧
4. 兴体诗　5. 佛教文学
第四期　近代文学
1. 雅语　2. 俗语与外国语

这是一个简明扼要而又切实可行的划分方法。鉴于印度历史从朝代更替到作家生平等许多都是一笔糊涂账,而文学作品大都不是作家个人的创作,而是逐渐累积、长期形成的,因此很难用具体的时间和空间的坐标来将作品定位。像中国文学史著作那样按朝代更替来作为划分印度文学史的根据,是不可行的。因此,只能将时间相对模糊化,大体按作品先后顺序及作品的类型来分期。许地山的《印度文学》的这种文学史划分法,对后来的同类著作产生了很大的影响。1945年出版的柳无忌的《印度文学》,乃至当代金克木的《梵语文学史》,都大体沿用了这样的方式。

许著《印度文学》作为第一部印度文学史的著作,其中必然涉及印度文学史的许多专门名词和术语的汉译问题。此前,我国历代翻译家们曾翻译了大量的佛教典籍，有些名词的翻译已经固定化，许著《印度文学》采用了不少这样的译词。但佛教文学之外的印度文学术语、名词，在没有译词可以借鉴的情况下，他不得不自行译出。这些名词术语的翻译，有不少为后来的学者所袭用，产生了很大的影响。如，许地山还将四部《吠陀》本集分别意译为《赞颂明论本集》《歌咏明论本集》《祭祀明论本集》《禳灾明论本集》。这里的"明"字，取汉译佛教典籍的含义，即许地山所解释的"知识"，这种意译使人望名会义，堪称巧妙。后来，有些学者（如柳无忌）仍然袭用许地山的这些译名。此外，《往世书》《五卷书》等作品译名，以及两大史诗中的人名，如罗摩、悉多、难敌、坚阵（战）、广博等，也是由他首次译出，并被后人延用或部分延用。还有一些名词，许地山使用了汉语文学中的相关名词来移译。例如，他把《吠陀》中的颂神的抒情诗，统称为"颂"；把"雅语文学"时期的抒情诗称为"兴体诗"，把叙事诗比作"赋体诗"。虽不尽恰切，但对于帮助我国读者理解印度文学是不无助益的。不过，在对印度文学中一些重要体裁样式的表述方面，也有不够到位的地方。例如，把吠陀文学称为"尊圣文学"，而把佛教文学和耆那教文学称为"非圣文学"。为什么这么界定，作者也没有交待。他似乎是想说明：吠陀文学属于正统的吠陀教——婆罗门教，而佛教文学和耆那教文学都是反正统的，也就是"非圣"的。但这样区分显然有问题：吠陀教有吠陀教的"圣"，佛教和耆那教也有佛教、耆那教的"圣"，何况佛教、耆那教的兴起晚于吠陀教上千年，所谓"尊圣"和"非圣"也就没有同一时间段上的对应性了。另外，在对《摩诃婆罗多》和《罗摩衍那》的体裁性质的表述上也有些问题。从体裁上看，这两部作品是"史诗"。虽作"史诗"（epis）这个词来自西文，在印度和中国的传统文学中没有这个概念，但《摩诃婆罗多》和《罗摩衍那》与希腊的荷马史诗完全同类，这在现在来说已是常识。但由于当时研究状况的局限，许地山对两部作品，并没有"史诗"的明确意识，在《印度文学》中，甚至没有使用"史诗"这个词，而是分别使用"如是所说往世书"和"钦定诗"这两个概念来表述《摩诃婆罗多》和《罗摩衍那》的体裁性质。许地山是这样表述的:"我们可以把印度的赋体诗分为两类,一类是《如是所说往世书》(Itihasa-Puranas),一类是诗或钦定诗(Kavyas)。如是所说与我国古赋底体裁很相同,但在印度文学里,这个名词兼指历史、小说、寓言等作品而言。"他把《摩诃婆罗多》划归为"如是所说往世书"这一类。又说:之所以把《罗摩衍那》称为"钦定诗",是"因为这类诗的作者多半是与朝廷有关系的人,所以也名为'钦定诗'或'大诗'"。这里使用的似乎是印度固有的概念,但现在看来,"钦定诗"的说法并不确切。一是因为《罗摩衍那》原本是在民间神话传说的基础上经无数文人整理加工,在很长的历史时期内逐渐成形的,很难断言"钦定";二是如果说"钦定",印度的宫廷文学都可以说是"钦定",并非只有《罗摩衍那》如此。由此可见,不从"史诗"的角度来认识《摩诃婆罗多》和《罗摩衍那》这两部作品,就难以把握它们的根本性质。当然,作为中文版本印度文学史的开山著作,这些局限也是难免的,不好苛求作者。

许著《印度文学》之后的第二部印度文学史著作是柳无忌的《印度文学》。柳著《印度文学》1945年2月由重庆中国文化服务社出版,5月重印,1982年由台北联经出版事业公司修订再版。可见这部书的影响范围之大,时间之长。全书约14万字,在篇幅上是许著的两倍多。柳无忌是学西洋文学出身的人,印度文学并非他的专攻。据作者在联经版的"后记"中说:他之所以写这部书,是因为1920年在清华大学随父亲研究苏曼殊,是苏曼殊所翻译的有关印度的诗歌引导他"神往印度文学";其次是对泰戈尔的敬慕,由"对于这位近代印度诗人的敬慕,扩展到对古代印度文学的憧憬",便下决心探寻印度文学中珍贵的宝藏。在资料来源方面,作者大量吸收了有关印度文学研究的英文材料,这从书后所胪列的18种英文书目便可看出。同时,也受到了许地山《印度文学》的多方面的启发和影响。书中多次征引许著中的观点和材料,许多译名也采自许著,同时在许著的基础上又有所突破和完善。例如,在《摩诃婆罗多》和《罗摩衍那》两部作品中,柳著虽然沿用了许地山的"钦定诗""如是所说往世书"之类的提法,但他明确把《摩诃婆罗多》和《罗摩衍那》作为"史诗"来看待,并论述了它们作为"史诗"的文学特征。再如近代文学部分,柳著大大地拓展了论述的范围。对于泰戈尔,许著只有二三百字的篇幅,而柳著则作为全书的重点,着墨最多。柳著对于孟加拉短命女诗人陀露哆(1856—1874年)高度重视,用单章的篇幅专门讲述,这似乎是受了苏曼殊的影响。陀露哆是苏曼殊所译介的为数不多的近代印度诗人之一,也是柳无忌通过苏曼殊的译文最早接触的印度诗人之一。但是现在看来,陀露哆在印度文学史上的地位并不像她在柳著《印度文学》中那么高。也许是因为如此,后来出版的印度文学史著作甚至连陀露哆的名字都找不到了。在最后一章《印度独立前后的文坛》中,柳无忌认为印度独立前后出现了三位杰出的作家,那就是乌尔都语诗人伊克巴(今译伊克巴尔)、英语诗人奈都夫人、以乌尔都语和印地语双语写作的小说家普雷姜德(今译普列姆昌德)。这种看法是颇有见地的。

在研究与写作方法上,正如作者自己所说:"本书的写作,侧重古印度文学的每一门的一、二部代表作品。及近代印度文学的两位代表作家以为论述的中心,详细评介,而并非史的、综合的、概括的平行的叙述。"话是这么说,但全书还是以历史为经,以重点作家作品为纬的。它删繁就简,将头绪纷繁、内容庞杂的印度文学加以筛选和简化,用史的线索将重点作家作品的评述串连起来。它虽然还算不上是翔实的印度文学史,但起码也要算是一本印度文学史的简编了。全书简明扼要,字里行间充满了对印度文学的热爱之情,富有感染力。从框架结构到行文叙述都极为清晰明白,对于初学印度文学的读者尤其有益。在印度文学史时期的划分上,柳著在许著的基础上,进一步将印度文学史的划分加以简化。许地山将印度文学史划分为四个时期,而柳无忌则把三千年来的印度文学史分为三大时期,即吠陀文学时期、雅语文学时期、近代的白话地方文学时期。作者解释说:"第一为吠陀文学,约自西元前十世纪至西元后一世纪,这一千多年的文学完全是宗教文学。第二期始于西元一世纪,以迄西元十二世纪回教徒入侵之时,可称为雅语文学";而12世纪以后,"在印度文学史上是一个较为黑暗的时代,一直到西元十六世纪后,近代的白话地方文学渐渐兴起……"。这样的三分法固然将印度文学史简明化了,但也造成了许多不该有的遗漏。如,在印度文学史上占重要地位的佛教文学,被排除在外了。虽然作者在讲述《五卷书》的时候简单地交待了印度的民间文学,但民间文学并不等同于佛教文学。他一方面承认佛教文学非常丰富,但又认为佛教文学中"极少抒情的纯文学作品,说教示范的性质重而想象的成分少,不如吠陀颂那样可视为印度文学主流"。实际上,印度的几乎所有作品都渗透着宗教意识,只是程度不同、表现方式有别罢了,不能单以宗教性质作为印度文学史上作家作品轻重取舍的主要依据。

### 三、梵语与印地语文学专史

上述两种《印度文学》,虽然是文学史性质的著作,但作者不称其为"史",这除了作者的谨慎和谦虚之外,还在于它们在字数规模和研究深度上,基本上是适合普及的需要的。1960年代初,严格意义上的印度文学史著作出现了。首先问世的是金克木(1912—2000年)教授的《梵语文学史》。

《梵语文学史》是金克木1960年代初在北京大学东语系印度语言文学专业使用的教材,并于1964年由人民文学出版社正式出版,1978年再版,全书近30万字。这是我国第一部专门的梵语文学史,第一部由通晓梵语的人以第一手材料写成的梵语文学史,第一部试图以马克思主义观点写成的印度文学史。它资料丰富翔实,内容全面系统,论述严谨,分析透彻,建立了比较完善的梵语文学史体系,确立了梵语文学史的基本内容,从阅读原作入手对作家作品,特别是重点作家作品做了透彻的阐释和自己的评价,至今仍不失其学术价值,同时也带有它写作与出版的那个时代的鲜明印记。

在梵语文学史的时期划分上，金克本将梵语文学史划分为"《呔陀本集》时代""史诗时代""古典文学时代"共三个阶段，并根据这三个阶段将全书分为三编。这种划分法与上述许地山、柳无忌的划分法有明显的继承关系。所不同的是，金著《梵语文学史》将这三个时期分别与列宁、斯大林的社会阶段划分理论挂起钩来，将"吠陀本集时代"称为"原始社会和阶级社会形成时期的文学"，将"史诗时代"称为"奴隶社会的文学"，将"古典文学时代"称为"奴隶社会和封建社会的文学"。作者在全书的前言中很清楚地意识到，关于印度社会发展阶段的划分，例如"究竟印度的奴隶社会起于何时，又在何时发展到封建社会，这个过渡时期有多久，有什么样的特点和过程，各地先后差别如何，这类问题，几乎言人人殊"，但尽管存在这样的困难和问题，作者仍然还是在梵语文学史的划分中努力地体现着马列主义的观念和方法。但与此同时，也明显地暴露出将这两者结合在一起的生硬痕迹。实际上，在社会发展阶段的划分问题上，马克思从来都没有企图将东西方各国纳入一个简化了的统一的概念模式中。马克思将以古代印度为典型的亚洲社会称为"亚细亚生产方式"，并且认为："从遥远的古代直到十九世纪最初十年，无论印度的政治变化多么大，可是它的社会状况却始终没有改变。"(《不列颠在印度的统治》,《马克思恩格斯选集》第二卷，人民出版社1972年）既然几千年中印度社会状况"没有改变"，那么对印度勉强划分什么"奴隶社会"和"封建社会"还有多大意义呢？《梵语文学史》努力用马列主义分析问题的另一个表现就是阶级分析，这从全书的标题目录就可以清楚地看出来。在第二编和第三编的第一章都交待了文学的时代背景，也都强调了印度文学与阶级斗争的密切关系，甚至将两大史诗及吠陀文献、佛教、耆那教文学概括为"反映阶级斗争的庞大文献"，这显然反映出了1960年代"以阶级斗争为纲"的政治气候的影响。此外，作者还努力以马列文学理论中的"现实主义"理论作为评价作家作品的主要依据，在论述和评价两大史诗、《五卷书》、迦梨陀娑的戏剧等主要作家作品的时候，作品与现实生活关系是作者的主要的视角。而实际上，印度文学（当然包括上述作品）的主导倾向是超越现实生活的、形而上学的、冥想性的、神话式的、非现实主义的。从书中的许多具体论述中可以看出，作者非常清楚印度文学的这种特点，但作者没有将这种特点充分地展开来论述，而往往将它们归结为"唯心主义"并加以贬抑。

就这样，《梵语文学史》既有着鲜明的时代特色，也有着鲜明的中国现代学术的特色。金克木在书的前言中，明确地表达了中国学者的这种自觉追求。他说："印度人写自己的古代文学史，虽有西方的影响，毕竟离不开传统背景及用语及民族观点。西方人写的也脱不了他们心目中的自己的传统及观点。写本书时，我也时常想到我国的古代文学，希望写成一本看出来是我国人自己写的书。"作者完全实现了这一目标。从这一点上看，上述《梵语文学史》的"时代性"，又是与它的现代中国的学术特色密切相连的，因而我们似乎还不能简单地将其视为"缺点"，而应更恰当地视其为"特点"。另外，这种"中国特点"还表现为作者自觉的中印文学的比较意识。由于作者对中国古代文学也同样熟知，在书中的许多地方都可以发现作者有意将印度文学与中国文学做比较，虽然通常是三言两语，却富有启发性。

梵语文学在公元12世纪以后实际上就已经结束了它的历史，金克木的《梵语文学史》也大体写到12世纪为止。12世纪以后取代梵语文学的是各地方的语言文学。在各种方言文学中，较为重要的是印地语文学。1987年，刘安武（1930—2018年）教授出版了《印度印地语文学史》（人民文学出版社），这是继金克木的《梵语文学史》之后，又一部以某一语种的文学为研究对象的印度文学史。据作者自述，所谓"印地语文学"，有广义的和狭义的两种不同的界定。狭义的印地语文学是指以梵语的天城体字母书写的，流行于德里地区的克利方言，到18世纪才出现书面文献；而广义的印地语文学，是指印地语语系的文学，即克利方言及很接近克利方言的另外十几种方言的文学。《印度印地语文学史》取的是广义的印地语文学的概念。刘著从10世纪以后开始写起，写到1947年印度独立为止。全书28万余字，是我国第一部系统全面的印地语文学史。在文学史时期的划分上，《印度印地语文学史》综合吸收了印度同类著作的长处，设计了一个对中国读者来说清晰简要的分期法，将印地语文学分为初期（1350年以前）、前中期（1350—1600年）、后中期（1600—1857年）、近代（1857—1900年）、现代（1900—1947年），并分六章分别讲述。每章的第一节均为"概述"，交待该时期印地语文学的背景和概况，以下各节则分别讲述重点作家作品。本书作为作者在北京大学东语系的讲义，在体例上采用的是典型的教科书写法。但由于它是我国第一部印地语文学史，书中所述，大都为前人所未发，因而有着较高的学术品位。《印度印地语文学史》所提到的作家作品，除了普列姆昌德的多篇小说和杜勒西达斯的长诗《罗摩功行之湖》等少数作家作品在《印度印地语文学史》问世前后有译介之外，大都至今还没有译本。因此，这部印地语文学史既填补了学术上的空白，对于一般读者来说又是一本启蒙书。

1988年，北京的知识出版社出版了中国社会科学院文学研究所黄宝生（1942年生）撰写的《印度古代文学》。这实际上也是一本梵语文学史，但其中提到了与梵语并不完全相同的中古时期的俗语文学。所以按作者的准确表述，这本书是"古代和中古印度雅利安语文学"。全书约十来万字，大体按历史顺序和文学样式分别设12个专题，即：一、绪论；二、吠陀文学；三、两大史诗；四、往世书；五、佛教文学；六、耆那教文学；七、俗语文学；八、古典梵语诗歌；九、古典梵语戏剧；十、故事文学；十一、古典梵语小说；十二、梵语文学理论。可见其论述的范围已包括了印度雅利安语文学的方方面面。这本书的特点是简明扼要，深入浅出，不失为一本高水平的印度古代文学的入门书。只可惜印刷装帧粗陋，印数也只有1000册，限制了它在一般读者中的传播和影响。

### 四、综合性多语种印度文学史

我国 1980 年代以前的印度文学史研究著作，或是个人的专著，或是单一语种的文学史。但是，古代印度文学是多语种构成的相互联系、相互补充的系统，因此，完整的印度文学史应该是多语种文学的综合史。然而，要撰写这样一部文学史，必须具备几个基本条件：第一，多语种的印度文学专家学者须形成一个研究群体；第二，对印度古代文学的研究成果的积累应达到一定程度。进入 1980 年代后期，这样的条件基本形成了。季羡林（1911—2009 年）教授带领他的学生们，组成了印度文学史的写作班子。到了 1991 年，他主编的《印度古代文学史》由北京大学出版社出版。这本书共有五编，43 万余字，从公元前 15 世纪一直写到公元 19 世纪中叶。第一编"吠陀时期"，第二编"史诗时期"，第三编"古典梵语文学时期"，第四编"各地方语言文学兴起的时期"，第五编"虔诚文学时期"。五编共计 32 章。每编第一章均为"概论"，交待时代背景和文学概况，以下各章以各时期的文学类型和主要作家作品为论述的中心。本书集中地展示了我国学者在印度古代文学研究上的成绩和实力。季羡林在"前言"中说："本书是集体协作的产物，主要是北京大学与中国社会科学院之间的协作。不这样也是不可能的。我们现在研究印度文学的基础，较之解放前或五六十年代，当然要好多了。但是总起来看，仍然是比较薄弱的。我们写作时，尽量阅读原作，至少是原作的翻译，这是写一部有创见的文学史必不可少的步骤。但是，有许多印度语种目前在中国还是空白，我们不得不利用其他语言的材料。这对本书的质量当然会有影响。然而话又说回来，能直接阅读这样多的原文而写出的印度文学史，在我国还是第一部，我们也可以稍感自慰了。"

作为主编，季羡林的这段话是对《印度古代文学史》的恰当的自我评价。虽然这本书在文学年代的划分、写作体例等方面，与此前的文学史大同小异，并无多大创意。但是，在"多语种"与多语种的印度古代文学和多语种的研究专家这一点上,是空前的。而且,每个作者所负责执笔的部分,一般都是有专门研究、有前期成果的。如,作为《罗摩衍那》的翻译者,季羡林负责撰写了《罗摩衍那》的部分;作为《摩诃婆罗多》翻译的主持者和古典梵语文学的研究专家,黄宝生负责撰写了《摩诃婆罗多》和古典梵语文学的大部分章节;佛教文学专家郭良鋆执笔撰写了佛教文学部分;泰米尔文学专家张锡麟执笔撰写了泰米尔文学部分;印地语文学专家刘安武执笔撰写有关印地语文学的部分;乌尔都语文学专家李宗华执笔撰写了有关乌尔都语文学的部分。其中,季羡林先生撰写的《罗摩衍那》一章,吸收、精编了他自己的专著《〈罗摩衍那〉初探》(外国文学出版社1979年)中的材料和观点;黄宝生撰写的梵语文学部分,将他自己在《印度古代文学》一书中大部分内容做了移植和修订;刘安武撰写的印地语文学部分,大部分内容也来自他的《印度印地语文学史》。从这个意义上说,这部《印度古代文学史》基本上是一部"编著",而且虽然并不称为教材,但其写法明显具有教材的性质。尽管如此,以几个主要语种的印度古代文学为内容,编写成一本完整的《印度古代文学史》,这本身就具有重要的价值。虽然上述语种的文学并不是印度古代文学的全部(例如,10世纪以后出现的、在印度文学史上具有重要地位的孟加拉语文学就很少被提到),但它基本还是一本比较完整的印度古代文学史。有了这本书,读者就可以进入古代印度文学的天地中览胜探奥,把握印度古代文学的大体面貌了。

《印度古代文学史》的下限到19世纪中叶为止。据季羡林在"前言"中透露,他们本来是要写一部贯通古今的《印度文学史》,但由于近代和现代部分"缺的稿子还多",所以临时决定先出一部《印度古代文学史》,时间的下限是19世纪中叶。这样,一直到1998年底石海峻的《20世纪印度文学史》问世之前,印度现当代文学史著作在我国一直是个空白。

《20世纪印度文学史》是中国社会科学院文学所主编的"20世纪外国国别文学史丛书"的一种,由青岛出版社出版。这本书不仅是我国第一部20世纪的印度文学史,而且恐怕在世界上(包括在印度)也是第一部。由于受外来的英语语言文学的冲击,由于印巴、印孟的分治等政治事件的影响,20世纪印度文学呈现出更加纷纭复杂的局面,再加上20世纪还没有完全结束,许多文学现象还有待于时间的沉淀和过滤。一个中国学者,要在世纪末为印度写一部文学史,难度可想而知。但石海峻知难而进,他主要凭借英语和印地语的材料,写出了以孟加拉语文学、印地语文学两种语言文学为重点,兼及其他各语种的、内容比较全面的20世纪印度文学史,从而在事实上衔接季羡林主编的《印度古代文学史》,使我国的印度文学史的研究涵盖古今,大体完备。

研究和撰写《20世纪印度文学史》,除了语言、材料之外,最大的困难恐怕就是为百年来的印度文学理出一个清晰的线索。作为一部体例上统一的印度文学史著作,而不是多语种的印度文学史的简编,就必须在充分了解各语种文学的基础上,抽绎出贯穿各语种文学的理论线索,从而构筑文学史的框架体系。石海峻以20世纪印度文学思潮在各地区、各语种文学中的生成、演变为基本线索,以代表某一时期、某一语种文学成就的大作家的创作活动的评述为中心,构建自己的文学史框架。全书23万字,分为18章,每章相对独立,但18章内部又有一条贯穿到底的、时间推移与理论逻辑相统一的红线。从19世纪中期的启蒙、复兴运动写起,接着依次写到20世纪初期的民族主义和神秘主义诗人奥罗宾多等作家,大文豪泰戈尔,1920年代兴盛的浪漫主义文学,穆斯林哲理诗人依克巴尔,孟加拉语作家萨拉特,在甘地主义影响下的普列姆昌德等现实主义文学,1930年代孟加拉文学中的现代派,萨拉特之后的三位孟加拉语小说家,1930—1940年代影响全印度的进步主义文学(左翼文学),印度独立前后的其他小说家,1940年代出现的实验主义诗歌,1950—1960年代的新诗派与新小说派,1950年代出现并延续到1980年代的边区文学,以克里山·钱德尔为代表的社会现实小说,1970年代以后的"非诗派"和"非小说派",1980年代后的女性主义文学,印度的英语小说等。作者站在文化的多元性与统一性辩证结合的学术立场上,既强调不同语种、不同时期印度文学的差异,更在这种差异性中寻求统一。对不同的作家作品、不同文学现象的分析,也采取不同的文学批评视角,并不用单一僵硬的文学价值观做笼统的评判。这显示了当代青年学者在学术上所具有的广阔的视野和开放的观念。同时,这样的观念和立场确保了全书作为文学史著作,有着比较清晰的、逻辑的和历史的线索。不过,由于印度文学史本身的丰富性和复杂性,要将所有的重要材料都纳入一个严谨的理论框架内是困难的。如本书最后两章,即第十七章"女性文学与贱民文学"、第十八章"印度英语小说",分别是以作者类型和语种来分立成章的,而全书其他各章都是以思潮流派及重点作家为中心构架起来的,这两章就容易给人以游离于全书框架之外的感觉。总体看来,20世纪的中国学者为20世纪的印度撰写的这部文学史,它在学术上的勇气和开创意义是值得称道的。

纵观我国的印度文学史的研究,从1930年许地山的《印度文学》的问世,到季羡林主编的《印度古代文学史》,再到1998年石海峻的《20世纪印度文学史》的出版,其间走过了近七十年的历程。这七十年的研究成果,将为下一世纪我国的印度文学及文学史研究的开拓、深化和繁荣提供可贵的经验。

## 第二节 佛经文学的翻译

### 一、佛教东传与我国佛经翻译文学

印度的佛教也和印度其他宗教一样,为了化导大众,广泛利用民间神话、故事、传说,用鲜明生动的故事情节和人物形象来阐释抽象的教义,形成了宗教与文学相结合的形态,形成了"佛经文学"这样引人注目的文学形态。从印度翻译过来的汉文本的佛经文学，我们称为"佛经翻译文学"或"佛典翻译文学"。

在从东汉到宋元以后的上千年间，中国文学与印度文学的接触，是以佛教作为媒介的。也就是说，我国古代所了解的印度文学，基本上就是佛经文学。我国所译佛经，起初并不是直接来自印度，而是来自西域各国。因为那时中国内地还没有人到过印度，必须借助于与印度交通方便的西域诸国的翻译家及西域的语言（即所谓"胡语"）和西域的译本（即所谓"胡本"）。这种情况在佛经翻译的初期，即东汉末年到三国时代，相当普遍。诚然，西域的佛经也来自印度，但在流传过程中势必会带有西域文化色彩。到了唐代，中国僧人直接到印度"取经"，从印度取回的所谓"梵本"被视为正宗，"胡语"及"胡本"才被冷落。但另一方面，印度文学的传播方式以口耳相传为主，文本为辅；我国的不少佛经，包括唐以前的佛经的翻译，是以僧人的口述为依据的。后来印度本土的佛教近乎灭绝，口传的传统被打断，许多文本湮灭不存。这样，汉译佛经，不但是中国与西域各国、印度文化交流的最重要的成果，而且也为印度保存了大量古代佛教经典。

我国的佛经翻译，从东汉末年开始，到魏晋南北朝时期进一步发展，至唐代达到全盛期，北宋后逐渐式微。上千年的佛经翻译文学，在选材上呈现出一个规律，即：唐以前的佛经翻译，更多的是"佛经文学"，而唐及唐以后的佛经翻译，更多的是缺乏文学性的抽象深奥的佛教理论典籍。几乎所有具有重要文学价值，或本身就是优秀的文学作品的佛经，都是在魏晋南北朝时期译出的。而佛经翻译极盛时期的唐代，具有文学色彩的佛经却并不多见。这是为什么呢？这实际上是佛经翻译不断深化的必然现象。佛经翻译有一个由浅入深、先易后难的过程。佛经翻译初期，在佛经的选择上，必以生动形象、深入浅出的佛经为首选翻译对象。所以在唐以前，有文学性的佛教经典大都翻译过来了。而随着佛教的普及，人们就希望在佛理的层面、在宗教哲学的层面上，更深入地了解佛教典籍，加深佛学的修养。为适应这样的要求，以玄奘为中心进行的佛经翻译，大都是深奥的佛理著作，如玄奘的主要译作《瑜伽师地论》一百卷、《俱舍论》三十卷、《大般若经》六百卷等，都是纯粹的佛教理论著作。因此我们可以说，从佛经翻译本身来说，唐代是高峰；而从佛经文学的翻译来说，三国魏晋南北朝时期才是高峰。

汉译佛经文学，大体可以分为"佛本生故事""佛传故事""譬喻文学"三大主要类型（有的佛经是以上三者兼而有之）。这三类佛经，或为韵文体，或为散文体，但都具备了文学作品的情节、情感、形象等主要因素。许多作品显然是在民间故事传说的基础上加工改造的，以寓言故事居多，少量为诗歌。现代较为流行、容易查阅的日本出版的《大正藏》（全称《大正新修大藏经》，共85卷，日本大正一切经刊行会1924年至1934年编印）将这三类共167部汉译佛经文学，统称为"本缘部"，编在第三、第四卷中，以方便集中查阅。此外，还有些佛经虽以说教为主，不属于严格意义上的佛经文学，但也具有相当的文学价值或一定的文学色彩，也可以看作是佛经文学的一种类型。

**二、汉译佛本生故事与佛传故事**

佛经翻译文学中，首先是"佛本生故事"，也称"本生故事"。早在佛教产生之前，有关的故事就长期在印度民间流传。佛陀释迦牟尼死后不久，教徒们便收集和改造这些民间故事，从佛教轮回的观念出发，把故事中的主角说成是佛陀在不同时期的转生形象，并说明佛陀是在经历了无数次轮回转生、积善去恶，最后成佛的。这些形象或为不同身份的人物，或为各种动物、植物。本生故事在佛教经典中是一个专门的部类。在汉译佛经中除了若干部专门讲述本生故事的经典外，还散见于各种经典和律本中。汉译专门讲授本生故事的经典，主要有《六度集经》《生经》《九色鹿经》《佛说大意经》《太子须大拿经》等。

《六度集经》为三国时吴国康僧会编译，共八卷，收集了91个本生故事和佛传故事,这是我国较早翻译的佛经之一。康僧会为中亚人,世居印度,后随父亲经商迁居越南,在孙权当朝时来到吴国首都建业(今南京),建寺弘法,对佛教在东吴地区的流传起了很大作用。《六度集经》中的所谓"六度",是指大乘佛教的六种修行方式,即布施、持戒、忍辱、精进、禅定、智慧。康僧会把91个故事按"六度"分类,并在每一类故事前面冠一简短的解说。由于康僧会对中国语言文化颇为精通,在编译过程中,也糅入了一些中国固有的老庄和儒家思想,甚至使用老庄的名词典故,从而将印度故事不同程度地中国化了。每个故事篇幅都不长,均含有劝善惩恶之意,人物情节生动有趣。其中有些故事在我国长期流传,影响很大。如菩萨割肉喂鸽的故事、舍身饲虎的故事、九色鹿的故事、瞎子摸象的故事、猕猴与鳖的故事等。《六度集经》作为较早的佛教普及性读物和较早的汉译生经故事,文词质朴而又典雅,代表了当时佛经文学翻译的水平。

《生经》由西晋著名翻译家竺法护翻译。竺法护(约230—308年)梵名云摩罗刹,西域月支人,世居敦煌。据说通晓梵汉等36种语言及方言。他共译出佛经159部,现存84部。竺法护的翻译不同于此前随意增删的意译和编译,而是尊重梵本,存真求质。从翻译文学角度看,《生经》是竺法护的代表译作之一。《生经》共收故事55个,其中的不少故事是佛经文学中的精品。如《佛说堕珠著海中经》,说一个菩萨为了救助穷人,历尽艰险入海寻找到了宝珠,但却在返回时被龙王抢走。于是菩萨拿出水勺,决心把大海的水舀干。龙王害怕菩萨坚持不懈,只好交出宝珠。这个故事与我国的"精卫填海""愚公移山"颇有异曲同工之妙。此外,《佛说鳖猕猴经》《佛说五仙人经》《佛说舅甥经》等,都是竺法护译《生经》中脍炙人口的作品。

三国时支谦译的《九色鹿经》是一部叙述释迦牟尼往昔修菩萨行的本生故事。说释迦前生为九色鹿王时,曾救起了一个溺水的人。这个溺水者回家后闻知皇后悬以重赏,欲猎九色鹿,以鹿皮制作衣裘。溺水者为得悬赏，竟道出鹿之所在。王将杀鹿，鹿乃陈述如何救溺水者，而溺水者如何忘恩负义。王深为感动，遂令对九色鹿加以保护。这个故事在印度流传广泛，故九色鹿被尊为"菩萨鹿"。在我国的敦煌莫高窟中，有九色鹿的壁画。直到现在，以这个故事为素材改编的少儿读物和音像制品，仍然很受欢迎。

此外，在汉译本生经故事中，《太子须大拿经》和《佛说兴起行经》也值得提到。《太子须大拿经》也是一种著名的佛本生故事，由东晋十六国时沙门圣坚译，另外，其他许多佛经中也提到了这个故事。它的篇幅不长，只有一卷，但在我国有着广泛的影响。故事讲的是太子须大拿为人慈悲，乐善好施，有求必应，先是将国家的宝物大白象施舍给敌国，最后连自己的妻子儿女也施舍了，由一个太子变得一无所有。他的行为感动了帝释天，也感动了敌国，并且他最终成佛。故事末尾讲明：这个太子须大拿就是释迦牟尼的前生。这个本生故事强调的是乐善好施、行善积德对于成佛的重要性。《佛说兴起行经》由后汉康孟详翻译，两卷，包括了十个本生故事，其内容比较特殊。其他的本生经讲的都是佛陀前生的善行，但《佛说兴起行经》却写了佛陀前生的丑事恶行。这样的故事除了解释佛陀生前传教中所遇到的种种困厄外，似乎还要说明：即使是佛陀本人，也是在无数次的轮回转生中不断弃恶从善、逐渐成佛的。

如果说佛本生故事是讲佛陀的前生事迹的，那么佛传故事（也称佛赞故事、佛本行故事）则是专门讲述释迦牟尼一生各个阶段事迹的。释迦牟尼作为佛教的创始者和佛教徒的楷模，深为佛教徒所崇敬。后来，随着佛教的发展和偶像崇拜的需要，僧侣们逐渐将他神化，并借助、利用民间故事传说，为释迦牟尼的生平事迹涂上了浓厚的传奇色彩。有关的佛传故事极富想象力，叙述夸张、文辞华丽，许多故事是优秀的文学作品。我国古代所翻译的佛传故事主要有《普曜经》（一译《方广大庄严经》）、《修行本起经》、《佛本行集》、《佛所行赞》、《佛本行经》、《中本起经》、《众许摩诃帝经》等。其中，《佛所行赞》是印度著名的佛教诗人、剧作家马鸣的长诗，描写和赞颂佛陀的一生，在印度流传甚广。唐义净在《南海寄归传》卷四中载："五天南海，无不讽诵。"《佛所行赞》是佛传文学中艺术水平最高的作品，由东晋昙无谶（433年卒）所翻译。昙无谶用五言无韵诗体译出，共分28品，约9300来句，46000余字，如其中的《离欲品》，描写"太子"（释迦牟尼）在一群美丽女子的包围和挑逗中，如何不为所动：

> 太子心坚固，傲然不改容，犹如大龙象，群象众围绕，不能乱其心，处众苦闲居。犹如天帝释，诸天女围绕。太子在园林，围绕亦如是。或为整衣服，或为洗手足，或以香涂身，或以华严饰，或为贯璎珞，或有扶抱身，或为安枕席，或倾身密语，或世俗调戏，或说众欲事，或作众欲形，规以动其心。……

马鸣的描写穷形尽相，昙无谶的译文绘声绘色，畅流如水，且带有当时民歌风味。此种长诗为我国固有文学中所未有，确为我国佛经翻译文学中的杰作。

与《佛所行赞》同类的还有同时期的宝云（469年卒）翻译的长诗《佛本行经》，分31品，在不同的段落，宝云分别使用五言、七言和四言诗体译出，风格和内容大致与《佛所行赞》相同。

### 三、汉译譬喻文学

汉译佛教文学的第三种类型是所谓"譬喻经"，近世以来研究佛经翻译文学的学者称为"譬喻文学"。梵文中的"譬喻"一词，汉译佛经中有的音译为"阿波陀那"，还有的译为"出曜""本起"等，而以意译"譬喻"最为通行。在印度梵文佛教文学中，"譬喻经"属于通俗的故事文学，在形式上与佛本生故事是同一类型。但本生经故事的主人公一定是佛陀，而我们这里所说的譬喻经故事则是本生经故事之外的、以故事"譬喻"佛理的。汉译譬喻经，在汉译佛教文学中占的分量最多。不但有专门的譬喻经故事集，而且在一般的佛教典籍中，到处都有譬喻故事。汉译专门的譬喻经故事集有《撰集百缘经》《大庄严论经》《法句譬喻经》《百喻经》《出曜经》《贤愚经》《杂宝藏经》《杂譬喻经》等。

《百喻经》，一名《痴华鬘》，由南北朝来华印度僧人求那毗地翻译。所谓"百喻"，是指全书有一百个譬喻故事，但实际上是98个故事。"华鬘"即"花鬘""花环"，印度人以此来指故事的一种编排方式。这可以说是一部专门讲故事的佛经，而且讲的都是愚人可笑的蠢事，所以叫"痴华鬘"。故事之后一般有几句点题文字，告诫出家人或一般人应如何引以为戒。佛教特别讲"智慧"，看出别人的愚蠢，即是一种智慧。《百喻经》中的故事短小精悍，大多为两三百字，少数较长的也在千字以内。故事情节幽默风趣，常令人忍俊不禁，回味无穷。求那毗地的译文流畅、简练、易懂，在佛教翻译文学中堪称精品，如其中的一个故事《愚人食盐喻》，译文如下：

> 昔有愚人，至于他家，主人与食，嫌淡无味。主人闻已，更为益盐。既得盐美，便自念言："所以美者缘有盐故，少有尚尔，况多复也。"愚人无智，便空食盐。食已口爽，反为其患。

《杂譬喻经》作为重要的佛经之一和佛教譬喻故事集，被我国历代翻译家所重视，前后有五种译本：一、《杂譬喻经》一卷本，收12个故事，东汉末年支娄迦谶译；二、《杂譬喻经》二卷本，收32个故事，东汉末年译出，译者不详；三、《旧杂譬喻经》二卷本，收60个故事，三国时康僧会译；四、《杂譬喻经》一卷本，收37个故事，比丘道略集；五、《众经撰杂譬喻经》收44个故事，比丘道略集，一说鸠摩罗什译。以上五种译文篇幅不同，但内容大同小异，都是专门的譬喻故事集。如康僧会译《旧杂譬喻经》第32个故事：

> 昔有鹦鹉,飞集他山中,山中百鸟畜兽,转相重爱,不相残害。鹦鹉自念:"虽尔,不可久也,当归而便去。"却后数月,大山失火,四面皆然。鹦鹉遥见,便入水以羽翅取水,飞上空中,以衣毛间水洒之,欲灭大火。如是往来往来。天神曰:"咄,鹦鹉,汝何以痴?千里之火,宁为汝两翅水灭乎?"鹦鹉曰:"我由知而不灭也。我曾客是山中,山中百鸟畜兽皆仁慈,悉为兄弟,我不忍见之耳!"天神感其至意,则雨灭火也。

诸本《杂譬喻经》,由于翻译较早,在我国流传甚广,对我国的文学创作有明显的影响。许多故事被六朝志怪小说所改造吸收,如上引"鹦鹉救火"的故事,也见于六朝时的《宣验记》;《旧杂譬喻经》卷上第18个故事"壶中人",即是南朝梁吴均《续齐谐记》中《阳羡鹅龙》故事的原型。

《贤愚经》和《杂宝藏经》中的故事类型比较复杂,既有佛本生故事,也有佛本行故事,但主要是因缘譬喻故事。《贤愚经》全称《贤愚因缘经》。汉文《贤愚经》没有梵文原本,是南北朝时翻译家昙觉与沙门威德收集、编译的,共13卷69品,每品有一个或几个故事,其中许多故事具有很高的艺术性。如《檀腻鞿品》讲两个妇女都自称是孩子的母亲,争执不下,国王凭聪明智慧而公正断案。这个故事同《圣经·旧约》中的所罗门断案的故事,与我国元代李行道的杂剧《包待制智勘灰栏记》的情节相同,是研究古代中外文化交流的一个重要线索。《杂宝藏经》由北魏时吉伽夜与昙曜共同翻译,共收有121个故事,除了具有很高的文学欣赏价值外,还有重要的文学史料价值。如其中的《十奢王缘》,基本上就是印度大史诗《罗摩衍那》的故事雏形,对于研究佛教与印度教、佛经文学与印度大史诗的关系都很重要;《月氏国王与王智臣作善亲友缘》记载了大月支国王与大诗人马鸣等人的交往情况,是研究印度佛教史和文学史的重要材料。

### 四、《法华经》与《维摩诘经》

除上述三类故事文学之外，在汉译佛经中，还有一些极富文学色彩的佛经。如《华严经》《法华经》《维摩诘经》等。

《沙法莲花经》，简称《法华经》，是印度大乘佛教的重要经典之一，在佛传文学中别具一格，内容是赞颂成佛后的释迦牟尼。它有三个译本：西晋竺法护的十卷本《正法华经》、姚秦鸠摩罗什译的七卷本《妙法莲花经》、隋那崛多编译的《添品妙法莲花经》。其中鸠摩罗什的译本流传最广。《法华经》称释迦成佛以来，寿命无限，现各种化身，"以种种方便，说微妙法"，着重调和大乘小乘，宣扬"三乘归一"，即声闻、缘觉、菩萨"三乘"均归于"佛乘"，以为一切众生，均可成佛。《妙法莲花经》的译者鸠摩罗什（350—409年），一名童寿，本为印度人，后至西域龟兹，姚秦时应邀来长安译经。他共译出佛经四百多卷，第一次把佛经按印度的本来面目翻译过来，在佛教翻译史上具有很高的地位。《法华经》是鸠摩罗什的翻译代表作。这部书作为佛典，在说教的同时采用了许多生动的寓言故事，散文与韵文相间，想象丰富，文采飞扬，也是一部优秀的文学作品。例如第二品"或宅"，在宣传"三乘归一"的说教时，讲了这样一个故事：说一个长者，有三个孩子同在房间中玩耍，房子忽然起火，孩子年幼无知，不知逃避。不论父亲如何在屋外叫喊，他们也不出来，眼看就要被大火吞没。父亲灵机一动，大声喊道：我这里有一辆羊车、一辆鹿车、一辆牛车，谁出来就给谁玩。孩子们听罢，便从房间一拥而出。父亲见孩子得救，高兴地给每个孩子一辆七宝大车。这里用羊、鹿、牛比喻"三乘"，用七宝大车比喻"佛乘"，说明前三乘是让人从生死轮回中摆脱出来的一种方便设教，但只有佛乘才能使人进入佛境。《法华经》用散文体讲故事，再用诗体"偈颂"重述，下面是鸠摩罗什翻译的描写大火吞没房屋时的一段偈颂译文：

于后舍宅，忽然火起，四面一时，其炎俱炽。栋梁椽柱，爆声震裂，摧折堕落，墙壁崩倒。诸鬼神等，扬声大叫，雕鹫诸鸟，鸠槃荼等，周章惶怖，不能自出。恶兽毒虫，藏窜孔穴，毗舍阇鬼，亦住其中。薄德福故，为火所逼。共相残害，饮血啖肉。野干之属，并已前死，诸大恶兽，竟来食啖。臭烟烽焞，四面充塞，蜈蚣蚰蜒，毒蛇之类，为火所烧，争走出穴。鸠荼阇鬼，随取而食。又诸饿鬼，头上火燃，饥渴热恼，周章闷走。其宅如是，甚可怖畏。

此种描写，应该是文学与宗教密切结合的范例。鸠摩罗什的翻译，严肃认真、一丝不苟，既忠实于原文，又不拘泥原文字句。后世佛教史及佛经翻译史的研究者对他均有很高的评价。

《维摩诘经》，又称《维摩经》《维摩诘所说经》《不可思议解脱经》，是一部十分重要的佛经，在我国流传甚广，有七种译本之多。如三国时吴支谦的译本、西晋时竺法护的译本、南北朝时鸠摩罗什的译本等。其中最有影响、译文水平最高的是鸠摩罗什的译本《维摩法所说经》，共3卷14品。这部佛经通过一位在家居士维摩诘的形象塑造，宣传了大乘佛教的"如不二法门"等思想主张，经中说他家财无量，能言善辩，深通大乘佛法。他虽不出家，却遵守佛门戒律；虽有妻子，却修梵行；虽生活于三界，却不贪恋三界，常为众生说法。据说有一次维摩诘为了显示"无常"之理，称起病来。释迦牟尼就派弟子前去问病。但弟子们知道维摩诘善辩，以前舍利佛等都曾在辩论中败北，所以都不敢去。最后智慧第一的文殊菩萨受命，率众弟子前往。接下去写维摩诘与文殊菩萨等人反复讨论佛法，义理深奥，妙语横生。从文学角度看，《维摩诘经》有小说的情节结构，所以胡适在《白话文学史》中干脆称它为"小说"。而在讨论佛法的过程中，又以跌宕起伏、机智洒脱的对话成篇，还有天女在室中散花的奇笔，颇有戏剧色彩，所以它兼有小说和戏剧的双重趣味。下引鸠摩罗什所译第七品《观众生品》中的一段译文，即可见风格之一斑：

文殊菩萨又问："何谓为悲？"[维摩诘]答曰："菩萨所作功德，皆与一切众生共之。"

"何谓为喜？"答曰："有所饶益，欢喜无悔。"

"何谓为舍？""所做福佑，无所希望。"

文殊菩萨又问："生死有畏，菩萨当何所依？"维摩诘言："菩萨于生死畏中，当依如来功德之力。"

文殊菩萨又问："菩萨欲依如来功德之力，当于何住？"答曰："菩萨欲依如来功当度住脱一切众生。"

又问："欲渡众生，当何所除？"答曰："欲渡众生，除其烦恼。"

又问："欲除烦恼，当何所行？"答曰："当行正念。"

又问："云何行于正念？"答曰："当行不生不灭。"

**五、对佛经文学翻译的理论与方法的探讨**

在佛经及佛经文学翻译的漫长的历史过程中，不断地对翻译的理论与方法进行探讨，研究和总结翻译文学的经验，并由此形成了我国翻译理论研究——即今人所谓"译学"的悠久的历史传统。

首先，是认识到了翻译的困难。三国时吴国支谦在《法句经序》中说："诸佛典皆在天竺。天竺言语，与汉异音。云其书为天书，语为天语。名物不同，传实不易。"这可以说是支谦在翻译实践中的切身体会。正因为翻译的"不易"，才应该把翻译当作一门学问来做，才应该探讨翻译的理论与方法，这是我国翻译理论的前提和出发点。到了东晋时期，翻译理论家道安（314—385年）在《摩诃钵罗若钵罗蜜经钞序》中提出了著名的"五失本""三不易"的理论。其中，所谓"三不易"则是从佛经的博大精深的角度谈翻译的困难，认为佛经出自"圣人"之手，而要有平凡人来翻译它，实为"不易"。而他最有创造性的是所谓"五失本"的见解：

> 译胡为秦，有五失本也。一者，胡语尽倒，而使从秦，是失本也；二者，胡经尚质，秦人好文，传可众心，非文不合，斯二失本也；三者，胡经委悉，至于咏叹，叮咛反复，或三或四，不嫌其烦，而今裁斥，三失本也；四者，胡有义说，正似乱辞，寻说向语，文无以异，或千五百，刈而不存，四失本也；五者，事已全成，将更旁及，反腾前辞，已乃后说，而悉除此，五失本也。

所谓"失本"，就是失去原作的本来面目之意。"五失本"理论，是道安站在中国文学的立场上对佛经文学与中国文学文体特征的一种比较。虽然他还分不清"胡"与"梵"，即西域文字与梵语文字的区别，但他所说的实际上也是对印度佛经文学（其实也是整个印度文学）特点的一种认识。可以说，道安的"五失本"的理论是我们所知道的最早的中印文学比较研究的滥觞。这里所谈的"一失本"，涉及到了佛经语言与汉语的句法顺序的差别。用汉语的观点看，佛经的句法顺序是颠倒的，汉译时必须改从汉语句法。"二失本"至"五失本"，谈的其实都是一个问题，就是印度佛经冗长拖沓、重复再三，不厌其烦。这里涉及到了印度"口传"文学所具有的根本特点。而汉语文学的审美理想，即道安所说的"文"，却是言简意赅、含蓄蕴藉。所谓"胡经尚质，秦人好文"显然是从这个角度说的。道安的"五失本"，从中印文学的比较出发，论述了佛经翻译过程中那些虽不理想，但又迫不得已的、可以容许的"失本"的情况，从而总结了佛经翻译的基本特点和规律。

稍后，大翻译家鸠摩罗什也提出了和道安相同的问题。《出三藏记集》卷十四《鸠摩罗什传》载：

>　什（鸠摩罗什）每为睿（僧睿）论西方辞体，商略同异，云："天竺国俗，甚重文藻，其宫商体韵，以入弦为善。凡觐国王，必有赞德见佛之仪，以歌咏为尊。经中偈颂，皆其式也。但改梵为秦，失其藻蔚，虽得大意，殊隔文体，有似嚼饭与人，非徒失味，乃令呕秽也。"

这里谈的其实也是"失本"的问题。不过罗什认为将印度文学作品译成汉文，就丧失了原文的词藻修辞，译文就好像嚼过的饭，不但没味，甚至令人恶心反胃。这里强调的是，翻译是迫不得已的事情，译文总归比不上原文。虽然这种结论未必科学，但却道出了那个时代的翻译家在翻译文学的探索中切身的感受与体会。

值得注意的是，罗什说"天竺国僧，甚重文藻"，道安却说"胡经尚质，秦人好文"，说法截然不同。这不同的说法，表明了翻译家对中印两国文学审美价值的不同判断。铺张夸大、反复咏叹的文字，才是"文藻"之美。而以中国语言文学的审美趣味看，印度佛经文学啰嗦拖沓，是为不"文"。罗什为什么不把原文的"文藻"照译出来，而反倒"删繁"呢？看来他已经意识到：在印度是"文"的，在中国则可能就不"文"了。所以，他一方面认为印度"甚重文藻"，一方面又在译文中大量"删繁"。东晋高僧慧远在《大智度论钞序》中提到：鸠摩罗什原先翻译的《大智度论》本已做了大量删节，但"文藻之士，犹以为繁"，也就是说，还是嫌不"文"。

无论是认为汉语言文学"文"还是印度佛经文学"文"，都有一个在翻译中以"文"就"不文"，或以"不文"就"文"的问题，从而造成了更多、更大的"失本"状况。但是，"文"与"质"是相对而言的。历来中国的文章就有"文"与"质"之分，同样，印度的佛经也有"文"与"质"之别。慧远发现了这种情况，他在《大智度论钞序》中提出：

> 于是静寻所由，以求其本，则知圣人依方设训，文质殊体。若以文应质，则疑者众；以质应文，则悦者寡。……远（慧远）于是简繁理秽，以详其中，令质文有体，义无所越。

慧远在这里认识到印度的"圣人"本来是"依方设训"，即根据不同的对象来讲道理的；佛经有文体上的"文""质"之别，因此译文的文体也不能一概"以文应质"或"以质应文"，而应该做到"令质文有体，义无所越"。可见，到了慧远，佛经的翻译家已能够辩证地看待"文"与"质"的问题，这是佛经翻译在理论上走向成熟的一个表现。

在佛经的翻译史上，"文""质"常常是与"直译""意译"密切相关的。一般地说，尚"文"者，倾向于"意译"；尚"质"者，则倾向于"直译"。任继愈在《中国佛教史》（第一卷）中说："在中国佛经翻译史上，始终存在'质朴'和'文丽'两派。"在我国佛经翻译早期的东汉末年，由于译者大都为印度人和西域人，他们对汉语不能精通，因此译文大都质直、朴拙，此以安清和支娄迦谶的翻译为代表，可以说他们是不自觉地"直译"派。到了魏晋南北朝时期，翻译家们追求译词的汉化，减少直译的音译词，改梵音为汉意，并且删繁就简，还以老庄哲学术语就译佛经，开意译之风气。支谦、康僧会、鸠摩罗什的译文可为这类"意译"派的代表。而隋唐时期，精通梵汉两种语言的翻译家增多，佛经翻译的水平空前提高，但求真尚实的译风占统治地位。玄奘的译文严格尊重梵文原文，但译文本身又是地道的汉语。不过，从翻译文学的角度看，以玄奘为代表的隋唐时期的佛经翻译，由于选题缺乏文学性，又比较拘泥原作，在翻译文学上对后世的影响，反而不能与魏晋南北朝时期相比了。而且，关于佛经翻译的理论与方法的探讨一直未断。如隋代高僧彦琮（557—610年）在专论翻译问题的文章《辩证论》中，提出了翻译的十条"要例"和译者所应具备的八条修养；唐代玄奘提出了所谓"五种不翻"，即可以采用音译的五种情况。

但与魏晋时代相比较而言，对翻译的基本重大问题的探讨并无多大突破和超越。

## 第三节　印度两大史诗的译介

### 一、对两大史诗的初步译介

印度两大史诗《罗摩衍那》和《摩诃婆罗多》，卷帙浩繁，内容包罗万象，堪称古代印度的百科全书，在印度文化史、文学史上具有崇高的地位。前者以罗摩和妻子悉多的悲欢离合为中心情节，后者以两族堂兄弟为争夺国土和政权而爆发的毁灭性大战为主线，广泛描写了古代印度历史、政治、宗教信仰、家庭、习俗、民族心理等各个方面。两大史诗作为印度文学的两块基石，集印度神话、传说之大成，为后来的戏剧、诗歌、小说等文学作品提供了丰富的题材来源。它们还是婆罗门教—印度教的神圣经典，其中的主要人物一直受到教徒们的虔诚崇拜。几千年来，两大史诗作为印度人民的精神支柱和印度文化的象征，在印度家喻户晓，并且对泰国、印尼、柬埔寨等东南亚各国的古代与现代文学都有不小的影响。在我国，知道两大史诗的存在却是很晚的事情了。我国古代所译介的印度典籍，均与佛教有关，由于两大史诗不是佛教经典，故一直没有译介。但专家们的研究也证实，在汉译佛经，如《六度集经》和《杂宝藏经》当中，都有与《罗摩衍那》的主干情节相类似的故事。

到了20世纪初，我国文学家、学者开始注意到印度两大史诗。如鲁迅写于1907年的长篇论文《摩罗诗力说》在谈到印度文学时说："天竺古有《韦陀》四种，瑰丽幽夐，称世界大文；其《摩诃波罗多》暨《罗摩衍那》二赋，亦至美妙。"同年，苏曼殊在《文学因缘自序》中说：

"印度为哲学文物源渊，俯视希腊，诚后进耳。其《摩诃婆罗多》（Mahabharata）、《罗摩衍那》（Ramayana）二章，衲谓中土名著，虽《孔雀东南飞》《北征》《南山》诸什，亦逊彼闳美。"1911 年，他在《答玛德利玛湘处士论佛教书》中又写道："《摩诃婆罗多》与《罗摩衍那》二书，为长篇叙事诗，虽荷马亦不足望其项背。考二诗之作，在吾震旦商时。此土尚无译本，惟《华严经》偶述其名称，谓出马鸣菩萨手。文故旷劫难逢，衲意奘公当日以其无关正教，因弗之译。"1913 年，苏曼殊又在《燕子龛随笔》中也说："印度 Mahabharata，Ramayana 两篇，闳丽渊雅，为长篇叙事诗，欧洲治文学者视为鸿宝，犹 ILiad、Odyssey 二篇之于希腊也。此土向无译述，唯《华岩疏抄》中有云《婆罗多书》《罗摩衍书》是其名称。"由这几段文字，可见苏曼殊对印度两大史诗的推崇。1921 年 3 月，作家滕固（若渠）在《东方杂志》第十八卷五号上发表《梵文学》一文，其中对《罗摩衍那》的故事情节做了介绍。

较早全面介绍两大史诗的，是著名学者、文学家郑振铎（1898—1958 年）。郑振铎在 1927 年出版的世界文学史巨著《文学大纲》中，以名家名作的评析为中心，综述古今中外东西方各国文学的成就。其中，上册第六章为《印度的史诗》。在这一章的开头，郑振铎这样写道：

> 印度的史诗《马哈巴拉泰》（Mahabharata）和《拉马耶那》（Ramayana）是两篇世界最古的文学作品，是印度人民的文学圣书，是他们的一切人，自儿童以至成年，自家中的忙碌的主妇以至旅游的行人，都崇敬的喜悦的不息的颂读着的书。印度的圣书《吠陀》其影响所及不过是一部分的知识阶级，不及《马哈巴拉泰》及《拉马耶那》之为一切人所颂读。（中略）在事实上来说，这两篇史诗实可算是最幻变奇异的；在文学艺术上来说，他们又是最可惊异的精练的；在篇幅上来说，他们又是世界上的所有的史诗中的最长的……

虽然今天看来"最可惊异的精练的"这一评语并不恰当（两大史诗特别是《摩诃婆罗多》以内容芜杂、文字枝蔓为许多研究者所诟病），但郑振铎对两大史诗的介绍和基本定位是正确的。由于有了《文学大纲》的这一章，现代中国的一般读者才能比较系统地了解印度两大史诗的大体内容，以及它们在印度文学乃至世界文学史上的地位。

最早尝试翻译两大史诗的是糜文开。糜文开（1907—1983年）曾作为中华民国政府驻印度外交官员，居住印度十年，国民党政府迁台后，曾在台湾大学、台湾师范大学等高校任教授，著有《圣雄甘地传》《印度文学欣赏》《印度文化论集》《印度文化十八篇》等，是台湾地区首屈一指的印度问题及印度文学研究专家。1950年，糜文开用散文体编译了两大史诗，书名就叫《印度两大史诗》，并由台湾商务印书馆出版。据糜文开在译本"弁言"中说，这个本子的主要底本是英国人 D·A·麦肯齐用散文体翻译改编的两大文诗《印度神话与传说》，同时参照其他英文译本，"拼合剪接"而成。全书共14节12万字，可以说是一个两大史诗的梗概本。现在看来，这个本子还只是一个入门导读性的东西，但在1950年代以后的三十多年间，它几乎是台湾乃至香港地区的读者了解两大史诗的唯一的译本，产生了一定的影响。糜文开对两大史诗的见解，今天看来仍有一定的启发性。在"弁言"中，他写道："泰戈尔说'恶是不完全的善，丑是不完全的美'。印度史诗中表现的恶人也保留着善心，拉伐那的恸哭儿子，出于真情，备见亲子之爱。难敌的将死，也以他的盟友残杀五个无辜的小孩为憾。这种人的本性都具备善的见解，和孟子的学说相类似，也是值得我们注意的。"东西方的一些两大史诗的研究者和读者，常为史诗中的正面角色干坏事，而反面角色却也干好事感到困惑。糜文开这几句看似简单的话，确是理解印度人善恶相对论的一把钥匙。他还说："《摩诃婆罗多》是血肉的人物，《罗摩衍那》是理想的品格。《摩诃婆罗多》描绘古印度勇敢的英雄主义和侠义的武士主义的政治生活；《罗摩衍那》雕塑古印度慈爱而甜蜜的家庭生活和虔敬而苦行的宗教生活。要两者合起来,才能给我们完成一幅古印度生活的真实而生动的图画。"这也是对两大史诗与古代印度人生活比较准确的概括。

在大陆,1962年,人民文学出版社出版了著名翻译家孙用(1902—1983年)翻译的《腊玛延那·玛哈帕腊达》。这是两大史诗的节译本。这个译本是根据印度学者罗莫什·杜德的英文节译本翻译的。两部史诗的节译本各有四千行左右,在篇幅上约相当于《罗摩衍那》的十二分之一和《摩诃婆罗多》的五十分之一,但却基本保留了原作的中心故事。孙用在译本前言中说:"这个译本不足以代表原诗,不过是尝鼎一脔,暂时填充一下这两部伟大的史诗的从无到有的空白而已。"在季羡林的《罗摩衍那》全译本出版之前,从1960年代到1980年代,孙用的这个译本一直是我国读者了解两大史诗通行的译本,而且,不是从史料而是从文学欣赏的角度看,孙用的译本在今天看来仍然是翻译得最精心、翻译得最有"诗味"的本子。这个译本虽然所依据的不是梵文原本,但却刻意保留了梵文原诗"输洛迦"(又译作"颂")的格律形式,即绝大部分诗句以两行为一个小节(少数是三行或四行的),每小节的两行诗句又各分4个音步、16个字音。孙用的译本保留了原诗的这种基本格律,同时按照汉语诗歌的特点,尽量使两行诗句押韵。这样读来音韵铿锵,朗朗上口,试随便举几节译诗为例:

神圣的守夜完了,腊玛披着丝绸的长衣,
对祭司们说明了他嗣位的重大的消息,

祭司们立即向人民传达,节日已经降临,
繁盛的市场和街道响起了鼓声和笛音,

市民们都听到了他们的守夜,皆大欢喜,
腊玛和息达的守夜,为了这一天的吉礼。

就这样几乎每一行诗都是16个字音,每一节诗都是32个字音,而且大体押韵。这既保持了原诗的格律,也维护了整个译文风格的统一。用这种严格的格律翻译了八千行诗,是很不容易的事情,充分体现出了译者本人的诗人素质和作为一个翻译家深厚的语言文学功力。这一点保证了译本的长久的生命力。直到今天,孙用的译本对于一般读者而言,仍然是最具文学性和可读性的节译本。

在孙用的诗体节译本出版前后,还出版了几种散文体的两大史诗改写本。如中国青年出版社1958年出版的、唐季雍根据印度学者拉贾戈帕拉查理的改写本翻译的《摩诃婆罗多的故事》;中国青年出版社1960年出版的、冯金欣等根据印度学者玛珠姆达的改写本翻译的《罗摩衍那的故事》。1980年代季羡林的全译本陆续出版后,还有董友忱翻译的《摩诃婆罗多》改写本,黄志坤翻译的、由湖南人民出版社于1984年出版的《罗摩衍那》改写本陆续出版。这些不同的改写本,满足了普通读者了解印度两大史诗的需要。

**二、《罗摩衍那》的翻译与研究**

1980年后,季羡林教授翻译的《罗摩衍那》全译本由人民文学出版社陆续出版发行。全译本共七卷八册,分平装和精装两种版本,到1984年全部出齐。《罗摩衍那》的翻译出版,在我国文学翻译史上、在中印文化文学交流史上,都是一件大事。一个国家文化进步发达的重要标志之一,就是世界著名典籍在该国有译本。《罗摩衍那》作为世界主要文学遗产之一,在许多国家都有翻译。我国在改革开放初期就推出了全译本,集中地体现了我国的包括印度文学在内的外国文学译介繁荣时期的到来。季羡林是在1973年开始动笔翻译《罗摩衍那》的,到1983年译完,其间大部分时间正值政治运动时期。季羡林克服了种种困难,以积极乐观的生活态度和对印度文学翻译事业的高度的使命感,历经十年,终于完成了长达九万余行的《罗摩衍那》的翻译，填补了我国翻译文学上的一项重大的空白。书出版后好评如潮，并获得了国家有关部门颁发的外国文学翻译出版方面的最高奖。

关于《罗摩衍那》的翻译情况，译者在译本第一卷"前言"、第三卷、第六卷的"本卷附记"、第七卷的"全书译后记"中，都有详细的交待。由于原文是梵文，国内通者寥寥，季羡林又是权威的梵文专家，因此，一般人很难对译本本身作深入的评论。直到今天，我们也只能从译本读者的角度来看问题。从翻译文学的意义上说，《罗摩衍那》是文学作品，而且是诗，译本不应当是原作的一种简单的替代品，它本身也应该是一种文学作品，有自给自足的独立的审美价值。应该说，单从译本语言的角度看，季羡林的译文清楚、明白、流畅；但从文学艺术的角度看，则嫌过于直白，而含蕴不足，诗意不浓。给读者造成这种感觉的原因比较复杂。首先是原作的原因。对此，季羡林在"全书译后记"中写道：

> ……既然是诗，就必须应该有诗意，这是我们共同而合理的期望。可在实际上，《罗摩衍那》却在很多地方不是这个样子。（中略）大多数篇章却是平铺直叙，了无变化，有的甚至叠床架屋，重复可厌。更令人难以忍受的是把一些人名、国名、树名、花名、兵器名、器具名，堆砌在一起，韵律合的，都是输洛迦体，一个音节也不少，不能否认是"诗"。但是真正的诗难道就应该是这样子的吗？我既然要忠实于原文，便只好硬着头皮，把这一堆古里古怪、诘屈聱牙的名字一个一个忠实地译成汉文。

啰嗦重复、拖泥带水、铺张扬厉，是印度文学的一大特点。这是由它的"口传"文学的性质所决定的，与我国的"笔墨"文学的惜墨如金、含蓄蕴藉、微言大义极不相同。译者不得不把这样的诗句译出来，自然就影响了中国读者对"诗意"的期待。再从译文本身来看，似乎也与译者所选择的翻译文体有关。在翻译文体上，季羡林采用的是"顺口溜式的民歌体"，特点是"每行字数不要相差太多，押大体上能够上口的韵"。用这个文体翻译起来当然比较简便，但不是没有缺憾。首先，原作的所谓"输洛迦"的诗律形式完全看不见了，译文没了"洋味"；同时又由于内容上、语言上的种种的限制，译文的中国"民歌体"的风味也难以体现。据译者自己说，他对这种"民歌体"也不满意，"越来越觉得别扭"，到了第六卷下半部时，便改成了"七言绝句、少数五言绝句式的顺口溜"。但是这样一改，全诗的文体风格的统一性又势必受到影响。所以季羡林说："我始终没有能够找到一个比较理想的翻译外国史诗的中国诗体。"此话既是译者的自谦之辞，也反映出了译者自身的困惑。比较地看，上述孙用的两大史诗的译文文体，应该是一个颇为成功的尝试；金克木翻译的迦梨陀娑的长诗《云使》，更是翻译印度古诗的典范。不知道季羡林在翻译两大史诗的时候，为什么没能借鉴早先已出版的这些译文。

季羡林不仅是《罗摩衍那》的译者，同时也是我国《罗摩衍那》的研究专家。他的研究成果集中体现在题为《罗摩衍那初探》（全书9万字，外国文学出版社）的专著中。这本书在《罗摩衍那》译本出版之前的1979年9月问世，为读者研读和理解译本提供了必要的背景知识。在这本书中，季羡林对《罗摩衍那》的性质与特点，作者、内容、成书过程与年代，与《摩诃婆罗多》的关系，与佛教的关系，语言、诗律、传本、评价与中国的关系，译文的版本、译音、译本的文体等各问题，都做了研究和阐述。这本书的基本的材料当然来自外文，但作者站在中国学者的立场上，努力用马克思主义的原则对作品做出实事求是的评价，形成了自己的观点和看法，同时也带有鲜明的时代特点。这一点在《成书的年代》一章中，表现得最为充分。他引经据典，用了不少的篇幅来论证《罗摩衍那》所反映的社会是封建社会，并力图说明《罗摩衍那》中所表现的伦理道德观念，如父子关系（父子有亲、父为子纲）、兄弟关系（长幼有序）、朋友关系（朋友有信）、孝、贞等，都是封建的观念，他认为：

"所有《罗摩衍那》里的这些道德教条都有其一定的阶级内容,这是毫无疑义的。"他写道:"我们可以下这样一个结论,《罗摩衍那》的道德论是封建社会的道德论,它的目的是为了维护和巩固封建统治,维护和巩固封建的男性家长制家庭。"这样的研究思路和结论,显然具有作者写作时的1970年代后期那种思维定势的痕迹。诚然,用马克思主义的观点和方法研究问题,是正确的和必要的。但马克思主义的精髓是具体问题具体分析。马克思本人对印度是比较熟悉的,他曾把以印度为典型代表的亚洲社会称为"亚细亚生产方式",认为印度社会是几千年来社会结构没有变化的停滞的社会,也就是说,并没有西欧那样的奴隶社会与封建社会之分。季羡林在文章中常常援引的现代印度的马克思主义史学家高善必在《印度古代文化与文明史纲》一书中也认为:人类社会经历了奴隶社会、封建社会、资本主义、社会主义几个历史阶段,"而印度历史却不能完全用这个死板的框框去套"。(见商务印书馆出版中文译本第28页)似乎可以说,《罗摩衍那初探》所指出的史诗中所反映的所谓"封建观念",并不见得是"一定的阶级"的观念,实际上倒似乎是东方传统农业社会的一些基本伦理观念,也是东方传统文明的重要组成部分。其中有些内容,如对父母的孝敬、对兄长的尊重、对爱情的忠贞,即使到了现代社会也没有完全丧失它的价值。不做如是观,我们就不能解释在20世纪后期的中国,翻译这样一本充满"封建糟粕"的书还有多大的必要和价值。

1988年,人民文学出版社出版了金鼎汉翻译的《罗摩功行之湖》。《罗摩功行之湖》是16—17世纪著名诗人杜勒西达斯主要依据《罗摩衍那》大史诗所做的印地语的改写本。据说在印度某些地区的影响要超过《罗摩衍那》。这部作品共有七篇,两万一千多行。中文译本的出版为我国读者深入了解《罗摩衍那》及其在印度的影响提供了方便。

### 三、《摩诃婆罗多》的翻译

另一部大史诗《摩诃婆罗多》的篇幅比《罗摩衍那》长得多,单凭一人之力难以完成。1980年代初，金克木、赵国华、黄宝生、席必庄等梵语文学专家、翻译家们开始了《摩诃婆罗多》的翻译工作。1987年，人民文学出版社出版了金克木、赵国华、席必庄、郭良鋆翻译的《摩诃婆罗多插话选》上下两册。所谓"插话"，就是穿插在史诗主干故事情节中的一些中小故事。这样的故事在《摩诃婆罗多》中占了相当大的篇幅。在史诗的十八篇中，第一、第三篇的插话最多，《插话选》从这两篇中选出十五篇长短不等的插话。这些插话都有独立完整的情节和人物，具有一定的欣赏价值，并可从中管窥大史诗的风貌。在翻译技术方面，正如金克木在译本序中说："这些插话的翻译保持了原来的诗体句、节形式，却没有多用汉语的七言诗句型。这样用诗体译诗体，用吟唱体译吟唱体，只能说是一个尝试。"《插话选》按四句一节的格式翻译，每句在七到九个字之间，每节均有韵脚。灵活多变，变中有序，读起来颇有诗味。《插话选》的翻译出版，作为《摩诃婆罗多》大史诗全译的先期成果，为史诗的全译积累了经验。

《摩诃婆罗多》原作分十八篇，中文全译本拟分十二卷：第一卷《初篇》，第二卷《大会篇》《森林篇》（上），第三卷《森林篇》（下），第四卷《毗吒罗篇》《斡旋篇》，第五卷《毗湿摩篇》，第六卷《德罗纳篇》，第七卷《迦尔纳篇》，第八卷《沙利耶篇》《夜袭篇》《妇女篇》，第九卷《和平篇》（上），第十卷《和平篇》（下），第十一卷《教戒篇》，第十二卷《马祭篇》《林居篇》《杵战篇》《远行篇》《升天篇》。到1993年，中国社会科学出版社出版了金克木、赵国华、席必庄翻译的第一卷《初篇》。据赵国华在第一卷"后记"中透露，《初篇》译竣于1986年，落实出版问题似乎颇费周折。出版这样的书，耗资巨大，印数又不会多，出版的困难可想而知。直到五年后的1991年才在中国社会科学出版社的支持下落实了出版事宜。这一卷为精装，580多页。以散文形式设计版式，但同时用序号标明了诗节。关于为什么要译成散文体，金克木在"译本序"中解释说："遗憾的是原来的诗体无法照搬。原书虽用古语，却大体上是可以通俗的诗句,不便改成弹词或新诗。我们决定还是照印度现代语全译本和英译全本、俄译全本的先例,译成散文。有诗意的原文不会因散文翻译而索然无味。本来无诗意只有诗体的部分更不会尽失原样。这样也许比译成中国诗体更接近一点原文诗体,丧失的只是口头吟颂的韵律。"散文体的译文没有韵脚,各诗句没有字数上的限制,这样翻译起来相对自由些,在印刷上也节省篇页和纸张。但无可否认,它至少是在直观上容易使读者失去"诗"的感觉。当然,它也不失为两大史诗汉译的一种方式。看来,翻译《摩诃婆罗多》这样的大史诗,是一种探索,也是一种挑战,个中困难可想而知。对此,主要译者赵国华在第一卷"后记"中充满感慨地写道:"翻译这部大史诗,却犹如跋涉在无际的沙漠,倾尽满腔热血,付出整个生命,最终所见或许只是骆驼刺的朦胧的绿。"这话却不幸成了谶语。赵国华在几年之后因过度劳累,英年猝逝。而大史诗的其他各卷的翻译看来也因此受到一定影响,一直到十年后的今天也未见按顺序陆续出版。

但是,《摩诃婆罗多》的翻译出版在这十年中还是有了一些进展。1989年,中国社会科学出版社出版了张保胜翻译的《薄伽梵歌》。这是《摩诃婆罗多》第六篇《毗湿摩篇》中的一段著名的哲学插话,共计18章(第23—40章),也可以说是整部史诗的哲学思想基础。《薄伽梵歌》虽然是作为哲学著作来翻译的,但译者以四句一节的诗体来译,大多押韵,不乏哲理诗的韵味。而且译者做了大量注释,为读者的阅读理解提供了方便。《薄伽梵歌》译本出版十年后的1999年,黄宝生翻译的《摩诃婆罗多·毗湿摩篇》由译林出版社列入"世界英雄史诗译丛"中出版。黄宝生的译本也按诗体翻译,而且大体保持了"颂"体诗的两行(少数三四行)四音步的格式。用词雅训而又易懂,可以说是大史诗翻译的比较完善的译文。将来如果《摩诃婆罗多》其他各卷均能按此格式和水准译出,那将可以保证整个翻译的成功。

在两大史诗翻译出版的同时,有关两大史诗的研究文章也散见学术期刊中。在1980年代后的二十多年间，两大史诗的评论和研究成为印度文学乃至整个东方文学研究的重点之一，北京大学和中国社会科学院等单位的学者专家，还曾在北京召开过专门的印度两大史诗学术研讨会。《南亚研究》《国外文学》《外国文学评论》等权威的学术期刊，都发表了一些研究文章。除了上述季羡林、金克木、赵国华等大史诗的译者写的文章外，值得注意的还有刘安武教授的研究成果。刘安武虽然不专攻梵语文学，但他利用大史诗的印地语译本，对大史诗做了认真的研读。他和季羡林共同编选的《两大史诗评论汇编》（中国社会科学出版社1984年）汇集了印度国内外两大史诗研究的有代表性的成果，是我国研究两大史诗不可不读的书。近些年来，刘安武发表了一系列有关大史诗的论文，如《黑天的形象及其演变》《试论印度大史诗〈摩诃婆罗多〉的妇女观》《艺术化了伦理道德意识——〈罗摩衍那〉的一种倾向》《印度大史诗〈摩诃婆罗多〉的战争观》《剖析印度大史诗〈摩诃婆罗多〉的正法论》《罗摩和悉多——一夫一妻的典范》《关于印度大史诗〈罗摩衍那〉的国家观》等十来篇文章。据知，他还将这些论文集中起来，又添写了《〈摩诃婆罗多〉的民主意识》《两大史诗对后世的影响》等，编成了题为《印度两大史诗研究》的专题文集，交北京大学出版社出版。这将成为继季羡林的《罗摩衍那初探》之后，我国学者的第二部印度史诗的研究专著。刘安武的这些文章从哲学、伦理学以及家庭、国家、战争等不同的侧面，对两大史诗的内容作了探讨。他对故事情节和人物形象作了细致入微的分析和概括，得出了朴素平实的结论。不过，刘安武对两大史诗的研究，其视角基本是社会学的、反映论的，而较少哲学、文化人类学、宗教心理学、美学等层面上的探讨。由于两大史诗的神秘主义的、玄学的、超现实的倾向，将庞杂的、有时是前后矛盾的故事及言论编在一起，而又不以矛盾为矛盾的相对主义，决定了它在国家、战争、伦理道德等问题上，往往不是简单的写实性的反映。还有，史诗中的个别人物反对种姓等级制度的有关言行，对战争中残虐嗜杀行为的否定，以及女性对自我尊严的维护，这些究竟是局限在古老的婆罗门教思想的范围之内呢,还是已经达到了"民主意识"的高度?看来,许许多多的问题,仍为今后的两大史诗研究留下了继续探讨的广阔的空间。

## 第四节　古典梵语诗剧、诗歌与诗学的译介

### 一、对《沙恭达罗》等古典诗剧的翻译与研究

印度是世界上古典戏剧艺术最发达的国度之一,从历史渊源和繁荣程度上说,仅次于欧洲的古希腊,出现了像迦梨陀娑那样的伟大的戏剧家及《沙恭达罗》那样的伟大作品。《沙恭达罗》是七幕剧,写的是一个国王到净修林打猎,邂逅一位天神与大仙人所生的年轻美丽的净修女沙恭达罗,当夜便相爱结合。沙恭达罗怀孕后到宫廷寻夫,却因意外丢失国王的信物,国王丧失记忆而拒认。后经历种种波折,终于大团圆。这是一部富有印度式的浪漫主义诗情画意的诗剧,上千年来一直受到印度人民的欢迎,在印度文学史上居于崇高的地位,也是公认的世界古典名剧之一。但我国古代翻译印度典籍,是以佛教为中心的,与佛教无关的像《沙恭达罗》那样的纯文学作品,在近代以前一直未能引起翻译家和学者们的重视,也一直没有译文。

到了近代,最早注意迦梨陀娑并加以推崇的是苏曼殊(1884—1918年)。他在《燕子龛随笔》中,称迦梨陀娑为"梵土诗圣也。英吉利骚坛推之为'天竺沙士比尔'。读其剧曲《沙恭达罗》,可以觇其流露矣"。苏曼殊特别赞赏的是迦梨陀娑的代表作《沙恭达罗》。他在《文学因缘自序》中说:"《沙恭达罗》者,印度先圣累舍密多罗女,庄艳绝伦。后此诗圣迦梨陀娑作〈沙恭达罗〉剧曲,纪无能胜王与沙恭达罗慕恋事,百

灵光怪,千七百八十九年,Willan（威廉,留印度二十年,欧人习梵文之先登者）始译以英文,传至德,Goethe（歌德）见之,惊叹难为譬说,遂为之颂,则〈沙恭达罗〉一章是也。Eastwick 译为英文,衲重移译,感慨系之。"苏曼殊的译文是:"春华瑰丽,亦扬其劳,秋实盈衍,亦蕴其珍。悠悠天隅,恢恢地轮,彼美一人,沙恭达纶。"显然,苏曼殊这是在借歌德的诗,赞扬和推崇《沙恭达罗》。1909 年,苏曼殊在英文撰写的《潮音·自序》中表示:"此后我将竭我的能力,翻译世界闻名的〈沙恭达罗〉诗剧,在我佛释迦的圣地,印度诗哲迦梨陀娑所作的那首,以献呈给诸位。"（柳无忌译文）但苏曼殊好像最终没有翻译出来,最起码是没有公开发表。

季羡林在《〈沙恭达罗〉译本新序》中谈到了《沙恭达罗》的中文译本的情况,他说:"王哲武根据法译本译过,在《国闻周报》上发表。出过单行本的有王衍孔译本和王维克译本,都是根据法文译的;还有糜文开译本,是根据英文译的。卢冀野曾把《沙恭达罗》改为南曲,名叫《孔雀女金环重圆记》。"

除了季羡林提到的之外,现在可以查到的最早的《沙恭达罗》的译本是现代戏剧家焦菊隐翻译的《沙恭达罗》的第四、五幕,译名为《失去的戒指》,载于 1925 年《京报·文学周刊》;王哲武据法文译出的本子《沙恭达娜》连载于《国闻周报》第 6 卷;王维克的译本是最早出版的单行本,1933 年由上海世界书局出版;还有朱名区根据《沙恭达罗》世界语译本编译的戏剧故事《莎恭达罗》,1936 年由广东汕头市立第一小学校出版部出版;卢前（冀野）的译本《孔雀女金环重圆记》由重庆正中书局 1945 年初版,1947 年再版;王衍孔的译本 1947 年由广州知用中学图书馆印行;糜文开的译本《莎昆妲罗》1950 年由台湾仝右出版社出版。最后是季羡林的译本《沙恭达罗》,1956 年由人民文学出版社出版,后又多次再版。

在上述各种译本中,卢前译本、王维克译本、季羡林译本各有特色,为不同阶段的译本的代表。卢前的译本以我国传统的南戏的形式翻译。他在译序中说:"一剧之成,角色为先,情节排场,至于砌末,自宋元以来,所呈于氍毹间者,罔不有类梵剧。此间消息,至堪寻味。随本移录,先成初译,暇当译成定稿,取南戏之式,供治剧史,有所参览焉。"可见,卢前之所以要按我国南戏的体式来翻译,是因为宋元以来的我国戏剧,在许多方面与梵剧类似,以南戏体制来翻译,可供我国戏剧研究者参考。从某种意义上说,以中国传统戏曲的形式,而不是以欧洲话剧的形式来翻译梵剧,似乎更能体现中国化翻译的正轨。卢前的译本基本上是把原文中属于韵文的台词,用南戏唱词的方式来译。如第四场中表现沙恭达罗即将离别净修林的一段:

沙:我父,此地有只孕鹿,在茅舍旁,她若生了小鹿,请派人将此佳音告知我。别忘了呵。

康:不会忘记的。

沙:(跌科)哟,哟,谁拉住我的衣服,不许我走?(回顾科)

康:(唱)你用油医治过他嘴,那只鹿,

最爱在你手中吃米谷。

你素来调护他最周到,

他哪里愿离开你而孤独。

沙:我要离开家啦,鹿儿,你为什么只跟着我?记得你生下来,母鹿就死了,我看护你那么大,现在我虽然离开你,康发长老会照顾你的。回去吧,回去吧。(行且哭科)

尽管梵剧原文中并没有唱词,但读者在读译文中这些标明"唱"的段落时,实际上很清楚自己是在欣赏韵文。虽然译本语言还算不上是本色的南戏戏文,但这样的翻译却能使习惯于传统戏曲的读者看起来感到熟悉和亲切;而且虽然卢前的译文是转译过来的,但也相当忠实于原文。为了对比起见，让我们再看看王维克（1900—1952 年）的同一段译文：

> 沙恭达罗　父亲呀，你看见草地上的那只母鹿吗？她的肚子大了，走不快了……她生小鹿的时候，请你派人来告诉我！
>
> 冈浮　我不会忘记的。
>
> 沙恭达罗（忽然停下来）谁踩住了我衣裾？（转身一看）
>
> 冈浮　这是你宠爱的小山羊，你的干儿子。他的嘴唇被荆棘刺破了的时候，总是你替他搽油，他曾经在你的掌心上吃吸米粟；他现在舍不得你离开这里！
>
> 沙恭达罗　（对小山羊）可怜的小东西，为什么你要挽留一个不得不离开这里的人呢？你生下来就没有妈妈，是我抚养你的……今天早晨，你才知道这种难过的事情，然而我的父亲一定会特别爱护你，快回家去，再会吧！（她垂泪）

王维克的译本在季羡林的梵文原本翻译出版之前，一直在读者中流传较广。1954 年，人民文学出版社将此译本再版。1950 年代周恩来总理访问印度时，曾将此译本的绫罗精装本作为礼品赠送印度友人。王译本采用地道的白话来翻译，语言通俗、流畅、上口，较好地体现出了戏剧语言的特征和规范。只是在上引译文中，"小鹿"变成了"小山羊"。这恐怕是王维克所依据的法文译本如此，原文当为"小鹿"。

下面是季羡林根据梵文原本翻译的同一段译文：

> 沙恭达罗　父亲呀，什么时候那一只在茅棚周围徘徊的由于怀了孕而走路迟缓的母鹿生了小鹿，请你一定向我报喜，别忘了啊！
>
> 干婆　孩子，我不会忘记的。
>
> 沙恭达罗（作欲行及住状）啊哈！这是什么东西总是跟在我脚后面牵住我的衣边？（转身向周围看）

干婆　　每当小鹿的嘴给拘舍草的尖刺扎破，
　　　　你就用因拘地治伤的香油来给它涂。
　　　　你怜惜他，用成把的稷子来喂它，
　　　　它离不开你的足迹，你的义子，那只小鹿。
沙恭达罗　孩子呀，你为什么还依恋我这个离开我们同居的地方的人呢？你初生不久，你母亲死后，我把你抚养大了，现在我们分别后，我的父亲会关心你的。你就回去吧，孩子，你回去吧！（哭）

季羡林的译本，从忠实原文的角度看，无疑具有权威性。他一直反对转译，恐怕也是从忠实于原作的角度来考虑的。这个译本的问世，使其他译本基本上退出读者市场，近半个世纪以来，几度再版，影响很大。但仔细读来，也有白璧之瑕。正像《罗摩衍那》译本一样，也存在着译文的语言上的问题。例如在上引译文片断中，"什么时候那一只在茅棚周围徘徊的由于怀了孕而走路迟缓的母鹿生了小鹿""你为什么还依恋我这个离开我们同居的地方的人呢"之类的句子，作为戏剧台词有些冗长，影响了戏剧语言的节奏与美感。

季羡林对《沙恭达罗》的研究，集中体现于他在1978年写的《〈沙恭达罗〉译本新序》中。这篇长文为人们提供了作家、作品的背景材料，并且谈了他对剧本的看法。他认为："从主题思想方面来看，这一部作品看不出什么伟大之处。剧中着力描写的是男女的爱情，而爱情这样一个主题又是世界一切国家的文学中司空见惯的，丝毫也没有什么特异之处。然而据我看，迦梨陀娑的伟大之处就正在这里：他能利用古老的故事，平凡的主题，创造出万古长新的不平凡的诗篇。"他用我国读者所熟悉的唐明皇与杨贵妃的故事，来说明迦梨陀娑笔下的国王是个"情种"，作者由此表现了"自己理想中的爱情"。这是非常有启发性的见解。但是另一方面，季羡林又把这种超现实的"理想"性，时时拿来同"现实性"相对照，对作家作品进行政治学、社会学层面的分析，认为"迦梨陀娑不但为国王的目前统治服务，他还关心国王的传宗接代问题"；"诗人是把自己理想中爱情强加到皇帝身上。……然而在诗人的笔下，国王也成了一个情种。迦梨陀娑说的是真话呢，还是假话，我看也有真有假"。这样将一部"理想"性的、充满神话传奇色彩的作品，拉回到"社会现实"中进行分析，自然可以看出作者许多的"矛盾"甚至虚假来。金克木在《梵语文学史》中表达了同样的看法，他写道：《沙恭达罗》"全剧中所处理的国王是一方面被加以种种粉饰，而另一方面仍然暴露了统治者丑恶面容的形象。……作者写了风流天子的多情也暴露了当时的统治者，画出了一个含有矛盾而完整的形象。"1980年代，一些《沙恭达罗》的评论者将社会学分析绝对化、简单化，这首先表现在当时出版的许多《外国文学史》《东方文学史》方面的大学教科书中有关迦梨陀娑及《沙恭达罗》的章节。有的教科书认为：国王豆扇陀"是奴隶主阶级专制主义势力的最高代表。……豆扇陀是最大的剥削者……最大的压迫者……是个荒淫、虚伪、骄横的统治者"。(《外国文学史》第一册，吉林人民出版社1980年)后来，这种脱离作品实际的极端简单化的说法受到了一些文章的批评。直到1990年代，关于迦梨陀娑及《沙恭达罗》的评论文章不断出现，但绝大多数文章的基本思路却没有多大变化。评论者习惯于从社会关系、家庭婚姻、伦理道德的层面上看问题，论述着女主人公沙恭达罗如何真善美，讨论着男女主人公的爱情是不是真正的爱情，国王豆扇陀对沙恭达罗的爱是虚伪的还是真诚的，作者对豆扇陀是否定还是肯定、美化还是批判，《沙恭达罗》的"主题思想"是什么，等等。这样的研究并不是没有意义，但是，在先入为主的既定观念的束缚下，往往只能拿外国作品来印证自己的既有观念，将研究对象一厢情愿地加以曲解，使结论脱离作品本身的实际，过分"现代化"和"中国化"，从而削弱了文学研究应有的科学性。这无助于正确理解和认识我们的评论与研究的对象。

迦梨陀娑的另一个重要剧本《优哩婆湿》也由季羡林译出，人民文学出版社1962年出版。《优哩婆湿》描写的也是一个国王与一个天女优哩婆湿的恋爱故事。但与《沙恭达罗》相比，思想与艺术上要逊色得多，在关键的情节发展中有隐身术、人变成植物又恢复原形等匪夷所思的荒唐奇事，人物的性格发展缺乏内在逻辑性。这个剧本自1962年出版后，除1990年代后期被编进《季羡林文集》之外，后来一直没有再版，在我国的影响不大。但季羡林所写的、附在译本之后的《关于〈优哩婆湿〉》一文，却是一篇很有用的文章，不仅对于读者理解《优哩婆湿》，而且对于读者正确地了解迦梨陀娑的《沙恭达罗》乃至整个印度古典戏剧文学，都有重要的参考价值。文章交待了印度传统的戏剧艺术理论与作品的关系。他认为像剧中女主角优哩婆湿和男主角——国王补卢罗婆娑，都是根据印度传统戏剧理论所总结的规则而塑造出的一种人物类型，并分析了有关类型的人物所具有的性格特点。由此读者可以明白，印度的戏剧作品是自觉地按照古典戏剧理论所规定的程式来写作的。这有助于我们理解包括迦梨陀娑的剧本在内的印度古典戏剧的程式主义特征。像这样深入到印度文化内部，立足于印度传统的文艺观念来解读作品，是很有启发性的。只可惜，这篇文章没有将这个问题进一步深入展开，谈到印度古代戏剧理论，只笼统地说"印度传统的艺术理论"。究竟是哪一个理论家，哪一部戏剧理论著作？季羡林没有提到。

印度古典戏剧的另一位翻译家、研究家是吴晓铃（1914—1995年）。他在1942—1946年曾赴印度研习过印度古典戏剧。1950年代后期他将两部重要的印度古典剧本《龙喜记》和《小泥车》（人民文学出版社1956、1957年）直接从梵文原本翻译出来。吴晓铃所选的这两个剧本，在印度古代戏剧中均很有代表性。《龙喜记》是将佛教自我牺牲的利他主义说教与爱情传奇故事结合起来的典型。《小泥车》是印度古代戏剧中少见的以现实生活为题材、以政治斗争为主题的作品，也是少见的篇幅庞大（中文译文17万字）、人物众多、情节曲折复杂、结构严谨的剧本。这两个剧本的翻译，提供了《沙恭达罗》《优哩婆湿》那样的宫廷恋爱剧之外的不同类型，丰富了我国读者对印度古典戏剧的知识和认识。吴晓铃为两个译本所写的"译者的话",体现出了译者对译作的深入研究,行文平实、严谨,更可贵的是文中很少那个年代常见的"左"的理论教条,因而现在看来也仍是这方面研究的权威文章。例如,他在《小泥车》的"译者的话"中,详细地分析、比较了《小泥车》这样的所谓"极所做剧"(即"社会剧""世态剧")与迦梨陀娑的《沙恭达罗》那样的"英雄喜剧"的不同特征:第一,从剧本的题材来讲,"英雄喜剧"的题材一定要从古典名著里摭取,而"极所做剧"则可以由作者虚构,从现实生活中取材;第二,从剧本的角色来看,"英雄喜剧"的男主角必须是帝王天神,女主角必须是皇后、公主、天仙,而"极所做剧"中的人物可以是来自社会各阶层的人物;第三,从剧本所抒发的情绪(现通译为"情味")来看,"极所做剧"实际上比"英雄喜剧"更丰富。吴晓铃并总结说:"我总觉得,这两种形式的戏剧是根本不一样的。我认为'英雄喜剧'是属于印度上层社会的产物之列的,更确切地来说,是宫廷剧。'极所做剧'是属于印度人民的,至少是城市庶民的创造。如果和我们的《三百篇》相比,'英雄喜剧'是'三颂','极所做剧'就是印度的'十五国风'。"这种分析、比较和结论都令人信服。

## 二、对古典诗歌的翻译与研究

印度是诗歌大国,从四部《吠陀本集》,两大史诗,到十八部神话传说集"往世书",再到佛经故事中的偈颂,还有古典戏剧中很大部分台词,都使用韵文体。千年来,我国对印度诗歌的翻译,主要是佛经的中偈颂诗,而纯诗歌作品,则几乎是空白。直到现代,印度纯文学作品才被译介过来,而为翻译印度诗歌做出最大贡献的是金克木。

1956年,金克本翻译了迦梨陀娑的长诗《云使》,由人民文学出版社精装印刷出版单行本,另与季羡林译《沙恭达罗》合为一册,作为"纪念印度古代诗人迦梨陀娑特印本"出版了一种精装本。《云使》是迦梨陀娑诗歌中最优秀的作品,也是印度古典诗歌中的瑰宝。诗歌写一个被贬谪到偏远的罗摩山上的小神仙药叉被迫和新婚的爱妻分离一年。七月,当雨季来临的时候,药叉思妻心切,就托一片缓缓地向北方家乡飘去的雨云,让它转达自己对妻子的思念之情。药叉把雨云看作自己的朋友,详细地向它讲授了北去的行程路线和沿途美丽诱人的风景,又想像雨云飘到他家院子上空、看到他妻子的情景,相信妻子为思念他而如何神形憔悴。这首诗构思奇绝,情感真挚,文采飞扬,堪称千古杰作,代表了梵语抒情诗的最高成就。金克木在题为《印度的伟大诗人迦梨陀娑》的译本序中说:"他(迦梨陀娑)的译本非常难译;恐怕没有一部语言的翻译能够传达吟咏原作时的情调。例如《云使》通篇用了一种'缓进'调,一节68音,就是以两个34音构成一联,其中17音相当于现在诗的一行,由此表现出夏季雨云怀着电光雷声缓缓前进的情调。这个梵语所特有的表现力是不能移植到现代语言中的。"诚然,译诗本来就难,甚至欧洲中世纪诗人但丁早就断言诗歌是不能翻译的。但是,在中外翻译史上,成功的译诗还是不少。金克木意识到了翻译《云使》的困难,同时也做出了成功的尝试。现在看来,在中国的印度文学翻译中,金克木译《云使》是少见的颇为成功的例子。金克木本人就是现代文学史上重要的诗人。诗人译诗,最为合适。从译文中可以看出,金克本具有非常敏锐的语言审美感受与表现能力。他用标准的现代汉语,很好地、近乎完美地表现了他所说的原诗的"缓进调",既保留了原诗的印度风味,也体现出现代汉语的诗意特征,读起来酣畅、圆润、流利。例如,药叉想像雨云飘到了他家的院子里,便请求雨云在院内假山的峰顶上就座,以便观看屋内他那可爱又可怜的娇妻。其中的一节诗,金克木是这样译的:

> 那儿有一位多娇,正青春年少,皓齿尖尖,
> 唇似熟频婆,腰支窈窕,眼如惊鹿,脐窝深陷,
> 由乳重而微微前俯,因臀丰而行路姗姗,
> 大概是神明创造女人时将她首先挑选。

这是第82节诗。再看第89节译文：

> 她由忧思而消瘦，侧身躺在独宿的床上，
> 像东方天际的只剩下一弯的纤纤月亮；
> 和我在一起寻欢取乐时良宵如一瞬，
> 在热泪中度过的孤眠之夜分外悠长。

每一行都在17个音（字）左右，在音节上与原诗基本一致。在中国传统诗歌中，像这样的长句子殆无所见。但我们读金克木这样的译文并不觉得拖沓滞重，反倒觉得如长风行云，飘飘洒洒，诗趣盎然。为什么呢？这就在于译者将译文的风格与原文的风格、译文的形式与原文的形式达成了一种高度的和谐，从而进入了"化境"。在中国现代译诗中，由翻译日本的俳句和泰戈尔的小诗而形成了中国的"小诗"诗体，由翻译欧洲的十四行诗而形成了中国的"十四行诗"，由翻译苏联的马雅科夫斯基的阶梯诗而形成了中国的"阶梯诗"。其实，金克木翻译的《云使》，实际上也在中国形成了一种"印度体诗"——有印度味的中国诗。

这里值得顺便一提的是，1998年，台湾的广阳译学出版社出版了赖显邦根据英译本翻译的《云使》。译者在"中译后序"中说："中国大陆金克木先生曾译过此书，其译文比英译本保有更多诗趣，也比英文本更符合梵文的句法顺序。不过，金先生的译本注释较少……最重要的是，金先生的中译本早就绝版了。所以，再有一个中译本还是不嫌多的。"赖显邦译本在每一节（或两节）译文后，均保留了英文版的注释，并在中译文之后附有英文版原文，可资对读。但就译本本身的艺术性而言，与金克木的译文就不可同日而语了。

金克木翻译的另一部重要的印度古典诗集是《伐致呵利三百咏》。这是一部在印度流传很久、很广的梵语短诗集，从内容上看，大半是哲理、

格言诗，表现了一个不得志的诗人对世事人生的体悟与感慨。金克木的译本根据印度学者高善必的"精校本"翻译，早在1947年，就译出了《三百咏》中的69首，发表于1948年《文学杂志》第2卷第6期。1982年，人民文学出版社出版了《伐致呵利三百咏》的高善必"精校本"的全本。全本实际上也不是"三百咏"，而是"二百咏"——所译出的只是精校本所确定无疑的属于伐致呵利本人所做的二百首诗。金克木的译诗，按原诗的基本格式，每首诗排列四行，句式有长有短，比较灵活自由。有的译诗句式整饬，格律严整。如第六首：

当初无知识，爱欲暗遮眼，
只见全世间，尽是女人脸；
而今获智慧，如涂明目烟，
平等视一切，一切皆大梵。

有的译文句式在灵活中见工整，如第五十九首：

又真诚，及虚假；又严厉，又甜言蜜语；
及残忍，又仁慈；又贪婪，又慷慨大方；
又不断花费，又有大量钱财滚滚来；
帝王行为像妓女，有不止一种形相。

1984年，湖南人民出版社出版了金克木编译的《印度古诗选》。这个译本篇幅不大，但编选的范围比较广。有吠陀诗，有史诗《摩诃婆罗多》的插话片段《莎维德丽》，有佛经《法句经》选，有《伐致呵利三百选咏》《嘉言集》选等格言诗，有《云使》及《妙语集》中的抒情诗。其中吠陀诗共译出20首，在这本《古诗选》中占重要地位。四部《吠陀本集》是印度最古老的诗集，但此前我国一直未有翻译。它的翻译，不仅对于印度文学的欣赏，而且对于神话学、宗教学等方面的研究都有参考价值。1997年，季羡林、刘安武合作编选了另一种《印度古代诗选》，篇幅增大，选题更加全面，有金克木译的吠陀诗、《摩诃婆罗多》片断、《伐致呵利三百咏》、《云使》，有张锡林译的泰米尔语格言诗《古拉尔箴言》，黄宝生译的胜天的梵语长诗《牧童歌》片段，刘安武、刘国楠译的印地语诗人加耶西、杜勒西达斯等人的诗篇，李宗华译的乌尔都语古诗等，是一部多语种的印度古代诗歌的选集。其中许多诗篇为首次译出，填补了印度古代文学汉译的空白。

### 三、对古代诗学理论的译介与研究

印度古代的诗学理论（文论）方面的书籍，数量很多，在理论思路上既不同于西方，也不同于中国，很有印度民族特色。我国对印度文论的翻译，最早可以上溯到1277年西藏的多吉坚赞对檀丁的《诗镜》的藏文翻译。这部书对我国藏族的文学及文学理论产生了一定的影响。汉译印度文论，是最近几十年以来的事情。1965年，人民文学出版社出版的《古典文艺理论译丛》第10辑，选收了金克木翻译的婆罗多牟尼的《舞论》、檀丁的《诗镜》和毗首那他的《文镜》等三部著作的片断译文。1980年，人民文学出版社又出版了金克木翻译的《古代印度文艺理论文选》。该译本是在上述译丛的基础上扩充而成的，除了《舞论》《诗镜》《文镜》的选译之外，还有阿难陀伐弹那的《韵光》、曼摩吒的《诗光》的摘译，译本不足十万字，可以说是印度古代文论的一个精选译本。

翻译理论著作，尤其是印度古代的理论著作，比翻译一般的文学作品要困难得多。为什么呢？因为印度古代文论也像中国古代文论一样，在概念的使用上暧昧模糊，在文体上没有形成西方那样的纯理论的、论辩性的文体，而是与诗歌等文学作品的文体杂糅在一起。翻译这样的理论著作，已超出了通常所说的"翻译"本身，而是研究与翻译的结合。换句话说，没有研究就难以翻译。这恐怕就是为什么印度古代文论汉译很少的主要原因。学术界、文艺理论界的有识之士一方面不满西方文论在中国的"话语霸权",希望能够发掘、弘扬中国、日本、印度等东方国家的文艺理论遗产,但却苦于印度等东方国家的文论译介太少。几十年来,特别是近二十年来,西方重要的理论著作不必说,就是许多没有多大价值的书,也被大量翻译过来,而能够翻译东方文论的人,却如凤毛麟角。在这种情况下,金克木的《古代印度文艺理论文选》就显得尤其珍贵。迄今为止,它仍然是我国唯一的一种印度古代文论的译本。到了1990年代,曹顺庆在主编《东方文论选》时,其中的印度文论部分,也只能悉数收入金克木的现有译文,另约请黄宝生译出了婆摩呵的《诗庄严论》、胜财的《十色》、新护的《舞论注》片段,才使汉译印度文论达到了二十来万字的规模。

金克木的《古代印度文艺理论文选》既是一个译本,也是一部独特的研究著作。译者写了一篇万言长序,详细地交待了印度古代文论的主要著作及其内容,同时论述了印度古代文论的发展线索、主要流派及其特点。在译文中,金克木做了大量的注释,这对读者理解原作是非常必要的。总体来看,金克木的译文还不算难懂。只是在某些重要术语的翻译造词上,有令人费解之处。例如《舞论》中的几段译文:

味产生于别情、随情和不定的[情]的结合。(第5页)

滑稽以常情(固定的情)笑为灵魂。它产生于不正常的衣服和妆饰、莽撞、贪婪、欺骗、不正确的谈话、显示身体缺陷、指说错误等等别情。它应当用唇鼻颊的抖颤、眼睛睁大或挤小、流汗、脸色、掐腰等等随情表演。(第9页)

悲悯起于常情(固定的情)悲。它产生于受诅咒的困苦、灾难、与所爱的人分离、丧失财富、杀戮、监禁、逃亡、危险、不幸的遭遇等等别情。它应当用流泪、哭泣、口干、变色、四肢无力、叹息、健忘等等随情表演。(第11页)

上引第一句,是给印度古代文论中最重要的、核心的概念"味"下定义。但这句话中,还有上引后两段话中,都有两个关键的术语:"别情""随情"。这两个术语对理解什么是"味",乃至理解整个《舞论》的理论构建,都至关重要。但是,译者自造的这两个词,却很难懂,而且很容易使一般读者产生误解。而后来黄宝生的翻译(见《印度古典诗学》第 38 页,北京大学出版社 1993 年)很好地解决了这个问题。下引第一段,黄宝生的译文是:

味产生于情由、情态与不定情的结合。

这里将金克木的"别情"改译为"情由",将"随情"改译为"情态",译得轻松、自然、巧妙。这样一来,"味"以及"情由""情态"的意思就相当清楚明白了。

在金克木之外,黄宝生不仅为《东方文论选》翻译了一些印度古代文论的原作,而且对印度古代文论做了专门的研究。他写的长达 36 万多字的《印度古典诗学》是我国第一部有关的研究专著。作者认为印度古代文论"在本质上符合古印度和古希腊的'诗学'概念,兼容诗歌理论和戏剧理论",所以书中分上、下两编分别论述"梵语戏剧学"和"梵语诗学"。从这部书中可以看出,作者认真研读了梵语诗学的原作,并在此基础上,将本来缺乏严密逻辑的各种印度古典诗学及其理论观点,加以系统化、逻辑化,并提出了自己的见解。在上编,作者将印度的戏剧理论分为"味和情""戏剧的分类""情节""角色""语言""风格""舞台演出"等方面,全面地清理了印度古代戏剧学的理论建树;在下编,作者根据通常划分的梵语诗学的理论流派"庄严论""味论""韵论""曲语论""推理论""合适论"等,对各种诗学著作展开评述。这部著作是了解印度古代文论不得不读的入门书。1997 年,漓江出版社出版了倪培耕的《印度味论诗学》一书。这是我国第二部研究印度古代文论的专著，而且研究的是一个"味"字。正如西方的文艺理论的核心概念是"美"、中国古代文论的核心概念是"意境"、日本文论的核心概念是"物哀""幽玄"一样，"味"论是印度古代文论的核心。倪培耕的这部书从"味"入手，也就抓住了印度古代文论的"牛鼻子"，而且他将"味"看作一个动态的概念，以他掌握的印地语材料，详细地分析了上千年来"味"论在印度的生成、衍化的轨迹，评述了不同历史时期、不同的理论家对"味"论的不同解说和贡献。虽然作者在这本书的理论构架、思路乃至具体材料上，大量地采用了印度现代学者纳盖德拉等人的研究成果，使本书更像是一本"编著"。但由于在我国，这方面的研究还严重缺乏，因而书中内容对我国读者来说还是新鲜的，对于我国读者加深对印度"味"论诗学的理解，具有重要的参考价值。

## 第五节 泰戈尔的译介

泰戈尔（一译太戈尔，1861—1940年）是印度伟大的作家、思想家，东方第一个诺贝尔文学奖获得者，世界上少数几个超一流的大文豪之一，也是近百年来少数几个在中国译介最多、影响最大的外国作家之一。早在1923年，我国著名诗人徐志摩就在题为《太戈尔来华》（《小说月报》14卷9号）的文章中写道："太戈尔在中国，不仅已得普遍的知名，竟是受普遍的景仰。问他爱念谁的英文诗，十余岁的小学生就自信不疑地回答说太戈尔。在新诗界中，除了几位最有名神形毕肖的太戈尔的私淑弟子以外，十首作品里至少有八九首是受他直接或间接的影响的。这是很可惊的状况。一个外国的诗人，能有这样普及的引力。"这段话不免有些夸张，但还是道出了一个基本的事实——泰戈尔在我国的影响之大。徐志摩讲的是1923年前后的状况,而此后一直到20世纪末,我国的泰戈尔的译介不但没有沉寂,而是高潮迭起,规模更大;对泰戈尔的研究不但没有停顿,而是逐渐深化,从而形成了20世纪东方文学、中印文学关系史,乃至整个中外文学、中外文化交流史上的一个值得注意、值得研究的现象。

纵观我国近百年来的泰戈尔译介与研究史,明显可以看出有过三次高潮时期。1920年代前半期是第一次高潮时期,1950年代是第二次高潮时期,1980—1990年代是第三次高潮时期。以三次高潮为标志,我们可以分三个时期对泰戈尔的译介与研究的历史加以梳理和总结。

**一、1920年代前半期:译介的第一次高潮**

泰戈尔于1913年获得诺贝尔文学奖。同年,钱智修在《东方杂志》10卷4号上发表《台峨尔之人生观》一文,介绍泰戈尔的思想。此外,在获奖后的头二年,中国文坛基本上没有多少反应。到了1915年10月,陈独秀在《青年杂志》第1卷第2期上以五言绝句的形式选译了泰戈尔获奖的英文散文诗集《吉檀迦利》中的四首诗,陈独秀将《吉檀迦利》译为《赞歌》。他在注解中介绍了《赞歌》的原义,并对泰戈尔做了简单的介绍:"R. tagore(达葛尔),印度当代之诗人,提倡东洋之精神文明者也。曾受Nobel prize,驰名欧洲,印度青年尊为先觉。其诗文富于宗教哲学之思想,Gitanjali乃歌颂梵天之作。"如他选择的第四首诗是这样的:

>   远离恐怖心,矫首出尘表。慧力无尽藏,体性遍明窈。语发真理源,奋臂赴完好。清流径寒碛,而不迷中道。行解趣永旷,心径资灵诏。摩临自在天,使我常皎皎。

这是我国翻译的泰戈尔的第一首诗。1917年,《妇女杂志》第3卷第6—9期上连载了天风、无我翻译的泰戈尔的三篇短篇小说,即《雏恋》《卖果者言》《盲妇》。1918年,《新青年》杂志在第5卷2—3期上刊载了诗人刘半农用白话翻译的《新月集》中的《同情》《海滨》二首。那三四年间的泰戈尔作品翻译情况，大致如此。

泰戈尔译介高潮的到来是五四时期，从 1920 年，一直持续到 1925 年。在这大约五六年的时间里，若干有影响的刊物，如《新青年》《小说月报》《东方杂志》《文学周报》《晨报副刊》《少年中国》《学灯》《觉悟》《佛化青年》等，都积极刊载泰戈尔的作品译文。商务印书馆、中华书局等大出版商也积极出版泰戈尔的作品译本。在那几年中，泰戈尔的许多重要的诗歌集都有翻译，而且有的作品出了好几种译本或译文。如《吉檀迦利》《采果集》《新月集》《园丁集》《飞鸟集》《游思集》等；许多剧本也有了译本，如《齐德拉》《邮局》《春之循环》《隐士》《牺牲》《国王与皇后》《马丽尼》等；长篇小说《家庭与世界》《沉船》以及《泰戈尔短篇小说集》等也有了翻译。这时期主要的泰戈尔译介者除郑振铎外，重要的还有李金发译《吉檀迦利》《采果集》，王独清译《新月集》，沈雁冰译《歧路》，赵景深译《采果集》，叶绍钧、沈泽民、刘大白、黄仲苏、徐培德译《园丁集》，瞿世英译《春之循环》《齐德拉》，黄钟苏、高滋译《牺牲》《马丽尼》，江绍原译《邮局》，梁宗岱译《隐士》等。此外还有许地山、邓演存、钱江春翻译的若干短篇小说，徐曦、林笃信合译的长篇小说《沉船》，景梅九与张墨池合译的长篇小说《家庭与世界》和论著《人格》，顾均正翻译《我底回忆》等等。总体来看，这一时期的泰戈尔翻译以英文散文诗为主，兼及剧本、小说、论著与各类散文著作。

在泰戈尔的翻译者中，译介较早、翻译数量最多、影响最大的是郑振铎（西谛）。正如当代印度文学及泰戈尔研究专家石真所说："可以说中国最早有系统地介绍和研究泰戈尔的是西谛先生。"（《太戈尔诗选·前言》）大约在 1919 年初，他由许地山的介绍而开始阅读泰戈尔英文版散文诗集《新月集》，从此对泰戈尔的诗歌产生了浓厚的兴趣。1920 年，郑振铎将他选译出的《吉檀迦利》22 首发表于《人道》杂志第 1 期。1921

年《小说月报》改革后，他在该杂志以及《文学旬刊》等刊物上，连续不断地发表泰戈尔诗歌的译文。他发表的译文大都选自泰戈尔的几部英文散文诗《吉檀迦利》《新月集》《飞鸟集》《采果集》《园丁集》《爱者之贻》《歧路》等。1922和1923年，郑振铎在选译的基础上，分别出版了《飞鸟集》和《新月集》的译本，由商务印书馆出版。这是两部诗集的最早的中文译本单行本。郑振铎的译文用清新流丽的现代汉语译出，细腻、准确、一丝不苟，很好地传达了原作的情绪和境界，成为泰戈尔文学汉译中的精品。

在翻译泰戈尔作品的同时，郑振铎还积极推进、身体力行地进行泰戈尔的评论与研究。他在文学研究会成立时，就在会内发起组织了一个"太戈尔研究会"。据说，专门研究一个作家的学会，在中国这还是第一个（见郑振铎1921年4月17日致瞿世英信），使文学研究会成为当时我国泰戈尔译介的重镇。泰戈尔译介与研究的重要人物，如许地山、王统照、叶绍钧、沈雁冰、张闻天、沈泽民、谢冰心等，都是文学研究会的成员。同时，郑振铎利用文学研究会的核心刊物《小说月报》，作为译介泰戈尔的阵地。1922年到1924年，为了迎接泰戈尔访华，《小说月报》连续几次集中刊发泰戈尔的诗歌、小说、戏剧的翻译和有关的研究评论文章。郑振铎在1922年出刊的第13卷2号上，最早发表介绍泰戈尔生平创作概况的《太戈尔传》和评介泰戈尔文艺思想的《太戈尔的艺术观》，同时刊发了张闻天的《太戈尔之诗与哲学观》《太戈尔的妇女观》《太戈尔对于印度和世界的使命》三篇文章及瞿世英的《太戈尔的人生观与世界观》等。在1924年出刊的第14卷9号上，推出了一个内容更丰富的太戈尔专号。专号中有郑振铎的《欢迎太戈尔》《太戈尔传》和《吉檀迦利选译》，有徐志摩的文章《泰山日出》《太戈尔来华》，有王统照写的《太戈尔的思想与诗歌的表象》，还有其他几篇有关的作品译文、研究与介绍文章。该专号在文化、文学界引起了很大的反响，有力地推动了当时中国的"泰戈尔热"的形成。郑振铎的《欢迎太戈尔》置于专号之首。从中可以看出郑振铎对泰戈尔的热爱与崇拜。他写道:"我们对于这个伟大的传教者应该怎样地致我们的祝福,我们的崇慕,我们的敬爱之诚呢?""他现在是来了,是捧了这满握的美丽的赠品来了!他将把他的诗的灵的乐园带来给我们,他将使我们在黑漆漆的室中,得见一线的光明,得见世界与人生的真相,他将为我们宣传和平的福音。"另外,专号中郑振铎的《太戈尔传》(未完)是我国第一部系统的泰戈尔的传记著作,1925年由商务印书馆出版单行本。长期以来,这本书一直是我国读者系统了解泰戈尔生平与创作情况的入门书。

除郑振铎外,王统照也是泰戈尔的热烈的崇拜者。泰戈尔来华后,王统照与泰戈尔交往密切,在许多场合中亲自担任泰戈尔演讲或讲话的翻译,在泰戈尔评论与研究上也颇有成绩。他著有《泰戈尔的人格观》《太戈尔的思想与诗歌的表象》等研究泰戈尔的专文。在后一篇文章中,他阐述了泰戈尔的思想与印度传统思想的关系。他认为印度宗教哲学的真谛是"爱","太戈尔却不仅是印度正统之宗教的实行者,并且是'爱'的哲学的创导者,'爱'的伟大的讴歌者"。他认为如果找一个字来概括泰戈尔的思想与创作的话,那就是一个"爱"字。"现在我们企望的'爱'的光,已由太戈尔从他那森林之印度,自己带到死气沉沉的我们地方中来了。……须知这次他到我们这个扰乱冷酷的国度来,是带有什么使命,我们应该怎样用清白的热诚去承领他的'爱'的光的来临呀!"

另一个泰戈尔的热烈的崇拜者是徐志摩。他也是最积极地筹备、欢迎和接待泰戈尔来访的人。在《泰戈尔来华》一文中,他称泰戈尔是"最纯粹的人;他最伟大的作品就是他的人格"。他写道:"我们所以加倍地欢迎泰戈尔来华,因为他那高超和谐的人格,可以给我们不可计量的慰安,可以开发我们原来瘀塞的心灵泉源,可以指示我们努力的方向与标准,可以纠正现代狂放恣纵的反常行为,可以摩娑我们想见古人的忧心,可以消平我们过渡时期张皇的意气,可以使我们扩大同情与爱心,可以引导我们入完全的梦境。"不久,徐志摩又在1924年5月19日的《晨报副镌》上发表《泰戈尔》一文,这是一篇演讲稿。他驳斥了国内有人对泰戈尔"不合时宜""顽固""守旧"的指责,并更加热烈地赞美泰戈尔道:"他的博大的温柔的灵魂我敢说永远是人类记忆里的一次灵迹。他的无边的想象与辽阔的同情使我们想起惠德曼;他的博爱的福音与宣传的热心使我们记起托尔斯泰;他的坚韧的意志与艺术的天才使我们想起造摩西像的密亿郎其罗;他的诙谐与智慧使我们想起当年的苏格拉底与老聃;他的人格的和谐与优美使我们想起暮年的葛德;他的慈祥的纯爱与抚摩,他的为人道不厌的努力,他的磅礴的大声,有时竟使我们唤起救主的心像;他的光彩,他的音乐,使我们想起奥林必克山顶上的大神。"

郑振铎、王统照、徐志摩是当时文学界乃至文学青年的泰戈尔崇拜者的代表。他们是带着一种虔敬,来翻译、评论和研究泰戈尔的。他们用诗一样的充满感情的语言来介绍泰戈尔、赞美泰戈尔,在赞美中也难免溢美之词,有失冷静与客观,但也从一个侧面体现了五四时期"青年文化"的热烈、奔放、慕外求新的时代特征。而且,他们都是从人道主义的视角来看待泰戈尔、接受泰戈尔的,在创作思想上受到了泰戈尔"爱"的哲学的影响,在诗歌的艺术形式,尤其是所谓"小诗"方面也颇得泰戈尔的温馨、宁静与沉思冥想的风韵。可以说,泰戈尔的以"爱"为核心的人道主义及由此决定的艺术风格,是五四人道主义新文学的重要外来影响源之一。

当然,那时对于泰戈尔也并不全是赞美声。对于泰戈尔的文学成就,有人提出质疑,其中最值得注意的是闻一多的观点。他在《泰果尔批评》(载《时事新报》文学副刊1923年12月3日)中认为,"泰果尔的文艺的最大缺憾是没有把握到现实";《吉檀迦利》等诗集,只有祈祷词、概念而缺乏情感。"这里头确乎没有诗,谁能把这些格言看懂了,他所得的不过是猜中了灯谜的胜利的欢乐,决非审美的愉快。"他还认为泰戈尔的诗"是没有形式的","不但没有形式,而且可说是没有廓线。因为这样,所以单调成了它的特性"。他的结论是:"泰戈尔的诗之所以伟大是因为他的哲学。论他的艺术实在平庸得很。"这些看法虽只是一家之言，但在某种意义上的确击中了泰戈尔诗的某些要害。还有更多的人对泰戈尔的思想，特别是他的关于"东方文明"的看法，提出异议和反驳。泰戈尔在许多文章，特别是来华的多次演讲中，反复强调这样一种观点：西方文明是物质文明，包括印度和中国文明在内的东方文明是精神文明；在当今的时代，西方世界为追逐国家利益而造成了人的隔膜，为追逐物质利益而穷兵黩武，相互杀戮；个人也成为物质的奴隶，道德沦丧，心灵空虚，这表明西方的物质文明已经走向穷途末路。而只有重伦理道德、重精神充实与心灵和谐、提倡"爱"的东方文明，才能矫正西方文明的弊病，东西方文明在这个意义上的调和才是世界文明的发展方向。显而易见，泰戈尔的这种观点，与五四时期新文化的主流——激烈的反传统主义相对立的，因此遭到了不少的批判和批评。瞿秋白、恽代英、陈独秀、沈雁冰、沈泽民、吴稚晖、郭沫若等，均发表了批评泰戈尔的文章。如陈独秀在《太戈尔与东方文化》（载《中国青年》第27期）一文中指出：泰戈尔"是一个极端排斥西方文化、极端崇拜东方文化的人"，认为泰戈尔提倡的东方文化实际上是"尊君抑民、尊男抑女""知足常乐、能忍自安"之类的妨碍社会进步的东西。瞿秋白在《太戈尔的国家观念与东方》（《向导》第61期）中，认为泰戈尔反对的只是抽象的"国家"的概念，他并没有反对国家的统治者——资产阶级；认为"无所谓东方，无所谓西方——所以更无所谓调和"。沈泽民在《太戈尔与中国青年》一文中认为，泰戈尔是一个"思想落后的人"。"太戈尔在印度，已是一个顽固派了。我们用这个字，当然不是说太戈尔就是中国的辜鸿铭或康有为，但至少他是个梁启超或张君劢"；"太戈尔的思想是闲暇的有产阶级的思想，是守旧的国粹派的思想，是神的思想不是人的思想"。沈雁冰在《对于太戈尔的希望》《太戈尔与东方文化》（分别发表于《民国日报·觉悟》1924年4月14日、5月16日）中，表示"我们决不欢迎高唱东方文化的太戈尔，也不欢迎创造了诗的乐园，让我们的青年到里面去陶醉去冥想去慰安的太戈尔",并表示反对泰戈尔"标榜空名的东方文化而仇视'西方文化'的态度"。此前曾受到泰戈尔很大影响的郭沫若,在接受了马克思主义的阶级观念后,也对泰戈尔的思想发生了怀疑。他指出:"一切什么梵的现实、我的尊严、爱的福音,只可以作为有产有闲阶级的吗啡、椰子酒。"(《泰戈尔来华的我见》,载《民国日报·觉悟》1924年4月14日)这些围绕泰戈尔来华及对泰戈尔思想的论争,构成了五四时期文化、文学界关于东西方文化问题论争的主要内容,也表明泰戈尔在当时中国的影响之大,已远远超出了文学的范围。

### 二、1950年代:译介的第二次高潮

1924年泰戈尔访华回国约一年后,中国文坛对于泰戈尔的译介暂告一段落。1920年代下半期一直到整个1940年代,对泰戈尔的译介不多。1940年泰戈尔去世后到1945年,曾有少量文章和少量翻译,如张炳星和施蛰存译《吉檀迦利》,金克木译回忆录《我的童年》等。新中国成立后,印度是与我国最早建立外交关系的国家之一。整个1950年代,是中印两国关系最好的时期。这种两国友好关系的大环境,是促进1950年代对泰戈尔译介高潮到来的有利条件。1950年代中期,我国有关部门就决定在泰戈尔诞辰一百周年时予以隆重纪念,泰戈尔作品的翻译出版随之繁荣起来。

在对泰戈尔的小说翻译方面,1957年和1959年人民文学出版社分别出版了黄雨石翻译的《沉船》和黄星圻翻译的《戈拉》,均根据英文版译出。这两部小说都是以印度的社会现实问题为题材的。特别是《戈拉》,反映的是印度近代的宗教与社会改革问题,译本出版后影响很大,长期以来我国许多文学史教科书认为《戈拉》是现实主义作品,是泰戈尔的代表作,并予以高度评价。在泰戈尔戏剧方面,翻译出版的动作最大。1958年新文艺出版社出版了石真根据孟加拉文翻译的《摩克多培拉》。1958—1959年中国戏剧出版社出版了根据英文版译出的四卷本《泰戈尔剧作

集》,第一卷收瞿菊农译《春之循环》,第二卷收冯金辛译《邮局》《红夹竹桃》,第三卷收林天斗译《牺牲》《修道者》和《国王与王后》,第四卷收谢冰心译《齐德拉》和《暗室之王》。在这些剧本中,《红夹竹桃》和《暗室之王》是新译,其余六个剧本是旧译的修订。这套书直到现在仍然是唯一的一套泰戈尔剧作的中文版选集。

在诗歌翻译方面,泰戈尔几部最重要的散文诗集《新月集》《飞鸟集》《园丁集》《吉檀迦利》《游思集》等,都出版了新的版本或新的译本。新译本有吴岩译《园丁集》、汤永宽译《游思集》(均上海新文艺出版社)等。有些1920年代的旧译被整理并重新出版,如郑振铎翻译的《飞鸟集》曾在1922年出版,1956年重新出版时,又补译了原来未译的69首;《新月集》曾在1923年出版,1954年重新出版时又补译了原来未译的9首,均成为原作的全译本,同时对旧译做了加工润色。后来冰心在评价这两个译本时说:"西谛先生自己是诗人,也是散文作家,他的《海燕》和《山中杂记》,文字清新细腻,对写景、抒情都有独到的地方。以一个诗人与散文家来译泰戈尔的散文诗,是再合适不过的人选了。他的译文也确实做到如作家许地山希望于他的:'新妍流露',如原作秋空霁月一般的澄明。"的确,郑振铎的这两种译本历经半个多世纪的考验,一直到今天,还不断再版,成为被读者完全认同的难以超越的权威译本。关于《吉檀迦利》,1949年前,曾出版过两种全译本,即张炳星译《泰戈尔献诗集》("吉檀迦利"原意为"献诗"),1945年8月由重庆中国日报社出版;施蛰存译《吉檀迦利》,1948年由福建永安正音出版社出版。前者只有重庆图书馆还有收藏,后者只有存目,已难查找。在这种情况下,出版泰戈尔这个最有代表性的散文诗集,就是非常必要的了。1955年,谢冰心翻译的《吉檀迦利》由人民文学出版社出版,这是包括103首诗的全译本,由冰心根据英文版本翻译,又由泰戈尔翻译与研究专家石真根据孟加拉文版本校阅。这是一部相当成功的译作。正如冰心认为郑振铎是翻译泰戈尔作品最合适的人选,作为诗人和散文家的她,其实也是翻译

《吉檀迦利》的最合适的人选。而且冰心早在 20 年代就是泰戈尔崇拜者，她也曾自述当初写诗是受郑振铎译泰戈尔《飞鸟集》的影响。她的《吉檀迦利》译文清新、自然、流畅、温馨、轻盈、飘逸，读者简直分不清是泰戈尔的诗如冰心所译，还是冰心的译文就是泰戈尔。如《吉檀迦利》最后一首（第 103 首）译文：

在我向你合什膜拜之中，我的上帝，让我一切的感知都舒展在你的脚下，接触这个世界。

像七月的湿云，带着未落的雨点沉沉下垂，在我向你合什膜拜之中，让我的全副心灵在你的门前附伏。

让我所有的诗歌，聚集起不同的调子，在我向你合什膜拜之中，成为一股洪流，倾注入静寂的大海。

像一群思乡的鹤鸟，日夜飞向它们的山巢，在我向你合什膜拜之中，让我的全部生命，启程回到它永久的故乡。

1961 年是泰戈尔诞辰一百周年。为了纪念泰戈尔的百年诞辰，经过 1950 年代中后期数年的策划和准备，人民文学出版社出版了《泰戈尔作品集》全 10 卷，共 143 万字。整部作品集在印装上全部为精装，分为纸面精装和布面精装两种。当时中国正处于经济极端困难时期，为一位外国作家出版十卷本的精装版文集，是异乎寻常的。它表明了我国政府及文化出版部门对中印两国关系、对泰戈尔的重视。《泰戈尔文集》是泰戈尔作品翻译的集大成。此前已出版的大部分译文，都被收进了文集。少数是新译，分别译自英文、孟加拉文和俄文。其中，第一、二卷是诗歌，收石真、冰心、郑振铎译《故事诗》《吉檀迦利》《新月集》《园丁集》《飞鸟集》和 20—30 年代的其他诗歌；第三、四、五是俞大䌌、唐季雍、石真译中、短篇小说，共三篇；第六、七卷分别是陈珍广译长篇小说《小沙子》和黄雨石译《沉船》；第八、九卷是黄星圻译长篇小说《戈拉》；第十卷是谢冰心、冯金辛等译的五个剧本。《泰戈尔作品集》所收作品虽然只有泰戈尔全部作品的约七分之一,但所收作品都有代表性。应该说,这是一套有特色的泰戈尔的作品精选集。后来数次重印,在读者中产生了广泛的影响。

1950年代泰戈尔的评论、回忆与研究文章(包括译本序)共有二十多篇。主要有梅兰芳的《忆泰戈尔》(《人民文学》1961年第5期),石真的《〈戈拉〉前言》《〈摩克多塔拉〉译后记》《泰戈尔的歌曲》(《新观察》1955年第13期)、《泰戈尔和他的〈两亩地〉》(《语文学习》1957年第9期),黄雨石的《〈沉船〉译后记》、《印度诗人泰戈尔》(《文学书刊介绍》1954年第10期),季羡林的《泰戈尔短篇小说的艺术风格》(《光明日报》1961年5月15日),辛未艾的《纪念泰戈尔有感》(《文汇报》1961年5月7日)等。1950年代独尊"社会主义现实主义"的文学观念,在泰戈尔评论与研究中也体现出来。对于泰戈尔宗教神秘主义的、有神论的倾向不无避讳,而对他的批判社会现实、揭露社会矛盾的作品,则予以特别的重视。例如,泰戈尔的故事诗《两亩地》,描写的是王爷强行霸占农民巫宾的两亩地的故事,表现了地主对农民的压迫和农民的抗争。这首诗歌在1950年代的我国受到高度的评价和重视,还被编进了当时的中学课本。由泰戈尔《两亩地》改编的印度同名故事片,也在我国广泛放映。

### 三、1980—1990年代:译介的第三次高潮

1960—1970年代,由于中印关系的恶化和中国的"无产阶级文化大革命"运动,泰戈尔的译介几乎完全停顿下来。直到1980年代改革开放以后,我国的外国文学译介出现繁荣。1981年,全国性的"泰戈尔学术研讨会"在北京召开,泰戈尔译介也随之进入了第三次高潮。

1980—1990年代的泰戈尔的翻译,其基本特点是版本众多、印数巨大、普及面广。二十多年中,共出版各种各样的泰戈尔作品译本七十多

种，占此时期中国的印度文学翻译出版总量约三分之一。这其中，有一部分在选题、翻译、编辑、出版诸方面是"原创性"的著作，但也有相当一部分是适合市场需要的、对已有译文进行"炒作"和另包装的版本，如各种名目的《诗选》《小说选》《文集》《全编》等等。有些书在编选中有许多重复，并有不规范的甚至不合版权规则的情况。但它们是在读者市场的要求下出现的，对泰戈尔作品的普及不无益处，也体现出了我国改革开放后图书翻译出版市场化的某些侧面。

首先，在诗歌翻译方面，1950年代的旧译不断再版。如郑振铎译《新月集》《飞鸟集》，冰心译《吉檀迦利》《园丁集》，吴岩译《园丁集》，汤永宽译《游思集》等。同时，新的译本也不断涌现。如上海译文出版社出版的泰戈尔诗集、散文集丛书，从1980年代到1990年代初，陆续出版了十几种集子。其中，吴岩译《流萤集》《情人的礼物》《鸿鹄集》《茅庐集》，都是首译本。1980年代湖南人民出版社出版的《诗苑译林》大型丛书，除收有郑振铎的《新月集》《飞鸟集》和冰心翻译的《吉檀迦利》《园丁集》外，还有石真翻译的《采果集·受者之贻·渡口》三部英文诗集的合集。这一时期重要的泰戈尔诗歌的译者有吴岩、白开元等。吴岩作为老翻译家，早在1956年就出版了《园丁集》译本，这也是我国出版的第一个《园丁集》译本，在读者中影响较大。吴岩翻译的泰戈尔诗集主要是在1980—1990年代出版的。他集中翻译了泰戈尔的英文诗集，如《园丁集》《吉檀迦利：献诗集》《流萤集》《情人的礼物》《鸿鹄集》《茅庐集》和将上述几种诗集编在一起的《泰戈尔抒情诗选》等。白开元在1960年代中期曾赴达卡学习孟加拉语，他是我国屈指可数的可从泰戈尔的母语——孟加拉语直接翻译泰戈尔作品的人之一。1987年，广西人民出版社出版了他的《寂园心曲——泰戈尔诗歌三百首》。这是从泰戈尔的五十多部诗集及散篇中精选出的、直接从孟加拉语译出的本子。白开元的译文特别注重韵律。他在译后记中指出：泰戈尔用孟加拉语写的绝大部分诗是有韵律的，只不过我国的有关译本大都从英文转译,由于英译本是散文体的,所以译成中文时自然就成了散文诗。他认为:"泰戈尔的文学成就主要在诗歌,最主要的功绩是使孟加拉格律得到空前的发展。"他的译诗特别注意用现代汉语来体现原诗的韵律,如《印度的主宰》(印度国歌)的最后一段译诗:

> 夜尽天明,东方的额际升起太阳,
> 百鸟歌唱,纯洁的晨风倾斟出新生的甘浆。
> 你以朝霞的爱抚
> 唤醒昏睡的印度。
> 它在你足前俯身膜拜。胜利属于统辖众王的印度命运的主宰。
> 啊,胜利,胜利是属于你的。

白开元的泰戈尔译诗还有《泰戈尔爱情诗选》(漓江出版社 1990 年)、《泰戈尔儿童诗选》和《泰戈尔哲理诗选》(中国广播电视出版社 1990、1991 年)、《泰戈尔散文精选》(人民日报出版社 1996 年)等。

在小说翻译方面,1980 年代出版了若干种泰戈尔的短篇小说选集,大多数是以前旧译的重编,选目最新、影响最大的是 1983 年出版的《饥饿的石头》。这是漓江出版社"获诺贝尔文学奖作家丛书"之一种。该书收译泰戈尔的短篇小说 41 篇,40 多万字,是 1980—1990 年代翻译出版的篇幅最大的泰戈尔短篇小说选集。全部篇目均为新译,三分之一以上为首次译出。译者有倪培耕、黄志坤、董友忱、陈宗荣。译文分别译自孟加拉语和印地语版本。该译本第一版便有八万多册的印数,后又数次重印,在读者中产生了广泛的影响。倪培耕写的长篇译本前言《泰戈尔和他的短篇小说》,较详细地介绍了泰戈尔的生平思想和短篇小说在思想、艺术上的特色,是此时期出现的评价和研究泰戈尔短篇小说分量较重的文章。在长篇小说方面,新评出的版本有广燕译的《最后的诗篇》(北岳文艺出版社 1987 年)、邵洵美译的《家庭与世界》(人民文学出版社 1987 年)、董友忱译的《家庭与世界》（山东文艺出版社 1987 年）、董友忱译的《王后市场》、白开元译的《沉船》（陕西人民出版社 1996 年）等。

对于泰戈尔的学术理论方面的著作，1980—1990 年代也有若干翻译。这方面的翻译选题都集中于泰戈尔的各种演讲稿。这大概是因为这些演讲能够集中体现泰戈尔哲学、宗教、美学、政治、文学思想，而又有一定可读性。商务印书馆 1986 年出版了谭仁侠翻译的《民族主义》。这是泰戈尔 1916 年访问日本和美国时的演讲稿，集中体现了泰戈尔国际关系方面的思想主张。1925 年我国曾出版过根据法文版译出的文言文译本《国家主义》。谭仁侠的新版本是根据英文版译出的。1992 年商务印书馆出版了宫静翻译的《人生的亲证》，是泰戈尔 1912 年访问美国时的演讲集，集中阐述了自己的宗教哲学思想。1920 年代初我国曾有该演讲集的多篇选译，1926 年上海泰东书局曾出版过钱家骧、王靖翻译的单行本，书名为《人生之实现》。新译本的书名改译为"人生的亲证"，很好地传达出了泰戈尔宗教哲学中注重体验的神秘主义特征。1989 年上海三联书店出版了康绍邦翻译的《一个艺术家的宗教观》。这是泰戈尔在中国、孟加拉国、美国的演讲集，收《一个艺术家的宗教观》《艺术是什么》《人格的世界》《论再生》《我的学校》《论沉思》《论妇女》等七篇，其中的大部分篇目 1920 年代曾有汉译，但多为文言文，且错误较多。康绍邦译本根据英文重新翻译，并将各篇汇为一集。在文学理论方面，倪培耕等人编译的《泰戈尔论文学》（上海译文出版社 1988 年）填补了泰戈尔译介中的一个空白。这个译本大部分选自泰戈尔前期著作《美与文学》和后期著作《文学的道理》两书及其他散篇，共有文章 47 篇，计 33 万字，涉及文学的基本理论、基本主张与作家作品的评论等各个方面，为我国读者了解、研究泰戈尔的文艺思想，提供了可靠的材料。

在泰戈尔的评论与研究方面，从 1980 年到 1999 年二十年间，各学术期刊公开发表的有关文章约有 140 多篇。这些文章可分为几个方面：一是综合研究泰戈尔的生平、思想与创作的。重要的文章有季羡林的《泰戈尔的生平、思想与创作》（载《社会科学战线》1981年第2期），金克木的《泰戈尔的〈什么是艺术〉和〈吉檀迦利〉试解》（载《南亚研究》1981年第3期），倪培耕的《泰戈尔美学思想管见》（载《外国文学评论》1987年第3期）等。二是对泰戈尔的具体作品的赏析与评论、作品人物形象的分析文章。其中被赏析和评论最多的作品是《吉檀迦利》《新月集》《飞鸟集》《园丁集》《沉船》《戈拉》《喀布尔人》《摩诃摩耶》等。这类文章数量不少，但高水平、属"研究"层面的力作较少。三是研究泰戈尔与中国现代文学关系的文章。这属于中印比较文学研究的范围，也是中国学者容易出创意的研究领域。代表性的论文有倪培耕的《泰戈尔对中国作家的影响》（载《南亚研究》1986年第1期），柳鸿的《泰戈尔与中国新诗》（载《当代外国文学》1984年第4期），张锡麟的《中国现代文学史上的一次"泰戈尔热"》（载《中国名家论泰戈尔》，中国华侨出版社1994年），何乃英的《泰戈尔与郭沫若、冰心》（载《暨南学报》1998年第1期）等。此外，各出版社还出版了有关泰戈尔的传记、研究与评述方面的著作和译著多种，其中有季羡林翻译的印度黛维夫人的泰戈尔传记《家庭中的泰戈尔》（漓江出版社1985年）、董红钧翻译的印度学者圣笈多的《泰戈尔评传》、倪培耕翻译的印度学者克里巴拉尼的《泰戈尔传》（漓江出版社1984年）、张光璘编著的《印度大诗人泰戈尔》（蓝天出版社1993年）、何乃英编著的《泰戈尔传略》（天津人民出版社1983年）等。

总体来看，泰戈尔在中国的译介、评论与研究，近百年来一直是我国外国文学译介与研究中的重点与热点，反映了中印文化、文学交流的十分重要的侧面。三个不同的历史时期出现的泰戈尔译介的三次高潮，也反映出我国现代文学史上的某些规律性的现象：1920年代由多元价值观与学术上的自由争鸣而出现的强烈的学术与评论个性；1950年代的社会主义体制下的计划性、统一性与目的性；1980—1990年代翻译作品、评论与研究文章空前增多，呈现出系统化、市场化、大众化的特征，但评论与研究却相对缺乏五四时期那样鲜明的学术个性。通过近百年来三个时期的集中的译介，泰戈尔其人、其作品，已与中国读者、中国文学、中国文化结下了不解之缘。特别需要提到的是，在20世纪刚刚结束的时候，河北教育出版社出版了刘安武、倪培耕、白开元三人主编的共计24卷、近一千万字的《泰戈尔全集》。"全集"收编了已出版的泰戈尔作品的大部分，并从孟加拉文、印地文新译了许多作品。其中，第1—8卷为诗歌，第9—10卷为短篇小说，第11—15卷为中、长篇小说，第16—18卷为戏剧，第20—24卷为散文。主要译者除三位主编外，还有黄志坤、董友忱、唐仁虎、殷洪元等。虽然一千万字的篇幅表明《泰戈尔全集》并非严格意义上的搜罗完备的"全集"（如《民族主义》一书即未见收入），但无论如何它是迄今规模最大的中文版的泰戈尔作品集。该《全集》出版后，我国的泰戈尔的翻译将进入总结期，而泰戈尔的评论与研究，也将拥有更加完整全面、更加翔实可靠的文献资料。可以预期，泰戈尔在中国的译介与传播，作为一个重要的中外文学与文化交流现象，也将成为今后学术研究中被进一步重视的课题。

## 第六节　对普列姆昌德等现代作家的译介

普列姆昌德（1880—1936年）是印度现代伟大的、天才的小说家，一生共创作了15部中长篇小说，约300篇短篇小说及700多篇其他文章，有"小说之王"的美誉。普列姆昌德在创作上走了与泰戈尔不同的道路。他出身平民，擅长描写印度农村和农民的生活，是一位乡土气息极浓的现实主义作家。在谈到译介普列姆昌德的必要性的时候，季羡林曾在《舞台》中文译本（广东人民出版社1980年）序言中写道："泰戈尔和普列姆昌德实际上互相补充，相辅相成的。因为缺少一个，印度社会的图景就是一个不完全的图景。只有两者结合起来或者配合起来,才能形成一个全面的图景。我们中国读者所希望的不正是一个完全的印度社会的图景吗?"

### 一、1950年代对普列姆昌德的译介

普列姆昌德在1920年代就已颇有名望,但我国在1953年之前却一直没有普列姆昌德作品的译文。对这位十分重要的印度作家的长期漠视,现在看来应该说是文学界和翻译界的一个疏漏,但似乎也是事出有因。首先是语种问题。普列姆昌德先是用乌尔都语写作,后又用印地语写作。无论是乌尔都语还是印地语,当时我国文学界似乎都极少有人通晓,而根据英文转译也有困难,因为普列姆昌德作品英文译本似乎较晚时才出现。据柳无忌在新版《印度文学》中提供的材料,直到1960年代后期,普列姆昌德的短篇小说集两种及长篇小说《献母牛》(现译《戈丹》)的英译本,才先后在印度和美国印行。他的英文传记两种,分别于1946和1978年出版。其次,1920年代后期和整个1930年代,左翼无产阶级文学是文学主潮,译介外国文学的重心一直在左翼文学方面,而普列姆昌德的文学显然不属左翼文学的行列。1930年代后期到1940年代,随着日本发动全面侵华战争,我国的抗战文学蓬勃兴起,我国文学与印度文学的联系相对1920年代"泰戈尔热"的时期而言,已是很不密切了,普列姆昌德就在这起伏动荡的时世被忽略了许久。

我国自1953年开始重视和译介普列姆昌德的作品,起初与来自苏联文学界的影响有关。苏联文学界对普列姆昌德相当重视,一是因为普列姆昌德晚年曾对苏联的社会主义表示向往和好感,二是普列姆昌德的作品对底层小人物命运的描写及批判社会的倾向,与苏联所提倡的"社会主义现实主义"有着不少相通的地方。我国最早翻译的几篇普列姆昌德短篇作品,大都译自俄文,而且对普列姆昌德的基本评价,如称他为"进步文学"的代表、是"现实主义作家"等,似乎主要是受到了来自苏联的

影响。1953年上海的潮锋出版社出版了《印度短篇小说选》，是从俄文转译的，其中收录了普列姆昌德的《顺从》。《译文》杂志1955年第10期在"世界文艺动今"栏目中，刊登了题为《印度进步文学先驱普列姆昌德诞生七十五周年》的报道，介绍了当时印度及苏联的报刊上有关普氏诞辰纪念活动的情况，并对普氏的生平创作做了高度的评价。认为普列姆昌德"善于抓住并且表达出国内广大的人民群众对政治的觉醒的那种不可克服的渴望。他的创作最鲜明的特点是从普通人民的生活中汲取题材、情节和人物"。文章还援引苏联报刊的话，称"普列姆昌德的艺术遗产是巨大的。他不仅属于印度，而且也是属于全人类的"。1955年，《译文》杂志第4期刊登了严绍端从印地文译出的两个短篇《一把小麦》和《村井》，这可以说是最早从印地语原文直接译出的两篇小说。该期《译文》还同时发表了严绍端《普列姆·昌德简介》的短文，文中称普列姆昌德是"印度进步文学的旗手"，认为"他的长篇杰作《戈丹》是印度农村的一面镜子，是印度农民生活的一部史诗"。1956年，《译文》杂志还刊出了普列姆昌德的《讨债》《文明的秘密》两个短篇小说。

1956年开始，我国陆续出版普列姆昌德作品译本。首先是短篇小说集，最早的译本是1956年上海少年儿童出版社出版的正秋译小说集《变心的人》。接着，1957年人民文学出版社出版了懿敏、袁丁等合译的《普列姆·詹德短篇小说集》，人民文学出版社1958年又出版懿敏等译的短篇集《一把小麦》。其中收译作品最多的是《普列姆·詹德短篇小说集》。这个集子收译了普氏的二十篇作品，其中包括了另外两个集子的大部分作品。这个选集所选作品大都是普氏的代表作，并且大都是描写印度农民的苦难、反映社会黑暗的具有现实主义倾向的作品。该书的"译后记"比较全面地介绍、评价了普列姆昌德的生平与创作，也是50年代最有代表性的一篇普列姆昌德的评论文章，称"普列姆·詹德是印度当代最优秀的作家，印度近代文学的拓荒者"，并且认为：

他虽然出身于小资产阶级,对城市里小资产阶级的生活很熟悉,他的小说中也不乏以他们的生活为题材的优秀著作。但他最好的作品,无论短篇或长篇,却多半以印度农村生活为背景,以那些受着地主、高利贷者、祭司以及各种社会寄生阶级压迫剥削的淳厚的农民为主角。他对他们有深刻的了解,诚挚的同情。他怀着愤激的心情,描绘了他们的贫穷苦难,反映了他们的思想感情,写出了他们力图摆脱封建奴役的愿望,对美好生活的憧憬。同时,也忠实地指出了他们的弱点:偏见、迷信、守旧。他是印度千千万万农民的代言人。在他之前,印度农民还没有找到一个替他们说话的文学巨匠。

直到今天看来,这仍然是对普列姆昌德的恰当的评价。

在长篇小说翻译方面,1950年代末有两个长篇被译成中文,一个是1958年人民文学出版社出版了严绍端译长篇小说《戈丹》;另一个是1959年人民文学出版社出版了索纳译长篇小说《妮摩拉》,描写了印度不合理的婚姻习俗所造成的婚姻与家庭悲剧。《戈丹》则描写了一个名叫何利的贫农一生的苦难与挣扎,深刻地反映了印度农村的现状、延续至今的传统的村社文化、印度农民的生活与心理,被公认为是普列姆昌德全部作品中最成熟的、最优秀的长篇小说。译者严绍端是1950年代普列姆昌德作品的主要翻译家和研究者之一,更是当时少有的能够从印地语原版直接翻译普列姆昌德作品的人。他所翻译的《戈丹》,译笔生动流畅,绘形传神,出版后即受到欢迎,后来不断再版和重印,至今仍是国内唯一的译本,在普列姆昌德的读者中产生了深远的影响。我国当代著名乡土小说家浩然在一篇文章中回忆自己阅读《戈丹》时曾"激动不已"(《我常到那里遛遛弯儿》,载《外国文学评论》1987年第2期)。除了翻译普列姆昌德之外,严绍端还写了《普列姆昌德的〈戈丹〉》(载《文艺报》1958年第17期)、《〈戈丹〉译者前记》(人民文学出版社1958年)、《〈妮摩拉〉前言》(人民文学出版社1959年)等评介文章。

## 二、改革开放后对普列姆昌德的译介

1970年代末,随着我国外国文学翻译事业的繁荣,普列姆昌德作品的翻译也在停滞了近二十年之后出现了新的译介高潮。

在1950年代,我国翻译的普列姆昌德的长篇小说只有《戈丹》和《妮摩拉》。1978年,《戈丹》得到重印。1980年,庄重翻译的《舞台》由广东人民出版社出版。原作出版于1925年,是普列姆昌德的成名作,也是普列姆昌德自己最满意的一部长篇。《舞台》(刘安武认为本书书名应译为"战场")通过盲乞丐苏尔达斯为了保卫自己祖传的土地而与资本家及英国殖民政府进行的斗争,反映了印度传统的农业文明与西方工业文明之间的剧烈冲突,也表现了甘地主义的所谓"坚持真理"与"非暴力"的思想。该书中文译本长达54万字。它的出版,正值普列姆昌德诞辰一百周年,译者和出版者在这个时候出版《舞台》中文译本,具有显著的纪念意义。1983年,庄重翻译的另一部长篇《一串项链》(原名《贪污》),通过由购买项链而引出的一连串故事,表现了城市小资产阶级虚荣、脆弱的内心世界。同年,新华出版社出版了周志宽、韩朝炯、雷东平翻译的《仁爱道院》(一译《仁爱院》《博爱新村》)的节译本(29万字),1986年上海译文出版社又出版了该书的全译本(39万字)。原作出版于1922年,是普列姆昌德一部很重要的长篇小说代表作,它描写了一个传统大家庭的内部矛盾和分化,表现了受西方文明影响的一部分人与代表印度传统的另一部分人在价值观念、生活方式、社会理想上的冲突,批判了西方式的个人主义,并强调了印度传统伦理道义的价值与力量。这也是除《戈丹》外普氏在我国影响最大的作品。节译本曾发行五万七千多册,全译本发行五千多册。

在短篇小说译介方面,近二十年来我国共出版了四种短篇小说集,刘安武教授在这方面做出了突出的成绩。1982年,他率先译出了1980年代后普列姆昌德的第一本短篇小说译文集,以《新婚》为书名,由贵州人民出版社出版,收短篇小说23篇;1983年,上海译文出版社出版了他翻译的第二本短篇集《如意树》,收作品22篇;1984年,人民文学出版社出版了他编选并主译的《普列姆昌德短篇小说选》,收作品41篇;1985年,湖南人民出版社出版了他翻译的第四本短篇集《割草的女人》(后再版,书名为《普列姆昌德短篇小说选》)收作品27篇。以上四种作品集共译出短篇小说113篇,约占普列姆昌德全部短篇小说的三分之一,包括了不同时期、各类题材中的优秀作品。以上四种短篇小说集共发行十万多册,产生了较大的影响。

在翻译普列姆昌德作品的同时,近二十年来我国的普列姆昌德的评论与研究也取得了较大的成绩。1982年台湾的柳无忌先生在新版的《印度文科》(台北联经出版事业公司)中增加了新的一章"印度独立前后的文坛",其中以四千多字的篇幅论述了普列姆昌德(柳译普雷姜德)的创作。他对普列姆昌德的总体评价今天看来仍然精辟而有力。他写道:"普雷姜德是一位前进的作家,一位有保守性的叛徒。他憧憬着马克思的社会主义,认为在腐蚀崩溃中的印度社会需要急剧的变革。但他不能完全抛弃他所负担的文化包裹:传统印度文化的基本因素,贵族式波斯文化的哲理,以及外来的西方物质文化。这些或多或少地影响着他的小说。普雷姜德奠定了20世纪初期印度小说的基础,使他成为正在勃兴的近代印度文学的一个重要部门。他对人类的性格与情感有深刻的兴趣,特别擅长描绘小说中有个性的活跃的人物,如素曼、黛尼亚与何理。在他的手中,近代印度小说已不再是一些英雄式的浪漫传奇;他给予小说一种现代化的社会意识与关系,并使农村生活与被压迫的女性成为文学中的一个新的重要的主题。"在大陆,1980年代上半期出版的各种东方文学史类的大学教材,如中国人民大学出版社出版的《外国文学简编·亚非部分》(1983年)、北京出版社出版的《东方文学简史》(1985年)等,都把普列姆昌德作为印度现代文学的代表作家予以专节讲述。他们都指出普列姆昌德是现实主义作家,反映了印度农村的阶级矛盾、农民的苦难和抗争,其基本倾向是反对西方殖民主义和传统的封建主义。这些看法都符合普列姆昌德创作的实际,但是和1950年代的观点相比,并没有多大推进和深化,一定程度地带有研究视角单调、视野不够开阔的问题。1980年代中期,我国文学界正在进行关于文学研究方法变革的热烈讨论,人们不满足长期流行的、庸俗的社会学和反映论的文学研究与批评方法,这一点也表现在普列姆昌德的评论与研究中。1986年5月,中国印度文学研究会与东方文学研究会在广州中山大学召开了全国性的以普列姆昌德为中心议题的学术研讨会。由北师大中文系东方文学专业研究生黄超美向会议提交的题为《试论普列姆昌德对印度传统农业文明的认同、选择、回归思想及其二重性》(后以《普列姆昌德创作的二重组合》为题,发表于《外国文学评论》1989年第3期)的文章,从文化学的角度看普列姆昌德,其观点令人耳目一新,引起了热烈的讨论和辩论,成为会议议题的中心。黄超美认为,普列姆昌德虽然无情地批判了印度传统文明中的糟粕,但又表现了对传统文明的强烈的认同意识、回归意识和对西方文明的排斥、抗拒意识。"普列姆昌德的创作从根本上说是印度传统工业文明尤其是它的精神文明的产物,他所反映的是千百万还未摆脱小农经济状态的广大印度农民的思想和愿望、心理和情绪。""进步与保守,积极与落后,构成了普列姆昌德的两个互相关联、难以分解的二重组合。"文化学的角度,东西方文明冲突的视角,显然比先前的社会学的、反映论的、阶级分析的方法更能深刻把握普列姆昌德创作的实质内涵。黄文应该说是1980年代我国普列姆昌德评论与研究上的一个突破。1980—1990年代研究普列姆昌德的三十多篇文章及教材、专著中的有关章节,大都仍然胶着于普列姆昌德的创作方法的探讨上,在"现实主义""理想主义""真实性""理想性"的框架中观照普列姆昌德的作品,分析其人物形象。在这种情况下,文化学的视角显然有助于开拓人们的思路。

我国普列姆昌德的翻译与研究专家是刘安武教授。刘安武对普列姆昌德的评论是从短篇小说开始的。早在1970年代末1980年代初,他就发表了《试论普列姆昌德的短篇小说》（载北京大学出版社《东方研究》1979年第1期）、《丰富多彩的生活画卷》（载《国外文学》1981年第1期）、《普列姆昌德短篇小说选·前言》（1984年）等。对普列姆昌德短篇小说的思想内容与艺术特色做了扎实、中肯的分析。他的《普列姆昌德和鲁迅的短篇小说创作》（载《中国比较文学》1988年9月）也是将中印两大现代文豪进行比较研究的最初的尝试。1987年，他和唐仁虎合作编译了《普列姆昌德论文学》（漓江出版社）一书，填补了普列姆昌德译介中的一个空白，为我国读者了解普氏的文学思想、创作主张提供了资料。1992年，北京出版社出版了他的《普列姆昌德和他的小说》，作为"外国文学知识丛书"之一种。虽然这本小册子篇幅不大，但却是我国第一部比较系统地、深入浅出地评述普列姆昌德生平创作的专著。此前，我国只有一部翻译过来的《普列姆昌德传》（普列姆昌德的儿子阿·拉耶撰写，王晓舟、薛克翘译，北京师范学院出版社1989年）。刘安武的这本书分为十章，以重要作品为中心，对普列姆昌德的五部长篇小说、若干短篇小说以及文学主张等做了介绍和评价。第九章"创作中的某些问题"对普列姆昌德创作中的神秘主义色彩问题、改良主义思想、人性论问题等，提出了自己的看法。第十章"普列姆昌德与中国"，也是颇有吸引力的。作者介绍了30年代普列姆昌德在多篇文章中对日本侵华的谴责，对中国人民抗日战争的关心，对中国人民光明前途的正确的预见。看来这位当时还不为中国人民所知晓的印度作家，早就是中国人民的朋友了。我国读者读此章时一定能够对普列姆昌德心生更大的敬意。1999年底，中国国际广播出版社又出版了刘安武的长达35万字的大作《普列姆昌德评传》。这本书是在《普列姆昌德和他的小说》的基础上扩充、深化而来的，是刘安武的普列姆昌德译介与研究的总结性成果。鉴于普列姆昌德的生平经历远没有泰戈尔那样复杂，因此，所谓"评传"，主要不是对作家的生活经历、社会活动作描述和介绍，而是对不同时期、不同创作阶段的大量作品进行细致深入的评述。这才是作家评传，特别是像普列姆昌德这样的作家评传的正确写法。刘安武的这部评传，具体评述的重要作品，包括长、短篇小说、剧本等，达130多种。所评述的作品许多都是作者亲自翻译过来的，即使不是他亲自翻译的作品，他也非常熟悉。这些体现在《评传》中，使得他对作品的解读、评述、分析都十分细致、到位。当然，在文学批评的方法、理论视野的开拓上，《评传》还显得有些拘谨，但由此也更突出了作者那种朴素、平实的文风。《普列姆昌德评传》的问世，将成为我国印度文学及普列姆昌德研究深化的重要标志之一。

### 三、对萨拉特、钱达尔和安纳德等作家的译介

除了泰戈尔、普列姆昌德之外，我国对印度近现代其他重要作家也有译介。但由于各种条件的制约，在印度多种语言文学中，我国所翻译的只有孟加拉语、乌尔都语、英语、印地语、泰米尔语等少数作家的有关作品。

孟加拉国语文学在印度文学中成就最高，我国的译介也比较多。孟加拉语近代文学的奠基者、被称为印度长篇小说之父的般吉姆·钱德拉·查特吉（1838—1894年）的长篇小说《毒树》（1873年），由老翻译家石真（1918—2009年）译成中文，1988年由湖南人民出版社出版。《毒树》是般吉姆的代表作，以当时印度尖锐的社会问题——寡妇再嫁为题材，表现了作者思想中的传统宗教伦理和现代观念的矛盾冲突，对于认识印度社会、认识作者的创作倾向有重要价值。译本出版的1988年正是般吉姆诞辰150周年，周志宽为石真的译本写了近万字的长篇序言，详细地评述了般吉姆的生平创作及其历史地位，认为般吉姆"是一位伟大的爱国者和印度民族主义者""是现代孟加拉语文学史上第一位伟大的小说家"，《毒树》中作者反对童婚制和包办婚姻，体现出了"反封建的思想火花"，同时也指出般吉姆对寡妇再嫁持反对态度"是令人失望的"。

石真还翻译了在孟加拉语文学史上地位仅次于泰戈尔的著名作家萨拉特·吕德拉·查特吉（1876—1938年）的两部作品。一部是以批判不

合理的婚姻制度为主题的中篇小说《嫁不出去的女儿》，1956年由作家出版社出版；一部是长篇小说《斯里甘特》（第一卷），1981年由人民文学出版社出版。《斯里甘特》（1917—1933年）是一部自传性的作品，在主人公成长经历的描写中，展现了印度多姿多彩的自然风景、风俗人情和社会画面，尤其是第一卷被公认为萨拉特的最优秀的作品，曾被译成印度的各种文字及英文、法文。石真的中译本很好地再现了原作充满诗意的清新自然的风格。译本前言也较翔实地介绍了萨拉特的生平创作情况，并对《斯里甘特》的情节和人物形象做了分析。此外，萨拉特的另一部重要的长篇小说，以反对英国殖民统治为主题的《秘密组织——道路社》（1929年）也由刘国楠、刘安武根据印地语译本译出，1985年由中国文联出版公司出版。在对萨拉特的评论和研究方面，专门的评论文章尚难见到，但1980—1990年代几种有影响的大学教材，如南开大学版《外国文学史·亚非部分》、中国人民大学版《外国文学简编·亚非部分》等，都将萨拉特作为近代南亚文学的代表作家，列专节讲述，并将已有中文译本的《斯里甘特》和《秘密组织——道路社》两部作品作为分析讲述的重点。

此外，我国译介的孟加拉语作家还有马尼克、伊斯拉姆等。1956年，北京的作家出版社出版了郭开兰根据英文版本译出的马尼克·班纳济（1908—1956年）的《帕德玛河上的船夫》。原作出版于1936年，描写帕德玛河上的船夫和渔民的悲惨的生活，是马尼克的代表作，也是我国所翻译的仅有的一部马尼克的作品。1979年，人民文学出版社出版了黄宝生根据英文、石真根据孟加拉文合译的著名孟加拉语浪漫主义诗人纳兹鲁尔·伊斯拉姆（1899—1976年）的诗歌选集《伊斯拉姆诗选》。该诗集共收22首抒情诗，虽然是个薄薄的小册子，但作为迄今为止仅有的伊斯拉姆诗歌的中文译本，是有其价值的。

乌尔都语文学也是译介的重点。1993年，中国社会科学出版社出版了北京大学山蕴教授编译的《乌尔都文学史》，这本书是根据巴基斯坦学者阿布赖司·西迪基的《乌尔都语文学史纲》《今日乌尔都语文学》编译的，是一部从古代到当代的乌尔都语文学通史。1947年巴基斯坦与印度分治后，乌尔都语成为巴基斯坦的通用语，而印度则没有哪一个邦通行乌尔都语了。在印度乌尔都语作家中，译介较多的首推克里山·钱达尔（1914—1977）。钱达尔是现代乌尔都语文学中最有代表性的小说家，著有三十多部长篇小说、四百多篇短篇小说及三十多部剧本，在印度有"短篇小说之王"的称誉。其创作具有明确的社会性主题、强烈的人道主义和批判现实的色彩，同时在情节布局上带有通俗小说的某些特征。他的作品较早就受到我国的重视。1950年代初，光明书局出版了冯金辛翻译的钱达尔短篇小说集《火焰与花》；1955年，作家出版社出版了冯金辛翻译的《钱达尔短篇小说选》；1958年，人民文学出版社翻译出版了《我不能死》；同年，少年儿童出版社出版了《一棵倒长的树》。进入1980年代后，钱达尔的若干中长篇作品被大量翻译过来，主要有长篇小说《一头驴的自述》（唐生元等译，北岳文艺出版社1982年）、《失败》（两种版本：怡新译，北岳文艺出版社1986年；如珍译，湖南人民出版社1986年）、《钱镜》（瑞昌译，陕西人民出版社1984年）、《一个少女和千百个追求者》（两种版本：庄重、荣炯译，山西人民出版社1982年；任蔚典译，湖南人民出版社1981年）、《流浪恋人》（朱国庆、张玉兰译，湖南人民出版社1986年）等。这些作品由于明快简练的风格和引人入胜的故事而受到我国读者的欢迎，每种译本都有超过万册的印数。特别是描写吉卜赛女子悲惨命运的《一个少女和千百个追求者》，在我国一度成为畅销书，两种译本的发行量达66万册之多，影响很大。对钱达尔的评论和研究文章也在1950年代初就见诸报端。如《文艺报》1954年5月号曾发表圭木的《读克里山·钱达的〈火焰与花〉》，《光明日报》1955年10月20日曾发表了冯金辛的《关于钱达尔的小说》。1980年代后，有关钱达尔的评论文章陆续出现，而且有的大学的外国文学史及东方文学史的教材（如陶德臻主编的《东方文学简史》）还将钱达尔作为印度当代最有代表性的作家之一，列专节讲述。除钱达尔外，我国译介的乌尔都语作家作品还有两部重要作品，一个是李宗华等四人翻译的密尔·阿门（生于18世纪）的长篇故事《花园与春天》；另一个是佘菲克翻译的米尔扎·鲁斯瓦（1858—1931年）的长篇小说《一个女人的遭遇（原名《乌姆拉奥·江·阿达》，1899年），这是乌尔都语文学史上第一部重要的现实主义小说。这两部作品均由人民文学出版社列入《印度文学丛书》，分别于1982年和1987年出版。

在印度英语文学中，穆吉克·拉吉·安纳德（1905—2004年）是20世纪成就最大、影响最大的现实主义作家，其创作生涯从1930年代一直持续到1970年代。他的作品大都以贫农、苦力、贱民等社会下层人物为主人公，反映英国殖民统治下印度人民的苦难，谴责印度的种姓制度的残酷野蛮。这样的主题和题材，也容易受到我国翻译家和读者的认同与欢迎。而且，安纳德还是致力于印中友好的作家，长期担任印中友好协会总会的理事，1951年曾来我国访问，并参加了国庆典礼，和我国作家郭沫若、冰心等均有交往。这些都有利于他的作品在中国的译介与传播。早在1954年，我国的平明出版社就出版了王科一翻译的安纳德的成名作、反映贱民悲惨生活的长篇小说《不可接触的贱民》（1935年）。1957年，上海的新文艺出版社出版了黄星圻、曹庸、石松翻译的描写英国人开办的茶园残酷压迫剥削印度农民的长篇小说《两叶一芽》（1936年）。1951年，上海文艺联合出版社出版了侯俊吉翻译的《安纳德短篇小说选》。1954年上海的文化生活出版社出版了顾化武等翻译的短篇集《理发师工会》。1958年，上海新文艺出版社在原《安纳德短篇小说选》等集子的基础上，又出版了新的篇幅更大的《安纳德短篇小说选》，收译短篇小说32篇，是安纳德短篇小说的中文版本中选目最精、流传最广的一种。1953年，冰心在访问印度的时候，安纳德将自己编写的《印度童话选》赠送给冰心，并希望她把这些故事介绍给中国的小读者。1955年，冰心翻译的《印度童话集》（共12篇故事）由中国青年出版社出版。到了1983和1985年，上海译文出版社先后出版了安纳德的《拉卢三部曲》（1939—

1942年）中的前两部《村庄》和《黑水洋彼岸》。前者以农民拉卢为中心，描写了第一次世界大战前夕印度农村的情况；后者则直接描写了第一次世界大战，并反映了拉卢在大战中的遭遇和成长。这两部长篇均由王槐梃翻译。本应该将三部曲全部译出并出版，但第三部《剑与镰》的译本却一直未见问世。

萨洛吉尼·奈都夫人（1879—1949年）是印度著名的民族诗人，也是著名政治家，曾任印度国大党主席。她用英语写作、出版了三部诗集：《金色的门槛》（1905年）、《时光之鸟》（1912年）和《铩羽集》（1917年），描写印度的大自然，歌唱美好的爱情，表达自己的政治理想和信念，诗作的数量不多，却在印度国内外有着相当的影响，被称为"印度当代最伟大的诗人"。冰心曾最早翻译过《萨洛吉尼·奈都诗选》，共选译《生命》等诗歌11首，并收入《冰心著译选集》和《冰心译文集》中。台湾的全右出版社曾出版过糜文开翻译的《奈都夫人诗全集》。1994年，上海译文出版社出版了吴岩翻译的奈都夫人诗集《金色的门槛》，这个译本是从奈都夫人的三部诗集中编选翻译的，译者说"总共约译出全书的八成光景"，中文版面字数六万余字，这也是我国大陆出版的第一部奈都夫人的诗集。吴岩在"译后记"中说："奈都夫人的诗篇，处处体现了鲜明的印度特色：不仅抒发的是印度政治、文化背景上的思想感情，而且独具慧眼的从中撷取了印度独有的气氛、情趣、形象、色彩、意境，体现在字里行间。"他还将奈都夫人与泰戈尔的诗做了比较，认为"泰戈尔的诗篇好比'秋水共长天一色'，悠悠流水中自有一种天籁，……奈都夫人的诗篇好比鸟语花香、亭台楼阁的古典园林，姹紫嫣红，极为美丽，有时却觉得色彩和形象似乎略嫌繁缛"。

另一个英语作家拉·克·纳拉扬（1906—2001年）在印度文学中占有重要地位。1987年我国的《外国文学研究》杂志曾刊载了一篇题为《印度作家R·K·纳拉扬》的评介文章，但对其作品迟迟没有译介。直到1993年，上海译文出版社出版了长篇小说《男向导的奇遇》，填补了纳拉扬译介中的空白。《男向导的奇遇》原名《向导》，写于1958年，是纳拉扬最著名的作品。它将引人入胜的故事与发人深省的哲理结合在一起，堪称当代印度文学中的杰作。

印地语文学，除了普列姆昌德的作品外，译介的主要作家还有耶谢巴尔。耶谢巴尔（1903—1976年）是继普列姆昌德之后印度印地语文学中最重要的现实主义作家，早年从事反对英国殖民主义的物质斗争，并被捕坐牢数年，1938年出狱后从事创作。他一生共写了14部长篇小说、16部短篇小说集、四个剧本、三部回忆录等大量作品。1986年，河南人民出版社出版了刘宝珍、彭正笃翻译的短篇小说集《公理和惩罚》。2000年，上海译文出版社的"20世纪外国文学丛书"收译了耶谢巴尔的长篇小说《虚假的事实》。该译本分上下两卷，共95万字。上卷由金鼎汉翻译，下卷由沈家驹翻译。耶谢巴尔的这部最重要的代表作发表于1960年。小说通过主人公曲折复杂的生活经历，广泛而深刻地反映了1940—1950年代印巴分治与印度独立这一历史时期印度的政治和社会，是当代印度文学中不可多得的现实主义杰作。译本的出版，在我国的印度文学，特别是印度当代文学的译介史中，具有重要的意义。雷努（1921—1977年）的长篇小说《肮脏的边区》（1954年）是现代印地语文学中所谓"边区文学"的代表作。该作品由刘国楠、薛克翘译出，上海译文出版社1994年版，中译名为《肮脏的裙裾》。

此外，我国译介的当代印地语文学还有著名通俗小说家古尔辛·南达的作品等。1980年代前期，古尔辛·南达的通俗小说《断线风筝》（唐生元译，山西人民出版社1980年）、《大湖彼岸》（孙瑞译，湖南人民出版社1983年）、《檀香树》（另收《爱情的火花》，薛克翘、王晓丹译，辽宁人民出版社1986年），在中国颇为畅销。其中，《断线风筝》第一版就发行了17万多册，后又再版数次。东北、河北、云南的一些剧团还将该小说改变成话剧、评剧等，多次演出，并且很受欢迎。1988年，人民文学出版社出版了《孟加拉母亲——印度诗选》一书，除选入泰戈尔的作品外，还由刘安武译出了现代印地语文学中的浪漫主义流派——"阴影主义"的三位代表性的诗人伯勒萨德（1889—1937年）、尼拉腊（1896—1961年）和本德（1900—1977年）的二十多首诗篇。对于我国读者认识印地语诗歌，特别是印地语浪漫主义诗歌，具有重要的参考价值。

泰米尔语文学的翻译不多，译介过来的是重要作家阿基兰（1922年生）的作品。阿基兰是一位以描写社会问题见长的现实主义作家，曾担任过泰米尔作家协会主席等职，在印度国内外有一定的影响。1984年，上海译文出版社出版了张锡麟翻译的《阿基兰短篇小说选》，收作品32篇。1986年，刘国楠翻译的阿基兰的长篇小说《画中女》由北岳文艺出版社列入《东方文学丛书》出版。

总体看来，我国的印度现代文学的译介，除了泰戈尔、普列姆昌德及钱达尔、安纳德等少数几个作家之外，译介面不宽，评论和研究也显得薄弱，远远不能反映印度现代文学的全貌。对一些文学史上有定评的重要作家作品，如印地语诗人伯勒萨德、英语作家纳拉扬等人的重要作品，极少译介或完全没有译介。尤其是对当代印度文学，很少见有计划的、系统的翻译。我国读者凭现有的中文材料，很难搞清印度当代文学的基本面貌。造成这种状况有多种原因，其中人才的缺乏是直接的原因。我国当代从事印度文学翻译、评论和研究的人为数太少，和从事英美文学、法国文学、日本文学、俄罗斯文学等其他外国文学的人比较起来，显得不成阵容。随着我国政治经济和文化事业的进一步发展，我们有理由期望并相信，对印度文学的译介和研究也必将与我国的文化大国的地位相适应。

## 第七节　对南亚、东南亚其他国家文学的译介

**一、对巴基斯坦、孟加拉、斯里兰卡等南亚诸国文学的译介**

在印度文学之后,我们再来看看南亚、东南亚各国文学在中国的译介和研究情况。

南亚各国,如斯里兰卡、尼泊尔、巴基斯坦、孟加拉国等,都属于印度文化圈的范围,一直以来,受到印度文化,特别是佛教文化的深刻影响。其中,巴基斯坦和孟加拉国,是20世纪中期从印度独立出来的国家。我国所译介的除印度之外的南亚文学,主要是巴基斯坦、斯里兰卡两个国家的文学。

巴基斯坦在1947年从印度脱离出来,成立了巴基斯坦伊斯兰共和国,将乌尔都语作为国语。我国自1950年代开始译介巴基斯坦文学。最早译介的是穆罕默德·伊克巴尔诗歌。伊克巴尔（1877—1938年）本来生活在巴基斯坦独立之前的印度,但由于他在思想上为巴基斯坦的独立奠定了基础,现在的巴基斯坦人普遍认为伊克巴尔是巴基斯坦国的奠基者和最伟大的诗人。伊克巴尔的诗用马尔都语、波斯语、英语三种语言写作。1958年,人民文学出版社出版了邹荻帆、陈敬容翻译的《伊克巴尔诗选》。该译本根据英文版译出,是一个小册子,收作者的诗歌43首。1977年,王家瑛从乌尔都语原文翻译了《伊克巴尔诗选》,也是一个小册子,是从伊克巴尔的四部著名的诗集——《驼队的铃声》（1924年）、《杰伯烈尔的羽翼》（1935年）、《格里姆的一击》（1936年）和《汉志的赠礼》（1938年）中选译出来的,共收译诗37首。这些诗歌集中反映了伊克巴尔反对西方文明、反抗殖民主义、主张穆斯林独立建国的思想。1999年,刘曙

雄翻译的伊克巴尔的代表作之一《自我的秘密》由北京大学出版社出版。《自我的秘密》（1915年）是叙事体哲学长诗，共18章、871颂。诗中有叙有议，将哲学思想与诗情画意结合起来，表现了伊克巴尔关于"自我"的哲学思考。刘曙雄译本的卷首有巴基斯坦驻华大使对本书出版的贺词，有伊克巴尔的儿子贾维德·伊克巴尔写的序言，还有刘曙雄的长达两万多字的论文《伊克巴尔与〈自我的秘密〉》。这篇文章详细地介绍了伊克巴尔的生平思想与创作，深入地分析了《自我的秘密》的哲学内涵、所引起的争议和所产生的影响，是中国伊克巴尔研究与评论的代表性成果。

巴基斯坦独立后，小说方面成绩很大。1980年代我国陆续出版了七八种译本。长篇小说有女作家哈蒂嘉·马哈杜尔（1927—1982年）的《庭院》（杜立升译，中国社会科学出版社1983年）和《土地》（中译名《萨姬妲的爱与恨》，袁维学译，世界知识出版社1986年），肖克特·西迪基（1923年生）的《真主的大地》（刘曙雄、唐孟生译，北岳文艺出版社1986年），阿卜杜拉·侯赛因（1934年生）的《悲哀世代》（袁维学译，上海译文出版社1984年），乌姆杜·格迪尔的《明灯》（中译名《罪与恨》，赵常谦、安启光译，新华出版社1985年），雷·艾·贾弗利（1912—1968年）的《圣战者》（中译名《勇士》，袁维学译，外国文学出版社1981年）等。这些作品大都以分治前后的巴基斯坦社会为背景，或描写社会黑暗，或反映主人公在那个动荡年代的遭遇、抗争与牺牲。其中，《真主的大地》《悲哀世代》在巴基斯坦被评论家认为是现代巴基斯坦最好的三部长篇小说中的两部（另一部尚未译成中文的是现代派女作家海德尔的《火河》）。在短篇小说方面，1984年贵州人民出版社出版了山蕴等编译的《巴基斯坦短篇小说选》，收15位作家的17篇小说。

斯里兰卡是一个佛教国家，上千年来的文学作品一直是以佛教故事为中心的佛教文学。20世纪初，斯里兰卡文学进入近现代时期，即现代僧伽罗语（斯里兰卡的通用语）文学时期。我国译介的斯里兰卡作品很有限，而且都是近现代的作家作品。在现代作家中，最著名的是马丁·魏克拉玛沁格（1891—1972年）和阿·西尔瓦（1892—1957年）。魏克拉玛沁格被称为"斯里兰卡的泰戈尔"，是斯里兰卡有世界影响的作家。迄今为止，我国翻译出版的魏克拉玛沁格的作品译本有两种：一种是1961年作家出版社出版的、何青翻译的《魏克拉玛沁格短篇小说选》；另一种是1963年作家出版社出版的冀英翻译的中篇小说《蛇岛的秘密》。《蛇岛的秘密》原名是《神秘岛》，是一部有着世界影响的少年儿童文学。此外，魏克拉玛沁格的其他重要作品，如他的代表作《家乡巨变》《争斗时代》《时代之米》三部曲，还都没有译文。阿·西尔瓦在斯里兰卡有"小说之王"的美誉，其代表作、中篇小说《月光》已经译成中文。中文译名《月光下的爱情》，收在邓殿臣译《月光下的爱情——斯里兰卡中长篇小说选》（贵州人民出版社1987年）一书中。这个集子还另收伊兰迦拉特尼（1913—1991年）的《夫子之间》、K·贾亚迪拉格（1926年生）的《爱的波折》、古·里亚那盖的《出泥不染》等三种作品。我国译介的斯里兰卡作品还有林海、范为纲译索莫巴勒·朗纳冬格的长篇小说《逃亡者》（湖南人民出版社1984年），郑瑞祥、张秀莲译的伊朗基兰的长篇小说《公理何在》（北岳文艺出版社1986年），黎炳森译雷纳尔德·乌尔福的中篇小说《密林中的村庄》（北岳出版社1986年），张永全等译中短篇小说集《生存的权利》（上海译文出版社1983年）等。

我国对尼泊尔等南亚其他国家的文学译介，到目前为止几乎还处于空白状态。

### 二、对东南亚各国文学的译介

东南亚地区，是一个典型的受到文明中心辐射和影响的"边缘文化"地带，也是世界各主要文化的交汇地带。东南亚各国文学，古代首先受到印度文学的强烈影响，其次受到中国的影响，后来受到伊斯兰文化的影响，近代以来又受到西方文学的影响。与文化中心印度、中国比较而言，东南亚古代文学的历史不算悠久，品类也比较单调，近现代文学成熟也比较晚，重要的作家作品大都是在 20 世纪之后出现的。20 世纪中期之前，我国一般将东南亚地区，特别是南洋诸岛称为"南洋"，将东南亚文学称为"南洋文学"，并把南洋文学作为一个整体来看待。1930 年代，上海华通书局出版了温梓川、陈毓泰翻译的《南亚恋歌》，包括马来和暹罗恋歌两部分。1944 年，孙世瀚根据日文编译了《南亚童话集》，由上海教育研究社出版。这是新中国成立前译介的两种东南亚文学的集子。东南亚现代文学起步于 20 世纪初，我国所译介的东南亚文学，大都是近代、现代的作家作品。在东南亚各国文学中，译介较多的依次是印度尼西亚文学、泰国文学、缅甸文学、菲律宾文学。至于马来西亚文学、柬埔寨、老挝、文莱等东南亚其他国家文学的译介，有的只有一两种，有的则一直处于空白状态。（越南文学在传统语言文学上和朝鲜、日本等东亚国家一样，属于中国文化—文学圈的范围，其文学译介情况在本书第三章第七节过及。）

在东南亚各国文学中，印度尼西亚文学比较发达。印度尼西亚的古典文学在空间范围上大体包括了今天的印度尼西亚和马来西亚等南洋诸岛的文学。主要由爪哇语古典文学、马来语古典文学组成，其次还包括巽达语古典文学、巴厘语古典文学等。我国最早译介的印度尼西亚古典文学是钟敬文编的《马来情歌》。该书 1928 年由上海远东图书公司出版，1935 年上海神州国光社再版，收马来民歌 76 首，卷首、卷末分别有两篇研究和评论马来民歌的文章。1950 年代以后，印度尼西亚文学的译介逐渐多了起来。从 1950 年代到 20 世纪末，我国共出版了近四十种印度尼西亚文学作品的译本，其中包括小说、剧本、民歌、民间故事等各种体裁。译本在四种以上的作家依次是普拉姆迪亚、阿卜杜尔·慕依斯、乌达·孙达尼等三位作家。

普拉姆迪亚·安南达·杜尔（1925 年生）是印度尼西亚现代文学的杰出代表，是印尼少有的产生了广泛世界影响的作家之一，也是我国翻译最多的印尼作家。从 1950 年代起，当普拉姆迪亚在文坛上刚有影响的时候，我国就开始译介他的作品。1958 年，作家出版社出版了他的长篇小说《游击队之歌》。该作品由倪志渔、朱秉义翻译，是一部以1940年代末印尼人民反抗荷兰殖民军入侵为题材的作品，也是东南亚各国民族主义文学、反殖民主义文学中有代表性的作品之一。译者在"译后记"中对作品给予了高度评价，并指出，翻译这部作品可以使"我们中国读者，通过这部小说能更清楚地了解英勇的印度尼西亚人民为了民族独立曾付出多大的代价"。普拉姆迪亚1965年被政府逮捕，到1979年才被释放，在被监禁的漫长岁月中，普拉姆迪亚克服种种困难，完成了包括《人世间》四部曲在内的11部长篇著作。《人世间》《万国之子》《足迹》《玻璃屋》四部曲，描写了1898—1918年印尼在荷兰殖民主义统治下，从逐渐觉醒到反抗斗争的过程，题材重大，场景广阔，描写鲜明生动。1980年《人世间》出版，在印尼国内引起轰动，五个月内再版四次，并很快被译成了荷、英、法、德、日等语言的文本。虽然1967年印尼和我国断交，印尼文学在我国的译介受到很大的影响，但我国学者对印尼文坛的动态是密切关注的。1982年，普拉姆迪亚的长篇小说四部曲中的第一部《人世间》，由北京大学出版社出版。该书由"北京大学普·阿·杜尔研究组"翻译，实际的译者是居三元、孔远志、陈培初、张玉安。《人世间》的中文译本除有普拉姆迪亚的照片外，还有两个专页：一页刊出了国际笔会主席写给当时的印尼总统苏哈托的信，请求停止对普拉姆迪亚作品的查禁；另一页以简短的文字说明印尼当局以小说中"塞进马克思主义—列宁主义的学说"为由，禁止《人世间》等作品出版的情况。在当时我国和印尼还没有恢复外交关系的情况下，含蓄而又明确地表明了我国学者对普拉姆迪亚作品的支持。由于涉及敏感问题，《人世间》中文译本采用了当时所谓的"内部发行"（限制对外国发行）的形式，但印数仍然有四万五千册。印尼文学研究专家梁立基教授写了题为《普拉姆迪亚·安南达·杜尔及其新著〈人世间〉》一文，作为译本序言，比较详细地介绍了普拉姆迪亚的生平、创作，分析了《人世间》的内容与价值。他指出："我认为《人世间》在反映现实的深度和广度上，在思想性和艺术性方面所取得的成就,在印度尼西亚是没有其他作品可望其项背的,至少可以说,要大大超过自己以往的所有作品。普拉姆迪亚不愧是印度尼西亚独立以来最杰出的现实主义小说家。他的《人世间》四部曲,无疑将被视为印度尼西亚文学中的瑰宝而载入史册。"《人世间》译本出版后,北京大学普拉姆迪亚研究小组张玉安、居三元等陆续推出了《万国之子》和《足迹》(北京大学出版社1985、1989年)两个译本。不过,四部曲中的第四部《玻璃屋》译本一直未见出版。除上述的四部曲之外,普拉姆达亚作品的中文译本还有康昭根据法文译本翻译的中篇小说《一个官员的堕落》(原名《贪污》,世界知识出版社1958年),孔远志、陈培初翻译的中、短篇小说集《诱惑与堕落》(湖南人民出版社1986年),收《诱惑与堕落》(即《贪污》)等作品十篇。这样,普拉姆迪亚在中国的译本已有六种,成为中国译介最多的印尼作家。

阿卜杜尔·慕依斯(1883—1959年)是印尼伊斯兰民族主义文学的代表人物。他的长篇小说《错误的教育》(1928年)通过一个土著的西化青年的爱情和人生悲剧,深刻地揭示了殖民奴化教育的危害,故事情节真实、生动、感人,被誉为战前印尼文学中最优秀的现实主义作品。这个作品在我国有两个译本。1958年,作家出版社出版了陈霞如翻译的《错误的教育》;1984年,在慕依斯诞生一百周年的时候,花山文艺出版社又出版了白云的译本。以上两个译本是根据俄文版译出的。慕依斯的另一部重要的长篇小说《苏拉巴蒂》(1950年)是以17世纪末反抗荷兰殖民主义的起义领袖苏拉巴蒂为主人公的长篇传记小说。这部小说在中国也有两个译本。一个是姚依恩根据俄文译本转译的,1958年少年儿童出版社出版;一个是倪志渔、朱秉义从原文翻译的,1962年作家出版社出版。

马杜依·达堂·宋丹尼(一译乌达·孙达尼,1920年生)是印尼现代首屈一指的民族主义和现实主义作家。我国在1958年和1959年曾翻译出版了乌杜依的四部作品。张演先后翻译了《天上有星星》《饭店之花》和《阿哇尔和美拉》等三部剧作,均由中国戏剧出版社出版。1959年,人民文学出版社出版了黄元焕翻译的《丹贝拉》。其中，长篇小说《丹贝拉》（1949年）和剧本《阿哇尔和美拉》（1952年）都是以反殖民主义为题材的作品。前者描写了荷兰殖民主义者的罪恶，也针砭了丹贝拉那样的受殖民主义文化毒害的印尼洋奴；后者描写了一个贵族青年阿哇尔爱上了一位守在咖啡摊背后的漂亮姑娘美拉，不断地向她求爱，但美拉始终不为所动，执意不离开咖啡摊后的座位。阿哇尔终于砸毁咖啡摊，想把她带走。但同时也弄明白了：美拉不离开座位是她在战争中失去了双腿。阿哇尔的理想破灭了，当场晕倒。乌杜依的作品具有高超的艺术技巧，给中国读者和戏剧爱好者留下了深刻印象。

除上述三位作家之外，我国翻译的印尼现代文学中重要的作家作品，还有尔敏·巴奈（又译阿尔敏·巴亭，1908—1970年）于1940年发表的以东西方文化冲突为主题的长篇小说《枷锁》（居三元译，贵州人民出版社1982年），莫赫塔尔·卢比斯（1922年生）1975年发表的长篇小说《虎！虎！》（羽飞、张志荣译，山西人民出版社1985年）等。其中，《虎！虎！》以其引人入胜的戏剧性情节、深刻的哲理寓意、缜密的心理分析和意味深长的象征，受到了我国读者的关注，有关的东方文学史著作将它视为"当代东方文学中的第一流的作品"。在当代印尼文学中，1991年北岳文艺出版社出版的阿赫玛·多哈里（1948年生）写于1981—1983年的长篇小说《爪哇舞妓》，在翻译选题上颇能反映印尼当代文学的某些重要侧面。《爪哇舞妓》是一部现实主义与现代主义手法融为一体、对传统印尼文化进行寻根与反思的佳作。中译本由严萍、龚勋翻译。梁立基、龚勋写的题为《印度尼西亚当代小说的发展》的译本前言，向读者提供了当代印尼文学的最新动态与走向。译者写的题为《〈爪哇舞妓〉：一部雅俗共赏的反思性社会文化小说》的"译后记"，对作品深入地作了分析。

在印尼文学研究方面，近百年来，特别是1980—1990年代，我国共发表有关研究和评论文章十多篇。最早发表的印尼文学的评介文章，是

《小说杂志》1949年第2卷第4期上金丁写的《关于印尼的小说》。1950年代，《光明日报》《文艺报》等发表了五六篇有关的文章。其中，张演的《印度尼西亚现代文学》（载《译文》1958年10月号）一文最有分量。1962年2月，梁立基在《光明日报》上发表了《印度尼西亚近年来的反对殖民主义的文学》。进入1980年代后，《外国文学报道》等期刊发表了多篇介绍印尼文学动态的短文。在学术期刊上发表的重要的论文有吴兆汉的《略论印尼二十年小说创作的成就》（载《暨南大学学报》1981第2期），梁立基的《印度尼西亚民族觉醒的一面镜子——读〈人世间〉》（载《外国文学研究》1982年第3期），许友年的《简论印尼土生华人马来语文学》（载《暨南学报》1990年第4期），黎跃进的《慕依斯创作的文化思考》（《衡阳师范专科学校学报》1996年第1期）等。1984年，福建人民出版社出版了许友年的研究专著《论马来民歌》。该书对马来民歌的历史沿革、内容、形式及中国诗歌对马来民歌的影响等，做了较深入的研究。在印尼文学史的研究方面，1980年代后出版的各种东方文学史著作，都有印尼文学的内容，特别是篇幅较大的季羡林主编的《东方文学史》和高慧勤、栾文华主编的《东方现代文学史》，对印尼文学史都有较系统的论述。不过，一直以来，我国还没有正式出版一部独立的印度尼西亚文学史。

我国对泰国文学的翻译，是从1950年代译介西巫拉帕的作品开始的。西巫拉帕（1905—1974年）是泰国现代文学的奠基者和优秀代表，也是中国人民的朋友，曾数次访问我国，因有左翼思想而受政府迫害，长期客居北京，直到去世。1958年，北京大学东语系泰语专业师生联合翻译了西巫拉帕等著的《泰国现代短篇小说选》，选译了16位作家的21篇作品，其中西巫拉帕的小说最多（5篇），并被置于卷首。"译后记"中称："收集在这里的二十一篇短篇小说，是在这次党号召科学大跃进之后，我们经过十五天的工夫翻译完成的。"并说："泰国文学被介绍到我国来，这还是创举。"1959年，上海文艺出版社出版了秦森杰、袁有礼翻译的西巫拉帕的长篇小说《向前看》（第一部《童年》）。1998年，上海译文出版社出版了秦森杰、袁有礼、耳东翻译的《向前看》一、二部合订本。该作品通过贵族公馆里一个书童的遭遇，反映了1920—1930年代泰国青年的生活面貌。1982年，外语教学与研究出版社出版了栾文华、邢慧如翻译的中篇小说《画中情思》。这是西巫拉帕在艺术上最成功的作品，该译本发行六万九千册，在文学界、学术界引起了关注。《教学研究》杂志1985年第2期发表了李健的《西巫拉帕及其成名作〈画中情思〉》的文章。此后我国出版的有关外国文学和东方文学名著、专著、教科书、辞书等，大都将《画中情思》作为名著而加以重点论述。

我国译介的第二位重要的泰国作家是克立·巴莫（1911—1995年）。克立·巴莫是泰国当代文学中最有影响的人物之一，也是著名政治家，担任过议长、部长、总理等职。他任总理时促成了中泰建交，是中国人民的老朋友。1981年，外语教学与研究出版社出版了何方译《克立·巴莫短篇讽刺小说选》，收《独臂村》等17篇作品。1986年，中国友谊出版公司出版了觉民、春陆译的《断臂村——克立·巴莫短篇小说选》，收《断臂村》《小人的故事》《蒙》等20篇作品。克立·巴莫长篇小说的代表作是长达百万字的《四朝代》（1953年）。该作品以曼谷王朝五世到八世四个朝代为历史背景，通过一个贵族女人一生的生活经历，反映了泰国近现代社会的变迁。1984年，山西人民出版社出版了谦光译《四朝代》（上、下册），次年，上海译文出版社出版了高树榕、房英翻译的《四朝代》（上、下册）。两种译本各发行两万多册，并引起了评论界的关注。1985年1月20日，《人民日报》发表了顾子欣的文章——《泰国现代文学的一部佳作〈四朝代〉》；1988年《外国文学评论》第3期发表了栾文华的《赋予历史以血肉和灵魂——评克立·巴莫的长篇历史小说〈四朝代〉》；1996年周婉华发表《泰国历史小说〈四朝代〉中的珀怡性格的文化意蕴》（载《思想战线》第2期），李健发表《泰国小说〈四朝代〉的主题论考》（载《解放军外语学院学报》第5期）。

此外，我国翻译的其他重要的泰国文学作品还有沈逸文翻译的《泰国作家短篇小说选》（中国友谊出版公司1987年），栾文华、顾庆斗翻译的《泰国当代短篇小说选》（外国文学出版社1987年），陈健民、郭宣颖翻译的社尼·骚哇蓬的长篇小说《魔鬼》（外国文学出版社1979年），栾文华翻译的察·高吉迪的《判决》（长江文艺出版社1988年），谦光翻译的察·高吉迪的《人言可畏》（即《判决》，北岳文艺出版社1988年）等。还有索婉妮·素坤泰的长篇小说《甘医生》（龚云宝等译，外语教学与研究出版社1980年），吉莎娜·阿素信的长篇小说《夕阳西下》（烝民译，外语教学与研究出版社1982年），高·索朗卡娘的《风尘少女》（李健译，陕西人民出版社1986年）。其中，察·高吉迪的《判决》（1981年）是轰动东南亚和世界文坛的著名小说，曾获1982年度"东南亚文学奖"。作品以现实主义手法，表现了个人与传统社会习俗的对立，社会舆论对无辜者的扼杀，主题深刻，发人深省。这部作品同时出现了两个中文译本，都受到了读者的欢迎。

我国的泰国文学的评论文章，从1978年以后开始见诸报刊。从那时起，《世界文学》《外国文学动态》《国外社会科学》和《外国文学》等杂志陆续发表了介绍泰国文坛动态的文章。重要的除以上提到的外，还有何昌邑的《泰国中世纪文学的发展轨迹和特征管窥》（载《云南民族学院学报》1995年第1期）、赖伯江的《泰国戏曲的嬗变轨迹和艺术特征》（载《中国戏剧》1998年第2期）等，有关泰国文学的介绍、评论和研究文章，已有十几篇。

在泰国文学史的介绍和研究方面，1981年，外国文学出版社翻译出版了高长荣翻译的苏联学者弗·柯尔涅夫的《泰国文学史》，分"中世纪文学""近代文学""现代文学"三章，是一本简明扼要、从古代到现代的泰国文学通史。它的翻译出版，填补了我国泰国文学史著作的空白。1998年，我国泰国文学研究专家栾文华研究员出版了专著《泰国文学史》。这是我国学者自己撰写的第一部泰国文学史。该书共三十多万字，显示了作者对泰国文学史实和作家作品的熟练把握。黄宝生在本书的评议书中认为："这样一部写到本世纪九十年代的泰国文学通史，在泰国本国也尚未出现。本书对泰国文学史的分期、文学内容和形式的演变发展、作家和作品的分析评价，都体现了作者自己的研究心得。无疑，这是一部具有开创意义的著作，是一位中国学者对泰国文学研究的独特贡献。"此前，栾文华还为《现代东方文学史》《东方文学史》等著作撰写了泰国文学部分，可以说，《泰国文学史》是作者研究泰国文学的集大成的著作。我国不懂泰文的读者，要获取泰国文学史的知识，对栾著是不能不读的。

  缅甸和泰国一样，也是一个佛教国家。缅甸文学中佛教文学、宫廷贵族文学在传统文学中占有重要地位，但并未出现高水平的、有影响的古典名著。现代文学大体发端于 20 世纪初。我国自 1950 年代末至 1990 年代，共翻译出版了包括小说、民间故事在内的缅甸文学作品译本十余种。虽然数量不多，但所译作品，大都是缅甸现代文学中第一流的名著，可以在相当大的程度上向我国读者展现缅甸文学的面貌。缅甸第一部现代小说是詹姆斯·拉觉（1866—1920 年）在 1904 年发表的长篇小说《貌迎貌玛梅玛》。这部作品在情节构思上明显摹仿法国大仲马的《基督山伯爵》。1985 年，北京大学东语系缅甸语言文学专业的教师李谋、姚秉彦、蔡祝生合作翻译了这部作品，并将小说标题意译为《情侣》。1958 年人民文学出版社出版了著名作家貌廷（1910 年生）的长篇小说《鄂巴》，该作品是北京大学东语系缅语专业的师生联合翻译的。《鄂巴》原作发表于 1947 年，是缅甸现代文学史上一部出色的现实主义作品。"译者前记"指出："小说《鄂巴》是以 1942—1945 年日本法西斯侵占缅甸期间的农民生活作为背景的。作者抱着无限同情描述了淳朴的缅甸农民鄂巴及其一家人的生活和遭遇，并且通过鄂巴的遭遇，愤怒地谴责了日本帝国主义者的法西斯残暴统治，真实而又深刻地反映了当时缅甸农民的悲惨生活。作者还通过对农村土豪地痞朴斗的刻画，讽刺了当时的一些乘乱进行政治投机并充当帝国主义爪牙、压迫本国劳动人民的民族败类。"1965 年，作家出版社出版了戚继言翻译的八貌丁昂（1920—1979年）的长篇小说《鄂奥》（1961年），这部作品以1930年缅甸人民反英起义为题材，是缅甸文学史上一部反殖民主义的佳作。1982年，北京大学出版社出版了吴登佩敏（1914—1978年）的长篇巨著《旭日冉冉》（1958年）。这是吴登佩敏的代表作，也是一部以反殖民主义为题材的重要作品。1985年，贵州人民出版社出版了女作家加尼觉·玛玛礼（1917—1982年）的代表作、长篇小说《不是恨》（1955年），该作品曾获缅甸文学宫文学奖，其主题与印尼作家慕依斯的《错误的教育》相似，揭示了西化教育的危害，是一部反殖民主义文化的杰作。此外，我国出版的重要的缅甸文学作品还有《缅甸短篇小说选》（林煌天译，外国文学出版社1981年）、《缅甸民间故事》（丁振祺译，云南人民出版社1984年）等。

我国缅甸文学翻译与研究的力量集中在北京大学东语系缅甸语言文学专业。迄今公开发表的多篇文章，大都是该专业的老师或他们培养的专业人员撰写的。最重要的研究成果是1993年北京大学出版社出版的《缅甸文学史》。该书由姚秉彦、李谋、蔡祝生三人联合撰著，是他们近四十年来缅甸文学教学与研究的结晶，也是我国唯一的一部缅甸文学史著作。全书共六章，24万余字，从1285年前的早期缅甸文学讲起，一直讲到1960—1970年代。著者在本书的"前言"中列举了缅甸国内出版的为数寥寥的文学史著作，说明《缅甸文学史》并没有因循上述一些著作的编排方式与观点，并且增加了口头文学与现当代文学的章节，注意了中国、印度与西方文化对缅甸文学的影响，重视对文学的社会背景的交待，加强了对作家作品，特别是左翼进步作家作品的分析和评述。这些都体现了中国学者独特的观点和视角。

菲律宾古代文学有神话、史诗、民间故事等。16世纪中期成为西班牙的殖民地并进入近现代文学时期，文学语言主要是西班牙语和他加禄语（菲律宾的民族语言之一）。从1870年代到20世纪初，出现了与民族独立运动密切相关的、用西班牙文创作的反殖民统治的民族主义文学，代表作家是何塞·黎萨尔。菲律宾独立后的文学主流仍然是民族主义文学。我国的菲律宾文学的译介，除了两三种民间故事集、作品综合集之外，最重要的是何塞·黎萨尔及其作品的译介。黎萨尔（1861—1896年）是菲律宾民族独立运动的先驱和杰出的作家，也是菲律宾仅有的具有世界影响的文学家。其作品《不许犯我》和续集《起义者》，探索了民族解放的道路与方式，宣扬了爱国主义与民族独立的思想。1896年，黎萨尔以思想犯的罪名被判处死刑，临刑前写了绝命诗《我最后的告别》。黎萨尔的英雄事迹及他的作品曾感染了中国近现代的许多仁人志士。鲁迅在1925年写的《杂忆》一文中提道："飞猎滨的文人而为西班牙政府杀害的厘沙路（黎萨尔——引者注）——他的祖父还是中国人，中国也曾译过他的绝命诗。"1977年10月，人民文学出版社出版了黎萨尔的《不许犯我》和《起义者》，译者是陈尧光、柏群。1977年正是我国"文化大革命"后期，译本前言虽然充斥着"文化大革命"时期的特有的词语和表述方式，但对《不许犯我》的分析还是大体正确的，其中写道："对我国读者来说，黎萨尔的两部小说也多方面地为我们提供了一幅殖民地社会形象的历史图画，是我们了解菲律宾人民斗争历史的一部好教材。"

# 第二章　中东各国文学在中国

本章所说的中东各国文学，包括西亚和北非地区各民族、各国家的文学，又可分为古代文学和现代文学两个历史时期。中东各国文学具有悠久的历史传统，在我国的较大规模的译介主要从20世纪初开始，至20世纪后期臻于繁荣。

## 第一节　古巴比伦文学及《吉尔伽美什》的译介

在中东古代文明中，古埃及文明和巴比伦文明都是世界四大古文明之一，也是东方文明的骄傲。但是，由于它们都是一种中断了的文明，其古代典籍、特别是文学典籍大都湮没失传。1870年代，英国考古学家发现并整理出了写在泥板上的巴比伦史诗《吉尔伽美什》，并被认为是已知的世界最早的史诗，引起了世界学术界的注意，随后出现了各种语言的译文。到20世纪中叶，《吉尔伽美什》已经有了英、法、德、俄、意、日、希伯来、阿拉伯等世界主要语言的译本。由于种种原因，我国直到20世纪中期才注意并翻译这部史诗。据《吉尔伽美什》的译者赵乐甡回忆，1960年代最早尝试从英文翻译《吉尔伽美什》的，是当时任东北师范大学的李江副教授,他翻译的《吉尔伽美什》第一块泥板,曾发表在该校编辑的《亚非文学作品选》上。1970年代后期,东北地区有关大学在讨论编写《外国文学史》教材的时候,认为有必要将《吉尔伽美什》全部翻译出来。陶德臻先生便鼓励赵乐甡先生担任此项工作,并向他推荐了日本人矢岛文夫翻译的《吉尔伽美什叙事诗》。

赵乐甡(1924年生)是日本文学方面的专家,他不懂巴比伦的楔形文字(事实上,我国懂楔形文字的专家,并能从事翻译的人极少)。他的《吉尔伽美什》翻译主要根据矢岛文夫的日文版转译,并参照了英译本和俄译本。1981年,辽宁人民出版社出版了赵乐甡的译本,书名为《世界第一部史诗·吉尔伽美什》。这个译本除了将矢岛文夫日文版的十一块泥板全部译出之外,还根据英译本译出了学术界存有争议的第十二块泥板,因此这是一个《吉尔伽美什》的全译本。中译本在每块泥板的最后,加了一些必要的注释。译本以陶德臻的《史诗〈吉尔伽美什〉初探》作为代前言。译文之后附赵乐甡自己写的《谈史诗吉尔伽美什》和《〈吉尔伽美什〉的发现和研究》两篇文章。因此这个译本不但具有文学欣赏的价值,更有学术价值。1999年,南京的译林出版社出版了"世界英雄史诗译丛",赵乐甡的《吉尔伽美什》译本被收进此套丛书,重新出版。新版本在旧版本的基础上,做了少量的修订,并另收巴比伦神话、故事、传说、史诗、哀歌等十四篇,同时将《谈史诗〈吉尔伽美什〉》作为新版本的序言,并附《谈苏美尔—巴比伦文学》一文于书后。

赵乐甡不仅是《吉尔伽美什》的翻译者,也是研究专家。他在翻译过程中收集了不少国外的有关研究资料。他在新版本的序中,从文学文本分析的角度,对史诗的内容、形象、形式和艺术做了较深入的分析,并详细地介绍了国外《吉尔伽美什》史诗的各语种的版本、有关研究资料及研究的历史与现状。《谈苏美尔—巴比伦文学》一文,以他所译出的有关作品为中心,分析了苏美尔—巴比伦各种形式的作品。赵乐甡的译本及有关的研究文章,首开我国巴比伦文学译介与研究的风气之先,对丰富和推进我国的东方文学的翻译与研究起了重要的作用。此后出现的有关文章引用的大都是赵的译文,遂使赵译本成为近二十年以来我国巴比伦文学及《吉尔伽美什》评论与研究所依据的唯一的中文版本。

1980年代以后,我国出版的各种版本的《东方文学史》类的教材,无一例外地都将巴比伦文学与《吉尔伽美什》作为重点内容来处理。其中,陶德臻最早在1980年7月出版的由二十四所高校联合编写的《外国文学史》中,将《吉尔伽美什》列专节讲述。那时《吉尔伽美什》的中文译本还没有正式出版。后来,由陶德臻主编的《东方文学简史》(北京出版社)、《外国文学简编》(中国人民大学出版社)、《世界文学史》(高等教育出版社)等教材的《吉尔伽美什》专节,均由陶德臻执笔撰写。陶文侧重史诗的人物形象的分析,延用一直流行的"思想内容、艺术形式"的二分法。虽然这种"教科书写法"有不少的局限性,但毕竟尽可能浅显清楚地向我国读者介绍了《吉尔伽美什》,对推动作品的普及做出了自己的努力。

对《吉尔伽美什》做深入研究的,是青年学者叶舒宪。他在学术上受西方的弗雷泽、弗莱、荣格、卡西尔等人的影响,热衷于"文学人类学"及"原型批评"的文学批评方法的理论与实践。1988年,四川人民出版社的"走向未来丛书"推出了叶舒宪的《探索非理性的世界——原型批评的理论与方法》。这本书分六章评介了西方原型批评及其代表人物。其中,第六章将《吉尔伽美什》作为运用原型批评的一个实例,进行了详细的分析解剖。他不满足于传统的根据表层故事分析作品的作法,而是根据原型批评的原理,认为《吉尔伽美什》在一个可经验的表层的叙述层次之外,还有一个不可经验的深层的象征层次,即以太阳的起落、运行为象征模式,将自然现象与史诗中英雄人物的命运同而为一的"英雄——太阳"的模式,这也就是《吉尔伽美什》的"原型"。他认为,《吉尔伽美什》写在十二块泥板上,并不是偶然的。第十二块泥板也并不像有人所说的是后加的或多余的,而是与巴比伦历法中一年分为十二个月、一天分为十二个时辰相对应的;吉尔伽美什在第六块泥板后,其命运由盛及衰,与太阳在一天中从午后由高转低的运行曲线也有着相对应的关系。叶舒宪还以史诗中所写到的太阳神与吉尔伽美什的密切关系,论证了这种看法的可靠性,认为史诗是自觉地以自然现象来解释社会生活,以太阳的运行规律来象征人的命运。叶舒宪的上述看法受到西方学者的启发,也含有他个人敏锐的学术悟性。从原型批评的视角对《吉尔伽美什》这样的解读,与此前的社会学的、反映论的视角比较起来,的确显出了新意,使史诗呈现出全新的意义。后来,他还将这一看法作为单篇论文或教科书中的有关章节(如贵州人民出版社1987年版《东方文学50讲》、陕西人民出版社1994年版《东方文学史》等)发表,使这一观点产生了广泛的影响,并为许多同行所认同。

但是,叶的这一看法也带有原型批评所具有的局限,那就是在看似科学严谨的论证中带有相当程度的揣测性,有些看法只能是假说,而难以被确证。所以,一旦出现反证,这种假说就会受到撼动。例如,《外国文学评论》2000年第3期上发表了两篇评论《吉尔伽美什》的论文。其中,蔡茂松的《吉尔伽美什是英雄,不是太阳》一文,反驳了叶舒宪的观点。蔡文认为,叶的关于吉尔伽美什是太阳与太阳运行轨迹的象征这一看法,"既不符合巴比伦天文学和历法的特征,也无法用巴比伦民族意识加以解释,因而不能成立"。他援引《中国大百科全书·天文卷》中关于巴比伦历法的词条,认为由于闰月,对巴比伦人而言,三年中有两年是十二个月,有一年是十三个月,因此不能把史诗的十二块泥板与巴比伦的历法联系起来;巴比伦把春分而不是把立春作为一年之始,而春分时节已是春夏之交,这也同叶文所设想的"《吉尔伽美什》情节结构曲线"不相吻合。而叶文的"一天设想曲线"是以中国人式的"先昼后夜"的观念为依据的,而巴比伦的昼夜观却是"先夜后昼",同叶文设想的《吉尔伽美什》先上升、后下降的情节发展曲线也正好相反。看来,对《吉尔伽美什》的这些讨论和争鸣,不仅涉及对原作的正确认识问题,也涉及西方文学批评方法的可行性问题,应当引起学术界的关注。

## 第二节  犹太文学及《希伯来圣经》的译介

### 一、对《希伯来圣经》及犹太文学的翻译

犹太文学和我国的关系,主要是以犹太民族古典文学的集大成——《希伯来圣经》为纽带的。《希伯来圣经》是犹太教的经典,是古代犹太人的各种文献典籍的精华,具有强烈的文学性或文学色彩,有些文献典籍本身就是优秀的文学作品。虽然犹太教本身在我国影响甚微,但由于基督教的《圣经》(又称《新·旧约全书》)中的《旧约》部分所收编的就是《希伯来圣经》,所以从基督教传入我国的时候起,《希伯来圣经》当然也就随之传入。据研究,早在盛唐(7世纪)之初,基督教的一个支派——聂斯托里派就从波斯传入我国,时称"大秦景教",简称"景教""大秦教"。景教传入后,景僧的译经工作受到重视,唐太宗迎景僧阿罗本时,即令"翻经书殿"。景教本《圣经》当已译出,但早已失传,只有一部分散见于敦煌文献。到了元代,除景教外,又有罗马教主派遣传教士来华,当时把该派基督教称为"也里可温教",并将景教和也里可温教统称为"十字教"。到明代中叶,天主教传入我国,西方传教士利马窦、汤若望、毕方济、南怀仁等都得到宫廷的宠信,势力颇大。明清之际(17世纪前后),天主教传教士曾将拉丁文通俗版本的《圣经》译成古汉语,其一传抄本现存英国不列颠博物馆。明末清初,基督教的另一大派系东正教也从俄罗斯向我国渗入。19世纪初,基督教的新教来华。新教来华传教士马礼逊在1810年开始将《圣经》的《新约》部分译成中文,后又与人合作译完《旧约》部分。1819年开始出版,1823年出齐,译本取名《神天圣书》。到了近代,随着西方列强入侵我国,随着中西交流的深入,

基督教的传播和影响进一步扩大。此后陆续出现的有四人小组译本（1838年）、代表（委办）译本（1853年）、费治文（裨治文）译本（1962年）等。此后，还出现了数种用方言翻译的译本。如1878年出版的北京国语译本，1879年出版的上海方言本《新约全书》，1908年出版的上海方言本《新旧约全书》等。

  1919年，由基督教新教会主持翻译的《新旧约全书》（当时俗称《圣书》）正式出版，成为《圣经》汉译史上的一个最重要的里程碑。这个译本是数十名中外教徒、学者经过多年共同努力的结晶，分古文和官话（近代白话）两种译本，因其版面像蝶翅、像合页，故称"蝴蝶本"或"和合本"。其中的白话译本在我国翻译的外国文献书籍中是最早、最审慎、最地道的白话译本。译文准确、儒雅、凝练、畅达，很好地体现出了原作的庄严、凝重、崇高的风格。此书出版时适逢五四运动高潮，那时提倡的自由、平等的人道主义思想，主要来源于基督教及其《圣经》，所以和合本《新旧约全书》受到了普遍的欢迎，对中国新文学也产生了极其重大的影响。新文学的重要理论指导者周作人在1921年发表了《圣书与中国文学》（载《小说月报》第12卷1号），特别推崇和合本白话译本《新旧约全书》，认为新译本的出版，对于中国语言文学的改造必然产生许多帮助和便利。他说：

  ……白话的译本实在很好，在文学上也有很大的价值；我们虽然不能说怎样是最好，指定一种最美的模范，但可以说在现今是少见的好的白话文。这译本的目的本在宗教的一面，文学上未必有意的注意，然而因了他慎重诚实的译法，原作的文学趣味保存的很多，所以也使译文的文学价值增高了。（中略）现在译成这样信达的文章，实在已经很不容易了。（中略）我预计它与中国新文学的前途有极大极深的关系。

诚如周作人所说,白话和合本《新旧约全书》,在当时是"五四白话"的典型代表。其特点是以口语为基础,同时融入欧化的成分,包括双音词的大量采用,结构复杂的长句子的出现,欧式标点符号的运用等,同时又保留了一些文言文的成分和某些中国地方方言成分,如"晓得"之类。这个译本对于白话文的进一步普及,对于规范的书面白话的形成,对于新文学运动的开展,起到了推波助澜的作用。几乎每一个重要的中国现代作家,如胡适、鲁迅、周作人、许地山、冰心、庐隐、郭沫若、郁达夫、张资平、老舍、巴金、曹禺等等,不管他信不信基督教,都读过和合本的《圣经》,并在创作中表现出《圣经》的某些影响。当然,现在看来,和合本《新旧约全书》也带着"五四白话"所特有的文白混杂、译名陈旧、有些句子拗口的弊病,使文化水平不高的读者读起来有些吃力,特别是采取竖排连写的方式,使读者对散文部分与诗歌部分难以分辨。但尽管有这些问题,一直以来,广大读者似乎并不介意,事实上这种文体反而可能有助于读者从中感受到《圣经》的古雅与庄严。所以,在其他新的译本出现的情况下,和合本一直不断地再版重印,发行量以数百万计,其产生的影响是难以估量的。

现代新译本《圣经》,多出现在教徒较多的香港地区。1968年,属于天主教的香港"思高圣经学会",对该会以前出版的各卷译文做了彻底的修订,出版了《旧约》《新约》的合订本《圣经》。该译本与上述属于基督教系统的圣经译本不同,它把基督教未编入正典《圣经》、而列为"后典"(又称"次经")的11篇作品,也列入了《圣经》,并认为这些篇章和其他篇章一样,都是"神圣的经典"。所以,天主教的《圣经》实际上是基督教的《新旧约全书》加《圣经后典》。思高圣经学会翻译的《圣经》,译文为平白通畅的现代汉语,经中的人名、地名、专门术语等,与和合本的译法多有不同,如:和合本中的"上帝",思高圣本译为"天主";和合本中的"摩西",思高圣本为"梅瑟"等等。为了便于读者理解经文,该译本还在每类经文前冠有"引论",在每卷经文前冠有"引言",介绍经文产生的历史背景及大意。译本中还有大量注释,书后附有《历代大司祭》《圣经与世界大事年表》《圣经教事索引》等三种附录,这在其他译本中尚属少见。总之,思高圣本是近几十年来包括大陆和港澳台地区在内的天主教徒最权威的译本,在《圣经》汉译本中也是译文质量高、影响较大的版本。

最近二十多年来的新译本也在香港出版,如新力出版社的《当代圣经》(1983年)、海天书楼的《圣经(启导本)》(1989年)等,而有代表性的是香港联合圣经公会主持翻译的《现代中文译本圣经》和《圣经新译本》。《现代中文译本圣经》(简称"联合本")是侨居海外华人学者根据希伯来和希腊原文集体翻译的,1979年在香港出版。1970年代中期,由香港、台湾、菲律宾、新加坡以及北美的华人基督教各协会、组织共同成立了"中文圣经新译会",经过40多人的16年的努力,《圣经新译本》(简称"新译本")于1992年由香港天道书楼有限公司出版,1999年再版。"出版序"称:这是"第一本由华人圣经学者集体直接由原文翻译的圣经"。上述两种新版的圣经译本,博采众译本之长,用标准的现代汉语译出,平易畅达,诗歌部分均以分行排印,而且出版了大中小不同开本,装帧精美,代表了当代《圣经》翻译的新水平。

中国改革开放后,宗教信仰自由的政策得到落实,上述的各种译本,包括和合本、思高圣本、联合本、新译本等,均得到重印、再版或由香港输入内地,拥有大量的读者。读者中既有基督教教徒,也有对基督教及《圣经》感兴趣、对西方文化、希伯来文化和文学感兴趣的一般读者。但上述的《圣经》各种译本,均是教会为传教目的而翻译,一般读者拿到《圣经》,首先也不是把它看成是单纯的文学作品。但有些读者,特别是文学爱好者,希望从文学角度来看《圣经》。适应读者的这种需要,有的学者从不同角度对《圣经》做了编选,陆续出现了多种《圣经故事》《圣经故事选》之类的书,将《圣经》中主要内容改写成故事形式,通俗易懂,深受读者欢迎。其中最有影响的是张久宣编写的《圣经故事》(中国社会科学出版社），该书1981年初版，到1985年又出版了修订版，总发行量多达73500册。1987年，商务印书馆出版了张久宣翻译的《圣经后典》。1989年6月，上海三联书店出版了孙小平编译的《圣经抒情诗选》，共编选《圣经》中的25首抒情诗。该书前言说："编注《圣经抒情诗选》的主要目的，就是企冀能够多少有助于我国读者读懂和理解这一世界名著，而不再对它抱有神秘感。这种神秘感或神圣感一旦消失，读者就会发现圣经乃此岸而非彼岸之物，它和古代希腊的史诗和悲剧、古印度的吠陀文献以及我国的《诗经》《史记》等传世巨作一样，都是出于人类之手，是人类精神智慧的凝聚，是人类高尚劳动的结晶。"1989年9月，天津的百花文艺出版社出版了梁工编译的《圣经诗歌》，该书编译了《圣经》中各类文献，包括《摩西五经》《历史书》《先知书》《诗篇》《哀歌》《雅歌》《箴言》《约伯记》《传道书》中的诗歌一百多首。编者以和合本、联合本等圣经版本为基础改译而成，并附有题解，是一个精良的圣经诗歌选本。

除《希伯来圣经》外，古代希伯来文学典籍还有《塔木德》和《死海古卷》等。《塔木德》（*Talmud*）的希伯来文本义是"教导"，是继《希伯来圣经》之后犹太人编写有关文献的总称，其内容博杂，卷帙浩繁，核心部分是对《希伯来圣经》的注释和解说。在宗教、哲学、历史、法律、民俗等方面的价值之外，它也有一定的文学价值。1996年，中国社会科学出版社出版了张平翻译的《阿伯特——犹太智慧书》。这是《塔木德》第63卷中的一卷，是一部智慧格言集，中文译本共75000字。1998年，山东大学出版社出版的"汉译犹太文化名著丛书"收译了盖逊根据英文译本转译的《大众塔木德》。《大众塔木德》的原编著者是美国学者亚伯拉罕·柯恩。他将《塔木德》做了精细的筛选、梳理和编排，并把它们译成英文，以便于一般读者阅读，所以称为"大众塔木德"。中文译本40多万字，虽然只是个改编、精选本，但毕竟可使读者尝鼎一脔。《死海古卷》是20世纪中叶发现的古希伯来文献，其中大部分内容是对

《希伯来圣经》的抄本、注解及当时居住在库兰的犹太人的教规、感恩诗等文献和作品。1999年商务印书馆还出版了王神荫翻译的《死海古卷》。鉴于《死海古卷》的许多内容目前仍处在以色列政府有关部门的垄断之中，中文译本只能暂先根据英文译本译出比较可靠的部分内容，共30多万字，从而填补了我国犹太文献、犹太文学翻译中的一个空白。

除《希伯来圣经》外，我国对现当代犹太—以色列文学的译介，是一个薄弱的环节。1924年，《小说月报》14卷5号发表赤城翻译的《现代的希伯来诗》；1925年4月，从英文译本转译的犹太作家宾斯奇（D. Pinski，1892年生）的作品集《宾斯奇集》，收独幕剧、小说各三篇，由《小说月报》社编辑、上海商务印书馆出版；同年7月，《小说月报》社又编辑了《新犹太小说集》，收短篇小说3篇，由商务印书馆作为"世界文学名著丛书"之一出版；1926年，鲁彦根据世界语译本编译了《犹太小说集》，收短篇小说14篇，发表在《一般》杂志2卷2号，1926年12月由上海开明书店出版单行本；1936年，商务印书馆出版了唐旭之根据英文版译出的剧作家阿胥（Sholen Asch，1880—1957年）的剧本《复仇神》。新中国建立后，对犹太作家作品的译介选题集中在俄苏的犹太文学，根据俄文翻译了一些犹太作家的作品。最早的译本是1949年由上海的时代出版社出版的《犹太作家小说集》。译介最多的是肖洛姆·阿莱汉姆（1859—1916年）。他是居住在俄国的犹太作家，也是近代犹太文学的杰出代表，使用意第绪语写作，以短篇小说成就最高，作品多反映犹太民族在沙俄统治下的悲惨生活。1950—1960年代，我国出版的阿莱汉姆的作品译本至少有五种，其中包括中篇小说《莫吐儿》、长篇自传体小说《从市集上来》、短篇小说集《卖牛奶的台维》《一场欢喜一场空》《阿莱汉姆小说集》等。由于我国一直反对"犹太复国主义"，对以色列国现代文学译介几乎处于空白状态。改革开放后，我国的外国文学译介空前繁荣，但由于1992年前我国与以色列国没有建立外交关系，文化、文学的直接交流和文学作品的译介也受限。1992年中以两国建交后，犹太文学及以色列文学的译介才逐渐增多,我国翻译出版了犹太文学及以色列文学的译本数十种。其中重要的有高秋福编译的以色列短篇小说《焦灼的土地》和诗歌选集《百年心音》(均人民文学出版社1998年),傅浩翻译的以色列著名诗人阿米亥的诗集《耶胡达·阿米亥诗选》(中国社会出版社1993年)和以色列作家阿摩司·奥兹的长篇小说《了解女人》(译林出版社1999年)、姚乃强、郭鸣涛翻译的奥兹的《沙海无边》,姚永彩翻译的奥兹的《何去何从》(均译林出版社1998年),钟志清翻译的阿摩司·奥兹的长篇小说《我的米海尔》(译林出版社1998年)和约书亚·凯南兹的长篇小说《节日之后》(百花洲文艺出版社2000年),徐新翻译的阿格农的小说《婚礼华盖》(漓江出版社2000年)等。由于国内通晓希伯来语、意第绪语的人很少,能够直接从原文翻译作品的人更少,已出版的几乎所有作品都是通过英文译本转译的。

1998年,安徽文艺出版社出版了林骧华主编的"希伯来语当代小说译丛"。《译丛》从当代以色列国希伯来语文学的著名小说中,选出了四部小说,包括约瑟尔·伯斯坦著《朦胧的面纱》(寥慧祥、萧耀珍译)、约瑟夫·海姆·布伦纳的《生死两茫茫》(罗汉、孟俭译)、大卫·伏格尔的《婚姻生活》(杨东霞、杨海红译)、艾尔默格的《小外套》(刁海峰、王明前译)。这是我国较早出版的以色列文学译丛,在我国以色列文学译介中有重要意义。同年,中国社会科学出版社出版了"当代以色列名家名作选"丛书,已译出的作品有:露丝·阿尔莫格的长篇小说《雨中之死》(朱美慧译)、奥丽·卡斯泰-布龙的长篇小说《米娜·丽莎》(杨玉功译)、本雅明·塔木兹的长篇小说《米诺托之恋》(郑雅兰译)等。2000年,百花洲文艺出版社开始推出"以色列文学丛书",丛书由我国以色列问题专家、翻译家高秋福担任主编。高秋福在丛书"序言"中谈到:出版以色列文学丛书的设想,得到了以色列国"希伯来文学翻译研究所"的大力支持,中以双方同意用几年的时间,把以色列文学中的代表性的作家作品有计划地介绍给中国读者。首批上市的四种长篇小说是：钟志清译约书亚·凯南兹的《节日之后》，隋丽君译约瑟尔·比尔斯坦的《收藏家》，沈志红、高穗译约拉姗·坎纽克的《墓园之花》，戴惠坤、肖黛译《阿多尼斯》。本丛书大都仍是由英文版转译的，每种约在 15 万字左右，译文流畅可读，印制精美。只可惜除丛书的序外，没有译本序跋之类的文字。因为我国读者对以色列作家还相当陌生，没有对作家作品及其背景的介绍，势必会影响读者的阅读和理解。总之，上述几套丛书的出版，标志着我国的以色列文学的译介已经开始走向规模化和系统化。

## 二、对犹太文学的评论与研究

由于犹太文学的主要部分收在《希伯来圣经》和基督教《圣经》中，长期以来，无论是在外国还是我国，人们大都是从宗教的角度而不是纯文学的角度看待这些文献的。在我国香港地区，研究《圣经》的著作很多，但从文学角度研究《圣经》及犹太文学的学者却很少。他们大都是信教者，其研究成果涉及文学问题时，自觉不自觉、或多或少地受到了宗教成见的影响和制约。所以，虽然我国译介《圣经》及犹太文学的历史很长，但对犹太文学的研究，却是相对较晚的事情。

可以查到的我国最早的一批研究希伯来文学的文章有叶启芳的《古希伯来诗韵研究》，发表于《晨报副镌》1923 年 11 月 8 日—21 日。最早研究希伯来文学著作的是肖文若译的《希伯来文学史》（原书书名为 History of Hebrew Literature），该书由成都中华基督教协会 1935 年出版，以希伯来圣经为中心，分八章论述了史书、先知文学、希伯来诗歌、短篇小说等内容，著者"周忠信"，可能是外国学者或传教士的中文名字。1925 年，上海商务印书馆出版了《小说月报》社编辑《新犹太文学一瞥》，收了四篇犹太文学方面的研究论文，其中包括沈雁冰的《新犹太文学概观》及翻译的外国学者的三篇论文。

1949 年后，由于我国社会主义的意识形态与宗教观念难以融合，许多人将宗教与"封建迷信"混为一谈，在极左思想占统治地位的年代，谈论研究宗教和《圣经》是很困难的。

1980年代以后，在改革开放、解放思想的大气候中，研究《圣经》及犹太文学才逐渐具备了应有的环境。最早倡导并身体力行研究《圣经》及犹太文学的，是南开大学中文系教授朱维之（1905—1999年）。朱维之早在1930年代就出版了《基督教与文学》一书，是我国研究基督教与文学关系的第一部系统的学术专著。1980年代，他在国内率先招收世界文学专业希伯来文学研究方向的研究生，使希伯来文学的研究走进了我国的高校。1988年，他主编了《希伯来文化》一书，作为"世界文化丛书"之一，由浙江人民出版社出版。这部书由朱维之及他的三位研究生梁工、刘平炎、刘连祥联合撰写。该书对希伯来民族文化的形成、发展及其主要遗产，对希伯来文化与东西方文化的关系，做了描述和阐述，并以《希伯来圣经》为中心材料，对希伯来神话、宗教、民俗、律法、史学、诗歌、先知书、小说、艺术等，分章做了评述与研究。1989年，人民文学出版社出版了朱维之著《圣经文学十二讲——圣经、次经、伪经、死海古卷》。该书是作者为研究生上课使用的讲义，共30多万字，是一部系统全面、深入翔实而又通俗平易的犹太文学史概论著作。鉴于此前和当时还没有我国学者自己写的犹太文学史方面的著作，只有两种译本（1988年春风文艺出版社出版过一本美国学者勒兰德·莱肯的《圣经文学》的中文译本，1991年上海三联书店出版过以色列学者约瑟夫·克劳斯纳的《近代希伯来文学简史》中文译本），因而朱维之的这部著作作为第一部中国人写的犹太文学史方面的著作，是具有开创性的。全书十二讲的内容分别是：一、古希伯来民族历史剪影；二、希伯来文学和世界文学；三、圣经、次经、伪经和死海古卷；四、神话；五、传说；六、史诗；七、历史文学；八、先知文学；九、启示文学；十、智慧文学；十一、抒情诗；十二、小说。鉴于中国读者对《圣经》多不熟悉，书中有意识地援引了不少作品的中文译文片断，强化了论著的可读性和可欣赏性。

近年来，在研究《圣经》文学方面用功最大、成果最多的是中年学者梁工（1952年生）。他的成果首先表现在《圣经》文学的普及方面。1990年，漓江出版社出版了他的《圣经文学导读》。在这部书的基础上，梁工又写成《圣经指南》一书，1993年由辽宁人民出版社出版。长期以来，我国一般读者视《圣经》为神秘高深的宗教经典，很少把它作为文学作品来欣赏，梁工的《圣经文学导读》首先将《圣经》作为文学作品，为读者阅读《圣经》提供了帮助。《圣经指南》长达58万字，全书共分四编：第一编"总论"，详细地介绍了《圣经》的产生的历史背景、内容构成、文字版本、地位影响；第二编"《旧约》"，按照《圣经·旧约》本身的内容结构，对其中的律法书、先知书、作品集，逐篇地进行阐述和讲解；第三篇是"《次经》"，分"故事书""智慧书""《旧约》补编"三章，对《次经》中的十四种作品做了详细分析；第四编"《新约》"，也以同样的形式和思路对《新约》做了解读。《圣经指南》是读者阅读《圣经》的有益读物，同时，也融入了作者对《圣经》的许多独到的体会和见解，具有一定的学术价值。2000年初，商务印书馆出版了梁工与赵复兴的合著《凤凰的再生——希腊化时期犹太文学研究》。据作者自述，所谓"希腊化时期"，指的是公元前334年亚历山大大帝东征一直到公元4世纪初的六百多年的时间。从文学史和文学作品的范围而言，这一界定涵盖了除《摩西五经》等早期犹太文学之外的《希伯来圣经》中的大部分作品和《次经》各卷、《伪经》的多数篇章、《死海古卷》中的若干诗文、《塔木德》文学以及一批文人创作的作品。可见，《凤凰的再生》虽然是一部犹太文学的断代文学史，但却囊括了古代犹太文学的大部分内容。全书共分为五章：第一章"总论"，第二、三、四章分别是希腊化前期、中期、后期的犹太文学，第五章"犹太教异端派别初期的基督教文学"。作者在"后记"中谈到对本书的期待，指出："本课题尝试以科学的世界观和方法论为指导，立足于当代中国现实，充分消化吸收国外已有著述的精华，写成一部具有中国特色的研究新著。"谈到本书的创新时，作者写道："为了从宏观上驾驭研究对象，不遗漏所有重要作品，本书不仅谈论'典籍文学'（如《圣经》《次经》、'伪经''死海古卷'、中国的有关诗文，也探讨过去国内无人涉足的'文人创作'，并把斐洛、约瑟福斯的著作和古代后期经典《塔木德》等囊括进来；不仅论述犹太主流文学，还兼论作为支流的初期犹太教文学，将后者视为犹太文学的有机构成部分。由于犹太教和基督教之间存在根深蒂固的宗教矛盾，这种做法在国外还是鲜有所见的———一般说来，国外的犹太学论著中不会出现初期基督教文学，基督教文学史也不会从犹太文学写起。"书中最富学术个性的部分是第一章"总论"。在这一章中，作者提出并探索了有关犹太文学史的重大理论问题，包括犹太文学的基本主题、形式特征与美学风格，希腊化时期犹太文学与希伯来民族精神，"二希"文化的碰撞交融，犹太民族主义和基督教世界主义等。作者将犹太文学的美学风格概括为"超越性、崇高性、神秘性、象征性、非悲剧性"，将希伯来文学中所体现的希伯来民族精神概括为"万众归一精神""进取冒险精神""忍耐到底精神""崇智求索精神"以及"封闭性和开放性"的矛盾统一。这些结论在综合借鉴了国内外已有的研究成果的基础上，将有关表述总结提升到了更完整系统、更理论化的高度。当然，该书也有不足之处，对有关作品的介绍、解读、赏析，占了全书大部分篇页，其中的许多内容显得一般化；有些材料和表述与上述作者已出版和发表的著作相重复。

在犹太文学研究方面发表研究成果的还有刘洪一、徐新、凌继尧、许鼎新、邱紫华、刘连祥、朱韵彬、杨慧林、钟志清等。其中，凌继尧在《犹太文学片论》（载《南京大学学报》1991年第1期）一文中，对我国学术界使用的"犹太人文学""犹太文学"的概念做了辨析，认为"犹太人文学"包括了世界各国犹太人用各国语言所创作的作品，因此这个概念过于宽泛，不能用它来界定"犹太文学"；而"犹太文学"是指犹太人以自己的民族语言——希伯来语和意第绪语创作的作品；认为犹太文学的发展史大体上经过了如下阶段：《圣经文学》《塔木德》文学、中世纪文学、哈斯卡拉（启蒙）文学、现代文学。刘洪一在《犹太文学的阈限界定》（载《文艺理论研究》1992 年第 6 期）等文章中，提出了与凌继尧不同的看法。他认为犹太文化是一种"散存结构"，不能仅以犹太的民族语言希伯来语和意第绪语作为犹太文学界定的唯一主要的标尺，犹太文学也应该包括那些"非族语犹太文学"；这些非族语的犹太人的文学的共同特征是"以意象化的文学品性内涵着特定的犹太文化资源和文化精神"。徐新对犹太文学的关注体现在现代犹太文学方面，他的《现代希伯来文学概述》《以色列文学四十年》《意第绪语文学简论》（分别载《当代外国文学》1992 年第 3 期、1993 年第 4 期、1995 年第 4 期）等系列论文，对现代希伯来文学、以色列文学的发展进程和基本状况做了评述。钟志清发表的《80—90 年代以色列文学初议》（载《世界文学》1999 年第 2 期）一文，对当代以色列文学的总体情况、特点、走向等做了介绍和分析。她还在《外国文学动态》等报刊中发表了一系列介绍以色列文坛动态、作家访谈方面的文章，向国内读者提供了新的信息。

总的看来，我国对《希伯来圣经》文学的译介和研究已经有了多年的积累，取得了可观的成果，对近现代犹太—以色列文学的译介与研究也有起色。对犹太民族悠久的文学史和灿烂的文学成果的译介和研究，应该成为我国学术文化的重要的组成部分，可以预料，今后会有更多更好的研究成果问世。

## 第三节　波斯古典文学的译介

### 一、1980 年代前对波斯文学的译介

波斯，又称伊朗，在历史上以今天的伊朗为中心，也包括阿塞拜疆、阿富汗、印度北部、两河流域等广大的中亚、西亚地区。这一地区在相当

长的历史阶段中，或属于波斯帝国的版图，或处于波斯文化的影响之下，形成了独具特色的波斯文化，在东方文化和世界文化中占有重要地位。我国与波斯的文学交流源远流长。东汉时最早将印度佛教文学翻译成汉语的是公元148年来中国的波斯（时称安息）人安世高。来中国经商旅居的波斯人李洵，刻苦学习中国语言文学，创作并流传下来五十四首词，成为唐朝末期著名的词人。明清之际，波斯著名作家萨迪的名著《蔷薇园》曾被用作穆斯林经堂使用的道德修养的课本。我国新疆地区长期以来处在波斯文化的影响之下，新疆的维吾尔语受到了波斯语的很大影响，有些波斯作品也长期在新疆流传。现代考古学者曾在吐鲁番地区发现了波斯摩尼教的创始人摩尼（215—276年）的诗文。

我国真正自觉、系统地介绍、翻译波斯文学，还是20世纪以后的事情。

1924年，郭沫若翻译了波斯哲学家、诗人莪默·伽亚谟（1048—1122年，今译欧玛尔·海亚姆）的四行哲理诗集《鲁拜集》。莪默·伽亚谟是科学家和哲学家。他的诗站在朴素唯物论的立场上，对宗教神学宇宙观提出了大胆的质疑，并充分地肯定和张扬了人的自由本性，批判宗教对人性的禁锢和压抑，所以这些诗在波斯一直未能广泛流传。到了1952年，英国诗人费兹杰拉德将伽亚谟的诗歌译成英文，才使得他的诗蜚声世界文坛。郭沫若译《鲁拜集》是我国翻译的第一本波斯诗人的诗集，在中波文学交流史上，有开创之功。但这个译本和郭沫若的其他译作一样，译文不够忠实。郭沫若译《鲁拜集》是根据英国诗人费兹杰拉德的英译本转译的。他之所以翻译莪默·伽亚谟的诗歌，显然是基于对伽亚谟诗歌中的革命与反叛的浪漫主义精神的强烈共鸣。《鲁拜集》对五四时期郭沫若的浪漫主义文学精神产生了一定的影响。《鲁拜集》译本出版后，在当时的中国文坛产生了一定反响。如闻一多曾在《创造季刊》2卷1号上发表《莪默·伽亚谟的绝诗》，对莪默·伽亚谟的诗歌和郭沫若的译文做了评价，并认为莪默·伽亚谟的诗歌的价值在其艺术而不在其哲学，肯定了莪默·伽亚谟诗歌艺术上的价值。

最早向我国读者系统地介绍波斯文学的是郑振铎。1927年，郑振铎在他的巨著《文学大纲》中，专列"中世纪的波斯诗人"一章，以50多页的篇幅，根据英文材料，描述了波斯诗歌的演进历程，并详细地评介了路达基（今译鲁达基）、弗达西（今译菲尔多西）、亚摩客耶（今译欧玛尔·海亚姆）、安瓦里、尼达米（今译内扎米或涅扎米）、沙地（今译萨迪）、赫菲兹（今译哈菲兹）、路米（今译鲁米）等波斯文学史上的一大批重要诗人，开了我国的波斯文学译介与研究的先河。

1920年代末至1930年代，我国出版了多种波斯民间故事传说的译本。较早的一本是章铁民译的《波斯故事》，1928年由上海北新书局出版；1929年上海亚东图书馆又出版了章铁民译《波斯传说》。章铁民的这两个译本分别根据英国罗利谟兄弟编辑的英文版《波斯传说》上、下卷译出，各收故事30篇和28篇。1930年代，又由日文版译出了波斯故事文学的两个译本：一个是清野根据日本人中岛茂一的日文译本翻译的《波斯民间故事集》，收故事11篇，上海儿童书局1930年版；一个是许达年根据日本人永桥卓介的译本翻译的《伊朗童话集》，收中篇童话三篇，1937年由上海中华书局作为"世界童话丛书"的一种出版。

1930—1940年代，我国穆斯林学者王敬斋将萨迪的《蔷薇园》译成汉文，译名为《真境花园》，由北京牛街清真书报社出版。译者在"译本序言"中说："萨迪擅长文学，笔调新颖，亦庄亦谐，实开近代幽默体裁之先河，故其作品极为世人所推崇，而本人也被列为四大文豪之一。"这是对萨迪创作风格较为准确的评价。但是译者首先着眼的似乎并不是《真境花园》的文学价值，而主要是它的道德训诫作用，所以译者没有仔细区分原作的韵文、散文相结合的文体，而是一概译成了散文。尽管该译本的传播范围十分有限，但它作为我国直接从原文翻译波斯文学的开端，是值得注意的。到1950年代，萨迪的《蔷薇园》有了第二个译本，那就是水建馥翻译的《蔷薇园》。该译本根据英文版本转译，1958年由人民文学出版社出版。郑振铎为译本写了序言，高度评价了作品的价值和意义。水建馥的译文娓娓道来，明白晓畅，散文与诗歌各归其体，受到读者的欢迎，1959年出版第二版，后不断再版，成为通行的权威译本。

1950年代后期，出现了一批热心译介波斯文学的专家、翻译家。其中，上海社会科学院的翻译家潘庆舲研究员是1949年后最早翻译和研究波斯文学的人之一。从1950年代到1980年代，他共出版了四种波斯文学的译本，其中，《鲁达基诗选》1958年由人民文学出版社出版。鲁达基（850—940年）被称为"波斯诗歌之父"，其创作奠定了波斯古典诗歌的基础。该译本虽然只是一个小册子，但它是我国出版的第一本鲁达基的诗歌选集，从而填补了一个空白。1964年，上海文艺出版社出版了潘译《鲁斯塔姆与苏赫拉布》。这是著名诗人菲尔多西编写的波斯民族史诗《王书》（一译《列王记》）中关于英雄鲁斯塔姆与其儿子苏赫拉布于不相识的情况下交战相残的悲剧故事，也是《王书》中最动人的部分。这个译本是我国译介菲尔多西的开端。这个译本在社会上、在文学界都产生了一定影响，被多种外国文学的专著和教材所征引，1984年上海译文出版社又加以再版。不过，这个三千来行的选译本就《鲁斯塔姆与苏赫拉布》的部分来说，仍然是节译。1983年，潘庆舲编选了《郁金香集——波斯古典诗选》，由江西人民出版社出版。该书利用已有的译文，本着精当全面的原则，编选了包括鲁达基、菲尔多西、莪默·伽亚谟、尼查米、萨迪、鲁米、哈菲兹、贾米在内的八位最著名的波斯诗人的作品，约五千行。译者除潘庆舲本人外，还有郭沫若、林陵、水建馥、宋兆霖、孙用、张许苹。潘庆舲写的《绚丽多彩的波斯古典诗歌》一文冠于书前，勾勒了波斯文学的发展进程，介绍了波斯古典诗歌的主要诗体形式，又在每一位诗人的诗选前面冠有该诗人的生平创作的评介。可以说，这是一部特别适合一般读者阅读的波斯古典诗歌的精选本，同时也是一本匠心独运的波斯诗歌史。潘庆舲在波斯诗歌的研究方面也做出了成绩。1990年，他写的名为《波斯诗圣菲尔多西》研究专著由重庆出版社出版。作者认为这本书是一部评传，实际上它是由内容互有联系的八篇论文构成的，以《王书》的评介为中心，对菲而多西的生平、思想、在文学上的地位、贡献等，做了科学的概括和总结。作者还发挥自己作为一个英美文学翻译家、学者的特长和优势，将菲尔多西的《王书》与东西方英雄史诗做了比较研究，并指出了《王书》对东西方文学的巨大影响。直到现在，这部书仍是我国仅有的一部菲尔多西的研究专著，也是我国仅有的关于波斯诗人的研究专著。除此之外，潘庆舲还翻译了《九亭宫》（古代波斯故事集）和波斯现代文学的有关作家作品，如《赫达亚特小说选》《波斯短篇小说选》等。

## 二、1980—1990年代对波斯文学的译介

1980—1990年代，我国波斯文学译介进入了一个新的阶段。其显著特点首先是翻译和研究队伍的专业化。此前的波斯文学翻译大都是由非波斯文转译的，译介者也都不是波斯文学的专业出身，而1980—1990年代的波斯文学译介者，则主要是北京大学波斯语言文学专业出身的一批专家。特点之二是波斯文学研究的深化和广泛化，出现了波斯文学史的著作，也出现了研究某一专题、某一作家的专门著作，有关论文的数量也迅速增加，波斯文学评论和研究的队伍由波斯语言文学专业扩大到中国语言文学和东方文学领域。

1980—1990年代，我国波斯文学翻译和研究的核心人物是北京大学东方语言文学系的张鸿年教授。张鸿年（1931—2015年）首先是我国波斯文学史的研究专家，长期在北大讲授波斯文学。1982年，张鸿年在《国外文学》杂志上连载《波斯文学介绍》的长文。这实际上是简明扼要的波斯文学史。1993年，他在讲稿基础上编写出了《波斯文学史》一书，由北京大学出版社出版。这是我国学者撰写的第一部波斯文学史，也是迄今为止我国仅有的一部波斯文学史，不仅反映了作者本人，同时也反映了我国的波斯文学研究的水平。作者在"前言"中陈述了自己的写作原则，

就是"尽量利用原著及原文资料""尽量阅读原文";着重介绍波斯古今文学史上十几位代表性的诗人作家,兼及第二流的著名作家;对于作家作品的评价,既考虑历史上沿袭下来的传统见解及观点,也在研究作品的基础上提出自己的看法。遵循这样的原则,张鸿年梳理了从最古老的典籍《阿维斯塔》到20世纪中期的波斯文学,对波斯古典诗歌及菲尔多西、内扎米、哈菲兹等诗人,着墨最多。其中涉及大量的诗文原作的译文,也由作者自行译出,显示了作者对波斯文学的全面、广博、透彻的理解。该书为我国读者学习、了解波斯文学,提供了系统可靠的资料。在波斯文学的翻译方面,张鸿年也做出了突出的成绩。1984年,他翻译的普及性文学读物《波斯文学故事选》由山西人民出版社出版。同年,他翻译的内扎米的以青年男女爱情悲剧为题材的长篇叙事诗《蕾莉与马杰农》,由中国文联出版公司出版。《蕾莉与马杰农》是内扎米五部长篇叙事诗之一,也是诗人的代表作,在波斯文学中有着崇高的声誉和巨大的影响。张鸿年的译文采用现代自由体诗的形式,诗句大都押韵,并灵活地更换韵脚,读起来朗朗上口而又不显得呆板。1989年,他翻译萨迪的与《蔷薇园》齐名的叙事诗集《果园》,由北京大学出版社出版。1991年,他翻译的欧玛尔·海亚姆的诗选集《波斯哲理诗》由北京的文津出版社出版,收海亚姆的四行诗296首;同年,他翻译的菲尔多西的《列王记选》由人民文学出版社列入"世界文学名著文库"出版发行。这个译本选译了史诗《列王记》中最有代表性的篇章,即所谓"四大悲剧":伊拉治的悲剧、苏赫拉布的悲剧、夏沃什的悲剧、埃斯凡迪亚尔的悲剧。这个选译本可以说是《列王记》精华的荟萃。1995年,张鸿年编选的《波斯古代诗选》被人民文学出版社列入"外国文学名著丛书"出版,编选了张鸿年、邢秉顺、张晖、元文棋等四人直接从波斯文原文翻译的二十多位诗人的有代表性的诗篇,是继潘庆舲的《郁金香集》之后的又一种有特色的波斯古典诗歌的精选本。

对波斯文学的翻译和研究做出重要贡献的还有中国社会科学院外国

文学研究所波斯文学研究专家元文祺。元文祺的研究兴趣和特长主要在波斯的宗教神话方面。1991年，他翻译的《波斯神话精选》由中国少年儿童出版社出版。该译本所依据的原本是伊朗现代学者编著的《古波斯神话与传说》，作为我国出版的波斯神话传说的第一种著作，对于我国的波斯文学以及东方神话、比较神话学的研究都是很有价值的。此前，他还陆续发表了《波斯古经〈阿维斯塔〉》（载《外国文学研究》1986年第1期）、《波斯古经〈扎姆亚德·亚什特〉剖析》（载《外国文学评论》1987年第2期）等论文，对波斯古典神话典籍做了专题研究。1997年，他的长达三十多万字的研究专著《二元神论——古波斯宗教神话研究》由中国社会科学出版社出版。有关专家黄宝生、黄心川在出版推荐书中对本书做了积极的评价。黄宝生在推荐意见书中写道："本书对于琐罗亚斯德教神话资料、基本内容、历史演变和体系结构做了认真的梳理和研究，在此基础上，提出了自己的学术见解，围绕宇宙观、道德观和社会观，充分论证琐罗亚斯德教的核心思想——善恶二元论。同时，结合对摩尼教的研究，确认古波斯的两大宗教——所罗亚斯德教和摩尼教为典型的二元神教（前者为民族性二元神教，后者为世界性二元神教），并提出二元神教是宗教发展的历史形态之一。"黄心川写道："作者收集的资料十分丰富，几乎囊括了所有琐罗亚斯德教、摩尼教的基本材料，其中绝大部分是从波斯文原典中翻译出来的，译文比较正确，纠正了我国过去翻译中的错误和疏漏，填补了我国对这方面的研究空白。因之，这是我国第一本系统研究波斯宗教、神话、哲学的专著，对于了解东方宗教文化、东西方文化交流都有着十分重要的历史意义和现实意义。"现在看来，在我国屈指可数的三四种波斯文学的研究专著中，该书研究的难度、深度和独创性都很突出。

我国重要的波斯文学翻译家还有张晖、邢秉顺等。张晖翻译的《鲁达基诗选》（新疆人民出版社1982年）、《柔巴依集》（湖南人民出版社1988年）都是直接从波斯文译出的第一部鲁达基诗选和第一部海亚姆诗选。他翻译的《涅扎米诗选》（新疆人民出版社1987年），编译了涅扎米的抒情诗（"嘎扎勒"诗体）、四行诗（"鲁拜"诗体）、颂赞诗（"卡斯台"诗体）、《五卷诗》（"玛斯纳维"诗体）等各种诗歌体裁的代表作五千多行，是我国第一本涅扎米的诗歌选集。张晖在该书的"译者序"中较全面地介绍了涅扎米的生平、时代以及关于他的所属国籍的争论，分析了涅扎米各类体裁诗歌创作的内容、形式的特点和影响，是关于涅扎米的最翔实的一篇文章。邢秉顺翻译的《哈菲兹诗选》（外国文学出版社1981）也是我国出版的第一本哈菲兹诗歌选集，选译"加宰里"诗（以爱情为主要题材的抒情诗）80首，约三千多行，占哈菲兹抒情诗的六分之一。邢秉顺的译文文笔从容舒展，情绪浓烈饱满，很好地传达了"放荡不羁的老哈菲兹"（马克思语）的独特风格，具有很强的欣赏价值。

在我国，对波斯文学的探讨和研究感兴趣的，还有不少非波斯语言文学专业的学者，属于波斯文学研究的"边缘"或"外围"人士。我们可以在有关的学术书刊上看到这些研究者写的文章。北京大学主办的《国外文学》季刊在1991年第1期刊发了一个《波斯文学专号》，这个专号所发的14篇论文，绝大多数出自非波斯文学专业的作者之手。江西人民出版社"东方文化丛书"中出版了陶德臻、何乃英编选的《伊朗文学论集》，这是从中国第一次波斯文学研讨会与会者所提交的论文中选出来的。30篇论文中有90%是非波斯文学专业的作者所写，这表明非波斯语言文学专业的研究者所发表的论文，在数量上已占多数。这些文章主要借助汉文译本和其他语种的材料进行研究，有一定的局限性，不少文章显得空泛或论点不当。但也有作者很好地利用了自己的中国语言文学和文艺理论的良好修养，其文章往往可以见到新的视角和新的看法。我国波斯文学研究队伍的扩大，表明我国波斯文学的研究已经超出了狭窄的专业范围，而成为我国的世界文学、东方文学和比较文学研究中被人注意的领域。此外，我国改革开放后出版的多种《外国文学史》《东方文学史》的教材、专著，均将波斯文学，特别是波斯古典诗歌置于重要的地位，萨迪、菲尔多西等,作为世界第一流的古典作家,还被列为专章专节,重点讲述。

在即将进入21世纪的时候,我国的波斯文学的译介进入了新的阶段。其显著标志是一套大型译丛——《波斯经典文库》的出版。这套丛书由湖南文艺出版社承担出版,共七种、十八卷,包括张鸿年译《果园》(一卷)、《鲁拜集》(一卷),张晖译《鲁达基诗集》(一卷),宋丕芳、张晖译《列王记全集》(六卷),穆宏燕、张晖、元文祺、王一丹译《玛斯纳维全集》(六卷),邢秉顺译《哈菲兹抒情诗全集》(二卷)。译者全都出身于北京大学波斯语言文学专业,有着较为丰富的翻译经验。该译丛中,有的选题是旧译的重新修订,如《果园》;有的选题是在旧译选择的基础上扩大规模或增为全译,如《鲁拜集》《鲁达基诗集》《列王记全集》《哈菲兹抒情诗全集》;有的选题则是首译,如莫拉维(鲁米)的六卷抒情诗集《玛斯纳维全集》。其中,莫拉维在波斯文学史上,和菲尔多西、萨迪、哈菲兹并称为"文坛四柱",是伊斯兰教神秘主义派别"苏菲派"的代表诗人,具有很高的地位。丛书将他的六卷《玛斯纳维》全部译出,填补了一个很大的空白,具有重要的价值。《波斯经典文库》选题全面、规模宏大、装帧豪华,有的译本已经在2000年上半年问世。这套译丛在我国的波斯文学翻译史和东方文学翻译史上,堪称总结性的大事业,对今后的波斯文学的评论、研究、普及和教学,都将发挥巨大的作用。

## 第四节 阿拉伯文学的译介

### 一、对阿拉伯文学史的介绍与研究

我国对阿拉伯文学史的系统介绍,开始于1980年。长期以来,由于译介和研究阿拉伯文学只局限于《古兰经》《一千零一夜》等少数古典作品上，我国对阿拉伯文学史的全貌缺乏系统的研究积累。因此，对阿拉伯文学史的介绍，必得借鉴外国学者的有关著作。

1979年，人民文学出版社出版了英国学者汉密尔顿·阿·基布的《阿拉伯文学简史》。译者是陆孝修、姚俊德。汉密尔顿·阿·基布教授是英国著名的阿拉伯文学专家，他的《阿拉伯文学简述》出版于1926年。这本书评述了阿拉伯半岛伊斯兰教产生之前的所谓"蒙昧时期"直到18世纪拿破仑入侵埃及之前的一千多年间的阿拉伯文学史，可以说是一部阿拉伯古代文学史。全书共有七章，头两章介绍了阿拉伯文学的背景与特色、阿拉伯语的形成、阿拉伯文学的文体特征，接下来的五章把阿拉伯文学划分为英雄时代（500—622年）、发展时代（622—750年）、黄金时代（750—1055年）、白银时代（1055—1258年）和曼麦鲁克时代（1258—1800年），清楚地勾勒出了阿拉伯文学的发展轨迹。中文译本虽只有11万字的篇幅，却包含了较多的知识与信息，成为1980年代我国东方文学教学和研究评论的不可多得的参考书。

同年，人民文学出版社还出版了李振中翻译的埃及学者邵武基·戴伊夫的《阿拉伯埃及近代文学史》。作者是开罗大学阿拉伯文学史教授，原作出版于1957年，是文学史研究中的权威著作。人民文学出版社几乎同时出版以上两种阿拉伯文学史的书，其意图显然是向我国读者呈现从古代到现代阿拉伯文学的全貌。《阿拉伯埃及近代文学史》在时间上正好上承阿·基布的《阿拉伯文学简史》，论述的是19世纪以后至20世纪前半期的埃及文学。全书分为五章：第一章"基本的因素"，第二章"诗歌及其发展"，第三章"著名诗人"，第四章"散文的发展和分类"，第五章"著名的散文作家"。基本上是以文体分章，以诗人作家分节，重点介绍了巴鲁迪、塔哈·侯赛因、陶菲格·哈基姆、迈哈穆德·台木尔等二十位重点作家的生平、思想，较深入地分析了他们的代表性作品。中文译本二十余万字，虽然只涉及埃及的近代文学，但由于埃及是近代阿拉伯文学的中心，因而在很大程度上反映了阿拉伯近代文学的重点。

1990年，人民文学出版社出版了郅溥浩翻译的《阿拉伯文学史》。原作者是黎巴嫩学者汉纳·法胡里，原作出版于1960年。这是一部篇幅巨大（中文译本48万字）、从古代到现代（1950年代之前）的阿拉伯文学通史。译者郅溥浩在译者前言中介绍这部书的特色说："与其它同类文学史相比，本书简繁相宜，脉络清晰，篇幅适中，资料丰富，比较完整地向人们介绍了各个时期的阿拉伯文学情况。这部文学史1950年代初出版以来，深受读者喜爱，在阿拉伯各国一直广为流行，不仅多次再版，而且被译成其它文字。"又说："本书的优点，是它吸收了阿拉伯学者和欧洲东方学者的重要研究成果，对不同时代政治、经济、文化的演变、发展及其对生活和文学的影响，对不同时期文学的嬗递关系及本身的特点，对诗人、作家的生平及其作品内容和艺术性等，都有较为充分的介绍和论述。文学与哲学、宗教、历史、艺术，甚至与自然科学的发展有着密切的关系，阿拉伯文学更是如此。本书对不同时代的总的文化、科学状况都有一定的介绍。他重视不同民族间的文化、文学的交流和互相影响，如对阿拔斯王朝时期、近代复兴时期阿拉伯文学的发展与希腊文化、波斯文化及与欧洲文学间的关系，都有中肯的评述。"这个译本，是20世纪中文版阿拉伯文学史著作中篇幅最大、资料最翔实的。不过，也有使人不满足的地方，例如，对阿拉伯民间故事，特别是对《一千零一夜》这样的名著，重视很不够，仅以约700字的篇幅做了极简略的介绍。

1993年，上海文艺出版社出版了袁义芬和王文虎译、周顺贤校的埃及学者艾哈迈德·海卡尔的《埃及小说和戏剧文学》。这是继上述的邵武基·戴伊夫的《阿拉伯埃及近代文学史》之后我国翻译出版的第二部埃及文学史。原作出版于1950年代初。作者海卡尔是埃及著名的阿拉伯文学教授。《埃及小说与戏剧文学》是一部国别断代文学史，也是一部专论小说和戏剧两种文学样式的专门文学史。它论述了埃及自1919年起义至第二次世界大战爆发前二十来年间的埃及小说和戏剧的发展进程，实际上是一部埃及近代文学史，中文版字数22万。全书共分四章，是以文学体裁来划分的：第一章"短篇小说"，第二章"长篇小说"，第三章"自传和日记"，第四章"戏剧"。每章先论述某种文学体裁的发展线索和总的特点，然后对重点作家作品进行比较详细的分析和评论，并不时地引用有关作品的若干章节，使读者能够直接和作品相接触，管窥作品的风貌。总体来看，这部文学史所采用的写作方法基本上是教科书式的。我国读者也比较习惯这种文学史模式。

1990年代中期以后，随着我国阿拉伯文学史研究的进步，阿拉伯文学史著作的出版也结束了单纯翻译外国著作的局面，出现了我国学者自己撰写的阿拉伯文学史著作。1995年，中国社会科学出版社的"伊斯兰文化丛书"出版了元文祺著《伊斯兰文学》，这是一本8万字的小册子，书中论述的是包括阿拉伯文学在内的伊斯兰文学。由于作者是波斯文学的研究者，所以书中一多半的篇幅论述的是波斯文学。作为我国第一本阿拉伯—伊斯兰文学的专著，本书的确有着作者所说的"抛砖引玉"的作用。1997年，上海外语教育出版社出版了蔡伟良编著的《灿烂的阿拔斯文化》一书。这是一部研究阿拉伯阿拔斯王朝时期（750—1258年）五百年间的文化史的专门著作。其中第五章是"辉煌夺目的阿拔斯文学"，用4万多字的篇幅介绍了阿拔斯王朝诗歌的题材类别、特点和主要的诗人，还介绍了《一千零一夜》、说唱故事"玛卡梅"等散文文学。本书是朱威烈教授主持的"中东文化丛书"的一种。朱威烈为该丛书写了《为建设我国的中东学而奋斗》的前言，他指出："中东文化所包含的学科极其丰富：从埃及学、亚述学、赫梯学、犹太学、古波斯文化，到公元7世纪……伊斯兰—阿拉伯文化……。"他介绍了国外"中东学"的学科史和中国在1980年代后兴起的"中东学"的状况。显然，将阿拉伯文学史的研究作为阿拉伯文化史的一个组成部分，纳入整个"中东学"、中东文化的大学科范围中，就为阿拉伯文学的研究建立了坚实的基础。

1998年，上海外语教育出版社出版了蔡伟良、周顺贤著的《阿拉伯文学史》，这是该社"外国文学史丛书"的一种。全书35万字，是我国学者自己写作的第一部阿拉伯文学通史，填补了我国阿拉伯文学研究中的一个空白。该书分为上下两"卷"（似应表述为"篇"或"编"）。上卷讲述了阿拉伯古代文学，包括伊斯兰教之前的贾希利叶时期的文学、伊斯兰初期的文学、倭马亚文学、阿拔斯文学、安达卢西亚文学、马木鲁克和奥斯曼时期的文学等；下卷为阿拉伯现代文学，包括北非的埃及、苏丹、马格里布三国文学，西亚的叙利亚、黎巴嫩、巴勒斯坦、伊拉克、巴林、也门等国家的文学和以纪伯伦为中心的"侨民文学"。其中，苏丹、马格里布三国（突尼斯、摩洛哥、阿尔及利亚）和巴勒斯坦、伊拉克、巴林、也门等国家的文学，此前的有关文学史极少涉及或完全没有涉及。从书后开列的"参考书目"可以看出，作者阅读、参考、借鉴和吸收了埃及、黎巴嫩等阿拉伯国家出版的有关研究成果，容纳了丰富的学术信息。

2000年，社会科学文献出版社出版了李琛的《阿拉伯现代文学与神秘主义》一书。这部26万字的著作，从神秘主义的角度，深入分析了阿拉伯现代文学与宗教的关系，可以说是一部角度新颖、立意深刻的阿拉伯现代文学史专著。一直以来，撰写文学史很容易流于教科书式的面面俱到、面目平平。教科书式的文学史当然是必要的、有用的，但只有它还不够。要使研究进一步深入，要体现研究者的学术个性，必须找到独特的切入点，建立起独特的视角。李琛的这部书在这方面十分成功。它的出版表明了我国阿拉伯文学和阿拉伯文学史研究上了一个新的台阶，达到了一个新的高度。李琛在"前言"中认为："宗教意识早已渗透到阿拉伯人的血液之中，渗透到阿拉伯文学作品的字里行间"；"谈阿拉伯文学就离不开宗教对文学和作家的影响。离开了渗透到阿拉伯血液中的宗教信仰，就无法讨论阿拉伯古代的多神教或一神教文化以及伊斯兰教文化在现当代的传承"。从这样的认识出发，《阿拉伯现代文学与神秘主义》深入探讨了宗教神秘主义与阿拉伯现代文学的关系。全书共分十章：第一章《东西方的神秘主义》是导论部分，谈到了神秘主义的界定和分类、神秘的表现方式、伊斯兰教的神秘主义流派"苏非派"、神秘主义与现代科学等问题;"导论"之后,作者先后选择了黎巴嫩文学家纪伯伦、努埃曼、埃及作家哈基姆、突尼斯作家米斯阿迪、埃及作家马哈福兹、伊拉克诗人白雅梯、埃及诗人沙布尔、利比亚作家法格海、埃及作家黑托尼共九位文学史上有代表性的文学家,分九章进行个案分析和研究。在这些作家中,有的是我国读者所熟悉的,有的在我国很少译介或没有译介过。作者以丰富的第一手资料,密切结合他们的生平、思想和作品,分析了宗教神秘主义对作家作品的影响。当然,由于这个研究领域本身也有相当程度的"神秘",要使结论完全立得住,是很不容易的。在对神秘主义的评价问题上,恐怕难有众所公认的结论。如作者提出:"神秘主义所领悟的宇宙真理、生命的统一、万物有灵等自然规律,以及理性的和直觉的认知方式之间的互补等等,为当代科学的新发现所证实。"实际上,神秘主义本质恐怕就在于它难以被科学所"证实",有时候也难以被科学所"证伪"。从文学角度判断神秘主义的价值,最好还是看它是否有助于作家体认世界与人生,是否有助于丰富作家的艺术思维和艺术创造,至于神秘主义和"科学"是什么关系,则完全是另外一回事。

## 二、《古兰经》的翻译

我国古代称阿拉伯帝国为"大食""天方",与阿拉伯有上千年频繁的文化交流。但译介阿拉伯文学则是近百年来的事。对阿拉伯文学的译介,始于《古兰经》的翻译。

《古兰经》是伊斯兰教的经典。虽不能把它视为文学作品,但若从文学角度看,也有巨大的价值。它的风格庄严宏伟,辞章华美,富有感染力,对阿拉伯的文学产生了深远的影响,奠定了阿拉伯语言文学的基础,也是阿拉伯语文的典范。我国现代穆斯林学者马坚教授在《古兰简介》一文中认为:《古兰经》产生之前的阿拉伯文学"严格地说起来,不能称为文学。有了《古兰经》以后,阿拉伯人才有文学"。伊斯兰教及《古兰经》在唐代传入我国,但《古兰经》在很长的历史时期内是不准翻译的,因为穆斯林经学家们认为《古兰经》是用阿拉伯语颁发的"天启",翻译后会导致失真走样,影响原经的庄严与纯洁。《古兰经》在中国的"翻译"传播,最初以阿拉伯字母拼写汉语的形式出现。一直到了明清,我国的穆斯林学者为了传教的需要,才谨慎地尝试《古兰经》的汉译。起初只是零星的摘译、选译,后发展到通译。用汉文直接翻译《古兰经》,则始于穆斯林学者马德新(复初,1794—1879 年)译《宝命真经直解》。马德新翻译《古兰经》大约在 1858 年至 1874 年间。是否全译,不得而知,译本流传下来的只有五卷。进入 20 世纪后,全译本陆续出现。到 20 世纪末,由我国翻译家翻译出版的已有十种,另外还有外籍华裔学者翻译的两种。当代《古兰经》翻译家林松教授开列了名为《六十年来〈古兰经〉版本简介》的表格,列出十种译本,作为《古兰经韵译》的附录,可使人一目了然。现稍加简化,并加上在林松译本问世之后出现的马振武译本,列表如下:

**六十年来《古兰经》版本简介**

| 书名 | 译者 | 出版年份 | 出版处 | 备注 |
| --- | --- | --- | --- | --- |
| 可兰经 | 铁铮 | 1927 | 北平中华印刷局 | 据日译本转译 |
| 汉译古兰经 | 姬觉弥等 | 1931 | 上海爱俪园 | 据英、日译本转译,文言体 |
| 古兰经译解(甲本) | 王文清(静斋) | 1932 | 北平中国回教俱进会 | 阿文本直译,文言体 |
| 古兰经译解(乙本) | 王静斋 | 1942 | 宁夏私人捐资石刻 | 阿文本直译 |
| 古兰经译解(丙本) | 王静斋 | 1946 | 上海永祥印书馆 | 阿文本直译,有注释与附说 |
| 古兰经汉译附传 | 刘锦标 | 1943 | 北平新民印书局 | 有注释,由门生助译 |

续表

| 书名 | 译者 | 出版年份 | 出版处 | 备注 |
|---|---|---|---|---|
| 古兰经大义 | 杨仲明 | 1947 | 北平伊斯兰教出版公司 | 阿文本直译，文言体 |
| 古兰经国语译解 | 时子周 | 1958 | 台北中华学术院回教研究所 | 英文转译 附有注释 |
| 古兰经 | 马坚 | 1981 | 中国社会科学出版社 | 阿文本直译 |
| 古兰经韵译 | 林松 | 1988 | 中央民族学院出版社 | 阿文本直译，带简注和题解 |
| 古兰经 | 马振武 | 1995 | 宗教文化出版社 | 汉文、阿拉伯文、小儿锦对照 |

林松先生在杨怀中、余振贵主编的《伊斯兰与中国文化》（宁夏人民出版社1995年）一书的《古兰经》翻译一章中，通过中阿文的对照，详细地分析评述了上述译本的特点及成败得失。据林松的研究，在上述表格的十种译本中，头两种是由非穆斯林翻译家翻译的，"只是由于（穆斯林学者）过分谨慎，裹足不前，到让汉族学者抢先，从而也促发了更多的穆斯林学者'当仁不让'、纷纷详述的勇气"。其中，李铁铮是第一个完成并出版《古兰经》全译本的人，填补了《古兰经》翻译史上的空白。第二种译本是以汉族学者姬觉弥为中心的十三位翻译家的共同努力完成的，是《古兰经》汉译史上多人参证、集思广益的唯一的一个译本。《古兰经译解》甲、乙、丙三种译本的翻译家王静斋（文清，1879—1948年），则是第一个通译《古兰经》的穆斯林学者，而且他一人以不同文体，将《古兰经》翻译了四遍，并出版了上述三种版本，令人赞佩。在他的三种译本中，最成熟、最受欢迎的是丙本。问世半个多世纪以来，在海内外多次被翻印、影印或重排出版，流行极广，在《古兰经》汉译本中占重要地位。穆斯林学者刘锦标的《古兰经汉译附传》，特点是在经文

的译文中附带译者自己写的"传",虽有不少自己的见解,但借题发挥、牵强附会处也不少,所以历来颇受诟病。杨敬修(1870—1952年)译《古兰经大义》,其特点是严格直译,典雅凝重,使用了大量不够普及化、大众化的经堂语,对一般读者而言过于艰涩、艰深,但作为高品位的译本,有独特价值。时子周(1879—1969年)的《古兰经国语译解》在台湾出版,主要流传于台湾、香港和海外华侨穆斯林当中。马坚(1906—1978年)教授的译本,在1950年代曾由北京大学出版部和商务印书馆出版上册(包括八卷译文和注释),1981年全译本出版。这个译本花了译者十几年的心血,修改过数次,可谓字斟句酌。译者在"译本序"中谈到他的翻译宗旨是"力求忠实、明白、流利",这个目标是完全实现了。译文使用纯正、地道的现代汉语,通俗易懂而不失雅正,这是此前的译本都难以做到的。这个译本出版以来,已在国内外广泛流传,成为被使用最多、引用最多的权威译本。

在我国大陆出版的最富有文学色彩的译本是林松教授的《古兰经韵译》。《古兰经韵译》在翻译的文体上是一个新的尝试。在《古兰经韵译·后记》中,林松说:

> 鉴于《古兰经》原文本是一种辞章优美、韵散凝结的文体,具有抑扬顿挫、鲜明和谐的节奏,具有音韵铿锵、顺口悦耳的旋律,在各种译文中,我对韵译更有兴趣。(中略)但要把《古兰经》译成韵文,还有很大障碍。只因当初反对伊斯兰教的人,曾经把先知穆罕默德贬称为"诗人",认为《古兰经》只不过是"诗歌"之类的东西,以达到否定先知和经典的目的。在当时的阿拉伯人心目中,诗歌、卜辞、咒语、神符等等,都是含有贬义色彩的同义词,把《古兰经》称为诗歌,是要从根本上否定穆罕默德先知的地位,因此《古兰经》多次申述,穆罕默德是先知,是安拉的使者,决不是"诗人"。这就成为反对韵译《古兰经》的"论据"。其实,《古兰经》经文是韵味

颇浓的散文，只要熟悉它那参差不齐、长短相间的语句，便可知它不是诗，而是一种有奏节（似为"节奏"的误排——引者注）、有韵律、有感染力的特殊文体。如果在译文中能多少体现一些这方面的独特风格，应该说正是从内容到形式都忠实于原作的表现，只要有助于表现它的精神实质和艺术风貌，又有何不可？必须反对的是对它的歪曲误解，而不是否定借以表达它的任何艺术形式。更何况它的本身的韵味感是众所周知、举世公认的！

林松所阐述的将《古兰经》加以韵译的理由，显然是无可辩驳的。韵译，并不意味着把《古兰经》看成是纯文学作品，但却也不忽略它的文学性、文学价值。此前各种译本，在强调对原文忠实的同时，却忽略了原文的文学性。《古兰经》原文，大都由片断的演说风格的段落组成，缺乏连贯的情节。若译文不分行款，又缺乏韵律节奏，一般的读者，特别是初读《古兰经》的人，读起来就不免有艰涩的感觉。林松的译本，使用自由体诗那样的长短句，分行书写，大体押韵，读起来朗朗上口，在体现原作的文学性、强化可读性方面，虽云"尝试"，却取得了空前的成功。从中国的阿拉伯文学及《古兰经》翻译史上看，有着更大的价值。

1995年，北京的宗教文化出版社出版了马振武（1922年生）阿訇翻译的《古兰经》（上下册精装）。这个译本使用阿拉伯文、汉文和所谓"小儿锦"对照的形式，并使用"经堂语"译出，在译本形式上独具一格。所谓"经堂语"，是穆斯林的一种宗教用语，它不同于普通汉语的地方就是较多使用宗教词汇，而且喜欢使用一些阿拉伯语和波斯语的词汇，在句法上也受到阿语和波斯语的一些影响；所谓"小儿锦"是用阿拉伯字母拼写的汉语，让不懂汉语的人也可以把汉语译文读出来，很早以前就在我国回民穆斯林中流行。白寿彝教授在译本序言中说：马振武的译本"在各种译本之外，又提供了一个值得参考的译本。这是最重要的，将有利于《古兰经》研究的发展。"

1980年代以来，我国已有四五篇文章研究和探讨《古兰经》的文学价值。如陆孝修、王复的《〈古兰经〉的文学探讨》（载《外国文学研究》1982年第1期），俞灏东的《阿拉伯最早的散文作品〈古兰经〉》（载《宁夏大学学报》1987年第1期）、梁工的《〈古兰经〉的文学成就及其与〈圣经〉的关系》（载《南开学报》1987年第3期）等。但由于这个问题的研究困难较大，研究成果也很有限。

### 三、《一千零一夜》的译介

在古代阿拉伯文学中，中国译介最早、译本最多、影响最大的，是著名故事集《一千零一夜》（又名《天方夜谭》）。

我国的《一千零一夜》的译介，已持续了一百余年。可以将近百年来的译介大体分为三个阶段来谈。清末民国初年，大体为文言文英、日文本转译阶段；1920年代到1940年代，大体是白话文英译本转译阶段；新中国成立后，是以纳训的阿文选译本和全译本为主导译本的阶段。

（一）文言文英、日文本转译阶段

据李长林先生的《清末中国对〈一千零一夜〉的译介》（载《阿拉伯世界》1994年第1期）和盖双先生的《〈天方夜谭〉知多少》（载《阿拉伯世界》2000年第1—2期）两文的研究，我国的《一千零一夜》的译介，始于近一百年前。林则徐在《四洲志》中，谈到阿拉伯的历史文化时，曾提到《一千零一夜》。翻译家严复在译著《穆勒名学》（1905年）的译者按语中提到《一千零一夜》时，第一次将《一千零一夜》意译为《天方夜谭》，并评介道："……其书为各国传译，名《一千一夜》。《天方夜谭》诚古今绝作也。皇其书多议四城回部制度、风俗、教理、民情之事，故为通人所重也。"最早翻译《一千零一夜》的人，是近代著名翻译家周桂笙（1872—1936年）。1900年，他在《采风报》上根据英文节译了《一千零一夜》中的两个故事，即《国王山鲁亚尔及兄弟的故事》和《渔夫》（今译《渔夫的故事》），后编入他的译作集《新庵谐译初编》(上海清华书局1930年),产生了较大的影响和反响。1903年5月6日至9月1日,《大陆报》开始连载选译的《一千零一夜》,译名为《一千一夜》,在文体上比周桂笙的译文更接近白话,可惜译者佚名。同年,文明书局出版了钱楷根据日文译本翻译的《航海述奇》(今译《辛伯达航海旅行的故事》)。1904—1905年,《女子世界》第8—12期连载了周作人用文言文翻译的《侠女奴》(今译《阿里巴巴和四十大盗》。周作人在翻译时做了删节,译文约10000字。1905年,"小说林"出版社出版了《侠女奴》的单行本。译者为单行本写了简短的"说明":

> 有曼绮那者,波斯之一女奴也,机警有急智。其主人偶入盗穴为所杀,盗复迹至其家,曼绮那以计悉歼之。其英勇之气,颇与中国红线女侠类。沉沉奴隶海,乃有此奇物。亟从欧文移译之,以告世之奴骨天成者。

1906年,商务印书馆出版了奚若根据英文转译的《天方夜谭》,作为"说部丛书"的第54编,译文共四册,包括50个故事,约35万字。奚若在译本序言中对《一千零一夜》做了高度评价。他写道:

> 此书为回教国中最早之说部,而回部之法制教俗,多足以资考证。所列故事,虽多涉鬼神怪,近于搜神述异之流。而或穷状世态,或微文刺讥,读者当于言外得其用意。

奚若转译的《天方夜谭》也使用文言文翻译,译文严谨而又流畅,锤炼颇精,很受读者欢迎,在清末民国初年流传甚广,影响很大,至1947年至少再版七次以上。1924年商务印书馆出版了叶绍钧校注的奚若译《天方夜谭》,分上下两册,作为当时"新学制中学国语文科补充读本",再版至少六次。叶绍钧为该版本写了9000字的长序,对《一千零一夜》及奚若的译文做了高度评价。他说：这部书充满了"美妙的理想与浓挚的情绪"，"仿佛是一座宝山，你走了进去，总会发现你所欢喜的宝贝"；他并称赞奚若的译文"运用古文，非常纯熟而不流入迂腐，气韵渊雅，造句时有新铸而不觉生硬，止见爽利"。

（二）白话文英译本转译阶段

上述清末民国初年的《一千零一夜》各译文或译本，均以文言文译出。五四运动以后，文言文体在创作和翻译中基本退出，《一千零一夜》的翻译也开始了一个新的阶段。译本的品种、数量大大增加，总数不下20种。其中重要的译本有：

1925年，中华书局出版了黄弁群、吴太玄编译的《秘密洞》。这是根据《一千零一夜》中的《阿里巴巴和四十大盗》的故事编译的。该译本在六年内再版九次，影响较大。

1928年，中华书局出版了屺瞻生、天笑生（包天笑）翻译的《天方夜谭》，作为"学生文学丛书"的一种。该译本共译出13个故事，至1936年出了11版。作为我国第一本白话文本的《天方夜谭》的译本，在《一千零一夜》翻译史上占重要地位。

1930年上海亚东书局出版了汪原放译《一千○一夜》。这是第一个以《一千零一夜》（原译本"零"作"○"）为译名的译本，收译故事20篇。

1931年，北平敬文书社出版了陈逸飞、郦昭蕙合译的《天方千夜奇谈》，收译故事11篇。这是当时唯一的一个在北京及北方地区出版的《一千零一夜》的版本。

1933年，世界书局分别出版了彭兆良详述的《天方夜谭》和姚杏初译注的《天方夜谭》。

1936年，启明书局出版了方正译述的《天方夜谭》，从英文译本中选译故事13篇。

1940年代初，上海春明书局出版的林俊千翻译的《天方夜谭》，收故事 13 篇。

1948 年,上海春潮出版社出版了季诺翻译的《脚夫艳行记——天方夜谭之一》《神灯——天方夜谭之二》。季诺在译序中称他准备译出十辑,每辑五册。此计划若能实现,将是民国时期规模最大的译本,可惜只出了两本。

除了这些译本之外,还有多种应当时的英语学习者、少年儿童需要的英汉对照本、英文注释本、缩写本等。如樊仲云的英文注释本《天方夜谭》(中华书局 1929 年)、桂绍盱的英文注释本《天方夜谭别集》(中华书局 1933 年)、奚识之的汉英对照本《天方夜谭》(春江书局 1931 年)、王儒林的英汉对照本《天方夜谭》(经纬书局 1937 年)、范泉的缩写本《天方夜谭》(上海永祥图书馆 1948 年)等等。另外,还有若干《一千零一夜》的单篇故事的译文或译本。

(三) 纳训等人的阿文选译本与全译本

纳训(1911—1989 年)是我国回族著名翻译家,早年留学埃及,一生以主要精力从事《一千零一夜》的译介。1940 年 2 月至 1941 年 11 月,商务印书馆出版了纳训翻译的《天方夜谭》共五册,50 余万字。这是 1949 年前出版的字数最多的,同时也是第一部译自阿拉伯原版的译本。关于这个译本的翻译背景,纳训后来出版的全译本"译后记"中回忆说:当时翻译此书的动机很单纯,只是打算拿它给学习阿拉伯文的中国学生当作课外读物。1947 年回国后,商务印书馆给了几百块钱稿费,还不够买一张公共汽车票,于是一气之下连钱也不要了,译好的第六册也不再交稿,并下决心从此不再搞翻译。新中国成立后,纳训到人民文学出版社编译所,专门从事《一千零一夜》全译本的翻译工作。1957—1958 年,人民文学出版社出版了纳训译的《一千零一夜》三卷选译本,共 80 余万字。这个三卷本所选 86 个故事均为《一千零一夜》中的优秀作品。译文很好地体现出了故事文学的特点,通俗、平白、自然、流畅,备受读者欢迎。从 1950 年代末到 1980 年代初的 20 多年的时间里,这个译本是唯一最流行的译本，被多次重印和再版。凡同时期其他出版社出版的纳训的各种译本，包括单篇故事的版本和多篇故事的版本，大都是在三卷本的基础上选编的。在那个时代成长起来的受过普通教育的中国少年儿童，或多或少都听过或读过《一千零一夜》的故事，而这些故事又都来源于纳训的译本。1982年7月至1984年11月，人民文学出版社出版了纳训的六卷"全译本"，总字数约230万字。六卷本对早出的三卷本的译文做了最后的修订，整体的译文质量进一步提高。这是纳训毕其一生的心血和精力，在漫长的历史时期内苦心经营的结晶。在中国翻译史上，像纳训这样，一个人用一生的精力翻译一部著作，几乎是空前的。纳训的全译本填补了我国阿拉伯文学、东方文学，乃至整个外国文学翻译史上的一个重大空白，在翻译文学史上，在中阿文学、文化交流史上，都是值得浓墨重彩加以记载的。此后中国出版的其他形形色色的译本，不可能不借鉴纳训的译本，也不可能不受纳训译本的浸润与影响。特别是许多未署译者名字但发行量大得惊人的、以《一千零一夜》故事为内容的连环画或称卡通读物，恐怕绝大部分都是根据纳训的译本改写的。因此，纳训的译本作为第一部译自阿文原版的中译本，在翻译文学的"原始创造性"方面，是后来陆续出版的其他的译本所不能比拟的。尽管有的文章认为纳训的译文在"雅"的方面似嫌不足，尽管有的译文可能比纳训译文更美些。

在纳训全译本问世后，其他比较重要的《一千零一夜》的译本还有几种：

1. 王瑞琴翻译、中国少年儿童出版社1985年出版的《天方夜谭》，全书23万字，是一个译自阿拉伯文的适合少年儿童阅读的、质量较高的译本，这个"少儿版"问世后，又陆续被不同的出版社再版，影响较大。

2. 1989年，上海译文出版社出版了多人合译的《一千零一夜故事集》。这个译本共分十册，每册近7万字，根据英文译本翻译。译文优美流畅、可读性强，在转译本中占重要地位。

3. 1997年，河北少年儿童出版社出版了葛铁鹰、周烈翻译的《一千零一夜》。该译本从阿文直译，共八卷，约 200 万字，对儿童不宜的部分略做删节，基本上也是一个全译本。同时它还是我国第一个按《一千零一夜》的原始的编排结构方式翻译出来的"分夜本"。

4. 1998 年，漓江出版社出版了仲济昆、郅溥浩从阿文翻译的一卷本《天方夜谭》，共 80 万字。

5. 1998 年，花山文艺出版社出版的《一千零一夜》全译本，由阿拉伯文学翻译家李唯中（1940 年生）翻译。译本共八卷，238 万字，是我国出版的收罗最全、篇幅最大的译本，也可以说是真正意义上的"全译本"。此前纳训的"全译本"曾删掉了译者认为"描写粗鄙、不堪入目"的七个故事；而且，他所依据的阿拉伯文的版本就是"洁本"。李唯中的译本所依据的是 1835 年开罗发行的"官方订正本布拉克本"，是一个收罗最全的善本。李唯中在翻译时未做任何删节，并且还补入了这个版本中所没有的十几个故事。而且，原文中的 1400 首诗歌也全部译出，成为译出诗歌最多的一个中文版本。1999 年，中国文联出版公司又推出了李唯中翻译的分夜本，共五卷精装，400 万字，卷末附有《一千零一夜集外集》，包括了布拉克本中所没有的四个故事，还附有《中外名家论〈一千零一夜〉》，包括叶绍钧和高尔基的两篇文章。这个全译本对文学爱好收藏家、研究家，乃至一般读者，都有着很高的价值。

在上述版本之外，这时期还有大量其他各种版本，总数上百种。其中包括面向少年儿童的版本，英文注释本、法语注释本、英汉对照本等，还有台湾、香港地区出版的各种译本。关于这众多的版本，盖双在《〈天方夜谭〉知多少》一文中评介时说：

> 对于书上写明编译、译编、改写、编著或干脆单写一个"编"字的各种"版本"的相当大一部分，我不想使用剽窃、抄袭、盗版、盗印等容易引起法律纠纷的字眼，而选择"克隆"来表达。因为它们基因来自其他中译本，尤其是纳训的译本。这是一件令人十分遗憾

和气愤的事情。尽管已有多种有关《一千零一夜》的盗版事件见诸报端，被揭露被谴责，但事态的发展似有愈演愈烈之势。在我们统计《天方夜谭》版本时，不能否定克隆者们在数量上做出的"贡献"。但我想，如同那些为企业提高了经济效益的贪污犯一样，他们迟早要受到良心的谴责和法律的制裁。

他估计，"照目前平均每月都有一两种版本问世的速度，也许用不了二十年，中国的《一千零一夜》将超过一千零一种。这决不是天方夜谭"。

虽然《一千零一夜》的中文版本已多得难以准确统计，但有一点可以肯定：近百年来我国翻译版本最多、发行量最大的外国文学作品，就是《一千零一夜》。这实在是中国文学翻译史中的一个十分值得注意、值得研究的现象。

我国的《一千零一夜》的研究，比起翻译来，要滞后和薄弱得多。1980年代前，有分量的文章除了1924年叶绍钧为奚若的译本写的序言、1956年马坚为纳训译本写的序言之外，专门的研究论文非常罕见。各种《一千零一夜》的译本序言类的文字，大都是简单的介绍性的文字。1980—1990年代，我国的《一千零一夜》研究有了一定的进展。1998年北京还召开了一次专门的"《一千零一夜》研讨会"。二十年间，有关学术期刊发表的关于《一千零一夜》的研究论文（关于《一千零一夜》与中国文学的比较研究的论文另计）约有二十余篇，但也大都是评介性、赏析性的文章，这些文章的主要作者先后有卢永茂、马昌仪、马瑞瑜、伊宏、石海军、王向远、卢铁澎、林丰民、葛铁鹰等。另外，各种《外国文学史》《东方文学史》类的教材专著，也都将《一千零一夜》列专门的章节予以评述。这些章节都有一个共同点，就是认为《一千零一夜》是阿拉伯帝国社会生活的生动反映，是阿拉伯历史的巨幅画卷。王向远在《〈一千零一夜〉与阿拉伯民族精神》（载《宁夏大学学报》1991年第2期）中认为，《一千零一夜》"这部'天方夜谭'式的离奇古怪的故事集与其说反映的是实际的社会生活,不如说它所反映的主要是阿拉伯的民族精神",即"虔诚的伊斯兰宗教精神"和"入世求实的商业精神";他在《东方文学史通论》一书中,还认为《一千零一夜》本质上是以商人为主角的"市井故事集",而不是以乡间农民生活为内容的"民间故事集"。在艺术特色的分析方面,林丰民的《〈一千零一夜〉的魔幻现实主义观照》(载《东方丛刊》1998 年第 3 期)一文,使用"魔幻现实主义"这一现代新概念来概括和分析《一千零一夜》,突破了以往传统的现实主义反映论和浪漫主义理想论的既定思维空间,抓住了《一千零一夜》在艺术上的根本特征。

我国研究《一千零一夜》的最突出的成果,是郅溥浩的《神话与现实——〈一千零一夜〉论》。这部 25 万字的专著于 1997 年由社会科学文献出版社出版。这是我国第一部研究《一千零一夜》的专著,在我国的《一千零一夜》译介史上具有里程碑一样的意义。这部著作讲到了《一千零一夜》的成书过程、各种故事的母题与故事类型,分析了作品与当时阿拉伯帝国经济、商业的关系,与性的关系,以及《一千零一夜》在妇女问题、宗教问题、政治态度问题上的矛盾,还有作品的世界影响。作者以文本的细读为基础,大量运用相关的文献资料,将文本赏析与理论思辨结合起来,得出了朴实、科学的结论,从而大大深化了对《一千零一夜》的理解和认识。对《一千零一夜》的研究者、读者来说,都有重要的参考价值。

### 四、对其他古典名作的译介

除了《古兰经》和《一千零一夜》之外,我国对阿拉伯古代文学的译介还涉及其他故事文学、若干诗文等重要作品。

在阿拉伯故事文学中,还有一部作品叫《一千零一日》,它是《一千零一夜》的姊妹篇。但无论在阿拉伯还是在世界其他国家与地区,都远不如《一千零一夜》那样有名。我国出版的有关阿拉伯文学史著作中,也没有提到此书。1981年，辽宁人民出版社出版了香港学者杜渐先生翻译的《一千零一日》（选译）。杜渐在书前写有《关于〈一千零一日〉这本书》一文，交待了《一千零一日》的来龙去脉。这可能也是我国第一篇介绍该作品的文章，只可惜太过简略，连原书有多大的规模，在阿拉伯何时成书、怎样成书，都有哪些版本等，讲得都不太清楚。杜渐的选译本根据英文版本译出，共译出十个故事。在杜渐译本之后，有的少年儿童出版社出版了《一千零一日》多卷本译本。

《卡里来和笛木乃》是一本特殊的故事集。它是伊本·穆格发在公元750年左右根据印度的《五卷书》编译的，在编译的过程中加进了译者自己编写的故事及为人处世、伦理道德方面的说教。这是现存阿拉伯故事文学中最早的一个本子，除了其文学欣赏价值外，也是研究印度与中东地区文学交流的重要资料。据季羡林说，"我国只在解放前出版过一个原文和译文都极为成问题的译本（卢前重译的《五叶书》）"。（见人民文学出版社《卡里来和笛木乃·前言》）实际上，卢前根据英文译本转译的《五叶书》就是印度的《五卷书》，而不是阿拉伯的《卡里来和笛木乃》。1959年，人民文学出版社出版了林兴华从阿拉伯原文翻译的译本，填补了我国阿拉伯文学翻译中的一个空白。林兴华的译本后来多次重印和再版，在我国读者，尤其是在青少年学生中，产生了一定的影响。

《昂泰拉传奇》是在阿拉伯人中长期流传不衰的一个长篇民间传奇故事。它以蒙昧时期的历史人物昂泰拉·本·夏达德为主人公，塑造了一个勇敢、坚毅、诚实、慷慨、抑强扶弱、忠于爱情的理想的沙漠骑士的形象。1981年，北京的外国文学出版社和新华出版社分别出版了俞山和根弟的译本。两个译本译名分别为《沙漠骑士昂泰拉》和《安塔拉传奇》，都是根据黎巴嫩现代作家改写的版本翻译的。俞山的《沙漠骑士昂泰拉》根据《昂泰拉诗集》做了一些增补和改动，译出了昂泰拉的若干诗作；根弟的译本则采用中国的章回体小说的形式译出，以突出原作的古典作品风格。

《霍加·纳斯列丁笑话集》也是在阿拉伯家喻户晓的民间故事集，并且在我国新疆地区维吾尔等民族中也流传甚广，称为《阿凡提的故事》。1955年，我国的《民间文学》杂志开始介绍这个故事集。1958年上海文化出版社出版了赵世杰翻译的《阿凡提的故事》，1959年作家出版社出版了中国民间文艺研究会编译的《阿凡提的故事》。1963年1月，《民间文学》杂志刊载了翻译家戈宝权翻译的《霍加·纳斯列丁的笑话》二十则。同年，新疆人民出版社出版了穆罕默德·伊明、李元玫、刘鹗合译的《纳斯列丁·阿凡提的故事》，中国少年儿童出版社出版了赵世杰编译的《阿凡提的故事》。1978年，新疆人民出版社出版了新编选的赵世杰等译的《阿凡提的故事》。1980年湖北人民出版社出版了黄瑞云编译的阿凡提故事《智慧的葫芦》。1981年中国民间文艺出版社出版了戈宝权主编的《阿凡提的故事》。1982年光明日报出版社出版了元文祺编译的《伊朗阿凡提的故事》，同年中国民间文艺出版社出版了刘谦、万曰林、徐平翻译的阿凡提故事的早期形态《朱哈趣闻轶事》。1983年陕西人民出版社出版了戈梁翻译的《纳斯列丁·阿凡提的笑话》。另外，阿凡提的故事还被改编成动画片、故事片、歌剧、连环画，乃至电视广告节目等多种艺术形式。通过这些译介，阿凡提的故事在我国已广为人知。在上述各译本中，戈宝权根据俄文版翻译的译本最为系统、完整。戈宝权不仅翻译，而且还在阿凡提故事的研究方面，做出了突出的贡献。虽然在1950年代后，就有一些文章对阿凡提的故事做了评论，但真正的研究文章很少。戈宝权的译本序言《霍加·纳斯列丁和他的笑话》是最有见解的一篇研究论文。他根据苏联、东欧国家的一些资料，加上自己的分析，廓清了阿凡提故事的一些基本问题，如"阿凡提"是个人名吗？有没有阿凡提这个人？阿凡提故事的形成和流传过程怎样？等等。戈宝权认为，阿凡提并非人名，而是突厥语系各民族语言通用的一个称呼，意为"老师""先生"；故事中的阿凡提实有其人，他叫霍加·纳斯列丁，是土耳其人，生活于7世纪；阿凡提笑话的原型是早先流传的《朱哈的笑话》，后来与阿凡提的笑话汇合了。鉴于我国一般读者大都误认为阿凡提的故事是维吾尔民族的原产，戈宝权的研究对于读者深入理解、欣赏作品，都是有益的。

阿拉伯古典诗歌在阿拉伯文学史上占有重要地位。一般的阿拉伯文学史，绝大部分篇幅是谈诗歌的，但是，我国对阿拉伯古典诗歌的译介却相当少。最早被译成中文的阿拉伯文学是埃及著名诗人蒲绥里（1211—1296年）的歌颂伊斯兰教创始人穆罕默德的长诗《布尔德》（亦可译为《衮衣颂》《斗篷颂》），译名为《天方诗经》，于1890年在成都刻印出版。译者是云南的回族学者马德新（字复初）和弟子马礼安。译者对蒲绥里做了评价："补虽里（即蒲绥里——引者著），天方大学士也。才雄天下，学富古今，妙手蜚声，文章绝世，常以诗歌称天下之贤俊，贬天下之奸佞，鸿章一出，四海流传。是以王侯卿大夫，一时显著皆爱而畏之。"此长诗在我国回族穆斯林中影响较大。1956年，人民文学出版社又将该译本影印出版。

1997年，北京语言文化大学出版社出版了《阿拉伯古代诗文选》，这是根据中国和埃及两国间达成的一项文化交流协议，由北京语言文化大学和埃及开罗的艾因·夏姆斯大学编译，中文版的具体翻译者是杨孝柏。这部《诗文选》编选了从公元475年至1798年阿拉伯的不同历史时期的诗歌、散文、故事等各种文体，其中主要是诗歌。阿拉伯文学史上重要的诗人，如蒙昧时期的乌姆鲁勒·盖斯、昂泰拉，伊斯兰教初期和伍麦叶时期的萨必特、卡·本·祖海尔、拉比尔、哲利尔，阿拔斯王朝时期的本·布尔德、艾布·努瓦斯、伊本·鲁米、穆太奈比，奥斯曼时期的蒲绥里等，都有若干篇诗作入选。由于此前我国没有专门的阿拉伯古代诗歌译本，这部《阿拉伯古代诗文选》的问世，填补了阿拉伯文学译介中一个重要的空白。

## 第五节 对阿拉伯—伊斯兰各国现代文学的译介

### 一、对埃及、黎巴嫩、土耳其等中东各国现代文学的译介

现代阿拉伯—伊斯兰各国文学,其范围除阿拉伯语文学外,也包括中东地区信仰伊斯兰教的其他的非阿拉伯语国家,如伊朗文学、土耳其文学、巴基斯坦文学、阿富汗文学等。

我国对阿拉伯现代文学的译介,基本上是从新中国成立以后开始的,1950年代是一个高潮期。当时,中东各国民族解放运动空前高涨,反帝国主义、反殖民主义、争取民族独立和国家解放的斗争风起云涌,同时,在苏联和中国的影响下,左翼共产主义思想也空前活跃,出现了大量相关的文学作品。当时中国完全支持中东各国人民的斗争,而译介的中心也是以反帝文学和左翼文学为中心的。仅1958年,我国就翻译出版了11种阿拉伯现代诗集。如作家出版社1958年出版《现代阿拉伯诗集》(译文社编),共收诗歌13首,大多是以反对帝国主义为题材的。其中还有一首伊拉克诗人阿·瓦·白雅帖写的题为《献给诗人毛泽东》的诗,带有强烈的时代印记。

1980年代后,阿拉伯现代文学的译介出现了繁荣的局面。这二十年我国出版的中东各国文学作品译本二百多种。有多国文学的综合性译本,如郭黎译《阿拉伯现代诗选》(湖南文艺出版社2000年),收巴鲁迪、邵基、穆特朗、纪伯伦、努埃曼、艾·卡·沙比等38位诗人的104首诗;周顺贤、袁义芬译编的《天方智慧鸟》(上海文化出版社2000年)收阿拉伯现代作家的散文60多篇。更多的是作家作品单行本。有些译本出版后,还成为畅销书。如埃及作家西巴依的《废墟之间》、黎巴嫩作家阿瓦

德的长篇小说《白衣女侠》，印数都在 10 万册以上，一个名不见经传的阿拉伯作家写的长篇小说《东方舞姬》（原名《莱丽亚》）的中文译本出版后，在两年内印刷七次，销数达 30 余万册。在阿拉伯—伊斯兰各国文学中，译介最多的是埃及文学、黎巴嫩—叙利亚文学、土耳其文学、伊朗文学。此外，其他中东国家，如突尼斯、阿尔及利亚、沙特阿拉伯、科威特、阿富汗等国的文学，也有零星译介，但总的看，不成规模。

埃及文学是近现代阿拉伯语文学的中心，涌现出了一大批在整个阿拉伯世界乃至全世界都有很大影响的作家，如塔哈·侯赛因、陶菲格·哈基姆、迈哈穆德·台木尔、纳吉布·马哈福兹等。他们的作品都被陆续译介到中国，并产生了一定影响。

塔哈·侯赛因（1889—1973 年）博士是现代阿拉伯文学的奠基者，被誉为"阿拉伯文学之柱"。塔哈的代表作之一、自传体长篇小说《日子》，描述了一个贫苦的乡村盲童如何勇于同环境、同命运抗争，通过刻苦努力，成为著名学者、作家的不平凡的经历，是阿拉伯现代文学的典范性作品。1947 年商务印书馆曾出版过马俊武从英文版本转译的《日子》（第一部），译名为《童年的回忆》。这是新中国成立前翻译的仅有的一本埃及现代作家的作品。1961 年，作家出版社出版了秦星翻译的《日子》（第一、二部），这个译本在中国拥有较多读者，产生了一定的影响。1984 年，中国盲文出版社出版了塔哈的另一个长篇小说《鹧鸪声声》（1934 年），由白水、志茹翻译，小说描写了敢于同传统势力挑战、为追求自我幸福和尊严而顽强抗争的青年女性的形象。我国的评论者对这部作品予以很高的评价。《东方文学史通论》写道："这篇小说写得十分精致、完美，在严谨的叙事中渗透着深刻细腻的心理描写和精神分析。它尤其体现了作者非凡的语言功力。即使在汉语译本中，我们也可以欣赏到那诗一般优美的语言、浪漫的抒情和那'亲爱的小鸟'的低声鸣啭。"1982 年，李唯中翻译的塔哈·侯赛因的长篇传记文学《征服黑暗的人》（作者凯马勒·迈拉赫）由湖南人民出版社出版，使塔哈为更多的中国读者所了解。

1989年，在塔哈·侯赛因诞辰一百周年的时候，《文艺报》11月25日刊发了关偶写的专文——《征服黑暗，拥抱光明：纪念塔哈·侯赛因诞辰一百周年》。

陶菲格·哈基姆（1898—1988年）是埃及和阿拉伯现代文学的代表人物之一，著名小说家和剧作家，长期担任埃及作家协会主席，1977年曾获地中海国家文化中心授予的"地中海国家最佳思想家、文学家"的称号。1979年，人民文学出版社出版了杨孝柏翻译的长篇小说《乡村检察官手记》。1985年，湖南人民出版社出版了王复、陆孝修翻译的长篇小说《灵魂归来》。次年，上海译文出版社又出版了陈中耀的译本。《灵魂归来》（1933年）是陶菲格的代表作，其中心主题是走出西方殖民文化，呼唤埃及民族精神、埃及"灵魂"的到来。译本出版后，引起了我国学者的注意，出现了专门的研究、评论文章。黎跃进在一篇文章中认为，《灵魂归来》"体现了东方原始主义文学的特点。[由于]小说中质朴诚挚的人格情操，远古神话的象征结构和对西方物质文明的否定，可以把这部小说当作东方原始主义文学的代表性作品来理解"。此外，陶菲格的荒诞哲理剧《洞中人》（1933年）的译文曾发表于《外国文学》杂志，后被季羡林主编的大学教学参考书《东方文学作品选》节选。

迈哈穆德·合木尔（1894—1973年）是埃及著名作家，是埃及现代短篇小说的开拓者和奠基人。其作品构思精巧，题材广泛，主题深刻，并具有强烈的社会批判性，被誉为"埃及的莫泊桑"。我国从1957年开始译介台木尔的小说。1963年出版过他的短篇小说集《二路电车》。1978年由邬裕池等人编译的《台木尔短篇小说集》由人民文学出版社出版，其中收译了《沙良总督的姑妈》《成功》等21篇有代表性的短篇小说。1980—1990年代，有关学术期刊还发表了数篇台木尔的评论文章。

除上述三位作家的作品之外，我国翻译的埃及现代作家作品还有：伊桑赫·阿卜杜·库杜斯（1919年生）的长篇小说《罪恶的心》（原名《心中物》）、《难中英杰》（一译《我家有个男子汉》）、《亲爱的，我们

143

都是贼》《天长日久》《疯人之恋》和《库杜斯短篇小说选》等；尤素福·西巴依的《人生一瞬间》《回来吧、我的心》《废墟之间》；穆斯塔法·阿明的长篇巨著《初恋岁月》、阿·拉·谢尔卡维的长篇小说《土地》、穆·阿卜杜拉的《日落之后》等。在短篇小说的译介方面，1983年，《世界文学》杂志编辑部将发表在该杂志上的埃及短篇小说编辑起来，作为"世界文学丛刊"的第11辑，由中国社会科学出版社出版，书名为《埃及现代小说集》，收20世纪埃及短篇小说名作41篇。

黎巴嫩—叙利亚（第一次世界大战前是一个整体）文学在现代阿拉伯文学中具有重要影响，出现了纪伯伦那样的享誉世界的大作家。除纪伯伦（详后）外，我国对黎巴嫩现代文学的译介，开始于1960年代。1960年人民文学出版社出版了水鸥等翻译的《黎巴嫩短篇小说选》。1980年代后译介的黎巴嫩现代作家还有米哈依尔·努埃曼、乔治·宰丹等。米哈依尔·努埃曼（1889—1988年）是诗人、小说家和文学评论家，阿拉伯现代文学的开创者和奠基人之一，1920年曾和纪伯伦等共同发起"笔会"并任顾问。我国翻译出版的努埃曼作品有《努埃曼短篇小说选》（仲跻昆等译，外国文学出版社1981年）、中篇小说《相会》（程静芬、林则非等译，上海译文出版社1981年）、《纪伯伦传》（程静芬译，湖南人民出版社1986年）、自传《七十述怀》（王复、陆孝修译，甘肃人民出版社1993年）等。其中，《相会》原作发表于1946年，是作者的杰作。这个不足四万字的薄薄的译本初版发行了五万册，在书店和图书馆中因其单薄难以被读者注意。但只要拿起来读完，就难免不击掌赞叹。我国有的《东方文学史》类的著作把它视为现代阿拉伯名著，有的称它为"东方罕见的魔幻现实主义小说"。乔治·宰丹（1861—1914年）是黎巴嫩著名历史小说家，他创作了二十多部以阿拉伯—伊斯兰历史为题材的历史小说，在阿拉伯世界产生了广泛的影响。1980年代后，我国陆续翻译出版了《斋月十七》（星际译，新华出版社1980年）、《古莱什少女》（唐杨等译，新华出版社1982年）、《萨拉丁——伊斯梅尔集团的内幕》（顾正龙译，新华出版社 1982 年）、《第一位伊斯兰女王——莎吉蕾杜》（杨期锭、元慧译，世界知识出版社 1987 年）等长篇作品。其中，根据宰丹的同名小说改编的电影《萨拉丁》1980 年代在我国上演，引起了较大反响。

在我国所译介的阿拉伯语现代文学中，苏丹国作家塔依布·萨利赫（1921 年生）的长篇小说《移居北方的时期》特别引人注目。该作品 1966 年发表后，阿拉伯文坛和西方媒体一再发表评论，称其为"当代的奇葩"，接着被译成近十种世界各主要文字，作者也一举成为世界知名作家。该作品在我国有两种译本，一种是外国文学出版社 1983 年出版的李占经译本，另一种是山西人民出版社 1984 年出版的张甲民、陈中耀译本，译名为《风流赛义德》。前者是个可靠的译本，受到好评。后者虽也流畅可读，但受到了专家批评。郅溥浩在一篇文章中指出：《风流赛义德》将原作中的某些性描写的文字大量删除，超过四五千字，妨害了原作的完整性；作品的译名"风流赛义德"，也显得不得要领。

土耳其文学是使用土耳其语创作的文学，在现代阿拉伯—伊斯兰国家的文学中，占有重要地位。我国译介土耳其现代文学是从希克梅特开始的。希克梅特（1902—1963 年）是土耳其共产党诗人，有些诗歌是歌颂中国革命的。1952 年，希克梅特和智利著名诗人聂鲁达一道来中国，代表世界和平理事会授予宋庆龄世界和平奖。从 1952 年到此后的数年间，我们翻译出版了《希克梅特诗集》（陈微明等译，人民文学出版社 1952 年）、《希克梅特诗选》（袁水拍等译，上海文艺出版社 1960 年）等多种译本，发表的评论希克梅特的文章也有二十多篇。评论者称希克梅特为"革命诗人""和平战士"，使他成为 1950 年代在中国最受重视、评价最高的少数外国作家之一。1950—1960 年代译介较多的土耳其作家还有奥麦尔·赛菲丁（1884—1920 年）。1958 年，人民文学出版社出版了柳朝坚根据俄文译本翻译的赛菲丁的短篇小说集《虹》，收短篇小说六篇；1960 年人民文学出版社又出版了柳朝坚翻译的《赛菲丁短篇小说集》，收短篇小说 35 篇。1980 年代，我国翻译了十几种土耳其现代作家的作品，主要有萨巴哈丁·阿里（1907—1948年）的长篇小说《我们心中的魔鬼》和《穿皮大衣的玛利亚》、苏阿德·戴尔维希的长篇小说《安卡拉的囚犯》、雅萨尔·凯马尔（1922年生）的长篇小说《瘦子麦麦德》（第一部）、列·努君太金（1886—1956年）的长篇小说《伊斯坦布尔姑娘》、萨米姆·科贾格奥斯（1916年生）的长篇小说《万军归来》、阿吉兹·涅辛（1915年生）的短篇小说集《我是怎样自杀的》等。进入1990年代后，土耳其文学的译介相对岑寂下来。

伊朗近现代文学起步较晚，20世纪20—30年代才出现较成熟的现代小说。我国译介的伊朗现代作家主要有两个，一个是赫达亚特，一个是巴哈尔。赫达亚特（1903—1951年）是伊朗现代文学中具有一定国际影响的作家。1960年，人民文学出版社出版了潘庆舲根据俄文版本翻译的《赫达亚特小说选》，收译了包括著名中篇讽刺小说《哈吉老爷》在内的八种作品，译者写的"后记"系统地评介了赫达亚特生平和创作。穆罕默德·巴哈尔（1886—1951年）是伊朗著名诗人，他使用波斯传统的诗体，来表现新的时代内容。1986年，外国文学出版社出版了邢秉顺翻译的《巴哈尔诗选》，收译诗歌近40首。

## 二、对纪伯伦的译介

在阿拉伯近、现代作家中，纪伯伦和马哈福兹是成就最高、影响最大的文豪，也是我国译介的重点作家。

纪伯伦·哈利勒·纪伯伦（1883—1931年）是黎巴嫩诗人、画家、小说和散文作家。他以阿拉伯语和英语写作了许多杰出的作品，数量虽然不多（约合中文100万字），但在阿拉伯世界、在中国乃至在全世界，都有很大的影响。在汉译阿拉伯文学中，纪伯伦的作品译介之早、译本版本之多、对中国文学影响之大，仅次于《一千零一夜》。

茅盾是最早译介纪伯伦的人。1923年，他在《文学周刊》第86和88期上，发表了纪伯伦的散文诗《批评家》《一张雪白的纸说……》等散文诗五篇，都是从纪伯伦的寓言散文诗集《前驱者》（今译《先驱者》，1920年）选译出来的。1927年，《文学周报》第279期上刊载了翻译家赵景深（1902—1985年）翻译的《吉伯兰寓言选译》。1929年12月，北新书局出版了纪伯伦的散文诗集《疯人》，作为该社的"风满楼丛书"之一。译者是刘廷芳（1891—1947年），1920年代曾在美国留学、任教，1925年回国后在燕京大学任教时，开始翻译纪伯伦的作品。《疯人》是纪伯伦由阿拉伯语写作转向英语写作的第一部作品。刘廷芳的译本收寓言、散文诗35篇，是该作品的全译本，也是我国出版的第一个纪伯伦作品的译本。1940年代，刘廷芳和女儿刘俪恩合译了纪伯伦的《人之子》，刊载于教会刊物《真理与生命》。后来，朱维之在《基督教与文学》一书中对纪伯伦作品及刘廷芳父女译文做了肯定的评价，他说："《人之子》是最富丽而别有生趣的散文诗。根据当时人底记述，拟想耶稣的生涯，特别是从生后到开始传道以前的一段，别人无从下笔的地方，他却写得有声有色，……译笔也清丽可颂。"

不过，上述译文、译本在当时流传有限，纪伯伦为中国读者所熟悉，主要还是因为谢冰心翻译了纪伯伦的代表作《先知》。

《先知》是纪伯伦长期酝酿、写作的一部散文诗集。作者18岁时即写出了第一批阿拉伯语文稿，到1923年正式用英语出版，整个写作过程长达三十年，是呕心沥血、千锤百炼的作品。《先知》描写了一位智者、"先知"亚墨斯达法在大海岸边的一个城市阿法利斯客居12年后，准备返回故乡，在临别前，他回答了前来为他送行的人提出的各种各样的问题，谈到了诸如爱、婚姻、孩子、施与、饮食、工作、欢乐与悲哀、居室、衣服、买卖、罪与罚、理性与热情、友谊、时光、善恶、祈祷、逸乐、美、宗教、死亡等26个方面的问题，表现了"先知"对人、对生活的深切关爱，将发人思考的哲理智慧与优美的文辞、温馨的情感、浓郁的诗意完美地结合在一起。冰心在《先知》的译序中谈道："这本书，《先知》，是我在一九二七年冬月在美国朋友处读到的。那满含着东方气息的超妙的哲理和流丽的文词,予我以极深的印象!"她还说:译完后,"我感到许多困难,哲理的散文本来难译,哲理的散文诗就更难译了。我自信我还尽力……"。《先知》是冰心最早的翻译作品,但实在是出手不凡,表现出了冰心对原作的良好的审美感悟和很强的语言文学功力。她以细腻、清新、自然而又精心推敲的语言,再现了纪伯伦原作的神韵。如《工作》一节的译文:

> 我说生命的确是黑暗的,除非有了激励;
> 一切的激励都是盲目的,除非有了知识;
> 一切的知识都是徒然的,除非有了工作;
> 一切的工作都是空虚的,除非有了爱。
> 当你仁爱地工作的时候,你便与自己、与人类、与上帝连系为一。

冰心的《先知》译本问世后,作家施蛰存写了一篇题为《〈先知〉及其作者》的文章(见1937年开明书店版散文集《灯下集》),一开头就写道:"亚剌伯的哲人、诗人和画家喀利尔·纪伯伦的著作,我最初读的是1920年出版的那本《先驱者》。那是一本精致的小诗集,从别人处借来以后,以一夕之功浏览了终觉得不忍释卷。因为篇幅并不多,而且那时恰又闲得没事做,从第二日起便动手抄录了一本。这可以算是我唯一的外国文学的手抄本,至今还妥藏在我的旧书筐里。看到他的另一著作《疯人》,也曾觉得十分满意……他的名著《先知》(*The Forerunner*)出版以后,广告的宣传与批评的奖饰,使我常以不能有机会一读为憾,……直到如,冰心女士的谨慎的译文,由新月书店之介绍,而使我得以一偿夙愿,感谢无已。"

冰心的《先知》译本1931年由新月书店出版,1940年代初收入开明书店出版的《冰心著作集》,1957年人民文学出版社出版新的单行本。冰心在"前记"中再一次赞扬了纪伯伦的这部作品,并希望年轻人学习阿拉伯语,以便更好地译介阿拉伯文学及亚非文学。1963年,《世界文学》杂志发表了冰心翻译的纪伯伦的另一种散文诗集《沙与沫》的选译。除冰心的译介之外,《译文》杂志1957年8月号还刊载了苏龄、折渠从俄文翻译的《散文诗三篇》;1960年人民文学出版社出版的《黎巴嫩短篇小说集》收有纪伯伦的两篇作品。此后二十年间,纪伯伦的译介基本中断。

1981年,冰心译散文诗集《沙与沫》在《外国文学季刊》上刊载;1982年,冰心译《先知·沙与沫》被湖南人民出版社收入"诗苑译林"丛书出版发行。冰心在译本序中谈到了在经历了半个世纪后,自己对纪伯伦作品的更深的体会。她说:

> 一般说来,年轻时都会喜欢泰戈尔,而年纪大了,有了一段阅历之后,都后转向纪伯伦。应该说,纪伯伦的《先知》、《沙与沫》与泰戈尔的《吉檀迦利》在艺术上是有异曲同工之妙的。不过,由于泰戈尔的一生比纪伯伦要顺利,生活也不像纪伯伦那样清贫,所以,我总觉得泰戈尔在《吉檀迦利》中表现的似乎更天真、更欢畅一些,也更富于神秘色彩。而纪伯伦的《先知》却更像一个饱经沧桑的老人,对年轻人讲些处世为人的哲理,在平静中流露着悲凉。

冰心译《先知》《沙与沫》除发行单行本,还收入了《冰心著作选集》《冰心全集》中,在读者中产生了广泛深远的影响。

1980年代后,纪伯伦作品的译介进入了繁荣时期。以冰心译的《先知》再版为开端,大量新的译本陆续问世。1983年是纪伯伦诞辰一百周年,相关报刊发表了有关纪伯伦的纪念和研究文章。如伊宏的《阿拉伯文学才子纪伯伦——纪念纪伯伦诞生一百周年》(载《阿拉伯世界》1983年第4期),徐凡席的《东方文坛的一颗明珠——纪念纪伯伦诞生一百周年》(载文学报》1983年12月2日)、朱威烈的《纪伯伦和他的〈折断的翅膀〉》（载《译林》1983年第2期）等五六篇文章。这一年，湖南人民出版社出版了仲跻昆、李唯中、伊宏翻译的《泪与笑》。这是我国第一部从阿拉伯语原文翻译过来的纪伯伦作品集。《泪与笑》收译散文诗120首，是从《泪与笑》《暴风雨》《心声录》《珍趣篇》《行列歌》五种原作中选译出来的。1984年，南京译林出版社出版了《折断的翅膀——纪伯伦作品选》，其中收有郭黎译、朱威烈校的中篇小说《折断的翅膀》和杨孝柏、王复、王伟等人翻译的短篇小说、散文、故事、评论文章等。1986年，天津百花文艺出版社出版了吴岩翻译的《流浪者》。该译本除了12首早期的散文诗外，还收译了《流浪者》《先知园》等晚期作品。1989年，人民文学出版社出版了诗人绿原翻译的散文诗集《主之音》（附《疯人》）。1992年，李琛编选了《先知的使命——纪伯伦诗文集》，其中选入了谢秩荣译《行列圣歌》、仲跻昆译《大地的神》、薛庆国译《游子》、伊宏译《爱情书信》。1993年，浙江文艺出版社出版了伊宏主编的《纪伯伦散文诗全集》，书中除收了若干重要的旧译外，还有怿静译《疯人》，卢永、卢劲译《人子耶稣》，陆孝修译《流浪者》，伊宏、艾洁译《先知园》。同年，漓江出版社出版了秦悦编译的《人生箴言录》。1999年，人民文学出版社出版《纪伯伦诗文选》，作为该社"世界文学名著文库"之一种，收入散文诗为主的作品十几种。

1994年至2000年，我国连续出版了三种版本的《纪伯伦全集》。第一种是1994年3月甘肃人民出版社出版、伊宏主编的《纪伯伦全集》，分上、中、下卷，精、平两种装帧。第一卷收阿拉伯文作品，第二卷收英文作品，第三卷收书信和佚文，并附有一份比较详细的纪伯伦年谱，总字数128万。各卷中还插入了纪伯伦的一些绘画作品和照片。

1994年6月，河北教育出版社出版了五卷精装本的《纪伯伦全集》，分"阿拉伯文卷"和"英文卷"两部分，第一、二、三卷为阿文卷，第四、五卷为英文卷。阿文卷部分由关偁主编，英文卷部分由钱满素主编。其中，第一卷收关偁译《音乐》《草原新娘》《叛逆的灵魂》《被折断的翅膀》；第二卷收韦玉兰译、关偁校《泪珠和欢笑》、关偁译《行列圣歌》；第三卷收刘新泉译、关偁译《暴风雨》和《奇异珍宝》；第四卷收薛庆国译、朱凯校《狂人》《先驱》和钱满素译《先知》《沙与沫》；第五卷收薛庆国译《人子耶稣》《大地神》《游子》和《先知园》，并附《纪伯伦生平著作年表》。总字数81万。

第三种全集2000年由人民文学出版社出版，共分五卷，精装。第一卷收韩家瑞、李占经译《音乐颂》、《草原上的新娘》《叛逆的灵魂》《泪与笑》；第二卷收李占经、葛继远、李玉侠译《行列圣歌》《暴风曲》《珍趣集》《纪伯伦言论集锦》；第三卷收冰心、绿原、吴岩译《疯人》《先驱者》《先知》《沙与沫》《主之音》《散文诗》；第四卷收吴岩、卢永、卢劲译《人子耶稣》《大地神》《流浪者》《先知园》；第五卷收李玉侠、郅溥浩、伊宏译《玫瑰书简》《蓝色火焰》《纪伯伦家书及致友人信》。各卷译文分别从英文和阿拉伯文译出，书中配若干幅纪伯伦创作的绘画作品。总字数100多万。

以上三种《纪伯伦全集》，是对20世纪我国纪伯伦译介的完满总结。这样，纪伯伦的每一种作品，都有了两三种不同的译本，为读者阅读和学者的研究提供了可供选择的不同的文本。一个外国作家在几年中连续出版三种中文版全集，这在我国的外国文学译介史上，都是罕见的，充分表明了我国出版部门对纪伯伦的重视，也反映出广大读者对纪伯伦作品的阅读需要。三种全集都有一篇写得很好的序文，对指导读者的阅读颇有助益。

自1983年以来，我国的纪伯伦评论和研究一直持续不断，每年都有一两篇论文见诸报端。其中，伊宏、朱威烈、杨孝柏、钱满素等人在纪伯伦的评论和研究中做出了较大的贡献。他们的论文对纪伯伦的哲学、宗教思想，对纪伯伦的散文诗和小说的艺术特色做了较深入的分析，对纪伯伦与尼采的关系、与泰戈尔的关系也做了比较文学层面上的研究。由于纪伯伦作品的全面的翻译，由于学者们的大力推介和研究，纪伯伦在我国已为文学爱好者所熟悉。在各种《外国文学史》《东方文学史》类的专著和教材中，纪伯伦作为世界一流作家，均占有显著位置，不少教材都为他列了专节，从而成为在大学讲台上被深入分析和讲解的经典作家。不过，和翻译比较而言，我国的纪伯伦的评论和研究还有些滞后。除了翻译过来的努埃曼写的《纪伯伦传》之外，还没有我国学者写的研究性的纪伯伦传记著作（只有伊宏写的一本面向中学生的普及性小册子《纪伯伦评传》，海南出版社1993年），也没有纪伯伦的研究专著。论文也以作品赏析性质的评论文章居多，研究深度、广度还有限。但可以相信，我国的纪伯伦的评论和研究，在将来还有广阔的发展空间。

### 三、对纳吉布·马哈福兹的译介

纳吉布·马哈福兹（一译迈哈福兹，1912—2006年）是埃及现代著名小说家，诺贝尔文学奖获得者。我国对马哈福兹的译介，起步较晚。马哈福兹在1940年代就已有名，1950—1960年代已在文坛上占有举足轻重的地位。但我国从1980年代中期才开始译介。及至马哈福兹1988年获诺贝尔奖前后，马哈福兹在中国的译介得到了迅速展开。晏如在《中国的阿拉伯文学译介》（载《阿拉伯世界》1994年第1期）中谈道：

> 近年来，阿拉伯文坛上的最大喜事，当数埃及作家纳吉布·迈哈福兹荣获1988年度诺贝尔文学奖。（中略）迈哈福兹先生荣获大奖，却是中国的阿拉伯文学研究者们预料之中的事。1986年夏，在中国阿拉伯文学研究会举行的年会上，与会者们认为迈哈福兹先生应该得奖，并且借用德国东方学者们的话加强自己的论断："如果迈哈福兹是德国人，我们早就把他推上诺贝尔文学奖宝座了。"就在这次年会上，与会者提交了多篇关于这位大师作品的研究论文；与此同时，该大师的若干部重要作品的中译本也问世了。由此可见，中国阿拉伯文学研究者们是有眼光的，而译者们也颇有鉴赏能力。

晏如先生的话没有错。马哈福兹的许多重要作品，是在他获奖之前翻译出版的。这与有些作家获诺贝尔奖前在中国默默无闻，获奖后译本蜂拥而出的情况颇有不同。1984年，湖南人民出版社出版了李唯中、关偁译马哈福兹的重要的长篇小说《平民史诗》。译本没有序跋只有一个"作者介绍"。其中说："纳吉布·迈哈福兹是埃及当代著名作家。自1934年以来，他共发表了二十多部中长篇小说和近十个短篇小说，描写了埃及平民为争取社会公正和生活幸福所经历的漫长而曲折的道路，反映了作家为追求理想世界而进行的探索。《平民史诗》是作者近期的得意作品。"同年，花山文艺出版社出版了李唯中、关偁合译的另一部长篇小说《尼罗河畔的悲剧》。1985年，上海译文出版社出版了郅溥浩译长篇小说《梅达格胡同》。1986年，上海译文出版社又出版了孟凯翻译的马哈福兹的以埃及古代胡福法老时代为背景的长篇历史小说《最后的遗嘱》。同年，朱凯、李唯中、关偁合译的长篇三部曲《宫间街》《思宫街》《甘露街》由湖南人民出版社出版。《三部曲》译文共计120多万字。原作出版于1956—1957年，以现实主义的手法，描写了埃及一个中产阶级家庭从1919年到1952年革命前夕的生活情景，并由此反映出整个埃及现代社会的巨大变迁。译者序言评价说："尽管马哈福兹已经创作了四十多部作品，但是他在大约三十年前发表的《三部曲》却仍然是他小说创作的顶峰，也是阿拉伯小说史上一部里程碑式的作品。"马哈福兹为中译本写的《致中国读者》的短文，置于卷首。他写道："《三部曲》译成中文，委实是件激动人心的事情。埃及和中国都是世界上最古老的国家，差不多在同一时期，各自建立了自己的文明，而二者之间的对话，却在数千年之后。埃及与中国相比，犹如一个小村之于一个大洲。《三部曲》译成中文，为促进思想交流与提高鉴赏力提供了良好机会。尽管彼此相距遥远，大小各异，但我们之间有着许多共同的东西。对于此项译介工作，我感到由衷高兴，谨向译者表示谢意。我希望这种文化交流持续不断，也希望中国当代文学在我们的图书馆占有席位，以期这种相互了解更臻完善。"《三部曲》译本的出版，进一步引起了读者对马哈福兹的注意。上述马哈福兹作品的译本出版后,有关的研究和评论文章也陆续出现。最早的一篇是刘清河的《试谈〈平民史诗〉的主要创作特色》(载《宁夏大学学报》1985年第3期),接着,李琛发表了《深沉的爱和执着的追求——论埃及作家纳吉布·马哈福兹》(载《世界文学》1986年第4期)、朱凯的《纳吉部·马哈福兹的〈三部曲〉》(载《外国文学》1986年第4期)、谢秩荣的《纳吉布·马哈福兹创造道路上的转折:〈新开罗〉》(载《阿拉伯世界》1987年第4期)等。

1988年马哈福兹获诺贝尔奖后,我国对马哈福兹的译介和评论更为活跃。获奖的当年,报刊上出现了七八篇有关的文章,其中,关偁在《文艺报》等报刊上写了《纳吉布·马哈福兹——文学金字塔的建造者》等三篇文章,介绍了马哈福兹的文学成就、创作主张和获奖情况。关偁和马哈福兹有良好的个人关系,多次与马哈福兹晤谈或采访。他的访谈文章写得生动亲切,可以给读者留下深刻印象。李琛发表了《阿拉伯文坛的骄傲——纳·马哈福兹》(载《人民日报》1988年10月30日)和《新生活的探索者——纳·马哈福兹》(载《外国文学评论》1988年第3期)两篇文章,对马哈福兹的创作做了较深入的分析。从1988年到1990年代中期,几乎每年都有四篇以上的评论和研究马哈福兹的论文。其中,被评论最多的作品是《三部曲》,其次是《平民史诗》。马哈福兹成为同时期被关注最多的外国作家之一。

1988年后,有更多的马哈福兹作品翻译出版。1989年,北岳文艺出版社出版了孟凯翻译的马哈福兹的历史小说《名妓与法老》,上海译文出版社出版了袁松月、陈翔华翻译的长篇小说《人生的始末》,华夏出版社出版了《纳吉布·马哈福兹短篇小说选萃》。其中,《纳吉布·马哈福兹短篇小说选萃》是我国出版的马哈福兹的唯一一种短篇小说选集。马哈福兹以长篇小说知名,但短篇小说题材广泛,表现手法各异,也颇有特色。该译本收短篇小说25篇,译者有齐明敏、李建文、高有祯、翟隽、葛铁鹰、陆伯渠等。评论家刘再复写的《纳吉布·马哈福兹不仅属于埃及》和关偊写的《拥抱艺术拥抱人类》两篇文章，冠于译本卷首，特别值得一读。刘再复在文中说：

> 纳吉布是继泰戈尔、川端康成之后，第三个获得诺贝尔奖的东方作家，因此，他对我们来说，更有亲近之感。而且，他的作品所描绘的现实很容易被中国人所理解。瑞典文学院的马悦然教授曾对我说，纳吉布笔下的现实和巴金笔下的现实与风情很相近，有的作品，只要把人名、地名一换，我们简直难以分清是巴金的还是纳吉布的。现在，华夏出版社及时地编选出版纳吉布的作品，它一定会受到中国鉴赏水平较高的读者的欢迎。细心的读者也许还会看到纳吉布所展示的世界和所表露的情感，除了与我国作家的相似之处，还有微妙相异处。

关偊的文章简练地概括了马哈福兹的小说艺术上的成绩和特色，他写道：

> 在现代阿拉伯小说艺术发展史上，他〔马哈福兹〕起了承上启下的关键作用。他同其他阿拉伯作家共同努力，将阿拉伯小说的写作技巧提高到世界先进水平。就纳吉布本人的艺术成就而言，这是他融汇阿拉伯悠久的文学传统、欧洲文学的灵感和个人艺术才能的结果。（中略）在艺术手法上，他使用过浪漫主义、自然主义、象征主义、表现主义、理念小说和意识流等，更多的时候是将两种或几种手法交替使用，给人以耳目一新的感觉。在大胆引进、仔细消化和彻底改造外国创作手法上，他已到了出神入化的地步。在漫长的创作历程中，他不时受到批评家有时是善意的、有时是恶意的尖刻的批评。但他了解自己的路，不断探索和革新。他从不单纯摹仿某一流派，也不受荣

誉和物质享受的干扰，只是在艺术上苦行修道。正因为如此，他受到阿拉伯世界内外读者的喜爱、尊崇和高度评价。

1991年，谢秩荣等人翻译的《续天方夜谭》（原题《千夜之夜》）由中国文联出版社出版。熟悉《一千零一夜》的中国读者对马哈福兹的这个独特的《一千零一夜》的改写，一般都会充满兴趣。同年，关偁翻译的《街魂》（原题《我们街区的孩子们》被漓江出版社列入著名的"获诺贝尔文学奖作家丛书"出版发行。这部长篇小说1959年在报上连载后，由于作品中开放、开明的宗教观点，埃及保守的伊斯兰教人士指责它亵渎神明，该书遭到查禁，直到十年后才在黎巴嫩出版单行本。《街魂》的翻译出版，对于我国读者了解马哈福兹的宗教观和社会历史观，对于鉴赏他那将严谨的写实态度与充满想象力的象征手法结合起来的写作艺术，都有很大的参考价值。该译本在正文之后附《授奖辞》《受奖演说》和《生平年表》，具有重要的史料价值。

除单行本译本外，马哈福兹的其他重要的中、长篇小说《小偷与狗》《米拉马尔公寓》《卡尔纳克咖啡馆》等，也在《世界文学》等期刊或有关作品集中发表。这样，到1990年代前期，马哈福兹的所有重要作品均被译成了中文，译本总数近二十种，从而成为当代阿拉伯作家中在中国影响最大的一位。

# 第三章 日本及东亚各国文学在中国

　　站在中国立场所说的东亚文学，主要是指日本列岛和朝鲜半岛的文学。日本与朝鲜的古代文学属于以中国文学为中心的东亚区域文学的范畴，19世纪后期起步的现代文学主要学习西方文学。在西方文学与传统文学的冲突融合中形成的日本近现代文学与中国新文学也有密切关联。在20世纪中国的东方文学译介中，日本文学译介与研究的成果最多、规模最大。

## 第一节　对日本文学史的介绍与研究

**一、20世纪上半期的日本文学史介绍与研究**

　　我国对日本文学及日本文学史的研究，发端于周作人在1918年发表的《近三十年来日本小说之发达》一文。这是中国第一篇系统论述日本近代文学发展过程的文章，具有开创意义。该文是作者在北京大学的讲演，最早收在《北京大学日刊》1918年5月第141—152号。周作人从江户时代平民文学的兴起讲起，评述了明治初年到20世纪头十年的三十年间日本近代文学的主要思潮、流派和有代表性的作家作品。其中重点讲到了坪内逍遥、二叶亭四迷的写实主义文学,砚友社诸作家自然主义文学及非自然主义作家夏目漱石、森鸥外等。对文学现象和作家作品的评述客观准确,表明了周作人对日本文学的熟稔。而且,周作人并不是就日本文学谈日本文学,他的用心在于以日本文学为中国新文学的借镜。他说:"日本文学界,因为有自觉,肯服善,能有诚意的去'模仿',所以能生出许多独创的著作,造成20世纪的新文学。"在周作人看来,"中国讲小说也二十多年了,算起来却毫无成绩,这是什么原因呢?据我说来,就只在中国人不肯摹仿不会摹仿。"他希望中国文学"真心地先去模仿别人,随后自能从模仿中蜕化出独特的文学来"。此后,周作人还写了一系列的专讲日本文学及日本作家的文章,如《日本的诗歌》(1921年)、《日本的小诗》等。特别是1934年发表的《闲话日本文学》,是一篇专门论述中国对日本文学译介情况的文章,也是中国的日本翻译文学史上的一篇重要文献。

除周作人以外,研究日本文学成绩最大的是谢六逸(1898—1945年)。他是中国第一个为日本文学写史的人。1927年,上海开明书店出版了他的《日本文学》上卷,1929年出版了《日本文学》的"增订版"。在此基础上,他写出了《日本文学史》上、下卷,1929年由北新书局出版。全书有十余万字,是一部论述从古到今日本文学发展历程的系统的文学史著作。谢六逸写作《日本文学史》,主要目的是为了引起国人对于日本文学的重视。在该书的"序"中,他写道:

> 近二十年来的日本文学,已经在世界文学里获得了相当的地位。有许多著名作家的作品,曾有欧美作家的翻译介绍;我国近年来的文学,在某种程度上,也受了日本文学的影响,日本作家的著作的译本,在国内日渐增多;德俄的大学,有的开设日本文学系,研究日本语言文学;法国的诗坛,曾一度受日本"俳谐"的影响。根据这些

>>> 第三章 日本及东亚各国文学在中国

事实,日本的文学,显然已被世人注意。

中国人在同文同种的错误观念之下,有多数人还在轻视日本的文学与语言。他们以日人的"汉诗汉文"代表日本自古迄今的文学;拿"三个月小成,六个月大成"偷懒心理来蔑视日本的语言文字,否认日本固有的文学与他们经历变革的语言。这些错误,是有纠正的必要的。

其次,欧洲近代文艺潮流激荡到东方,被日本文学全盘接受过去。如果要研究欧洲文艺潮流在东方各国的文学里曾发生过如何的影响,那么,在印度文学里是寻不到的,在朝鲜文学更不用说,在中国文学里也觉得困难。只有在日本文学里,可以得到这个的答案。

这里谈到了研究日本文学的理由,现在看来未必都正确(如上引第三段关于欧美文学对东方各国影响的话,就不太准确)。但是,提醒国人注意研究日本文学,对于中国文学全方位的开放,是非常重要的。谢六逸在这方面所做的深入扎实的研究,也就有着重要的意义。虽然《日本文学史》中的许多材料和观点是从日本人的有关著作中借鉴来的,但谢六逸对日本那些非常繁复的材料,做了认真的耙梳和吸收,这本身就体现着一种创造。而且,书中所征引的不少有代表性的日本文学作品的片段,大都由谢六逸首次译成中文。其中涉及歌谣、和歌、俳句、物语、狂言等多种文学样式,谢六逸一律用白话文翻译出来,通畅易懂。这在中国的日本文学翻译史上,也有一定的示范的价值。书中的上卷和下卷的一部分,讲的全是明治维新以前的日本的传统(古典)文学。这时期对日本的古典文学,除周作人外几乎无人译介,而谢六逸有一大半篇幅讲日本古典文学,这在中国的日本文学译介史上是有奠基意义的,为以后的古典文学译介奠定了基础。

作家、评论家韩侍桁(1908—1987年)对日本文学的观察,具有独特的视角和观点。他的长文《杂谈现代日本文学》(载《文学评论集》现

*159*

代书局1934年）对日本现代文学的评论和研究，也十分富于个性。韩侍桁对日本现代文学的评论，不受日本文坛的成说的束缚和影响，而是站在中国人的独特视角上看问题，发表了一些值得注意的意见。如，他认为，日本现代文学数量极大，但质量不好，质与量不成比例。原因在于在日本当作家比较容易，一旦当了作家，特别是成了名的作家，他们"便能享受着荣誉的生活，在安乐尊贵的生活中，他们惟一的计算不是为着艺术的制作，而只是想如何能产生大的量，以维持他们既成的经济生活与社会上原有的地位"；韩侍桁认为，日本现代作家大都以写身边琐事为能事，所以"我们也不能不惋惜地说它确实是没有什么伟大的作品"，有些东西甚至是"非常幼稚的"；他还认为，"现代日本文坛太缺少批评家了，严格的批评家几乎是未曾有过的"，搞评论的"大半只是互相称颂"。韩侍桁还具体地批评了志贺直哉、武者小路实笃、芥川龙之介、有岛武郎等大作家。除了有岛武郎外，他对这些作家都作了否定性的批评。韩侍桁的日本文学评论代表了中国的日本文学研究评论者的一种声音。其中的观点有不尽公正的地方，对作家作品也有一些误读，但站在他的特定的角度上，用他的特定的文学价值观和审美观来看，得出那样的结论，是值得注意的。

1930年代后至1945年，由于日本侵华，影响了中国对日本文学及文学史的介绍和研究，只在北京、上海、南京等沦陷区，才能发表一些有关的介绍性文章。重要的有1943—1944年北京的《艺文杂志》连载的尤炳圻撰写的关于介绍日本文学史的系列论文，如《日本的近古文学》《日本文学讲话》《日本的近世小说》《日本近代的戏曲》等。战后，中日两国关系长期处于非正常状态，中国对日本文学史的介绍和研究，也一直处于停滞状态。

## 二、20世纪下半期的日本文学史研究

1972年中日邦交正常化，我国对日本文学史的介绍谨慎起步。起初是翻译日本学者的日本文学史著作。其中，有两部著作特别值得注意，一

部是1976年上海人民出版社出版的、署名"齐干"翻译的《日本现代文学史》。这是日本著名文学史家吉田精一的有代表性的学术名作,其特点是要言不烦、材料精练、观点权威,在日本国内有着很大影响。"译者的话"指出:"这本《现代日本文学史》比较全面地介绍了从明治维新开始到最近为止,这一百年来日本文学的发展过程。在以资产阶级观点写成的日本文学史中,这是比较简明扼要的一本。我们把它翻译出来,供我国文学工作者了解文学思想流派和进行批判之用。"另一部是1978年人民文学出版社出版的署名"佩珊"(刘振瀛等)翻译的《日本文学史——日本文学的传统和创造》。本书的作者是西乡信纲等日本新一代学者,基本上是以马克思、恩格斯的历史唯物主义为指导思想的。它把各个不同时期日本社会各阶级力量的兴衰,看成是决定文学史发展的决定因素,但又紧扣日本的社会历史的实际,不从僵化的教条出发,所以在日本以唯心主义观点写成的文学史占大多数的情况下,该书反而显出了其独特的学术价值。1983年,上海译文出版社出版了罗传开、柯森耀、周明、吴树文合译的《战后日本文学史·年表》,这是松原新一等四位日本学者合著的一部篇幅较大(中文译本46万字)的日本当代文学史著作,对战后日本文学的思潮、流派、主要作家作品等,做了深入的分析和研究。1986年,北京大学出版社出版了卞立强译《日本近代文学史话》(原名《物语日本近代文学史》),这是一部深入浅出、内容丰富、篇幅较大(中文译本40多万字)的日本现代文学史著作。作者不仅清楚地描述了日本近现代文学的发展进程,而且对重要的作家作品做了详细的赏析,对20—30年代的无产阶级文学也高度重视,并以较多的篇幅加以评述。1987年,东北师范大学出版社出版了倪玉、缪伟群翻译的市古贞次著《日本文学史概说》,实际上只是一个日本文学史的纲要。1989年,三联书店出版了李丹明翻译的长谷川泉的《日本战后文学史》,是一本很简要的、不足10万字的小册子。1992年,长谷川泉的另一本小书《近代日本文学思潮》的译本,由译林出版社出版。以上各种日本文学史著作的翻译出版,使日本文学史向中国读者全面展开，也促进了中国学者的相关研究。

1982年9月，北京的外语教学与研究出版社出版了王长新教授用日文撰写的《日本文学史》，这是为大学日语专业的学生使用而编写的教材。同年10月，中国戏剧出版社出版了王爱民、崔正南编著的《日本戏剧概要》，系统而扼要地介绍了从古到今日本戏剧发展的概貌，分析了重点作家的重点作品。1983年和1986年，上海的学林出版社出版了彭恩华的《日本俳句史》和《日本和歌史》两部著作，全面地介绍了日本民族独特的诗歌样式俳句与和歌的形成、发展和演变，对许多名家名作做了汉译。1985年，长春的时代文艺出版社出版了刘柏青教授根据日本的有关著作编译的《日本无产阶级文艺运动简史》。1987年，吉林人民出版社出版了吕元明教授的《日本文学史》，这是我国学者自己撰写的第一部中文版的日本文学通史，其主要章节曾在1980年代中期的《日本文学》季刊上连载过。全书篇幅较大（32万字），资料、内容都比较丰富，在国内有一定的影响。但也有些瑕疵，如在概括和复述作品时把情节搞错了（谷崎润一郎的《春琴抄》等）。1988年，李德纯的《战后日本文学》由辽宁人民出版社出版，是按一定时序编排的日本当代文学的论文集。以上著作都问世于1980年代，可以说，1980年代是我国日本文学史介绍和研究的起步、草创和繁荣时期。在草创时期，大多数著作从材料到观点，还不得不较多地借鉴日本同类著作，以至于中国学者自己的独特视角和观点还不突出。但它们作为改革开放后填补我国日本文学史介绍和研究空白的著作，其价值是不可磨灭的。

1990年代后，陆续出现了新的日本文学史著作。1991年，陈德文的《日本现代文学史》由南京大学出版社出版。1992年，雷石榆的《日本文学简史》由河北教育出版社出版。同年，陕西人民教育出版社出版了李均洋的《日本文学概说》；肖瑞锋的《日本汉诗发展史》（第一卷）由吉林大学出版社出版。1993年，辽宁教育出版社出版了平献明著《日本当代文学》。1995年，商务印书馆出版了刘振瀛的小册子《日本文学史话》。

这本小书中的各节内容曾在1983—1989年分期刊登在《日语学习》杂志上，分专题论述了《古事记》《万叶集》《源氏物语》《平家物语》、谣曲、井原西鹤的小说、近松门左卫门的戏剧、松尾芭蕉的俳句与纪行文等，篇幅虽不长，但每一篇都不是泛泛而论，而是取一独特角度，多有自己的见解。1997年，北京师范大学出版社出版了何乃英的《日本当代文学研究》，该书基本上是作者已发表的有关日本当代文学评论与研究的文章汇编。

1990年代，在日本文学史研究领域成果最多的是叶渭渠、唐月梅夫妇。1995年，叶和唐合译的日本著名学者加藤周一的《日本文学史序说》（上下卷）由开明出版社出版。这部书在为数众多的日本文学史著作中，以开阔的文化视野、比较文化与比较文学的视角、独特的文学史分期和构架而著称学术界。它的翻译出版，有利于中国读者开阔眼界，对于文学史研究观念的更新也有一定的启示价值。1991年，叶渭渠、唐月梅合著的《日本现代文学思潮史》由中国华侨出版社出版；1996年，叶渭渠的《日本古代文艺思潮史》由中国社会科学出版社出版。在这两本书的基础上，叶渭渠又出版了将古代文学与近现代文学合二为一的《日本文学思潮史》，1997年由《经济日报》出版社出版。《日本文学思潮史》从"思潮"的角度，评述了日本文学从古到今的发展历史。作者在该书的序论中，论述了他对"文学思潮"这一概念的理解。的确，从"思潮"的角度评述和研究日本文学史，有助于突破流行的日本文学史构架模式，这也是本书的特色和成功的地方。不过，将日本文学史上几乎所有重要的文学现象、作家作品都纳入"思潮"的范畴内，有时就不免显得勉为其难（尤其是对古代文学而言）。如"写实的真实文学思潮""浪漫的物哀文学思潮""性爱主义文学思潮"之类的概括，都有可以进一步推敲的地方。1998年，叶渭渠、唐月梅合著的《20世纪日本文学史》，作为"20世纪外国国别文学史丛书"之一种出版。2000年，叶渭渠、唐月梅合著的《日本文学史》近代卷、现代卷出版发行，两卷字数共90多万字。另外还有待出版的古代卷、近代卷,加在一起共四卷的规模,出齐后,将达到近200万字的规模,是迄今为止篇幅最大、内容最丰富、资料最全面的日本文学史,也是叶渭渠、唐月梅夫妇日本文学史研究成果的集大成,显示了他们在日本文学方面长期的、丰厚的积累。这样大规模的、高水平的日本文学史著作,不仅在中国是空前的,就是在日本,也并不多见,体现了中国学者日本文学研究的实力和贡献。《日本文学史》近代、现代卷将文学思潮、团体、流派、重点作家作品等文学史的主要因素,有机地纳入比较完整、严谨的文学史体系中。作者显然参阅了许多已有的日文版文学史,但又有效地避免了日本学者常有的那种散漫繁琐、过于感性化、过多臃词赘句、缺乏理论思辨性的弊病,发挥了中国学者所擅长的思路清晰、表达准确洗练的优势。

到2000年为止,我国共翻译(编译)出版日本文学史著作近十种,出版我国学者自己撰写的日本文学史著作十多种,总数共二十余种。1980—1990年代,有关报刊发表的日本文学方面的评论、赏析和研究文章,每年大约都在三十至一百多篇。这表明,我国的日本文学评论和研究,已形成了较大的阵容,在我国的东方各国文学的评论和研究中,日本文学的评论和研究是最繁荣的。而评论和研究的繁荣,是以日本文学翻译的繁荣为基础的。

## 第二节 日本古典文学的译介

### 一、和歌、俳句的译介

日本独特的诗歌样式——和歌,以及在和歌的基础上形成的俳句,在语言、格律、诗型上具有强烈的日本民族特点。最古老的和歌集是《万叶集》，收集了自公元4世纪到8世纪约四百年间的和歌4500余首，全书共20卷，它在日本文学史上的地位相当于《诗经》在中国文学史上的地位。因此，中国的日本文学翻译家们对《万叶集》的翻译极为重视。

最早翻译《万叶集》的是钱稻孙（1887—1966年）。1958年8月，钱稻孙在《译文》（今《世界文学》的前身）杂志发表了《〈万叶集〉介绍》一文；1959年，钱选译的《万叶集》三百余首曾由日本学术振兴会在日本东京出版。1960年代，他又在此基础上增译了379首，准备在国内出版，但由于后来的"文化大革命"，出版已无可能。直到1992年，钱稻孙译的《万叶集精选》才由文洁若整理，由中国文联出版公司正式出版发行。钱稻孙的《万叶集精选》的特点是：一、对同一首和歌提供了至少三种译文。一种译文采用中国《诗经》及楚辞的用词和格律形式，一种译文采用唐宋诗词的用词和句式，一种则采用现代白话文译文。《万叶集精选》将钱稻孙的三种不同格式的译文一一列出，不同译文文体风格不一，摇曳多姿，可资对读，可使读者在比较中品味鉴赏，避免了一种译文所带来的局限性。不同的译文可带来不同的审美感受，而且对于读者全面地理解原作，提供了多种视角和参照。其中的诗经、楚辞格调的译文，现代读者虽嫌古奥艰深，但表现出了译者丰厚的中国古典文学与日本文学的修养，一般译者所不能为，作为译文之一体，弥足珍贵。钱译《万叶集精选》除了原注以外，在译文前后、译文中间夹带了不少解说和注释的文字，对原歌中所涉及的知识背景、地名人名物称以及用词用典等，均做了简明扼要的说明。因此，该译本同时也是一个译者自己的评注本，具有较强的学术价值。

1960年代，杨烈（1912—2001年）就译完了《万叶集》，这是20世纪我国《万叶集》的仅有的一个全译本。但也由于国内动乱等原因，该译本一直到了1984年才由湖南人民出版社作为"诗苑译林"之一种出版。关于为什么需要《万叶集》的全译本，杨烈在译序中说：

这本《万叶集》全译本是我在六十年代翻译的。我常说，六十年代对我来说是寂寞的年代，那时翻译此书只是为了消遣，为了安慰寂寞的灵魂，根本没有想到要出版。但在前些年，有人听说我翻译了《万叶集》，便说这是"封建余孽"。到底是什么，我想应该读完了全书之后再说，而中国至今没有全译的《万叶集》。虽然有人和我自己都曾发表过少许，但在全书四千五百首中，所占比例太小，不足以窥全豹。所以仅从文献的立场看，也应该有此书的全译本问世，这是第一点。

第二，从中日文化交流来说，也应该有此书的全译本。（中略）中日两国有两千年文化交流的历史，我们也常说中日两国是一衣带水的近邻，近些年来也常见一些文化交流的措施。然而日本人最重视的《万叶集》却没有中译本，这不能不说是一个缺点。至少在文学上要做到交流，《万叶集》的全译本是不可少的。

第三，为了了解日本古代君民上下的思想感情，读读《万叶集》是有帮助的。（下略）

杨烈译本的特点是，在诗体上，短歌译文使用五言律诗的形式，长歌译文既使用五言，也使用七言。这个译本的最大价值，在于它是全译本，填补了我国日本文学翻译中的一个重大的空白。《全叶集》中有许多和歌，意义暧昧难解，翻译更难，全译本无法跳过。全部译出，难能可贵。杨烈译文，严格按中国的五言律诗的韵律和体式来译，译文风格统一。但有时为了照顾到译文的句式整齐，不得不较多地添加原文中没有的字词，所以倘若读者要根据译文做字句层面的研究和评论，应当注意与原文的对照。总之，杨烈的译本除了译文本身的欣赏价值之外，还有重要的文献资料价值。

还应该提到杨烈对《古今和歌集》的翻译。《古今和歌集》，又简称《古今集》，是继《万叶集》后，在公元10世纪初年出现的第二部和歌集,同时又是第一部由天皇下诏编辑成书的所谓"敕撰和歌集"。《古今集》仿《万叶集》的体制,也分为二十卷,收录了《万叶集》未收的和歌与新作和歌1110首,除个别例外,全部是"短歌",篇幅约有《万叶集》的四分之一。《古今集》的风格与《万叶集》的雄浑、质朴颇有不同。其风格特点被称为"古今调",题材狭窄,专写四季变迁;风花雪月,人情与爱情,风格纤细宛曲,精镂细刻,讲究技巧与形式。《古今集》代表了和歌的成熟状态,对后来出现的和歌集的影响也超过了《万叶集》。杨烈的《古今集》的翻译,也是在1960年代完成的,但直到1983年,才由上海复旦大学出版社出版。杨烈的《古今集》译文,绝大多数仍使用五言古诗的句式,大都译得合辙押韵,朗朗上口。如著名女歌人小野小町的歌:"念久终沉睡,所思入梦频,早知原是梦,不作醒来人","莫道秋长夜,夜长空有名,相逢难尽语,转瞬又黎明"等等,译得都很有韵味。

1979年改革开放以后,日本文学界不仅积极地推进日本古典诗歌的翻译介绍,而且同时就日本古典诗歌的汉译理论与方法问题展开了一场热烈的讨论。这场讨论在此时期对中国的诗歌乃至整个日本文学翻译和研究,都产生了积极的影响。

讨论主要在1979年底创刊的北京对外贸易学院主办的《日语学习与研究》杂志上进行。李芒(1920—2000年)在该刊创刊号上发表了题为《和歌汉译问题小议》的文章,成为和歌汉译问题讨论的触发点。李芒在文章中认为,以往的和歌翻译有两种主要的情形:第一种情形是钱稻孙1956年在日本出版的《汉译万叶集》三百首。钱的翻译在正确理解原意,遣词造句等方面,达到了相当高的水平,但大部分译文,使用《诗经》的笔法,文字过于古典,难懂,不利于让更多的读者了解《万叶集》,因此其译法是不可取的。第二种情形是主张一律用五言或七言四句的形式,这种译法使译文具备中国古诗的形式,如果在实践上做得好是可取的。但是,以短歌而论,句法和内容多种多样,应采取相应的译法,而不宜在形式上强求一律。他最后总结说:"……和歌俳句很难翻译,但只要经过不断的探索和实践,其中有很多还是可以翻译的。汉译时的用词造句,一般宜用唐宋诗词一类的形式和遣词造句的方法,不应过于古典,也要避免译成现代汉语自由诗。译歌的句数和字数,难以要求一律,宜从原歌出发,使用七言(一般多用于译长歌)、五言、四言和长短句等多种多样的形式。"该文发表后,李芒意犹未尽,又在《日语学习与研究》1980年第1期上发表《和歌汉译问题再议》,通过进一步举出自己和他人的译例,将前文的观点加以展开,认为和歌汉译最重要的要做到"信",同时也要有一定限度的灵活性。

李芒的文章发表后,引起了较大的反响。《日语学习与研究》在此后连续辟专栏发表争鸣与讨论文章。其中包括罗兴典《和歌汉译要有独特的形式美——兼与李芒同志商榷》,王树藩的《〈日本古典诗歌汉译问题〉读后的问题》《〈古池〉翻译研究》,沈策的《也谈和歌汉译问题》,孙久富的《关于〈万叶集〉汉译的语言问题的探讨》《〈关于万叶集〉古语译法的探讨》,丘仕俊的《和歌的格调与汉译问题》,王晓平的《关于长歌翻译的一点想法——学习〈贫穷问答歌〉的四种译文》《风格美、形式美、音乐美——向和歌翻译工作者提一点建议》等等。关于和歌汉译问题的讨论,历时四年多,而且若干年后余音不绝,是中国的日本文学译介史上少有的就日本文学的某一体裁的翻译所进行的专门的讨论和争鸣。这次讨论,吸引了读者对日本文学翻译问题的注意,对和歌的翻译实践具有一定的指导意义,同时,对于中国现代翻译理论的建设也有一定的促进作用。

李芒的《万叶集选》,是出版较晚的一种《万叶集》的选译本,选译和歌约七百三十四首,1998年由人民文学出版社出版。《万叶集选》是李芒的和歌汉译理论主张的实践,即译文不拘泥于某一种格式,根据情况灵活变化。他在《万叶集选》中的绝大多数译文使用的是五言律诗的形式,少量译文五、七言并用,或夹以长短句。因李芒的译本较为晚出,有条件借鉴前译,加之所选和歌,均为《万叶集》中之珍品,也是为现代日本读者所广泛传颂的名歌,译文锤炼较精,既有古诗之风,又晓畅易懂,具有较高的欣赏价值。

早在1920—1930年代,周作人等就尝试过俳句的翻译,当时他将俳句称为"小诗"。在《日本的诗歌》(1921年)、《日本的小诗》(1923年)等一系列文章中,试探性地用散文笔法译出了几十首俳句,并引发了中国诗坛写作"小诗"的热潮。1980年代后,俳句的翻译又出现了新的高潮。

这一时期出现的日本古典俳句集的译本,是诗人、翻译家林林(1910—2011年)的《日本古典俳句选》。该译本作为湖南人民出版社"诗苑译林"丛书之一种,于1983年底出版。译本选译了松尾芭蕉、与谢芜村、小林一茶三位最著名的俳人作品约四百首。林林的译文,基本上使用了白话、散文体的译法,即使有的译文用了较整饬的文言句式,也都通俗易懂,一般分两行或三行。其译法与五四时期周作人的俳句译法很相似。

另一个重要的俳句译作是葛祖兰的《正冈子规俳句选》。正冈子规(1867—1902年)是明治时代人,也是19世纪后半期由古典走向近代的俳句革新的领袖人物。译者葛祖兰(1887—1988年)本人也是一个俳人,1940年代至1980年代一直写作俳句。1979年,他的《祖兰俳存》在日本出版,引起重视,日本还为他树立了"句碑"和铜像。葛译《正冈子规俳句选》1985年由上海译文出版社出版,共选译、注释子规的俳句163首。每首都先列原文,再列汉译,最后是作者的注解和译者的注解。译文大都用七言两句或五言两句的古诗句式翻译。

在译介古典俳句的同时,现当代俳人的作品在1990年代也陆续被译介了许多。李芒在这方面做了大量的工作。他在1993年译出了《赤松蕙子俳句选》,1995年出版了《藤木俱子俳句、随笔集》(中国社会出版社);由李芒主编、主译,译林出版社1994—1995年出版的"和歌俳句丛书",出版了金子兜太、加藤耕子、赤松唯的作品数种,全部采用原文与汉译对照的形式,就译介的系统性和规模而言,都是前所未有的。

日本俳句的译介,在1980年代对中国诗歌产生了一定的影响。五四时期,周作人对小林一茶的俳句的翻译介绍,曾直接地促使了"小诗"这种新的诗体的诞生,而1980年代对日本俳句的翻译介绍,又使得中国产生了一种新的诗体——"汉俳"。1980年5月底,在欢迎以大林野火为团长的中日友好协会代表团时,赵朴初仿照俳句的"五七五"的格律写了几首别致的诗,其中一首诗曰:"绿荫今雨来,山花枝接海花开,和风起汉俳。"这大概就是"汉俳"一词的由来。此后,杜宣、林林、袁鹰等相继发表了一些汉俳作品。北京的《人民文学》《诗刊》《人民日报》《中国风》,江西的《九州诗文》等报刊,提供了发表的园地。"汉俳"作为诗歌之一体,逐渐为人们所了解。"汉俳",作为一种新兴的诗体,相信在今后的中国会有一定的发展前景。

## 二、《源氏物语》等古典散文文学的译介

《源氏物语》是平安朝宫廷女官紫式部(本姓藤原,约978—1015年)创作的长篇"物语",即散文体小说。它不但是日本首屈一指的古典名著,也被公认为世界上最早的完整统一的长篇小说。《源氏物语》成书于11世纪初年,全书规模宏大,共有54回(帖),约合中文80万字,以细腻柔婉、优美典雅的笔调,描写了主人公光源氏及他的名义上的儿子薰君与众多女子的恋爱故事,反映了平安王朝宫廷贵族的生活情景,表现了感物伤情、多愁善感、悲天悯人、缠绵悱恻的审美风格,奠定了日本古典文学的基本的美学格调,对后来日本文学的发展产生了巨大而深远的影响,成为历代日本文人墨客的重要精神源泉。

从1920—1930年代,我国的日本文学翻译和研究家们,就屡屡提到《源氏物语》,但由于《源氏物语》卷帙浩繁,文字艰深,翻译难度很大,一直无人开译。到了1950年代,在我国对外国文学名著的翻译进行统一

规划的时候,《源氏物语》被人民文学出版社列入了翻译出版的计划。在当时翻译家中,堪当此任的人可谓凤毛麟角。最佳的人选一个是钱稻孙,一个是丰子恺(1898—1975年)。钱稻孙一直把翻译《源氏物语》作为他毕生的宏愿。1950年代,他译出了《源氏物语》的第一卷,发表在《译文》(后改为《世界文学》)杂志上。后来,人民文学出版社决定由钱稻孙承担江户时代近松门左卫门等人的作品翻译,而《源氏物语》则改由丰子恺翻译。1961年,丰子恺欣然接受了翻译任务。他还写了一首诗表达了他高兴的心情,诗曰:"饮酒看书四十秋,功名富贵不须求,彩笔昔曾描浊世,白头今又译红楼。"(丰子恺自注:"红楼",指《源氏物语》)同年10月10日,上海的《文汇报》发表了丰子恺的《我译〈源氏物语〉》一文,其中写道:

……日本文学更有一个独得的特色,便是长篇小说的最早出世。日本的《源氏物语》,是公元一〇〇六年左右完成的,是几近一千年前的作品。这是世界上最早的长篇小说。我国的长篇小说《三国演义》和《水浒》,意大利但丁的《神曲》,都比《源氏物语》迟三四百年出世呢。这《源氏物语》是世界文学的珍宝,是日本人民的骄傲!在英国、德国、法国,早已有了译本。而在相亲相近的中国,一向没有译本。直到解放后的今日,方才从事翻译;而这翻译工作正好落在我的肩上,这在我是一个莫大的光荣!

丰一吟在《白头今又译红楼》(载《艺术世界》1981年第4期)谈到了丰子恺翻译《源氏物语》的有关情况,其中说:"我在整理译稿时,还有一个体会:由父亲来译这部作品,确实是非常合适的。因为紫式部这位女作家博学多才,书中所写往往涉及音乐、美术、书法、佛教等各个方面,而父亲恰好也对这些方面感兴趣。例如书中有一节专写绘画,译者对此自然是内行;书中经常评论音乐,我父亲对音乐向来偏爱;书中还论及

*171*

书法之道，父亲在这方面也不是外行；书中大量地谈到佛教，有许多佛教名称和佛教典故，而父亲恰好又是一个与佛有缘的人。"

从1961年8月到1965年9月，丰子恺用了四年多的时间，终于完成了这部皇皇巨著的翻译。但是，接着到来的所谓"文化大革命"，使《源氏物语》的出版耽搁下来。丰子恺在生前也未能看到译著的问世。直到1979年，人民文学出版社委托丰一吟对译稿进行了整理。1982—1983年，丰译《源氏物语》分三卷陆续出版。从此，我国大陆地区有了第一个完整的《源氏物语》的译本。

《源氏物语》原文为平安时代的日本古文，特点是较少使用汉字汉词，是典型的"和文"体，古雅简朴，句式简洁，表达含蓄，主语特别是人称代词常常省略，只靠人物之间的身份关系及相关语体来体现。其中又涉及当时宫廷贵族的独特的生活方式，如风俗习惯、服饰打扮、文物典章、建筑居所等，连后世的日本人阅读起来也比较困难。因此，历代一些日本的"国学"家们，曾对《源氏物语》进行了讲疏，到了现代又有谷崎润一郎、与谢野晶子等著名文学家将《源氏物语》译成了现代日语（口语），给现代读者的阅读带来了方便。丰子恺翻译《源氏物语》的时候，参照了日本的多种注释本和现代语译本，主要有谷崎润一郎的译本、与谢野晶子的译本、佐成谦太郎的译本等，对各种译本进行比较，择善而从，同时又努力忠实紫式部的原文。由于丰子恺对日本文学有深刻的会心和了解，他的《源氏物语》译文做到了信、达、雅，几近完美。丰子恺在"译后记"（译本中未刊，后编入《丰子恺文集》第六卷）中说："原本文字古雅简朴，有似我国的《论语》《檀弓》，因此不宜全用现代白话文翻译。今使用此种笔调译出，恨未能表达原文之风格也。"丰子恺在译文中，较多地使用了《红楼梦》式的古代白话，恰当地运用了一些文言词和文言句式，可以说基本上是典雅简练的现代汉语。有中等文化水平的一般读者，读起来都不会有什么障碍。请看译本的开头部分：

话说从前某一朝天皇时代，后宫妃嫔甚多，其中有一更衣，出身并不十分高贵，却蒙皇上特别宠爱。有几个出身高贵的妃子，一进宫就自命不凡，以为恩宠一定在我；如今看见这更衣走了红运，便诽谤她，嫉忌她。和她同等地位的，或者出身比她低级的更衣，自知无法竞争，更是怨恨满腹。这更衣朝朝夜夜侍候皇上，别的妃子看了妒火中烧。大约是众怨积集所致吧，这更衣生起病来，心情郁结，常回娘家休养。皇上越发舍不得她，越发怜爱她，竟不顾众口非难，一味徇情。此等专宠，必将成为后世话柄。连朝中高官都不以为然，大家侧目而视，相与议论道："这等专宠，真正叫人吃惊！唐朝就为了有此等事，弄得天下大乱。"这消息逐渐传遍全国，民间怨声载道，认为此乃十分可忧之事，将来难免闯出杨贵妃那样的滔天大祸来呢。更衣处此境遇，痛苦不堪，全赖主上深恩加被，战战兢兢地在宫中度日。

译文儒雅流畅，具有音乐感，而且通俗易懂，是丰译《源氏物语》语言上的基本特色。

当然，丰译《源氏物语》的个别地方的译文，还不够准确。有的是由于对日本古代风俗文化的误解造成的，已有学者写文章指出了其中的问题。如题为《〈源氏物语〉与日本文化——浅谈〈源氏物语〉的几处译文》的文章，指出了日本平安时代睡觉不用被子，而是和衣而寝，可是丰子恺译本中却有不少地方有"被窝""被头""香衾""孤衾独眠"之类的译语（见《日语学习与研究》1986年第3期）；有的问题是对词义理解有误造成的，如译本上册第7页，写到皇上派命妇，去慰问刚死去的桐壶更衣的母亲"太君"，太君打开皇上的书信，展读完毕。译文第16行为"此外还写了种种详情"。读到这里，就会觉得上下文理欠通：既然书信在上面全部引完，还谈得上什么"此外还写了种种详情"呢？原来，原文是"こまやかにかかせ給へり"。这里的"こまやか"是古日语和现代日语都用的一个形容动词，在古日语中，既有"详细"的意思，也有

"亲切""情深意长"的意思。所以，此处译为"写得情深意浓"，似乎更合适些。当然，在一部长达80万言的译作中，出现问题几乎是不可避免的。总体上看，是瑕不掩瑜的。

《源氏物语》的汉译本出版后，在我国读者和学术界、文学界中都产生了很好的反响。大学中文系的外国文学史中的东方文学教材和课程，普遍将《源氏物语》列为讲授和学习的重点作品之一。1980年代后，对《源氏物语》的研究和评论文章逐渐增多，甚至还出现了专门的研究著作。在日本，研究《源氏物语》的学门被称为"源学"，实际上中国在1980年代以后也形成了"源学"。当然，中国的"源学"有着中国的特色。大多数人习惯于使用社会学的、反映论的文学观和阶级分析的方法，来评论《源氏物语》。如改革开放后最早的一篇评介《源氏物语》的文章、陶德臻的《紫式部和他的〈源氏物语〉》（《外国文学研究》1979年第1期），把主人公光源氏看作是贵族阶级的典型人物，认为作品"通过光源氏一生的经历展示了日本平安时代贵族阶级从荣华到没落以至精神崩溃的历史命运"。叶渭渠在为丰译《源氏物语》写的译本序中，认为《源氏物语》"通过主人公光源氏的生活经历和爱情故事，描写了当时贵族社会的腐败政治和淫逸生活。作者以典型的艺术形象，真实地反映了这个时代的面貌和特征，揭露贵族统治阶级种种黑暗和罪恶，及其不可克服的内部矛盾，揭示了日本贵族社会必然崩溃的历史趋势"。刘振瀛在《〈源氏物语〉中的妇女形象》（《国外文学》1981年第1期）中，认为《源氏物语》"真正价值，正在于塑造这些妇女的形象上"；而"透过《源氏物语》所刻划的贵族妇女形象这面镜子，不难看出平安时期整个贵族阶级腐朽的本质，不难看出这个阶级走向灭亡的必然命运"。陶力在《紫式部和她的〈源氏物语〉》（北京语言学院出版社1994年）一书中，认为《源氏物语》是一部"现实主义作品"，作者使用的是"现实主义创作方法"，紫式部在写作时运用的是"现实主义的典型化"原则，等等。这些看法都代表了1980年代中期以前我国文学批评和文学研究中普遍流行的角度和思路。1980年代中期以后,由于西方多种文学批评方法的传入,我国文学批评方法也实现了转型。人们开始注意摆脱单一的文学批评模式,深入到日本文化和日本文学内部,从比较文学、美学、心理学、宗教学、民俗学等多种角度研究《源氏物语》,并通过《源氏物语》来理解、阐发日本的传统文化和文学,陆续出现了不少这方面的文章。其中,关于《源氏物语》与《红楼梦》的比较研究的文章最多,是我国比较文学研究的热点问题之一。张龙妹在1993年发表的《试论〈源氏物语〉的主题》(载《日语学习与研究》1993年第2期)一文中对1993年之前的我国的《源氏物语》的评论与研究情况做了概括,其中写道:

> 综观《日语学习与研究》创刊以来的各家的学说,大致可以分为以下三类。一是以叶渭渠先生的《〈源氏物语〉中译本序》为代表的"历史画卷"论(以下简称"历史"论),认为作品反映了日本摄关政治时期宫廷中的权势之争;二是以李芒先生为代表的"恋情画卷"论(以下简称"画卷"论),主张作品旨在描写光源氏、薰大将的爱情生活,刻画了平安朝"宫廷贵族的恋情";三是王向远先生提出的"物哀"观,他在肯定李芒先生的"恋情"论的基础上,认为作品通过对贵族男女恋情的描写,表达了一种"使人感喟、使人动情、使人悲凄"的"物哀"的审美理想。(以下简称"物哀"观)与本居宣长的"物哀"说有联系又有区别。……

黎跃进教授在《外国文学争鸣述评》(广西师范大学出版社1999年)一书中也指出,我国对《源氏物语》主题思想的研究,主要有三种观点。一是叶渭渠为代表的"揭露批判"说,二是李芒的"贵族恋情"说,三是王向远的"物哀精神"说,并表示:"如果把'主题'的解释限定为作家创作的原有意图的话,我们赞成'物哀精神'说。"

进入1990年代后,研究《源氏物语》的文章仍然常见于某些学术性期刊。《源氏物语》的读者面也在进一步扩大。人民文学出版社又把丰子恺的译本列入"世界文学名著丛书"中,将原来的三册平装,合并为上下两册,精装出版,发行量较大。1990年代末,有个别出版社为追逐经济利益,将丰子恺译本改头换面,名为"全译",实为篡改,这是不足为训的。

  1970年代,台湾的林文月女士也开始了对《源氏物语》的翻译。她于1974年开始动笔,到1978年底全书译毕。其间,边译边在台湾大学外文系的刊物《中外文学》上连载。到了1979年,由《中外文学》月刊社分五册出版单行本。在大陆,丰子恺先生早林文月数年就已译完了《源氏物语》,但由于当时政治运动的爆发,丰子恺译本出版的时间,反晚于林文月译本两三年。由于当时两岸无法沟通,丰子恺、林文月分头翻译,互不知晓。对此,最近林文月在《源氏物语》洪范版2000年新序中写道:"未能参考丰译,诚然遗憾,却也足以激励自我奋勉。设若我当初知悉前辈大家已先完成此钜著之译事,也许竟会踌躇不敢提笔;而即使提笔翻译,有可供参考之另一中译本在手边,遇有困难,大概不会不产生依赖之心,然则,我的译文必然会受到丰译之影响无疑。于今思之,反倒庆幸蒙昧中摸索前行,至少建立了属于自我的译风。"此话并非过言。拿林文月的译本与丰子恺译本相比,很快就能看出两种的译文风格各具千秋:丰译本多用《红楼梦》那样的古代白话小说的词汇句法,典雅简洁,华美流丽;林译本则使用标准的现代汉语,将现代汉语的书面语与日常口语很好地结合起来,通俗而不流俗,清新而又亲切。说起来,《源氏物语》的语言在9—10世纪的日本要算是地道的"口语"了。所以林译本用纯粹的现代汉语来翻译,并不使人觉得有失古典的韵味。可以说,林文月的《源氏物语》译本与大陆的丰子恺的《源氏物语》译本,业已成为海峡两岸日本文学翻译的两块丰碑。

  日本的古典"物语",有各种不同的形态和样式。在《源氏物语》之前,有所谓"传奇物语"(又称"虚构物语")和"歌物语"两种形式的物语，而《源氏物语》就是在吸收、借鉴"传奇物语"和"歌物语"的基础上集物语文学之大成的作品。丰子恺在译出《源氏物语》之后，又将其他三部有代表性的物语文学翻译出来。这三部作品是《竹取物语》《伊势物语》《落洼物语》。到1984年，这三部物语被人民文学出版社列为"日本文学丛书"，以《落洼物语》为书名，合集出版。

《源氏物语》之后出现的以"物语"为名的最重要的作品是《平家物语》。《平家物语》约产生于12世纪。作品讲述了平安王朝末期发生的源氏武士集团与平氏武士集团之间为了争夺国家政权所进行的战争，史实与虚构参半，类似于我国的《三国演义》那样的历史演义，日本学者称之为"战记物语"。它是在民间传说、说唱的基础上逐渐成型的，经过艺人们的不断的加工，日趋完善。《平家物语》在日本影响甚广，对后世文学影响很大，此后的戏曲、物语，乃至近现代小说，以《平家物语》的故事为题材者甚多。因此，《平家物语》的翻译，对于我国读者了解日本当时的历史变迁，了解日本不同形态的物语文学，都是非常必要的。周作人在"文化大革命"前就译出了《平家物语》的前六卷，后因"文革"爆发和译者去世而中断。1980年代后，申非将后七卷补译完毕，并参照几种原文版本对周作人的译文做了校订整理。1984年，人民文学出版社将该译本作为"日本文学丛书"之一种出版发行。作为说唱文学，《平家物语》在语体上很有特色，它运用了大量的汉语词汇，包括佛教词汇，与日语的假名词汇、俗语词结合在一起，"五七调"的句式又和散文体结合在一起，形成了成熟状态的"和汉混合体"，句子铿锵有力，又富有变化。周作人与申非的译文，较好地传达出了原文的特色。译文使用纯正的现代汉语，又适当地使用了一些文言句式，显得典雅、庄重而又不乏活泼。对中文翻译来说，《平家物语》的"和汉混合体"的文章，似乎要比《源氏物语》的"和文体"要好懂、好译一些，但其中涉及大量的历史事件、人物和典故，给准确的理解和翻译造成了不少困难。周、申的译本，借鉴了日本学者的各种版本的校注，每页下加了不少注释，为译本的阅读除《平家物语》外，周作人1950—1960年代还译出了古典名著《枕草子》。《枕草子》是日本古典散文（随笔）文学中最早的作品，和《源氏物语》一起被誉为平安朝文学的双璧。作者是宫中女官清少纳言，与紫式部是同时代人。《枕草子》全书共由三百零五段随笔文字组成，把自己在宫中供职时期所见、所闻、所想、所感，随手记录下来，表现了作者敏锐的观察和感受能力。对后来的日本文学，特别是散文随笔文学，都有很大的影响。周作人作为散文、随笔大家，翻译《枕草子》的条件可谓得天独厚。1988年该书由人民文学出版社列为"日本文学丛书"。可惜未能出版单行本，只作为《日本古代随笔选》中的作品之一（另收吉田兼好的《徒然草》）首次出版发行。次年，林文月的译本也由台湾中外文学月刊社出版单行本。

收在人民文学出版社的《日本古代随笔选》中的另一部作品是吉田兼好（1282—1350年）的《徒然草》。我国了解日本文学的作家和翻译家，对《徒然草》均很重视。最早翻译《徒然草》的是周作人。1925年，周作人在《语丝》杂志上发表了《徒然草》的十四段译文。1936年，郁达夫译出了《徒然草》的第一、三、五、六、七、八段，发表在《宇宙风》第十期上。他在"译后记"中，对《徒然草》做了高度评价。人民文学出版社出版的《日本古代随笔选》中所收《徒然草》是全译本，译者是著名多语种翻译家王以铸先生（1925年生）。王以铸的《徒然草》翻译开始于1960年代初，1970年代中期完成初稿，到1988年最后公开出版。王以铸的译文，使用的浅近的文言，简洁典雅，而又易读易懂。汉语文言特别适用于发表感慨和议论，以文言来译《徒然草》，在文体风格上颇为吻合。

### 三、古典戏剧文学的译介

日本古典戏剧文学的基本样式有"狂言""谣曲"。

所谓"狂言",是在室町时代产生的一种民间小喜剧。"狂言"完全是科白剧,它是和"能"(又称"能乐",一种有悲剧色彩的歌舞剧)差不多同时产生的姊妹戏剧。一般夹在一出"能"与另一出"能"的中间来演出,以便调节舞台气氛,所以又称"能狂言"。

早在1926年,周作人就译出了狂言十种,结集为《狂言十番》出版。到了1955年,周作人又在《狂言十番》的基础上增译十四篇,结集为《日本狂言选》,由人民文学出版社出版。《日本狂言选》所收译的篇目为:《两位侯爷》《侯爷赏花》《蚊子摔跤》《花姑娘》《柴六担》《三个残疾人》《人变马》《附子》《狐狸洞》《发迹》《偷孩贼》《伯母酒》《金刚》《船户的女婿》《骨皮》《小雨伞》《沙弥打官司》《柿头陀》《立春》《雷公》《连歌毗沙门》《养老水》等24篇。周作人翻译时依据的版本,是芳贺矢一的《狂言二十番》及增订本《狂言五十番》、山崎麓编的《狂言记》。24篇作品包含了狂言的主要流派"和泉流"和"鹭流"的主要作品。日本狂言中,有许多剧目在内容上大同小异。周作人译出的篇目虽然不多,在流传下的全部280篇中,占不到十分之一,但周作人的选译可以说是包括了日本狂言中的有代表性的优秀作品,有的则是剧情精彩、格调健康的名剧。周作人的译文,以中国的白话戏文为参照,译得颇为流畅、传神。

周作人翻译狂言,其动机很简单,正像他在1926年为《狂言十番》写的序言中所说:"我译这狂言的缘故,只是因为他有趣味,好玩,我愿读狂言的人也只得到一点有趣味、好玩的感觉,倘若大家都不怪我这是一个过大的奢望。"追求"趣味""好玩",是1925年以后周作人写作的基本的出发点,狂言的翻译也体现着他这种趣味。但周作人所说的"趣味""好玩",只是指他对作品所持的审美的态度,而他对于翻译本身,是很严肃认真的。对于狂言,周作人在翻译过程中,显然做了不少的研究工作。他写的《〈狂言十番〉附记》,对所译的每一个作品都做了解题性的分析交代,对狂言所涉及的背景知识、风俗民情、词语典故、风格语言等,均做了解说,并注意与中国的有关文学现象进行比较。他特别欣赏强调狂言中的"纯朴""淡白",而非"俗恶"的"趣味"。在1955年版的《日本狂言选·引言》中,周作人对日本狂言的来龙去脉、狂言与"谣曲"("能"的剧本)的关系,狂言与民间故事、民间笑话("落语")的关系等,都做了深入而简明的论述。可以说,周作人不仅是狂言在中国最早的译介者,也是最早的研究和评论者。

为谣曲的翻译做出突出贡献的是钱稻孙。1949年后长期在人民文学出版社担任编辑工作的翻译家文洁若在《我所知道的钱稻孙》(载《文学姻缘》,湖南人民出版社1991年)一文中,回忆了钱稻孙承担日本古典戏剧翻译的一些情况,其中写道:"当时的情况是:日文译者虽然很多,但是能胜任古典文学名著的译者,却是凤毛麟角。例如江户时代杰出的戏剧家近松门左卫门的净琉璃(一种说唱曲艺)就一直找不到合适的译者。起先约人试译了一下,并请张梦麟先生鉴定,他连连摇头。我就改请钱稻孙先生择了一段送给他过目,这回张先生读后说:'看来非钱先生莫属了。'于是只好请钱先生先放下已翻译了五卷的《源氏物语》改译近松的作品和江户时代著名小说家井原西鹤的选集。"诚然,以钱稻孙的中国文学与日本文学的深厚功底,承担近松的戏剧文学的翻译是最理想不过的。近松门左卫门(1653—1724年)的剧作,原本是为日本的"木偶净琉璃"写的脚本。所谓"木偶净琉璃",是日本江户时代的一种木偶戏,戏剧形式虽然简单而又原始,但是,却有近松那样的作家为它写了大量的篇幅较长、剧情复杂、结构严谨、戏剧冲突激烈、语言优美的文学剧本。在简单的木偶戏的演出形式里,却产生了决不简单的、具有高度文学价值的戏剧文学。钱稻孙在1950—1960年代翻译了近松的四部作品,包括《曾根崎鸳鸯殉情》《情死天网岛》《景清》和《俊宽》,都是近松的代表性的作品。近松的原文,说、唱、念白等均竖行连写,若不是行家,很难分清头绪。钱稻孙的译文,将道白部分译为散文,说与唱的部分均译成韵文,运用我国古代戏曲的笔调,而且又像近代话剧剧本那样分行分款,使读者一目了然。

在日本古典戏剧的翻译中做出贡献的还有申非（1920年生）。申非翻译日本文学，选题侧重在日本的古典文学方面。其中，对日本古典戏剧文学的翻译，在他的日本文学翻译中占有重要地位。1980年，人民文学出版社出版了他译的《日本狂言选》，这是继周作人1950年代出版的《日本狂言选》之后的第二个狂言汉译本。全书译出狂言剧本28种，在选题上与周作人译本多有重合，在遣词造句方面，比周作人译本似乎更精致些。1985年，申非翻译的《日本谣曲狂言选》作为"日本文学丛书"之一种由人民文学出版社出版。该译本分为谣曲和狂言两部分，其中狂言部分是1980年版的《日本狂言选》的重排。这个译本的最有价值的部分，是"谣曲"（日本古典歌舞"能乐"的脚本）的翻译。在申非的译本出现之前，我国没有日本谣曲的译本。他的译作填补了我国日本文学译介中的一个空白。

在申非译本出版的同时，刘振瀛在《日本文学》季刊1985年第1期上发表了世阿弥的名剧《熊野》的译文，同时发表了题为《谣曲的素材、结构及其特点——为拙译〈熊野〉的题解而作》的论文。将刘、申的《熊野》的译文对照阅读，是颇有趣味的事。两者各具千秋，都是成功的译作。刘振瀛的论文和申非的《译本序》也是我国一般读者了解日本能乐艺术必读的入门文章。

### 四、市井小说的译介

日本的市井小说是以城镇居民为主要读者的通俗小说，形式上多种多样。最早的渊源是室町时代后期出现的将物语略加通俗化的所谓"御伽草子"。进入江户时代后，出现了少用汉字、多用假名的所谓"假名草子"。接着就是描写町人社会现实生活与风俗人情的、以井原西鹤为代表的"浮世草子"。后来取代"浮世草子"的是各种以图画为主，配以文字说明的通俗的妇幼读物，根据书皮的颜色，分别称为"青本""赤本"

"黑本""黄表纸",以及"黄表纸"的合订本"草双纸";还有描写妓院生活的、以山东京传等人的作品为代表的"洒落本",表现滑稽趣味的以式亭三马的作品为代表的"滑稽本",以性爱为题材的文永春水等人的"人情本"等。同时,又出现了光有文字、不带或很少插图的所谓"读本",大都是中国古典白话小说的"翻案"(翻译改编),代表作家有泷泽马琴、上田秋成等。

在上述各种各样的江户市井小说中,在我国得到译介的是"浮世草子""滑稽本"和"读本"三类。早在1950年代,对江户时代市井小说的译介,就已经列入了我国的日本文学翻译出版的规划中。在滑稽小说的译介方面,周作人在1950—1960年代翻译并出版了式亭三马的《浮世澡堂》;1989年,人民文学出版社将周作人在1950年代译就而当时未能出版的《浮世理发店》,连同《浮世澡堂》一起,合集出版。

周作人对于《浮世澡堂》,最看重的乃是其中的"滑稽趣味"。他在1936年致梁实秋的《谈日本文化书》一信中写道:"江户时代的平民文学正如明清的俗文学相当,似乎我们可以不必灭自己的威风了。但是我读日本'滑稽本',还不能不承认这是中国所没有的东西。滑稽——日本音读作KOKKEI,显然是从太史公的《滑稽列传》来的,中国近来却多喜欢读若泥滑滑的滑了。——据说这是东方民族所缺乏的东西。日本人自己也常常慨叹,惭愧不及英国人。(中略)且说这'滑稽本'起于文化文政(一八〇四至二九)年间,全没有受西方的影响。中国并无这种东西,所以那无妨说是日本人创作的玩意儿。我们不能说比英国小说家的幽默如何,但这总可证明日本人有幽默趣味要比中国人为多了。我将十舍返一九的《东海道中膝栗毛》,式亭三马的《浮世风吕》与《浮世床》放在旁边,再一一回忆我所读过的中国小说,去找类似的作品,或者一半因为孤陋寡闻的缘故,一时竟想不起来。"周作人在《我的杂学·十六》中又说:"滑稽小说,为我国所未有。(中略)中国在文学与生活上所缺少滑稽分子,不是健康的征候,或者这是伪道学所种下的病根欤。"看来,对

《浮世澡堂》这样的日本滑稽小说的提倡,不仅表现了周作人个人的审美趣味,也反映了他对中国传统文学的一种检讨的、反思的态度。

对式亭三马的《浮世澡堂》《浮世理发馆》的翻译,是周作人自感得意的工作之一。他在《知堂回想录》中说,这个译作是"比较觉得自己满意的"。这恐怕主要是因为周作人对这个选题的强烈兴趣,翻译起来也就格外投入。周作人在1920年代中期,就说过自己"不喜欢小说"之类的话。对于纯粹的文人小说,特别是现代作家的小说,周作人的确"不喜欢"。但从1930年代到1950年代,周作人对式亭三马的滑稽小说却一直兴趣不减,并终于在1950年代把完整的作品译了出来。周作人所感兴趣的,显然是式亭三马滑稽小说中的文化学的价值。他对两个译本中所涉及的日本风俗人情、文化背景、语言掌故等,都做了详尽的注释。注释的篇幅约占了全部译文的四分之一。他说:"能够把三马的两种滑稽本译了出来,并且加了不少的注释,这是我觉得十分高兴的事。"(《知堂回想录》)由此可以看出周作人对原作的关心的侧重点。无论是大加注释,还是为译本写一篇研究论文式的序言,都体现了周作人把翻译与研究结合在一起的学者化翻译的特点。这为后来的文学翻译,特别是古典文学的翻译,提供了一个范例。

1980年代以后,井原西鹤的"浮世草子",上田秋成、泷泽马琴的"读本"小说,也都陆续翻译出版。

首先受到重视的,是江户时代最重要的小说家井原西鹤市井小说"浮世草子"的翻译。井原西鹤(1642—1693年)的作品,是日本町人社会的风俗写实。他的小说,在内容上主要有两大类,即艳情小说("好色物")和经济小说("町人物")。他的艳情小说,有的反映了当时市井社会无视传统伦理道德、恣意享乐、追求情欲满足的实际情形,如《好色一代男》《好色一代女》;有的描写了町人社会的婚恋悲剧,对自由爱情充满理解和同情,如《好色五人女》。他的《日本致富经》《处世费心机》等经济小说,专门描写市民的经济生活,既写了许多如何发家致富的故事，也写了如何破产倒闭的故事，意图在于为町人的持家、发家提供鉴戒，形象地反映了日本人勤俭节约、精打细算的民族性格。这类专门的经济题材，在世界古典作品中非常罕见。1950年代，钱稻孙接受了人民文学出版社之约，开始翻译井原西鹤的小说。到1987年，钱稻孙译的井原西鹤的两篇小说——《日本致富宝鉴》（原题《日本永代藏》）和《家计贵在精心》（原题《世间胸算用》），连同他翻译的近松的净琉璃剧本，以《近松门左卫门·井原西鹤选集》的书名，公开出版。1985—1986年，鉴于当时国内没有出版井原西鹤的作品译文，王向远也开始翻译井原西鹤的小说，至1990年9月，他的译本由上海译文出版社出版。这个译本选收了井原西鹤的四种作品，即短篇集《五个痴情女子的故事》（原题《好色五人女》），中篇《一个荡妇的自述》（原题《好色一代女》）。这两种作品是井原西鹤的艳情小说的代表作。另外两种作品是经济小说，与钱稻孙的上述选题相同，但王向远将作品标题分别译为《日本致富经》和《处世费心机》。王向远的《五个痴情女子的故事》是我国出版的井原西鹤作品集的第一个独立的译本，也是仅有的一个兼收艳情小说和经济小说两类作品的译本。到1994年，山东文艺出版社又出版了王启元、李正伦的译本，书名为《好色一代男》，收井原西鹤的艳情小说三种，其中《好色一代男》为首译。除《好色一代男》外，该译本还另收《好色一代》和《好色五人女》两种作品，作品的题名均按原文照录。1996年，王启元、李正伦的上述译文一分为二，又在桂林漓江出版社重版，书名分别为《好色一代男》《好色五人女》。

除了翻译以外，还出现了研究井原西鹤的论文。如王向远在1988年发表了《井原西鹤市井小说初论》（载《北京师范大学学报》增刊），1994年发表了《论井原西鹤的艳情小说》（载《外国文学评论》1994年第2期）等。井原西鹤作为古典作家，在1980年代之后出版的由我国学者撰写的《东方文学史》《日本文学史》的有关著作中，也成为记载和论述的重点。

在"读本"小说中,较早出版的译本是上田秋成(1734—1809年)的《雨月物语》(以《雨月物语》为题名,另收《春雨物语》)。该译本由阎小妹翻译,人民文学出版社1990年列为"日本文学丛书"之一种出版发行。另外还有申非等翻译的两种译本。1991年,由天津南开大学教授李树果(1923—2018年)翻译的泷泽马琴(笔名曲亭马琴,1767—1848年)的《南总里见八犬传》(1814—1842年),由南开大学出版社出版。原书190回,卷帙浩繁,译成中文有160多万字。中文版本分为四册,分精装、平装两种版本出版发行。翻译此书,除了功力,还要恒心和毅力。这个译本的出版,是我国江户文学乃至整个日本文学翻译中的新的重大成果。《八犬传》在构思、情节、手法上,受《水浒传》等中国章回体小说的很大影响,通过"仁义礼智忠信孝悌"八德之象征的八犬士的行动,宣扬了儒家的封建思想和佛教的报应、因果观念。这部小说,是日本"读本"的集大成,在日本文学史上有一定的地位。但日本文学史家对它的评价一般都不高,认为它表现的思想陈腐落后,情节荒诞不经,人物概念化,不少描写庸俗无聊。但从中日文学、文化交流史的角度来看,它却有特殊的价值。李树果之所以要翻译这部作品,其立足点也在于此。他在"译者序"中说:

> 这次所以把它翻译过来介绍给我国读者,是因为这部巨著是摹仿我国的《水浒传》和《三国志演义》所创作的、具有代表性的日本的一部章回式演义小说,不仅从其结构和内容可以看到不少摹仿的痕迹,而且大量引用了中国的故事典籍,有浓厚的中国趣味。它是一部别开生面的日本小说,可以说是中日文化交流的结晶。我们读了不仅感到格外亲切,同时对我国古代的文学作品在海外的东瀛所产生的影响,而感到自豪。另外对(此处的"对"字似为衍字——引者注)日本人民之善于移植外国的东西使之化为己有,这种引进消化的学习精神也是我们很好的借鉴。……

从这样的动机出发，在翻译《八犬传》的同时，李树果还对中日古代小说的姻缘关系做了研究，在《日语学习与研究》等期刊上发表了不少有关的论文，如《从〈英草子〉看江户时代的改编小说》《〈平家物语〉与〈三国演义〉》《〈水浒传〉对江户小说的影响》《〈八犬传〉与〈水浒传〉》（分别载《日语学习与研究》1987年第3期，1990年第1期，1991年第4期，1995年第2期）等。到了1998年，李树果的专著《日本读本小说与明清小说》作为"南开日本研究丛书"之一，由天津人民出版社出版。这部32万言的著作以《剪灯新话》、"三言"和《水浒传》这三种对日本读本小说影响最大的作品为中心，探讨了日本读本小说与我国明清小说之间的关系，借鉴了日本学者的研究成果，资料甚为翔实，填补了小说史研究上和中日文学比较研究中的一个空白。

## 第三节　日本近代文学的译介

### 一、对19世纪后半期作家作品的译介

19世纪后半期，大约是指日本的明治时代（1868—1911年）头三十年的文学，是自然主义文学形成之前的日本近代文学的发端期。这一时期包括了日本的启蒙主义及其政治小说，以二叶亭四迷、德富芦花、樋口一叶等为代表的写实主义小说，以尾崎红叶为中心的"砚友社"的通俗小说，以北村透谷、石川啄木为代表的诗歌等。

中国译介日本近代文学，是从"政治小说"开始的。

"政治小说"这个类型的小说，不是日本的原产而是从英国引进的。1880年代，在自由民权运动的推动下，日本形成了一种译介、写作政治

小说的热潮。据日本学者统计，从《情海波澜》的出现到 1890 的十年多的时间里，日本共创作出版了 220 至 250 部（篇）政治小说。其中影响较大的主要有矢野龙溪的《经国美谈》（1883 年），柴东海（东海散士）的《佳人奇遇》（1885 年），末广铁肠的《雪中梅》（1886 年）、《花间莺》（1887 年），须藤南翠的《新妆的佳人》（1887 年），等等。

在中国，较早注意到小说在日本明治维新中所起作用的是康有为。接着，以梁启超为代表的维新派人士对日本政治小说大加推崇。他在《饮冰室自由书传播文明三利器》中进一步介绍了日本的政治小说及其作用：

于日本维新运动有大功者，小说亦其一端也。明治十五六年间，民权自由之声遍满国中。于是西洋小说中，言法国、罗马革命之事者，陆续译出。……自是译泰西小说者日新月盛……翻译既盛，政治小说之著述亦渐起。如柴东海之《佳人奇遇》，末广铁肠之《花间莺》、《雪中梅》，藤田鸣鹤之《文明东渐史》，矢野龙溪之《经国美谈》等。著书之人，皆一时之大政治家。寄托书中之人物，以写自己之政见。故不得专以小说目之。而其浸润于国民脑质，最有效力者，则《经国美谈》、《佳人奇遇》两书为最云。

梁启超列举推崇的这几种日本政治小说，大多先后译成了中文。其中，《佳人奇遇》为梁启超亲手翻译，并于 1898 年 12 月至 1900 年 2 月间在《清议报》上连载。接着，该报又发表了由周逵翻译的《经国美谈》的译文。在梁启超的带动下，20 世纪最初几年间，中国翻译出版了十几种日本政治小说的中文译本单行本。除上述两种外，还有柴四郎的《东洋佳人》，大桥乙羽的《累卵东洋》，矢野文雄的《极乐世界》，佐佐木龙的《政海波澜》，末广铁肠的《雪中梅》《花间莺》《哑旅行》，横井时政的《模范町村》等，大都为日本政治小说的代表作品。这些政治小说出版后，产生了强烈反响，许多报刊的文化界的精英人士著文评论。在推崇日本政治小说的同时，也提倡创作政治小说，而且在创作上也明显地受到了日本政治小说影响。如梁启超的政治小说《新中国未来记》，一开头就写1962年全国人民举行维新六十周年庆祝大会的场面。这种畅想未来的倒叙手法，显然是受到了日本的《雪中梅》的启发。

政治小说的翻译者，大都不是以"文学"或"翻译文学"为本位的，翻译对他们来说只是启蒙宣传的手段。为了达到"新民"的目的，政治小说的翻译者考虑得更多的，是当时一般民众的阅读习惯和阅读能力。因而，在政治小说翻译中，翻译家们普遍采用"译述""编译"的方法，即所谓"豪杰译"，不大尊重原文，增删较多。

除政治小说外，日本的其他题材类型的小说，如科学小说、冒险小说、侦探小说、言情小说、军事小说等崭新类型的小说，也被译介过来了。如押川春浪的科学小说，就有海天独啸子翻译的《空中飞艇》（明权社1903年），包天笑翻译的《千年后之世界》（群学社1904年），徐念慈（东海决我）翻译的《新舞台》（小说林社1905年），金石、褚家猷翻译的《秘密电光艇》（商务印书馆1906年）等至少十种。还有黑岩泪香的侦探小说《离魂病》（广智书局1903年）、言情小说《忏情记》（商务印书馆编译1914年）等。

五四前后，中国对近代文学的译介开始转向近代名家名作。

首先是对二叶亭四迷的译介。二叶亭四迷（1864—1909年）是日本近代文学的奠基者之一。他在1887年发表的长篇小说《浮云》，被公认为是真正的现代小说的开端，也是第一部使用"言文一致"的文体写成的小说，第一部尝试用现代写实方法写成的作品，在对小资产阶级知识分子的心理剖析方面，在强化小说的社会意义及对社会现状的批判方面，都是前所未有的。对于二叶亭四迷在日本文学史上的地位，周作人早在1918年的《日本近三十年小说之发达》中就指出：

　　二叶亭四迷精通俄国文学，翻译绍介，很有功劳。一方面也自创作,《浮云》这一篇,写内海文三失业失恋,烦闷无聊的情状,比《书生气质》(指坪内逍遥的小说《当代书生气质》——引者注)更有进步。又创言文一致的题材,也是一件大事业。但是他志在经世,不以文学家自任,所以著作不多。隔了二十年,才又作了《其面影》同《平凡》两篇,也都是名作。他因为受了俄国文学的影响,所以他的著作,是"人生的艺术派"一流;脱去戏作者的游戏态度,也是他的一大特色,很有影响于后世的。

由周作人推崇的作家,大多在1920—1930年代或多或少都有一些译介,但二叶亭四迷的作品,在1960年代之前,却一直没有译介。直到1962年,人民文学出版社出版了《二叶亭四迷小说集》,才填补了日本文学翻译中长期留下的一个空白。《二叶亭四迷小说集》由石坚白、巩长金两人合译,选译了《浮云》《面影》《平凡》三部小说。刘振瀛为中文译本写了近7000字的前言,对二叶亭四迷的创作历程、创作方法、与俄国文学的关系以及《浮云》等三部作品做了述评。他认为《浮云》的意义就在于"作者通过内海文三的命运,通过一个对现实持有微弱的批判态度的知识分子所遭受的迫害,暴露、批判了日本近代资本主义社会的根本缺陷及天皇专制政权对人民的压迫",并且认为《浮云》"成功地塑造了为天皇专制主义所排挤出去的'多余的人'的形象"。刘振瀛在"前记"中对二叶亭四迷的评价,反映出了50年代在中国文学评论中普遍流行的苏联式马列主义批评的特点:特别注意挖掘"进步作品"中对资本主义的批判,并把这一点作为对作品进行价值判断最重要的依据。到了1985年,《二叶亭四迷小说集》被列为"外国文学名著丛书"重印。

德富芦花(1868—1927年)是明治时代的著名作家。他的长篇小说《不如归》(1899年)描写了由家长干涉所造成的婚姻悲剧,具有强烈的抒情和感伤气氛。1908年,林纾曾根据英文译本把《不如归》转译成了中文。林纾在译本"序"中说:"今译书近六十种,其最悲者,则《吁天录》，又次则《茶花女》，又次则是书（《不如归》）矣。"近代戏剧文学团体春柳社成员马绛士在日本留学期间，曾和陆镜若、吴我尊等用日语演出过根据小说改编的戏剧《不如归》。马绛士自日本回国后，又把《不如归》改编成了中文剧本，并将舞台背景置于中国北京地区，人物名字也完全是中国式的。在当时成功上演，形成了一定的影响。改革开放后，德富芦花的《不如归》又有了春风文艺出版社和人民文学出版社的两种译本，成为在中国拥有译本最多的日本近代名著之一。1980年代在中国影响最大的德富芦花作品译本，是长篇小说《黑潮》。《黑潮》由金福翻译，1959年由上海文艺出版社出版，1978年和1980年由上海译文出版社两度再版重印。其中，1980年版本的印数高达12万册。《黑潮》原作发表于1903年，是日本近现代文学史上为数不多的以政治为主题的作品。作品借一个退隐了的旧幕臣东三郎的口，猛烈抨击了明治政府的专制政治及其腐败的官僚，同时通过喜多川伯爵夫人的悲剧命运的描写，揭露了官僚贵族家庭的腐朽堕落。小说具有强烈的倾向性和批判性，丁永为《黑潮》写的译本序《略论〈黑潮〉》，对作家作品的思想价值做了充分的评价。1983年，陈德文翻译的德富芦花的散文名著《自然与人生》，由天津百花文艺出版社出版，也很受读者欢迎，十年中数次重印。1993年，陈德文又从德富芦花的另外几个散文集（如《巡礼纪行》《蚯蚓的戏言》《红叶之旅及其他》）中选译了若干作品，编译成《德富芦花散文选》一书，由百花文艺出版社1994年出版。

尾崎红叶（1867—1903年）是日本近代文学中的第一个团体"砚友社"的核心人物，著名小说家。他的作品将近代的写实主义手法与井原西鹤式的市井小说的游戏性、市民性结合起来，属于那种有一定品位和格调的通俗小说。主要作品有《沉香枕》（1890年）、《三个妻子》（1892年）、《多情多恨》（1896年）、《金色夜叉》等。我国近代著名翻译家吴梼在20世纪初曾翻译过他的《寒牡丹》《美人烟草》等小说。但从1920年代到1970年代的六十多年的时间内，尾崎红叶作品的翻译一直中断。

直到 1983 年，金福译《金色夜叉》由上海译文出版社出版，出版后颇受读者欢迎。《金色夜叉》通过一个爱情悲剧故事的描写，批判了金钱万能的社会，故事情节动人，心理描写细腻，是尾崎红叶最杰出的作品，译本初版就印刷了十多万册。

幸田露伴（1867—1947 年）是近代著名小说家，和尾崎红叶齐名。日本文学史家认为在明治 1920 年代至 1940 年代，形成了以尾崎红叶和幸田露伴二人为中心的所谓"红露时代"。幸田露伴的许多作品，如短篇小说《锻刀记》（1890 年）、中篇小说《五重塔》和《风流佛》（1889 年）、长篇小说《勇擒鲸鱼》（1891 年）等，以富有男子汉坚强气质的手艺人或普通农民为主人公，描写他们执着的人生理想、坚强的人格、不屈不挠的个性、卓越的创造和抗争精神，充满着鲜明的现代精神，又有浓厚的东方佛教文化氛围和传统文人的趣味。幸田露伴的作品早在 1960 年代就被介绍到我国。1966 年 8 月，日本的歌舞伎名优原崎长十郎率"前进座"到我国演出了根据幸田露伴的《五重塔》改编的歌舞伎。1983 年，刘振瀛翻译的短篇小说《锻刀记》，收在中国青年出版社出版的《日本短篇小说选》中。文洁若翻译的幸田露伴的中篇小说《五重塔》，最早收在《世界文学》编辑部编的《世界文学》丛刊第五辑，1981 年由中国社会科学出版社出版；1987 年，文洁若又将《五重塔》收在《五重塔——日本中短篇小说选》中，由漓江出版社出版。1990 年，人民文学出版社将《五重塔》和新译的中篇小说《风流佛》合为一集，以《风流佛》为题出版发行。

樋口一叶（1873—1896 年）是明治时代著名的女小说家，日本短篇小说的开创者之一。她在短短的四五年的创作生涯中，创作了多篇优秀的中短篇小说，有的作品在艺术上已臻于完美。1962 年，人民文学出版社出版了萧萧译《樋口一叶选集》。该选集选收《埋没》《大年夜》《行云》《浊流》《十三夜》《自焚》《岔路》共七篇短篇小说，还有中篇小说《青梅竹马》，以及作者的部分日记。全书共 24 万字，是一个比较完备、选题精当的译本。其中的中篇小说《青梅竹马》表现了平民家的孩子们在即将走向现实人生时的不可名状的忧郁、惆怅，把客观的写实态度和抒情的笔法完满地融合在一起，不仅是樋口一叶本人的最高杰作，也是日本近代文学中不可多得的杰作。萧萧的译文精致细腻，很好地传达出了原文的神韵。刘振瀛执笔的《樋口一叶选集》译本的"前言"，从"批判现实主义"的角度评论了译本中所收译的作品，认为："樋口一叶是日本明治时期少数深深同情人民的作家之一，尽管她的作品存在着上述的缺点。但作为资产阶级残害人民的罪恶的见证人，作为被压迫的人们对那不合理的社会的控诉者，她的功绩在日本文学史上是值得大书特书的。"

森鸥外（1862—1922年）是近代日本文坛领袖，在翻译文学、诗歌和小说创作方面均有开创之功。1921年，鲁迅译出了森鸥外的短篇小说《沉默之塔》，发表于4月21日—24日的《晨报副镌》。1923年，由鲁迅翻译的森鸥外的短篇小说《游戏》《沉默之塔》，收在《现代日本小说集》中出版发行。1922年，当森鸥外去世的时候，周作人写了题为《森鸥外博士》的纪念文章。在这篇文章中，周作人特别介绍评论了森鸥外的小说《性的生活》，认为作品是"一种很有价值的'人间的证券'"。到了1938年，周作人终于亲自把《性的生活》译出，并发表出来（载上海《北新》第2卷第14期、21期）。1937年，日本文学翻译家林雪青翻译了森鸥外的小说集《舞姬》，由上海文化生活出版社出版发行。这个译本选收了《舞姬》和《性生活》两篇小说。其中，《舞姬》原作发表于1890年，是森鸥外的处女作和成名作，开了日本的浪漫主义感伤文学风气之先。小说取材于作者自己在德国留学时的真实经历，通过日本留德学生与一个贫穷的德国舞女的爱情悲剧，表现了日本近代青年在追求自由爱情与显身扬名的封建传统观念之间的矛盾冲突和内心痛苦。森鸥外作品的第二个中文译本单行本是画室（冯雪峰，1903—1976年）编选翻译的《妄想》。这个译本共选收森鸥外的四篇小说，包括《花子》《拉·巴尔纳斯·阿姆蓓兰》《妄想》《高濑舟》，1828年由上海人间书店出版。森鸥外的作品集《妄想》是冯雪峰翻译的唯一的日本作家的小说集。1988年，浙江文艺出版社出版了隋玉林译的森鸥外的小说集，译本题名《舞姬》，列为《日本文学流派代表作丛书》的"浪漫主义"卷。这是我国出版的第三种森鸥外作品集。该译本收译了15篇中短篇小说，即《舞姬》《泡影记》《信使》《青年》《游戏》《沉默之塔》《情死》《雁》《佐桥甚五郎》《护持院空地的复仇》《山椒大夫》《鱼玄机》《高濑舟》《最后一句话》《寒山拾得》。其中，除《舞姬》《高濑舟》等篇在1920—1930年代已有译文之外，其他均为第一次译出。在已出版的森鸥外作品译本中，是选译作品最多的一个译本。这个译本虽被"日本文学流派代表作丛书"当作"浪漫主义"流派的代表作，但属于浪漫主义的作品，只是前八篇。这八篇或以爱情悲剧为题材，具有感伤的浪漫主义的特点，有的表现了"文明批评"及追求自由与个性的主题。《佐桥甚五郎》之后的七篇，均为历史小说，是森鸥外后期的作品。

早在1920—1930年代，日本近代浪漫主义文学运动的领袖、诗人和评论家北村透谷（1868—1894年）的诗和评论文章，就曾有过零星的译介。1985年，上海译文出版社出版了兰明翻译的北村透谷的诗集，译本名为《蓬莱曲》，内收诗剧《楚囚之诗》（1889年）和长诗《蓬莱曲》（1891年）。这是我国翻译出版的第一本北村透谷的诗集。《蓬莱曲》是日本文学史上第一部按照欧洲的体式写出的诗剧，《楚囚之诗》也是日本近代第一部自由体长诗，在诗剧、长诗这样的西方文学样式的引进上，具有开创性的意义。这两部作品都反映了作者对现实的绝望和反抗。桃花源式的神话境界与现实世界相交错，体现了北村透谷浪漫主义文学的特点。兰明的译文流畅优美，清新可读，很多段落合辙押韵，朗朗上口。

石川啄木（1885—1912年）是日本近代天才的短命诗人、作家，也是较早被我国译介过来的日本作家之一。早在1921年，周作人在《杂译日本诗三十首》（载《新青年》9卷4号）中，译出了石川啄木的五首新体诗；1922年，周作人在《诗》1卷5期上发表《石川啄木的短歌》，介绍了石川啄木短歌创作的情况并译出了短歌 21 首；1923 年，周作人在《小说月报》第 14 卷 1 号上，以《石川啄木的短歌》为题，发表了石川啄木的四首短歌的译文。以上译诗大都收于 1925 年北新书局版的周作人译诗集《陀螺》中。在《石川啄木的短歌》一文中，周作人说："啄木的著作里面，小说诗歌都有价值，但是最有价值的还要算是他的短歌。他的歌是所谓生活之歌，不但内容上注重实生活的表现，脱去旧例的束缚，在形式上也起了革命，运用俗语，改变行款，都是平常的新歌人所不敢做的。"周作人所说的"改变行款"，指的是石川啄木将和歌的一行的写法改为三行。在石川啄木之前，和歌的五七五七七共五个音段三十一个音节，一直是竖写为一列的。在新诗行款的启发下，啄木把原来的一行，根据音调韵律和内容字句的联系，把五个音段分成三行来写。这一和歌形式上的革新，后来被广泛接受，是石川啄木对和歌艺术的一大贡献。周作人还说："啄木的新式的短歌，收在《悲哀的玩具》和《一握的沙》两卷集子里，现在全集第二卷的一部分。《悲哀的玩具》里的歌是他病中所作，尤为我所喜欢。所以译出的以这一卷里为多，但也不一一注明出处了。啄木的歌原本虽然很好，但是翻译出来便不行了。现在从译稿中选录一半，以见一斑。用了简洁含蓄的字句暗示一种情景，确是日本诗歌的特色，为别国所不能及的。啄木也曾说，'我们有所谓歌的这一种诗型，实在是日本人所有的绝少的幸福之一'，我想这并不是夸语，但因此却使翻译更觉为难了。"1962 年，人民文学出版社出版了由周作人（署名周启明）、卞立强翻译的《石川啄木诗歌集》，收译了石川啄木的两部最有代表性的短歌集《一握沙》《可悲的玩具》和新诗集《叫子和口哨》，还有《诗选》及评论《可以吃的诗》。除《诗选》（共八首诗）为卞立强翻译之外，其余均为周作人翻译。收在《石川啄木诗歌集》中的译作，有一些是旧译，更多的是以前未发表过的新译。

除诗歌外，1958 年，人民文学出版社还出版过丰子恺翻译的《石川啄木小说集》。

## 二、自然主义文学的译介

自然主义文学于19世纪末20世纪初在日本出现,到1906年岛崎藤村发表《破戒》、1907年田山花袋发表《棉被》以后,成为日本文学的主潮,统治主宰日本文坛达十几年之久,并且对后来的日本文学产生了极为深远的重大影响。

如果把国木田独步算作是自然主义作家的话,那么可以说,中国对日本自然主义的翻译,最早是从他开始的。早在1920年和1921年,周作人、夏丏尊、美子、徐蔚南、黎烈文等,就先后译出《少年的悲哀》《巡查》《女难》《汤原通信》《星》《沙漠之雨》等作品,发表于当时的各杂志。1927年由夏丏尊(1886—1946年)翻译的《国木田独步集》由开明书店出版,这是国木田独步作品的第一个中文译本。内收《牛肉与马铃薯》《疲劳》《夫妇》《女难》《第三者》等五篇小说。

1927年,上海商务印书馆出版了夏丏尊翻译的田山花袋的中篇小说《棉被》。小说写的是有妇之夫、中年作家竹中时雄和年轻的女弟子欲爱而不能的悲剧心理体验。它在日本自然主义文学中,乃至整个现代文学中,都占有重要位置。当时在中国知识青年中普遍流行的是"革命+恋爱"的文学,《棉被》的恋爱题材正与中国流行的恋爱文学相吻合。作家、学者、日本文学翻译家方光焘(1898—1975年)为《棉被》中译本写了题为《爱欲》的万言长序,不住地赞叹田山花袋及《棉被》的对于自我爱欲的真挚、大胆、认真和坦率的态度。其中说:"原来《棉被》本不是一篇什么了不起的作品,竹中时雄原也不是一位什么了不起的人物。……他真和平凡的我们一样,在爱欲的争斗,在灵肉的冲突里,只有苦闷悲哀而已。不过他在这苦闷悲哀的当儿,却能真挚地、严肃地去客观认识自己,更能无欺地大胆地揭穿了自己。这一点是竹中时雄的伟大,也就是田山花袋的伟大吧!"《棉被》译本1927年出版后,1932年再版,在中国传播较广,并对中国作家产生了一定影响,如施蛰存写的短篇小说《绢子》（收《绢子姑娘》，上海亚细亚书店1928年），就是《棉被》的模仿之作。人物和情节的设置安排，都是《棉被》式的。连书中的男女主人公，都用了"芜村""绢子"这样的日本式的名字。到了1987年，田山花袋的《棉被》的新译本（另收《乡村教师》）由黄凤英、胡毓文译出，1987年由江苏人民出版社作为"日本文学流派代表作丛书"之一种出版发行。这个译本首次印刷就突破十万册。当时的中国出版业在经过了八九年的飞速成长后，已经显示出了疲软迹象，一些国内作家的小说只能印几千册，因此《棉被》的高印数曾引起了当时有些媒体的注意和评论。半个多世纪前夏丏尊的《棉被》的译本曾引起了我国文学界和读书界的很大兴趣，半个多世纪后，《棉被》在中国仍拥有众多的读者。这说明许多中国读者对《棉被》这样的坦诚地、真实地暴露自我的"私小说"，是能够理解和接受的。

1927年，日本自然主义的另一部代表作品、岛崎藤村的《新生》翻译出版。这是在中国翻译出版的岛崎藤村的第一部作品。岛崎藤村（1874—1943年）是日本的自然主义文学大家，原本是浪漫主义诗人，1906年发表了长篇小说《破戒》，被认为是自然主义文学成熟的标志，后来又写了自传体的长篇小说《春》（1908年）、《家》（1910—1911年）、《新生》（1918—1919年）等作品。这些作品和强调实地调查、客观写实的《破戒》不同，完全是不同阶段作家自己的生活，特别是家庭私生活的自白和忏悔。在当时以至后来的日本文学史上，评价最高的是《破戒》，其次是《家》。但中国当时没有翻译《破戒》，也没有翻译《家》，却选择了描写主人公岸本舍吉（作者的原型）与侄女乱伦的《新生》。《新生》的译者是作家、学者、翻译家徐祖正（1897—1978年）。在冠于译本前面的《新生解说》中，徐祖正介绍了岛崎藤村的创作，并在与岛崎藤村的《破戒》等其他作品的比较中，细致地分析了《新生》。他表示，选择《新生》来翻译出版，并不是为了满足"对于感情不知尊重的中国，对于文艺还不脱享乐与好奇二态度的许多读者"的好奇心，而是应当对书中所写的"爱欲",予以真正的理解。徐祖正对《新生》的评价和评论,完全抛弃了伦理道德的标准,站在"尊重感情"和"戳破假面"的角度,肯定了作品的价值。徐祖正认为,"作品本不因作者私生活而名贵,实因为面接实人生与再现实生活的态度而可贵"。而《新生》中的忏悔"不只是过去生活的暴露,同时是现在生活的肯定,亦是未来生活的欣求"。

1950年代,岛崎藤村的《破戒》有了中文译本,并先后在三个出版社出版了三种不同的版本。一个是上海的平明出版社1955年的竖排版的版本,第二个是1957年上海的新文艺出版社的版本,第三个是1958年北京的人民文学出版社的版本。三个版本的译者都是尤炳圻,其中前两种版本上均署名"平白",后一版本署名尤炳圻,译文也都相同。1982年,人民文学出版社出版了柯毅文、陈德文合译的《破戒》,并被列入了选题严谨、规格颇高的"外国文学名著丛书"中,表明了出版部门对该作品的高度重视。《破戒》发表于1906年,中文译文19万余字。作品描写了日本明治维新以后的等级观念和阶级矛盾,广泛反映了明治时代官场政治的黑暗、教育界的腐败、宗教界的丑恶虚伪、农村农民生活的艰辛,具有强烈的社会批判性。按1950年代中国的文学价值观念来衡量,《破戒》无疑是一部批判资本主义罪恶的"批判现实主义"作品。在刘振瀛写的译本"前记"中,就认为《破戒》"为日本近代文学的现实主义道路奠定了基础;为现实主义文学的发展,开拓了广阔的前景";又说:"它不愧为日本近代文学中最早出现的、洋溢着民主精神与批判现实主义精神的作品。"但是在日本,几乎所有的文学史著作和评论与研究的文章,都认为《破戒》是日本自然主义文学的开拓性作品和代表性作品。这反映出两国对自然主义、现实主义内涵的不同理解。1980—1990年代,陈德文翻译的岛崎藤村的长篇小说《春》和《家》,分别由福建人民出版社和江苏人民出版社于1983和1981年出版;《岛崎藤村散文选》1994年由百花文艺出版社出版。《岛崎藤村散文选》除完整收译了岛崎藤村的散文集《千曲川素描》外，还另收《静静的草屋》等集子中的部分作品。这些散文（作者称为"写生文"）或写自然景物，或记生活常事，角度、写法不拘一格，格调清新，亲切而又优美。陈德文的译文，文笔自然老练，把写生文文体的冲淡、素雅的风格很好地传达了出来。

1980—1990年代翻译的自然主义作品还有德田秋声长篇小说《缩影》《新婚家庭》、正宗白鸟的若干短篇小说等。

### 三、白桦派人道主义文学的译介

日本白桦派文学，高扬人道主义和理想主义的旗帜，强调人的尊严、人的价值，主张人与人之间的相互理解、同情与爱；反对国与国之间的不平等和由此产生的战争；反对社会不平等和社会压迫，同情下层人民；反抗封建的家长制，特别是夫权；主张面向未来，以儿童少年为本位，认为父母应为孩子做出牺牲。白桦派文学虽有些稚气但却有着健康向上的青春气息，虽有些脱离现实但却富有建设性的人道主义理想，艺术上虽有不少缺点，但又不乏明快真挚的戏剧与小说，却正好切合了五四时期中国新文化和新文学的建设的需要。因此，在五四时期中国的日本文学翻译中，白桦派的作品翻译最多。

白桦派作家中被中国译介最早、翻译较多的一位，是白桦派的核心人物、理论家、小说家和剧作家武者小路实笃（1885—1976年）。

五四时期对武者小路实笃作品的译介，有两个着眼点，就是武者小路的人道主义的反战思想和他的以改造社会为目标的"新村主义"。这是武者小路实笃译介的第一个阶段。

文学剧本《一个青年的梦》是中国最早翻译的武者小路实笃的作品，原作写于1916年。1918年《新青年》4卷5月号，发表了周作人的《读武者小路君〈一个青年的梦〉》一文。周作人在文中详细地介绍了武者小路实笃的剧作《一个青年的梦》。鲁迅看了周作人的这篇文章，对武者小路实笃及其《一个青年的梦》产生了兴趣，决定将它译出。从1918年

8月2日开始，译文在北京《民国公报》上连载，中途因该报被禁，连载中止，鲁迅的翻译也中止。同年11月，鲁迅应《新青年》杂志之约，将未译部分译出，并将旧译校订后，在《新青年》上分四期刊登。武者小路实笃得知自己的作品被译成中文，非常高兴，于1919年12月写了《与支那未知的友人》的文章，表达了他的心情。该文也由鲁迅译出，被置于《一个青年的梦》中译本单行本之首，1922年由商务印书馆出版。剧本所表现的明确、坚定的反战态度，热情呼唤和平的人道主义精神，在当时的日本文学中是非常可贵的。鲁迅翻译这个剧本，除了基于对剧本的人道主义思想的共鸣之外，还具有明确的宗旨，那就是"医许多中国旧思想上的癌症"。在鲁迅看来，不仅是侵略别国的国家要宣传反战思想，就是在中国这样的没有侵略别国的国家，也需要根除"藩属"之类的国家不平等意识，坚持人与人、国与国之间平等相待的思想。这里所表现的对自己的民族严格自省和解剖的精神，其思想境界已经高出了武者小路实笃及《一个青年的梦》了。

中国翻译的武者小路实笃的第二本书，是《人的生活》。

《人的生活》，原题《人间的生活》，是武者小路实笃1920年出版的一个作品集。书中收四种作品，包括两篇评论文章——《人的义务与其他》《现在的劳动和新村的劳动》，两个剧本——《未能力者的同志》《新浦岛的梦》。《人的生活》中的作品，虽然体裁样式不同，但主题思想却很一致，那就是宣传他的所谓"新村思想"。武者小路实笃受托尔斯泰影响，对乌托邦式的社会改良产生了极大兴趣，1918年在九州日向村购买土地，建立了一个理想国"新村"，并在"新村"实行完全不同于现实世界的新的生活实验。同时，武者小路实笃还写了大量的文章、作品，阐述和鼓吹他的"新村主义"。1919年7月，周作人访问了新村，并体验了"新村"的生活，感触颇深，归来后写了《访日本新村记》等一系列文章，宣传"新村主义"。1920年，周作人还在北京建立了"新村支部"，一度得到了李大钊、蔡和森、毛泽东、恽代英早期共产主义者的赞赏。武者小路实笃的《人的生活》，就是在这种背景下翻译到中国来的。译者毛咏棠、李宗武是留日学生，他们在《译者导言》中说：该书的翻译"幸蒙周作人鲁迅二先生的题序校阅，故就敢出而问世"。周作人的确为译本写了序，在序中对书中的作品做了"解题"，认为其中的作品"很能说出新村的理想与和平的精神"。

1920年代后期到1930年代，可以算作中国翻译武者小路实笃的第二个阶段。这个阶段，武者小路实笃的作品的译本出版得比较多，选题也更全面，有评论文章，有戏剧，也有小说。如上海光华书局1927年出版了孙百刚翻译的《新村》。这仍然是作者鼓吹新村主义的书。1929年，上海金屋书局出版了章克标翻译的《爱欲》。这是武者小路戏剧的代表作之一，艺术上比较成熟，写的是残疾画家野中英次因嫉妒而杀妻的悲剧故事，表现了一个天才艺术家的精神与肉体、理智与情感的矛盾。1931年，王古鲁、徐祖正翻译了《四人及其他》。这是一本戏剧集，收了《四人》《一个家庭人》《婴儿杀戮中的一小事件》《养父》等五个剧本。这一时期，翻译武者小路实笃作品最多、影响最大的翻译家是崔万秋（1904—1982年）。1928年上海真善美书店出版了崔万秋翻译的《母与子》。这是中国所译武者小路实笃的第一部长篇小说，描写的是私生子阿进自我奋斗的故事。1929年，中华书局出版了崔万秋翻译的戏剧《孤独之魂》（原作发表于1926年）。出版社所作的广告称：《孤独之魂》"凡三幕，写孤独者的追求和梦想，极艺术之能事。武者小路作品，读之令人轻松愉快，如啖谏果，津津有回味。本书能充分表现其此种技巧，洵为佳作。"1929年，崔万秋又编选翻译了《武者小路实笃戏曲集》，仍由中华书局出版。书中收《父与女》《野岛先生之梦》《画室主人》三个剧本，是中国翻译出版的唯一的一本武者小路实笃的剧作专集。武者小路实笃本人也很重视该书的出版，并为译本写了《著者答译者书》作为"代序"置于书前，但可惜这个集子的选题不好。三个剧本无论在思想上，还是在艺术上，都不免浮浅幼稚，不能算是作者作品中的佳作。1930年，真善美书店又出版了崔万秋翻译的以失恋为题材的自传性中篇小说《忠厚老实人》。

1932年，武者小路实笃的艺术水平最高的一个剧本《妹妹》的中文译本由中华书局出版。译者周白棣是田汉的学生，曾跟田汉学习日语。据"译者赘言"中说，当时田汉是把《妹妹》作为教授日语的精读范文来使用的，因此，此译本的选题，可以说主要应归功于田汉。周白棣的译文又经精通日文、并且精通话剧艺术的徐卓呆（半梅）校对过，译文虽非无可挑剔，但还算是忠实于原作的好的译本。中华书局在译本前冠"小引"推荐说：《妹妹》"可目为氏之代表作，又可目为白桦派艺术之代表作。作者向树人道主义的艺术之旗帜而据有文坛，在文坛思想坛打开空前之新面，这种功劳谁也不能否认。此剧表出作者之独到之新境地，并且指明了自然主义以后新艺术应走的路径。此剧实为创造时代的作品，再全篇贯以纯真的人道主义的热情，又运之以自然主义艺术所求之不得的敏锐的心理描写，益发显示了作者之精妙而又强烈的剧本艺术。故虽对氏之艺术怀有敌意抱有反感的人们，对此亦当为之拜倒，而同样发感叹声。这样还不足称为艺术界有数的名作吗？"这种评价，可以说不为过分的。

对武者小路实笃作品的译介，在改革开放后则相对岑寂。1984年青海人民出版社出版了冯朝阳翻译的中篇小说《友情》，同年，人民文学出版社出版了周丰一译的《友情》。1989年太原北岳文艺出版社出版了署名"雾鹄、雨鸿"翻译的长篇小说《母与子》。1988年浙江人民出版社出版了武者小路的随笔小册子《人生论》，此外还有几篇收在有关集子中的短篇小说。从1920年代到1940年代，在我国所翻译的日本文学作品中，武者小路实笃的作品在数量上名列前茅。但在新中国成立后，由于武者小路实笃作品中的乐观而又不免浅薄的理想主义，由于他在侵华战争中做了军国主义的狂热的吹鼓手，他在我国也就受到了理所当然的冷遇。

有岛武郎（1878—1923年）是白桦派的中坚作家。他的作品在中国的翻译数量不像武者小路实笃那样多。从五四时期到1949年，除了许多单篇译文之外，中国翻译出版的有岛武郎作品的单行本只有四五种。但是，他在中国的影响并不比武者小路实笃小。

最早翻译有岛武郎的也是鲁迅。1922年，鲁迅将有岛的《与幼者》和《阿末之死》两篇作品翻译出来，收在他与周作人合译的《现代日本小说集》中出版。同年，鲁迅又将有岛武郎的散文《小儿的睡相》翻译出来，发表于当年4月号的《文化生活》杂志。1926年，鲁迅翻译了有岛武郎的文学论文《生艺术的胎》，发表于同年5月的《莽原》半月刊第九期上。鲁迅在1929年出版的文学理论译文集《壁下译丛》中，选译了有岛武郎的《生艺术的胎》《卢勃克和伊里纳的后来》《伊孛生的工作态度》《关于艺术的感想》《宣言一篇》《以生命写成的文章》共六篇论文。在鲁迅的有岛武郎翻译中，选题最好，影响最大的，当推《与幼小者》。资料表明，至少在1919年，鲁迅就读过有岛的作品。鲁迅在1919年11月1日发表《"与幼者"》一文中开头就说："做了《我们现在怎样做父亲》的后两日，在有岛武郎的《著作集》里看到《与幼者》（鲁迅后来译为《与幼小者》——引者注）这一篇小说，觉得很有许多好的话。"接着鲁迅还翻译引用了数段《与幼者》中的原话。鲁迅认为《与幼小者》有"眷恋凄怆的气息"。他的译文的确把这种"眷恋凄怆的气息"传达出来了。鲁迅的日本文学翻译，在《一个青年的梦》中还有不少的生硬之处，但到了《与幼小者》显然有了较大的进步，在严格地忠实原文字句的前提下，也传达出了原作的精神。这里恐怕不单是技巧的长进，也是与原作共鸣的深度有关。有岛武郎在《与幼小者》中所表达的把希望寄托于未来，父辈应为子辈后代付出全部的爱，做出全部的牺牲的人道主义精神，与鲁迅的思想是高度吻合的。

有岛武郎的中长篇小说的译本，在1920年代末至1930年代也出现了，那就是绿蕉译的《宣言》和沈瑞先译的《有岛武郎集》。《宣言》是书信体长篇小说，发表于1915年，是有岛武郎前期的代表性作品，表现了恋爱中的爱情与友情、理智与情感、灵与肉、自私与利他之间的矛盾。中文译本由绿蕉翻译，上海启智书局1929年出版。书前附姜华写的序言

《谈有岛武郎》，对有岛武郎的创作做了高度的评价。1935年中华书局出版了沈端先（夏衍，1900—1998年）翻译的《有岛武郎集》，选择了作者的两篇中篇小说——《该隐的末裔》和《出生的烦恼》，都是有岛武郎的重要的代表作。

有岛武郎的唯一的长篇小说是《一个女人》，也是作者最重要的代表作，却一直没有翻译，直到1984年，湖南人民出版社出版了谢宜鹏的译本，译名为《叶子》。1991年，福建的海峡文艺出版社又出版了张正立等人的译本。该译本为"日本文学流派代表作丛书"之一种，以《一个女人的面影》为题，另收《宣言》《星光》两个中篇小说。这两个译本，前者是全译，后者实际上只译了小说的"前编"。《一个女人》描写了女主人公早月叶子放浪的生活和悲惨的结局，表现一个在个性和肉欲上都"解放"了的现代女性，一个典型的"女权主义"者，如何在社会现实中遭到毁灭。小说具有日本长篇小说中罕见的严谨结构，在人物的心理描写和分析方面也犹显功力，在日本文学史上评价很高。译本的出版，填补了我国日本文学翻译中的一个重要空白。

志贺直哉（1883—1971年）是白桦派作家中的大家。他擅长短篇小说的创作。作品没有重大的主题和题材，多描写个人的家庭、父子关系、婚姻爱情及日常生活中的所见所感。他的作品自然本色，生动传神，娓娓道来，语言雅正而优美，大多是经得起细读的文学精品，表现出了高超的艺术技巧，带有浓厚的日本式、东洋式的恬淡、宁静、冷彻、敏锐和简洁。因此，中国对志贺直哉的译介，与对武者小路实笃、有岛武郎的译介有所不同，所看重的主要不是其作品的社会价值，而是作品的艺术。

最早译介志贺直哉作品的是周作人。早在1921年，周作人就翻译了志贺直哉的短篇小说《到网走去》（载《小说月报》第12卷第4期）和《清兵卫与葫芦》（载《晨报》副刊1921年9月20日—22日），后又收入《现代日本小说集》中。这两篇小说都是志贺早期的代表作。如《清兵卫与葫芦》写的是一个名叫清兵卫的少年如何喜欢收藏、擦拭和加工葫芦，但他的父亲，乃至学校的老师，却没有从爱好葫芦这种平凡的小事中发现清兵卫的艺术天分，并加以鼓励和引导，而是视为歪门邪道，极力压制……这篇小说写得玲珑剔透，堪称珠玉之作。志贺直哉与自己的父亲在生活、思想与志趣上一直存在冲突，《清兵卫的葫芦》显然就来自志贺父子矛盾冲突的切身体验。此后的许多重要作品，如《一个人与他姐姐的死》（中译名《一个人》）、《和解》等，都以父与子的冲突为主题。

　　周作人在五四时期译出志贺直哉的上述两篇小说后，此后七八年间，志贺直哉的作品未见译介。到了1929年，谢六逸编选翻译了中国第一部志贺直哉作品的译本，书名为《范某的犯罪》，由上海现代书局出版。其中的《范某的犯罪》特别为谢六逸所看重。谢六逸在译本的"附记"中说：《范某的犯罪》"作者的意旨在于描写耍戏法的范某，在演艺时杀了妻子的心理的经过。原文是志贺氏的短篇著作中博人称赏的一篇"；又说："关于范某的杀人，在裁判官是没有得到故杀的客观的证据，在范某本人也不明白故意杀还是过失。志贺氏的意旨不过在描写范某的心理的过程罢了"。看来，谢六逸重视的正是小说中出色的心理描写。1935年，谢六逸又在《范某的犯罪》的基础上，编选翻译了《志贺直哉集》，由上海中华书局出版。该书收译了《荒绢》《范某的犯罪》《一个人》《死母与新母》《焚火》《雪之日》等中、短篇小说六篇。书前冠有两篇由日本评论家撰写的关于志贺直哉的评论文章。一篇是菊池宽写的《志贺直哉氏的作品》，一篇是宫岛新三郎的《志贺氏的艺术的特色》。译者本人没有照例写前言后记之类。但是，很显然，谢六逸是赞同两篇文章对志贺直哉所做的高度评价的。同年，上海天马书店出版了叶素翻译的志贺直哉的小说集《焚火》，收译《焚火》《正义派》《清兵卫与葫芦》《老人》《混沌的头脑》《真鹤》《学徒的菩萨》《佐佐木的遭遇》等八篇小说。这个译本在对志贺直哉作品的选择方面，较之谢六逸的《志贺直哉集》更为精良。特别是《老人》和《学徒的菩萨》，实在是不能不选、不能不译的作品。如《学徒的菩萨》，写一个贫穷的小学徒仙吉，非常想吃一个醋鱼饭团。在摊子上,因身上带的钱不够,只好把拿在手里的饭团放下。年轻的议员A偶尔看到此情此景,心里很不好受,便想了一个办法,在不刺伤小仙吉自尊心的情况下,带他到馆子里饱餐了一顿。吃饱了的仙吉越想越不明白为什么那人请他吃饭团,他怀疑自己遇上了菩萨或者神仙。这篇小说写得精巧、温馨。也正是因为这篇小说,志贺直哉被誉为"小说之神"。

1956年人民文学出版社出版了楼适夷等人翻译的《志贺直哉小说集》。1981年,湖南人民出版社又出版了楼适夷翻译的志贺直哉随笔和短篇小说集,题名为《牵牛花》。该译本分小品和短篇小说两部分。其中的小品部分,大都为新译;短篇小说部分,则是从1956年版的《志贺直哉小说集》中楼适夷所译部分选出来的。整个译本十来万字,译者说"这只是我所译志贺作品的辑存"。

1985年2月,湖南人民出版社和漓江出版社同时推出了志贺直哉的唯一的长篇小说《暗夜行路》。《暗夜行路》写于1921至1937年,写作时间长达16年之久。作品描写了主人公、作家谦作的生活和心理历程,从题材上看是日本"私小说"中常见的家庭及两性关系。除了出生的秘密、妻子失贞的情节为虚构外,谦作的形象明显地有着志贺直哉本人的影子。小说的重心不是反映外部世界,而是描写作家个人的"心境",属于"私小说"之变种的所谓"心境小说"。故事情节平淡,结构上也不够严谨,但在表现主人公一个知识分子精神痛苦和摆脱痛苦的努力方面,却表现了志贺直哉一贯的敏锐、细腻和精练,贯穿着不懈追求心理和谐的东方式的求道与悟道、反省与忏悔,在日本文学史上有着很高的评价。

### 四、唯美主义文学的译介

谷崎润一郎(1886—1965年)是日本唯美主义文学集大成的作家。在20世纪20—30年代中国的日本文学翻译中,谷崎润一郎作品中文译本的数量也名列前茅,单行本译本至少如下十种:杨骚译长篇小说《痴人之爱》，上海北新书局1928年版；章克标译《谷崎润一郎集》，开明书店1929年版；章克标译《杀艳》，上海水沫书店1930年版；查士元译小说集《恶魔》，华通书局1930年版；章克标译《恶魔》，三通书局1941年版；章克标译《人面疮》，三通书局1941年版；白鸥译《富美子的脚》，上海晓星书屋1931年版；章克标译《富美子的脚》，三通书局1943年版；李漱泉译《神与人之间》，中华书局1934年版；陆少懿译《春琴抄》，文化生活出版社1936年版等。这样看来，谷崎的早期和中期的主要代表作，都被翻译过来了。而翻译者，主要是四个人，即章克标、李漱泉、杨骚、查士元等。在选题、翻译等方面较好的本子是章克标的《谷崎润一郎集》、李漱泉的《神与人之间》和杨骚的《痴人之爱》。

最早翻译出版谷崎润一郎作品集的是章克标（1900—2007年）编译的《谷崎润一郎集》。章克标在《谷崎润一郎集·序》中说，他"大略通读过他（指谷崎——引者注）作品的大部分"，可知他对谷崎的翻译不是随便拈来，而是有较充分的准备的。《谷崎润一郎集》选收了六篇中短篇小说，包括《刺青》《麒麟》《恶魔》《续恶魔》《富美子的脚》《二沙弥》。其中《富美子的脚》一篇用的是沈端先的译文。章克标说："选择这六篇东西，并不全是他顶好的作品，也不完全可以算代表作，但他的各种倾向，却可以算网罗尽了。一读之后，对于所谓谷崎润一郎式的文学是怎样的一种东西，总可以了解的。"从译本序可以看出章克标对谷崎润一郎的小说有着充分的理解。他写道：

> 他（谷崎润一郎）的作品的根本基调，在于追求官能的美，是属于耽美享乐一派的思想。他是个纯粹的都会人，而且江户情调江户趣味深入了他的心魂之中。要他象自然派那么样对于现实用客观的观照是做不到的，他只有没入于生活之中。所以在作品里必然地表现出那梦幻境界和耽美享乐的色彩来。……
> 
> 极端的美的追求者，决不能满足于平凡的美的憧憬，即使是同样

的美，他也要求那异常的非凡的，不是生活表面所能常见的美，而是求王尔德所谓"没有草叶的花，没有树林的鸟"一种奇特怪诞的美；对于官能的美，也是在病态的，恶魔的状态之中，更能感得满足与快慰。……

……要求有异常的刺激力的东西，就只有走入病态的一途。平常的性欲还不能满足，所以便走入变态。对于平凡的美，他已厌倦，便非得创造出恶之花来，或追求怪异的梦不可了。

除章克标外，李漱泉也是日本唯美派作品的重要的译介者，他与谷崎润一郎、佐藤春夫交往较多。他所翻译、由上海中华书局 1933 年作为"世界文学全集"之一种出版的《神与人之間》，在谷崎作品的中译本中占有重要的位置。《神与人之間》是个作品集。其中收译的作品除了自传性中篇小说《神与人之間》外，还有短篇小说《前科犯》《麒麟》《人面疮》，独幕剧《御国与五平》。所选作品均不能算是谷崎润一郎的代表作，但这个译本还是有特色的。那就是在中国的日本文学译本中，第一次于书前附有译者撰写的原作者的《评传》和《年谱》，这一点是开创性的。它标志着译者同时也是所译作家作品的研究者，标志着读者可以不单阅读孤立的文本，而是要联系作者的生平思想与整体的创作情况来了解作品。李漱泉写的《谷崎润一郎评传》，长逾万言。他写《评传》所依据的材料主要是谷崎润一郎的自传性的小说。谷崎润一郎写过不少这样的小说，如长篇小说《鬼面》，中篇小说《神与人之間》《异端者的悲哀》《鲛人》等。显然，李漱泉相信"一切作品都是作家的自叙传"这句话。在李漱泉的《译者叙》和《谷崎润一郎评传》中，一方面用当时流行的左右社会学、政治经济决定论来看待谷崎润一郎的作品，认为在当时中国的形势下，"恶魔主义的，艺术至上主义的作品许有过时之感"，另一方面又从纯艺术的角度欣赏着唯美主义。

1936 年，《春琴抄》由陆少懿译出，作为陆少懿、吴朗西主编的"现代日本文学丛刊"的一种,由上海文化生活出版社出版。这在谷崎润一郎的翻译史上,应算是重要的一笔。《春琴抄》是一篇历史题材的中篇小说,写的是江户时代药材商老板家的盲女春琴与侍男佐助的奇特的恋爱故事。江户时代的风俗人情、三弦音乐和哀感顽艳的故事,构成了一个古典的美的世界。小说运用古风的优雅文体,表现了谷崎文学的一贯主题——女性恶魔般的美和男性对此的无条件的崇拜。陆少懿的译文,典雅舒缓,较好地传达出了原作的风格。译本"后记"寥寥数语,但对谷崎润一郎的评论却颇得要领。如云:"他(指谷崎——引者注)写作的范围是狭小的,然而却不失其为人生的一部分。"又云:"他写作的技巧是由西洋的现代的渐变为东洋的古典的了,这就是说由华丽而趋于冲淡。《春琴抄》便是他冲淡的作品的一例。"

1940年代至1970年代,谷崎润一郎的译介基本中止。1980年代以后,谷崎润一郎的作品翻译重新受到重视。有些已有译本的作品出现了新的译本,如《春琴抄》《痴人之爱》等;有些作品有了新译本,如1992年北京三联书店还出版了丘仕俊翻译的散文集《阴翳礼赞——日本与西洋文化随笔》、长篇小说《细雪》等。《细雪》是谷崎润一郎在40年代历时八年完成的长篇巨著,和1930年代译介的《痴人之爱》《富美子的脚》的娇艳的风格不同,它属于那种刻意表现《源氏物语》式的古典美学风格的作品。在谷崎润一郎以丑恶、变态的两性关系为题材的大部分作品之外,它要算是比较端庄秀丽的作品了。这部小说以关西地区一个没落贵族家庭的四姐妹的婚姻恋爱为题材,描写了她们的不同性格和不同命运,表现了姐妹间的同胞之爱。我国在1980年代后期出版了《细雪》的两种译本。一种是湖南人民出版社1985年出版的周逸之的译本,另一种是上海文艺出版社1989年出版的储元熹的译本。

这一时期谷崎润一郎译介的最大收获是2000年由中国文联出版社出版的《谷崎润一郎作品集》。这套丛书由叶渭渠主编,共四卷,分长篇小说两卷,短篇小说一卷,散文随笔一卷,共约100万字。长篇小说卷一

《痴人之爱》由郑民钦翻译，除收《痴人之爱》外，还译出了《各有所好》；长篇小说卷二《疯癫老人的日记》由竺家荣翻译，实际上是个中篇小说集，收《疯癫老人的日记》《钥匙》《少将滋干的母亲》等四篇；短篇小说卷《恶魔》由于雷、林青华、林少华翻译，收中、短篇小说《文身》《麒麟》《褴褛之光》《异端者的悲哀》《恶魔》《续恶魔》《吉野葛》《刈芦》《春琴抄》《盲人物语》《梦中的浮桥》等共11篇；随笔散文集《饶舌录》由汪正球翻译，收作品50多篇，绝大部分为首次译出，对于了解谷崎润一郎的创作思想尤为有用。总之，《谷崎润一郎作品集》堪称百年来我国谷崎润一郎译介的总结性的成果。

永井荷风（1879—1959年）是日本唯美派的代表人物之一。早在1930年代，周作人就译介了他的多篇散文随笔。1935年5月，周作人在《人世间》第27期上发表了《〈东京散策记〉》一文，介绍了永井荷风的散文集《日和下驮》（一名《东京散策记》）。其中说："永井荷风最初以小说得名，但小说我是不大喜欢的，我读荷风的随笔大抵都是散文笔记，如《荷风杂稿》《荷风随笔》《下谷丛话》《日和下驮》与《江户艺术论》等。"在文中，他还大段大段地翻译引用了《江户艺术论》中谈浮世绘的段落和《东京散策记》中的《日和下驮》与《淫祠》两篇中的段落。同年6月，周作人又在上海《文饭小品》第5期上发表了《东京散策记》中的第四篇《地图》的译文。《地图》是一篇缅怀古时的江户城风物的优美的散文。周作人在《附记》中说：永井荷风的"此类散文中佳作甚多，但不易译。今勉强译出其一，不顾拙笨失真，只表示对于永井氏的爱好之意耳"。也是在此年6月，周作人在《大公报》发表了《〈冬天的蝇〉》，介绍了永井荷风的另一部散文集《冬天的蝇》，说："《冬天的蝇》的文章我差不多都喜欢。"并在文中翻译、征引了数段文字。此外，周作人写的许多文章，都提到或整段地引用、翻译永井荷风的随笔。但周作人的这些译文都是零星翻译，未能结集。直到1997年，陈德文翻译的《永井荷风散文选》被百花文艺出版社列入"外国名家散文丛书"出版发行，从而填补了日本文学翻译中的一个空白。陈德文的译本主要以1994年日本岩波书店出版的野口富士男编《荷风随笔》为蓝本，从散文集《晴日木屐》《断肠亭杂稿》《断肠亭日记》《美利坚故事》《法兰西故事》中，选出随笔散文43篇，大体反映出永井荷风散文的基本面貌。

永井荷风本来首先以小说知名，但是，1980年代以前，永井荷风的小说在中国基本上没有译介。1980—1990年代，我国翻译出版了永井荷风的四种小说集。最早的是四川人民出版社1988年出版的《舞姬》。这部小说集属于"日本文学流派代表作丛书"中的"唯美主义"卷，收中短篇小说六种。其中包括宋再新译中篇小说《华街上的风波》，胡德友译短篇小说《舞女》，谢延庄译中篇小说《墨东绮谈》，林少华译短篇小说《隅田川》，程文新译短篇小说《美国的故事》，谢延庄译短篇小说《勋章》。第二种译本是1990年出版的李远喜译的《争风吃醋》，为漓江出版社"外国文学名著"丛书中的一种。收有《争风吃醋》《墨东绮谈》《梅雨前后》《雨潇潇》等四篇中短篇小说。第三种译本是1994年出版的谭晶华、郭洁敏译的《地狱之花》，为上海译文出版社"日本文学丛书"的一种，收有《地狱之花》《隅田川》《梅雨时节》《墨东趣谭》《积雪消融》《两个妻子》等六篇中短篇小说，不仅有唯美派风格的作品，也有《地狱之花》那样的自然主义作品。第四种译本是陈薇翻译、作家出版社1999年出版的《永井荷风选集》，收《较量》《雨潇潇》《墨东绮谈》《欢乐》四篇小说。这样，永井荷风的小说中的一些重要作品，都有了中文译文。

佐藤春夫（1892—1964年）是著名诗人、小说家和评论家。他的创作的构成成分比较复杂。前期是个浪漫主义的诗人，后来受谷崎润一郎和芥川龙之介的影响。有的日本文学史家把他列为唯美派，有的文学史家则把他同芥川龙之介一起列入"新现实主义"一派。但是，在30年代的中国，译介者则基本上把他看成唯美派作家。中国对佐藤春夫的译介集中在1931年至1935年间，一共翻译出版了四种译著。其中有查士元译《都会的忧郁》、高明译《佐藤春夫集》、李漱泉译《田园的忧郁》、查士骥译《更生记》。其中,高明译《佐藤春夫集》(现代书局1933年)选译了《星》《开窗》《阿绢及其兄弟》《一夜宿》《濑沼氏的山羊》,共五篇短篇小说。所选作品大都是佐藤春夫的短篇小说中的代表作。对此,佐藤春夫本人也表示认可。他应译者要求写了一封信代序。其中写道:"承你翻译了拙作,郑重地来要求我的承认,当然我是没有异议的。不讲没有异议,我还大大的感谢你。籍老哥的尽力,拙作能被译为鄙人平素所敬爱的中国的文字——在世界文明史上和希腊文同是最有光荣的文字——而介绍于中国的读书界,是我所最欣快的。尤其你所翻译的拙作集的选定,是依据着非常适当的标准,这使鄙人相信得到了有很好的理解的最适当的译者,而更喜欢了。"

文学史家公认两个中篇小说《都会的忧郁》和《田园的忧郁》是佐藤春夫的代表作,它们被译成中文,是中国翻译佐藤春夫作品的主要收获。查士元翻译的《都会的忧郁》于1931年由华通书局出版,这是我国出版的第一个佐藤春夫作品的单行本。这篇小说表现了现代都市人灰色、倦怠、无聊的生活,充满了强烈的世纪末情调和颓废气息。《田园的忧郁》收在李漱泉选择的同名集子里。这个集子也是作为中华书局《世界文学全集》的一种,于1934年编辑出版的。这是佐藤春夫的比较有代表性的作品选集,除了《田园的忧郁》及《阿绢和她的兄弟》两篇小说外,还有作者早期的诗集《殉情诗集》。译者李漱泉像写《谷崎润一郎评传》一样,在书前附了一篇长长的《佐藤春夫评传》和《年谱》。在评传中,李仍然把《田园的忧郁》及《都市的忧郁》等作品看成是作者的自况,并把这些作品作为评传的主要材料。他认为佐藤春夫是"唯美作家""艺术至上主义"的作家,并顺着1930年代流行的社会学分析的思路,分析了佐藤春夫的创作与日本社会、与他的恋爱的关系,也谈了佐藤春夫与中国的关系。李漱泉认为,《田园的忧郁》反映了日本资本主义社会的衰落趋势,"所以作者的叹声同时又是忧郁的日本的叹声,所以作者的田园的都会的忧郁,实在相当忠实、丰富而有力地象征了近代日本社会的忧郁!"

到了1980年代,我国又出版了两种佐藤春夫的作品集。一种是吴树文、梁传宝译的《更生记》,由海峡文艺出版社1985年出版。该书所收作品除长篇小说《更生记》外,还有《田园的忧郁》《都市的忧郁》《西班牙犬之家》《阿绢兄妹》四篇,都是佐藤春夫小说中的代表作。另一个译本是吴树文译的《田园的忧郁》,由上海译文出版社1989年出版,选题与海峡文艺版基本相同。

**五、新理智派文学的译介**

新理智派,又称新技巧派、新现实主义,是1916—1927年间活跃的日本近代文学中的重要流派,其作品的基本特征是冷峻的写实手法与深刻的理性分析的结合。芥川龙之介和菊池宽是该派的两个代表。

芥川龙之介(1892—1927年)是新理智派的代表人物,是日本近代文学中少数几位一流作家之一,也是现代世界短篇小说的巨匠。1920年代后期至1930年代十来年时间,是中国译介芥川龙之介的第一个高峰期。译出的芥川龙之介的小说(包括少量散文随笔)有二十余篇,出版译本七种,翻译作品的数量约占芥川龙之介小说的五分之一。

最早翻译芥川龙之介作品的是鲁迅。1921年5月11—13日,鲁迅在《晨报副镌》上发表了《鼻子》的译文。这是中国翻译的芥川的第一篇小说,也是芥川龙之介的最精彩的作品之一。《鼻子》通过一个古代和尚的特大型长鼻子的故事,深刻地揭示了人们专以别人的不幸为快乐的阴暗的自私心理,反映了人在社会的无所适从的两难处境。全文仅4000多字,写得精练含蓄,无可挑剔。鲁迅同时在译文前附了题为《〈鼻子〉译者附记》的短文。这恐怕也是中国第一篇介绍芥川龙之介的文字。其中说:"芥川氏是日本新兴文坛中一个出名的作家。(中略)他的作品所用的主题,最多的是希望已达后的不安,或是正不安时的心情。这篇便可以算得适当的样本。"又说："不满于芥川氏的，大约因为这两点：一是多用旧材料，有时近于故事的翻译；一是老手的气息太浓厚，易使读者不欢欣。内道场供奉禅智和尚的事，是日本的旧传说，作者只是给他换上了新装。篇中的谐味，虽不免有才气大露的地方，但和中国的所谓滑稽小说比较起来，也就十分雅谈了。我所以先介绍这一篇。"同年，鲁迅又把《罗生门》译出，发表于《晨报副镌》6月14—17日。鲁迅在为《罗生门》的译文写的"译者附记"中写道："芥川氏的作品，我先前曾经介绍过了。这一篇历史的小说（并不是历史小说），也算是他的佳作，取古代的事实，注进新的生命去，便与现代人生出干系来。"1923年，鲁迅将这两篇译文收在他与周作人合作编译的《现代日本小说集》里。在《关于作者的说明·芥川龙之介》中，鲁迅将上述两篇"译者附记"的观点贯通起来，并做了更进一步的阐述，他写道："他（指芥川——引者注）的作品所用的主题，最多的是希望已达之后的不安，或是正不安时的心情。他又多用旧材料，有时近于故事的翻译。但他的复述古事并不专是好奇，还有他更深的根据：他想从含在这些材料里的古人的生活当中，寻出与自己的心情能够贴切的触着的或物，因此那些古代的故事经他改作之后，都注进新的生命去，便与现代人生出干系来了。"

在鲁迅译出芥川的两篇小说之后，一直到1927年的五六年间，没有再出现芥川龙之介作品的译文。1927年芥川龙之介自杀，对日本文坛造成了剧烈的冲击，中国文坛也受到震动。这便成为以后几年间中国大量翻译芥川作品的契机。上海的《小说月报》1927年9月第18卷9期上，开设了《芥川龙之介专辑》，选译了芥川的十篇小说，即胡克章译《龙》，顾寿白译《影》，夏韫玉译《奇谭》，江炼百译《地狱变相》，夏丏尊译《湖南的扇子》，郑心南译《南京的基督》，谢六逸译《阿富的贞操》，周颂久译《开通的丈夫》，郑心南、梁希杰译《开化的杀人》，黎烈文译《河童》，另有郑心南的《芥川龙之介》和《芥川龙之介年表》。这个《芥川龙之介专辑》选题精严，尤其是其中的《龙》《地狱变相》和《河童》,是芥川龙之介的小说中的珍品。译者阵容较大,水平较高。《芥川龙之介专辑》一定程度地带动了芥川龙之介作品在中国的大规模译介。

1928年7月,汤逸鹤编选翻译的《芥川龙之介小说集》由北平文化学社出版。这是1920—1930年代中国出版的第一种芥川龙之介的作品集。其中收译了11篇短篇小说,包括《一块土》《南京基督》《黑衣圣母》《阿格尼神》《魔术》《山鸭》《金将军》《弃儿》《女》《蛛丝》等,另附《芥川龙之介自杀时致某友的手札》。译者汤逸鹤(1900年生)是陕西汉阳人,北京大学毕业,曾留学日本,1925年回国后不断翻译发表日本文学作品。《芥川龙之介小说集》也是汤逸鹤的第一本译作。这个译本所选作品与《小说月报》的《芥川龙之介专辑》中的选目大都没有重复,有的小说如《蛛丝》是颇有特色的名作。

1928年10月,由作家、法国文学与日本文学翻译家黎烈文(1904—1972年)翻译的《河童》由商务印书馆出版。该译本除《河童》外,还收译了上面已提到的《蜘蛛之丝》。《河童》是芥川龙之介的中篇寓言体小说,写一个精神病患者口述自己在河中坠入"河童"(一种水生动物)的王国后的见闻,以河童国影射现代资本主义社会,尖锐地讽刺和否定了社会中的各个方面——政治、经济、法律、文艺、哲学宗教、风俗习惯等,表明了芥川龙之介对社会现实的绝望。这篇小说是芥川龙之介作品中为数很少的具有强烈社会批判性的小说。黎烈文对这篇小说格外重视,在小说发表不久后就开始翻译。1936年,黎烈文又将《河童》再版(上海文化生活出版社)。值得一提的是,黎烈文是中国文学家中对芥川龙之介给予最高评价的一位。他在1927年8月《文学周报》第279期上,发表了《海上哀音——闻芥川龙之介自杀》的文章,其中说:"芥川氏的作品在我国早就有人介绍过了。实在的,在新思潮派的三柱(菊池宽、久米正雄、芥川龙之介)中,我最景仰的是芥川氏。不但如此,在现代日本许多作家,我最爱读的也就是芥川氏的作品。"又说:"芥川氏创作谨严,在日本现代一般作家中,从量的方面说,芥川氏要比较算少的。但因此他的作品差不多篇篇都成为有价值，简直有世界的价值。"

1929年5月，上海开明书店出版了鲁迅等译的《芥川龙之介集》，收小说八篇，附录两篇。其中有鲁迅的旧译《鼻子》和《罗生门》，此外还有夏丏尊翻译的《秋》，方光焘翻译的《袈裟和盛远》《手巾》，章克标翻译的《薮中》，夏丏尊翻译的《南京的基督》《湖南的扇子》，另附夏丏尊翻译的《中国游记》和沈端先翻译的《绝笔》。这个译本是继汤逸鹤的《芥川龙之介小说集》后第二个选译作品较多的本子，而且译文均出自名家之手，译作质量高。从选题上看，除了鲁迅的两篇旧译之外，选的最精的作品当属《薮中》。这是芥川龙之介的天才之作，小说内容深湛，形式手法新颖独特。小说没有单一的叙述人，而是以一件人命案的当事人、见证人、死者的鬼魂在法庭上的各自独立的供述构成全篇，而且见证人、当事人的供述又互相矛盾。情节没有结局，案件扑朔迷离，审讯不了了之，使得读者不得不积极地参与分析，来填补小说中故意留下的空间。

著名诗人冯子韬（乃超，1901—1983年）也是芥川龙之介作品的重要翻译家之一。1931年，中华书局出版了他翻译的《芥川龙之介集》。该集选译了芥川龙之介的四篇小说，包括《母亲》《将军》《河童》和随笔《某傻子的一生》，并写了《芥川龙之介的作品作风和艺术观》一文作为译本序言。1940年，上海三通书局作为"三通小丛书"之一种，出版了冯子韬主译的《某傻子的一生》（另收《将军》和丘晓沦译的《猴子》）。《芥川龙之介》是冯子韬一生中仅有的译作单行本。但冯子韬对于芥川龙之介，评价却很低，认为他的作品只是一种人物性格的记录，是属于"自然主义"的。值得注意的是，对芥川龙之介做否定性评价，在中国并不是个别现象。评论家、翻译家韩侍桁、著名作家巴金等，都对芥川龙之介做过激烈的否定。当中国文坛从日本文学史的角度评论芥川时，尚能对芥川作出客观的肯定评价，如黎烈文、夏丏尊、刘大杰、查士元、郑伯奇等就是这样做的；而当站在中国文学和中国作家的独特的立场上评论芥川时，则鲜有对芥川表示完全赞赏者，更有不少作家对芥川表示了不满、批判甚至是讨厌的态度。这反映出了芥川龙之介的创作与中国现代文学之间的某些深刻的差异和隔膜。

芥川龙之介的翻译在改革开放后继续受到重视。最早出版的是老翻译家楼适夷翻译的《芥川龙之介小说十一篇》，1980年由湖南人民出版社出版。该书收译的篇目有《罗生门》《地狱变》《奉教人之死》《老年的素盏鸣尊》《秋山图》《莽丛中》《报恩记》《阿富的贞操》《六宫公主》《戏作三昧》等11篇作品。这些小说是楼适夷从1976年4月—6月那特殊的历史时期翻译的。译者在《书后》中谈道：那时上边有人到他家打探他是否参加了天安门集会事件，看见楼适夷摊在桌子上的词典和译稿，那人便不再怀疑。所以按适夷说芥川"打救"过他。在那政治环境特别险恶的特殊时期，楼适夷翻译芥川龙之介，没有想到还能公开出版，只是自己装订成册，给家人和友人阅读欣赏。楼适夷在这种情况下翻译的芥川作品，成为改革开放以后公开出版的芥川龙之介的第一个译本。除《罗生门》《秋山图》之外，大部分作品在1920—1930年代芥川译介的高潮时期没有译过，为楼适夷首译。

改革开放后，人民文学出版社策划编辑出版"日本文学丛书"，芥川龙之介的作品被列入丛书的首选书目之一。1981年，人民文学出版社出版了《芥川龙之介小说选》，该译本由文洁若、吕元明、文学扑、吴树文四人翻译。全书40多万字，共收芥川龙之介短篇小说45篇，具体篇目是《火男面具》《罗生门》《鼻子》《孤独地狱》《父》《虱》《猴子》《手绢》《烟草和魔鬼》《大石内藏助的一天》《戏作三昧》《蜘蛛丝》《地狱图》《毛利先生》《桔子》《沼泽地》《龙》《疑惑》《魔术》《葱》《舞会》《秋》《女性》《弃儿》《阿律和孩子们》《母》《竹林中》《将军》《斗车》《庭园》《保吉的札记》《小白》《一块地》《寒》《大导寺信辅的前半生》《玄鹤山房》《海市蜃楼》《水虎》《三个窗口》《暗中问答》《某傻子的一生》《大川的水》《蛙》《一个社会主义者》《侏儒的话》。这当中，以历史为题材的所谓"历史的小说"为最多。总的看来，芥川龙之介的有代表性的作品大都选在里面了,而且大部分是首次翻译。1920—1930年代出版的几种芥川龙之介的作品,篇幅最长者也只有十来篇,最短者只有两三篇。比较而言,人民文学出版社的《芥川龙之介小说选》可以说是第一部较系统的、反映作者创作的基本面貌的选集。当然,芥川龙之介的创作题材、文体形式多种多样,从选题的范围上看,这个译本还未能反映全貌。如他晚年对基督教,特别是基督的故事很感兴趣,写了《西方的人》《续西方的人》等以基督和基督教为题材的小说,代表了芥川创作的一个方面。有关这方面题材的小说,日本出版的几种芥川龙之介选集一般都选,对于了解芥川的思想也很有助益。但《芥川龙之介小说选》没有选入。另外,所选入的篇目有的不是小说,如《侏儒的话》,是哲理性的随笔集,选入《芥川龙之介小说》时倘若作为"附录"来处理,似乎更合适些。

1998年,中国世界语出版社出版了叶渭渠主编的两卷本的《芥川龙之介作品集》。一卷为小说卷,一卷为散文卷,是20世纪规模最大的芥川龙之介作品的中文本选集。其中小说卷收作品四十篇,对已经出版的楼适夷译《芥川龙之介小说十一篇》和人民文学出版社的《芥川龙之介小说选》的部分译文均原样收进,有近一半的作品为新译。新译的篇目为郑科译《老年》,胡晓丁译《酒虫》,刘宗和译《开船》《单相思》,王光辉译《开明的杀人犯》,高少萍译《邪教》,揭侠译《圣·克里斯托弗传》《一篇爱情小说》,龚志明译《鼠鬼次郎吉》,高海宽译《素盏鸣尊》,胡毓文译《杜子春》,黄凤英译《南京的基督》,张义素译《诸神的微笑》《春天》,邹东来译《烟管》,黄来顺译《偷盗》《海滨》,刘莹译《点鬼薄》等。散文卷收文艺札记、游记、日记、小品、杂感等各种形式的散文35篇,重要的篇目有《我和创作》《文艺杂话·饶舌》《艺术及其他》《东京小品》《江南游记》《文艺的,过于文艺的》等,绝大多数都是首译,填补了芥川龙之介散文翻译的一个空白。

此外,芥川龙之介的作品译本还有吴树文的译本《疑惑》。该译本

1991年由上海译文出版社作为"日本文学丛书"之一种出版；1998年，南京的译林出版社出版了《罗生门——中短篇小说集》。这两个译本中的大部分译文是已有译文的编选本。1998年，湖南文艺出版社出版了一套精装本的"世界短篇小说精华丛书"，聂双武等译的《芥川龙之介短篇小说》（收作品三十六篇）被列入该丛书中。

芥川龙之介是在我国拥有读者最多的日本作家之一。由于芥川龙之介作品的哲理性强，写作手法、技巧高超新颖，一般读者要深刻理解并不容易。但在文学修养较高的读者层中，芥川的作品很受欢迎。在芥川龙之介的研究方面，1980—1990年代在学术刊物上陆续发表了多篇有关芥川龙之介的研究与评论文章，有的日本文学史、东方文学史方面的教科书与专著都列专章或专节来讲述芥川。

新理智派的另一个代表人物菊池宽（1888—1948年）是著名剧作家、小说家。1920—1930年代是我国菊池宽译介的高峰期。

田汉（1898—1968）是菊池宽剧作选集的第一个编译者，菊池宽也是被田汉译过戏剧集的仅有的一位外国剧作家。1924年，田汉翻译了《日本现代剧选·菊池宽剧选》，由中华书局出版发行。这个译本选收了《父归》《屋上的狂人》《海之勇者》《温泉场小景》，共四个独幕剧，书前有田汉写的《菊池宽剧选序》。从这篇译本序中可以看出，田汉很喜欢菊池宽的作品，田汉认为菊池宽"有着异常纤细的神经，异常敏锐的感受性"。他认为："菊池与芥川交往最密，而性情和主张却不一致。芥川承夏目漱石的遗绪，其艺术近于艺术至上主义。菊池为日本艺术家中有数的moralist（道德说教者——引者注），其艺术于艺术固有的价值以外，必赋予一种社会的价值。"所以他表示更"尊敬"菊池宽。《菊池宽剧选》中选译的四个剧本，大都是作者早期的代表作，具有浓厚的现实生活气息。其中的独幕剧《父归》占有最重要的地位。这个剧本发表于1917年，是菊池宽戏剧中的杰作。《父归》写的是恣意寻欢作乐的宗太郎，抛下贤妻和三个孩子，偕情妇放荡江湖的故事。长子贤一郎与母亲在绝望中自杀未遂，终于历尽艰辛，把弟妹供养成人，过上了温饱生活。二十年以后，宗太郎老态龙钟，穷困潦倒，怀着愧疚，鼓足勇气返回家中，恳求收留。长子贤大郎历数父亲罪状，严正拒绝。于是父亲绝望地走出家门。但是，当父亲走出门之后，硬心肠的儿子贤一郎一下子软了下来，转而跑出去寻找父亲……田汉认为《父归》是菊池宽出色表现理智与情感的好例。他感叹道："贤一郎对于他多年在外面游荡，老后始归的父亲的态度是何等理智的。但结果依然把父亲喊回，是何等的人情的。"田汉很喜欢这个剧本，把它译出，并多次搬上舞台演出。但田汉对这个剧本评论中所表现出的所谓"小资产阶级的温情"也持批判态度。基于这样一种认识，当田汉把《父归》再次搬上中国舞台的时候，便对原作的结尾做了修改——没有让儿子跑出去找回父亲。据田汉回忆说："上演的结果，同情大儿子的态度的甚少，而大部分观众都随着父亲感伤沉痛的台词泣不可抑。"这表明，田汉对原作的改动是不成功的。但这一举动却清楚地表明了当时的田汉试图以理智来克服所谓"小资产阶级的温情"所做的尝试和努力。

接着田汉，菊池宽剧作的另一个重要的中文译本是翻译家胡仲持（1900—1967年）翻译的《藤十郎的恋》。该译本1929年由上海现代书局出版，选译了三场话剧《藤十郎的恋》和三幕剧《复仇以上》。其中的《藤十郎的恋》是菊池宽的名作，表现了藤十郎的近于冷酷的理智主义。他是为艺术而牺牲爱情，还是为爱情而追求艺术？这里表现了艺术与生活、理智与情感复杂的矛盾纠葛，人物和剧情均意味深长，耐人寻味。

中国翻译出版的第三部菊池宽的剧作集，是刘大杰（1904—1977年）编译的剧本集《恋爱病患者》，该译本于1927年由上海北新书局出版，1929年再版。这个集子选译了五个剧本，包括《恋爱病患者》《舆论》《妻》《时间与恋爱》《模仿》，大都以家庭、婚姻问题为题材。刘大杰在译本序中说："里面五篇戏剧，最值得介绍的，是《恋爱病患者》与《时间与恋爱》两篇。这两篇里，很明显地表现菊池氏特有的作风。"所谓

"特有的作风"，大概就是指菊池宽对于恋爱婚姻问题冷静的理智分析的态度吧。

中国翻译出版的第四部菊池宽的戏剧集，是黄九如编选翻译、中华书局1934年出版的《菊池宽戏曲集》。这个译本选译了四十多幕（场）剧本，包括《藤十郎的恋》《玄宗的心情》《义民甚兵卫》《丸桥忠弥》。除《藤十郎的恋》之外，《玄宗的心情》早在1923年就由康支译出，题名为《唐玄宗的心理》，发表于《晨报副镌》2月1日。《义民甚兵卫》《丸桥忠弥》两个剧本均为首译。其中《玄宗的心情》（1922年）和《义民甚兵卫》（1924年）最有代表性，也是菊池宽作品中的优秀代表。

最早翻译菊池宽小说的也是鲁迅。鲁迅翻译了短篇小说《三浦右卫门的最后》，先后发表于《新青年》等杂志。1923年，鲁迅将《三浦右卫门的最后》和《复仇的话》收进《现代日本小说集》中。这是两篇历史题材的短篇小说，写的都是封建时代日本武士的野蛮习俗。鲁迅认为，这篇小说通过描写和批判日本武士的嗜杀成癖的野蛮的兽性，从而表现了"人间性"（即人性）。他在《〈三浦右卫门的最后〉译者附记》中指出："菊池宽的创作，是竭力的要掘出人间性的真实来。"又说："武术道之在日本，其力有甚于我国的名教。只因为要争回人间性，在这一篇里便断然地加了斧钺，这又可以看出作者的勇猛来。"除鲁迅的译文外，开明书店在1929年出版了章克标编译的《菊池宽集》。这是菊池宽小说和剧本的合集，收短篇小说《藤十郎之恋》《若杉裁判长》《投水救助业》《羽衣》《岛原心中》和剧本《公论》《贞操》《恋爱病患者》《兄的场合》。

菊池宽在20年代以后，逐渐地改变了创作方向，走向了通俗小说的道路，并成为日本文学的核心人物。他的通俗小说大都取材于市民家庭的婚姻恋爱，表现了市民阶层的欣赏趣味，而且善于构筑故事情节，所以很受欢迎。菊池宽的通俗小说在中国也翻译了不少，计有《第二次吻》《新珠》《结婚二重奏》等。有的作品甚至出了好几个译本，如《第二次吻》就有三个译本，即葛祖兰译《再和我接个吻》（国光印书局1928，1929

年），胡思铭编述的《第二接吻》（上海中学生书局1934年），路鸾子译《再和我接个吻吧》（水沫书局）。这些译本的翻译出版恐怕主要是受商业利益的驱动，对于其文学价值，有识者是抱有怀疑的。如黎烈文就批评菊池宽"滥造出许多无聊的通俗的长篇"（《海上哀音——闻芥川龙之介之死》）。丰子恺在《〈再和我接个吻〉的翻译》一文（载该译本）中，也谨慎地说："原著者菊池宽，我晓得是日本有名的小说家，但其在日本文学上位置如何？又这《再和我接个吻》的文学价值如何，都不是我现在所要讲的话。"

1940年代以后，我国对菊池宽的译介进入冷清状态。1970年代末开始有所恢复，但20年代后期到1930年代的那种大力译介的情况已不复存在。从1979年至1985年，冯度翻译的长篇小说《新珠》和《结婚二重奏》《珍珠夫人》由福建人民出版社、海峡文艺出版社先后出版。吉林人民出版社出版的《日本文学》季刊1985年第2期，出了一个《菊池宽特辑》，收译《一个以救助投河者为"业"的人》《父归》《一个无名作家的日记》《不计恩仇》四篇作品，大都是复译。同期杂志还发表了卞铁坚写的《试评菊池宽大正年代的作品》一文。

## 第四节　夏目漱石的译介

夏目漱石（1867—1916年）是日本近代文豪，日本近代文学的杰出代表，也是在中国译介最多、影响最大的日本作家之一。从1920年代初到1990年代末，夏目漱石的作品在中国已有33种译本，拥有众多的读者，并对中国文学产生了一定的影响。因此很有必要对漱石文学在现代中国的翻译、评论和研究情况，进行系统、科学的梳理、归纳和总结。

### 一、1920—1930年代夏目漱石的译介

对夏目漱石的介绍,以周作人为最早。他在1918年做的《日本近三十年小说之发达》的演讲中,认为夏目漱石是主张"低徊趣味"和"有余裕的文学"的,并翻译引用了夏目漱石在《高滨虚子〈鸡头〉序》中的一段话:

> 余裕的小说,即如名字所示,非急迫的小说也,避非常一字之小说也,日用衣服之小说也。如借用近来流行之文句,即或人所谓触着不触着之中,不触着的小说也。……或人以为不触着者,即非小说;余今故明定不触着的小说之范围,以为不触着的小说,不特与触着的小说,同有存在之权利,且亦能收同等之成功。……世界广矣,此广阔世界当中,起居之法,种种不同。随缘临机,乐此种种起居,即余裕也。或观察之,亦余裕也。或玩味之,亦余裕也。

周作人接着还解释说:"自然派的小说,凡小说须触着人生;漱石说,不触着的,也是小说,也一样是文学。并且又何必那样急迫,我们也可以缓缓的,从从容容的玩赏人生。譬如走路,自然派是急忙奔走;我们就缓步逍遥,同公园散步一般,也未始不可。这就是余裕派的意思的由来。漱石在《猫》之后,作《虞美人草》也是这一派的余裕文学。晚年作《门》和《行人》等,已多客观的倾向,描写心理,最为深透。但是他的文章,多用说明叙述,不用印象描写;至于构造文辞,均极完美,也与自然派不同,独成一家,不愧为明治时代一个散文大家。"

周作人对夏目漱石的介绍和评论,在中国的漱石译介史上具有深刻影响。他把夏目漱石看作余裕派,并特别推崇代表"余裕"倾向的前期创作,这对后来中国文坛的漱石观的形成,影响很大。后来半个多世纪的夏目漱石作品的翻译家们,均把漱石看作是"余裕派",并集中翻译体现

"余裕派"特点的前期作品。这是1920—1930年代夏目漱石翻译的一个值得注意的倾向。事实上,漱石的创作,风格多样,思想也比较复杂。他主张"有余裕的文学"的同时,也赞同触及人生重大问题的文学,只不过是以前人们对"有余裕的文学"重视不够,所以漱石才特别加以强调。

夏目漱石的翻译,以鲁迅为最早。1923年出版的《现代日本小说集》中,选译了夏目漱石的两个短篇小说《挂幅》和《克莱喀先生》。这两篇小说都带有强烈的散文化倾向。前者描写了一个老人因缺钱而忍痛卖掉自己珍藏的挂幅的复杂心理,后者刻画了英国的一个迂腐而又执着的老学究克莱喀先生的形象。这两个作品并不是夏目漱石的重要作品,但鲁迅的翻译,在中国的漱石的译介中,是开创性的。当时,周氏兄弟在日本文学翻译上密切合作,而且在思想认识上也颇有一致的地方。鲁迅在"作者介绍"中对夏目漱石的看法,与周作人完全相同。鲁迅也认为夏目漱石的创作主张是"低徊趣味",或称"有余裕的文学",并且也大段引用了周作人曾引述的《鸡头·序》中的那段话。鲁迅说:"夏目的著作以想象丰富,文词精美见称。……轻快洒脱,富于机智,是明治文坛上的新江户艺术的主流,当世无与匹者。"

中国翻译出版的第一个夏目漱石的著作选集,是1932年由上海开明书店出版的章克标选译的《夏目漱石集》,内收中篇小说《哥儿》、短篇作品《伦敦塔》和《鸡头序》。译本前有章克标写的题为《关于夏目漱石》的译本序言。这篇译序较详细地介绍了夏目漱石的生平、思想和创作情况。而对这些情况的介绍,主要是依据着夏目漱石的前期创作,强调夏目漱石的所谓"江户儿的特性"及"轻快洒脱的趣味""有余裕""低徊趣味"的创作主张。章克标写道:

从这有余裕的小说所引出来的有低徊趣味这一个名字。他说:"这是我由便宜而制造出来的名字,别人也许不懂吧。不过大体说起来是指对于一事一物,产生独特或联想的兴味,从左看去从右看去,俳徊难舍的一种风味。所以不叫做低徊趣味,而叫做依依趣味或恋恋趣味也没有什么不可。"这也可以看作……对于由一直线的观察事物,一步步写去的自然派作风的反抗。此种风趣,贯流于漱石的全部作品之中,稍一留神就可以发见的。更从这低徊趣味联想过去,还有一种非人情的世界,是主张艺术的一境地中,有一种超越了人情的世界。《草枕》可以算是描写这境地的。

(中略)

特别可以注意的是漱石的文章,那是有无比的灵妙,决不是别人所能追随的。第一由他的学问渊博,对于东西文学都有极高的造诣。他是主张技巧的,用丰富的文字,文句也极意修饰变化,再加上轻快洒脱的幽默和顿智机才,自然使他的文章绚烂极目了。(下略)

对夏目漱石的这些看法,决定了该译本的选题的定夺。这个选集,实际上只是体现漱石前期的作品特点的一个选本。《伦敦塔》是作者以伦敦留学为题材的游记性的随笔作品,《鸡头序》则是集中表明"余裕"论的一篇散文作品。而《哥儿》则是这个选集的压卷作品。据译者说,翻译《哥儿》这篇小说,主要是起因于章的朋友、翻译家语言学家方光焘对此书的"不住称扬"。方光焘说"因读此书而下泪,因为想到将来也有做教师的这一种命运"。章克标也强调此书"对于现在中国的教育界,也可以当做一声警钟"。

这一时期夏目漱石的另一位重要的翻译者是崔万秋。1929 年,崔万秋将漱石的《草枕》译出,由上海真善美书店出版。《草枕》是一部中篇小说,发表于 1906 年,是夏目漱石前期的重要的代表作之一。小说写"我"(一个青年画家)为了躲避俗世的忧烦,寻求"非人情"的美的世界,来到了一个偏远的山村,及在那里的所见所思所闻。严格说来这作品并没有什么情节,说是小说,更像是优美的散文。《草枕》全篇充满了浓厚的东方禅宗哲学、老庄思想的色彩,其中有对中国的陶渊明、王维的诗的意境的推崇。因此。中国人读来，自有一种会心之感。也许正是因为这样，《草枕》在中国评价很高。译者崔万秋把《草枕》比喻为"一株美丽馥郁的花"，并说："我现在大胆地把它移植到中国大陆来，请国人欣赏。但美丽馥郁之花，是否因土质之不同，气候之差异，来到中国而枯萎；是否因好尚之不同，趣味之悬殊，见摒于大陆的人士，这都很难逆料。"但是，事实很快表明译者的担心是多余的。《草枕》在中国，很受欢迎，崔万秋的译本文辞比较流畅，译文也比较准确，得到了当时读书界的肯定，并很快成了畅销书。谢六逸在《〈草枕〉吟味》（载《茶话集》）中推荐说：《草枕》"在我国已有了崔万秋君的译文，我介绍有志于文艺的人都该拿来一读"。谢六逸认为，《草枕》所表现的"东洋人的情趣"在近代资本主义文明的骚动忙乱和"迫切"的生活中，是有着特殊的风味的。崔万秋的译本出版后，在1930年一年中就出现了两个盗版。一个是上海"美丽书店"的本子，一个是上海"华丽书店"的本子，均署"郭沫若译"。实际上，郭沫若并没有译过《草枕》，这里似乎是想"借用"郭沫若的大名。两个本子的文字与崔万秋的译本相同，连译本序都和崔万秋的一样。到了1941年，上海益智书店又出版了李君猛的译本。盗版书和复译本的出现，从一个角度说明了《草枕》在中国所受读者欢迎的程度。

此外，在1930年代的夏目漱石译介中，《文学论》的翻译也值得一提。漱石在文学理论方面也很有造诣，一生写了大量的文学评论和理论著作，其中有代表性的著作是《文学论》（1907年）和《文学评论》（1909年）两种。前者是英国文学评论集，后者是文学概论性质的著作。《文学论》从社会心理学、美学出发，认为文学的内容由观念、理智、印象等"认识"方面的要素（漱石用F来表示）与情绪的要素（漱石用f来表示）两部分构成，并创造了F+f的文学公式，由此展开了他的文学观。后来的许多日本作家、学者对《文学论》给予了高度的评价。他们指出，像《文学论》这样系统的、自成体系的文学概论的大部头著作，在当时的欧洲也是找不到的。《文学论》在1931年曾由张我军译成中文，由上海神州国光社出版。在整个民国时代，《文学论》是我国翻译的仅有的一部篇幅最大、最为系统的文学概论方面的著作。虽然《文学论》学院气息太浓，内容多有晦涩难解之处，但它对中国的文学理论，也产生了一定的影响。如孔芥编著的《文学原论》第三章"经验的要素"就是仿照夏目漱石的《文学论》的。

## 二、1950年代对《我是猫》的译介

夏目漱石的成名作、代表作《我是猫》，虽然有鲁迅、周作人等大力推介，却因为翻译难度太大、篇幅过长等种种原因，一直未能翻译出版。周作人曾在《闲话日本文学》（1934年）一文中这样说："翻译漱石的作品一向是很难的。《哥儿》和《道草》，虽有日本留学生翻译了的，可是错误非常的多。由此看来，漱石的文章总像是难于翻译。尤其是《我辈是猫》等书，翻译之后还能表出原有的趣味，实在困难吧。"

《我是猫》是夏目漱石的成名作，也是他的全部创作中最杰出的小说。这部作品在1920—1930年代，是否有正式的译本出版，现在还是个疑问。在1980年代东北师范大学外国问题研究所发表的《五四运动以来日本文学研究与翻译目录》所收录的夏目漱石的译本目录中，列有《我是猫》的一个译本，即"程伯轩译，风文书店1926"。而其他的有关目录中，均没有著录此书。从上引周作人的那段话看来，当时（1934年），周作人似乎也不知道这个译本的存在。1936年，周作人又写了一篇专文，题为《〈我是猫〉》，详细地评述了《我是猫》，并说明其中难译之处颇多。该文最后说："《哥儿》与《草枕》都已有汉译本，可以参照，虽然译文不无可以商榷之处。《我是猫》前曾为学生讲读过两遍。全译不易，似可以注释抽印，不过一时还没有工夫动手，如有人肯来做这工作，早点成功，那是再好也没有的事了。"不难看出，1936年的周作人，仍不知道有《我是猫》的译本。看来，"程伯轩"译本即便有，似乎也没有产生什么影响。而周作人所期望的《我是猫》的较好的全译本的出现，则是

1958年的事了。

1958年，人民文学出版社终于出版了两卷本的《夏目漱石选集》，其中，第一卷收录的就是《我是猫》。

《我是猫》发表于1905年至1906年的《杜鹃》杂志，是漱石的处女作。这部小说的立意与写法非常特殊。它以一只"猫"的眼睛观察世事，以"猫"的嘴巴讲述故事，并发表"猫"式的感想和评论。这只"猫"既是故事的讲述者，也是故事中的一个角色；既是一只猫，有着"猫性"、动物性的特征，同时又是一只通晓人事的"猫"，而具有"人性"。当它用猫眼、猫嘴观察人事、发表评论的时候，人的许多习焉不察的东西就显出了荒诞可笑，一种滑稽和幽默便油然而生。《我是猫》的译者是胡雪和由其（即尤炳圻，1912—1984年）。尤炳圻翻译《我是猫》，早在1940年代初就有了准备，并被列入了由周作人任社长的艺文社编辑、新民印书馆拟出版的一套丛书中，并在当时做出了广告。1942年，《国民杂志》刊载了署名"真夫"的文章——《关于尤译〈我是猫〉》。文中的"尤"，指的就是尤炳圻。从那篇文章看，尤译《我是猫》似乎已经问世了，其实不然，只是预先推介性的文章。1949年后尤炳圻和胡雪两人合译，分工情况不详。总体上看，译文的水平较高，以流畅简洁、轻快洒脱的现代汉语，很好地传达出了原文的风格和神韵。如开首第一段的译文：

> 我是猫，名字还没有。
>
> 出生在什么地方，我一点也不清楚，只记得曾在一个昏暗潮湿的地方，咪咪地哭泣着。我在那地方第一次看到叫做人的这个东西。后来听说那便是所谓书生，是人类之中最凶恶的一种。据说这类书生常常捉住我们，煮了来吃。不过，那时我还不大懂事，所以到不觉得怎样可怕，只是当他把我放在手掌上，猛一下举起来的时候，心里有些摇摇晃晃的。我在书生的手掌上稍稍定下心来后，才向他的脸一望，这大概就是我第一次看见所谓人的开始罢。当时我那种奇怪之感，至

今都还存在着。本来应该有毛的那张脸,却是光滑滑的,简直像个开水壶。后来我也碰见过很多的猫儿,可一次也未曾见过这样带残疾的脸。不仅这样,脸的中央还凸得多高,从那窟窿里面不时噗噗地喷出烟来。呛得我实在难受!到了最近,我才知道那就是人类所吸的香烟。

译文相当尊重原文,而又不给人以生硬之感,标志着1950年代日本文学翻译所能达到的水准。

当时中国对于《我是猫》的理解和认识,集中体现在刘振瀛为《夏目漱石选集》写的"前记"中。"前记"长14000余字,介绍了夏目漱石的生平与创作,其中重点评论了《我是猫》及《哥儿》《草枕》三部作品。刘振瀛特别强调夏目漱石作品的社会意义及对资本主义的批判。在评论《我是猫》时,刘振瀛写道:"这部作品,对资本主义社会,进行了无情的攻击与嘲笑,(中略)我们不难看出作者对现实社会的憎恶到何等程度,和作者的创作态度是如何真挚严肃了。""作者在这里嘲骂了官吏、警察、侦探这些资产阶级统治人民的工具,嘲笑了幸灾乐祸、损人利己的资本主义社会中人与人的关系,嘲笑了这个社会的'疯子集团',嘲骂了'这个社会的有为之士不过是一群除了诱骗、诈欺、恫吓、诬谗之外什么能耐也没有的人物',讽刺了这个社会的家族制度与夫妻关系,也讽刺了资产阶级的所谓'个性和自由'。作者对资本主义社会所爆发的一切憎恶、轻蔑怒骂、调谑,就都自然而然地带上了人民的色彩,使这部作品成为对资本主义的有力的抗议书了。"这里着意强调作品对资本主义社会的批判这一社会学的批评,已经接近于把夏目漱石看成一个批判现实主义的作家了。特别是"人民的色彩"的看法,显然是受苏联文学批评中所谓"人民性"的影响。这在那时,要算是对于非无产阶级作家作品所能给予的最高评价了。但是,现在看来,夏目漱石并没有那种自觉的反资本主义、反资产阶级的阶级意识。他只是一个日本近代文学批判家们所说的那种"文明批评"和"社会批评"者。另外,把《我是猫》中的人物说成是"多余的人",就像把《浮云》中的内海文三说成是"多余的人"一样,似乎也是借用了苏联文学批评的术语。在对《哥儿》的评论中,刘振瀛肯定了"哥儿"对于社会的反抗,同时认为作者把"哥儿"的反抗行动归结为单纯的个人性格,"这是抽掉阶级观点社会观点的、对现实的歪曲"。对于《旅宿》,刘振瀛认为作品中所表现的是唯心主义的美学观。他写道:"作者所鼓吹的'内心世界'、什么'淡荡'、什么'冲融',到了这种地步,势必要走上神秘主义的虚玄的道路。即便是资产阶级最有能力的作家,也必定会脱离人民,丧失其才华,堕入不可救药的泥潭。所幸作者的生活历程,使他并没有长期沉迷在这种唯美的虚玄的世界里。"总之,刘振瀛对《夏目漱石选集》三部作品的评论,有着强烈的 1950 年代的印记,在文学批评的方法、视角上,有僵硬地套用苏联式马克思主义文学批评的一面。但他作为熟知夏目漱石及其作品的专家,其批评基本上是从作品实际出发,学风和态度是严肃求实的,与后来出现的"极左"的主观臆断的批评还是不同的。

### 三、1980—1990 年代对漱石后期作品的译介

《我是猫》在 1990 年代又出现了两个新的译本。一个是 1993 年南京的译林出版社出版的于雷的译本。于雷对猫的自称"吾辈"(わがはい)一词的微妙含意,有深入的研究和体会。在"译者前言"中,他写道:

> 一九八五年我一动手翻译这部作品,就为小说开头第一句、也便是书名的译法陷于深深的困惑。历来,这本书都是被译为《我是猫》的,然而,我不大赞同。因为,一、原书名不单是一个普通的判断句,就是说,它的题旨不在于求证"我是猫",而是面对他眼里的愚蠢的人类夸耀:"咱是猫,不是人";二、尽管自诩为上知天文、下知地理的圣猫、灵猫、神猫,本应大名鼎鼎,却还没有个名字。这矛

盾的讽刺，幽默的声色，扩散为全书的风格。

　　问题在于原文的"吾辈"，这个词怎样译才好。它是以"我"为核心，但又不同于日文的"私"（わたくし）。原来"吾辈"这个词，源于日本古代老臣在新帝面前的谦称。不卑不亢，却谦中有傲，类似我国古代宦官口里的"咱家"。明治前后，"吾辈"这个词流于市井，类似我国评书中的"在下"，孙悟空口里的"俺老孙"，还有自鸣得意的"咱"，以及"老敝"等等。"敝"，本是谦称，加个"老"字，就不是等闲之辈了。

　　我曾写信请教过一些日本朋友与国内作家、翻译家、编辑。有的同意用"在下"，有的同意用"咱家"。还有的劝我不要费脑筋耍什么花样，就译成"我是猫"蛮好。于是，我的译文改来改去，忽而"在下"，忽而"咱家"，忽而"小可"，总是举棋未定。直到刘德有先生和冷铁铮先生发表了学术性很强的论文，才胆子壮了，确定用"咱家"。……

　　这种对作品的关键词再三斟酌、一丝不苟的态度，是非常可贵的。将"猫"的自称"吾辈"译为"咱（音 za）家"，比译成"我"更幽默传神。但是，从另一方面来看，"咱家"是早期白话中的一个词，在现代汉语中早已废置不用了。在现代汉语的译文中，时而出现"咱家""咱家"，就不免影响译文整体的语体风格的和谐统一。

　　《我是猫》另一个译本是上海译文出版社1994年出版的刘振瀛的译本。作为日本文学的教授，刘振瀛对夏目漱石及《我是猫》有着深入的研究，发表了数篇有分量的论文。他在谈自己的翻译经验的文章《片断的感想》一文中认为，翻译不应只追求表面上的"信""达"，翻译者"应当是他所从事翻译的那个作家的研究者，或者退一步说，也应当是个好的理解者"；翻译像《我是猫》这样的作品，应当搞清与之相关的"俳文""俳言"是怎么一回事，以便理解作品所具有的独创性（见《当代文学翻译百家谈》，北京大学出版社 1989 年）。刘振瀛的《我是猫》的译本，很好地贯彻了他的翻译主张，译文生动、潇洒、准确、传神。例如作品的开头一句，原文是：

吾輩は猫でぁる。名前はまだない

这句话，单从文字角度看相当简单，也非常好译。胡雪、尤炳圻的译本是"我是猫，名字还没有"，完全是直译，但没有译出"味儿"来；于雷的译文是"咱（zá）家是猫，名字嘛……还没有"，"味儿"是译出来了，但中间却加了一个原文没有的省略号，来加强"猫"的那种自负中因没有名字而带来的"不好意思"的意思。刘振瀛的译文则是：

我是只猫儿。要说名字嘛，至今还没有。

这句译文看上去虽简单无奇，但显然包含着译者对作品的深刻的体会。"我是只猫儿"，表示猫的量词"只"以区分表示人的量词"个"，这就使得"猫"自己不屑与人类为伍的自负语气强调出来了；不用"猫"而用儿化音"猫儿"，就很轻松地传达出了原文的滑稽幽默。"要说名字嘛，至今还没有"，其中的"要说……嘛"，语气中有轻微的转折和迟疑，这就把"猫"因"至今还没有"名字而造成的不满足感和不易觉察的自卑感体现了出来。刘振瀛的这句译文没有在原文之外添加什么多余的字词，只用简单的评语，即自然天成地传达出原文微妙的言外之意。由一句可窥全篇，刘振瀛译《我是猫》是一部精心之作，也是他一生翻译文学中的代表作。此外，刘振瀛为译本写了一篇万字以上的序言，表明他对《我是猫》及夏目漱石的认识较之以前发生了变化，不再从"批判现实主义"的角度看待《我是猫》，而是力图从作品的独到之处入手，探讨和分析《我是猫》的幽默、滑稽、诙谐的美学特征。他还表示不同意胡雪在

《夏目漱石的生平、时代及其讽刺作品》(《外国文学研究》1981年第1期)一文中关于《我是猫》是"对小资产阶级的知识分子的自我批判"的看法,认为这样的看法没有理解作品借笔下知识分子的口,嬉笑怒骂、幽默讽刺的真意。

夏目漱石的中篇小说《哥儿》《草枕》等早期作品在1980—1990年代也出版了两个新的译本。一个是上海译文出版社1987年出版的《哥儿》,这是一个以《哥儿》为中心的,包括《伦敦塔》《玻璃门内》《文鸟》《十夜梦》在内的作品集。其中,《哥儿》为刘振瀛翻译,其他为吴树文翻译。另一个是海峡文艺出版社1989年出版的《哥儿·草枕》,为陈德文翻译。这两个译本在译文质量上较之原有的旧译本,都有提高。

1980—1990年代的夏目漱石作品的翻译,除了《我是猫》《哥儿》《草枕》等前期作品的复译之外,选题的侧重点还延伸到了中后期,陆续翻译出版了夏目漱石中后期的一系列重要作品。漱石的中后期作品,最重要的是他的两个长篇"三部曲"。即"前三部曲"《三四郎》(1908年)、《从那以后》(1909年)和《门》(1910年);"后三部曲"《春分之后》(1912年)、《行人》(1912年)和《心》(1914年)。夏目漱石的"前三部曲",以爱情、家庭为中心,描写了小资产阶级知识分子的内心的憧憬、失落和苦闷烦恼;"后三部曲"则进一步偏重心理描写,在某种意义上可以把它们看成是一种心理小说。特别是在《心》中,作者站在道德和良知的角度,本着所谓"则天去私"的道德信条,对人的利己主义本性做了入木三分的剖析批判。在夏目漱石的后期创作中,《心》是艺术水平最高的作品,有的学者甚至将它视为漱石全部创作中的代表作品。

集中出版漱石中后期作品的,是湖南人民出版社和上海译文出版社。1982年和1983年,湖南人民出版社出版过陈德文译的《三四郎》《从此以后》的单行本;1984年,湖南人民出版社分别出版了陈德文翻译的《夏目漱石小说选》上、下卷,其中上卷收《三四郎》《从此以后》《门》三部曲。1985年,该社又出版了《夏目漱石小说选》的下卷,由张正立、赵德远、李致中译,收《春分以后》《使者》(原名《行人》)、《心》三部小说。湖南版的这两卷本的、篇幅达100多万字的《夏目漱石小说选》,是继1950年代人民文学出版社的《夏目漱石小说选》之后规模最大的漱石作品的中文译本,在我国的夏目漱石翻译史上,是值得重视的成果。《夏目漱石小说选》的译文,也比较认真可靠。特别是陈德文翻译的上卷,在成卷时将此前作为单行本出版的《从此以后》《门》做了订正,使得译文质量进一步提高;下卷译文,也流畅可读。但也有可商榷之处,如书名的翻译。后三部曲的第二部作品,漱石用"行人"这两个汉字来作书名,是有出典的。它取自我国的《列子》。《列子·天瑞篇》有这样的话:"古者谓死人为归人。夫言死人为归人,则生人为行人矣。行而不知归,失家者也。"在漱石看来,小说中的主人公一郎就是"失家"的"行人"。而这么一个引经据典的、寓意深刻的书名,却被译者用"使者"二字取代,就不免令人莫名其妙。

上海译文出版社于1983年、1984年和1985年,先后出版了日本文学翻译家吴树文(1943年生)翻译的《三四郎》《后来的事》和《门》;1988年,上海译文出版社又将这三部作品合为一集,题为《爱情三部曲》,作为该社的"日本文学丛书"之一出版发行。这是一个高质量的译本。吴树文的译文,语言本色、老到,优美流畅。特别值得称道的是在这个译本的前面,冠有三篇言之有物的论文性的序言。一篇是吴树文自己写的"代序",第二篇是刘振瀛写的《从冷眼旁观到叛逆》,第三篇是吕元明写的《重压的苦闷》。三篇文章都从不同的角度分析、阐发了漱石创作的意义和内涵,不仅有助于读者理解夏目漱石的作品,也为这个译本增添了浓厚的学术文化气息。

夏目漱石在晚年,还有两部重要的作品,即自传体的长篇小说《道草》(一译《路边草》)(1915年),未完成的长篇小说《明暗》(一译《明与暗》)(1916年)。书名"道草"二字含有"蹉跎岁月"的意思。1985年,上海译文出版社出版了柯毅文翻译的《路边草》;1988年,上海译文出版社将柯毅文翻译的《路边草》和周大勇翻译的《心》合为一集，题名《心·路边草》，列入该社的"日本文学丛书"再次出版。何乃英为该译本做了序，以翔实的资料，介绍、分析了《心》和《路边草》的写作背景和内容。同时，《明暗》也出现了两种译本。一种是1985年海峡文艺出版社出版的林怀秋、刘介人翻译的《明与暗》，一种是1987年上海译文出版社出版的于雷翻译的《明暗》。

这样，夏目漱石一生中的大部分作品（特别是小说），都有了中文译本。只有长篇小说《虞美人草》（1907年）等少数重要作品，因种种原因没有译本（《虞美人草》使用了"俳句连缀式"的文体，翻译难度特别大）。我国一般读者，基本上可以凭借译本，系统地了解博大深厚的"漱石文学"。

在大量翻译漱石作品的同时，也出现了有关夏目漱石评论与研究的论文和著作。我国学者撰写的《日本文学史》《东方文学史》方面的教材和专著，均将夏目漱石作为日本近代文学的最杰出的代表，重点加以论述。刘振瀛发表了一系列有关夏目漱石的有分量的序文和论文，后来收在了他的论文集《日本文学论集》（北京大学出版社1991年）中。1985年，北京出版社出版了北京师范大学中文系教授何乃英的题为《夏目漱石和他的小说》的专著。这是中国第一部系统全面而又简明扼要地介绍、评论夏目漱石生平与创作的著作。1990年，北京大学出版社出版了留学日本的青年学者李国栋写的《夏目漱石文学主脉研究》，对漱石的中长篇小说做了系统的研究和评论。1998年，中国社会科学院东方室的副研究员何少贤的长达28万字的专著《日本现代文学巨匠夏目漱石》由中国文学出版社出版。这是一部专门研究夏目漱石文艺理论与文艺思想的著作（可惜单从书名上看不出此书是专门研究漱石文论的）。即使在日本，这样深入的大规模的漱石文学理论的研究也是罕见的，表明我国学者在漱石研究上所付出的努力。此外，我国学者对夏目漱石与鲁迅的比较研究也颇有成果。刘振瀛、孙席珍、林焕平、吕元明、王向远、李国栋等，都在这方面发表了有见解的研究论文。

## 第五节　日本现当代文学的译介

### 一、左翼文学的译介

左翼文学，又称"革命文学""普罗文学""无产阶级文学""第四阶级文学""新兴文学"等，是1920年代在苏俄兴起，波及了整个1930年代的文学思潮。在中国的日本文学翻译史上，1920年代末至1930年代是日本左翼文学理论和左翼文学作品翻译的全盛时代。在此时期翻译过来的日本文学作品和文学理论著作中，左翼文学占了大部分，在中国作家和读者中广为流行，产生了不小的影响。

对日本左翼文论的译介，在日本整个文艺理论的译介中占重要地位。被译介的主要的日本左翼文论家有平林初之辅、青野季吉、藏原惟人、片上伸、森山启、大宅壮一、川口浩、升曙梦等。其中，翻译较多、影响最大的是日本无产阶级文学运动的理论权威藏原惟人（1902—1991年）的理论著作。鲁迅曾说过："藏原惟人是从俄文直接译过许多文艺理论和小说的，于我个人就极有裨益。我希望中国也有一两个这样的诚实的俄文翻译者，陆续译出好书来……。"（《"硬译"与"文学的阶级性"》）鲁迅从日文转译的一些俄文著作，如普列汉诺夫的《艺术论》等，是以藏原惟人的译本为底本的。藏原惟人影响最大的主要论文有《普罗列塔利亚艺术运动的新阶段》（1927年）、《作为生活组织的艺术与无产阶级》（1928年）、《普罗列塔利亚写实主义的路》（一译《到新写实主义的路》，1928年）、《为艺术理论的列宁主义而斗争》（1931年）等。这些文章当时都被译成了中文，有的文章甚至有两种译文。1930年，现代书局出版了著名"之本"译《新写实主义论文集》，收入了上面提到的藏原惟人的大多数文章，是中国翻译出版的选题最精当的藏原惟人的文论集。藏原惟人提出的"普罗列塔利亚现实主义"（又可译为"无产阶级现实主义"）的所谓"创作方法"的主张，对中国"革命文学"团体"太阳社"的影响最为明显。

在日本左翼作家作品中，1930年代前后译介的重点是叶山嘉树、秋田雨雀、金子洋文、平林泰子、林房雄、藤森成吉、中野重治等人。重要的译本有沈端先译《平林泰子集》、藤森成吉的剧本集《牺牲》、森堡的《藤森成吉集》、冯宪章译《叶山嘉树集》、张我军译叶山嘉小说集《卖淫妇》、巴金译秋田雨雀剧作集《骷髅的跳舞》，还有林伯修和楼适夷分别翻译的两种《林房雄集》、尹庆译《中野重治集》等。

沈端先对日本左翼文学的翻译，数量最多，影响也较大。他翻译的日本左翼文学，仅出版的单行本就有六种版本。其中包括金子洋文的作品集《地狱》（上海春野出版社1928年）、藤森成吉的剧本集《牺牲》（北新书局1929年）、平林泰子短篇小说集《在施疗室里》（水沫书店1929年）、《平林泰子集》（现代书局1933年）、平林泰子的《新婚》（上海文光书局1938年）等。

冯宪章（1908—1931年）是1930年代日本左翼文学的重要的翻译者之一。作为左翼文学团体太阳社的成员，曾在日本和楼适夷等组织太阳社东京支部。1929年遭日本当局逮捕，1930年参加左联，同年被捕，死于狱中。冯宪章在短暂的左翼文学生涯中，翻译了不少日本普罗文学作品。其中，《叶山嘉树选集》（上海现代书局1930年）是他的第一部译作，在中国的日本左翼文学翻译中，是值得注意的。该选集包括了短篇小说七篇。1933年，该译本更名为《叶山嘉树集》，由现代书局再版。叶山嘉树的短篇小说创作的基本情况，在这个译本中大体可以体现出来。

也是在1930年，上海北新书局出版了张我军翻译的《卖淫妇》。这是叶山嘉树的又一个小说集，收译短篇小说十一篇。包括《卖淫妇》《离别》《洋灰桶里的一封信》《没有劳动者的船》《山崩》《跟踪》《樱花时节》《浚渫船》《天的怒声》《火车的脸和水手的脚》《捕凫》等。译者张我军并非左翼文学中人,他对叶山嘉树的翻译似乎更多地出于对其文学成就的认同。张我军在为译本写的《作者叶山嘉树小传》中叙述说:"今年(1929年)春间,偶然在北平的日本书肆,看见一本小册子《没有劳动者的船》。因为我正在注意日本的无产派文学,看了这个题目,马上就从书架上抽出来翻看了。在目录上看出了《洋灰桶里的一封信》时,我心一时跳起来了,一如见了没有见过面的恋人。过几天我又得到了改造社出版的《新选叶山嘉树集》。就在这本集子里,我完全认识了叶山嘉树,我在这里满足了有生以来第一次的欣赏欲。老实说,历来的文学作品,能像叶山氏的作品这样使我感到欣赏的快意的,还没有遇见过。"由此可见张我军对叶山嘉树评价之高。

巴金作为文学翻译家,对日本文学的翻译很少。秋田雨雀的戏剧集,是巴金翻译出版的仅有的一本日本文学译作。秋田雨雀是日本著名剧作家,老资格的左翼作家,在日本现代戏剧史上具有重要的地位。1930年,巴金以"一切"为笔名,选译了秋田雨雀的一个剧本集《骷髅的跳舞》,由开明出版社出版。这个译本是根据世界语版本转译的,大概也是中国翻译家通过世界语译本转译的唯一的一个日本文学作品集。译本忠实于原文,译语很少生硬的痕迹,具有巴金译作所具有的潇洒流畅的风格。《骷髅的跳舞》选收了《骷髅的跳舞》《国境之夜》《首陀罗人的温泉》三个剧本。其中,《国境之夜》是压卷之作。

1930年代中国译介最多的日本左翼作家,是林房雄(1903—1975年)。在1930年代初的几年间,接二连三地翻译出版了林房雄作品的集子。其中有石尔译中篇小说《都会双曲线》(上海神州国光社1932年),林伯修译短篇小说集《一束古典的情书》(上海现代书局1933年),林伯修译《林房雄集》(现代书局1933年),楼适夷译《林房雄集》(开明书店1933年)。到了抗日战争时期,又有三个译本出版或再版。像这样的翻译数量,是其他日本左翼文学家中所没有的。而林房雄的主要译者,如楼适夷（1905—2001年）、林伯修（1889—1961年），都是革命者和左翼文学青年。像林房雄那样的在思想上缺乏"先进"性，艺术上谈不上有什么特色的人，为什么一哄而上似的翻译出版了那么多的译本呢？想来最根本的原因恐怕还在于：中国左翼文坛上的许多人，一方面理性地、有意识地批判着资产阶级、小资产阶级的东西，另一方面对林房雄的作品中的小资产阶级的情调，又有一种不自觉的欣赏和共鸣吧。

对于日本左翼文学的翻译，1950年代至1960年代初期，又出现了一次高潮。这一高潮的出现，是由1950—1960年代在中国占绝对统治地位的共产主义意识形态所决定的。那时译介的左翼文学作品，除了战前的作家作品之外，也有战后兴起的被称为"民主主义文学"的作家作品。所译介的重点作家有小林多喜二、宫本百合子、德永直三位作家，其次是黑岛传治、高仓辉等。

首先是小林多喜二作品的翻译。小林多喜二（1903—1933年）是日本无产阶级的革命战士，也是日本无产阶级文学的最优秀、最杰出的代表。他把革命斗争与文学创作密切结合在一起，创作了《一九二八年三月十五日》（1928年）、《蟹工船》（1928年）、《不在地主》（1929年）、《党生活者》（1933年）等优秀的作品。早在1930年，上海大江书铺就出版了潘念之翻译的中篇小说《蟹工船》。小林多喜二在1929年为《蟹工船》中文译本写了序言，其中说："中国的工人阶级的英勇斗争，给了血肉相连的日本无产阶级以极大的鼓舞，现在……英勇的中国工人阶级能够读到这本书，这是我深以为兴奋的。"不过，1949年前翻译的小林多喜二的作品只有一篇《蟹工船》，和其他左翼作家作品的翻译比较起来，小林多喜二在那时的中国并没有受到应有的重视。1949年后，最早翻译出版的小林作品仍是《蟹工船》，那是楼适夷的新译本，1955年3月由人民文学出版社出版。接着，1956年8月，北京的作家出版社出版了震先译的中篇小说《不在地主》；1958年9月，人民文学出版社又将楼适夷译的《一九二八年三月十五日》作为"文学小丛书"之一种出版；到1958年至 1959 年,《小林多喜二选集》第一卷、第二卷、第三卷陆续出版。这三卷本的选集,收入了上述已经出版过的单行本,同时又新译了其他作品。这样,小林多喜二的大部分作品都有了中文译本。1983 年,人民文学出版社又重新编辑出版了两卷本的《小林多喜二小说选》,其选题、译者和译文基本上是从《小林多喜二选集》三卷本中选出来的,初版发行仍高达 27000 余册。

和《小林多喜二选集》几乎同时翻译出版的是《宫本百合子选集》。宫本百合子(1916—1951 年)是日本杰出的女作家,日本左翼文学代表人物之一。1958—1959 年,人民文学出版社的《宫本百合子选集》四卷,收译了作者的主要作品。其中,第一卷收《贫穷的人们》《乳房》等短篇小说十篇,由萧萧翻译;第二卷收长篇小说《伸子》,由冯淑兰、石坚白翻译;第三卷收长篇小说《播州平野》和中篇小说《知风草》,分别由叔昌和张梦麟翻译;第四卷收长篇小说《两个院子》,由储元熹翻译。冠于第一卷卷首的"前记"(未署作者)对宫本百合子的创作做出了这样的评价:"在创作的道路上,她从一个人道主义的批判现实主义者发展成为工人阶级的文学旗手;作为一个日本的文学战士,她在小说、文艺评论、社会评论、政论和杂文等等广泛的领域内积极从事写作。因为她运用文学武器跟法西斯分子进行不屈不挠的斗争,所以经常被捕入狱。反动政府还经常禁止她发表作品。就在这种困难的条件下,她给日本人民留下了丰富的文学遗产。"

德永直(1899—1958 年)也是 1950—1960 年代中国最热心译介的左翼作家之一。1953 年,萧萧翻译的《静静的群山》(第一部)由上海文化生活出版社出版,1956 年又由作家出版社再版。接着,1957 年,作家出版社出版了萧萧译《静静的群山》第二部;同年,上海的新文艺出版社出版了李克异、王振仁翻译的短篇小说集《街》。1959 年 4 月,上海文艺出版社出版了储元熹、林玉波翻译的短篇小说集《怎样走上战斗道路的》。在这些译作的基础上,1959 年 10 月至 1960 年 4 月,《德永直选集》

四卷陆续翻译由人民文学出版社出版。其中，第一卷收长篇小说《没有太阳的街》，第二、三卷分别收《静静的群山》第一、二部，第四卷收《马》《锛头儿》等短篇小说14篇。

除了小林多喜二、宫本百合子、德永直之外，此时期译介的比较重要的日本左翼作家还有黑岛传治的短篇小说、高仓辉的《箱根风云录》等三部长篇小说、江马修的长篇小说《冰河》、壶井繁治的诗选集，等等。

### 二、现代派文学的译介

中国所译介的日本现代派文学，包括20年代后陆续出现的新感觉派，战后的垮掉派和存在主义文学等。

新感觉派是1920年代日本现代主义文学流派，对1930年代上海作家刘呐鸥、穆时英的创作产生过一定影响。该派的代表作家是横光利一（1898—1947年）。1929年，郭建英翻译了横光利一的小说集《新郎的感想》。这个小册子收《新郎的感想》《点了火的纸烟》《妻》《园》四篇短篇小说。改革开放以后的1988年，作家出版社出版了《日本新感觉派作品选》。这个译本共收17篇中短篇小说，是一个选题比较全面的新感觉派作品选本。但其中的小说，真正体现现代主义特色的，似乎主要是横光利一的作品，尤其以《苍蝇》《头与腹》《太阳》《机械》《拿破仑与顽癣》为最突出。1993年，辽宁教育出版社出版了横光利一的长篇小说《上海》。这是横光利一的代表作之一，有的日本文学史家认为《上海》是"集新感觉派手法之大成的作品"。该译本为藤忠汉、王志平、宋崧、李军等四人合译，译名为《上海故事》。1998年，海口的南海出版公司还出版了李振声翻译的《感想与风景——横光利一随笔集》，这个译本收作者的随笔散文31篇。内容包括写景述怀的小品、杂感，创作的体会与感想，对历史文化问题的思考以及游记文章等。对于全面了解横光利一的思想与创作，是一本有益的参考书。

在日本战后的现代派文学中，类似欧美"垮掉派"的颓废文学和存在主义文学是势力最强、发展最充分的两种现代主义流派。"垮掉派"在日本有太宰治为代表的"无赖派"（又称"新戏作派"）和以石原慎太郎为代表的"太阳族"。

1981年，孙利人翻译的石原慎太郎的流氓痞子小说《太阳的季节》被收在《外国现代派作品选》中。在刚刚开放不久的1980年代初，翻译和公开出版这样的作品，是有不小的困难的。李德纯在译文前面的题解中，对石原慎太郎及其作品做了必要的分析和批判，指出：石原慎太郎的《太阳的季节》等一系列小说"主要描写流氓阿飞的荒淫无耻生活，把他们纵情声色和轮奸杀人的犯罪活动，美化为'对成年人世界和成年人道德的叛逆'，是什么'行为'主义文学，认为这才是年轻一代的新伦理观。比起日本唯美主义那种以绮靡生活中的艳事闲愁为特征的创作倾向更其有害"。

太宰治（1909—1948年）是"无赖派文学的旗手"。他的代表作有短篇小说《维荣的妻子》、长篇小说《斜阳》和中篇自传体小说《丧失为人资格》三部作品，在1980—1990年代均已被译成中文。其中，《维荣的妻子》和《斜阳》由张嘉林翻译，上海译文出版社分别于1986和1981年出版；《丧失为人资格》由王向远翻译，北京师范大学出版社1993年出版。1999年，山东文艺出版社出版了杨伟、晋学新等翻译的太宰治小说集《斜阳》，除《斜阳》外，另收《维荣之妻》《丧失为人资格》等六篇中、短篇小说。

在当代日本的现代派文学中，"垮掉派"之外，最重要的还有存在主义文学。安部公房（1923—1993年）是日本存在主义文学的代表人物，也是改革开放后最早译介的一批日本作家之一。1980年代初，他的短篇小说《墙壁》曾被收进袁可嘉主编的《外国现代派作品选》中。短篇小说《闯入者》由任溶溶翻译，收在上海译文出版社1986年版《维荣的妻子——日本当代小说选》中。1989年，北京出版社又出版了以《闯入者》为书名、主要由日本在华留学生翻译的当代日本中篇小说选。长篇小说

《沙女》在1980年代先后出现了丁棕领的译本（安徽人民出版社1986年）和秦晶、刘新力的译本（工人出版社《世界著名文学奖获得者文库·日本卷》，1988年）。1988年，作家出版社出版了杨晓禹、张伟翻译的反映核战争与人类生存危机的长篇小说《樱花号方舟》。1997年，叶渭渠、唐月梅主编的《安部公房文集》全三卷由珠海出版社出版发行。这是我国翻译出版的第一套安部公房的作品选集，也是20世纪安部公房作品汉译的总结性的文集。三卷以所收最有代表性的长篇小说作为书名，即《砂女》（一译《沙女》，杨炳辰译）、《箱男》（王建新译）和《他人的脸》（杨伟译）。另收长篇小说《燃烧的地图》（郑民钦译）、《饥饿同盟》（高海宽、张义素译），短篇小说《墙》（即《墙壁》）、《饥饿的皮肤》等。大多数作品都是首次译出，而且都是安部公房的重要作品。

在1990年代我国的日本现代派文学译介中，大江健三郎（1935年生）的译介尤其引人注目。在1994年大江获诺贝尔奖之前，中国对他的作品翻译得极少，连一个单行本译本都没有。外国文学出版社1981年出版、文洁若编选的《日本当代小说选》，在下册选了大江的《突然变成的哑巴》。上海译文出版社1986年出版的《维荣的妻子——当代日本小说集》，选入大江的《空中怪物阿归》；1988年北京出版社出版的《闯入者——当代日本小说集》，选入了大江的《饲育》。这几个短篇，当然还不足以引起我国读者对大江的充分注意。在学术界，只有《日语学习与研究》在1993年第2期发表了孙树林的题为《大江健三郎及其早期作品》的文章，对大江健三郎加以推介。待大江健三郎获诺贝尔文学奖后，对他的译介骤然升温。1995年一年间，我国所有的文学报刊，日本研究类学术刊物，如《外国文学月刊》《日本学刊》《日本研究》《国外文学》《文学报》《文艺报》等等，都争先恐后地报道大江健三郎，翻译和发表大江健三郎的作品，发表关于大江健三郎的评论文章和研究论文，一时间出现了一股"大江健三郎热"。这一年，北京的光明日报出版社推出了叶渭渠主编的五卷本的《大江健三郎作品集》。五卷作品集包括：王中忱、沈国威、李庆国等翻译的中短篇小说集《死者的奢华》（另收《人羊》《感院的少年》《敬老服务周》《聪明的雨树》《占梦师》），王中忱翻译的长篇小说《性的人》（另收《我们的时代》），王中忱翻译的长篇小说《个人的体验》（另收虞欣、史国瑞《新人呵，醒来吧》），于长敏、王新新翻译的长篇小说《万延元年的足球队》，刘光宇、李正伦等翻译的长篇随笔《广岛札记》。每种书前头均冠有叶渭渠和王中忱分头写的两篇序文。叶渭渠的题为《偶然与必然》的序文，谈了大江获奖的偶然性与必然性，认为大江获奖的必然性主要在于大江将存在主义文学"加以日本化"了。《大江健三郎作品集》出版后，编者与出版者似乎都意犹未尽，于是在1996年，叶渭渠又主编了《大江健三郎最新作品集》丛书五卷，由作家出版社出版。所谓"最新作品"看来只是市场运作的策略用语，实际上并不"新"，都是1960—1970年代的作品。该丛书在选题上和《作品集》没有重叠，可以看作《作品集》的续编或补充。五卷分别为：郑民钦译短篇小说集《人的性世界》（收《十七岁》等作品11篇），包容译长篇小说《摆脱危机者的调查书》，谢宜鹏译长篇小说《日常生活的冒险》，李正伦、李安、李长嘉译《同时代的游戏》，林怀秋译长篇小说《青年的污名》（另收《哭号声》）。这样，除了《掐嫩芽打孩子》《洪水荡及我灵魂》和1999年新出的长篇《空翻》之外，大江健三郎的主要作品，在短时期内都有了中文译本。有的作品还不止一种译本，如浙江文艺出版社1997年出版了叶渭渠编的作品集《人羊》，南京的译林出版社在1999年出版了郑民钦翻译的《性的人·我们的时代》等。

### 三、井上靖历史小说的译介

井上靖（1907—1991年）是当代日本德高望重的著名作家。他的作品题材广泛，视野开阔，把"纯文学"与"大众文学"结合起来，既保持了"纯文学"的高雅的抒情气质，又具备了"大众文学"的故事性和趣味性，成为雅俗共赏的所谓"中间小说"的最成功的作家。他的创作从题材上看，主要有历史小说和社会问题小说两大类。特别是他的历史小说，多以中国历史为题材，表现出了对中国古老文化的向往之情，受到中国读者的特别欢迎。

1963年，楼适夷翻译的井上靖长篇小说《天平之甍》由作家出版社出版，这是中国最早翻译的井上靖作品。1980年，楼适夷重译的《天平之甍》由人民文学出版社出版。这部小说根据唐代的鉴真和尚东渡日本的历史事实写成。鉴真受日本方面的邀请，毅然决定乘船东渡，但五次航海均遭失败，鉴真和尚也因疲劳过度双目失明。在这种情况下，鉴真不改初衷，经过十一年的漫长岁月，第六次出航终于成功到达日本。他在日本都城奈良建立了唐招提寺。大殿的中式屋脊——也就是所谓"甍"——两端装饰着从中国运去的鸱尾，象征着中日两国文化的融汇。鉴真在日本宏扬佛法和中国文化，为日本的佛教、建筑、文学艺术、医学等做出了卓越的贡献。这部小说基本上尊重历史史实，并在细节上进行了必要的艺术虚构。虽然这部作品偏重叙述史实，对人物的性格及心理的复杂性表现不够，但我国学者对这部作品评价很高，把它视为日本当代文学的最杰出的代表作之一。有的公开出版的大学中文系的教科书《外国文学史》及《东方文学史》，不但专节讲授井上靖的创作，而且把《天平之甍》作为他的代表作加以论述。

在井上靖的中国题材的历史小说中，以我国古代西域地区为背景的作品占有特别重要的地位。井上靖在创作中有一种强烈的"西域情结"，对我国古代的西域地区充满了神往。他在当时无法亲历这一地区进行体验观察的情况下，凭借历史资料和丰富驰骋的想象力，写出了一大批相关作品，在当代日本文学中独树一帜，从而改变了上千年来日本文学视野逼仄、场面狭小，缺乏"大陆性"的局面。1965年，井上靖把这类作品及相关作品辑录成册，取名为《西域小说集》。1984年，我国的新疆人民出版社出版了耿金声、王庆江合译的《井上靖西城小说选》。该译本收《漆胡樽》《异域人》《行僧贺的眼泪》《楼兰》《敦煌》《苍狼》，共六种；

1985年，郭来舜翻译了另一种《西域小说集》，由甘肃人民出版社出版。该译本收《敦煌》《楼兰》《异域之人》《洪水》四部（篇）。这样，井上靖西域小说的重要作品，都已经有了中文译本。

井上靖在中国影响较大的历史小说还有《杨贵妃传》。杨贵妃作为一个历史人物，随着白居易的《长恨歌》的传入，早为日本所熟知，从古代到现代的一千多年来，在日本的诗歌、戏曲中，就有不少描写杨贵妃的作品。井上靖的《杨贵妃传》则是第一部全面地描写杨贵妃的长篇小说。《杨贵妃传》从杨玉环被召入宫写起，一直写到马嵬兵变，杨玉环被缢身死，通过杨玉环命运的变迁，生动表现了唐代的历史、社会，特别是宫廷生活在繁华中的危机。这部作品自1963年发表以来不断再版和重印，成为畅销作品。在我国，1984年一年中，几乎同时出现了《杨贵妃传》的两种译本，一个是陕西人民出版社出版的林怀秋的译本，一个是天津百花文艺出版社出版的文兰的译本；1985年又出现了另外两种译本，即黑龙江人民出版社的郝迟、颜延超的译本和郑州的中州古籍出版社的周棋等人的译本。

长篇小说《孔子》是井上靖晚年的最重要的长篇。孔子作为中国文化的核心人物，在日本几乎人人皆知。井上靖更对孔子满怀着特殊的景仰之情，决心写一部有关孔子的传记小说。但由于年代久远，有关孔子生平的文献资料不多，要为孔子写一部长篇小说，并非易事。井上靖曾到孔子的家乡山东曲阜等地参观访问，寻求创作的灵感。《孔子》终于在1989年推出。这部小说假借孔子的弟子之一"焉薑"这一虚构的人物之口，以"焉薑"向年轻人讲述往事的口吻，展开对孔子的回忆，其中既写到了孔子的生平经历，也阐述了孔子的以"仁"为核心的博大精深的哲学思想。小说写得轻松潇洒，自然天成，体现了井上靖对孔子及孔子思想的深刻独到的理解。《孔子》发表后，很快引起了我国文学界的关注。1990年，人民日报出版社出版了郑民钦的译本；1991年，春风文艺出版社出版了王玉玲等人的译本；1992年，西安的三秦出版社又出版了林音的译本。

井上靖的以日本社会现实为题材的小说，译介得也不少。影响较大的译本有文洁若、叶渭渠合译的、人民文学出版社1977年出版的《井上靖小说选》，文洁若等译、上海译文出版社1980年出版的小说集《夜声》，周明译、上海译文出版社1984年出版的《冰壁》，孙海涛译、湖南人民出版社1985年出版的《猎枪·斗牛》，唐月梅译、外国文学出版社1987年出版的《暗潮·射程》等。

到1998年，日本文学翻译家郑民钦（1946年生）主编的三卷本的中文版《井上靖文集》由安徽人民出版社出版。这是井上靖作品翻译的集大成的文集，收录了井上靖的重要作品及译本或译文。这些译本或译文此前大都曾出版过。第一卷有郑民钦翻译的《楼兰》《敦煌》《孔子》；第二卷有楼适夷翻译的《天平之甍》，陈德文翻译的《苍狼》，郭来舜翻译的《异域之人》《洪水》《狼灾记》；第三卷有李德纯翻译的《斗牛》，竺家荣翻译的《猎枪》，唐月梅翻译的《比良山的石楠花》和《一个冒名画家的生涯》，竺祖慈翻译的《冰壁》。其中，前两卷是中国题材的作品，后一卷是日本现实题材的作品。这样来安排中文版文集，是能够反映井上靖的创作特色的。这样1980—1990年代的近二十年间，井上靖作品的中文译本已达三十部。

### 四、社会小说、家庭小说、经济小说的译介

日本当代的流行文学，若按题材分类，包括社会小说、家庭小说、经济小说、历史小说等，大多属于所谓"大众文学"的范围。这些小说因反映了当代社会、家庭、经济等各方面的现实问题，或描写重要的历史事件，又有比较强的故事性和可读性，因而很适合中国读者的阅读趣味，出现了大量译本，在读者中产生了较大的影响。

在日本的社会小说作家中，石川达三（1905—1985年）是最受我国读者欢迎的作家。1980年代后，我国翻译出版的石川达三的小说译本近

30种,是百年来我国译介最多的日本作家之一。他的主要作品都被翻译成了中文。有的1930年代曾译介过的作品,如《活着的士兵》,这时又出版了新的译本;有的作品还有两三个不同的译本。特别是批判官商勾结、政治腐败的《金环蚀》(1966年),揭露资本家强取豪夺、无情扩张实力的《破碎的山河》(1962年)等,印数达几十万册。根据小说《金环蚀》改编的电影《金环蚀》,1980年代在我国上映,影响很大。石川达三还有一些以社会、家庭问题为题材的所谓"风俗小说",如反映社会道德堕落的《恶女手记》(1956年)、《最后的世界》(1974年),批判个人主义和利己主义的《青春的蹉跎》(1968年)、《不懂爱情的女人》《爱情的终结》等,这些作品在我国都有译本。石川达三作品的主要翻译者是山东大学教授金中(1926年生)。在近二十年中,金中将日本文学翻译选题的重点放在石川达三的翻译方面,所出版的石川达三的作品的单行本译本就有十几种,占石川全部中文译本的将近一半。重要的有《金环蚀》《风中芦苇》《人墙》《青春的蹉跎》《恶女手记》《破碎的山河》等。

在社会派作家中,水上勉(1919—2004年)的创作独具一格。水上勉的作品多以乡村,特别是以自己的家乡为背景,带有浓厚的乡土气息和民俗文化韵味。他擅长写底层小人物,包括手艺人、小和尚、樵夫、花匠、艺妓等,表现他们的悲惨遭遇,结局往往是主人公的死亡,充满浓重的悲剧气氛。1982年,《日本文学》杂志创刊号上开设了《水上勉代表作特辑》。"特辑"中有吴树文译的中篇小说《越前竹偶》和李明非译的短篇小说《稻草人》,还有李思乐写的评论《越前竹偶》的文章《竹偶之泪》。同年,吉林人民出版社出版了《越前竹偶》的单行本,发行量很大。也是在这一年8月,外国文学出版社出版了文洁若、吴树文、柯森耀、孙维善翻译的《水上勉选集》。《选集》收作品十一种,包括中篇小说《越前竹偶》《雁寺》《饥饿海峡》《冬天的灵柩》,短篇小说《西阵之蝶》《鸳鸯怨》(原名《越后筒石亲不知》)、《水仙》《棺材》《桑孩儿》《蟋蟀葫芦》及散文《京都四季》。水上勉的小说的大量译介从此开始。

从 1982 年到 1993 年，我国共翻译出版水上勉作品的单行本十七八种。水上勉的代表作《雁寺》（1961 年）、《越前竹偶》《五号街夕雾楼》（1963 年），还有推理小说《饥饿海峡》等，都有两三种译本，在我国拥有众多的读者。根据水上勉的小说改编的童话剧《布纳，快从树上下来》于 1981 年在北京、上海等地上演，也吸引了许多观众。

女作家是日本当代社会小说及家庭小说创作的劲旅，成为日本战后文坛上的一种引人注目的现象。她们的作品大都立足于家庭生活，但摆脱了传统的私小说的狭隘性，对日本社会和家庭生活的观察与体验细致而又深刻，表现出强烈的社会正义感、道德意识和开阔的社会视野，同时也体现出现代女权主义或女性主义的某些特点。1980 年代以后，我国对日本社会派女作家的作品做了较多的译介。如山崎丰子、有吉佐和子、三浦绫子、曾野绫子、圆地文子等。其中，译介最多的是三位女作家，即山崎丰子、有吉佐和子和三浦绫子的作品。

山崎丰子（1924—2013 年）是社会派作家的重要代表。她曾在井上靖的领导下做过记者，在创作风格上同石川达三很相似，故被称为"女石川达三"。1981 年，山崎丰子的长篇小说《浮华世家》（1974 年）的上册，由叶渭渠、唐月梅译出，上海译文出版社出版。该书上册第一次印刷的印数就高达 22 万余册，称为畅销书。后来的中、下册也陆续出版，并且不断重印。可以说，《浮华世家》的翻译出版，是 1980 年代初我国的"日本文学热"兴起的一个重要标志。其后不久，根据《浮华世家》改编的电视剧也在我国播出，受到广泛关注和欢迎，收视率很高。除《浮华世家》外，山崎丰子的其他重要作品，如揭露医学界黑暗面的长篇小说《白色巨塔》（1965 年），以及《女人的勋章》（1960 年）、《女系家族》（1963 年）等，也都有中文译本。

有吉佐和子（1931—1984 年）是我国较早译介的日本当代作家。早在 1960 年代，《世界文学》曾经译载过她的《祈祷》等作品。1977 年，人民文学出版社曾出版了文洁若、叶渭渠翻译的《有吉佐和子小说选》。

有吉佐和子善于发现和捕捉现实生活中的重大问题并加以表现。例如，1979年人民文学出版社出版的叶渭渠等翻译的长篇小说《恍惚的人》（1972年），反映的是当代家庭中的老年人问题；1984年上海译文出版社出版的李德纯翻译的长篇小说《非色》（1963年），通过战后嫁给美国黑人士兵、到美国生活的女主人公的经历，反映了美国社会的种族差别和歧视问题；黑龙江人民出版社1986年出版的刘德有等翻译的《祈祷》，反映的是原子弹轰炸所带来的"原爆病"问题；长篇小说《海暗》是以日本人民反对美军在日本建立军事基地为题材的，在我国先后出现了两种译本。一种是中国文联出版公司1984年出版的梅韬的译本，译名为《暗流》；一种是春风文艺出版社1986年出版的唐月梅的译本，译名是《暖流》。长篇小说《综合污染》（1975年），反映当代社会严重的环境污染问题。该书由王纪卿翻译，译名为《死神悄悄来临》，中国文联出版公司1987年出版。有吉佐和子作为我国的友人，从1961年后数次来我国访问，受到了毛泽东、周恩来等的接见。她在北京住过较长时间，还到我国农村去体验生活，和中国文学界建立了深厚的友谊，并于1979年出版了长篇报告文学《中国报道》。1984年有吉佐和子突然去世后，我国的《光明日报》等报刊曾做过报道，还有人发表了悼念文章。文洁若1982年在《日本文学》季刊创刊号上发表的题为《有吉佐和子的创作》一文，对她的创作做了高度评价。她指出："尤其难能可贵的是，这样一位作家并不安于单纯去雕琢文字，走唯美主义道路，而她总是怀了满腔热情，大胆去干预生活。她的很多作品都针对国内外生活中的重大问题，这一点特别值得我们学习。"

三浦绫子（1922—1999年）的作品没有山崎丰子那样重大的社会主题和锐利的批判锋芒，她的作品多以家庭为舞台，反映爱情和婚姻问题，抓住了社会性题材的一个重要侧面，发挥了女性作家的特长，善于细腻地表现人性和人情，能够深刻地进行心理剖析，表现人性中的利己主义根性，充满了强烈的人道主义精神。1985年，中国友谊出版公司出版了朱佩兰翻译的长篇小说《青棘》，1987年，外国文学出版社出版了文洁若、申非翻译的该作品的另一种译本《绿色荆棘》。三浦绫子的代表作《冰点》，也有安徽文艺出版社（帅德全等译，1985年）和外国文学出版社（李建华译，1987年）两种版本，在中国读者中产生了广泛的影响。长篇小说《泥流地带》也有陈喜儒和文洁若两种译本。

我国在改革开放后以经济建设为中心，人们与经济问题、经济现象的关系日益增强，对日本经济小说也开始重视起来。

日本现代经济小说的创始者和主要代表作家是城山三郎（1927—2007年）。他的经济小说或反映普通员工的辛酸，或揭露公司企业之间的尔虞我诈，或描写企业上层的权力与经营思想的斗争，或揭露公司企业的黑暗内幕。一方面同情下层职员的不幸遭遇，一方面主张个人对企业整体利益的服从。早在1965年和1977年，我国的作家出版社和人民文学出版社就先后翻译出版了城山三郎的《辛酸》和《官僚们的夏天》两个长篇小说，但那时翻译城山三郎的作品，其用意还在于"认识资本主义的实质"，"供内部研究参考"。1980年，外国文学出版社翻译出版了王敦旭、施人举译的《城山三郎小说选》，将以前译的《辛酸》和《官僚们的夏天》合集重版。1980年，吉林人民出版社编辑出版的《日本文学》杂志创刊号上，刊登了马兴国的题为《谈日本经济题材小说》的论文，介绍了日本经济小说的产生、现状和重要的作家作品。1984年湖南人民出版社出版了张弘毅、万木春翻译的城山三郎的短篇小说集《性命难保的城市》。此后几年，长篇小说《天天星期日》《挑战者》《危险的椅子》《官场生死搏斗记》《价格之战》等，陆续翻译出版。曾小华在《价格之战》的"内容介绍"中说："近几年，我国的商品经济得到了迅猛发展，涌现了大批企业家。矢口（小说中的人物——引者注）的经营思想，销售方法是值得广大企业家借鉴的。"认为城山三郎的经济小说"把经济题材形象化，不仅有一定的趣味性，而且有助于了解日本社会，对我国的经济建设也有一定的参考作用"。

除城山三郎的经济小说外，经济小说的另一个代表人物高杉良（1942年生）的作品翻译也受到重视。1981年，江苏人民出版社出版了张云多译的《荣耀的退任》，1993年，知识出版社出版了曲维翻译的《解雇》，1998—1999年，文化艺术出版社出版了高杉良经济小说的一套丛书，丛书名为《现代都市财经小说》，收《商战隐情》《虚幻之城》《黑钱风波》《调动内幕》四种。1999年，群众出版社出版了《日本经济小说系列》，已出版高杉良的作品八种，包括长篇小说《兴业银行》《浊流》《不被公司埋没》《新巨大证券》《人事权》《社长之器》《大合并》《一个高利贷者的足迹》。高杉良在为中译本写的《致中国读者》的短文中说："在中国的市场经济的进程中，中国的读者若希望从著作中了解些什么的话，那就是对各种企业结构构成的'社会剧'的理解吧。"此外，经济小说的其他作家作品，如广濑仁纪的《明日的缔约》、源氏鸡太的《三等经理》等，都有了译本。

日本的经济小说，对我国的港台地区影响较大。近年来，那里也有作家和评论家打出了"经济小说"的招牌，但对大陆的文坛，影响还不显著。但随着经济生活的深化和文学的发展，日本的经济小说将越来越显示出对我国文学的参考价值。

### 五、青春小说、爱情小说的译介

所谓"青春小说"是以人的青春时期的经历、体验为题材的小说，其作者和读者也大都是青年人，在日本国内具有巨大的读者市场，因此许多青春小说成为流行作品或畅销书。我国译介的青春小说，主要有石坂洋次郎、宫本辉、五木宽之、村上春树、吉本芭娜娜等人的作品。尤其是后三位作家的作品翻译最多、影响最大。

五木宽之（1932年生）是日本1960—1970年代的畅销书作家。他的作品大部描写日本青年的奋斗与成长的经历，反映国际风云、时代变迁和日本社会生活的各个方面，揭露了社会丑恶现象，如《青春之门》《朱鹭之墓》《恋歌》《冻河》等。我国翻译出版的五木宽之的作品译本约有十七种,大多属于青春小说。其中为我国读者最熟悉的,则是描写日本青年成长经历的长篇系列小说,即所谓"长河小说"《青春之门》。《青春之门》规模宏大,由《筑丰篇》《自立篇》《放浪篇》《挑战篇》《望乡篇》《再起篇》等多部构成。全书以《筑丰篇》开卷,从主人公信介伊吹的少年时代写起,表现了战后日本青年的幻想、追求、挫折、破灭、失败、堕落、奋起、挑战的人生经历,反映了日本当代社会的各个方面。但作为流行小说,其中也有一些色情、暴力等不健康的内容。《青春之门》问世后在日本已印行十几版,销售两千多万册。中国文联出版公司和四川人民出版社,分别在1987年和1988年出版了《青春之门》数卷。1990年代后期,长春的时代文艺出版社买断了《青春之门》的中文版权,从1997到1999年,出版了《放浪篇》《自立篇》《堕落篇》《望乡篇》《挑战篇》《再起篇》。

像五木宽之那样的作家,不管在日本还是在我国,评论家和学者们一般把他们定位在"通俗文学"(大众文学)上,虽然翻译的作品多,阅读量也很大,但学者与评论家一般不太重视,因此其作品对我国文学的影响也不大。但另一位青春小说作家村上春树在中国的译介,情形就大不相同了。

村上春树(1949年生)的作品大都是轻松幽默的青春故事,读者也大都是青年人,而且最受女青年喜爱,在1980—1990年代的日本极为畅销和流行。但他的文学品位却极高,具有明显的先锋性、试验性的特征,代表了1980年代日本乃至世界文学的最新潮流。村上春村主要的中长篇小说有《听风的歌》(一译《好风长吟》《且听风吟》1979年)、《1973年的弹球游戏机》(1980年)、《寻羊冒险记》(1982年)、《世界末日与冷酷仙境》(一译《末日异境》,1985年)、《舞吧,舞吧,舞吧!》(一译《跳!跳!跳》《舞!舞!舞!》,1988年)、《拧发条鸟编年史》(中文译名《奇鸟行状录》,1994—1995年)等,还有《象的失踪》等大量短篇小说。1989年，村上春树在日本发行三百多万册的长篇小说《挪威的森林》，由林少华译出，漓江出版社出版，首次印刷六万册。这是我国翻译村上春树的开端。次年，北方文艺出版社又出版了钟宏杰、马述祯译《挪威的森林》。《挪威的森林》译本在我国引起强烈反响，在1990年代初期的大学校园，大学生们争相购买、借阅、传看。《挪威的森林》在市场销售上的旺势，促使了村上春树其他作品的较多较快地翻译出版。漓江出版社在1991年至1992年，推出了《村上春树作品系列》丛书。丛书除《挪威的森林》外，还有长篇小说《跳！跳！跳》《世界尽头和冷酷仙境》，中短篇小说集《好风长吟》。除《跳！跳！跳》为冯建新等翻译外，其余均为林少华翻译。1999年，漓江出版社又推出《村上春树精品集》，将林少华的译本《挪威的森林》《寻羊冒险记》《舞！舞！舞》《象的失踪》（作品集）和《世界末日与冷酷仙境》五种书，收在《精品集》中，装帧印刷雅致精美，不愧称为"精品"。书前冠有林少华撰写的"总序"，全面介绍了村上春树作品在日本国内外的传播与影响，论述了其主要作品在内容和形式上的特点，是一篇包含着译者真切感受和体悟的高水平的序文。1997年，林少华翻译的村上春树的新作《奇鸟行状录》也被译林出版社列入"当代外国流行小说丛书"出版发行。另外，远方文艺出版社出版了台湾的老翻译家赖明珠的译本《末日异境》。村上的小说在轻松中有一点窘迫，悠闲中有一点紧张，潇洒中有一点苦涩，热情中有一丝冷漠；达观、感伤、无奈、空虚、倦怠，各种复杂微妙的情绪都有一点点，交织在一起，如云烟淡霞，可望而不可触。翻译家必须具备相当好的文学感受力，才能抓住它，把它传达出来。林少华（1952年生）是我国的村上春树作品的主要译者，他的译文体现了良好的语言修养及文学悟性，准确到位地再现了原文的独特风格。

村上春树也是1990年代对我国文学界影响最大的日本作家。十几年间，我国的主要的报刊，特别是有影响的文学类报刊，如《外国文学评论》《国外文学》《日本文学》《世界文学》《译林》《外国文学》等，还有《北京师范大学学报》等重要的大学学报，都发表了有关村上春树的报道、评论和研究论文，普遍认为村上春树的作品富有独创，是日本当代文学中值得注意的现象。1998年，台北时报出版公司出版了台湾地区的评论家和研究者撰写的评论集《遇见100%的村上春树》；2001年5月，北京的当代世界出版社也出版了同名评论集《遇见100%的村上春树》，收集了关于村上春树的评论文章、访谈及背景资料。

差不多在林少华译介村上春树的同时，另一位青年女作家吉本芭娜娜（1964年生）的作品也有不少译介。吉本芭娜娜的作品也属于青春文学的范围，她以描写青年女性的青春心理见长，表现了现代都市生活中青年的孤独、寂寞与惆怅。在表现青春感伤和都市生活体验等方面，与村上春树近似，但与村上比较而言，显得单薄肤浅。林少华翻译了吉本的小说集《开心哭泣开心泪》。该小说集收作者的《厨房》等小说七篇，于1992年由漓江出版社出版。花城出版社1997年出版了张哲俊、贺雷等翻译的小说集《厨房》。

上述所翻译的诸位作家的青春小说，从一定意义上说也是"爱情小说"或"性爱小说"。因为，青春小说与爱情、性爱小说也有重合的地方，有些作品既可以说它是青春小说，也可以说它是爱情、性爱小说。但这里所说的爱情或性爱小说，不只是青年人的、青春的爱，也包括中年人的爱情与性爱。在爱情及性爱小说方面，我国翻译的重要作家作品有大江贤次的长篇小说《绝唱》，原田康子的长篇小说《挽歌》，渡边淳一的系列小说。其中，翻译最多、影响较大的是渡边淳一的性爱小说。

渡边淳一（1933—2014年）是日本当代著名的畅销书作家，著有50多部长篇小说。渡边淳一的作品主张情感至上，性爱至上，把追求性快乐作为生活的极致。因此，日本有评论家称他为"情痴主义"和"唯美主义"者。作品的大部分写中年人的悖德的性爱，写出了日本式的无常与哀愁。但平心而论，作为流行小说、大众小说，与川端康成的同类作品比较起来，主题性太凸显，而含蕴不足。在日本，渡边淳一的性爱小说虽因可能对未成年学生造成不良影响而遭到抨击唾骂和抗议,但还是很受欢迎。而且每有作品出版,大都由著名评论家在书后做"解说",对作品做肯定的评价。我国在1980年代后期开始翻译渡边淳一的作品。从1986年到1989年,翻译出版了《光与影》《花葬》《梦断寒潮》《外遇》《走出欲海》等小说。但在1990年代初,又出现了《红花》《白衣的变态》《蜕变》《不分手的原国》等作品译本。但渡边淳一在我国真正引起一股"热",还是在1998年。这一年,珠海出版社出版了他的《梦幻》和《失乐园》,北京的文化艺术出版社和香港天地图书出版公司联手,也同时在内地和香港出版了《失乐园》。对于《失乐园》,两家出版社都声称拥有版权,但后来有报纸披露真正拥有合法版权的是文化艺术出版社。就在这一年,从日本流入的《失乐园》电影录像、VCD光盘,也很流行,甚至在大学校园也公开播放,因此带来了小说的热销。在这种情况下,文化艺术出版社和香港天地图书出版公司再次联合推出了《渡边淳一作品》系列丛书,收译作品八种,包括《男人这东西》《失乐园》《夜潜梦》《泡与沫》《一片雪》《爱如是》《为何不分手》《雁来红》。八部作品有七部写婚外恋,一部(《雁来红》)写女人的变态性爱。这套书装帧讲究,印刷精美,销路很好。似乎没有人从道德的立场对渡边淳一作出批评。这自然使人联想起1995年前后,当美国的类似题材的小说《廊桥遗梦》在我国流行的时候,就有人撰文认为,《廊桥遗梦》的被接受说明中国人已经在文学的层面上理解了、容许了婚外恋情的存在。几年后渡边淳一作品在中国的热销,似乎再次表明了传统家庭伦理道德在人们的观念意识中已经悄悄地发生着倾斜。

### 六、推理小说的译介

推理小说,也称为"侦探小说",是以犯罪案件和破案过程为题材的小说,日本是当代世界侦探(推理)小说创作最繁荣的国家。从战前的江户川乱步、横沟正史开始,经过战后的松本清张、森村诚一的努力,一直到 1980 年代后赤川次郎的崛起，前后经过了 60 余年，出现了 50 多位卓有成就的推理小说家，创作了 5000 部以上的作品。为推理小说所设立的各种奖项之多，也是世界第一。许多作品被译介到国外，形成了世界性的影响。

我国从近代的林纾开始翻译外国的侦探小说，包括黑岩泪香等日本的推理小说。1920 年代到 1940 年代，也出现了程小青那样的著名的侦探小说作家。但 1950 年代以后，把近现代的侦探小说列为"鸳鸯蝴蝶派"加以批判，把外国的侦探小说划入了资产阶级文学的范围，并认为社会主义的中国不存在资本主义国家那样的犯罪问题，因此禁止作家写作侦探小说。后来，政策虽有时有局部的松动，但侦探小说一直处在被压抑的状态中。改革开放以后，一直到 1990 年代末，中国的推理小说创作还处在艰难的探索阶段，为读者广泛接受的作家作品极为罕见。由于国内的作家创作不能满足读者的需要，外国侦探小说就势必被大规模翻译过来。其中，日本推理小说的译本约达 270 种（含复译本），约占一百年来日本文学翻译总量的八分之一。在 1980—1990 年代的日本文学翻译中，推理小说在数量上约占四分之一。其特点是翻译面很广，各个不同时期的代表作家及重要作品，大都有了译本。如，1986 年到 1992 年，我国共翻译出版了被称为日本的"推理小说之父"江户川乱步（1894—1965 年）的推理小说六部，有《飘忽不定的魔影》《女妖》《附身恶魔》《黄金假面人》《青铜魔人》《少年侦探团》等；到了 1999 年，珠海出版社又翻译出版了《乱步惊险侦探小说集》丛书共五种。从 1980 年开始，我国陆续翻译出版横沟正史（1902—1981 年）的作品，到 1999 年，内蒙文化出版社购买了版权，出版了"日本当代惊险推理小说大师横沟正史精品系列"丛书，其中包括《白与黑》《百万遗产杀人案件》《恶灵岛》《神秘女子杀人事件》《杀人预告》《恶魔的宠儿》《幽灵鸟》《化装舞台》等九种作品。1980—1990 年代出版的社会派推理小说的代表人物松本清张（1909—1992 年）的作品译本 40 余种，在读者中有着广泛的影响。重要的译本有《点与线》《波浪上的塔》《砂器》《歪斜的复印》《雾之旗》（中译本《复仇女》）、《零的焦点》（一译《伴伴儿女郎》）等。

森村诚一（1933年生）作为"社会派"推理小说大家，和松本清张一样注重作品的社会批判性，同时又有自己的鲜明特点。他既注重写"故事"，更注重写"人"，写出人的复杂性与多面性，刻画出人物的内心世界，塑造出鲜活的人物形象。我国翻译界和出版界对森村诚一作品的译介非常重视。从1979年江苏人民出版社出版了第一部森村诚一的小说《人性的证明》以来，到1990年代末，共出版森村诚一的作品译本约七十余种（合复译本）。在整个20世纪我国所翻译出版的从古到今的日本作家作品中，森村诚一作品的中文译本在数量上雄居第一，充分表明了我国读者对森村诚一小说的肯定和喜爱。我国的推理小说作家和研究者曹正文在其《世界推理小说史略》一书中说："笔者曾读过许多行行式式的侦探小说，但森村诚一的作品无疑是最吸引我的。无论是洋洋30万字的长篇巨著，还是千余字的短篇小说，都别具一格。他的推理小说在题材内容上有很强的表现力，在艺术手法上则新颖而自成一家。"的确，在我国，森村诚一的作品，无论是在专家中，还是在一般读者中，都得到了很高的评价。所译作品中，最受我国读者欢迎的是"证明三部曲"（1977—1978年），包括《人性的证明》《青春的证明》和《野性的证明》。《人性的证明》最早由王智新译出，江苏人民出版社1979年出版。1981年，根据小说改编的电影剧本由陈笃忱译出，中国电影出版社出版。1980年代前期，《人性的证明》（译名为《人证》）在中国上映，引起轰动，数年中在各地电影院久映不衰。《野性的证明》由朱金和、孟传良、冯建新、姜晚成译，群众出版社1981年出版；《青春的证明》由刘宁翻译，中国文联出版公司1986年出版。到了1998年，海南出版社和三环出版社又联合出版了三部曲的新译本，统一装帧，同时推出。

我国译介较多的日本推理小说家还有夏树静子、山村美纱、高木彬光、佐野洋、大薮春彦、西村寿行、西村京太郎、斋藤荣、胜目梓、黑岩重吾、五木宽之、赤川次郎、陈舜臣、渡边加美等。对日本推理小说的翻译出版,大部分选题基本上是健康无害的,译文也是通顺可读的。但由于推理小说的利润高,翻译的数量大,不免泥沙俱下。有些译者和出版商翻译出版了渲染色情、暴力的作品,而且译文粗制滥造,错误较多,译本无序无跋,品位低下。应该说,我国的日本推理小说的译介是存在不少问题的。

### 七、儿童文学、民间文学的译介

我国的儿童文学与日本儿童文学有着很密切的关系。"儿童文学"这一概念、"童话"这一概念,就是直接从日本引进过来的。我国对日本儿童文学(也包括少年文学)的翻译,在1930年代的上海有一次小小的高潮,那时翻译了日本的童话集有十来种。重要的如许达年翻译的《日本童话集》(中华书局1931年)、许亦非辑译的《现代日本童话集》(现代书局1933年)、张晓天翻译的小川未明的几种童话集。但从1930年代后期以后,一直到1970年代末的四十来年间,由于战争、政治、出版能力等种种原因,我国对日本儿童文学的翻译非常少。1980年代以后,随着经济、文化的迅猛发展和日本文学翻译的繁荣,日本儿童文学的翻译迎来了高潮时期。这二十年间出版的日本儿童文学译本(不含卡通读物)近一百种,是20世纪头八十年的五倍多。若算上卡通读物和卡通音像制品,则多得无法统计。在相当长的时间内,特别是在1980年代,日本的儿童文学大量涌进我国的儿童文学书籍和音像市场。书店里,日本文学的儿童读物译本占满了儿童专架;电视中的儿童节目到处都是日本式的图像造型。中国的儿童人人都知道日本的"一休"小和尚,日本电视连续剧《血疑》(原名《赤色的疑惑》)使无数的中国少年倾倒。这些情况,一方面说明了我国在改革开放后大胆引进外来文化的气魄和成效,另一方面也对我国的儿童文学的民族化提出了严重的挑战,引起了儿童文学界乃至文学界的忧虑和不安。但是,由于我国的儿童文学创作和世界发达国家相比，起步较晚，创作观念也比较陈旧，习惯于将成年人、父母辈作为本体，而忽视孩子们的独立的天性。许多作品的现实性、社会性、说教性、观念性有余，儿童性、娱乐性、想象力不足。因此许多儿童文学，实际上是成人化的文学。这些问题虽然已经被意识到了，但要在创作上有根本的改变，恐怕还需要更长的时间。在这种情况下，日本儿童文学的翻译，满足了我国广大小读者的需要。

1980—1990年代日本儿童文学翻译的一个特点，是注重儿童文学名家名作的翻译，而且所翻译的作品除少数（如小川未明、宫泽贤治）属近代作家之外，大都是当代名家的作品。

在日本近代儿童文学家中，小川未明（1882—1961年）的童话作品充满浪漫的色彩、神秘的气氛、纯正的童心和浓郁的诗意，成为日本近代儿童文学的权威。小川未明也是我国译介最早的日本儿童文学大家。1930年代张晓天曾翻译出版了小川未明的三四本童话集。进入1980年代后，福建人民出版社在1981年出版了施元辉、孟慧娅翻译的小川未明的代表作《红蜡烛和人鱼姑娘》，吉林人民出版社1983年出版了刘子敬、李佩翻译的《巧克力天使》等。

另一个儿童文学家宫泽贤治（1896—1933年）在短暂的生涯中，创作了九十四篇童话和大量诗歌，其作品充满神奇的幻想、爱憎分明的情感、佛教式的自然观与生命观、不加雕琢的朴素之美，形成了独特的风格。在我国，1930年代钱稻孙曾将宫泽贤治的诗《不怕风雨》和童话《风大哥》（原名《风又三郎》）翻译过来。1957年，北京的少年儿童出版社翻译出版了宫泽贤治的童话集《小木偶和大提琴》；《日本文学》季刊1986年第2期开设了《宫泽贤治特辑》，译载了《夜鹰星座》《过雪地》《一个规矩特多的餐馆》《风又三郎》《奥伯尔和大象》《猫儿办事处》《滑床山的熊》等童话诗歌各七篇。该特辑还发表了于长敏的《宫泽贤治及其作品浅析》和王敏的《宫泽贤治研究五十年》两篇文章。1994年，译林出版社出版了顾龙梅翻译的《宫泽贤治童话选》。同年，光明日报出版社出版了藤瑞翻译的《宫泽贤治童话选》，西安的西北交通大学出版社出版了胡美华、傅克昌翻译的童话集《银河铁道之夜》。1996年，春风文艺出版社出版了王敏主编的《宫泽贤治作品选》，收童话九篇、诗六首。这样，宫泽贤治的优秀作品，大都有了译本。

在当代日本儿童文学家中，椋鸠十（原名久保田彦穗，1905—1987年）的动物小说占有重要的地位。我国的翻译家们通常将椋鸠十的"动物小说"改称为"动物故事"，自1982年以后大量翻译出版，受到我国少年儿童的欢迎。在1982年以后的十几年的时间里，各出版社翻译出版的椋鸠十作品译本有十八种。主要有刘永珍译《月芽熊》《鼠岛的故事》《玛雅的一生》，李耀年等译《水獭之谜》，申建中等译《斗牛瘦花》等，特别是儿童文学翻译家安伟邦翻译的椋鸠十动物故事，影响较大。河北人民出版社1980—1985年出版了安伟邦翻译的《椋鸠十动物故事》丛书。丛书包括《太郎和阿黑》《矮猴兄弟》《金色的脚印》《两只大雕》《野兽岛》《孤岛的野狗》《阿黑的秘密》《镜子野猪》《山大王》，共九种。每种字数约在4万字至7万字之间，是1980年代我国翻译出版的规模较大也较系统的动物故事系列作品。

著名女作家松谷美代子（1926—2015年）也是我国译介较多的日本儿童文学作家之一。她的创作受日本民间故事的影响，同时具有强烈的时代性和现实性。1980年代，我国曾翻译出版了松谷美代子的作品译本八种。其中，《小百百》《小茜茜》等五种，均由季颖翻译、重庆出版社出版。1980年由江苏人民出版社出版的何毅之翻译的长篇童话《龙子太郎》（1961年），是作者根据日本信州地区的民间故事写出来的，塑造了一个勇敢、善良的少年龙子太郎的形象。这部作品的中文译本的出版与同名动画片在我国的上映，使龙子太郎为1980年代初期的我国少年儿童广为知晓。1985年由中国少年儿童出版社出版的高林翻译的长篇童话《两个意达》，也受到中国小读者的欢迎。

在日本文学翻译中，科学幻想小说的翻译也占有一定分量。科幻小说既是成人文学，也是少年儿童文学。在科幻小说领域，著名作家星新一（1926—1997年）的作品独树一帜。他的作品属微型小说，又称"超短篇小说""掌小说"（我国称"微型小说""小小说""超短篇小说""一分钟小说"等）。星新一一生写了一千多篇微型小说，其中大部分是科幻作品或有科幻色彩。其数量之多，据说在日本乃至全世界无与伦比。星新一的微型科幻小说在中国很受欢迎。许多重要的文学期刊，如《译林》《译海》《外国文学》《日本文学》《外国文学报道》《清明》《长城》《小说界》等，都译载过星新一的作品。从1982年孟庆枢等主编了星新一作品的第一个中文译本《保您满意——日本星新一短篇科幻小说选》（江苏科学技术出版社）开始，到1990年代末于雷等主编《肩膀上的秘书》为止，春风文艺出版社、湖南人民出版社等各家出版社，出版了十几种星新一小说译本，发行量也很大。星新一的作品不仅是少年学生的健康有益的读物，也为成年读者所爱读。马兴国、于雷、李有宽等翻译家在相关的译本序中，均对星新一的作品给予了高度的称赞和评价。

民间文学是与儿童文学密切相关的一种文学类型，在题材、构思、审美特征上有许多相通之处。日本有许多的儿童文学作家作品是从民间文学中汲取营养的，如上述的松谷美代子及其《龙子太郎》。我国在1930年代就翻译出版了几种日本民间文学作品集，如谢六逸翻译的《日本故事集》（世界书局1931年），叶炽强翻译、松村武雄整理编写的《八头蛇》等。1980—1990年代，我国共翻译出版了二十余种日本民间文学（包括故事、传说、寓言、笑话等）作品集的译本，重要的有：陈志泉译、人民文学出版社1979年出版的坪田让治整理编写的《日本民间故事》和北京少年儿童出版社1980年出版的坪田让治的《猫和老鼠——日本民间故事》，季颖译、中国民间文艺出版社1981年出版的坪田让治的《田螺少年——日本民间故事集》，李威周等编译、山东人民出版社1980年出版的《日本民间故事》，马兴国译、辽宁人民出版社1980年出版的《日本民间故事选》，金道权等译、中国民间文艺出版社1982年出版的关敬吾编

《日本民间故事选》，连湘译、上海文艺出版社1983年出版的关敬吾编《日本民间故事选》，李克宁译、山东人民出版社1992年出版的大川悦生编《日本民间故事精选》，王汉山译、安徽文艺出版社1984年出版的《日本笑话选》，管乾秋、刘文智译、海燕出版社1986年出版的《一休的故事》等。在这些日本民间故事的译本中，最受我国小读者欢迎的是《一休的故事》。日本民间文学的译本，不仅适合小读者阅读，而且也引起了许多民间文学研究的学者、比较文学学者的广泛兴趣。日本的许多民间故事与我国的有关民间故事在情节构思上多有相似，因此，研究日本民间故事与中国民间故事的异同，也是寻绎中日文化交流轨迹的重要途径。

## 第六节　川端康成、三岛由纪夫的译介

### 一、川端康成的译介

川端康成（1899—1972年）是日本著名作家，1968年度诺贝尔文学奖获得者。川端康成早在1926年就发表了名作《伊豆的舞女》，1935年开始发表代表作《雪国》。但在1980年代之前，川端康成的译本只有范泉在1942年译出的《文章》（上海复旦出版社），遗憾的是该译本已很难查找到了，《民国时期总书目》等也未著录，译了哪些篇目也不得而知。1968年，川端康成获得诺贝尔文学奖，在日本国内外声名鹊起。但当时正是中国的特殊历史时期，不可能对川端康成的获奖做出应有的反应。一直到1980年代之前，我国文学翻译界对川端康成的创作完全处于无视状态。

1980年代初，川端康成的翻译一下子成为中国的日本文学翻译中的热点。老翻译家韩侍桁和叶渭渠、唐月梅最早开译川端康成的作品。1981

年7月，上海文艺出版社出版了韩侍桁翻译的《雪国》。同年9月，山东文艺出版社出版了叶渭渠、唐月梅译《雪国·古都》。1985年，是川端康成翻译的丰收年，这一年中，共出版了七八个川端康成的作品的译本。其中有韩侍桁、金福译，上海文艺出版社出版的《古都》，郭来舜译、陕西人民出版社出版的《千鹤》，高慧勤译、漓江出版社出版的《雪国·古都·千鹤》，唐月梅译、外国文学出版社出版的《舞姬》，陈书玉、隋玉林等译，湖南人民出版社出版的小说集《花的圆舞曲》，叶渭渠译、人民文学出版社出版的《川端康成小说选》等。这样，到1985年，川端康成获得诺贝尔奖的几个作品——《雪国》《千鹤》《古都》等都有了译本，而且是两个以上的不同的译本。随后，叶渭渠译的《川端康成谈创作》《川端康成散文选》《川端康成掌小说百篇》等不同体裁的作品集也陆续推出。在上述译本中，高慧勤翻译的《雪国·千鹤·古都》，叶渭渠翻译的《川端康成小说选》，陈书玉、隋玉林等翻译的小说集《花的圆舞曲》等，是质量可靠、选题精严、影响较大的译本。

到了1990年代，1980年代那样的如火如荼的"日本文学热"总体上已经降温了，但川端康成作品的翻译出版依然热火朝天。在1990年代川端康成的译介中，翻译家叶渭渠处于中心地位。作为1980年代以后活跃的日本文学翻译家，他为川端康成文学在我国的翻译传播做出了积极的贡献。1990年代，叶渭渠主编了四套川端康成的作品丛书。

第一套是中国社会科学出版社1996年出版的《川端康成文集》十卷，其中收叶渭渠、唐月梅译《雪国·古都》，叶渭渠译小说集《伊豆的舞女》，叶渭渠译《千只鹤·睡美人》，唐月梅译《名人·舞姬》，陈薇、郭伟等译《日兮月兮·浅草红团》，叶渭渠译《美的存在与发现》，叶渭渠、唐月梅译《山音·湖》，孔宪科、朱育春译《美丽与悲哀·蒲公英》，叶渭渠译《掌小说全集》，金曙海、郭伟、张跃华译创作随笔集《独影自命》。

第二套丛书是1996年东北师范大学出版社出版的三卷本《川端康成

集》。第一卷是"长篇小说卷",收叶清渠、唐月梅译《雪国·千只鹤》;第二卷是"中短篇小说卷",收叶渭渠译《睡美人》《湖》《温泉旅馆》等;第三卷是"散文随笔传记卷",收叶渭渠译文40余篇。

第三套丛书是叶渭渠主编、漓江出版社1998年出版的《川端康成作品》十卷。其中有郑民钦译反映战后日本家庭生活的长篇小说《东京人》(上、下册),还有叶渭渠、郑民钦译短篇小说集《再婚的女人》,贾玉芹等译长篇小说《少女开眼》,朱育春译长篇小说《生为女人》,林怀秋、李正伦、何乃英译作品杂著《天授之子》,孔宪科、杨炳辰译中篇小说集《彩虹几度》,于荣胜译中篇小说集《河边小镇的故事》,叶渭渠译《雪国·山音》、散文集《美的存在与发现》。

第四套丛书是中国文联出版社1999年出版的两卷本的《川端康成少年少女小说集》。其中的第一卷为李正伦等译《美好的旅行》,第二卷为杨伟译《少女的港湾》。

2000年,河北教育出版社出版了高慧勤主编的《川端康成十卷集》。这是河北教育出版社"世界文豪书系"大型系列丛书的一种,为豪华精装版本。十卷的内容分别为:一、《雪国·名人》,高慧勤、张云多等译;二、《千鹤·山之声》,高慧勤、谭晶华等译;三、《岁月·湖·琼音》,林少华、刘强等译;四、《彩虹几度·舞姬》,赵德远译;五、《古都·美丽与悲哀》,高慧勤等译;六至七、《东京人》(上、下),文洁若译;八、《生为女人》,金中译;九、《伊豆舞女·水月》,李德纯、刘振瀛等译;十、《文学自传·哀愁》,魏大海、侯为等译。

川端作品的这些丛书、译本的接二连三地、规模化、大密度地、持续不断地翻译出版,在20世纪我国的日本文学翻译史上是空前的。川端一生中大部分作品,都已经有了中文译本,这些译本推动了川端康成在中国读者中的传播,为我国翻译文学的繁荣做出了贡献。同时,也清楚地表明了我国的日本文学的翻译在改革开放后,特别是在1990年代以后,已经进入了商业化、市场化运作的时代。这在川端康成作品的翻译中主要表现为，一些丛书的选题设计互有交叉重复，同一个作品多人翻译、多种译本，同一种（篇）译本被多次包装、多次重复出版的情况，大量地存在着。

川端康成在中国持续不衰的高热，是值得研究的一种文化现象。其原因很复杂，但最主要的原因可能有三：第一，对诺贝尔文学奖及其获得者的崇敬乃至崇拜心理，在读者和文学界相当流行。1980年代后出版的大量的和诺贝尔文学奖及其获得者有关的丛书、类书、专著等，就是明证。"诺贝尔文学奖获得者"等于"世界级大作家"这样一种看法，虽然在逻辑上和事实上都不能被充分证实，但在感觉和印象上普遍存在。而川端康成作为亚洲第二位诺贝尔文学奖获得者，比起欧美国家众多的获奖者，更显得稀罕而可贵，更能引起中国读者在"东方文学"层面上的认同、重视与共鸣；第二，川端康成在当代日本，是文学研究的最大热点之一，虽然不同的评论家和研究家互有争议，但总体上看是评价甚高的。研究川端康成的文章、著作和资料，汗牛充栋，这种情况不能不影响到中国对川端康成的译介；第三，川端康成的作品，具有浓郁的日本民族风格，在文学类型、写法、意蕴等各方面具有特异性，是文学写作、文学研究和文学评论的一个绝好的、不可多得的文本。

很大程度上，中国的"川端康成热"，是由翻译家和研究家、评论家们促成的。本来，川端康成的作品，大部分是属于所谓的"纯文学"的范围。一般来说，日本的"纯文学"和社会小说、推理小说等"大众文学"不同，由于缺乏通俗性和大众性，其阅读圈子相对狭小。而对我国读者来说，川端康成的作品在"纯文学"中恐怕又是最难懂的。但这种"难懂"，更多的不是由作品的情节、人物本身造成的。从情节上看，川端的作品情节淡化，故事大都非常简单；从人物描写来看，常常是单纯的、封闭的，缺乏复杂的社会背景和性格的描写。由于川端的作品从人情的细微处着笔，没有西方古典文学的博大精深，因而读者读起来不会产生高山仰止的、难以把握的崇高感；又由于他的作品只写感觉与感受，没有西方现代主义文学的荒诞构思和哲学思辨，因而读起来并不感觉深奥难解。读完之后，留下的也只是一点点"感觉"和情调。但是，倘若要用逻辑的、理论的语言把"感觉"和情调加以总结和提升，就会觉得非常困难。在这种时候，才知道原来自己并没有读懂川端康成，原来川端康成并不那么简单。川端康成的作品和日本的传统文学、传统的审美文化，有着深刻的渊源关系。他的作品大都通过男女恋情和性爱的描写，来表现他的日本式的"人情"、日本式的"感觉"和日本式的所谓"美意识"。而中国一般读者，要从日本传统文化和美学的角度看待川端康成，理解其中的日本之"美"，那就非由学者和评论家加以研究阐释不可。而且川端康成的作品大多涉及嫖妓（如《雪国》）、乱伦及乱伦意识（如《千鹤》《山音》）、性变态与性妄想（如《睡美人》《一只胳膊》）等悖德、颓废的内容，在性道德比较严格的中国，要理解这些东西，是有着文化隔膜的。如何看待这些作品，也非要评论家和研究家对读者加以引导不可。

　　事实上，在我国，对川端康成作品的翻译，与川端康成的研究和评论是相辅相成的。在我国学者撰写的日本作家的研究评论文章中，有关川端康成的研究成果是最多的。大量的翻译和大量的研究评论共同构成了川端康成译介的热闹景观。从1980年代初到1990年代末的近二十年时间里，我国共召开了四次川端康成的学术研讨会，各种学术期刊、报纸发表的有关川端康成的论文与文章不下百篇，出版的有关川端康成的研究、评介著作和论文集等也有多部。除了翻译过来的川端康成研究著作（如孟庆枢译长谷川泉的《川端康成论》，何乃英译进藤纯孝的《川端康成》）外，由我国学者撰写的有关研究性评传著作有叶渭渠的《川端康成评传》及修订版《冷艳文士川端康成》（中国社会科学出版社1989，1996年），何乃英的《川端康成》（河南人民出版社1989年），谭晶华的《川端康成评传》（上海外语教育出版社1996年），还有叶渭渠等主编中外学者川端研究论文集《不灭之美——川端康成研究》（中国文联出版社1999年）等。其中，叶渭渠《川端康成评传》及其修订版是川端康成研究和评论的集大成的作品。该书充分吸收了日本人的研究成果，融会了自己多年翻译和研究川端作品的体会，资料很丰富；对作品的分析深入细致，观点剀切详明。堪称我国读者全面了解川端康成的必读书。

1980年代后，围绕着川端康成的作品，特别是他的代表作《雪国》的理解和评论，我国文学界、学术界进行了长时间的热烈的，有时是激烈的讨论和争鸣。总起来看，对川端康成的评论和理解，大体可以分成立场、角度各有不同的三派。一派从现实主义观念及"典型人物""典型环境"论的角度解读川端康成，认为川端康成的作品是现实主义的，权且称为"现实主义观念"派；一派站在社会现实的角度，从作品与社会现实的直接的关系上冷静分析作品，认为川端康成的作品没有正确地反映时代和现实，因而不是现实主义的，姑且称为"社会现实派"；另一派从日本传统文化、从日本与西洋文化融合的角度，特别是审美文化的角度研究和评论川端，姑且称为"审美文化派"。

长期以来，由于政治的、历史的原因，我国文学评论界独尊现实主义，习惯用现实主义的创作方法来看待文学现象。1980年代初，研究和评论川端的一些文章，就把川端康成的作品看成是现实主义作品。用现实主义的"典型人物"论及"人物形象分析"的方法来分析川端康成作品中的人物，用所谓"主题思想"的概括来把握作品，用"反映社会本质"论来衡量作品的价值。如署名黎梦的题为《从生活原型到文学形象》（载《东北师大学报》1983年第3期）的文章认为："《雪国》尽管在创作方法和艺术构思中，有一些非现实主义的成分，但它不仅是现实生活的反映，并且在很大程度上是忠实于生活的本来面目，打着实际生活的鲜明印记的。因此，这是一部现实主义因素占主导地位的作品。"李明非、尚侠发表在《日本文学》季刊1983年第二期上的题为《试论〈雪国〉的人物与主题》的文章反问道："《雪国》所描绘的到底是怎样的生活图景？作品所展示的一幅幅生活画面，难道没有客观性可言，而只能是岛村眼里的虚无世界的幻影吗？"并得出结论说：《雪国》中的驹子是"一个在追求中忍受,在忍受中追求的日本现代社会中的被损害的女性形象";认为《雪国》主题是"作品通过驹子为代表的社会底层人物的不幸,表现了人与社会现实的矛盾对立。这一主题揭示了30—40年代日本社会生活的某些本质方面"。这类文章的出发点是试图用马克思主义的观点来研究川端,但在运用马克思主义及现实主义文学观念时,却显出了不将具体问题作具体分析的僵硬和机械。

和"现实主义"派不同,"社会现实派"论者反对将《雪国》说成是"现实主义"作品。李芒在《川端康成、〈雪国〉及其他》(原载《日语学习与研究》1994年第1期,后用作湖南人民出版社《花的圆舞曲》的"代序")一文中指出:川端康成"依然是现实社会中存在的事物,但不一定就是现实主义文学,有模特儿也未必成为塑造典型人物的根据";川端康成"无意着力塑造艺术的典型形象",《雪国》中的驹子也不是什么"典型人物";驹子与岛村的关系"只是游客和艺伎比较热乎的肉体关系,驹子的追求并不是什么真正的爱情,她的存在也并不充实";《雪国》写于日本对外侵略期间,"如果是现实主义作品,也总该叫人闻到一些〔时代〕气息,或者看到一些这类事件对于日常生活哪怕是极其轻微的影响,或者对自己所写的应予否定的社会生活有所批判。然而,事实并非如此,川端笔下的《雪国》仿佛是世外水晶宫,生活着一些'从社会性走向生理性的人'"。奠邦富在《也谈川端康成的〈雪国〉》(载《外国文学研究》1983年第4期)一文中指出:"岛村对驹子只有性欲上的要求,根本没有感情上的爱恋……而驹子对岛村的'爱情'也是计时收费的。"他认为:"川端康成在驹子身上灌输了落后的、封建的恋爱观,而这种恋爱观是同日本的封建历史分不开的。"这些评论是从《雪国》与社会、与时代的关系出发,而不是从僵化的概念出发,对川端康成及其《雪国》的评价力求冷静、客观,反对对川端康成作品的哄抬和拔高。奠邦富还用可靠的材料说明,《雪国》的情节人物均有错乱之处,"很难设想一部连主人公的岁数和出生地都多次搞错的作品会是构思精巧之作"。

"审美文化派"改变了川端康成的研究视角和研究方法,特点是站在文化的、美学的角度,这是审视川端康成的最本质的角度。在我国,较早尝试使用这种角度来研究川端的,是丘培的《浅谈〈雪国〉》(载《日本文学》季刊1983年第一期)。文中认为:"如果把《雪国》比作一支凄婉、感伤的乐曲,悲观和虚无就是它的主旋律。它主宰着全篇的象征、暗示和余韵,奏出了'生存本身就是一种徒劳'的心声。"川端康成"在这里显然是要说明,美是虚无的,对美的追求是徒劳的,人生不过是出徒劳的梦";"在川端康成的意识里,建立在真善美基础上的传统的美学观念已经失去了意义,而'悲''虚无''美'三者是结合在一起的"。许虎一在发表于《日本文学》季刊1984年第1期上的题为《试谈川端康成的"美的世界"》一文中认为:"川端康成的美的世界是建立在非现实基础之上的。他反对反映现实生活的现实主义创作方法,主张文学超越现实,描写瞬息间的感觉、印象和感情,他注重下意识的活动和变态心理。……作家好像要说明,美就是在无数偶然的假象所造成的瞬息间的幻觉之中。"高慧勤在为自己的译本《雪国·千鹤·古都》所写的题为《标举新感觉,写出传统美》的长篇序言中,在分析了三篇作品之后说:"他(川端康成)在《雪国》《千鹤》《古都》中,刻意追求的,就是美,就是传统的自然美,非现实的虚幻美,和颓废的官能美。""川端作品的写法,既是'新感觉派'的、西方式的,同时也是传统所能接受的、日本式的,从而形成了自己独特的美学风格。如果说,川端康成给日本文学带来了什么新东西,作出什么新贡献,能用一句话加以概括的话,那就是:作家本着现代日本人的感受,以优美叹惋的笔调,谱写出日本传统美的新篇章。"总的看来,1985年之后,随着我国文学界的文学批评方法由一元的"现实主义反映论"向多元的批评视野的转移,从审美文化的角度评论川端康成,成为一种总体的趋势,大量的研究论文虽然评论的作品有所不同,理论的根据有所差异,但结论大体是统一的。这说明在经过多年的讨论和争鸣后,我国的评论者和读者,对川端康成的作品的认识大体在审美文化的层面上取得了基本的一致。在这方面,有代表性的文章还有叶渭渠的《川端对传统美的新探索》,魏大海的《川端康成的虚空与实在》(均收于中国文联出版社《不灭之美——川端康成研究》)等。

上述川端康成的研究和评论,清楚地表明了改革开放后我国文学,特别是文学评论方法由单一走向多样,由先定的观念走向实事求是的科学研究的变化轨迹。同时,由于川端康成的作品具有特异性,原有的用来批评古典现实主义作品的批评方法与川端康成的作品之间已形成了背谬,使得评论家们不得不尝试使用其他的方法和其他的角度,为此而又不得不借鉴和参考日本文学研究和评论家的方法与视角。特别是1980年代后期以来,我国研究川端康成的文章,其视角越来越丰富多样。许多文章运用比较文学的、跨学科的方法,研究佛教禅宗与川端创作的关系;或从变态心理学、性学、文化人类学等不同的角度阐释和解读川端康成。这对促进我国文学批评方法的转型,是起了一定作用的。

在日本当代作家中,川端康成大概是少有的一个最受中国作家重视的人。虽然川端康成作为一个地道的日本作家而难以摹仿,但他毕竟可以给作家们提供一种可能的参照。如作家王小鹰在《从川端康成到托尔斯泰》(载《外国文学评论》1991年第4期)、作家余华在《川端康成与卡夫卡》(载《不灭之美——川端康成研究》)等文章中,都谈到了川端康成对自己创作的影响。

**二、对三岛由纪夫的译介**

在川端康成的译介过程中,尽管由于人们的观点看法不同而引起了争论,但这种争论完全是在文学的范围内进行的。而对日本另一个著名作家三岛由纪夫的译介,情况则要复杂得多。

三岛由纪夫(1925—1970年)是一个在生活、创作上都非常特异的作家。三岛的作品喜欢以男色性倒错、同性恋、变态心理、杀人与放火、自杀与剖腹、嗜血、毁灭与死亡等非常事件为题材,表现对战后日本社会现实的不满、叛逆与反抗，为天皇失去"神"的光环而挽叹，为式微的日本武士道招魂呐喊，为处在战后的和平民主的秩序中而焦躁不安。1970年11月25日，三岛企图煽动自卫队哗变未遂，按预定的计划当场剖腹自杀。三岛由纪夫自杀，其意图在于以自杀警醒国人，促使军国主义及其天皇制国家体制的复活，在日本国内产生了很大的震动，造成了恶劣的影响。三岛自杀的事件以及带来的日本右翼势力和军国主义思潮的抬头，也理所当然地引起了中国的警惕。那时，人民文学出版社决定将三岛由纪夫的军国主义倾向最突出的《丰饶之海》四部曲翻译出来，作为"内部参考"，"供批判用"。1971—1973年，《丰饶之海》四部曲——《春雪》《奔马》《晓寺》《天人五衰》——陆续出版，内部发行。

从《丰饶之海》出版到1985年间的十几年时间里，三岛由纪夫的作品的翻译在我国完全停止。一直到1985年，中国文联出版公司经请示政府有关主管同意，出版了唐月梅翻译的《丰饶之海》四部曲之一《春雪》，为三岛由纪夫在当代中国的公开翻译出版开了一个头。唐月梅在译本前言中指出，三岛在战后初期的创作"在唯美主义的背后，还是隐藏着那根深蒂固的以天皇制为中心的日本主义的意识"，而1960年代以后的创作，"无论在政治上还是在文学上都表明他已经不仅追求情欲的满足，而且表示对天皇制传统观念的憧憬，对其精神支柱——武士道精神的求索"。谈到作品翻译的动机，唐月梅写道："翻译他的某些作品，并不等于赞同他的政治观点和文艺观点；同样，批判他的政治观点和文艺观点，也并不意味着否定他的全部创作。我们对于一个作家及其作品需要的是采取实事求是的态度，具体作品具体分析。"这表明，随着改革开放的深入和思想的解放，对一个政治上反动、思想上有害，而在文学上富有成就的作家，我们已经敢于把他"拿来"，让广大的读者来了解他、认识他、鉴别他了。

此后，三岛由纪夫的翻译作品陆续不断地出版发行。1987年，作家出版社出版了台湾翻译家金溟若在1970年代翻译，并已在台湾出版的长篇小说《爱的饥渴》。1988年，工人出版社（后更名为中国工人出版社）出版了一套名为"世界著名文学奖获得者文库"，其中的"日本卷"选收了焦同仁、李征翻译的三岛由纪夫的《金阁寺》。1990年，中国友谊出版公司出版了文洁若、李芒、文静翻译的《春雪·天人五衰》。1991年，中国社会科学院外国文学研究所主办的《世界文学》第1期，设立了《日本作家三岛由纪夫专辑》，刊登了唐月梅、许金龙等翻译的五篇短篇小说，另有美国学者和日本学者的两篇评论文章的译文。1993年，北京师范大学出版社出版了王向远翻译的《假面的告白》。1994年，北京外国语大学主办的《外国文学》月刊也设立了《三岛由纪夫专辑》，翻译了《忧国》等小说，并发表了叶渭渠的《"三岛由纪夫现象"辨析》一文。叶渭渠在文章中反对从政治的角度看待三岛。在《"三岛由纪夫现象"辨析》一文中，开门见山地指出：

> 三岛由纪夫1970年自戕后，他的一些文学作品作为政治载体很快地介绍到我国来，以"供批判用"。在那个特定的历史时期，正在批判日本"复活军国主义"，人们自然怀着政治的激情，将其人其行为固定在军国主义的政治位置上，并批判他的《忧国》、《奔马》等。三岛事件已经过去二十多年，时至90年代的今天，有的论者仍然按照特定时期的既定观点批评三岛由纪夫要"复活军国主义"，并且"借助艺术形式来宣扬他的这一观点"。有的论者甚至进一步开放，将批判范围扩大到《金阁寺》和《春雪》，认为前者"反映了他的军国主义情绪"，后者"鼓吹军国主义复活"。这是值得商榷的。

也许是基于这样的"与政治无关"的纯学术的观点，1995年，叶渭渠和日本学者千叶宣一、美国学者堂纳德·金等，拟在中国武汉组织一次国际性的三岛由纪夫学术研讨会。但1995年正是世界反法西斯胜利和中国抗日战争胜利五十周年的纪念年，中国和世界各国都举行了有关的纪念活动。在这个敏感的时候举行国际性的三岛由纪夫研讨会，也许有关主管部门认为不合时宜，因而加以干预和制止。对于这个问题，叶渭渠在为其主编的论文集《三岛由纪夫研究》（开明出版社1996年）所写的序言中，有所谈及，他说：

> 目前三岛由纪夫谈论，作为一种正常学术研究刚刚开始，又有人故伎重演，一方面全面否定三岛由纪夫，一方面自己却又译了三岛的作品，还给一个中学生杂志投稿，向我国少年介绍不应属于未成年人鉴赏的三岛的作品。如果说，这种思维混乱和逻辑颠倒，虽然带有一定的投机性，但还算是属于学术上的认识问题的话，那么，这次却趁暂时存在的某些外在微妙因素之机，企图引进政治来干扰正常的学术讨论，均完全超出了学术研究的范围了……

后来，文洁若在其论文集《文学姻缘》（湖南人民出版社1997年）的序中也提到了这个事情，她写道：

> 我在介绍幸田露伴、泉镜花、谷崎润一郎、芥川龙之介、宫本百合子、五味川纯平、三浦绫子、远藤周作及大江健三郎时，着重写了他们反对日本军国主义者发动的那场不义战争的态度。（中略）可惜我国倒有些人居然置民族感情于不顾，曾试图于1995年秋季在武汉大学召开三岛由纪夫国际研讨会，从而掀起一股三岛由纪夫热。这些人竟全然忘记了三岛由纪夫是个鼓吹军国主义复活的反动文人。幸而由于有关方面及时制止，未成事实。

看来，我国日本文学翻译研究界对"三岛由纪夫国际研讨会"事件，看法有所不同。但有一点大家是一致的，就是认为三岛由纪夫的作品是可以翻译介绍的。但是，对三岛由纪夫这样一个作家，翻译之外的其他大范围的活动，往往可能会传达出事与愿违的信息，引起国外舆论的误解。因为三岛由纪夫毕竟不是一般的文人和一般的作家。

就在"三岛由纪夫国际研讨会"举办的前后（1994—1995年），作家出版社出版了一套空前规模的"三岛由纪夫文学系列"。该译丛由千叶宣一作顾问，叶渭渠主编，唐月梅等为副主编。译丛共分11卷，约230多万字。其中包括唐月梅译《假面的告白·潮骚》《金阁寺》《春雪》，许金龙译《爱的饥渴·午后曳航》《奔马》，许金龙等译短篇小说集《忧国·仲夏之死》，刘光宇、徐秉洁译《晓寺》，林少华译《天人五衰》，申非、许金龙译近代能乐、歌舞伎集《弓月奇谈》，申非、林青华译散文随笔集《阿波罗之杯》。另外，日本文学研究专家、翻译家唐月梅（1931年生）著的《怪异鬼才——三岛由纪夫传》作为"三岛由纪夫文学系列"丛书之一最先出版。这是我国第一部三岛由纪夫的传记。此前她曾发表过数篇有关三岛由纪夫的研究论文，《三岛由纪夫传》可以说是她的三岛由纪夫研究的总结性的著作。作为一部学术性的传记，广泛吸收了日本人的研究成果，利用了大量材料，全面系统地研究评述了三岛由纪夫的生平和创作生涯，观点基本上是科学、中肯的，在总体水平上超过了日本及日本国外的同类著作，堪称了解三岛由纪夫的必读书。《三岛由纪夫文学系列》反映了三岛由纪夫在中长篇小说、短篇小说、戏剧、散文等方面的大体面貌。绝大多数译文忠实、准确、流畅可读。但由于上述的原因，"丛书"出版后，一时被禁止发售。不过，在北京及全国各地的私人经营的书摊、书店里，很快就有该译丛的销售。到1998年以后，这套丛书被北京的一些大书店公开摆上了书架，并进入了中国国家图书馆等各大图书馆。1999年1月，中国文联出版社出版了叶渭渠主编的三卷本的《三岛由纪夫小说集》，其中卷一为杨炳辰翻译的长篇小说《禁色》，卷二为杨炳辰翻译的中篇小说《心灵的饥渴》（另收《宴后》），卷三为杨伟译的长篇小说《镜子之家》。从选题的角度，可以把这三卷本的《三岛由纪夫小说集》看作是《三岛由纪夫文学系列》的续编。在三卷本的基础上，

1999—2000年，中国文联出版社又出版了叶渭渠、唐月梅主编的《三岛由纪夫作品集》。此套丛书共有十种，其中有中长篇小说卷《禁色》《镜子之家》《心灵的饥渴》《恋都》《纯白之夜》《沉潜的瀑布》《春雪》，短篇小说卷《走尽的桥》，散文随笔集《残酷之美》《太阳与铁》，其中有一些作品是首译。这样，三岛由纪夫的主要作品（特别是小说），大部分就有了中文译本。

随着三岛由纪夫作品在中国的翻译出版，1980年代后期至1990年代，在我国各种学术性杂志中，也出现了一些三岛由纪夫的研究与评论文章。有些重要文章，收在了叶渭渠等主编的三岛由纪夫研究论文集《三岛由纪夫研究》（开明出版社1996年）中，其中有叶渭渠的《三岛由纪夫的精神结构与美学》、隋玉林的《三岛由纪夫与天皇制——〈文化防卫论〉批判》、唐月梅的《三岛由纪夫美学的重层性》、莫言的《三岛由纪夫猜想》、余华的《三岛由纪夫的写作与生活》、王向远的《三岛由纪夫小说中的变态心理及其根源》等。以这本评论集中的文章为例，有的评论者承认三岛在文学艺术方面的天才是特异性，同时也指出了三岛文学与"美学"的实质，如作家余华在《三岛由纪夫的写作与生活》一文中指出："三岛由纪夫混淆了全部的价值体系，他混淆了美与丑，混淆了善与恶，混淆了生与死，最后他混淆了写作与生活的界限，他将写作与生活重叠到了一起，连自己也无法分清。"王向远在《三岛小说中的变态心理及其根源》一文中认为，"三岛文学中的变态心理既不是一般的颓废主义，也不是他人所说的'唯美主义'。他被人划为'战后派'，但又与反对和揭露战争、期望和平与民主的战后派作家截然相反。三岛由纪夫的小说在道德的堕落中有着清醒的理智，在唯美的颓废中有着强烈然而又是反动的政治信念和追求。他小说中人物的倒错心理，是他与战后日本社会畸形对抗关系的一种艺术透射和隐喻。虐待（施虐与自虐）心理是他面对丧失了神圣性的日本武士道传统时的一种无可奈何的愤恨情绪的发泄，嗜血心理基于他残暴的武士阴魂的复活与冲动，趋亡心理则基于三岛由纪夫以毁灭、死亡求得永存的'殉教'倾向。一句话,三岛文学的倒错、虐待、嗜血与趋亡等变态心理是日本传统武士道精神在当代社会中的畸变"。针对有人所说的三岛由纪夫只是鼓吹"文化概念"上的天皇制,而不是"政治概念"上天皇制的问题,隋玉林在《三岛由纪夫与天皇制》中指出,如果不是"政治概念"上的天皇制导致日本的战败投降,"他(三岛由纪夫)还会反对所谓政治概念上的天皇制吗?他不满足于天皇的象征性,他要把军权交给天皇,他还要来一次造神运动把天皇重新抬上神位"。"他对昭和天皇有点恨,那是恨他不争气,恨他自己宣布《人的宣言》。"关于有人所说的三岛由纪夫剖腹不是搞"政变",隋玉林指出:"三岛煽动自卫队目的在于率领他们冲进国会,强迫国会通过他所设计的修改宪法草案,这显然就是政变。(中略)如果只是宣传自己的思想,又何必非找自卫队不可呢?如果不是煽动政变而只是宣传武士道精神,难道他要自卫队都学他来个集体剖腹吗?历史车轮滚滚向前,螳臂当车自取灭亡。总而言之,我只能说三岛由纪夫是个妄图阻止历史和文化发展的、反动的民族主义者和复古主义者。他的文学的社会价值等于是个负数。"

## 第七节 对朝鲜—韩国文学的译介

### 一、古典文学的译介

朝鲜文学具有悠久而又丰厚的文学传统,在亚洲文学,特别是东亚文学中占重要地位。

朝鲜古代文学,分为汉文文学和朝文文学两类。朝鲜自古就使用汉字汉文记事写作,1444年朝鲜的独特文字"训民正音"(也称"谚文")正式颁布,但此后的数百年间,汉字汉文仍在官方和知识阶层通用,谚文只被看作是没有文化的人使用的俚俗文字。一直到19世纪末，汉诗汉文在相当长的历史时期内是朝鲜文学的主导形态。历史上许多朝鲜文人一直不断地到中国留学、居住或游览，和中国文人保持密切关系。当时的中国文人显然是把朝鲜人的汉诗汉文看作是中国文学的一个组成部分。唐代的《乐府诗集》中就记载了朝鲜古诗《公无渡河》。朝鲜文人写的一些诗歌，如新罗时期的著名诗人王巨仁、崔致远的诗，也被收在《全唐诗》等中国古代文献中保留下来。宋代的《小华集》是中国人编辑的朝鲜汉诗的第一个专集。明代又有吴明济编的《朝鲜诗选》。明代钱谦益的《列朝诗选》、清代朱彝尊的《明诗综》和沈德潜《明诗别裁集》、褚人获的《坚瓠集》中，都收录了不少朝鲜汉诗。这表明朝鲜汉语文学在中国是有较大影响的。到了1920年代以后，随着朝鲜民族主义思想的觉醒，谚文作为朝鲜语文才完全取代汉文，成为朝鲜人和朝鲜文学的通用语言。

我国对朝鲜文学的译介，开始于20世纪初。对于朝鲜的汉文文学，不必翻译，即可直接引进。客居中国的朝鲜近代诗人金泽荣（1850—1927年）曾在中国出版《韶护堂集》和《丽韩十家诗钞》。到1932年，上海槿花出版社出版了《韩国文苑》。《韩国文苑》是朝鲜历代汉诗汉文的选集，由韩国人赵素卬编。该书分上下篇，合订一册，大32开本，318页。上卷六篇为汉文，收历代帝王、文人的各种文书、诏书、尺牍、碑文、榜文、序文、徽文、奏疏、遗训、游记等各种文体的散文四十三篇；下篇三卷为汉诗，收历代汉诗四百多首。这是在我国编辑出版的规模最大、选材最全面的朝鲜汉诗汉文的选集，至今仍有重要的文献价值。1930—1940年代，我国翻译的朝鲜语作品，最多的一类是民间故事、童话等，均在上海出版。如，1930年上海儿童书局出版的清野编的民间故事传说集《朝鲜传说》，1932年上海女子书店出版的刘小蕙翻译的《朝鲜民间故事》，还有《朝鲜现代儿童故事集》（邵霖生编译）、《朝鲜童话》（吴藻溪编译）等。

在古典文学翻译方面特别需要强调的是1956年作家出版社出版的

《春香传》。《春香传》在朝鲜是家喻户晓的名著,是以民间传说、说唱为基础形成的朝鲜语长篇小说。描写的是艺妓之女春香与才子李梦龙的悲欢离合的爱情故事,并对贪官污吏卞学道之流做了揭露和批判。1956年,作家出版社出版了陶冰蔚、张友鸾合译的《春香传》。该译本卷首有朝鲜学者尹世平写的《关于春香传》一文,详细地论述了《春香传》产生的历史背景、版本、故事梗概、主题思想及其在文学史上的意义。译者在"译后记"中交待了有关翻译的情况,其中说:"原作所用文字,是朝鲜的谚文古语(绝大部分是全罗道方言);原作是说唱形式,体裁近于我国古代的'词话',有些地方有韵律,采用古语较多。因此,如何译成中文,是一个重要的问题。翻译时根据各方面的意见,进行了反复的研究和实验,最后认为译成目前这样的形式是比较合适的。这样来翻译,一方面是企图保存原作的风格,一方面也为了不致影响读者的阅读。"《春香传》的译本效果完全达到了译者的努力目标。译文采用中国说唱文学的笔调,句子较短,讲究节奏和韵律,通俗流畅而不失庄重典雅。如译本第五页的一段文字:

> 不觉间,已到三春时候,杂花生树,飞鸟穿林。春色怡人淡复浓,南山花放北山红,杨枝吹作千条线,唤侣黄鹂弄晓风。只见那百花深处,杜鹃成群,飞去飞来,争鸣不已,把春光点缀得十分熟透。真是一年好景,旖旎风光。

这样的译文,真是形神毕肖,天衣无缝,在我国东方古典文学的翻译中,堪称精品。

《春香传》在朝鲜还被改编成了朝鲜独特的民族戏曲形式——唱剧。也是在1956年,唱剧《春香传》在中国上演,引起了中国观众的兴趣。同年,根据《春香传》改编的越剧剧本由人民文学出版社出版。当时,《人民日报》《文艺报》《解放军报》等重要报刊都发表了专门的评论文章,对《春香传》做了热情的赞扬和评论。1980年代初,根据《春香传》改编的朝鲜同名电影在中国上映,使《春香传》进一步为当代中国人所熟悉。1980—1990年代,《春香传》作为朝鲜古典名著,被写进了各种"东方文学史"类的专著或教科书,并做重点评论和分析。有关学术期刊上刊载了几篇研究和评论《春香传》的文章,包括曹汾的《〈春香传〉的艺术成就》(载《外国文学欣赏》1984年第3期)、杨乃晨的《〈春香传〉是一枝传播与发展中国文化的娇艳之花》(载《东疆学刊》1991年第1期)等。2001年,辽宁大学出版社出版了张朝柯教授的专著《〈春香传〉的创作及影响》。该书是我国第一部研究《春香传》的专门著作,全面深入地探讨了《春香传》的时代背景、文学渊源、人物形象、主题思想、艺术成就、民族特色等,并专章论述了中国文学对《春香传》的影响。

《沈清传》是18世纪后形成的一部宣扬孝道的朝鲜古典小说,它和《春香传》《兴夫传》并称朝鲜"三大传",在朝鲜民间广为流传,现代以来又被改编成唱剧和电影。1956年,朝鲜国立民族艺术剧团来我国访问,曾经在我国各大城市演出《沈清传》。此前,《沈清传》还被改编为我国的越剧,在北京、上海等地演出过。1959年,北京的中国戏剧出版社出版了唱剧剧本《沈清传》。这个剧本共分五幕,由梅峰翻译,在翻译时参考了朝鲜平壤外国文学出版社出版的中译本。同时,中国电影发行公司译制的同名电影也在中国上映。值得注意的是,当时我国的评论者从肯定《沈清传》的前提出发,并没有按照当时通常的思路,对作品中宣扬的子女为克尽对父亲的孝道而牺牲自身的封建道德伦理做否定和批判,而是认为作品表现了"朝鲜民族的伟大传统——舍己为人的人道主义思想"。(见《沈清传》译者前记)

1980—1990年代,北京大学东语系朝鲜语言文学专业的韦旭昇(1928—2018年)教授,对朝鲜古典文学的译介做出了突出的贡献。他对朝鲜的古典小说《谢氏南征记》《九云梦》《壬辰录》《玉楼梦》等四部作品做了整理、校注或翻译。1989年，韦旭昇的《〈抗倭演义〉（壬辰录）及其研究》由北岳文艺出版社出版。《壬辰录》是以1592年（壬辰年）朝鲜和中国明朝联合抗击日本入侵为题材的历史演义小说，分汉文版和朝文版两种版本。韦旭昇对作品形成的背景及与史实的关系，作品的内容、人物形象、艺术性、版本等问题做了深入细致的评价和研究，并对朝文版本做了整理，又将朝文版本译成了中文。1989年，北岳文艺出版社还出版了韦旭昇整理、翻译的朝鲜古典小说《玉楼梦》。该小说是19世纪中期朝鲜作家南永鲁的作品。小说的背景和人物都是中国的。它以家庭婚姻生活为中心，描写了主人公杨昌曲娶两妻三妾的过程。韦旭昇在译本序言中，一反通常的看法，认为代表朝鲜古典小说最高成就的，不是《春香传》，而应是《玉楼梦》。他认为《玉楼梦》在思想上表现了五个方面的内容："一、根深蒂固的民族意识，二、昭如日月的慕明恶清的感情，三、泾渭分明的忠奸之别，四、源远流长的党争之悖，五、志在革新的实学倾向。"他还认为《玉楼梦》在艺术上也是相当成熟的，甚至将它称为"朝鲜古典文学中的《战争与和平》（托尔斯泰）式的著作"。韦旭昇整理的另外两部作品《九云梦》（一名《九云记》）和《谢氏南征记》（一名《南征记》）是朝鲜最早的长篇小说。作者都是金万重（1637—1717年）。两部小说是姊妹篇，它们都用朝鲜文写成，后来又由金万重的堂孙金春泽译成汉文。两部作品的背景和人物都是中国和中国人。《九云梦》的背景是唐朝，《谢氏南征记》的背景是明朝，但反映和影射的还是朝鲜李朝的宫廷政治和贵族家庭状况。韦旭昇的校注本对原本做了仔细的校勘和注释。1986年，北岳文艺出版社出版了《九云梦》的校注本，次年，中州古籍出版社出版了《谢氏南征记》的校注本。两书的出版，不仅引起了我国读者和学术界对朝鲜古典文学问题的关注，而且还促进了人们对中朝文学关系问题的思考。由于《九云梦》《谢氏南征记》从思想内容到艺术形式，再到作品的语言，都有相当程度的中国化，以至有时很难看出它们是朝鲜小说。因此，1980年代，有的学者将北京国家图书馆所收藏的汉文本《南征记》刊出，认为它是孤本，并由此推断它本来就是中国小说。1990年代中后期，中国学术界有人认为《九云梦》本来就是中国小说，是先有了汉文本，后来才有的朝鲜文的译本。有人则持相反的看法，认为它还是朝鲜的作品。《文艺报》《延边大学学报》等报刊都刊登了这方面的讨论文章。《中华读书报》1998年8月12日刊登了一篇综述性的文章，题为《〈九云记〉是中国小说还是朝鲜小说？——两派都说"铁证如山"》。看来，关于这些作品的"国属"问题，讨论还会进行下去。

朝鲜李朝时期著名的实学派文学家朴趾源（号燕岩，1737—1805年）用汉文写成的记录中国见闻的《热河日记》，既有思想和文献的价值，也有很大的文学价值。此书篇幅较大（30余万字），内容很丰富，不但记录了18世纪后期中国的政治、社会和风俗人情，还介绍了在中国了解到的西欧的科学技术，表现了作者提倡实学的思想主张，并因此受到了保守的儒学者的鄙视，而长期不能出版，直到20世纪才公开刊行。1916年，金泽荣将燕岩的部分遗稿编为《燕岩集》（三册）在上海出版。1980年代后，中国陆续出版了《热河日记》的几种校点、校注本。其中，以上海书店出版社1997年出版的朱瑞平的校点本较为重要。我国学者还发表了多篇研究朴燕岩的文章，如陶冰蔚1957年在《文艺报》第3期、《光明日报》12月11日，分别发表了《朝鲜卓越的现实主义大师——纪念朴趾源诞生220周年》和《18世纪的朝鲜伟大作家——纪念朴趾源诞生220周年》两篇文章。

## 二、现代文学的译介

对朝鲜现代新文学的译介，开始于1940年代。1943年和1946年，上海的文星出版社和永祥出版社先后出版了范泉翻译的、在当时日本殖民统治下的朝鲜文坛颇为活跃的作家张赫宙的长篇童话《黑白记》和散文集《朝鲜春》。

1948年,朝鲜南北方分别建立了朝鲜民主主义人民共和国(朝鲜)和大韩民国(韩国)。1950年代初,爆发了南北战争。为遏制美国可能对中国的进攻,中国组织志愿军"抗美援朝",并在战争中与北朝鲜结下了深厚的友谊。这种国家关系的背景直接促使了1950—1960年代中国译介朝鲜文学高潮期的到来。1950—1960年代,我国翻译出版的北朝鲜文学作品总数近一百来种,包括小说、散文、诗歌、戏剧文学、报告文学等。北朝鲜文学是同时期我国翻译最多的外国文学之一,所译作品几乎都与当时的时代、政治密切相关,其内容大体包括:一、日据时期、抗日时期及北朝鲜建国前后的左翼文学(无产阶级文学)作品;二、建国后以朝鲜近现代史为题材,揭露日本殖民统治罪恶、表现抗日斗争,或以南北战争为题材,揭露美帝国主义和南朝鲜政权的作品;三、歌颂伟大领袖金日成的作品;四、描写和歌颂朝鲜的"千里马"运动等社会主义建设成就的作品。总体来说,其中的大部分译本的历史文献价值大于其文学价值。从翻译文学的角度看,所翻译的1930—1940年代的有些左翼作家的重要作品,还是有一定的文学价值的。

在左翼作家作品的译介中,译介的最多、在中国影响最大的,首推李箕永(1895—1984年)的作品。1951年,我国的《新朝鲜》杂志第6期发表了韩晓的《作家李箕永》一文,介绍了李箕永的生平与创作情况。1954年,《新朝鲜》杂志第10期发表了朴石丁的《读李箕永的小说〈图们江〉》。1955年,《新朝鲜》第5期发表了《李箕永的创作生活》一文;1958年,该杂志又发表了延长烈的《李箕永和他的文学》。1957年,上海新文艺出版社出版了李根全、关山翻译的长篇小说《故乡》(原作1933年),这是朝鲜现代文学、也是东方各国现代文学中艺术水平最高的杰作之一。《故乡》没有左翼文学中常见的刻板的说教,对朝鲜农村生活的描写极为生动,对人物的心理和行为的刻画极为传神,中国的有关评论文章和文学史著作均给予高度赞赏和评价。1978年,上海译文出版社又将该译本再版重印。也是在1957年,作家出版社出版了冰蔚、赵仁杰、许文湖合译的李箕永的另一部长篇小说《土地》，原作写于1948年，描写的是1945年后北朝鲜所进行的土地改革。李箕永为中译本写的《写在"土地"中译本之前》冠于卷首，文章最后说："如果中国人民能够通过《土地》嗅到一点朝鲜土地的气息，如果说《土地》能对中朝两国人民的兄弟般的友谊和团结有点帮助的话，我将认为是我最大的光荣和愉快。"1980年代初，人民文学出版社策划出版"朝鲜文学丛书"，宣德五、敏慧翻译的《李箕永短篇小说集》被列入丛书中，并于1983年出版。这个集子选译了作者1920年代中期到1930年代创作的15篇小说，其中包括处女作《哥哥的密信》和《鼠火》《穷人》《造纸工厂村》等重要作品。同时，《外国文学研究》等学术期刊还发表了关于李箕永的研究论文。

韩雪野（1900年生）是和李箕永齐名的重要的左翼作家，他的作品也是我国翻译介绍的重点。1951年《新朝鲜》杂志刊登了严浩的《作家韩雪野》一文，1958年《新朝鲜》又发表了金鸣水的《韩雪野和他的创作活动》。1959年，上海文艺出版社出版了武超等翻译的以劳资斗争为题材的长篇小说《黄昏》（原作1936年），同年，人民文学出版社出版了描写工人生活的长篇小说《大同江》（原作1952年）。1960年，上海文艺出版社出版了冰蔚译的自传性长篇小说《塔》（原作1941年）。

中国译介其他重要的朝鲜左翼作家还有姜敬爱、朴八阳、赵基天、赵明熙、崔曙海、千世峰、宋影、尹世重等。译介重要的集体创作作品有《血海》《卖花姑娘》等；综合性的集子有《朝鲜现代戏剧集》《朝鲜短篇小说选》等。这些作家作品都是在1980年代中期之前翻译的。1980年代中期一直到1990年代末，由于种种原因，对北朝鲜文学的译介岑寂下来。与此同时，译介的视野逐渐转向了南方的韩国。

韩国文学与朝鲜文学在意识形态上完全不同。批判社会现实的现实主义作品、各种具有现代主义特征的作品，构成了韩国文学的主流。1950年代到1980年代初，我国与韩国几乎处于隔绝状态，译介韩国文学完全不可想象。改革开放后，我国与韩国的隔绝状态慢慢被开启，韩国文学的译介也开始起步了。1978年,《国外社会科学》杂志第四期发表了沈仪琳的《南朝鲜的小说创作和文学评论倾向》一文,这也是我国最早的一篇介绍南朝鲜文学的文章。1980年,《国外社会科学》第10期又发表了沈默的《南朝鲜作家谈战争文学》一文。1981年,《外国文学动态》发表了金晶的《南朝鲜文学简介》;同年《花城》杂志第4期发表了李青石的《南朝鲜的汉学与汉文学》。此后,有关南朝鲜文学的信息也越来越多了。到了1983年,上海译文出版社出版了枚之等翻译的《南朝鲜小说集》。这是我国出版的第一本韩国的小说集。当时国际关系尚处于"冷战"时期,中韩两国还没有外交关系,出版这部小说集是需要眼光和魄力的。译者在"译后记"中说:"三十七年来,南北双方互有隔绝,不仅政治制度不同,经济水平各异,连语言文字都有了差别。作为一个统一的民族,这是不能容忍的。所以朝鲜人民把统一祖国视为头等重要的任务。我们中国人民一向同情朝鲜兄弟,关心他们统一祖国的事业。但是,我们对于南朝鲜的状况比较隔膜,而对于南朝鲜的文学则尚未介绍过。这就促使我们考虑能不能发掘一些直接来自南朝鲜的材料,以供有关方面参考。于是,我们编选了这个集子,希望它多少能给广大读者带来一些具体的感受。"虽然这部小说集是以"内部发行"的形式同读者见面的,但它的印数多达近四万册,在读者中有一定的影响。到了1989年,出版社又以《深夜的拥抱》为书名,将该译本重印,并且不再"内部发行"了。这部《南朝鲜小说集》收译了1920—1970年代各个不同时期、不同风格流派,以短篇小说为主,兼收中长篇小说的韩国文学中的名家名作,共16篇,计47万字。其中有些作品在韩国文学史上占有重要地位,如金东仁(1900—1951年)的短篇小说《船歌》、廉想涉(1897—1963年)的短篇小说《双方的破产》、徐基源(1930年生)的《深夜的拥抱》、河瑾灿(1931年生)的《受难的两代》、金承钰(1941年生)的《汉城一九六四年冬》、李炳注(1921年生)的中篇小说《亡命的沼泽》、全光墉(1919年生)的长篇小说《裸身》等。

1989年，北京的社会科学文献出版社出版了金晶主编、多人合译的《南朝鲜"问题小说"选》。1960—1970年代，韩国的政治矛盾和社会问题突出，一些有责任感的作家不满于"为艺术而艺术"的"纯文学"，而主张参与社会生活，他们的文学被称为"参与文学"。《南朝鲜"问题小说"选》所选作品，实际上就是1960—1970年代的所谓"参与文学"。本书所选译的十四篇短篇小说，都是韩国"参与文学"很有代表性的作品。如尹兴吉的《留下九双皮鞋的男人》、赵世熙的《网中九刺鱼》、千世胜的《黄狗的悲鸣》、李清俊的《残忍的都市》等。所选的这些作品，对于中国读者了解韩国1960—1970年代的社会现实及"参与文学"的特点，都是十分有用的。

1990年代后，韩国文学的中文译本陆续出版。其中，既有老作家的名作，如廉想涉的长篇小说《三代》（上海译文出版社1997年），也有当代作家的新作，如李文烈的长篇小说《扭曲了的英雄》和《人的儿子》（学林出版社1995，1997年）、安东民的《圣火》（人民文学出版社1995年）、韩末淑的长篇小说《美的灵歌》（社会科学文献出版社1997年）、李殷相的诗集《鹭山时调选集》（中国和平出版社1994年）。许世旭的诗集《东方之恋》（三联书店1994年）和《徐世旭散文选》（百花文艺出版社1991年）等。还有一些通俗小说也被译介过来。

### 三、对朝鲜—韩国文学的评论及文学史的研究

我国对朝鲜文学及文学史的介绍、评论与研究，开始于1920年代。1925年，《语丝》杂志1月26日第11期发表了开明的《朝鲜的传说》一文，是现在可以查到的最早的介绍朝鲜文学的文章。此后一直到1949年，有关朝鲜文学的评论和研究处于空白状态。1949年3月，《小说》杂志第2卷第3期发表了蒲剑的文章《北朝鲜的人民文艺》，预示了1950—1970年代我国朝鲜文学评论和研究高潮期的到来。1950年代后，我国的有关的报纸杂志每年都有两三篇以上的朝鲜文学的评介文章。主要是介绍北朝

鲜的文坛状况,评论当时认为是重要的作家作品,如上述的李箕永、韩雪野等。革命话剧《红色宣传员》的评论文章也较多。也有若干古典作家的研究或纪念文章。如1961年,在朝鲜17世纪著名诗人朴仁老(1561—1642年)诞生四百周年的时候,我国的《光明日报》《工人日报》《羊城晚报》等报刊,都发表了纪念文章。1980年代后,我国的朝鲜文学的介绍和研究由北朝鲜而及于韩国。评论和研究的范围也从古典文学一直到当代文学。在古典文学方面,有研究《春香传》《谢氏南征记》《九云梦》等古典名著以及神话、汉诗文、新罗乡歌、时调等文学样式的论文,也有关于古典诗人、作家崔致远、李奎报、李齐贤、金时习、朴仁老、许筠、李德懋和近代作家李光洙等人的研究文章。

对朝鲜—韩国文学史的系统的研究,也开始于1980年代后。1983年,韦旭升教授的《朝鲜文学史》由北京大学出版社出版。该书是我国出版的第一部朝鲜文学史专著,在我国朝鲜文学史研究上具有开创性的意义。韦著《朝鲜文学史》共35万字,研究范围是现代新文学产生之前的朝鲜传统文学。分为四编,第一编是"上古至三国时期的文学",第二编是"统一后的新罗时期的文学",第三编是"高丽时期的文学",第四编是"李朝时期的文学"。每编之前都有"概说",论述本时期文学的背景、概况和特色。书中所提供的大量丰富的资料,对我国读者来说大都是首次见到。对重点作家作品的分析也相当透彻,对古代作品(如《春香传》《沈清传》)中的思想糟粕,也做了实事求是的分析和评价。迄今为止,韦旭升的这部专著仍然是我国学者著述的仅有的一部汉文版本的朝鲜文学史,具有不易替代的学术价值。

1990年,我国延边大学自己培养的第一位朝鲜文学专业的博士金柄珉的博士论文《朝鲜中世纪北学派文学研究——兼论与清代文学之关系》(21万字),由延边大学出版社出版。所谓"北学派",是"实学派"中的一个流派,以提倡"北学"(指当时先进于朝鲜的清代的文化科学技术)为特征的思想与文学流派,其代表人物有朴趾源、洪大容、李德懋、刘得恭、朴齐家等。金柄珉的论著在吸收和消化韩国的有关研究成果的基础上，首次将北学派作为一个独立的文学流派，并对该派的文学活动、文学观念、创作意识、审美表现、与我国清代文学的关联、在文学史上的性质与地位等问题，进行了深入细致的梳理和研究。从博士生导师郑判龙为论文写的序言中得知，国内研究朝鲜文学的专家教授，如许虎一、韦旭升等，都对论文做出了充分的肯定和高度的评价。此外，全柄珉还有《对朝鲜近代小说的历史考察》（1984年）、《朝鲜文学史》（近现代部分）等著作。

1994年，金柄珉与延边大学的另一位文学博士金宽雄合著的《朝鲜文学的发展与中国文学》由延边大学出版社出版。本书按历史线索分五章论述了从古代到现代朝鲜文学的发展历程及其与中国文学的关系，可以说是一部较系统的中朝文学关系史。

金宽雄博士在朝鲜文学史的研究中也颇有成绩。他的主要著作有《李朝以前中朝叙事文学之关系》（1985年）、《朝鲜小说叙事模式研究》（1990年）、《朝鲜古代小说史·上卷》（1998年）等。其中，由延边大学出版社出版的《朝鲜古代小说史·上卷》，是我国第一部系统介绍朝鲜古代小说发展史的专著。已出版的上卷包括"通论"和"汉文小说史"两大部分。下卷则专门讨论朝鲜文小说的发展史。

在韩国古代诗话方面，延边大学出版社出版了两部著作。一部是任范松等著的《朝鲜古代诗学研究》（1995年），一部是郑判龙主编的论文集《韩国诗话研究》。其中，《韩国诗话研究》收论文十九篇，有韩国学者赵钟业的《韩国诗话的特性》、中国学者蔡镇楚的《中国诗话与韩国诗话的比较》、韦旭昇的《朝鲜诗话对中国诗话的借鉴》等。

1994年，北京大学出版社又出版了两部关于朝鲜文学的研究著作。一部是李岩博士的《朝鲜李朝实学派文学观念研究》，一部是朴忠禄教授的《朝鲜文学论稿》。李岩的《朝鲜李朝实学派文学观念研究》也是一篇博士论文。论文的研究对象"实学派"是17—19世纪中叶朝鲜封建社会末期出现的思想流派兼文学流派,在研究范围上与上述的金柄珉的论著是有所重合的。指导教师郑判龙教授在该书"序言"中说:这部书"既尊重前人成果,也发扬实事求是、力求探新的学术精神,对朝鲜实学派文学观念进行了系统、全面、深入的研究"。全书共22万余字,对实学派文学观念形成的思想文化基础、发展与演变的轨迹、代表性的文学家朴趾源、丁若镛的文学思想以及实学派的文学观念在朝鲜文学史上的地位与影响等,做了详细、全面的论述和分析。《朝鲜文学论稿》是一部论文集,共收22篇文章,内容分三个部分。第一部分,是关于朝鲜李朝时期的几位作家、诗人,包括金时习、林悌、尹善道、丁若镛、金笠、黄铉、李建昌、金泽荣的评介文章;第二部分,是关于朝鲜近现代的"新小说"以及几位作家、诗人,包括申采浩、罗稻香、玄镇健、金素月、韩云龙、赵明熙、金中建、尹东柱等人的评介文章;第三部分,是关于朝鲜文学与佛教文化的关系以及李白、杜甫对朝鲜文学影响的比较文学研究的论文。这些文章最初似乎是用朝鲜文撰写或发表的,汉文译文由紫荆、杨伟群、何镇华等翻译。书中文章所涉及的许多作家诗人和许多问题,作为汉文材料是第一次问世的,可以丰富读者对朝鲜文学的认识,加深读者对中朝文学关系的理解。

除了我国学者自己的著作外,近几年来我国还陆续出版了三种韩国学者撰写的有关朝鲜—韩国文学史的著作。第一种,是韩国学者金台俊的《韩国汉文学史》,该书由张琏瑰翻译,社会科学文献出版社1996年出版。译者在译序中说:"金台俊写于30年代的这本书虽然篇幅不长,行文简约,但内容丰富,结构严谨。因此刚一问世,即被学术界公认是这个领域里开创性的研究成果。这本书所厘定的朝鲜文学史范畴和主要见解,已被后学广泛继承。它已成为韩国治文学史者必读书目。"作者金台俊在书中对汉文在朝鲜文学史的地位、作用,做了科学、理智的判断和评价。他在序中指出:"自从汉文输入我国以来,我们的先祖一直用汉文编写历史,进行科举,吟诗歌,撰制文章。汉文固然有其弊缺,但觉得不是有害无益。我们不能忘记，正是汉文筑就了我们的历史文化。无论你是把汉文学看作是中国文学在朝鲜的发展，还是将之视为朝鲜文学的一部分，但任何人也绝对无法把这个宽阔博大的领域排除在朝鲜文学范畴之外。"近代以来，有些人从狭隘的民族主义出发，排斥和贬低汉文及中国文化，在此情况下，金台俊的这些看法表现出了一个韩国学者的可贵的科学态度和理性思考。

1998年，张琏瑰翻译的韩国学者赵润济的《韩国文学史》，由社会科学文献出版社出版。这部书所论述的主要是韩国国文文学的历史。篇幅较大（中文47万字），内容从古代一直到1940年代末。这部书没有像通常的文学史那样按历史朝代来划分文学史及设计章节，而是建立了文学史自身的相对独立的历史与逻辑体系，本着"国文学史实际上就是国文文学同汉文文学斗争史"，从而极力凸显朝鲜民族在文学上的独创性。

2000年，北京的民族出版社出版了金香、张春植翻译的韩国新一代学者金允植、进宇钟等32人合写的《韩国现代文学史》。原作于1980年代末出版，到1990年代又出版了增补版，论述的范围是20世纪初到1980年代的朝鲜—韩国的文学。在章节结构上，似乎是为了多人分工撰写的需要，而设计为每十年（个别为五年和十五年）一章，每章中又分"概观与诗""小说""戏剧""批评"各节，显得比较机械和零碎。尽管如此，它对我国读者仍然具有重要的参考价值。由于此前我国出版的中韩两国学者写的数种文学史，对20世纪文学，特别是1950年代至1980年代的韩国文学这一段，或者没有涉及，或者比较简略。《韩国现代文学史》中文译本的出版，可以填补我国读者在这方面的知识空缺。

总之，我国对朝鲜文学的译介已有近八十年的历史，随着今后中国与朝鲜、韩国双边关系的健康、稳定的发展，朝鲜和韩国的文学也必将越来越多地为中国读者所了解。

## 第八节　对蒙古、越南文学的译介

### 一、蒙古文学的译介

谈到"蒙古文学",应该明确几个相关的概念。古代蒙古,在元代及此后相当长的历史时期内,是大中国的一部分;那时的蒙古文学,也是中国文学的一部分。在12—14世纪,蒙古民族出现了《蒙古秘史》那样的凝聚着蒙古传统文化和文学精华的古典名著,还有流传甚广的史诗《格斯尔王传》《江格尔》及有关成吉思汗的故事传说,如《成吉思汗的两匹快马》《黄金史》等。同时还翻译、改编了大量的藏族文学和汉族文学。现代蒙古文学,有一部分仍是中国文学的一个组成部分,即内蒙古自治区的蒙古族文学。另一部分是1921年独立后,特别是1924年"蒙古人民共和国"成立以后的蒙古文学。我们在这里要谈的"蒙古文学",不是指蒙古族的文学,而是蒙古人民共和国的文学,即习惯上所称的"外蒙古文学"。

蒙古人民共和国的文学,起步于1920—1930年代。我国在1946年承认外蒙独立,1949年新中国成立后与蒙古建交,为我国的蒙古文学译介奠定了基础。蒙古在独立后以苏联为榜样建立了社会主义国家,在所有方面,包括在文学上都向苏联学习。党和政府都要求作家们保持文学的党性原则,以苏联所谓的"社会主义现实主义"为"创作方法",歌颂蒙古人民革命党及其领袖人物,歌颂苏联领导人列宁、斯大林,歌颂与苏联的友谊,宣传社会主义建设的成就,反封建、反宗教,表现阶级矛盾和阶级斗争等等,成为文学作品的基本题材。文学通常被用作党的舆论工具和宣传手段。而这一切,又与现代中国有很大的相似和相通。因此,中国翻译蒙古文学，首先是基于意识形态上的认同。1950—1960年代，我国通过蒙古文和俄文，大量译介蒙古文学。在蒙古文学史方面，1958年，作家出版社出版了张草纫翻译的苏联学者米哈依洛夫的《蒙古现代文学简史》。那时，蒙古现代文学诞生刚刚三十来年，苏联学者在蒙古现代文学研究方面付出了不少的努力。米哈依洛夫的这部《蒙古现代文学简史》是蒙古国内外第一部文学史。它的中文译本的出版，为中国读者系统了解从1920—1950年代的蒙古文学提供了方便。1950年代，有关报刊上还发表了数篇介绍蒙古文学的文章，主要有：1953年7月11日《光明日报》发表沈向源的《歌唱革命现实的蒙古诗人》，1959年《译文》杂志第10期发表丁师灏的文章《蒙古的现代新文学》，1959年《世界文学》（原《译文》）杂志第4期和第12期分别发表《达·僧格小传》和《策·达木丁苏伦小传》。同时，不少蒙古现代作家作品也陆续被译介过来。译介比较多的作家，有那楚克道尔基、达木丁苏伦、仁亲、僧格、德·策伯格米德等。

达·那楚克道尔基（1906—1937年）是蒙古现代文学的奠基者和代表作家之一，曾任蒙古作家协会主席。主要作品有诗歌《我的祖国》、剧本《三座山》和若干短篇小说。1955年，上海新文艺出版社出版了伊·霍尔查、陶·漠南合译的《我的祖国——蒙古人民共和国诗集》，收那楚克道尔基的长诗《我的祖国》和另外五位诗人的诗共六首。1959年，中国戏剧出版社出版了安柯钦夫翻译的那楚克道尔基的剧本《三座山》。这个译本写于1934年，写的是一对青年男女遭到封建势力的迫害而双双殉情自杀的悲剧故事，在蒙古长演不衰，备受欢迎，被誉为蒙古的"国剧"。可惜中文译本是另外一个作家达木丁苏伦的改编本，将悲剧结局改为圆满的喜剧，突出了主人公的反抗。而那楚克道尔基的原作，在中国读者中一直没有译本。

策·达木丁苏伦（1908—1986年）是蒙古现代文学的代表人物，在诗歌、小说和学术研究方面都很有建树。他的作品具有"党的文学"强烈的政治性,也有蒙古民间文学的形式与风格。我国出版了达木丁苏伦作品的两种重要的译本。一种是1953年上海的文化生活出版社出版的丰子恺、丰一吟等翻译的《蒙古短篇小说集》,系从俄文转译,封面署名"达姆定苏连著",是达木丁苏伦的一个短篇小说集,收作品九篇。由于这个集子在苏联编译出版于1949年,因而所收的作品均为作者前期的作品。另一个译本是1961年作家出版社出版的《达木丁苏伦诗文集》,由张玉元翻译,丁师灏撰写译本前言。这个集子收译了达木丁苏伦1920年代末到1950年代共三十多年间的重要作品,分"诗歌""小说与散文"两部分。诗歌部分共收诗32首。其中著名的诗作有长诗《我的白发母亲》。这是一首自传体的长诗,抒写了在苏联留学的诗人对年迈的母亲深情的思念。更多的是政治抒情诗,包括《献给伟大的苏联人民》《献给伟大的中国人民》《乔巴山元帅五十寿辰祝词》《党》等。短篇小说与散文部分收作品16篇,包括《被抛弃的姑娘》《中国工人老刘》《聪明的小绵羊》《晚生的小白羊》《两个都是我的儿子》《苏莉变了》《两个白色的东西》《师徒》《知识的顶峰》《老太婆》《小走马》《愿望的故事》《一只小耳朵的小母羊》《乌勒吉特山的枣骝马》《牡牛戈木布》《三个人说一个人做》等。其中,《被抛弃的姑娘》被认为是现代蒙古第一篇用写实主义手法创作的小说,描写了蒙古贫苦牧民,特别是妇女在旧社会的悲惨遭遇。

　　达·僧格(1916—1959年)是1940—1950年代在蒙古颇有影响的作家,有诗歌、小说、剧本等多种体裁的作品,擅长军事题材的小说创作。其代表作、中篇小说《阿尤喜》,描写了蒙古人民革命军英雄阿尤喜的形象。1955年,作家出版社出版了色道尔吉的中译本。"译后记"说:"阿尤喜是蒙古人民革命军的一个侦察员。苏蒙联军在张家口以北虎沟进击日寇时,在争夺大陆上的一座桥梁的战斗中,他勇猛地深入敌阵,击退了敌人的多次进攻,保护了桥梁,使主力部队得以迅速通过,获得了重大的胜利,直接协助我人民解放军顺利解放张家口。阿尤喜自己身负重伤,在我祖国的土地上壮烈牺牲。"因此,僧格的《阿尤喜》的翻译出版,也是对阿尤喜这位为抗日战争做出贡献和牺牲的英雄的纪念。1963年，作家出版社还出版了陈乃雄翻译的僧格的诗集《深厚的感情》。

仁亲（1905—1977年）博士是蒙古著名作家、学者、翻译家。其代表作、三卷本长篇历史小说《曙光》（1951—1955年），反映了19世纪末至1930年代喀尔喀蒙古社会的巨大变迁。1958年，人民文学出版社出版了陈乃雄根据俄文版翻译的三部《曙光》。第一部《在清朝的奴役下》，第二部《水深火热中》，第三部《在战斗中成长的祖国》。仁亲为中译本写了序，开头写道："听到《曙光》在中华人民共和国被译成汉文出版的消息，我的心里又高兴又惭愧。高兴的是，我们蒙古的近代文学作品引起了我们的邻邦——兄弟般的人民中国的读者的兴趣。惭愧的是，对于有悠久的高度的古代文化的、有光辉文学传统的中国读者，我这部在工作余暇匆忙写出的、各方面都不成熟的作品，恐怕会引起乏味的感觉。"的确，《曙光》对原始材料缺乏剪裁，读者有时不免感到冗长累赘，而且其中还透露出了一些蒙古民族主义意识。但它对于读者形象地了解蒙古的现代历史是有益的。

其他比较重要的译本还有：洛德伊当巴的长篇小说《我们的学校》（诺尔博、陈乃雄译，作家出版社1955年），德·策伯格米德的歌颂蒙古革命的长诗《在墓旁》（诺敏译，作家出版社1956年），上海文艺出版社1959年出版的《策登扎布诗选》，乔·敖伊道布的剧本《路》（景鲁译，中国戏剧出版社1960年），焦吉等著短篇小说集《红旗勋章》（陈乃雄译，作家出版社1957年），策·盖达布的歌颂蒙古人民革命领袖苏赫·巴托尔的长诗《苏赫·巴托尔之歌》（邹绛译，上海文艺出版社1962年）等等。

1960年代后，中国和苏联的关系紧张，与作为苏联盟友的蒙古的关系也由热变冷，直至形成对峙状态。在这种情况下，中国对蒙古文学的译介几乎停顿下来。直到1980年代中期，中蒙关系正常化后，中国的蒙古文学译介也有所恢复。1985年，内蒙古人民出版社出版了当代蒙古著名作家策·洛岱丹巴（1917—1978年）的长篇小说《清澈的塔米尔河》（上部1961年，下部1967年）。这是蒙古文学界公认的当代最优秀的长篇小说。作品以人民革命前后的蒙古为背景，展现了蒙古社会生活的各个方面，在艺术上也较以前的作家作品有巨大进步。中文译本由温中和翻译，但只出版了上册，而下册迟迟未见问世。1970—1980年代，蒙古的社会经济增长缓慢；1990年代，受苏联解体及东欧社会主义制度崩溃的影响，蒙古社会震荡，经济处于停滞状态，文学创作也处在寻求新的出路的时期。在这种情况下，中国的蒙古文学翻译均处在中国翻译文学选题的边沿的位置。

在蒙古文学及文学史的研究方面，1980年代后出版的有关东方文学史的著作和教科书，大都讲述了蒙古现代文学的内容，其中大都以那楚克道尔基、达木丁苏伦两个作家为重点，但显然缺乏新的材料。海峡文艺出版社1994年出版的《东方现代文学史》上册，有史习成教授撰写的《蒙古现代文学》，近三万字的篇幅。史习成著《外蒙古现代文学史》一书，1996年由台北唐山出版社出版。这也是我国学者撰写的第一部蒙古现代文学史的专著。2000年11月29日，中国社会科学院召开了《蒙古秘史》成书760周年纪念会。专家们援引联合国教科文组织对《蒙古秘史》的高度评价，认为它的"独特的艺术、美学和文学传统及天才的语言，使它不仅成为蒙古文学中独一无二的著作，而且也使它理所当然地进入世界经典文学的宝库"。

### 二、越南文学的译介

越南在地理上属东南亚地区，但在文化上，却和日本、朝鲜、蒙古等东亚民族一样，属于以汉文化为中心的东亚文化圈的范围。在历史上，越南长期使用汉文，汉语文学构成了越南传统文学的主流。13世纪后，越南根据汉字创造了自己的民族文字——字喃（又称"喃字"），但汉语及汉语文学仍然通行，与字喃作品并驾齐驱。19世纪后期，越南文字拉丁化，越南文化进入近代时期，汉字和字喃的使用遂告终止。

越南古代的汉语文学，对中国读者来说无须翻译。在字喃文学中，有一部最为越南人民所珍视的古典名著，即诗体小说《金云翘传》。《金云翘传》是越南著名文学家阮攸（1765—1820年）根据中国清代的一部同名小说改编的。他将中国小说的人物情节用越南独特的民族诗体"六八体诗"，完满地表现出来。《金云翘传》全诗凡3252行，分为12卷，通过一个没落贵族家庭出身的女子翠翘的悲惨遭遇，广泛地影射和反映了越南社会的各个方面。这部名著由黄轶球译成中文，人民文学出版社1959年出版。翻译越南的字喃文学，此前没有先例，黄轶球的译文既传达了原作的韵味，又充分体现出了原作的中国文化和文学的影响。如第一卷开篇的译文：

  人生不满百，
  才命两相妨。
  沧桑多变幻，
  触目事堪伤。
  被啬斯丰，原无足异，
  红颜天炉，事亦寻常。
  闲坐灯前披古籍，
  只见"风情古录"，青史流芳。
  故事出自明朝嘉靖，
  那时四方无事，两京兴旺。
  有一家员外姓王，
  家道小康。

译文并没有机械地保持原诗两句一组、六字句和八字句相交叉的格律，而是灵活使用长短句式，同时保留韵脚，读来琅琅上口。

越南近代文学以1884年为起点。越南从1884年便沦为法国的"保护国",1940年被日本侵占,1945年日本败退,不久法国又卷土重来。1954年法国撤出,美国又染指越南南方。美国在越南的"越南战争"持续多年,直到1973年越南战争结束。由于有这样的历史经历,越南近现代文学的特点是战争题材最多,战斗性强。中国一贯同情和支持越南的反帝斗争,新中国成立后,不断给越南以种种援助,而且通过包括文学在内的种种途径,对越南的解放事业给予声援。因此,1950—1960年代前半期对越南文学的译介,在选题动机上一般都具有明显的政治性、现实性。那时译介的,主要是越南共产党统治下的越南北方文学(南方还处在美国的势力范围内)。从1952年起,《文艺报》《人民日报》《光明日报》《戏剧报》《文汇报》《世界文学》等报刊,都陆续发表文章,介绍越南文学的动态,评论有关的作家作品。其中,有几种作品在中国引起了较大的反响。首先是胡志明的《狱中日记诗抄》。胡志明是共产党领袖,越南民主共和国主席,长期从事民族独立斗争。人民文学出版社1960年出版的《狱中日记诗抄》,收胡志明1940年代初被中国国民党政府扣押在广西牢狱期间写的汉诗一百首。虽然现在读起来许多诗像是顺口溜,但出版这些诗,在当时具有政治意义。《诗抄》出版后,各报刊陆续发表了五六篇评论文章,有些文章是中国文化文学界的名流写的。如郭沫若在1960年《文艺报》第15—16期上发表《"现代诗中应有铁"——〈狱中日记诗抄〉读后感》,袁鹰在1960年5月19日《人民日报》发表《"诗家也要会冲锋"——读胡志明主席〈狱中日记诗抄〉》等。影响较大的第二种书是1964年5月和7月作家出版社出版的《南方来信》和《南方来信》(第二集)。当时越南的南北方处于隔绝状态,通信需要经过第三国转寄。1963年,越南文学出版社收集了南方信件的一部分予以公开出版,出版后引起热烈反响。作家出版社的版本是根据越南外文出版社的中译本重排的。越南中文版的序言中写道:"看了这些信,在我们眼前浮现着越南南方的种种悲惨景象,浮现着越南南方人民的英雄形象。""我们就会自然而然地置身于美吴（指美国及其扶植下的吴庭艳政权——引者注）集团控制地区的恐怖生活中；我们就会不知不觉地站在南方人民群众的身边，目睹嗜血成性的魔鬼所进行的'扫荡'和他们所犯下的滔天罪恶。"该书的中文版印刷了上百万册，影响很大。仅在1964年下半年的短短的半年内，我国从中央到地方的几乎所有重要的政治性和文学性的报刊发表的有关《南方来信》的评论文章竟有四十多篇。而且，上海人民艺术剧院还将《南方来信》改编成话剧在各地上演。对一部非纯文学作品给予如此大的关注，是异乎寻常的。它表明当时对越南文学的译介所具有的强烈的现实政治性，已远远地超出了文学本身的范围。与此相同的情况是，越南诗集《战斗的南越》中译本出版后，也掀起了一阵评论热潮。

在越南现代著名作家中，译介较多的是素友、武辉心、阮公欢、阮庭诗、苏怀等。

1956年，作家出版社出版了越南革命诗人素友（1920—2002年）的诗集《越北》（颜保、彭乃梁译）；1960年，人民文学出版社出版了素友的《素友诗集》（译者未署名），选译了五十多首诗，萧三为这个译本写了序言；1956年，作家出版社出版了武辉心（1926年生）的以工人罢工为题材的长篇小说《矿区》（黄敏中译）；1957年，作家出版社出版了苏怀（1920年生）的以越南少数民族生活为题材的短篇小说集《西北的故事》（张均、黄永鉴译）；1960年，上海文艺出版社出版了谭玉培翻译的阮公欢（1903—1977年）的以反对法国、日本的殖民侵略为题材的长篇小说《黎明之前》；1963年，作家出版社出版了阮辉想（1912—1960年）的以农民革命为题材的长篇小说《阿陆哥》（颜保译）；1964年和1965年，作家出版社出版了阮庭诗（1924年生）的相同题材的长篇小说《决堤》（岱学译）和诗集《战士》（松柳、黄永鉴等译）。综合性的译本有：短篇小说集《我的故乡》（松柳、颜保等译，上海新文艺出版社1957年），收素友、阮庭诗等人的作品33篇；短篇小说集《面包树》（马祖毅译，江苏文艺出版社1959年），收阮公欢等人的作品5篇；短篇小说集

《胡伯伯的女儿》（谭玉培译，新文艺出版社 1958 年），收阮文俸、阮公欢等人的作品 11 篇；《越南现代短篇小说集》，（北大东语系越语专业师生合译，人民文学出版社 1960 年），收阮庭诗、阮公欢、武辉心、苏怀等作家的短篇小说 10 篇；诗集《向中国致敬》（人民文学出版社 1959 年），收译以越中友好为主题的诗歌 18 篇，郭小川为该译本写了热情洋溢的前言。

1960 年代后期，由于中国爆发政治运动，对越南文学的译介无暇顾及。1978 年越南方面挑起了中越边界的战争，使两国关系长期恶化，中国对越南文学的译介完全停滞。1990 年代，中越关系逐渐正常化。但由于种种原因，越南文学在中国仍然很少译介，特别是越南当代文学，中国读者知之甚少。

# 第四章　从国别文学研究到总体文学研究

东方文学的总体研究，是以东方国别文学的翻译、评论与研究为基础的。随着我国东方各国国别文学研究的不断深入，对东方各国文学进行总体的、比较的研究，已势在必行。我国的东方文学研究，也经历了一个从"东方国别文学"到"东方比较文学"的发展演进过程。

## 第一节　东方文学总体研究与学科成立

我国对东方各国文学的翻译、评论和研究，已经拥有近百年的历史，具备了相当的基础和相当的规模，取得了可观的成绩。粗略的统计，在东方各国文学中，仅单行本译本（含复译本）而言，日本文学的译本最多，达2000余种；印度文学居第二位，近500种；阿拉伯—伊斯兰及其他中东各国文学的译本居第三位，共200来种（如果算上《一千零一夜》的各种改编、改写本，则有400来种）。其他东方国家，如蒙古、朝鲜等东亚各国和越南、印尼、泰国等东南亚各国和巴基斯坦、斯里兰卡等南亚国家文学的译本也有200来种。以上东方各国文学的译本加在一起，有4000种左右。在评论和研究方面，一百年间，我国学者发表的有关东方文学（不含有关中国文学与东方文学的比较研究）的研究论文有4000多篇。其中，1904年至1979年近80年间，平均每年发表约15篇；1980年至2000年的20年间，平均每年发表130多篇。1980年以来，出版的各种东方各国文学研究方面的教科书、专著等已有近百种。其中，有关"东方文学史"类的东方文学总体研究的著作和教材，也有30来种。

20世纪上半期，我国的东方文学研究基本上是国别文学的研究。尽管从20世纪初，我国学术界就频频使用所谓"东方文化""东方哲学"之类的概念，但却很少使用"东方文学"这一概念。查阅那一时期的文献资料，虽然有不少研究东方国别文学的文章，但却找不到一篇有关"东方文学"的综合的、比较研究的文章。原因大概是那时我国东方文学的研究还很不全面，"东方文学"的学科独立意识还没有形成，人们自觉或不自觉地将"东方文学"包括在"东方文化"之中。到了1950年代，在苏联学术界的影响下，我国外国文学界开始尝试将外国文学划分为"西方文学"（或称"欧美文学"）"东方文学""俄苏文学"（还包括东南欧其他社会主义国家的文学）共三个部分。这样的划分在高等学校和科研机构的学科设置方面都有所体现。将俄苏文学从欧洲文学体系中独立出来，现在看来是有问题的。但是，将世界文学划分为"东方文学"与"西方文学"两大体系，是世界学术界早已有之的通常的惯例，是有着充分的文化、文学依据的。同时也应该看到，当时我国强调对东方文学的译介和研究，除了要纠正此前在我国外国文学研究与教学中颇有市场的"欧洲中心"论的偏向之外，也有当时东、西方意识形态对立的大的国际背景。从1950年代中期以后，我国有关高等学校就开始进行东方文学的学科建设。1958年，高等教育出版社出版了北京师范大学中文系外国文学教研组编《外国文学参考资料·东方部分》。这是我国出版的第一本有关东方文学的专书。该书共分九篇，依次为"绪言""朝鲜文学""越南文学""蒙古文学""印度文学""阿拉伯文学""印度尼西亚文学""日本文学""土耳其文学"，收集了新中国成立后直到1958年我国报刊、书籍上发表的有关东方文学的介绍、评论文章、研究论文、译本序言、译后记、报道等一百篇，凡55万字。编者在"前言"中说："东方文学部分是按每一个国家的文学发展来编选的。在工作中我国深感到这方面的资料太缺乏了，必须加强对东方文学的介绍。正如周扬同志说的：'许多东方国家在历史上的贡献没有在世界史得到应有的地位'，应该重视东方文学。"与此同时，当时的一些大学，如北京师范大学、东北师范大学、辽宁大学等校的中文系，率先开设了东方文学的课程。稍后，华北和东北的十几所大学的教师联合编写的教材《东方文学简史》书稿已成形，遗憾的是由于政治运动的爆发而未能问世。在那十年中，东方文学的学科研究和学科建设也不得不停顿下来。

改革开放后，我国的东方文学学术研究和学科建设取得了长足的发展。1981年，东方文学作为世界文学的一个重要组成部分，被写进了国家教育部颁发的大学中文系外国文学教学大纲。这也就意味着，按国家的统一要求，作为中文系专业基础课的外国文学史课程，必须讲授东方文学。1982年，以北京师范大学中文系外国文学教研室为中心，应教育部的委托举办了全国高校东方文学讲习班，由季羡林、李芒、陶德臻、刘安武等专家，对一百多位教师做了专题讲座。1983年，以陶德臻教授为会长的全国性的东方文学学术组织——"全国高等学校东方文学研究会"成立，并在师资培训、教材建设方面做了大量工作。同年，中国人民大学出版社出版了朱维之、雷石榆、梁立基主编的《外国文学简编·亚非部分》。《简编》虽然称作"简编"，却是我国第一部内容比较完整的东方文学史专著兼教材。由北京大学、北京师范大学、南开大学等十几所院校的专家教授分工合作完成，分"古代""中古""近代""现代"四编，在各编中按国别分为若干章，在各章之下又按"概述"和重点作家，分成若干节，介绍了整个从古到今的亚非文学。作为教材，它的内容精炼而又全面、篇幅适当（全书42万字），其板块式的框架结构，显得清楚明了。作为第一部东方文学专著，在结构体例、内容选材、观点和方法各方面，都具有首创性。此后出版的有关教材,大都受到它的影响,而在独创性方面,后来者却往往不能及。

1985年,陶德臻主编的《东方文学简史》由北京出版社出版。该书在结构体例及内容安排上,基本上与《外国文学简编·亚非部分》相同,篇幅26万字,执笔者大多数也是《外国文学简编·亚非部分》的作者。作为高等学校中文系的教材,该书多次重印,发行量很大,有一定的影响,后来(1990年)又出版了修订版。1988年,朱维之主编的高校教材《外国文学史·亚非部分》由南开大学出版社出版。该书的编选者与上述人大版《简编》大多相同,其框架体系、作家作品的取舍定位,也与《简编》大体相似。该书作为教育部推荐的教材,也多次重印。1998年,由梁立基、陶德臻主编的该书的修订本,也由中国人民大学出版社出版。1994年,郁龙余主编的《东方文学史》教材由陕西人民出版社出版。在1980—1990年代的二十年间,包括以上提到的东方文学教材在内的各种版本的东方文学教材及普及性东方文学史,已近二十来种。它们都为我国的东方文学教学和推广普及做出了贡献。但毋庸讳言,其中的许多书,大同小异,在结构框架、资料、观点上循环往复,陈陈相因,缺乏创新。

在教材之外,1980年代也出现了其他形式的东方文学著作。1986年,由彭端智、郭振乾、诸葛蔚东撰写的《东方文学史话》由湖北教育出版社出版。该书以专题讲话的形式,分一百个题目对东方文学史上的重要作家作品做了深入浅出的论述。1987年,贵州人民出版社出版了邓双琴等编写的《东方文学50讲》;同年,宁夏人民出版社出版了陶德臻、彭端智、张朝柯、俞灏东主编的《东方文学名著讲话》,两书都分50个题目,对东方文学史上重要的作家作品做了专题论述,实际上是东方文学的成系统的论文集。由于不受教材体例的约束,且执笔者许多是新人,在总体的学术质量上超过了同期或前后出版的有关教材。其中有些文章在选题、观点上是有独到见解的。

1987年,季羡林主编的高校教材《简明东方文学史》由北京大学出版社出版。该书的执笔者全部是北京大学东语系东方各国语言文学的专家,在资料上是第一手的,在具体内容上时有新材料和新看法。这是继中国人民大学版《外国文学简编》之后,在学术上有所推进的质量较高的东方文学教材。这部教材将东方文学分为"古代文学""中古时期的文学""近现代文学"三编,每编又以东方各国(或地区)分章,每章中又以"概述"及若干重点作家作品分节。在文学史的体系上与此前的有关著作有所不同的是,它不是单以国别文学为单位来分章,而是将东方文学划分为"印度""西亚北非""东南亚""东北亚"共四个区域。这样的框架结构有利于将东方各国文学作为一个相互联系的整体来把握,一定程度地矫正了此前的东方文学史著作将东方各国文学简单相加的倾向。季羡林为本书写的长达万言的"绪论",是该书的理论总纲。这个结论集中地探讨了东方文学的范围和特点两大问题。他指出:

> 根据我个人的看法,人类历史上的文化可以归并为四大文化体系。……一个民族或若干民族发展的文化延续时间长,又没有中断,影响比较大,基础比较统一而稳固、色彩比较鲜明、能形成独立的体系的就叫"文化体系"。拿这个标准来衡量,在五光十色、错综复杂的世界文化中,共有四个文化体系:
> 一 中国文化体系
> 二 印度文化体系
> 三 波斯、阿拉伯文化体系
> 四 欧洲文化体系

季羡林认为在这四个文明体系中,前三个属于东方,最后一个属于西方。这个文明体系的划分法,在冲破欧洲中心论这一点上,在对历史上林林总总的文明形态进行归类研究上,似乎受到了英国历史学家汤因比等人的影响和启发。这种划分有利于寻求东方文学的内在结构规律和东方文学学科体系的建立。不过,这个划分还有可以商榷的地方。例如,所谓文明的"中断",事实上不是绝对的"中断"。例如东方的巴比伦文明、埃及文明,从语言、宗教、政治上看是"中断"了,然而它们的文明却以另外的途径和形式、有形或无形地得以更生和延续,并对后来新兴的文明发生深刻持久的影响。如现代的埃及作家马哈福兹就强调自己身上流贯着古老的埃及法老文化的血脉。另外,希伯来—犹太文化,虽产生于中东地区,但与波斯—伊斯兰文化很不相同,而且也没有中断过,后来又与西方文化合流。我们是把它划到东方呢还是划到西方?季羡林并没有加以明确说明。看来,用"波斯、阿拉伯文化体系"来概括中东地区源远流长、错综复杂的文化,是不够周密的。窃以为不如以"中东文化"四个字来概括,更能体现这个地区的地理和历史文化的综合因素,包容性更强。总体上看,季羡林的文化体系的三分法,对明确东方文学的范围和特点是有很大帮助的。《简明东方文学史》也体现了季羡林的这个思路。

进入1990年代,我国的东方文学的教学和研究进一步发展,出版了若干有特色的、有较高学术质量的东方文学研究成果。1991年,张朝柯主编的《亚非文学简史》由辽宁大学出版社出版。1990年,广西师范大学出版社出版了梁潮、麦永雄、卢铁澎撰写的《新东方文学史》(古代中古部分)。全书凡49万字,分"总论""古代东方文学""中古东方文学"三编。它的显著特色,一是在内容上以东方文学的几个名著为中心展开论述,其中包括《吉尔伽美什》《圣经·旧约》、印度两大史诗、迦梨陀婆的《云使》与《沙恭达罗》、紫式部的《源氏物语》、阿拉伯的《一千零一夜》和波斯萨迪的《蔷薇园》,其他的东方作家作品则在每编的第一节"扫描"中做简化处理。选材上的这个特点使得本书对若干名著的论述比较全面深入,但同时也使它更像作家作品专题讲座,与"文学史"的"史"书的体例有所不符。第二个特点是,它充分地吸收了我国在1980年代东方文学研究的成果,并在每章之后注出了有关的论文和著作及其出处。作者在收集、消化已有的研究成果方面付出了很多的劳动。读者读此书，可以了解东方文学的研究概况，其学术上的严谨性给人留下了深刻印象。

1994年，王向远著《东方文学史通论》由上海文艺出版社出版。该书将东方文学史分为"信仰的文学时代""贵族化的文学时代""世俗化的文学时代""近代化的文学时代""世界性的文学时代"五个文学时代，共五编，计33万字。由于这本书是笔者本人的著作，不便自我品评，只引用陶德臻教授在序中的某些评价。他指出："作为个人著述的有学术个性、有深度的东方文学方面的专著，在我国可以说是第一部。"他认为《通论》有三个重要的特点或者突破。第一，"有着很强的比较文学意识，整部书渗透着比较文学的观念和方法。作者把民族文学、地区文学（东方文学）、世界文学三者作为比较研究的三个基轴，把东方文学放在整个世界文学的大背景之下，又把东方各民族文学放在东方文学的整体框架中进行考察"。第二，"形成了自己的比较严整的理论体系。我国现有的几种东方文学文学史著作都是按历史年代的顺序、按国别编排的，作为教科书，那样做是可以的。但作为一部学术专著，非有自己的理论体系不可。……这是一个独创的、严密而又具有开放性的体系，虽然它并非无懈可击，有些问题尚待继续探索和完善，但我想不管怎样，它对今后我们的各种文学史体系的更新是有启发性的"。第三，"形成了自己的明确的文学观。总的看来，作者在本书中所表现出的是一种文化学的文学观。……文化学的文学观使作者获得了一个高屋建瓴的学术视野。我觉得，作者对许多为人熟知的东方名著的独特见解，得益于这种文学观念"。1997年《东方文学史通论》再版重印。

1994年1月，高慧勤、栾文华主编的《东方现代文学史》由海峡文艺出版社出版。该书分上下两卷精装，凡110多万字。既是我国第一部东方断代文学史著作，也是那时为止篇幅最大的东方文学史著作。该书由中国社会科学院外国文学研究所和北京大学的有关专家联合撰写。主要执笔者有日本文学专家高慧勤，蒙古文学专家史习成，朝鲜、韩国文学专家周有光，缅甸文学专家姚秉彦，泰国文学专家栾文华，印尼文学专家梁立基，印度、巴基斯坦、斯里兰卡文学专家倪培耕、周志宽、石海峻、李宗华、邓殿臣，伊朗文学专家元文祺，阿拉伯文学专家伊宏、李琛等。由各方面的、各语种的专家，以第一手材料写成的《东方现代文学史》，保证了它的权威性和学术质量。全书分为日本、蒙古、朝鲜—韩国、越南、缅甸、泰国、马来西亚、新加坡、菲律宾、印度尼西亚、印度、巴基斯坦、斯里兰卡、伊朗、土耳其、阿拉伯各国的现代文学，共15个部分，涵盖了东亚、南亚和东南亚、中东三大东方文化区域，每个部分又分若干章节。这种板块式的结构，使它更像是东方各国文学史的一个汇编。不过，作为多人分工、联合撰写的大规模的东方文学史，要形成一个严密的理论体系是困难的。《东方现代文学史》的功绩，主要在于它全面系统地展示了东方各国现代文学的发展进程和成果，为我国读者提供了系统可靠的资料与信息。其中，有些东方国家，如蒙古、菲律宾、越南、巴基斯坦、斯里兰卡、土耳其、伊朗等，此前我国还没有专门的关于这些国家的国别文学史，《东方现代文学史》第一次对这些国家的现代文学史加以系统的梳理和评述，从而填补了我国外国文学、东方文学译介和研究中的空白。

我国东方文学研究在1990年代取得的另一个重要成果是1995年吉林教育出版社的《东方文学史》。该书由季羡林主编，刘安武为第一副主编，分上下两卷，总字数达128万字。它基本上是在北京大学出版社1987年版《简明东方文学史》的基础上扩充而成的，在框架结构上与《简明东方文学史》也大体相同。不过，在内容的范围上，却又将黑非洲文学包含在内，与季羡林早先提出的东方文学学科范围的看法似乎并不一致。著者以北京大学东方学系的有关专家教授为主，另有中国社会科学院外国文学所等部门的有关专家参与，共四十多人。大体的分工情况是：季羡林、刘安武、黄宝生、张锡麟、唐仁虎、刘曙雄、白开元、董友忱等撰写印度文学的部分，仲跻昆等撰写阿拉伯文学部分，张鸿年等撰写波斯文学部分，叶渭渠、申非、潘金生、于荣胜等撰写日本文学部分，韦旭升、朴忠禄、何镇华等撰写朝鲜文学部分，梁立基、栾文华、李谋、姚秉彦、卢蔚秋等撰写东南亚各国文学部分。《东方文学史》可以说是20世纪中国规模最大的东方文学史著作，许多章节是执笔者在自己的有关国别文学史著作的基础上提炼而成的，可以说是我国东方文学研究成果之精华的集中体现。作者在许多章节中提供了新材料、提出了新观点，并表现出了严谨、朴素的优良学风。

1999年，中国人民大学出版社出版了何乃英主编，何乃英、张朝柯、李谋执笔的《东方文学概论》，后又被列为高校教材再版。该书的选题和立意很好。它从东方文学史中的某些基本问题入手，用比较文学的方法，对一般的东方文学史著作所不能展开的问题进行了专题阐述。其中包括东方文学的历史地位、东方文学的基本特征、中国文化体系与东方文学、印度文化体系与东方文学、阿拉伯伊斯兰文化体系与东方文学、东方文学的交流与影响、我国的东方文学研究史要等七个方面。当然，东方文学史的基本问题还远不止这些，但似乎是由于篇幅（35万字）等的限制，《概论》只提出了这七个方面的问题，并对这些问题做了简明系统的概论。由于《概论》所涉及的大都是基本而又重大的理论问题，因而它在研究和阐述的深度上也很难一步到位。如东方文学的基本特征问题，作者把它概括为：一、"历史悠久，源远流长"；二、"民族特色，鲜明浓厚"；三、"道路漫长，迂回曲折"；四、"民间文学，繁荣兴旺"；五、"宗教影响，既广且深"。这些概括固然不错，但是，拿这些特点来衡量西方文学，似乎也未尝不可，并且这些概括还只是局限在外部现象的层面。东方文学的"特点"究竟是什么，这是东方文学研究中的一个最困难、最富有挑战性的问题之一。相信随着研究的逐步深入，对这个问题的认识也将逐步深化。

最近几年问世的东方文学方面的研究著作还有：吴文辉教授的《东方采菁录》（中山大学出版社1997年），何文林教授的《〈杜十娘〉与〈舞女〉——东方文学评论集》（河北教育出版社1999年），黎跃进教授的《东方文学史论》(湖南人民出版社 2000 年)。三本书都是作者有关东方文学研究的论文汇编,也是迄今为止我国东方文学史的总体研究方面出版的仅有的三部个人的论文集,在不少问题上都有作者自己的独到见解。

总体上看,我国的东方文学学科建设和学术研究取得了可观的成绩。特别经过1980—1990年代的二十年间的努力,已有相当的基础,形成了一定的声势和规模。在世界科学与学术史上,一般认为一个学科形成的标志通常应具备三个基本条件:一、有一批从事该学科研究的专业人员,有专门的学术团体组织,并有相当的研究成果;二、在大学开设专门的课程,并能授予学位;三、有发表相关研究成果的核心期刊。以这些条件来衡量,我国的东方文学作为一个独立的学科已经成立。除以上所述之外,从教学和研究的队伍上看,专业研究与教学人员虽然还不多,但也有上百人。全国东方文学研究会也有经常的学术活动。早在 1984 年,北京师范大学中文系世界文学学科点被授权招收东方文学方向的硕士生。到 1990 年代后,北京大学东方学系、北京大学比较文学研究所、北京师范大学中文系等,有权授予东方文学和东方比较文学方面的博士学位。《外国文学评论》《国外文学》《外国文学研究》《中国比较文学》《东方丛刊》等期刊,经常发表东方文学方面的研究成果,已成为我国东方文学研究方面的核心期刊。

## 第二节 东方文学研究中的问题与前景

但是,由于这门学科起步较晚,还有许多问题有待继续探讨和完善。其中,在今后的东方文学研究中,有三个问题最重要,有必要继续深入研究和探讨。

第一个问题,关于东方文学的学科对象和范围。这里的关键是必须区

<<< 第四章 从国别文学研究到总体文学研究

分"东方文学"与"亚非文学"这两个并不相同的概念。具体地说，就是黑非洲文学是否属于东方文学体系。在上述的东方文学史教材和专著中，对这个问题的处理显得比较混乱。上述季羡林主编的《简明东方文学史》和高慧勤、栾文华主编的《东方现代文学史》两种著作，没有将黑非洲文学包括在东方文学的范围内。这对于明确东方文学的学科范围，显示东方文学在文化多样性中的统一性，是十分必要的。除这两种著作之外，此前的有关东方文学史的教材著作（包括笔者的《东方文学史通论》）都是将"东方"等同于"亚非"，将"东方文学"等同于"亚非文学"。现在看来，这样做是值得再反思的。亚洲文学是东方文化的主体，但是，非洲文化的情况就不是那么简单了。北非地区属于中东文化的范围，也就是说，它属于"东方文化"的一部分。但撒哈拉大沙漠以南的黑非洲地区，在近代之前有着独特的文化传统，近代以来在政治、宗教、语言文学等各方面，更多地接受西方文学的支配和影响，是不宜把它划分在"东方"的范围内的。季羡林曾指出说"东方"这一概念包含着"地理概念"和"政治概念"两个方面。实际上，"东方文学"这一概念中除了地理、政治的要素外，还必须考虑文化的要素。而且，地理、政治、文化三要素中，最重要的应该是文化要素。从根本上说，"东方文学"是一个文化概念和文学概念。"东方文学"作为一个相对独立的学科范围，就在于东方各国文学在文化上的历史悠久而又广泛深刻的内在联系。而"亚非文学"这一概念，首先是基于地理的概念，其次还带有"三个世界的划分"之类的国际政治因素。长期以来，"亚非国家"属于"第三世界"，"亚非文学"也就是"第三世界文学"。甚至在1950—1970年代，我国曾广泛使用"亚非拉文学"概念，出版过"亚非拉文学丛书"，那就是因为亚非拉属于第三世界。实际上，今天我们仍在使用的"亚非文学"这一概念，与"亚非拉文学"的概念一脉相承，很难摆脱"第三世界"的政治语言色彩。因此，"亚非文学"和我们今天所说的"东方文学"的概念是有些不同的。

*309*

第二个问题，关于东方文学理论体系的构建。早在1983年，季羡林在《必须加强对东方文学的研究》一文中就指出："希望研究东方文学时，要找出其内在的规律来。研究任何一门学科，都要找出它的规律性。研究东方文学，也是如此。作为一门独立的学科，必然有其内在的联系和规律可循。东方文学在我国还是一门年轻的学科，要掌握其规律还需要有一个探索的过程。"季羡林的这段话，对东方文学研究者来说，是一个极重要的提醒。什么是"掌握规律"，怎样才是"掌握"了"规律"？我的理解，对于一部东方文学史的研究著作来说，寻求规律的最集中的体现，就是要形成自己独特的理论体系。只有严密的理论体系才可能使源远流长、地域广袤的东方文学构成一个统一的整体；一个独特的东方文学史的理论体系，就是从一定的角度和侧面观照东方文学；多个不同的理论体系，就可以观照东方文学不同角度、不同侧面的特征。理论体系越多、越丰富，东方文学的规律特征也就越全面、越清楚地凸显出来。东方文学作为一个学科——一个不同于国别文学的学科——才能逐渐走向成熟。因此，东方文学史的理论体系，决不是一个简单的一本书的章节安排问题，它是研究者对东方文学的内部、外部规律的把握和阐释的集中体现。理论体系的形成意味着研究者用他自己的思想统驭了纷繁复杂的事实和材料，而不是淹没在事实和材料之中。但是，对东方文学进行总体的、比较文学的研究，目前仍是相对薄弱的。其中最突出的问题是，大部分已出版的东方文学史类的著作，仍然搬用一般历史学和世界史教科书的框架体系。现在流行的东方文学体系模式有"古代""中古""近现代"三阶段划分法，或"上古""中古""近古""近代""现当代"五分法。这种划分法有简单明了和多人合作时易于分工撰写等优点，但是，它本质上是一种社会学的划分法。使用这种划分法固然有利于揭示各个时期文学与社会存在的关系，但却不利于揭示文学自身的独特的发展演进规律。另外，在每个时期之下，常常是国别文学的简单相加，给读者的印象就是把东方各国文学史编在一本书里头而已。看来，今后我国的东方文学总体研究要发展、要超越、要深化，就必须冲破单一的、僵化的文学史框架结构模式，探索和建立各种不同的、有独特视角和独特学术个性的东方文学史，以利于从各种不同的视角观照和展示丰富多彩的东方文学。

第三个问题，关于东方文学总体研究的必要性，即东方文学研究的目的和宗旨。所谓"东方文学"，是若干民族、若干国家和地区的文学的集合概念。将"东方文学"作为一个整体来研究，一方面必须使整体的研究建立在具体的东方国别文学的基础上，另一方面，具体的国别文学的研究不能取代总体的"东方文学"研究。这里有一个"民族文学"与"区域文学"的关系问题，也就是个别与一般的关系问题。"东方文学"作为一个区域性的文学，其学科的建立之所以是必要的，就在于"东方文学"的研究是一种超越了国别文学的区域性文学的"总体的研究"，实质上也就是一种"比较文学的研究"。研究的目的在于：

一、揭示东方各国文学的内在联系，搞清东方文学之间的相互交流与相互影响。从这个角度看，东方文学的研究是一种东方文学关系史、交流史的研究。

二、通过比较文学的研究，找出东方文学的某些内在的共通的规律，也就是东方文学的民族性与地区性的特征。其中包括东方文学外部特征的研究，包括东方文学与政治的关系，与宗教的关系，与地理风物、民俗民情的关系，与国民性格的关系等；内部特征包括对东方作家的人格与创作个性、文体、文类、题材、主题、美学风格等方面的研究。

三、通过东方各国文学之间的比较研究，找出东方各国文学独特的民族性特征。即东方地区文学统一性中的民族文学的个性，明确东方各国文学在东方文学中的独特的地位与贡献。

四、站在世界文学的高度，将东方文学与西方文学进行宏观的比较，研究东方文学与西方文学的关系，指出共同性与差异性，并对东方文学在世界文学史上的成就、贡献、地位给予科学的、客观的评价。

由此看来，作为对区域性文学进行总体研究的"东方文学"研究，必须建立在具体的东方各国文学研究成果的基础上。但是，它还必须超越具体的国别文学的研究，而上升到更高的东方区域文学乃至世界文学的层次。要做到这一点当然有许多的困难。东方文学的范围涉及十几个重要的民族和国家，几百种不同的语言，任何人都不可能超越这些障碍。每一个研究者，不管他如何"学贯中西"或"学贯东西"，都受他所掌握的语言语种的制约。但是，这对某一个研究者从事东方文学的总体的研究并没有不可逾越的障碍。作为一个中国的东方文学研究者，他应该有较好的中国语言文学的修养和理论素质，然后再掌握一种或一种以上东方国家的语言，同时又能够充分地利用大量问世的各种译本。具备了这些条件，对东方文学进行总体的研究，是可能的、可行的，并有可能取得应有的成果。

# 附录  20世纪中国的东方文学研究论文编目

说明:

一、我国对东方各国文学的译介和研究已有近一百年的历史(其中对印度佛经文学的翻译已有近两千年的历史),积累了丰富的学科史资料。这些资料可分为作品译本和单篇文章两大类,而且都有必要编目。但由于作品译本——特别是重要译本——在本书的行文中大都提到了,这里因篇幅所限,不再编目。其中,日本文学译本编目,读者可以参考拙著《二十世纪中国的日本翻译文学史》的附录《二十世纪中国的日本文学译本目录》(北京师范大学出版社2001年)。

二、近百年来我国的有关东方文学的评论与研究文章,共计四千余篇。这些文章是我国东方文学学科史、学术史的重要资料,而且不少文章至今仍有参考价值。治东方文学史、外国文学史、翻译文学史、中外文学与文化交流史者,不可不知道这些资料的存在;在学术研究中,也不可不翻检、阅读这些资料。但文章散见各报刊,时间跨度又长,查阅非常不便。因此,对这些论文予以系统的搜集整理和编目,作为东方文学学科建设的基础工程之一,是十分必要和十分重要的。

三、本"编目"的范围包括中国学者用中文撰写的、发表在正式刊物上的有关东方(亚洲及北非)各国文学的评论和研究文章,包括文学史与文学现状、文学思潮与团体流派、各种文学体裁、类型与风格、作家作品等方面的文章。

四、因篇幅所限,以下方面的论文未收入"编目"中:

1. 有关东南亚各国华文文学的论文;

2. "以书代刊"没有正式刊号的书刊上的论文及论文集中的论文;

3. 翻译过来的外国人写的论文;

4. 某些学术价值不大、篇幅短小的介绍性的文章和报道、动态之类的短文。

5. 1980—1990年代的东方比较文学(包括中国与东方各国文学的比较研究、东西方比较文学研究等)的论文数量较多,本"编目"也不收录,将另行编入本丛书中的《中国比较文学论文索引(1980—2000)》一书中。

五、本"编目"按年代顺序编排,基本上每年分一段。每个条目的内容依次包括:作者(作者不明者作"佚名")、篇名、所载报刊名称、年份及卷次、期数(期数用小括号内的阿拉伯数字表示)。1980—1990年代的东方论文数量较多,为方便快速查检,在每年中又按内容分为"印度及南亚、东南亚各国""中东各国文学""日本及东北亚各国文学"和"东方文学总体研究"四个部分。

六、将近百年来的东方文学研究论文尽量收全,是编者努力的目标。但由于系统地整理、编排这方面的目录索引还是首次,可供参考的资料较少,而原始资料又浩繁庞杂,尤其是1949年前的资料,查问时有种种困难和不便,虽尽心竭力,仍不免有遗漏和错误。衷心期待读者方家的补正。

## 1904—1920 年

佚　名．日本新文学博士．湖北学生界·汉声第 2 集第 8 册，1904 年 5 月 10

佚　名．论新名词输入与民德堕落之关系．四川学报·四川教育官报丁未第 6 册，1907 年 7 月

缦　卿．说小说·雪中梅．月月小说第 1 册（5），1907 年 2 月 27 日

康有为．日本书目志序．不忍杂志第 6 册，1913 年 7 月 18 日

康有为．日本杂事诗序．不忍杂志第 7 册，1913 年 8 月 16 日

白　苹．评不如归．戏剧丛报第 1 卷（1），1915 年 1 月 25 日

成．印度诗人塔果尔传 Tagore（序）．清华周刊（106），1917 年 4 月 26 日；（110）1917 年 5 月 1 日

T. F. C 生．日本文学之兴趣：致胡适．新青年第 4 卷（5），1918 年 5 月 15 日

周作人．路读武者小君所作《一个青年的梦》．青年杂志·新青年第 4 卷（5），1918 年 5 月 15 日

周作人．日本近三十年小说之发达．青年杂志·新青年第 5 卷（1），1918 年 7 月 15 日

傅彦长．日本留学生与日本文学：致胡适．新青年第 6 卷（3），1919 年 3 月 15 日

周作人．日本的新村．新青年第 6 卷（3），1919 年 3 月 15 日

周作人．新村的精神：讲演会讲稿．新青年第 7 卷（2），1919 年 1 月 1 日

涵　庐．武者小路理想的新村．每周评论（36），1919 年 8 月 24 日

黄　玄．太戈尔传．少年中国第 1 卷（9），1920 年 3 月 15 日

## 1921 年

王统照．印度诗人万拜耳的略传与其诗之表象．曙光第 2 卷（1）

沈雁冰．印度文学家太戈尔的行踪．小说月报第 12 卷（1），1921 年 2 月 10 日

周作人．日本的诗歌．小说月报第 12 卷（5），1921 年 5 月 10 日

周作人．日本诗人一茶的诗（附记）．小说月报第 12 卷（11），1921 年 11 月 10 日

晓　风．日本文坛最近状况．小说月报第12卷（11），1921年11月10日

瞿世英．演完太戈尔的《齐得拉》之后．戏剧第1卷（6），1921年10月30日

诵　虞．太戈尔的新著介绍：《春之降临》．文艺周报（118），1921年4月21日

## 1922年

郑振铎．太戈尔传．小说月报第13卷（2），1922年2月10日

郑振铎．太戈尔的艺术观．小说月报第13卷（2），1922年2月10日

瞿世英．太戈尔的人生观与世界观．小说月报第13卷（2），1922年2月10日

张闻天．太戈尔之《诗与哲学》观．小说月报第13卷（2），1922年2月10日

张闻天．太戈尔的妇女观．小说月报第13卷（2），1922年2月10日

张闻天．太戈尔对于印度和世界的使命．小说月报第13卷（2），1922年2月10日

地　山．古希伯来诗底特质．文学周报（27），1922年2月1日

西　谛．译诗的一个意见：《太戈尔诗选》的叙言．文学周报（48），1922年9月1日

太　郎．一夕话：谈日本文学．文学周报（52），1922年10月10日

周作人．石川啄木的短歌．诗第1卷第5号，1922年5月15日

## 1923年

郑振铎．欢迎太戈尔．小说月报第14卷（9）［太戈尔号（上）］，1923年9月10日

徐志摩．泰山日出．小说月报第14卷（9）［大戈尔号（上）］，1923年9月10日

徐志摩．太戈尔来华．小说月报第14卷（9）［太戈尔号（上）］，1923年9月10日

郑振铎．太戈尔传．小说月报第14卷（9）［太戈尔号（上）］，1923年9月10日

王统照．太戈尔的思想及其诗歌的表象．小说月报第14卷（9）［太戈尔号

（上）］，1923年9月10日

周越然．"给我力量……"小说月报第14卷（9）［太戈尔号（上）］，1923年9月10日

西　谛．关于太戈尔研究的四部书．小说月报第14卷（9）［太戈尔号（上）］，1923年9月10日

徐调孚．太戈尔的重要著作介绍．小说月报第14卷（9）［太戈尔号（上）］，1923年9月10日

徐志摩．太戈尔来华的确期．小说月报第13卷（10）［太戈尔号（下）］，1923年10月10日

徐志摩．太戈尔来华的确期．文学周报（94），1923年10月29日

郑振铎．太戈尔传（续）．小说月报第13卷（10）［太戈尔号（下）］，1923年10月10日

得　一．太戈尔的家．小说月报第13卷（10）［太戈尔号（下）］，1923年10月10日

樊仲云．音乐家的太戈尔．小说月报第13卷（10）［太戈尔号（下）］，1923年10月10日

谢六逸．近代日本文学（上）．小说月报第14卷（11），1923年11月10日；(12) 1923年12月

西　谛．论《飞鸟集》译文．文学周报（79），1923年7月12日

闻一多．泰果尔批评．文学周报（99）；1923年12月3日

周作人．日本的小诗．诗第2卷（1），1923年4月15日

梁实秋．读郑振铎译的《飞鸟集》．创造周报（8），1923年6月30日

郭沫若．太戈尔来华的我见．创造周报（23），1923年10月14日

张非怯．新鲜的呼声：读《小说月报·太戈尔号》内高滋译的夏芝的《太戈尔观讨论》．创造周报（29），1923年11月25日

成仿吾．郑译《新月集》正误．创造周报（30），1923年12月2日

## 1924年

记　者．欢迎太戈尔先生．小说月报第15卷（4），1924年4月10日

诵　虞．太戈尔略传．小说月报第15卷（4），1924年4月10日

调 孚．研究太戈尔的书籍提要．小说月报第 15 卷（4），1924 年 4 月 10 日

郑振铎．文学大纲（四）：第五章　东方的圣经．小说月报第 15 卷（4），1924 年 4 月 10 日

郑振铎．文学大纲（五）：第六章　印度史诗．小说月报第 15 卷（5），1924 年 5 月 10 日

诵　虞．太戈尔的我观．文艺周报（118），1924 年 4 月 21 日

澄．太戈尔来华．文艺周报（118），1924 年 4 月 21 日

毅．日本文学家的恋爱狂．文艺周报（118）．1924 年 4 月 21 日

芳　谷．中国太戈尔．文学周报（122），1924 年 5 月 19 日

徐志摩．太戈尔．文学周报（123），1924 年 6 月 2 日

华　清．读王靖译的《泰谷儿小说》后之质疑．创造周报（46），1924 年 3 月 28 日

## 1925 年

谢六逸．万叶集．文学周报（176），1925 年 6 月 7 日

东　华．印度抒情小诗．文学周报（179），1925 年 6 月 28 日

东　华．印度抒情小诗．文学周报（182），1925 年 7 月 19 日

张若谷．评《天方诗经》．文学周报（188），1925 年 8 月 31 日

沈雁冰．古代埃及的《幻异记》．文学周报（199），1925 年 11 月 15 日

开　明．朝鲜的传说．语丝（28），1925 年 5 月 25 日

周作人．《竹林的故事》序．语丝（48），1925 年 10 月 12 日

鲁　迅．《出了象牙之塔》译本后记．语丝（57），1925 年 12 月 14 日

润　章．日本对于中国的文化侵略．猛进（6），1925 年 4 月 10 日

伏　园．中国旧画家赴日与日本新剧家来华．文学周报（233），1925 年 7 月

## 1926 年

夏丏尊．芥川龙之介氏的中国观．小说月报第 17 卷（4），1926 年 4 月 10 日

赵景深．童话的印度来源说．文学周报（208），1926 年 1 月

秋　山．太戈尔作品之初次介绍到中国．小说世界第 14 卷（7），1926 年 8 月

13 日

培　良．暗嫩：一个圣经故事的悲剧．狂飚（3），1926 年 10 月 24 日

长　虹．由太戈尔而《雨天的书》．狂飚（12），1926 年 12 月 26 日

## 1927 年

许地山．梵剧体例及其在汉剧上底点点滴滴．小说月报第 17 卷号外（中国文学研究）下册，1927 年 6 月

西　谛．日本最近发现之中国小说．小说月报第 17 卷号外（中国文学研究）下册，1927 年 6 月

郑心南．芥川龙之介．小说月报第 18 卷（9），1927 年 9 月 10 日

佚　名．芥川龙之介年表．小说月报第 18 卷（9），1927 年 9 月 10 日

丏　尊．关于国木田独步：国木田独步小说集代序．文学周报（278），1927 年 8 月 21 日

黎烈文．海上哀音：闻芥川龙之介之死．文学周报（278），1927 年 8 月 21 日

西　谛．阿剌伯人．文学周报（280），1927 年 9 月 5 日

胡愈之．文网与文学：《东方寓言集》序．文学周报（292），1927 年 11 月 27 日

查士元．日本伊吕波歌．小说世界第 15 卷（12），1927 年 3 月 19 日

心　因．日本伊吕波歌．小说世界第 16 卷（1），1927 年 7 月 1 日

螺屋主人．一叶诗话：日本女子谈汉诗．小说世界第 15 卷（20），1927 年 5 月 13 日

查士元．中日神话之比较．小说世界第 16 卷（14），1927 年 9 月 30 日

郑伯奇．芥川龙之介与有岛武郎：文人自杀心理的一考察．洪水第 3 卷（34），1927 年 9 月 16 日

祖　正．芥川龙之介之死．语丝（144），1927 年 8 月 13 日

执　无．日本的文化侵略．现代评论第 5 卷（106），1927 年 12 月 18 日

章克标．芥川龙之介的死．一般第 3 卷（2），1927 年 10 月 5 日

## 1928 年

章锡琛．芥川龙之介集不用的序．文学周报（304），1928 年 2 月 19 日

赵景深．小泉八云谈中国鬼．文学周报（328），1928 年 8 月 5 日

余世鹏．太戈尔最近的小诗．文学周报（349），1928 年 12 月 23 日

叔　永．日本的文化侵略．现代评论第 7 卷（164），1928 年 1 月 28 日

郑伯奇．东京观剧印象记．创造月刊第 1 卷（12），1928 年 7 月 10 日

赵景深．波斯民间故事研究．北新第 2 卷（20），1928 年 9 月 1 日

子　恺．《再和我接个吻》的翻译．一般第 6 卷（4），1928 年 12 月

谭镇祥．短评：《两条血痕》（一）．开明第 1 卷（1），1928 年 7 月 10 日

尼　真．短评：《两条血痕》（二）．开明第 1 卷（1），1928 年 7 月 10 日

俞淡如．短评：《两条血痕》（三）．开明第 1 卷（3），1928 年 9 月 10 日

谢友柑．短评：《两条血痕》（四）．开明第 1 卷（3），1928 年 9 月 10 日

高九香．短评：《东方寓言集》（一）．开明第 1 卷（3），1928 年 9 月 10 日

陆仲陶．短评：《东方寓言集》（二）．开明第 1 卷（3），1928 年 9 月 10 日

右　人．对于《两条血痕》之批评．开明第 1 卷（2），1928 年 8 月 10 日

王　坟．关于《芥川龙之介集》．开明第 1 卷（2），1928 年 8 月 10 日

文坛近讯．日本近来去世三作家在中国反应之不同．大江创刊号，1928 年 10 月 15 日

## 1929 年

傅彦长．中国文学在世界上的地位．文学周报（255），1929 年

孙席珍．印度半蛮族的神话．文学周报（329），1929 年

玄　珠．埃及印度神话的保存．文学周报（337），1929 年

西川免．现代世界诗坛：四、日本的无产诗坛．乐群第 1 卷（1），1928 年

葛世雄．短评《东方寓言集》（三）．开明第 1 卷（8），1929 年 2 月 10 日

张文华．短评《东方寓言集》（四）．开明第 1 卷（8），1929 年 2 月 10 日

六　逸．《日本文学史》序．语丝第 5 卷（29），1929 年 9 月 30 日

胡秋原．日本无产阶级文学过去与现在．语丝第 5 卷（34），1929 年 11 月 4 日

补 拙．现代文坛杂话：亚洲北部的平民文学．小说月报第20卷（4），1929年4月10日

谢六逸．一九二八年的日本文学界．文学周报（351），1929年1月1日

杨忧天．一九二八年的日本文艺界．北新第3卷（5），1929年3月1日

颂 羔．圣经的ABC．一般第7卷（1），1929年1月5日

刘叔琴．印度的古代文化．一般第8卷（3），1929年7月5日

钱杏邨．现代日本文艺印象记．泰东第2卷（5），1929年1月1日

谢 落．印度女诗人．真善美第3卷（5），1929年3月16日

崔万秋．日本近代两大女作家．真善美第4卷（1），1929年5月16日

孙席珍．小泉八云．真善美第4卷（1），1929年5月16日

鹤 君．小泉八云廿五年忌．真善美第4卷（6），1929年7月16日

崔万秋．武者小路实笃访问记．真善美第4卷（6），1929年10月16日

查士元．岛崎藤村和他的《新生》．新月第1卷（12），1929年2月10日

金溟若．有岛武郎年谱：《叛逆者》的附录．奔流第1卷（10），1929年4月20日

西 子．关于《国木田独步集》．开明第1卷（10），1929年4月10日

孙大悲．短评：《近代的恋爱观》（一）．开明第1卷（11），1929年5月10日

林雪香．短评：《近代的恋爱观》（二）．开明第1卷（11），1929年5月10日

晓 天．介绍小川未明．开明第1卷（11），1929年5月10日

晓 天．小川未明童话文学论．开明第2卷（1—3），1929年7月10日；1929年8月10日；1929年9月10日

游 游．读了《犹太小说集》．开明第2卷（2），1929年8月10日

侍 桁．现代日本文学杂志．春潮第1卷（3），1929年1月15日

沈瑞先．关于金子洋文．海风周报（5），1929年1月27日

许地山．印度戏剧之理想与动作．戏剧与文艺第1卷（2），1929年6月1日

禅 林．印度剧起源之传说．戏剧第1卷（2），1929年7月25日

肖崇素．日本的花传说．南国周刊（4），1929年8月

明 高．日本"演剧实验室"六年间之回顾．南国周刊（7），1929年10月15日

## 1930 年

章克标．关于夏目漱石．小说月报第 21 卷（7），1930 年 7 月 10 日

宏　徒．日本文坛又弱两个．小说月报第 21 卷（7），1930 年 7 月 10 日

人　岚．一九二九年的日本文艺界．语丝第 5 卷（46），1930 年 1 月 27 日

次　敏．印度独立声中两个诗人之比较．北新第 4 卷（10），1930 年 5 月 16 日

光　人．日本诗人生田春月底自杀．北新第 4 卷（11），1930 年 6 月 1 日

毛一波．日本的农民文学论．真善美第 5 卷（5），1930 年 3 月 16 日

鹤　君．田山花袋之死．真善美第 6 卷（4），1930 年 8 月 16 日

鹤　君．阿拉伯之歌．真善美第 6 卷（5），1930 年 9 月 16 日

竹　坡．日本文坛杂讯五则．现代小说第 3 卷（5—6），1930 年 3 月 15 日

沈端先．一九二九年日本文坛．大众文艺第 2 卷（3），1930 年 3 月 1 日

林守仁．一九三○年的日本新兴剧团往何处去．大众文艺第 2 卷（4），1930 年 5 月 1 日

若　沁．小林多喜二的《蟹工船》．拓荒者（1），1930 年 1 月 10 日

记　者．日本文坛近况．拓荒者（1），1930 年 1 月 10 日

沈端先．小林多喜二的《一九二八·三·一五》．拓荒者（2），1930 年 2 月 10 日

适　夷．"震撼支那的三日间"：介绍日本林守仁的戏剧．拓荒者（4~5），1930 年 5 月 10 日

叶　沈．日本戏剧界的最近概观．艺术第 1 卷（1），1930 年 3 月 16 日

冯乃超．日本马克思主义艺术理论书籍．文艺讲座（1），1930 年 4 月 10 日

谷　非．太戈尔与反英运动．现代文学第 1 卷（3），1930 年 9 月 16 日

杨昌溪．现代土耳其文学．现代文学第 1 卷（3），1930 年 9 月 16 日

杨昌溪．印度女诗人奈都．现代文学第 1 卷（5），1930 年 11 月 16 日

陈子展．青木正儿的人支那《近世戏曲史》．现代文学第 1 卷（6），1930 年 12 月 16 日

康嗣群．最近出版的两部日本小说．现代文学第 1 卷（6），1930 年 12 月 16 日

铭　竹．太戈尔在巴黎．文艺月刊第 1 卷（3），1930 年 10 月 15 日

易　康．印度民族革命领袖女诗人奈都．前锋月刊第 1 卷（2），1930 年 11 月 10 日

## 1931 年

林　易．日本文战派的溃灭．读书月刊第 2 卷（3），1931 年 6 月 10 日

林　易．日本女作家中本 Taka 子发狂．读书月刊第 2 卷（3），1931 年 6 月 10 日

佚　名．日本的文战派作家平林泰子等与警察相打．文艺新闻（2），1931 年 3 月 23 日

佚　名．日本左翼文坛最近之崩拆与集合：耐普已占绝对优势．文艺新闻（11），1931 年 5 月 25 日

佚　名．日本文学狱中的出演者：左翼文坛之活动．文艺新闻（13），1931 年 6 月 8 日

佚　名．日本新筑地剧团加入演剧同盟．文艺新闻（17），1931 年 7 月 6 日

佚　名．日本新兴文学向国际之跃进．文艺新闻（24），1931 年 8 月 24 日

佚　名．为满洲事变日本左翼艺术界总动员．文艺新闻（32），1931 年 10 月 19 日

本报东京通讯处．日本文艺家访问多以中国事件为题材的村山知义．文艺新闻（35），1931 年 11 月 9 日

华　蒂．村山知义评传．文艺新闻（39），1931 年 12 月 17 日

张光人、杨昌溪．太戈尔的近状．青年界第 1 卷（1），1931 年 3 月 30 日

张光人、杨昌溪．日本文坛逸话．青年界第 1 卷（3），1931 年 5 月 10 日

杨昌溪．日本文艺家协会的发展．青年界第 1 卷（4），1931 年 6 月 10 日

杨昌溪．仓田百三氏的断食水行．青年界第 1 卷（4），1931 年 6 月 10 日

杨昌溪．现代世界文坛逸话：武者小路实笃的四角恋爱．现代文学评论第 1 卷（2），1931 年 5 月 10 日

杨昌溪．现代世界文坛逸话：奈都夫人的处女识别法．现代文学评论第 1 卷（3），1931 年 6 月 10 日

杨昌溪．现代世界文坛逸话：菊池宽的穷富．现代文学评论第 1 卷（3），1931 年 6 月 10 日

杨昌溪．现代世界文坛新话：林芙美子与中国文人．现代文学评论第 1 卷（4），封面为第 2 卷（1、2）

汤增敭．谢六逸的《日本文学史》．现代文学评论第1卷（1），1931年4月10日

汪倜然．现代世界文坛新话：六、新犹太阿胥之新著．现代文学评论第1卷（1），1931年4月10日

汪倜然．现代世界文坛逸话：十八、小泉八云的新研究．现代文学评论第1卷（3），1931年6月10日

陈子展．古兰经：回教的经典文学．现代文学评论第1卷（3），第3卷（1）合刊，1931年10月20日

张若谷．谷崎润一郎的《富美子的脚》．新时代第1卷（3），1931年10月1日

沈绮雨．所谓新感觉派者．北斗第1卷（4），1931年12月20日

森　堡．秋田雨雀访问记．读书月刊第3卷（3），1932年6月10日

华　蒂．日本新兴文化之划期的发展．读书月刊第3卷（1—2），1931年5月30日

森　堡．洼川绮妮子访问记．读书月刊第3卷（1—2），1931年5月30日

## 1932年

傅仲涛．松尾芭蕉之俳句译评．新月第4卷（5），1932年11月1日

森　堡．日本新兴文学里的女斗士们．读书月刊第3卷（4），1932年7月1日

李康佛．关于本间久雄的《文艺潮论》．读书月刊第3卷（5），1932年12月20日

佚　名．佐藤春夫评《阿Q正传》的价值与《死灵》同等．文艺新闻（44），1932年1月11日

佚　名．日本左翼作家同盟最近之组合与活动．文艺新闻（44），1932年1月11日

佚　名．日本革命作家下狱——统治阶级必然崩溃之反证．文艺新闻（51），1932年4月18日

佚　名．白色风暴吹遍了日本文化界，1932年大批著名艺术家被捕．文艺新闻（52），1932年4月25日

方天白．最近的日本文坛．青年界第2卷（3），1932年10月20日

潘修桐．国外文坛消息：四八、日本出版界鼓吹战争．新时代第 3 卷（1），1932 年 9 月

潘修桐．国外文坛消息：六一、日本杂志将出中国文学专号．新时代第 3 卷（2），1932 年 10 月

云　裳．日本文坛消息（四则）．新时代第 2 卷（6），1932 年 8 月 1 日

崔万秋．日本女作家访问记．新时代第 3 卷（1），1932 年 9 月

云　裳．日本文坛消息（五则）．新时代第 3 卷（1），1932 年 9 月

华　蒂．一九三一年日本文坛．北斗第 2 卷（1），1932 年 1 月 20 日

张资平．日本之个人主义文学及其渊源．挈茜（创刊），1932 年 1 月 15 日

施蛰存．《先知》及其作者．现代（创刊），1932 年 5 月 1 日

佚　名．日本作家出席革命作家同盟．现代第 1 卷（6），1932 年 10 月 1 日

沈端先．九一八战争后的日本文坛．文学月报（2），1932 年 7 月 10 日

## 1933 年

幼　霞．金子洋文的两篇剧．新时代第 3 卷（5—6），1933 年 1 月 1 日

丁　丁．芥川龙之介的中国堕落观．新时代第 3 卷（5—6），1933 年 1 月 1 日

毛一波．林房雄的《科学与艺术》．新时代第 5 卷（6），1933 年 12 月 1 日

韦　长．关于太戈尔及中国读书界．涛声第 2 卷（41），1933 年 10 月 21 日

亢　德．东洋神户日本竹枝词．论语（27），1933 年 10 月 16 日

佚　名．小林多喜二之死．艺术新闻（3），1933 年 3 月 4 日

武　达．小林三吾口中的小林多喜二．文学第 1 卷（1），1933 年 7 月 1 日

佚　名．日本文学家的《水浒》观．文学第 1 卷（2），1933 年 8 月 1 日

谷　非．秋田雨雀印象记．文学第 1 卷（2），1933 年 8 月 1 日

## 1934 年

杨昌溪．太戈尔论神及民族文化．文艺月刊第 5 卷（5），1934 年 5 月 1 日

志　坚．日本通信：日本的文人．青年界第 6 卷（1），1934 年 6 月

周作人．谈谈日本文学．青年界第 6 卷（3），1934 年 10 月

可　玉．日本新文学杂志之簇生．现代第 5 卷（2），1934 年 6 月 1 日

佚　名．一九三三年的日本文坛．文学第2卷（1），1934年1月1日

佚　名．日本的全集年．文学第3卷（2），1934年8月1日

佚　名．《红萝卜颂》在日本．文学第3卷（2），1934年8月1日

佚　名．秋田雨雀与爱罗先珂．文学第3卷（2），1934年8月1日

傅仲涛．日本明治文学中之自然主义．文学季刊第1卷（3），1934年7月1日

焕　平．最近日本文坛的轮廓．东流（创刊），1934年8月1日

## 1935年

慧　光．日本文坛宿将坪内逍遥逝世．现代第6卷（3），1935年4月1日

河　清．日本文坛耆宿坪内逍遥逝世．文学第4卷（4），1935年4月1日

谢六逸．小说神髓．文学第4卷（5），1935年5月1日

佚　名．小泉八云的著作有多少．文学第4卷（3），1935年3月1日

佚　名．日本的现代中国文学研究．文学第4卷（4），1935年4月1日

佚　名．坪内逍遥的《小说神髓》．文学第4卷（4），1935年4月1日

澄　清．大战后的日本文学．文学季刊第2卷（4），1935年12月16日

编者辑．世界文坛展望台：日本二则．东流第1卷（6），1935年5月

张香山．岛木健作的文学私见．东流第2卷（2），1935年12月15日

林焕平．日本演剧的近状．芒种，1935年3月5日

曾今可．日本文坛拾零．文艺第1卷（2），1935年4月15日

溟．林芙美子的《放浪记》摄成电影文学奖金．杂文（1）1935年5月15日

宣．日本的中国文学研究会．杂文（1），1935年5月15日

秋田雨雀．特辑：日本三个演剧改革者．杂文（1），1935年5月15日

## 1936年

崔万秋．一九三五年日本文坛小景．文艺春秋第8卷（1），1936年1月1日

何易明．马来文学一脔．文艺春秋第8卷（5），1936年5月1日

闻　梵．中国文坛在东京．文艺春秋第8卷（6），1936年6月1日

佚　名．鲁迅在日本．东流第2卷（3），1936年2月1日

张香山．日本文学的动向．东流第2卷（3），1936年2月1日

张香山．关于芥川赏的作品．杂文第2卷（2），1936年11月10日

郁达夫．日本人的文化生活．宇宙风（25），1936年9月16日

丰子恺．日本的杂志．宇宙风（25），1936年9月16日

徐祖正．日本人的俳谐精神．宇宙风（26），1936年10月1日

叶建高．日本的文化面．宇宙风（26），1936年10月1日

胡行之．印象中的日本．宇宙风（26），1936年10月1日

徐北辰．我对于日本和日本人的观察．宇宙风（26），1936年10月1日

郭沫若．我的母国：作为日本文学课题．文学丛报（4），1936年7月1日

易　生．忆石川君．作家第1卷（3），1936年6月15日

张香山．目前的日本历史小说．作家第1卷（4），1936年7月15日

张香山．略谈日本的文学刊物．作家第1卷（6），1936年9月15日

张香山．岛木健作访问记．文学界第1卷（3），1936年8月10日

张若英．中日战争在文学上的反映．光明第1卷（4），1936年7月25日

思　慕．日本悲悼鲁迅的文章．中流第1卷（6），1936年11月20日

张香山．目前的日本历史小说．作家第1卷（4），1936年7月15日

张香山．略谈日本的文艺刊物．作家第1卷（6），1936年9月15日

## 1937年

宋清山．泰戈尔的《覆舟》．文艺月刊第10卷（2），1937年2月1日

陈　琳．日本文学史上的女作家．文艺月刊第11卷（1），1937年7月1日

陈　琳．石川啄木的思想生平及其诗歌．文学第8卷（1），1937年1月1日

佚　名．文学往来：日本改造社出版《大鲁迅全集》．译文新2卷（5），1937年1月16日

傅仲涛．日本小品及随笔底一斑．宇宙风（38），1937年4月1日

傅仲涛．日本最杰出的小品文：《枕草子》介绍，．宇宙风（39），1937年4月16日

林　林．请看林房雄的面孔．光明（5），1937年10月10日

茅　芭．一九三六年日本诗坛．诗歌杂志（2），1937年2月

知　堂．谈俳文．文学杂志第1卷（2），1937年6月1日

知　堂．再谈俳文．文学杂志第1卷（3），1937年7月1日

任白戈. 日本演剧界的动向. 戏剧时代第 1 卷（1），1937 年 5 月 16 日

宋雯芳. 现代日本文坛上的女作家. 东方杂志第 33 卷（11），1937 年 6 月 1 日

## 1938 年

曹　白. 迎鹿地夫妇底出现. 七月第 3 集（1），1938 年 4 月 16 日

胡　风. 关于鹿地亘. 七月，1938 年 2 月 16 日

适　夷. 日本反战作家鹿地亘. 新华日报，1938 年 3 月 27 日

适　夷. 答鹿地亘. 抗战文艺第 1 卷（7），1938 年

邹狄帆. 给鹿地亘并无数的日本革命作家. 七月，1938 年 4 月 7 日

黄　源. 欢迎"中国的友人"：鹿地亘. 群众，1938 年 2 月 12 日

萧　红. 记鹿地夫妇. 文艺阵地（2），1938 年 5 月 1 日

佚　名. 日本友人的诗歌：战争是惨苦的. 群众，1938 年 5 月 14 日

以　群. 日本文坛的丑相. 文学阵地第 1 卷（1），1938 年 4 月 16 日

乃　超. 日本的"文坛总动员". 抗战文艺（武汉特刊）（4），1938 年 10 月 1 日

林焕平. 日本文学的末运. 文艺阵地第 1 卷（1），1938 年 4 月

郁达夫. 日本的娼妇与女士. 抗战文艺第 1 卷（4），1938 年

## 1939 年

徐昌霖. 印度的一种民众剧. 戏剧岗位，1939 年 4 月 15 日

陈东林. 日本"战争文学"一瞥. 宇宙风（86），1939 年 12 月 16 日

林焕平. 日本文学的末运. 文艺阵地第 2 卷（6），1939 年 1 月 1 日

林焕平. 论一九三八年的日本文学界. 文艺阵地第 2 卷（12），1939 年 4 月 1 日

欧阳凡海. 鲁迅在日本：《近代中国社会变革的默史——鲁迅》之一节. 文艺阵地第 4 卷（1），1939 年 11 月

崔万秋. 战时日本文坛动态. 抗战文艺第 3 卷（12），1939 年 3 月 1 日

严文井. 圣经. 文艺战线（创刊），1939 年 2 月 16 日

何其芳. 日本人的悲剧. 文艺战线第 1 卷（2），1939 年 3 月 16 日

洛　凡．鹿地亘与池田幸子．文艺新闻（5），1939年11月26日

刘敏光．现代日本文学的思潮．中国文艺（创刊），1939年9月

张我军．评菊池宽的《日本文学案内》．中国文艺第1卷（3），1939年11月

傅惜华．日本现存中国善本之戏曲．中国文艺第1卷（4~6），1939年

佚　名．事变后日本之杂志界（特载）·朔风，（11），1939年9月16日

## 1940年

巴　人．关于《麦与兵队》．文艺阵地第4卷（5），1940年1月1日

马宗融．阿剌伯文学对于欧洲文学的影响．抗战文艺第6卷（1），1940年3月30日

张秉铎．伊朗诗人费尔岛西的罗密欧与朱丽叶．抗战文艺第6卷（1），1940年3月30日

于文书．日本三弟兄：敌国内真实的悲剧．通俗文艺（34），1940年4月14日

文　朴．日本文坛动态．抗战文艺，1940年3月1日

徐羽冰．日本的"中国热"与中国的"日本热"．中国文艺第2卷（1），1940年3月

傅惜华．日本笑话之发见．中国文艺第2卷（1），1940年

仲　涛．日本文学之比较的考察．日本评论第1卷（上）（3），1940年

若　木．日本现代文学概观．日本评论第1卷上（3），1940年

南　田．日本元禄时代之歌舞会．日本评论第1卷（上）（3），1940年

云　衢．明治时代日本文学作家鸟瞰．日本评论第1卷（上）（3），1940年

## 1941年

任　钧．略谈中日战争爆发以来的日本文坛．抗战文艺第7卷（4—5），1941年11月10日

皮促篪．怪杰谷崎润一郎．笔阵（1），1941年11月20日

巴　宙．甘地与太戈尔．宇宙风乙刊（56），1941年12月1日

林焕平．战时日本的文化动态．笔谈，1941年9月16日

林焕平．艺术浪费论：战时日本的文化动态之四．笔谈，1941年11月1日

张十万．战后四年的敌国文坛．文艺月刊，1941 年 11 月 8 日

张资平．关于中日文化提携．中日文化第 1 卷（2）

白　练．怎样沟通中日满文艺．中国文艺第 4 卷（3）

王君时．泰戈尔逝世后的感想．国民杂志第 1 卷（9）

汪止足．关于泰戈尔．国民杂志 1941 年第 1 卷（10）

胡硕美．日本新诗运动的展开．国民杂志 1941 年第 1 卷（10—11）

记　者．日本文讯．国民杂志 1941 年第 1 卷（11）

记　者．中日文艺家恳谈会记录．国民杂志 1941 年第 1 卷（12）

## 1942 年

静　闻．纪念太戈尔．诗创作（13），1942 年 8 月 25 日

张道藩．太戈尔先生与东方精神．文艺先锋 1 卷（5），1942 年 12 月 10 日

张十万．想念秋田雨雀．野草，1942 年 2 月 15 日

张十万．遥悼菊池宽．野草，1942 年 5 月 15 日

杨秋怀．现代日本文学展望．中国文艺第 7 卷（2—4），1942 年 10—12 月

佚　名．东亚文学者大会和华北文坛．时事画报，1942 年 12 月 1 日

真　夫．日本文艺作品杂话．时事画报 12 月

本　社．北京中日文学青年座谈会．国民杂志第 2 卷（9）

真　夫．关于尤译《我是猫》．国民杂志第 2 卷（12）

## 1943 年

徐悲鸿．悼泰戈尔先生并论及绘画．文学创作第 2 卷（1），1943 年 5 月 1 日

王大军、沫沙．文学与圣经．青年文艺（3），1943 年 1 月 10 日

何穆尔．日本文学的流派．风雨谈（8），1943 年 12 月 25 日

尤炳圻．日本上古文学．艺术杂志第 1 卷（1）（创刊），1943 年 7 月 1 日

尤炳圻．日本中古文学．艺术杂志第 1 卷（2），1943 年 8 月 1 日

尤炳圻．日本近古文学．艺术杂志第 1 卷（6），1943 年 12 月 1 日

以　斋．武者小路实笃印象记．艺术杂志第 1 卷（2），1943 年 8 月 1 日

本　社．追悼岛崎藤村先生．艺术杂志第 1 卷（3），1943 年 9 月 1 日

周作人．岛崎藤村先生第1卷（4），1943年10月1日

任　均．敌国文坛的两种现象．文坛（2）

杨怀燕．现代日本小说．中国文艺第8卷（2），1943年5月

真　夫．岛崎藤村的文学肖像．中国文艺第9卷（2），1943年10月

尤炳圻．岛崎藤村之一生．日本研究（北京）第1卷（2）

艺文杂志社．追悼岛崎藤村先生．艺文杂志第1卷（3）

徐白林．东京随笔：夜访武者小路实笃先生．艺术杂志第1卷（6）

丁　卉．日本战时文学评价（东京通讯）．东亚联盟第6卷（1），1943年7月

谭仲玉．汉语日本文学名著及其作者．东亚联盟第6卷（3），1943年9月

雷真原．日本女作家群像．风雨谈第1卷（4），1943年7月

晶　孙．介绍日本俳句．文友第1卷（4），1943年5月

内山完造、陶晶孙．文学对谈会．文友第1卷（12），1943年12月

乡　人．一九四二年的日本文学．华北作家月报（3）

佚　名．欢迎林房雄氏座谈会记．华北作家月报（4）

萧　菱．林房雄印象记．华北作家月报（4）

朱应之．日本戏剧的发展史．艺术与生活（32），1943年1月15日

张我军．关于岛崎藤村．日本研究（北京）第1卷（2）

张鸣琦．日本新剧的黎明．日本研究（北京）第1卷（3）

江文也．俗乐、唐朝燕乐与日本雅乐．日本研究（北京）第1卷（3）

杨燕怀．日本上古文学概观（上）．日本研究（北京）第1卷（3）

钱稻孙．万叶一叶．日本研究（北京）第1卷（4）

佚　名．"大东亚文学者决战大会"简记．华文每日第11卷（6），1943年9月15日

林　钟．"大东亚文学者决战大会"特辑．华文每日第11卷（7），1943年10月1日

晶　孙．介绍俳句．华文每日第10卷（5），1943年3月1日

柳无忌．印度的禽喻文学．中原第1卷（4），1943年9月

## 1944年

叶．一出阿拉伯的圣雄剧．万象第3卷（8），1944年2月1日

柳无忌．沙恭达罗：附论印度的戏剧．时与潮文艺第 2 卷（6），1944 年 2 月 1 日

柳无忌．印度的史诗．时与潮文艺第 4 卷（1），1944 年 9 月 15 日

张我军．武者小路先生的《晓》．风雨谈（11），1944 年 4 月

张我军．关于德田秋声．艺文杂志第 2 卷（2），1944 年 2 月 1 日

尤炳圻．日本近古文学：续完．艺文杂志第 2 卷（1），1944 年 1 月 1 日

尤炳圻．日本文学讲话．艺文杂志第 2 卷（2），1944 年 2 月 1 日

尤炳圻．日本近世的狂歌和川柳．艺文杂志第 2 卷（6），1944 年 6 月 1 日

尤炳圻．日本近世小说．艺文杂志第 2 卷（7—8），1944 年 8 月 1 日

尤炳圻．日本近代的戏曲．艺文杂志第 2 卷（9），1944 年 9 月 1 日

王锡禄．万叶生活．艺文杂志第 2 卷（12），1944 年 12 月 1 日

陶亢德．访长谷川如是闲．杂志第 13 卷（1）

张我军．日本文学介绍与翻译．中国文学第 1 卷（1），1944 年 1 月

邱一凡．东亚文学的国籍问题．中国文学第 1 卷（4），1944 年 4 月

张铭三．夏目漱石．青年读书第 1 卷（5）

张铭三．小泉八云．青年读书第 1 卷（6）

柳　夷．阿部知二略窥．东亚联盟第 7 卷（3—4）

徐羽冰．日本文学给与中国．中国公论第 4 卷（5）

钱稻孙．万叶一叶．日本研究（北京）第 2 卷（1—5）

钱稻孙．万叶一叶．中国文学第 1 卷（4）

王古鲁．东洋文库之全貌．日本研究（北京）第 2 卷（1）

王锡禄．日本近世和歌．日本研究（北京）第 2 卷（1）

王锡禄．日本中世和歌．日本研究（北京）第 2 卷（3）

王锡禄．奈良朝文化与万叶集（上下）．日本研究（北京）第 3 卷（4—5）

杨燕怀．俳人与谢芜村．日本研究（北京）第 3 卷（1）

慕　兰．由明星派的文学活动谈到与谢野晶子．日本研究（北京）第 3 卷（4）

一　凡．关于德田秋声．中国文学（创刊）

林　榕．三届大东亚文学者大会．中国文学第 1 卷（6）

丁望萱．关于《伦敦塔》．中国文学第 1 卷（11）

## 1945 年

佚　名. 日本的中国文学研究. 艺文杂志第 3 卷（4~5），1945 年 5 月 1 日

范　泉. 朝鲜的戏剧运动. 文艺春秋丛刊之四，1945 年 6 月 1 日

平　方. 日本的大众小说. 文友第 4 卷（8），1945 年 3 月

未　明. 扶桑诗记. 文友第 4 卷（8）

十　堂. 明治文学之追忆. 日本研究（北京）第 4 卷（1）

钱稻孙. 万叶一叶. 日本研究（北京）第 4 卷（2）

聂耳三. 日本的神话. 日本研究（北京）第 4 卷（5）

## 1946—1949 年

冯乃超. 欢送鹿地亘先生. 文联第 1 卷（6），1946 年 4 月 15 日

夏　衍. 送鹿地荣归：附鹿地夫妇手札. 清明（创刊），1946 年 5 月 1 日

常任侠. 中印艺术的交流. 艺风第 1 卷，1946 年 2 月

季羡林. 梵文《五卷书》：一部征服了世界的寓言童话集. 文学杂志第 2 卷（1），1947 年 6 月 1 日

阿　垅. 太戈尔片论. 人世间第 2 卷 5~6 期，1948 年 7 月 10 日

范　泉. 日本文坛近事录. 文艺春秋第 7 卷（6），1948 年 12 月 15 日

王统照. 清中叶中鲜文艺的交流：吴兰雪与朝鲜金氏的文墨缘. 文艺复兴（中国文学研究）（下），1949 年 8 月 5 日

蒲　剑. 日本战犯文学的复活. 小说第 2 卷（3），1949 年 3 月 1 日

蒲　剑. 北朝鲜的人民文艺. 小说第 2 卷（3），1949 年 3 月 1 日

金　丁. 关于印尼的小说. 小说第 2 卷（4），1949 年 4 月 1 日

吴　虹. 日本的劳动者文学. 小说第 2 卷（6），1949 年 6 月 1 日

适　夷. 日本群众文学运动. 文艺生活（海外版）（12），1949 年 3 月 15 日

## 1950 年

陈微明. 关于土耳其诗人舒瑞姆·希克梅特. 人民日报 1950 年 7 月 2 日

马　烽. 战斗的朝鲜文艺界. 文艺报 1950（17）

方　照. 战斗的朝鲜艺术家. 文艺报 1950（24）

林　辰．中朝文学的传统友谊．文艺报 1950 年第 3 卷（5）

## 1951 年

陈适伍．访问希克梅特．人民日报 1951 年 9 月 25 日

包叔钧．日本剧坛．文汇报 1951 年 10 月 30 日

沈起予．悼宫本百合子：并介绍她的长篇小说《播州平野》．解放日报 1951 年 2 月 4 日

佚　名．战争中产生的朝鲜文艺新作．文艺报 1951（10）

韩　晓．作家李箕永．新朝鲜 1951（6）

严　浩．作家韩雪野．新朝鲜 1951（5）

## 1952 年

加特里．印度革命诗人马克登·莫哈丁．人民文学 1952（9）

加特里．读克利普·钱达的《火焰与花》．人民文学 1952（9）

黄永鉴．新越南的文学和艺术．文艺报 1952（8）

佚　名．二三十年代到八月革命的越南文学简况．光明日报 1952 年 9 月 6 日

阮　汀．战斗越南的文学和艺术．光明日报 1952 年 3 月 8 日

佚　名．一年来越南文艺运动．文艺报 1952（24）

田　间．欢迎你，英雄的诗人：希克梅特同志．文艺报 1952（19）

张　白．舒瑞姆·希克梅特访问记．文汇报 1952 年 10 月 1 日

方清等．佐藤一的《墙壁的沉默》．文汇报 1952 年 7 月 19 日

李正伦．与暴力作斗争的日本进步文化．光明日报 1952 年 10 月 4 日

王振仁等．争取民族独立、保卫世界和平斗争中的日本文艺界．文艺报 1952（18）

张十方．暴露原子弹罪恶的原爆之子．大公报 1952 年 9 月 27 日

林　忠．春柳铁男的作品《日本工人》．文艺报 1952（21）

吴　迈．战斗朝鲜的文学．光明日报 1952 年 3 月 22 日

陈午栖．介绍朝鲜小说《泛滥》．大公报 1952 年 6 月 23 日

## 1953 年

陈德康.希克梅特的创作:爱的传奇.文汇报 1953 年 4 月 13 日

方　清.我们的歌,真理的歌:读《希克梅诗集》.文汇报 1953 年 1 月 27 日

艾　青.希克梅特的诗.文汇报 1953 年 4 月 27 日

佚　名.没有欢乐的土耳其农民:介绍《沥青路》.大公报 1953 年 1 月 6 日

王振仁.日本反战文学的一些情况.文艺报 1953（15）

佚　名.德永直、岩口顺会见记.光明日报 1953 年 3 月 6 日

田　汉.纪念日本伟大文化战士小林多喜二.光明日报 1953 年 2 月 20 日

宋肖平.箱根风云录.文艺报 1953（16）

十　方.《真空地带》和《一个女矿工》.大公报 1953 年 1 月 17 日

郁　风.赤松俊子印象记.文艺报 1953（16）

佚　名.在战斗中成长的朝鲜文学.文艺报 1953 年 8 月 26 日

王笠耘.鲜血和生命凝成的友谊:读短篇小说集《军功章》.光明日报 1953 年 9 月 12 日

袁湘生.蒙古人民共和国文学艺术的光辉成就.新华日报 1953（5）

沈向源.歌唱革命现实的蒙古诗人.光明日报 1953 年 7 月 11 日

郑振铎.中印文化交流.文艺报 1953 年（15）

## 1954 年

金克木.印度文学:人类文化的一所宝库.文艺报 1954（19）

佚　名.读克里山·钱达的《火焰与花》.文艺报 1954（5）

佚　名.哈伦德拉那简介.译文 1954（9）

王夫乐.印度古典戏剧家迦梨陀娑及其作品.文学书刊介绍 1954（10）

雨　石.印度诗人泰戈尔.文学书刊介绍 1954（10）

怀　清.越南抗战文艺八年.文艺报 1954（16）

陈午楼.人类解放事业的战歌:谈希克梅特诗集.新华日报 1954 年 8 月 23 日

欧阳翠.读《土耳其的故事》.文汇报 1954 年 6 月 5 日

李伏娃.为和平而奋斗的日本进步文学.译文 1954（7）

佚　名．读《静静的群山》．文汇报 1954 年 2 月 19 日

佚　名．小林多喜二简介．译文 1954（3）

马云杰．小说《箱根风云录》及其作者高仓辉．新民报 1954 年 9 月 3 日

梅　韬．《箱根风云录》作者：高仓辉．大众电影 1954（9）

欣嘉瑾．介绍《蒙古短篇小说集》．文汇报 1954 年 2 月 18 日

郑　律．前进的朝鲜文学．文艺报 1954（6）

朴石丁．读李箕永的小说《图们江》．新朝鲜 1954（10）

伊　兵．关于朝鲜古典名著《春香传》的演出．文艺报 1954（9）

## 1955 年

佚　名．马尼克·班纳齐简介．译文 1955（4）

苏丽雅．两本印度古典文学作品：《二十夜间》、《沙恭达罗》．光明日报 1955 年 9 月 8 日

周而复．访泰戈尔故居．人民文学 1955（7）

佚　名．印度进步文学先驱普列姆昌德．光明日报 1955 年 5 月 4 日

徐　迈．印度作家安纳德的作品．新民晚报 1955 年 8 月 1 日

美　矣．他们坚决反抗民族压迫：介绍《新兵》．光明日报 1955 年 10 月 2 日

冯金辛．关于钱达尔的小说介绍．光明日报 1955 年 10 月 20 日

阮辉想．一年来越南在和平环境中的文艺活动．文艺报 1955（16）

卡耶里．阿拉伯文学艺术对保卫和平的贡献．文艺报 1955（20）

向　阳．《基地儿童》读后．文汇报 1955 年 5 月 27 日

刘仲平．介绍几本日本文学作品．人民日报 1955 年 4 月 28 日

王振仁．新日本文学会第七次大会．文艺报 1955（3）

叶　玲．小林多喜二和他的代表性．文汇报 1955 年 5 月 9 日

佚　名．和平防线上的英勇斗争：介绍小说《广岛姑娘》．光明日报 1955 年 11 月 17 日

金鸣家．在战斗中的朝鲜人民与艺术．光明日报 1955 年 5 月 14 日

佚　名．一年来的朝鲜儿童文学作品．文艺报 1955（14）

佚　名．战后的朝鲜文学．文艺报 1955（7）

佚　名．李箕永的创作生活．新朝鲜 1955（5）

## 1956 年

周纪怡．南民·勃霍来克谈现代孟加拉文学的趋向．译文 1956（2）

严文井．我们接触了印度文学界．文艺报 1956（10）

陆侃如．迦梨陀娑：印度古代最伟大的诗人．文史哲 1956（5）

季羡林．纪念印度古代伟大的文学家迦梨陀娑．光明日报 1956 年 5 月 26 日

董每勘．迦梨陀娑和他的名剧《沙恭达罗》．作品 1956（6）

季羡林．印度古代最伟大的诗人迦梨陀娑的《云使》．解放军文艺 1956（7）

吴晓铃．关于迦梨陀娑和他的剧本．剧本 1956（8—10）

王衍社．关于迦梨陀娑的出生年代问题．文史哲 1956（8）

熊佛西．读《沙恭达罗》．解放日报 1956 年 8 月 29 日

金克木．关于印度诗人迦梨陀娑．新建设 1956（9）

葛一虹．迦梨陀娑和他的名剧《沙恭达罗》．戏剧报 1956（6）

郑振铎．印度大诗人迦梨陀娑传．文艺报 1956（10）

金克木．苦力．读书月报 1956（2）

佚　名．关于印尼文学史的新作．译文 1956（12）

金　丁．印度尼西亚的文学．光明日报 1956 年 10 月 10 日

阮　尊．越南新文学的成长．人民日报 1956 年 8 月 7 日

黄忠通．十年来的越南文学概况．文艺报 1956（13）

斐文勉．现代越南作家与作品．读书月报 1956（11）

任　哨．越南文艺运动的发展．光明日报 1956 年 4 月 6 日

佚　名．埃及文学近况．文艺报 1956（7）

佚　名．埃及现代文学作品，埃及民族电影事业概述．文艺报 1956（6）

马　坚．介绍埃及大诗人薄绥里的诗篇影印汉译《天方诗经》．光明日报 1956 年 8 月 23 日

马　坚．阿拉伯文化对于人类文化的伟大贡献．人民日报 1956 年 10 月 9 日

马　坚．《一千零一夜》简介．译文 1956（11）

佚　名．阿尔及利亚文学．译文 1956（9）

狄　布．阿尔及利亚的诗．译文 1956（11）

威廉斯．谈南非的戏剧．戏剧报 1956（1）

波瑞索夫．阿拉伯的书和作家．光明日报 1956 年 6 月 5 日

波瑞索夫．阿拉伯国家的作品与作家．读书月报 1956（9）

马少波．鲜花与恶梦：关于日本古典戏剧种种．人民日报 1956 年 5 月 1 日

佚　名．宫本百合子简介．译文 1956（1）

瞿　夷．介绍日本斗争诗抄《愤怒吧！富士》．光明日报 1956 年 9 月 6 日

佚　名．介绍小说《广岛姑娘》．劳动报 1956 年 6 月 19 日

罗合如．朝鲜著名唱剧《春香传》观后．人民日报 1956 年 10 月 13 日

钱仁康．朝鲜唱剧《春香传》及其音乐．解放日报 1956 年 11 月 16 日

冰　蔚．战斗的诗人：纪念赵基天同志牺牲五周年．光明日报 1956 年 7 月 31 日

欧阳予倩．朝鲜唱剧《沈清传》的艺术成就．人民日报 1956 年 11 月 26 日

## 1957 年

金克木．吠陀诗句的古代汉译．人民日报 1957 年 2 月 16 日

金克木．《梨俱吠陀》和《阿闼婆吠陀》．译文 1957（8）

李长之．诗情画意的《沙恭达罗》．中国戏剧 1957（6）

石　真．泰戈尔论《沙恭达罗》．光明日报 1957 年 10 月 5 日

严绍端．只因脱离了生活：印度进步文学停滞问题的讨论．文艺报 1957（4）

吴晓铃．印度戏剧的起源分类和角色．戏剧论丛 1957（5）

韩北屏．和印度诗人在一起．诗刊 1957（19）

梁快等．《两亩地》课文分析．中学教育 1957（7—8）

石　真．泰戈尔和他的《两亩地》．语文学习 1957（9）

张桂堂．两亩地．语文教学通讯 1957（9）

佚　名．缅甸颁发文学奖金．译文 1957（11）

黄贤俊．现代埃及的进步文学．光明日报 1957 年 2 月 16 日

德拉民．叙利亚当代文学．文艺报 1957（26）

佚　名．日本无产阶级文学简况．文艺报 1957（34）

周　明．日本文学简况：记日本文学访华团学术报告．文艺报 1957（34）

佚　名．战后日本文坛．文艺报 1957（34）

佚　名．日本民主主义文学运动与若干争论问题．哲学社会科学动态 1957（3）

肖　肖．关于《静静的群山》．读书月报 1957（8）

星　火．忆藤森成吉先生．红岩 1957（5）

韩雪野．现代朝鲜文学的胜利道路．译文 1957（6）

陶冰蔚．朝鲜作家在胜利前进．文艺报 1957 年 12 月 15 日

陶冰蔚．朝鲜的古典和现代文学作品．读书月报 1957（1）

陶冰蔚．朝鲜卓越的现实主义大师：纪念朴趾源诞生 220 周年．文艺报 1957（3）

李　旭．18 世纪的朝鲜的伟大作家：纪念朴燕岩诞生 220 周年，光明日报 1957 年 12 月 11 日

张元衡．欣欣向荣的朝鲜文学艺术．读书月报 1957（3）

丁师灏．欣欣向荣的蒙古文学．读书月报 1957（3）

额尔敦陶支．杰出的蒙古古典作家：尹堪纳希．内蒙古日报 1957 年 1 月 5 日

阿纳达古纳．十月革命对印尼小说的影响．文艺报 1957（32）

维斯比．十月革命和印度尼西亚诗歌．文艺报 1957（32）

默黑丁．伟大的十月革命和锡兰文学．文艺报 1957（29）

茅　盾．"亚非文学专号"前言．译文 1957（8）

## 1958 年

佚　名．印度各省的文学生活．译文 1958（5）

严绍端．普列姆昌德的《戈丹》．文艺报 1958（17）

严绍端．首陀罗迦《小泥车》．译文 1958（2）

佚　名．印度工人作家斯里瓦斯塔的长篇小说《烟·火·人》．译文 1958（12）

张　演．印度尼西亚现代文学．译文 1958（10）

杜　尔．谈谈印度尼西亚现代文学．译文 1958（10）

宋　芝．印尼作家、艺术家在战斗中．文艺报 1958（5）

佚　名．漫步在雅加达的文艺街头．光明日报 1958 年 6 月 9 日

佚　名．接受时代的挑战：印尼文艺街头新气象．光明日报 1958 年 7 月 7 日

陈翔鹤．越南访诗记．光明日报 1958 年 12 月 28 日

黄轶球．越南诗人陀攸和他的杰作《金云翘传》．华南师范学院学报 1958（4）

佚　名．越南人民与素友的诗．越南新闻 1958（1）

颜　保．越南的汉语文学．哲学社会科学动态 1958（3）

佚　名. 马来西亚作家号召创造马来西亚民族文学. 译文 1958（1）

黄文捷. 新阿尔及利亚文学. 译文 1958（19）

郑振铎. 伊朗诗人萨迪的《蔷薇园》. 文艺报 1958（18）

水建馥. 伊朗诗人萨迪的《蔷薇园》. 文艺报 1958 年 9 月 20 日

佚　名. 伊朗诗人萨迪. 大公报 1958 年 9 月 20 日

法尔曼. 反帝文学，战斗的文学：阿拉伯现代文学概况. 文艺报 1958（15）

未　丸. 阿拉伯文学的民族主义运动. 学习译丛 1958（9）

舒斯捷尔. 谈阿拉伯文学. 译文 1958（10）

水景宪. 介绍阿拉伯现代文学. 译文 1958（11）

水　夫. 现代阿拉伯文学. 文学研究 1958（4）

沙　鸥. 反侵略的烈火在燃烧：读反对英美侵略阿拉伯诗文画集. 读书 1958（12）

王树芬. 阿拉伯人民的战歌：读《阿拉伯人民的呼声》. 文艺月报 1958（9）

袁水拍. 火焰般的诗句：介绍《阿拉伯人民的呼声》. 读书 1958（12）

严家炎. 阿拉伯人民的声音. 语文学习 1958（8）

佚　名. 伊拉克的文学. 天津日报 1958 年 7 月 25 日

庐　永. 不可阻挡的洪流，读伊拉克诗集《明天的世界》. 读书 1958（13）

佚　名. 19 世纪伊拉克的诗及其作用和特点. 译文 1958（12）

霍应人. 略谈黎巴嫩和伊拉克的文学. 文学研究 1958（4）

佚　名. 战后日本文学. 译文 1958（10）

萧　三. 哀悼日本著名无产阶级作家、中国文学界最好的朋友德永直. 文艺报 1958（4）

李　芒. 德永直的《静静的群山》. 文艺报 1958（18）

佚　名. 悼念日本作家德永直. 文艺报 1958（4）

佚　名. 德永直简介. 译文 1958（4）

楼适夷. 追忆小林多喜二纪念他的逝世 25 周年. 人民日报 1958 年 2 月 20 日

任　亨. 小林多喜二和他的《党生活者》. 译文 1958（2）

佚　名. 小林多喜二逝世 25 周年. 译文 1958（2）

佚　名. 鲁迅与小林多喜二. 译文 1958（2）

张梦麟. 小林多喜二的《党生活者》. 语文学习 1958（5）

易　厂. 日本妇女的厄运：读《大波斯菊盛开的人家》. 新民晚报 1958 年 3 月

8日

佚　名. 石川达三的长篇小说《人间的墙壁》. 译文 1958（11）

陶冰慰. 朝鲜革命文艺的新高涨. 译文 1958（10）

佚　名. 朝鲜作家歌颂中朝两国人民的友谊. 文艺报 1958（11）

陶　生. 李箕永《土地》. 译文 1958（2）

金鸣水. 韩雪野和他的创作活动. 新朝鲜 1958（5）

延长烈. 李箕永和他的文学. 新朝鲜 1958（6）

丁师灏. 蒙古的现代新文学. 译文 1958（10）

谷　麻. 蒙古最古文学作品. 新民晚报 1958 年 1 月 13 日

## 1959 年

李江泽. 罗摩衍那——印度王子罗摩的史诗. 吉林师范大学学报 1959（4）

黄　华. 沙恭达罗. 新观察 1959（11）

王寿亨. 古代印度诗人迦梨陀婆简论. 华东师范大学学报 1959（2）

佚　名. 阮廷诗小传. 世界文学 1959（12）

柳　勤. 介绍西巫拉帕的《向前看》. 世界文学 1959（12）

罗晓丹. "活着的卓娅，活着的刘胡兰"：读《越南女儿》. 世界文学 1959（12）

沙　鸥. 熊熊烈火在非洲燃烧：介绍现代非洲诗集. 世界文学 1959（1）

黎　歌. 震人心弦的凯歌：读阿尔及利亚的诗. 文艺报 1959 年 12 月 23 日

燕　姆. 星星之火，可以燎原. 世界 1959（7）

任小哲. 阿拉伯人民的呼声. 世界 1959（1）

佚　名. 日本文学家当前的责任. 北京大学学报 1959（1）

郁　挚. 德永直的短篇小说：介绍《德永直选集》（第四卷）. 世界文学 1959（12）

简　尘. 没有太阳的街一定会有太阳. 世界文学 1959（2）

文洁若. 谈宫本百合子的《两个院子》. 读书 1959（8）

于　戈. 小林多喜二的创作. 福建师范学院学报 1959（1）

李　琪. 谈《母亲》. 语文 1959（11）

佚　名. 高仓辉小传. 世界文学 1959（2）

刘振瀛. 评山代巴的《板车之歌》. 世界文学 1959（1）

佚　名. 中本高子小传. 世界文学 1959（1）

佚　名．中本高子的《不死鸟》问世，秋田雨雀发起广泛开展"不死鸟运动"．世界文学 1959（3）

欣　原．一束美丽芳香的金达莱花：诗集《鸭绿江边》读后感．世界文学 1959（8）

陶冰蔚．评价《故乡》．世界文学 1959（2）

林　陵．金日成同志的战斗史：介绍韩雪野的《历史》．世界文学 1959（7）

简　尘．鹿地亘：《如火如风》和《无天无地》．世界文学 1959（10）

佚　名．蒙古新老作家下厂下乡赶写新作品．人民日报 1959 年 8 月 2 日

佚　名．达僧格小传．世界文学 1959（4）

郭小川．"像熊熊的烈火永远燃烧在人们的心里"：悼蒙古作家僧格同志．世界文学 1959（5）

佚　名．策·达木丁苏伦小传．世界文学 1959（12）

季羡林．五四运动后四十年来中国关于亚非各国文学的介绍和研究．北京大学学报 1959（2）

高骏千．亚非文学在中国．世界文学 1959（10）

耶　戈．印度尼西亚的民间戏剧．世界知识 1959（13）

## 1960 年

季羡林．纪念泰戈尔诞辰一百周年．文艺报 1960（5）

佚　名．雅西帕尔小传．世界文学 1960（9）

高　梁．现代尼泊尔诗歌和诗人．世界文学 1960（4）

怀　清．越南文学的发展．文学评论 1960（5）

阮廷诗．越南北方新的革命阶段中的文艺工作．世界文学 1960（8）

马彦祥．越南嘲剧艺术的卓越成就．戏剧报 1960（17）

佚　名．越南北方的群众文化运动．文艺报 1960 年 9 月 1 日

田　汉．越南嘲剧给了我们美的享受．人民日报 1960 年 9 月 2 日

艾　汶．古玉新花：向观众推荐越南嘲剧艺术．北京日报 1960 年 9 月 2 日

王文娟．令人心醉的《神水瓶》：越南嘲剧艺术观后．解放军日报 1960 年 9 月 10 日

郭沫若．"现代诗中应有铁"：《狱中日记诗抄》读后感．文艺报 1960（15—16）

袁　鹰．谈胡志明主席的诗．人民日报 1960 年 5 月 19 日

李根宝．"诗家也要会冲锋"：读《胡志明主席狱中日记诗抄》．文汇报 1960 年 9 月 3 日

邓均吾．读《狱中日记诗抄》．重庆日报 1960 年 9 月 4 日

高　汉．一篇伟大革命斗争的史诗：《胡志明主席革命活动片断》．人民日报 1960 年 9 月 3 日

佚　名．素友小传．世界文学 1960（1）

佚　名．天越来越亮：越南诗人瞿辉瑾的诗．北京日报 1960 年 9 月 2 日

陈　浅．越南诗人的壮志豪情：介绍《越南工人诗选》．解放日报 1960 年 9 月 2 日

周　晓．越南人民的英雄性格：从越南工人诗歌中所看到的．新民晚报 1960 年 9 月 5 日

曹　康．冲开黑夜看朝阳：越南小说《黎明之前》读后感．新民晚报 1960 年 9 月 8 日

罗尔庄．英雄的人民，春天的国度：读《越南现代短篇小说集》．文艺报 1960（23）

王逸平．在斗争中前进的非洲文学：介绍我国已经出版的非洲文学作品．文汇报 1960 年 4 月 18 日

冰　心．争取独立自由的战歌．世界文学 1960（4）

佚　名．狄布（小传）．世界文学 1960（8）

松　子．阿尔及利亚有自己的民族文化．世界文学 1960（6）

李平凡．希克梅特和他的诗．四川日报 1960 年 5 月 5 日

江　东．赶走这个魔鬼：重读《我们心里的魔鬼》有感．人民日报 1960 年 5 月 20 日

吴　岩．土耳其的政治诗《反帝的利箭》．新民晚报刊 8 月 3 日

欧阳予倩．高举红旗，坚持不懈：欢迎日本"前进座"．北京日报 1960 年 2 月 16 日

欧阳山尊．优秀的日本民族传统艺术．大公报 1960 年 2 月 19 日

刘振瀛．论德永直的《静静的群山》．世界文学 1960（5）

卞立强．日本无产阶级作家小林多喜二．文学评论 1960（3）

王寿亨．论小林多喜二和他的主要创作．华东师范大学学报 1960（1）

佚　名.野间宏（小传）.世界文学 1960（7）

南开大学中文系57级东方文学组.野间宏和他的《真空地带》.人民日报 1960年8月18日

佚　名.霜多正次和新作《守礼之民》.世界文学 1960（6）

楼适夷.日本人民的战斗歌声.文艺报 1960（10）

李述之.从日本诗人的诗看反帝斗争.四川日报 1960年5月16日

毕　采.百花深处：读壶井荣《我的百花故事》.新民晚报 1960年5月19日

佚　名.壶井繁治（小传）.世界文学 1960（3）

韩　涛.扑不灭的火炬：读日本斗争诗抄：《愤怒吧！富士！》.陕西日报 1960年7月7日

李　芒.关于日本反对"日美安全保障条约"的诗歌.文学评论 1960（4）

谷　苇.不可抗拒的怒涛：日本话剧《死海》观后.解放日报 1960年10月24日

吕　复.日本人民英勇斗争的诗篇：看日本话剧演出《死海》.解放日报 1960年10月24日

楼适夷.读中本高子的新作《火凤凰》.世界文学 1960（6）

佚　名.中野重治：《梨花》.世界文学 1960（2）

黄　彻.朝鲜人民艺术蓬勃发展.戏剧报 1960（3）

西虹、周毅之.千里马时代的朝鲜作家.人民日报 1960年2月22日

张庭延.千里马时代的朝鲜文学.光明日报 1960年12月1日

佚　名.李箕永（小传）.世界文学 1960（5）

晓今.朝鲜工人阶级的革命斗争史：介绍韩雪野的长篇小说《黄昏》.世界文学 1960（2）

云　逢.在《圣经》的掩盖下：介绍韩雪野的中篇小说《狼》.广州日报 1960年3月27日

彭端智.坚决消灭美国狼：介绍韩雪野的小说《狼》.湖北日报 1960年6月4日

东　文.英勇战斗的朝鲜人民的光辉形象：读朝鲜作家的几个短篇.解放日报 1960年8月22日

刘振瀛等.毛泽东文艺思想在日本.文学评论 1960（3）

简尘．野间宏谈对中国文学的感想．世界文学 1960（10）
瞿光熙．村山知义所作中国题材的剧本．新民晚报 1960 年 10 月 12 日
陶冰蔚．朝鲜文学作品在中国．人民日报 1960 年 8 月 14 日
佚　名．印度诗人比斯瓦尔亲眼见到的中国．世界文学 1960（7）

## 1961 年

梅兰芳．忆泰戈尔．人民 1961（5）
季羡林．泰戈尔短篇小说的艺术风格．光明日报 1961 年 5 月 15 日
辛未艾．纪念泰戈尔有感．文汇报 1961 年 5 月 7 日
依振国．越南少数民族文艺运动的新成就．光明日报 1961 年 6 月 12 日
佚　名．邓台梅谈越南的文学研究工作．世界文学 1961（1）
宝定江．三年来的越南文艺．越南新闻 1961（1）
许　辛．"诗家也要会冲锋"．辽宁日报 1961 年 1 月 22 日
佚　名．约巴·阿约论印尼进步文学界一年来的成就．世界文学 1961（1）
张铁弦．怒火·战鼓·歌声：现代非洲诗歌读后记．文汇报 1961 年 4 月 18 日
柳鸣九等．战斗的非洲革命诗歌．文学评论 1961（1）
董衡巽．非洲的反殖民主义文学．光明日报 1961 年 8 月 22 日
董衡巽．黑暗大陆的黎明：评介非洲反殖民主义小说．文学评论 1961（5）
张衡鑫．反殖民主义的号角：介绍诗集《胜利属于阿尔及利亚》．解放日报 1961 年 1 月 18 日
萨　丁．把殖民主义埋葬掉：《在咖啡馆》读后．人民日报 1961 年 4 月 12 日
佚　名．藏原惟人论 1961 年在日本文化斗争的任务．世界文学 1961（2）
冰　心．忆日本女作家们．世界文学 1961（5）
刘振瀛等．英勇的人民，英雄的战歌：介绍日本几部主要的反美小说．世界文学 1961（7）
李　芒．日本无产阶级作家宫本百合子．人民日报 1961 年 1 月 23 日
李　芒．读广津和郎的《到泉水去的道路》散记．文艺报 1961（6）
刘振瀛．松川事件和松川文学．光明日报 1961（4）
佚　名．石川达三（小传）．世界文学 1961（3）
韩毓深．深入生活，反映人民群众的斗争：记朝鲜作家的创作活动．光明日报

1961 年 9 月 20 日

佚　名. 朝鲜文学艺术总同盟成立. 世界文学 1961（4）

佚　名. 创作反映"千里马时代"作品向党代表大会献礼. 人民日报 1961 年 8 月 26 日

陶冰蔚. 朝鲜卓越的爱国诗人朴仁老. 光明日报 1961 年 8 月 11 日

陶冰蔚. 杰出的朝鲜爱国诗人：纪念世界文化名人朴仁老诞生 400 周年. 工人日报 1961 年 8 月 6 日

紫　荆. 朴仁老和他的汉诗. 羊城晚报 1961 年 8 月 11 日

袁水拍. 热爱和平，反抗侵略的爱国诗人. 人民日报 1961 年 8 月 12 日

佚　名. 蒙古人民共和国文化艺术事业的巨大成就. 内蒙古日报 1961 年 7 月 18 日

马家骏. 蒙古文学与中国. 陕西日报 1961 年 7 月 15 日

## 1962 年

梁立基. 印度尼西亚人民文艺的成长. 光明日报 1962 年 6 月 15 日

梁立基. 印度尼西亚近年来的反帝反殖民主义文学. 光明日报 1962 年 2 月 11 日

冯健男. 老挝的民族文学. 人民日报 1962 年 7 月 19 日

李修章. 美吴集团统治下的南越文艺. 光明日报 1962 年 5 月 5 日

阿什河. 欣欣向荣的越南戏剧. 光明日报 1962 年 5 月 5 日

佚　名. 越南文坛一片欣欣向荣景象. 人民日报 1962 年 5 月 13 日

黄轶球. 越南名著《宫怨吟》简述. 羊城晚报 1962 年 6 月 9 日

方土人. 山鹰展翅的时代：非洲的反帝、反殖民主义文学. 光明日报 1962 年 2 月 28 日

丰一吟. 略谈非洲文学. 文汇报 1962 年 8 月 11 日

胡　祥. 略谈战斗的阿尔及利亚的文学. 光明日报 1962 年 9 月 5 日

胡　祥. 阿尔及利亚文学一瞥. 世界文学 1962（10）

袁　木. 不能忘却的记忆：访阿尔及利亚两位作家. 大公报 1962 年 3 月 25 日

陈北鸥. 在反美爱国斗争战线上的日本戏剧. 光明日报 1962 年 6 月 18 日

陈北鸥. 斗争中的日本话剧运动. 文汇报 1962 年 12 月 25 日

刘振瀛等．在民族独立风暴中的日本文学界．光明日报 1962 年 2 月 22 日

袁　木．山雨欲来风满楼：访两位日本作家．人民日报 1962 年 3 月 13 日

司徒惠敏．"不死鸟"永远飞翔在人间：悼念秋田雨雀先生．人民日报 1962 年 7 月 5 日

赵白岭．努力反映新农村的巨大变化：《红色宣传员》的作者自叙．光明日报 1962 年 12 月 28 日

杨　朔．朝鲜伟大的作家、思想家和学者丁茶山．世界文学 1962（10）

张庭延．千里马时代的朝鲜话剧．文汇报 1962 年 9 月 5 日

卞立强．试论小林多喜二创作的主要特征．北京大学学报 1962（5）

张铁弦．作为文学翻译家的二叶亭四迷．文汇报 1962 年 9 月 5 日

佚　名．朝鲜文艺界批判修正主义美学观点．文汇报 1962（8）

游　默．朝鲜戏剧艺术蓬勃发展．戏剧报 1962（1）

黄　钢．略谈《红色宣传员》的剧本创作．剧本 1962（8）

黄　钢．《红色宣传员》的创作经验．光明日报 1962 年 12 月 28 日

黄　钢．朝鲜的作家：红色的集体．世界文学 1962（7~8）

黄　钢．同时代人的光辉形象：朝鲜文艺创作的新成就和新发展．人民日报 1962 年 11 月 25 日

马家骏．蒙古文学与中国．陕西日报 1962 年 7 月 15 日

陈北鸥．中国戏剧在日本．光明日报 1962 年 2 月 22 日

## 1963 年

季羡林．关于巴利文《佛经故事》．世界文学 1963（5）

潘　朗．柬埔寨族文学的传统与新生．光明日报 1963 年 5 月 5 日

林　元．马丁先生和锡兰的孩子：从《蛇岛里的秘密》所想到的．世界文学 1963（12）

江　潭．火红的花朵：读越南诗集《英雄的天空和海洋》．人民日报 1963 年 5 月 22 日

耶　戈．读慕依斯的《错误的教育》和《苏拉巴蒂》．世界文学 1963（1）

李野光．战鼓如潮：非洲现代诗歌札记．人民日报 1963 年 8 月 18 日

燕　章．斗争才是出路：读阿尔及利亚作家哈达德的小说《最后的印象》．文

汇报 1963 年 2 月 2 日

陈　怀. 革命：一支不朽的歌：介绍诗集《胜利属于阿尔及利亚》. 人民日报 1963 年 6 月 6 日

赵白岭. 关于话剧《红色宣传员》. 文汇报 1963 年 4 月 8 日

黄　钢.《红色的宣传员》：反映人民内部矛盾的优秀剧作. 文艺报 1963（1）

陈白尘. 团结斗争前进中的日本新剧界. 戏剧界 1963（3）

卞立强. 日本革命文学前进的步伐. 光明日报 1963 年 6 月 12 日

卞立强. 鲜血凝成的战斗友谊. 光明日报 1963 年 2 月 18 日

陈北鸥. 追念秋田雨雀先生. 人民日报 1963 年 5 月 14 日

陈十仁. 生活创作战斗：纪念小林多喜二. 人民日报 1963 年 2 月 17 日

楼适夷. 鉴真和《天平之甍》：纪念鉴真逝世一千二百周年. 文艺报 1963（10）

楼适夷. 杰出的革命作家和战士（纪念小林多喜二）. 人民日报 1963 年 2 月 17 日

楼适夷. 重读《1928 年 3 月 15 日》. 文艺报 1963（3）

佚　名. 霜多正次（现代作家小传）. 世界文学 1963（5）

李　芒. 霜多正次的冲绳三部曲及其他. 世界文学 1963（5）

王叙之. 闪发着人民智慧和愿望的火光：读木下顺二《民间故事剧》. 人民日报 1963 年 7 月 8 日

陈九仁. 关于无产阶级革命诗人植村浩. 世界文学 1963（11）

子　牛. 跨上了千里马的人们：谈话剧《红色宣传员》. 辽宁日报 1963 年 7 月 27 日

张　颖. 跨上了千里马的朝鲜戏剧：中国戏剧代表团访朝散记. 中国戏剧 1963（11）

史树青. 朴趾源与朝中文化交流. 文汇报 1963 年 4 月 8 日

孙　玮. 斗争中的灵感：介绍一组现代亚非文学作品. 世界文学 1963（7）

## 1964 年

夏　茹. 印度尼西亚现代文学一瞥. 世界文学 1964（4）

韦　平. 越南人民前进的足音：《越南短篇小说集》读后. 文艺报 1964（5）

丁　兀. 读《南方来信》. 工人日报 1964 年 5 月 31 日

董太竹．美国新殖民主义的一个埋葬场：读越南《南方来信》．人民日报 1964 年 5 月 31 日

陈其通．壮丽的通篇《南方来信》．光明日报 1964 年 5 月 31 日

艾　芜．一本激动人心的书：读《南方来信》．光明日报 1964 年 5 月 30 日

夏　衍．《南方来信》读后．文艺报 1964（6）

邵荃麟．"青山长在，革命永存"．文艺报 1964（6）

臧克家．胜利的保证书．文艺报 1964（6）

张光军．一本惊心动魄的好书．文艺报 1964（6）

袁　鹰．南方，怒潮烈火一般的南方啊．人民文学 1964（6）

孙晓村．一本革命的书：推荐《南方来信》．大公报 1964 年 6 月 2 日

邹荻帆．伟大的力量：读《南方来信》．人民日报 1964 年 6 月 4 日

巴　金．珍贵的礼物《南方来信》：致越南诗人阮春生同志．文汇报 1964 年 6 月 5 日

卢永茂．战斗的乐章：读《南方来信》．河南日报 1964 年 6 月 7 日

易新农．仇恨的怒潮，战斗的烈火：读《南方来信》．南方日报 1964 年 6 月 8 日

楼适夷．一本激动人的书：《南方来信》．文汇报 1964 年 6 月 17 日

李　季．血泪和书寄天涯：越南《南方来信》．世界文学 1964（6）

邹时炎．英雄的史诗：读《南方来信》．湖北日报 1964 年 6 月 26 日

鄂　华．亲人的来信：《南方来信》读后．吉林日报 1964 年 6 月 26 日

韩尚文．最后胜利一定属于越南人民：读《南方来信》．解放日报 1964 年 6 月 28 日

王一之．燃烧的土地，不屈的人民：读《南方来信》．福建日报 1964 年 6 月 28 日

安　波．血泪与钢铁：读《南方来信》．鸭绿江 1964（7）

蒋天佐．信是血泪写，心比钢铁坚：《南方来信》读后感．南昌晚报 1964 年 7 月 3 日

蒲　河．越南人民斗争的史册：读《南方来信》．热风 1964（4）

肖　草．"插着火焰翅膀的来信"：读《南方来信》．延河 1964（7—8）

毛　绮．椰林火海怒涛声：读《南方来信》．延河 1964（7—8）

熊化奇、刘国屏.越南南方人民的解放斗争必胜：读《南方来信》.星火 1964（8）

王 征.坚持斗争就是胜利：读《南方来信》第二集.西藏日报 1964 年 8 月 22 日

万山青.风雷激荡的是南方：《南方来信》第二集读后.北京日报 1964 年 8 月 23 日

彭端智.英雄的人们，英勇的斗争：推荐《南方来信》第二集.湖北日报 1964 年 8 月 23 日

阿 发.越南南方人民的革命家书：读《南方来信》第二集.文汇报 1964 年 8 月 29 日

绍 涛.胜利必将属于英雄的越南南方人民：读《南方来信》.广西文艺 1964（4）

罗 荪."南方：祖国的铜壁"：读《南方来信》.收获 1964（5）

何少川.越南人民必胜：重读《南方来信》第二集.热风 1964（5）

原田、杨田村.英雄的越南人民必胜：重读《南方来信》有感.四川文学 1964（9）

伯 龄.革命的颂歌，战斗的乐章：读《南方来信》.山花 1964（10）

林 尧.燎原的烈火，读《南方来信》.重庆日报 1964 年 10 月 20 日

杨秋云.看《南方来信》想起湘江上的斗争.湖南日报 1964 年 12 月 16 日

王绍玺、戴厚英.战斗的诗篇：上海人民艺术剧院编演的话剧《南方来信》观后.文汇报 1964 年 12 月 23 日

杨康华.高举战斗的旗帜：看话剧《南方来信》.羊城晚报 1964 年 11 月 24 日

傅振雄.越南人民在战斗：话剧《南方来信》演出散记.羊城晚报 1946 年 11 月 26 日

范 识.越中人民血与汗的结晶：话剧《南方来信》观后.羊城晚报 1964 年 11 月 27 日

安 宁.独有英雄驱虎豹，更无豪杰怕熊罴：赞话剧团演出的《南方来信》.广西日报 1964 年 12 月 24 日

李 门.用血与火写成的诗篇：话剧《南方来信》观后.南方日报 1964 年 11 月 27 日

叶廷芳.《南方来信》第二集.文学评论 1964（6）

胡培德.革命人民的战歌：《北加里曼丹万岁》.光明日报 1964 年 8 月 29 日

大 可.向英勇的越南人民致敬：话剧《南方来信》观后感.云南日报 1964 年

12月28日

燕　文．时代的战鼓，斗争的颂歌：诗集《战斗的南越》读后．人民日报1964年7月20日

刘岚山．战斗的诗：读诗集《战斗的南越》．光明日报1964年7月23日

安　波．这是火，这是剑：诗集《战斗的南越》读后．世界文学1964（8）

龚　干．湄公河上的风雷：介绍诗集《战斗的南越》．广西日报1964年9月5日

程光锐．战斗的诗篇，英雄的赞歌：读诗集《战斗的南越》．文艺报1964（9）

林　元．燃烧的诗篇，读诗集《战斗的南越》诗刊1964（9）

赛福鼎．母亲的宣告：读非洲诗人之诗文有感，新疆日报1964年5月21日

史　光．盛开吧，阿尔及利亚民族革命文学的花朵．世界文学1946（9）

潘　朗．突尼斯民族文学的传统和新生．光明日报1964年1月10日

蓝　冰．介绍拉巴比的《苦难与光明》．世界文学1964（9）

陈应年．读平塚英教的《小林多喜二传》．世界文学1964（7）

李　芒．冲绳风暴：霜多正次的《冲绳岛》．世界文学1964（1—2）

秦　笛．千里马骑呼的颂歌：读金秉勋三篇短篇小说札记．世界文学1964（1—2）

张　琳．朝鲜人民抗美斗争的凯歌：诗人朴雄杰的祖国．世界文学1964（1—2）

韩吕熙．美帝国主义控制下南朝鲜文学．世界文学1964（1—2）

洁　泯．革命的激情，革命的艺术：读几篇朝鲜的短篇小说．文艺报1964（5）

朱　先．千里马呀！朝鲜的象征：读金秉勋的小说《红霞映红的地方》．成都晚报1964年11月26日

## 1965年

洁　泯．革命的人民，革命的英雄主义；读越南报告文学集《把仇恨集中在枪口上》．文学评论1965（8）

洁　泯．胜利者的姿态：读越南的几本文学作品．文艺报1965（5）

颜振奋．英雄越南人民的赞歌：介绍几个反映越南人民反美爱国斗争的戏剧．文学评论1965（6）

呆向真．在斗争中成长：读《越南儿童小说选》．光明日报1965年6月17日

继　武．激动人心的战歌：读越南抗美民歌．民间文学1965（8）

*351*

胡　采．英雄的人民，英雄的赞歌．延河 1965（8）

刘世德、李修章．越南杰出的诗人阮攸和他的《金云翘传》．文学评论 1965（6）

赵国青．仇恨怒吼，胜利的颂歌：读越南诗集《英雄的天空和海洋》．大公报 1965 年 5 月 8 日

辛未艾．越南人民胜利的颂歌：《英雄的天空和海洋》读后．文汇报 1965 年 5 月 28 日

辛未艾．从斗争的烈火中提炼出来的：评《风方风暴》．解放日报 1965 年 7 月 19 日

刘岚山．战号和凯歌：《英雄的天空和海洋》读后．文学评论 1965（6）

宁　宇．英雄的赞歌：读越南诗集《英雄的天空和海洋》．解放日报 1965 年 7 月 19 日

吴　岩．革命英雄主义的书：介绍《南方风暴》和《英雄的天空和海洋》．人民日报 1965 年 4 月 15 日

袁　茂．仇恨的烈火遍地烧：越南短篇小说集《南方风暴》读后．光明日报 1965 年 4 月 17 日

尤乐雄．是英雄谱也是控诉书：读短篇小说《南方风暴》．湖北日报 1965 年 5 月 11 日

钱善扬．打虎英雄的赞歌；读越南短篇小说集《南方风暴》．浙江日报 1965 年 5 月 16 日

丘振声．真正的铜墙铁壁：读越南小说集《南方风暴》．广西文艺 1965（6）

吴　明．不赶走美国强盗不罢休：《南方风暴》读后．解放日报 1965 年 7 月 9 日

胡秉之．独有英雄驱虎豹：读《南方风暴》．延河 1965（8）

孔辰光．让革命风暴来得更猛烈些吧：读《南方风暴》．北京文艺 1965（8）

李瑞明等．阮文追同志鼓舞着我们前进：《像他那样生活》读后．文艺报 1965（8）

江　劲．学习阮文追，要像"他那样生活"：读《像他那样生活》．文学评论 1965（4）

丁一三．正气凛然，肝胆照人：读《像他那样生活》有感．光明日报 1965 年 8 月 21 日

江春玲等.学习阮文追烈士的革命硬骨头精神:《像他那样生活》读后感.解放日报 1965 年 8 月 20 日

何少泉等.应当像他那样生活,《像他那样生活》读后感.浙江日报 1965 年 9 月 8 日

李瑞环.像阮文追那样生活、工作、斗争:读《像他那样生活》.人民日报 1965 年 9 月 17 日

蔡子民.日本话剧运动在斗争中发展.世界知识 1965(8)

陈恭敏.血泪斑斑的罪证:《日本的幽灵》观后感.文汇报 1965 年 6 月 6 日

杜冶秋、孙滨.画出了财主们的贪婪嘴脸:看日本话剧团演出的《大年夜》.解放日报 1965 年 6 月 8 日

潘文淑.看《大年夜》所想起的.戏剧报 1965(6)

严金萱.喜看日本童话剧《竹子姑娘》.文汇报 1965 年 6 月 9 日

老　舍.好戏:看日本话副团演出的《郡上农民起义》.文艺报 1965(5)

朱端钧.鼓舞人民斗志的壮丽史诗:看日本话剧《郡上农民起义》.文汇报 1965 年 6 月 2 日

杨树彬等.壮烈的诗篇斗争的赞歌:日本话剧《郡上农民起义》观后.解放日报 1965 年 6 月 3 日

郑　达.日本农民斗争生活的画轴:看日本话剧团演出《郡上农民起义》.羊城晚报 1965 年 6 月 20 日

张永富.农民的苦和怒:看《郡上农民起义》.中国戏剧 1965(6)

沈　善.千里马时代的英雄谱:读几个朝鲜电影剧本札记.电影艺术 1965(1)

## 1966—1976（无）

## 1977 年

李霁野.厘沙路和他的《绝命诗》:《鲁迅先生与未名社》之一节.天津师范学院学报 1977(2)

叶渭渠.日本民族的正义呼声:日本小说《北方的城塞》和《北方的墓标》.人民日报 1997 年 7 月 10 日

佚　名.日本作家司马辽太郎的散文集《从长安到北京》.世界文学 1977(2)

## 1978 年

佚　名．泰国出版一部进步短篇小说集：《湄公河的浪涛》．世界文学 1978（4）
顾庆斗．当代泰国文坛人物小志．国外社会科学 1978（4）
栾文华．瓦·宛拉扬昆的文学创作《白鸽》．国外社会科学 1978（1）
陈尧光．菲律宾爱国者的声音：读何塞·黎萨尔的名著《不许犯我》．人民日报 1978 年 2 月 10 日
定　宇．巴格达出版《阿拉伯进步诗人诗选》和《短篇小说选》．世界文学 1978（3）
定　宇．贝鲁特出版一本评巴勒斯坦作家格·卡纳法尼的专著．世界文学 1978（1）
定宇．埃及出版有关"六·五"战争的小说《复活》．世界文学 1978（3）
佚　名．两部介绍巴勒斯坦人民斗争生活的小说问世．世界文学 1978（2）
李德纯．司马辽太郎的创作思想与艺术．国外社会科学 1978（4）
林　林．《万叶集》·山上忆良：读书札记．战地增刊 1978（1）
林　辉．朝鲜文学的宝贵财富：介绍朝鲜抗日革命文学．外国文学研究 1978（2）
沈仪琳．南朝鲜的小说创作和文学评价倾向．国外社会科学 1978（4）
刘德有．白居易在日本：中日文化交流史话．光明日报 1978 年 8 月 13 日
戈宝权．青木正儿论鲁迅．社会科学战线 1978（创刊）
日　月．鲁迅和芥川龙之介之译事．社会科学战线 1978（3）
戈宝权．谈《阿Q正传》的日本译本：鲁迅作品外文译本书话之五．南开大学学报 1978（4—6）
刘德有．鲁迅·藤野·中日友谊．人民日报 1978 年 8 月 14 日

## 1979 年

金克木．印度大史诗《摩诃婆罗多》的楔子剖析．外国文学研究 1979（3）
何乃英．论《沙恭达罗》的主题思想及其意义．外国文学研究 1979（4）
林之非．追求于"无望的希望"之中：读泰戈尔《吉檀迦利》．外国文学研究 1979（4）
李　谋．缅甸的实验文学运动．外国文学研究 1979（4）
卢永茂．《一千零一夜》评介．外国文学研究 1979（3）

陶德臻. 紫式部和她的《源氏物语》. 外国文学研究 1979（1）

许虎一. 一幅反映平安时代王朝贵族衰落的艺术画卷：试谈《源氏物语》的思想内容. 延边大学学报 1979（4）

刘振瀛. 从《破戒》想起的. 略论日本近代文学的发展与挫折. 外国文学研究 1979（2）

王新潮. 有关《我是猫》的几点材料. 外国文学研究 1979（2）

陈和竹. 日本"战后派"作家简介. 外国文学报道 1979（4—5）

屈　彤. 读日本小说《别了，妈妈》想到的. 陕西教育 1979（6）

朱金和. 浅谈日本小说《恍惚的人》. 复旦学报 1979（2）

谷　旭. 疯魔日本的武侠小说《眠狂四部》. 随笔 1979（4）

陈德文. 近年来的日本文学. 译林 1979（1）

许虎一. 论朝鲜"新倾向派"文学. 外国文学研究 1979（3）

彭端智. 东文文艺复兴的曙光：关于亚非现代民族革命文学的几个问题. 外国文学研究 1979（2）

文洁若. 日本文学在中国. 世界图书 1979（3）

戈宝权. 鲁迅著作在日本. 西湖 1979（8）

戈宝权. 郭沫若的著作在日本. 文献 1979（1）

叶渭渠等. 当前日本文学浅谈. 光明日报 1979 年 5 月 15 日

## 1980 年

### 一、印度及南亚、东南亚文学

佳　青. 关于世界上最长的史诗印度古诗人毗耶婆的《摩诃婆罗多》. 人民日报 2 月 4 日

佚　名. 世界上最长的史诗. 人民日报 1980 年 1 月 21 日

季羡林. 罗摩衍那. 辞书研究 1980（4）

季羡林. 罗摩衍那. 百科知识 1980（9）

韩廷杰. 印度古代的伟大戏剧家跋娑. 外国文学研究 1980（2）

赵瑞联. 印度作家班金姆. 百科知识 1980（4）

金克木. 概念的人物化：介绍古代印度的一种戏剧类型. 外国戏剧 1980（3）

林之非．新月的幻想和破灭：介绍泰戈尔的《新月集》．外国文学研究 1980（2）

席必庄．一篇耐读的作品：读泰戈尔的《素芭》．甘肃文艺 1980（6）

陈露茜．泰戈尔与印度音乐．音乐爱好者 1980（1）

孟宪义．试论《戈拉》的思想成就．北方论丛 1980（6）

周志宽．印度《小说》月刊得奖作品简介．外国文学动态 1980（5）

栾文华．泰国作家举行讨论会回顾 1979 年的文学创作．外国文学动态 1980（11）

顾庆斗．泰国作家撰文谈 1976 年 10 月 6 日以后的短篇小说．外国文学动态 1980（11）

王受业．马来西亚作家沙玛德及其作品《莎莉娜》．外国文学动态 1980（11）

陈培初．1996 年以来的印尼短篇小说的概况．外国文学动态 1980（8）

陈培初．印尼作家布尔·腊苏安托及其小说《阿雪》．外国文学动态 1980（11）

栾文华．泰国著名作家拉皮蓬的新作《同一国土》．外国文学动态 1980（2）

### 二、中东各国文学

朱维之．希伯来文学简介：向《旧约全书》文学探险．外国文学研究 1980（2）

钟　冬．黎巴嫩诗人安东尼斯谈阿拉伯诗歌．世界文学 1980（5）

徐　玫．土耳其讨论有关七十年代文坛新人及其创伤．外国文学动态 1980（5）

李　琛．一部反映埃及犹太人社会的小说《勿将我一人留此》．外国文学动态 1980（2）

杨　烈．中世纪阿拉伯文学．外国文学 1980（1）

戈宝权．阿凡提和阿凡提的故事．百科知识 1980（3）

马昌仪．漫谈《一千零一夜》．民间文学 1980（4）

刘文韶．阿拉伯歌曲歌词艺术简述．词刊 1980（3）

### 三、日本及东北亚各国文学

王丰才等．日本诗歌与日本文字的产生．青海师范学院学报 1980（1）

赵乐甡．读山上忆良的《贫穷问答歌》．外国文学研究 1980（1）

武殿勋．日本古典文学名著《竹取物语》的出典．山东外语教学 1980（2）

叶渭渠．日本平安王朝的历史画卷：评《源氏物语》．世界文学 1980（5）

王也平．优美的日本古典诗歌：和歌、俳句．江城 1980（11）

姜晚成．俳句琐谈．日语学习与研究 1980（3）

陆　心．日本的俳句．人民日报 1980 年 4 月 28 日
古　月．日本明治时期的文学浅谈．外国文学研究 1980（1）
柯森耀．忧愁·悲伤·怨恨：水上勉和推理小说《耳朵》．外国文学研究 1980（2）
刘春英．资产阶级的一个觉醒者：论有岛武郎的创作．社会科学战线 1980（3）
高慧勤．日本短篇小说的名家：芥川龙之介．十月 1980（6）
张朝柯．小林多喜二对典型化的认识和实践．辽宁大学学报 1980（6）
张光佩．关于德水直的文学创作．北京大学学报 1980（2）
楼适夷．芥川十一篇书后．读书 1980（7）
彭银汉．日本现代诗概况．榕树文学丛刊 1980（2）
李德纯．日本战后的短篇小说代序．读书 1980（10）
唐月梅．七十年代日本现实主义文学和几个新流派．外国文学动态 1980（2）
唐月梅．七十年代的日本文学．国外社会科学 1980（5）
莫邦富．一九七九年的日本文学点滴．外国文学报道 1980（2）
莫邦富．谈谈井上靖的小说．外国文学研究 1980（1）
陈嘉冠．友好交往，源远流长：读日本小说《天平之甍》．山西师范学院学报 1980（1）
曹　汾．中日友好的丰碑：评井上靖的历史小说《天平之甍》．西北大学学报 1980（2）
李　芒．睦邻反霸理相联：记日本杰出歌人土岐善麿．世界文学 1980（2）
林绍钢．日本文艺评论家小田切进介绍日本文学概论．外国文学动态 1980（6）
何少贤．日本八十一届芥川奖得奖者作品简介．外国文学动态 1980（2）
卞立强．江马修和他的长篇历史小说《山民》．日语学习与研究 1980（1）
张紫晨．写在日本民间故事之后．民间文学 1980（5）
朱金和．日本社会派推理小说．世界图书 1980（1）
李景瑞．社会推理文艺的佳作：介绍日本畅销小说《人性的证明》．译林 1980（1）
李德纯．从侦破案件到揭露黑暗：日本推理小说一瞥．人民日报 1980 年 11 月 24 日
莫邦富．日本现代派作家：开高健．译林 1980（1）
梦　禾．日本当代小说八大家．通辽师范学院学报 1980（1）
李德纯．日本当代三作家．外国文学研究 1980（3）

童　斌．日本的新作家与新作品．外国文学研究 1980（3）

童　斌．日本科学幻想文学的近况．外国文学研究 1980（3）

童　斌．日本的大众文学．外国文学研究 1980（4）

叶继宗．是谁摧残了骨肉之情：读远藤周作的短篇小说《妈妈》．外国文学研究 1980（3）

刘厚生．日本戏剧印象一斑．外国戏剧 1980（3）

林洪桐．真实亲切深刻感人：读日本电影剧本《远山的呼唤》．剧本园地 1980（6）

苏　晨．同岑异苔：读朝鲜诗话札记．读书 1980（9）

王　骧．朝鲜古诗人李齐贤咏叹江苏风光．群众论丛 1980（4）

甘章贞．李箕永早期创作中的知识分子形象．外国文学研究 1980（4）

仪　琳．朝鲜文艺界批判修正主义、资产阶级思想动向．国外社会科学动态 1980（3）

沈　默．南朝鲜作家谈战争文学．国外社会科学 1980（10）

## 1981 年

### 一、印度及南亚、东南亚文学

刘安武．印度神话中的三大神．百科知识 1981（12）

金克木．《蛙氏奥义书》的神秘主义试析．哲学研究 1981（6）

季羡林．论《五卷书》．外国文学 1981（2）

邓启龙．读印度古代民间寓言童话集《五卷书》．民间文学 1981（11）

张朝柯．试谈《沙恭达罗》中的人物形象：沙恭达罗·豆扇陀·干婆．辽宁大学学报 1981（1）

刘安武．丰富多彩的生活画卷：谈普列姆昌德的短篇小说的题材．国外文学 1981（1）

赵国华．印度古代文学简介．南亚研究 1981（1—4）

郑　添．亚洲第一个获得诺贝尔文学奖的作家．花城译作 1981（2）

董红钧．论泰戈尔的人道主义．华东师范大学学报 1981（5）

曲桃凤．泰戈尔和他的诗．今昔谈 1981（1）

文　铮．"在纤小的新月的世界里"：读泰戈尔《新月集》．星星 1981（11）

陈露茜．泰戈尔的歌词艺术．词刊 1981（10）

宇　清．泰戈尔的故事诗．语文战线 1981（1）

刘安武．关于印度恒河的神话．南亚研究 1981（3—4）

张　侠．我国最早翻译的泰戈尔诗歌．南亚研究 1981（3—4）

金克木．泰戈尔的《什么是艺术》和《吉檀迦利》试解．南亚研究 1981（3—4）

王　宇．印度的民间文学工作．山西民间文学 1981（3）

张锡麟．桑伽姆文学．南亚研究 1981（1）

倪培耕．现代印地语现实主义长篇小说创作略谈．南亚研究 1981（3—4）

吴兆汉．略论印尼二十年小说创作的成就．暨南大学学报 1981（2）

陈培初．印尼作家杜尔的《万国之子》及其反响．外国文学动态 1981（11）

张志荣．一部轰动世界文坛的印尼长篇小说《人世间》．世界图书 A 辑 1981（12）

张志荣．贾科普谈七十年代印尼小说．外国文学动态 1981（7）

王受业．哈姆扎·哈姆达尼谈八十年代的马来西亚文学前景．外国文学动态 1981（5）

李修章．越南利用纪念阮荐大肆反华．外国文学动态 1981（2）

苏　南．《拉玛坚》的故事：泰国歌舞剧介绍．南国戏剧 1981（2）

二、中东各国文学

邹裕池．古老文明的历史见证：古埃及文学一瞥．国外文学 1981（1）

陈　青．一道感情的涓涓细流：读台木尔短篇小说《二路电车》．广州文艺 1981（8）

李云侠．埃及的妇女文学：沙龙文学．外国文学研究 1981（1）

关　偁．埃及名作家纳·马哈福兹及其创作．外国文学动态 1981（10）

沈忠民．突尼斯文学情况点滴．外国文学动态 1981（10）

杜　渐．世界最古老的史诗：评巴比伦史诗《吉斯加密斯》．大地 1981（2）

刘文鹏．也谈世界最古老的史诗：对杜渐先生的《世界最古老的史诗》一文的补正．大地 1981（6）

金琬瑛．《古兰经》是怎样一本书．书林 1981（4）

张朝柯．萨迪诗歌对伊朗和世界的贡献．欣赏与评论 1981（1—2）

王瑞琴．漫话《一千零一夜》．世界知识 1981（3）

马瑞瑜. 名家荟萃的中世纪阿拉伯文坛. 北京第二外国语学院学报 1981（2）

佚　名. 阿拉伯文学现状. 外国文学研究 1981（3）

王　宇. 阿拉伯的民间文学工作. 山西民间文学 1981（4）

### 三、日本及东北亚各国文学

陶德臻.《万叶集》关于人民命运的描写. 四平师范学院学报 1981（4）

乌丙安.《竹取物语》故事原型研究的新发现：《竹取物语研究综合评述》. 辽宁大学学报 1981（2）

林　林. 最短的诗：略谈日本俳句. 诗刊 1981 年（6）

刘振瀛. 贵族世界的挽歌：《源氏物语》. 外国文学季刊 1981（2）

刘振瀛.《源氏物语》中的妇女形象. 外国文学季刊 1981（1）

丰一吟. 浅谈《源氏物语》. 名作欣赏 1981（2）

丰子恺. 我译《源氏物语》. 名作欣赏 1981（2）

孙宏彝. "俳圣"芭蕉. 文学报 1981（32）

王耕夫. 日本古典艺术：歌舞伎. 舞蹈 1981（5）

耿墨学. 日本的能乐. 外国戏剧 1981（2）

申　非. 日本的歌舞伎. 日语学习与研究 1981（1）

沙　立. 歌舞伎. 河北戏剧 1981（11）

谭彼岸.《日本刀歌》作者新考. 社会科学战线 1981（2）

王　凌. 叶山嘉树和他的《生活在海洋上的人们》. 外国文学研究 1981（2）

胡肇书. "吾将上下而求索"：志贺的长篇《暗夜行路》简介. 外国文学研究 1981（2）

曹　汾. 小林多喜二浅论. 西北大学学报 1981（2）

刘光宇. 略论国木田独步短篇小说的现实主义倾向. 社会科学战线 1981（4）

隋永祯. 日本近代文学流派. 武汉大学学报 1981（2）

唐月梅. 石川达三. 世界文学 1981（2）

唐月梅. 亚洲第二个诺贝尔文学奖获得者川端康成. 中国青年报 1981 年 1 月 11 日

金　中. 石川达三和他的创作. 文汇报 1980 年 7 月 25 日

刘振瀛. 日本近代文学中的自然主义与现实主义. 北京大学学报 1981（6）

叶渭渠．川端康成创作的艺术特色．国外社会科学 1981（5）

吕元明．从七十走向八十年代的日本文学．社会科学战线 1981（3）

胡志昂．内向的一代：七十年代日本纯文学的主要倾向．外国文学报道 1981（4）

文洁若．井上靖和他的作品．文艺研究 1981（5）

林　林．西域情思：记井上靖先生．文艺研究 1981（5）

陈嘉冠．对《谈谈井上靖的小说》一文的几点意见．外国文学研究 1981（4）

王　宇．日本的民间文学工作．山西民间文学 1981（1）

莽永彬．铃木三重吉与日本现代儿童文学．东北师范大学学报 1981（1）

莫邦富．吉田熙生谈日本现代文学及研究情况．外国文学动态 1981（10）

陈湛颐．日本的经济小说．花城 1981（1）

蔡慎生．日本名剧《婴儿杀戮》读后．艺谭 1981（1）

童　斌．森村诚一及其侦探小说．外国文学研究 1981（1）

林　林．《俘华世家》序．大地 1981（2）

金　中．关于《破碎的山河》．译林 1981（2）

叶渭渠．日本当代文学趋向．当代文学 1981（2）

莫邦富．日本文坛的新动向．外国文学研究 1981（2）

莫邦富．山崎丰子谈《华丽的家族》及其他：访日本著名作家山崎丰子．外国文学研究 1981（4）

童耀根．一个新的窗口：读《日本当代短篇小说选》．文汇报 1981 年 8 月 25 日

万君超．当代日本文坛一瞥．文学报 1981（20）

徐宝康．春蚕到死丝方尽：访朝鲜的奥斯特洛夫斯基（历史小说家朴素源）．人民日报 1981 年 1 月 28 日

王　宇．朝鲜的民间文学工作．山西民间文学 1981（2）

谢　征．朝鲜当代作家李箕永．文学报 1981（33）

金　晶．南朝鲜文学简介．外国文学动态 1981（1）

李青石．南朝鲜的汉学与汉文学．花城 1981（4）

## 1982 年

### 一、印度及南亚、东南亚文学

郭良鋆. 印度巴利文佛教文学概述. 南亚研究 1982（3）

金克木.《梨俱吠陀》的咏自然现象的诗. 国外文学 1982（2）

金克木.《梨俱吠陀》的送葬诗. 北京大学学报 1982（4）

季羡林.《惊梦记》序. 外国戏剧 1982（2）

韩廷杰. 跋娑的他和《惊梦记》. 外国戏剧 1982（2）

白 珊. 爱情·理想·神话：对《沙恭达罗》主要人物的理解. 戏剧学习 1982（3）

郭祝崧.《沙恭达罗》的创作和主题. 四川师范学院学报 1982（3）

赵国华. 印度古代文学简介（四）：传遍世界的《五卷书》. 南亚研究 1982（1）

赵国华. 印度古代文学简介（五）：现实主义的戏剧珍品《小泥车》. 南亚研究 1982（3）

万梅青. 简析泰戈尔的《沉船》. 江西师范学院南昌分院学报 1982（1）

刘安武. 战士·作家：介绍印度现代革命作家耶谢巴尔. 国外文学 1982（3）

周志宽. 印度讲座奖及其他. 外国文学动态 1982（12）

凌 彰. 黎萨尔和他的两部名著. 世界图书 A 辑 1982（11）

顾庆斗. 了解泰国社会的一个窗口：谈长篇小说《甘医生》. 外国文学季刊 1982（1）

姚秉彦等. 缅甸文学概述. 国外文学 1982（1）

蔡祝生等. 佛教与缅甸文学. 外国文学研究 1982（2）

黄轶球. 越南古典文学名著成书溯源. 暨南学报 1982（1）

梁立基. 印度尼西亚民族觉醒的一面镜子：读《人世间》. 外国文学研究 1982（3）

陈培初. 印尼作家西玛图庞及其代表作《祭》. 外国文学动态 1982（10）

### 二、中东各国文学

张效之. 古老壮美，行地经天：谈史诗《吉尔伽美什》. 聊城师范学院学报 1982（3）

王 宇. 埃及的民间文学工作. 山西民间文学 1982（1）

陈 挺. 台木尔和他的短篇小说. 扬州师范学院学报 1982（2）

刘　桢．萨迪和《蔷薇园》．书林 1982（5）

张鸿年．波斯文学介绍．国外文学 1982（2—4）

赵世杰．一朵独放异彩的艺术之花：漫谈《阿凡提趣事》．新疆民族文学 1982（1）

伊　宏．一千零一夜．百科知识 1982（9）

潘定宇．战斗的巴勒斯坦文学．阿拉伯世界 1982（3）

范绍民．也门短篇小说一瞥．阿拉伯世界 1982（3）

李玉侠．阿拉伯社会的爱情悲剧．外国文学季刊 1982（2）

### 三、日本及东北亚各国文学

闻　登．关于《万叶集》和歌四首．译林 1982（1）

叶渭渠．日本古典文学名著《源氏物语》和物语文学．百科知识 1982（1）

刘振瀛．试评日本中世纪文学的代表作《平家物语》．国外文学 1982（2）

李思乐．竹偶之泪：评《越前竹偶》．日本文学 1982（创刊号）

施议对．关于《日本填词史话》．文学研究动态 1982（18）

施议对．日本填词的起源和日本第一个女词人．中国妇女 1982（7）

陈永藻．历史悠久的日本歌舞伎．环球 1982（1）

李树果．介绍松尾芭蕉的俳谐．外国文学研究 1982（3）

文洁若．泉镜花及其作品．读书 1982（9）

万　兰．略谈日本近现代短篇小说．日本文学 1982（创刊号）

童　斌．日本现代文学的起点与反映"关系"的主题．外国文学研究 1982（4）

莽永彬．少年主人公的文学：论小川未明的童话创作．日本文学 1982（创刊号）

莽永彬．正宗白鸟文艺批评思想研究．外国问题研究 1982（4）

刘春英．不安的文学：论芥川龙之介的创作道路．日本文学 1982（创刊号）

文洁若．芥川龙之介和他的创作．日本文学 1982（2）

仰文渊．略谈《地狱图》．日本文学 1982（2）

曾镇南．读厨川白村的《苦闷的象征》．读书 1982（9）

倪　玉．思想、联系和发展：读宫本百合子的《伸子》和《两个院子》．日本文学 1982（创刊号）

丘培培．论森鸥外的思想矛盾及其艺术特色：森鸥外小说创作初探．国外文学

1982（1）

  日　月．绿川文学．日本文学 1982（创刊号）

  文洁若．小林多喜二的《防雪林》．外国文学研究 1982（3）

  李明非．小林多喜二的理论建树．外国问题研究 1982（3）

  马家骏．"心境小说"的范作：志贺直哉的《到网走去》．名作欣赏 1982（3）

  林　林．日本作家水上勉二三事．花城译作 1982（4）

  柯森耀．水上勉的创作道路．外国文学研究 1982（4）

  平献明．谈《雪国》的艺术特色．外国文学研究 1982（4）

  李　芒．质朴坚定的优秀革命作家：黑岛传治其人和创作．日本文学 1982（2）

  周祥崙．为了开辟通向未来的道路：评田宫虎彦的短篇小说．外国文学研究

1982（1）

  王璧城．狐鸣声声有真意：读野上弥生子的小说《狐》．外国文学研究 1982（3）

  刘春英．山本有三的创作．东北师范大学学报 1982（4）

  孙玉玲．日本的农民文学．国外社会科学情报 1982（3）

  马兴国．谈日本经济题材小说．日本文学 1982（创刊号）

  谭晶华．日本第三新派文学．文学报 1980 年 6 月 10 日

  文洁若．日本著名女作家：曾野绫子．世界图书 A 辑 1982（8）

  唐月梅．日本战争文学有关情况．外国文学动态 1982（8）

  李德纯．战后日本诗歌．读书 1982（1）

  李德纯．日本战后诗歌流派．译林 1982（3）

  周　平．日本战后文学的几个流派．译林 1982（4）

  苗　雷．日本战后文学和"中间小说"．外国文学报道 1982（5）

  彭恩华．战后的日本俳句．外国文学报道 1982（5）

  莫邦富．日本战后派文学．文学报 1982 年 6 月 3 日

  莫邦富．日本中间小说．文学报 1982 年 7 月 29 日

  唐月梅．七十年代日本现代主义的几个新流派．日本文学 1982（创刊号）

  林　林．日本文学研究随想．日本文学 1982（创刊号）

  李德纯．献身文学的人：日本文坛轶事．人民日报 1982 年 2 月 18 日

  文洁若．有吉佐和子的创作．日本文学 1982（创刊号）

  李明非．论井上靖的小说创作．东北师范大学学报 1982（1）

李明非．井上靖及井上文学．日本文学 1982（2）

郭来舜．日本作家井上靖和他的小说《敦煌》．兰州大学学报 1982（2）

莫邦富．说井上靖问题答陈嘉冠同志．外国文学研究 1982（2）

嘉　冠．友情盈《朱门》：试论井上靖的小说《朱门》．阜阳师范学院学报 1982（4）

唐月梅．重访井上靖先生．世界文学 1982（5）

任光椿．他的心萦绕着中国：记日本著名作家井上靖．人民日报 1982 年 10 月 7 日

王铁军．前事不忘，后事之师：《杀人魔窟》作者森村诚一．黑龙江青年 1982（12）

徐秉洁．日本作家森村诚一谈写作生活．文学报 1982 年 11 月 11 日

何少贤．日本作家井上靖谈其历史小说《本览和尚遗文》．外国文学动态 1982（6）

韩　冰．敢言敢怒见精神：访日本女作家、《华丽的家族》作者山崎丰子．文学报 1980 年 10 月 14 日

海　笑．访问水上勉．散文 1982（12）

于乐庆．性格的力量，艺术的美：试谈日本电影《华丽的家族》主要人物性格．外国文学研究 1982（1）

莫邦富．小说无"圣域"：关于《华丽的家族》的谈话．外国文学报道 1982（3）

星　岱．评科幻小说《日本沉没》．日本文学 1982（创刊号）

孟庆枢．星新一的超短篇科幻小说．日本文学 1982（2）

孟庆枢．科学的思考，诗的抒情，深刻的讽刺：读星新一的超短篇科幻小说札记．科学文艺论丛 1982（4）

孟庆枢．科学幻想小说贵在丰富的想象：从星新一的超短篇科幻小说谈起．科幻海洋 1982（4）

张云方．富田常雄与《姿三四郎》．人民日报 1982 年 4 月 25 日

宋　崇．把人放在"试管"中研究的导演：读日本电影《活下去》剧作札记．电影新作 1982（1）

李正伦．日本电影文学剧本的创作情况．电影新时代 1982（1）

沈则瑾．独运匠心琢新玉：谈日本影片《生死恋》的改编艺术．电影艺术 1982（2）

吕元明．无畏的人：中岛健藏．日本文学 1982（创刊号）

邵　纯．《戏剧资本论》简说．新疆社会科学 1982（1）

王国荣．把《资本论》搬上舞台的尝试：阪本胜的《戏剧资本论》．书林 1982（1）

何少贤．近年来日本文学创作概述．外国文学动态 1982（3）

徐日权．关于朝鲜古典名著《兴夫传》的社会历史性问题．延边大学学报 1982（1）

何振华．朝鲜新罗时期诗人崔致远及其作品．延边大学学报 1982（1）

于　寒．试析《春香传》的艺术特色．金达莱 1982（1）

周有光．悲惨的生活画图．向旧社会的宣战书：读朝鲜作家崔曙海的《出走记》．外国文学研究 1982（2）

甘章贞．崔曙海的创作特色和艺术风格．厦门大学学报 1982（2）

越成日．日趋繁荣的朝鲜文学创作．长春 1982（9）

沈　默．南朝鲜农民文学的发展状况．外国文学研究 1982（4）

**四、东方总体文学研究**

冉崇仁．关于建立东方文学体系的一点认识．外国文学研究 1982（4）

季羡林．正确评价和深入研究东方文学．国外文学 1982（4）

# 1983 年

## 一、印度及南亚、东南亚文学

金克木．梨俱吠陀的独白诗和对话诗三首析．外国文学研究 1983（1）

金克木．略论印度美学思想．哲学研究 1983（7）

王远泽．论印度古典名剧《沙恭达罗》．广西民族学院学报 1983（3）

邢化祥．《沙恭达罗》的浪漫主义倾向．语文学刊 1983（2）

李宗华．米尔扎．鲁斯瓦和他的小说．国外文学 1983（2）

刘安武．印度中世纪的大诗人杜勒西达斯和他的《罗摩功行录》．南亚研究 1983（2）

刘安武．十六世纪印度大诗人苏尔达斯．外国文学研究 1983（1）

王雅开．泰戈尔小说的基本主题．呼兰师范专科学校学报 1983（1）

陈若帆．泰戈尔人道主义思想浅识．河北大学学报 1983（1）

曾圣提．忆印度伟大诗人泰戈尔先生．南亚研究 1983（2）

何乃英．目光如炬．须眉戟张：谈泰戈尔晚年的政治抒情诗．语文学刊 1983（2）

冯金辛．《沉船》的主题和人物．外国文学研究 1983（3）

刘宝珍．从《戈拉》看泰戈尔中长篇小说的社会意义和艺术手法．东方研究论

文集 1983（4）

华宇清．泰戈尔的散文诗．语文战线 1983（8）

何乃英．泰戈尔故事诗的思想成就和艺术特色．电大语文 1983（11）

陶德臻．谈《吉檀迦利》的思想倾向．电大文科园地 1983（6）

斯宝昶．从《吉檀迦利》看泰戈尔诗的哲理性．电大语文 1983（11）

吴文辉．试论普列姆昌德的《舞台》．中山大学学报 1983（1）

金　易．试论普列姆昌德的《戈丹》．吉首大学学报 1983（1）

金　易．三十年代印度农村生活的史诗：《戈丹》．外国文学研究 1983（4）

冯金辛．《戈丹》一部写几亿人的巨著．国外文学 1938（1）

陈伯通、黎跃进．《戈丹》：印度农村的生动图画．上海师范学院学报 1983（2）

苏印环．印度妇女在普列姆昌德小说中的形象．南亚研究 1983（2）

刘宝珍．圣洁土地的风风雨雨：评普列姆昌德的长篇小说《圣洁的土地》．国外文学 1983（2）

冯金辛．读《新婚》．外国文学 1983（3）

黎跃进．谈谈三篇印度现代短篇小说对妇女命运的描写．衡阳师范专科学校学报 1983（3~4）

彭正笃．封建习俗和种姓制度是束缚印度妇女的枷锁：评雅西巴尔的有关短篇小说．东方研究论文集 1983（4）

侯鹤翔．印度人民的诗人苏比抗玛尼亚·巴拉蒂．世界图书 1983（5）

劳　峰．《印度短篇小说选》介绍．外国文学季刊 1983（4）

朱国庆．《花园与春天》及其作者密尔·阿门．东方研究论文集 1983（4）

梁立基．印度尼西亚文学介绍．国外文学 1983（1）

梁立基．普拉姆迪亚·阿南达·杜尔及其创作．东方研究论文集 1983（4）

居三元．禁锢十四年，新著震文坛：评印尼长篇小说《人世间》．东方研究论文集 1983（4）

张玉安．是现实主义还是自然主义：谈印尼作家伊德路斯的散文《地下随笔》和《泗水》的创作．东方研究论文集 1938（4）

萧　乾．为新马文学呼吁．时代的报告 1983（5）

萧　乾．救救新马文学．羊城晚报 1983 年 4 月 16 日

陈邵群．四十年代印尼妇女觉醒的形象：评印尼作家鲁吉亚的短篇小说集《荒

地》. 暨南学报 1983（4）

于殿周. 从《叛逆者》一诗看卡吉·纳兹鲁尔·伊斯拉姆的叛逆性格. 南亚研究 1983（3）

凌　彰. 菲律宾学者论黎萨尔. 外国文学动态 1983（4）

凌　彰. 东海的壮歌：论黎萨尔的绝命诗. 国外文学 1983（4）

马　澜. 浅谈老挝文学. 东南亚 1983（创刊号）

于海燕. 泰国"孔"剧的面具. 环球 1983（2）

于海燕. 略谈泰国的皮戏影和孔剧. 群众文化 1983（1）

于海燕. 独特东南亚民俗艺术：泰国皮影戏. 百科知识 1983（7）

高树榕. 《四朝代》的艺术特色. 芜湖师范专科学校学报 1983（创刊号）

朱振明. 你知道中南半岛的文学吗. 东南亚 1983（创刊号）

## 二、中东各国文学

骆振芳. 略论古希伯来格言、史诗和诗剧. 天风 1983（6）

辛守魁. 《圣经》的文学价值. 电大语文 1983（11）

元文祺. 波斯古经《阿维斯塔》. 世界宗教资料 1983（1）

张　晖. 莱拉和麦杰农：一则取材于阿拉伯民间故事的波斯文学名著. 阿拉伯世界 1983（1）

沈大力. 萨迪的《玫瑰园》：纪念波斯诗人诞生七百八十周年. 课外学习 1983（3）

林之非. 人生旅程的探索：关于欧玛尔·海亚姆的《鲁拜集》. 外国文学研究 1983（3）

顾蕴璞. 幻境构奇思，真景寓深情：试析组诗《波斯抒情》的艺术特色. 外国文学研究 1983（3）

陆孝修、王复. 阿拉伯古诗中的珍品：悬诗. 外国文学研究 1983（1）

陆孝修、王复. 有关悬诗的故事. 阿拉伯世界 1983（1—2）

朱威烈. "阿凡提"一名琐谈. 世界图书 1983（5）

倪绍轩. 阿拉伯文学明珠是怎样外传的. 课外学习 1983（3）

范绍民. 阿尔及利亚现代文学的发展和倾向. 外国文学报道 1983（6）

武毓璋. 精取情节事件，力现人物心灵：读台木尔的《纳德日雅》. 名作欣赏 1983（6）

朱威烈．纪伯伦和他的《被折断的翅膀》．译林 1983（2）

伊 宏．阿拉伯文学才子纪伯伦：纪念纪伯伦诞生一百周年．阿拉伯世界 1983（4）

李辰民．诗情与哲理的结晶：评纪伯伦《被折断的翅膀》．新华日报 1983 年 5 月 18 日

贺若渲、学绪．纪伯伦和"笔会"．外国文学报道 1983（6）

徐凡席．东方文坛的一颗明珠：纪念纪伯伦诞生一百周年．文学报 1983 年 12 月 2 日

关　偶．七十年代阿拉伯主要国家的长篇小说评述．外国文学动态 1983（9）

郅溥浩．诗中圣哲，哲中诗圣：艾布·阿拉·麦阿里．阿拉伯世界 1983（3）

### 三、日本及东北亚各国文学

孙席珍．日本文学的发展：从奈良时代开始到现在．浙江教育学院学报 1983（1）

刘振瀛．日本文学介绍．国外文学 1983（3—4）

吕元明．文学史讲座第一讲：史观、史说、史．日本文学 1983（3）

吕元明．大和时期的文学．日本文学 1983（4）

赵乐甡．血泪相思组歌：《万叶集》欣赏之一．日本文学 1983（1）

赵乐甡．山上忆良论：《万叶集》研究之一．吉林大学社会科学学报 1983（4）

铁　夫．浅谈《万叶集》和《古今和歌集》．读书 1983（10）

丘仕俊．日本和歌的格律与风格初探．现代外语 1983（1）

林　林．寻钟声的余韵：俳句学习笔记．日本文学 1983（1）

唐月梅．日本古典文学之先驱：读《竹取物语》、《伊势物语》、《落洼物语》．外国文学研究 1983（3）

陆　潜．日本女作家紫式部的《源氏物语》．黑龙江青年 1983（2）

郭存曼．紫式部和《源氏物语》．日语学习与研究 1983（2）

陶德臻．从物语文学到《源氏物语》．语文学刊 1983（2）

王长新．论《源氏物语》的主题．日本文学 1983（4）

范作中．日本的《源氏物语》热．光明日报 1983 年 5 月 9 日

解　兆．日本的"红楼梦"：世界最早的长篇小说《源氏物语》．文学报 1983 年 9 月 8 日

张朝柯．《源氏物语》中的源氏．电大语文 1983（11）

何乃英．《源氏物语》中妇女形象的塑造及其意义．文科月刊 1983（12）

彭黎明．日本填词述略．河北师范大学学报 1983（3）

曹　汾．论德富芦花的长篇小说《黑潮》．西北大学学报 1983（4）

刘光宇．国木田独步及其短篇小说的艺术特色．吉林大学社会科学学报 1983（4）

杨守森、高万隆．诗化的小说艺术：论国木田独步前期作品艺术美．山东师范大学学报 1983（5）

郭来舜．日本自然主义文学运动的几个问题．日本文学 1983（2）

何少贤．日本"私小说"创作及评论概况．外国文学动态 1983（3）

叶渭渠．守戒与破戒．外国文学季刊 1983（1）

李　文．日本近代文学的一部杰作：简评岛崎藤春村的长篇小说《家》．日本文学 1983（1）

李德纯．"屋外仍是一片漆黑"：评岛崎藤村的《家》．译林 1983（1）

王长新．评森鸥外的历史小说．吉林大学社会科学学报 1983（4）

程　陵．谈《我是猫》中的小资产阶级知识分子形象．电大文科园地 1983（6）

佛　嘉、增　敏．夏目漱石的笔名缘由．文学报 1983（11）

陶德臻．《我是猫》的讽刺批判精神．电大语文 1983（12）

张　玉．论芥川龙之介作品中市民知识分子悲剧的历史必然性．日本文学 1983（4）

弋　人．化腐朽为神奇：谈《竹林中》．苗岭 1983（7）

罗兴典．一颗苦追光明的诗心：读石川啄木的《食ぅべき诗》．日语学习与研究 1983（6）

唐月梅．谷崎润一郎．世界文学 1983（2）

李湘去．浅析《为党生活的人》所表现的无产阶级革命气节．国际政治学院学报 1983（1）

陶振孝．小林多喜二及其《蟹工船》课外学习 1983（8）

郑亚龙．活着，不是为了自己：日本作家小林多喜二．百花园 1983 年 9 月 9 号

朱金和．一颗灿烂的明珠：读小林多喜二的《为党生活的人》．文学月刊 1983（12）

叶渭渠．试谈新感觉派的特征．当代外国文学 1983（3）

叶渭渠．什么是新感觉派．中国青年报 1983 年 8 月 14 日

丘　培．浅谈《雪国》．日本文学 1983（1）

叶渭渠．读川端康成的《雪国》．日本文学 1983（1）

李明非．论《雪国》的艺术特色．东北师范大学学报 1983（1）

谷　旸．《雪国》题旨刍议．外国问题研究 1983（2）

陶　力．从《雪国》看川端康成的虚无思想．外国文学研究 1983（2）

李明非．试论《雪国》的人物与主题．日本文学 1983（2）

谭晶华等．日本名作家川端康成．日本文学 1983（3）

黎　梦．从生活原型到文学形象：《雪国》艺术论（之一）：东北师范大学学报 1983（3）

黄元焕．川端康成和他的"掌篇小说"．译海 1983（3）

李明非．《雪国》成书及版本沿革．外国问题研究 1983（4）

莫邦富．也谈川端康成的《雪国》．外国问题研究 1983（4）

雷石榆．略评川端康成及其创作道路．外国文学研究 1983（4）

李德纯．日本古典抒情美的佳篇：川端康成的《伊豆舞女》．读书 1983（8）

秦　桑．崎岖的路：访日本作家水上勉．日本文学 1983（1）

金　中．石川达三的创作．日本文学 1983（2）

陈人龙．读《破碎的山河》有感．日本文学 1983（1）

陈人龙．一丘一壑，楚楚有致：谈《破碎的山河》的反讽手法．译林 1983（3）

黎　平．试论《壶井荣童话》．浙江师范学院学报 1983（3）

莽永彬．人生探索者的文学：论黑岩重吾的创作．东北师范大学学报 1983（3）

柴明俊．石川啄木创作思想初探．吉林大学社会科学学报 1983（4）

文洁若．日本社会的真实写照：介绍《曾野绫子小说选》．外国文学季刊 1983（1）

周　平．日本反秩序派．文学报 1983 年 1 月 20 日

苑复杰．日本出版第一部战后诗歌集．外国文学动态 1983（9）

胡志昂．日本战后派作家安部公房．外国文学报道 1983（4）

张正立．一簇烂漫的山花：战后派"第三新人"简介．日本文学 1983（3）

谭晶华．日本"第三新人"派作家远藤周作．外国文学报道 1983（4）

唐月梅．北国的情谊：记日本女作家三浦绫子．世界文学 1938（5）

王　敏．日本儿童文学一瞥．外国问题研究 1983（3）

陈嘉冠．借石它山遗清馨：试论井上靖的中国历史题材小说．辽宁师范学院学报 1983（4）

王慧才. 中日文化交流的颂歌：一读井上靖的《天平之甍》. 外国文学研究 1983（2）

莫邦富. 中日友谊的耕耘者：井上靖和他的《天平之甍》. 文学报 1983 年 12 月 8 日

陈喜儒. 壮心不已：访日本作家井上靖. 日本文学 1983（1）

韩冰. 一堂友谊动佳宾：访井上靖. 文学报 1983 年 12 月 29 日

金甲. 日本七十年代现代主义的几个新流派介绍. 外国文学研究 1983（1）

克闽. 哀其不幸，怒其不争：《蒲田进行曲》读后. 萌芽增刊 1983（4）

陈生保. 一代王朝的兴衰史：司马辽太郎的历史小说《丰臣家的人们》. 外国文学季刊 1983（3）

江迅. 她来自富士山下：访日本著名女作家山崎丰子. 百花洲 1983（5）

莫邦富. "作家要有社会责任感"：再访日本女作家山崎丰子. 译林 1983（1）

莫邦富. 待到重阳日，还来旧菊花：访日本作家山崎丰子. 日本文学 1983（2）

海笑. 会见山本健吉和尾崎秀树：日本作家访问记. 译林 1983（2）

谭晶华. 访日本作家五木宽之. 译林 1983（3）

村夫. 忘掉仇恨，牢记悲剧：记日本作家森村诚一访华. 哈尔滨史志丛刊 1983（1）

邵刚. 为寻求理解和友情而来：记日本作家森村诚一访哈. 外国小说 1983（1）

村夫. 森村诚一为什么写《恶魔的饱食》. 外国小说 1983（2）

石加. 森村诚一短篇小说初探. 外国小说 1983（2）

高海宽. 1982 年日本文坛回顾. 外国文学动态 1983（3）

莫邦富. 日本评论家谈近年日本文学. 外国文学动态 1983（3）

唐月梅. 开高健. 世界文学 1983（2）

范作中. 日本现代流行的作家作品. 外国文学研究 1983（1）

金雍. 日本第 88 届芥川文学奖揭晓. 外国文学 1983（3）

莫邦富. 千年的欢愉. 外国文学报道 1983（2）

何培忠. 1982 年日本小说创作一瞥. 外国文学研究 1983（2）

赵德远. 日本当代现实主义作家松本清张. 日本文学 1983（1）

周平. 日本反秩序派. 文学报 1983（1）

何少贤. 日本一部从精神病迹研究作家的评论集. 外国文学动态 1983（11）

高　磊．日本主要文学奖．日本文学 1983（2~4）

李弥东．"芥川奖"获奖作品全集．读书 1983（11）

徐日权．谈《沈清传》的"孝诚"和"灵验"．外国文学研究 1983（2）

何镇华．评朝鲜三大古典小说之一《沈清传》．国外文学 1983（4）

张朝柯．《春香传》的民族艺术特色．外国文学研究 1983（3）

苏　晨．朝鲜的李太白．读书 1983（6）

苏　晨．每念朝鲜汉文学．当代文艺思潮 1983（3）

何镇华．朝鲜文学概况．国外文学 1983（2）

敏　慧．漫漫长夜盼晨曦：谈李箕永的短篇小说．读书 1983（3）

林忠禄．南朝鲜爱国诗人金芝河及其作品．延边大学学报 1983（1）

金德泉．近年来南朝鲜文学动向．外国文学研究 1983（4）

# 1984 年

## 一、印度及南亚、东南亚文学

方广锠．吠陀文献简介．世界宗教资料 1984（3）

刘寿康．《罗摩衍那》：印度的"最初的诗"．国外文学 1984（3）

吴　岩．论印度两大史诗讨论会．新民晚报 1984 年 11 月 12 日

金克木．尝一滴海水可知大海的咸味：《印度古诗选》前言．江淮论坛 1984（1）

金克木．《摩诃婆罗多插话选》序．南亚研究 1984（4）

刘宝珍．簌簌微语，讽诵有德：简评《飞鸟集》．国外文学 1984（1）

示　喜．勇猛的斗士，恬静的诗人：浅谈泰戈尔的诗歌和小说创作．衡阳师范专科学校学报 1984（1）

陈　挺．泰戈尔的《弃艳》剖析．语文学习 1984（1）

李　黎．各具异彩的两颗明珠：泰戈尔的《摩诃摩耶》与《芳邻》．齐齐哈尔师范学院学报 1984（1）

邱　克．泰戈尔的《沉船》浅析．滁州师范专科学校学报 1984（2）

董友忱．泰戈尔中长篇小说的艺术成就．外国文学研究 1984（2）

蒋冰勇．谈《沉船》的泛爱思想．沧州师范专科学校 1984（2）

麦春芳．从《一瞬目光》看泰戈尔的想象．玉林师范专科学校学报 1984（2）

壬　夫．坐在千百双瞳人里的歌：泰戈尔和他的诗歌、小说．文学青年 1984（3）

谭加洛．试论泰戈尔抒情诗的泛神论思想．广州师范学院学报 1985（2）

如　珍．浅论泰戈尔的戏剧创作．南亚研究 1984（5）

浦漫汀．泰戈尔的《新月集》．东方少年 1984（12）

魏风江．我的老师泰戈尔：诗人之居．文化娱乐 1984（7）

魏风江．我的老师泰戈尔：泰戈尔在林间讲课．文化娱乐 1984（9）

黄宝生．古印度故事的框架结构．外国文学研究集刊 1984（8）

彭端智．印度人民苦难斗争的历史图画：论安纳德三十年代创作的成就及其弱点．外国文学研究 1984（3）

罗　松．马来诗坛昙花一现的"晦涩诗"．华声报 1984 年 3 月 11 日

凌　彰．菲律宾文学概述．外国文学研究 1984（1）

凌　彰．菲律宾出现"A·A 文学"创作浪潮．外国文学研究 1984（11）

邢和平．柬埔寨文学发展简史．印支研究 1984（4）

卢蔚秋、赵玉兰．越南文学介绍．国外文学 1984（1）

李　健．高·素朗卡娘与《悲惨生涯》．内蒙古大学学报 1984（4）

铁炳泉．泰国作家迈·勐滕和他的成名作《旧伤痕》．外国文学研究 1984（1）

栾文华．1980 年~1981 年泰国短篇小说创作述评．国外社会科学 1984（6）

栾文华．论奥·乌达慕的短篇小说．外国文学研究集刊 1984（8）

## 二、中东各国文学

俞灏东．生活强者的颂歌：读塔哈·侯赛因的小说《日子》．宁夏教育学院学报 1984（4）

刘以焕．《鲁拜集》的汉语、英译：兼论诗歌的翻译．外语学刊 1984（1）

王家瑛．哈菲兹的抒情诗．外国文学研究集刊 1984（8）

陆孝修、王复．《古兰经》的文学探讨．外国文学研究 1984（1）

刘　桢．伊朗诗人萨迪和他的《蔷薇园》．中国穆斯林 1984（4）

时延春．《魔鬼在嬉戏》及其女作者卡勒马薇．阿拉伯世界 1984（1）

都本海．《旧约》及《旧约》中的部落英雄．克山师范专科学校学报 1984（4）

董鼎山．犹太小说与犹太作家．读书 1984（4）

徐　斌．在犹太民族灾难中发展起来的犹太文学．外国文学动态 1984（11）

王秀珍．《自由或死亡》与卡赞扎基．外国文学研究 1984（1）

杨正旺．谈谈世界文学名著《一千零一夜》．中国穆斯林 1984（4）

蔡伟良．中古诗人巴夏尔及其诗歌艺术．阿拉伯世界 1984（4）

邬裕池．阿拉伯文学介绍．外国文学 1984（2~3）

李振中．阿拉伯文学介绍．外国文学 1984（4）

张文建．叙利亚小说发展初探．外国文学动态 1984（3）

廖先旺．《瘦子麦麦德》及其作者．人民日报 1984 年 7 月 29 日

范绍民．科威特文坛一瞥．阿拉伯世界 1984（3）

## 三、日本及东北亚各国文学

孙久富．关于日本古代和歌的起源与发展．国际关系学院学报 1984（2）

李树果．万叶歌人山上忆良．国外文学 1984（4）

彭黎明．评日本词人风格及其流派．天津师范专科学校学报 1984（1）

张效之．略论《源氏物语》．聊城师范学院学报 1984（3）

陶　力．紫式部美学思想初探．外国文学研究 1984（3）

铁　夫．日本的物语文学．读书 1984（8）

彭恩华．俳句的微观与客观．名作欣赏 1984（6）

吴永富．日本狂言中的喜剧手法．外国戏剧 1984（4）

李　畅．日本戏剧舞台见闻．戏剧学习 1984（3）

东　邦．日本戏剧之花：歌舞伎．南国戏剧 1984（5）

尹也非．日本的大众演剧．上海戏剧 1984（5）

柴明俊．论日本明治时期的批判现实主义文学．日本文学 1984（12）

莽永彬．论正宗白鸟在文艺评论上的贡献．吉林大学社会科学学报 1984（4）

李均洋．《浮云》对国内外文学遗产的继承与借鉴．西北大学学报 1984（3）

李亚白．论二叶亭四迷的文学贡献．内蒙古师范大学学报 1984（4）

张　励．樋口一叶的成长道路．长春师范学院学报 1984（1）

王长新．自然主义与日本自然主义文学．日语学习与研究 1984（4）

倪　玉．论岛崎藤春《家》的自然主义创作特色．东北师范大学学报 1984（6）

叶渭渠．《舞姬》：爱情、生活和事业．外国文学研究 1984（4）

周而琨．论《我是猫》的主题和人物．外国文学研究 1984（1）

刘春英．日本新思潮派简析．日本文学 1984（1）

冼　佩．让人笑后深思的小说《鼻子》．芳华 1984（2）

敬　三．想到鲁迅的《风筝》：读志贺直哉的《清兵卫与葫芦》．鲁迅研究 1984（6）

刘春英．一个叛逆者的形象：谈有岛武郎的《一个女人》．外国问题研究 1984（2）

陈志泉．勇于改革的现实主义作家有岛武郎的生平和创作．文化译丛 1984（5）

刘春英．"白桦"时代的武者小路实笃．外国问题研究 1984（1）

林治广．《蟹工船》的感染力从何而来：谈小林多喜二小说的美学价值．日本文学 1984（1）

王述坤．试评井伏鳟二的《遥拜队长》．南开学报 1984（1）

李　芒．论德永直．日语学习与研究 1984（6）

刘光宇．试论中野重治的诗歌．外国文学研究 1984（2）

李　芒．川端康成《雪国》及其他．日语学习与研究 1984（1）

许虎一．试谈川端康成的"美的世界"．日本文学 1984（1）

叶渭渠．论川端康成的创作．外国文学研究 1984（1）

莫邦伟．日本研究川端康成的论著概述．外国文学动态 1984（9）

罗兴典．一颗苦追光明的诗心：读石川啄木"能吃的诗"．外国文学研究 1984（2）

王述坤．谈野间宏的早期创作．日本文学 1984（3）

缪伟群．《青年之环》浅谈．日本文学 1984（3）

何少贤．日本民主文学同盟成立背景和现状．外国文学动态 1984（11）

卞立强．战争的批判者、妇女的同情人：记日本优秀的现实主义作家田宫虎彦．日本文学 1984（4）

李　芒．"无赖派文学"初探．日本学习与研究 1984（2）

文洁若．一篇用血和泪写成的控诉书：《幸吉的座灯》品评．名作欣赏 1984（4）

李德纯．理想的探求与讴歌：司马辽太郎及其历史小说．读书 1984（2）

吴永富．意识飞流，流而不滥：读井上靖的两个短篇．牡丹江师范学院学报 1984（3）

才世杰．谈井上靖短篇小说的社会意义．语文教学与研究 1984（4）

吴永富．独照幽微，潜而不迷：井上靖短篇小说的潜意识描写．天津师范大学学报 1984（6）

李有宽．星新一和他的小小说．外国文学报道 1984（1）

李荣君．星新一和他的一分钟小说．黑龙江日报 1984 年 2 月 26 日

陶　力．星新一和他的创作．名作欣赏 1984（3）

陶　力．论壶井荣《二十四只眼睛》的艺术特色．外国文学欣赏 1984（3）

罗蔚平．举"推理"之名，行批判之实：关于日本部分"推理小说"和"无理可推"．安顺师范专科学校学报 1984（1）

李德纯．论松本清张：兼评日本推理小说．日本文学 1984（3）

高　磊．日本主要文学奖．日本文学 1984（1）

陈明仙．一个女作家的勇气．文汇报 1984 年 6 月 17 日

胡挈青、舒乙．有吉佐和子，你走得太早．人民日报 1984 年 10 月 9 日

阎海防．有吉佐和子猝死之迹．光明日报 1984 年 10 月 28 日

林　林．人去文采在：悼有吉佐和子女士．人民日报 1984 年 11 月 9 日

陈喜儒．日本女作家山崎丰子谈创作．外国文学动态 1984（4）

金　澄．日本著名女小说家山崎丰子谈《华丽家族》．春风 1984（4）

陈喜儒．日本女作家山崎丰子．新观察 1984（17）

莫邦富．她要写孤儿的爱和泪：访日本女作家山崎丰子．新民晚报 1984 年 11 月 22 日

丹　晨．山奇丰子印象．光明日报 1984 年 1 月 28 日

本刊记者．有所追求，有所奋斗：山崎丰子在本刊编辑部．日本文学 1984（4）

王增祥．友谊的结晶：多田正子翻译出版《高干大》的经过．甘肃日报 1984 年 10 月 10 日

谭晶华．1980~1983 年日本主要文学奖授奖情况．外国文学报道 1984（2）

莫邦富．日本文学的又一新倾向：刻画精神孤立的人．外国文学动态 1984（2）

陈喜儒．"生活逼迫我走上文学道路"：记日本青年作家宫本辉．文学报 1984 年 3 月 15 日

莫邦富．关于默默无声的人．译林 1984（3）

陈德文．日本散文文学．译林 1984（4）

谭晶华．日本情报小说．译林 1984（4）

戴　晴．人若有情人不老：《窗边的阿彻》读后．读书 1984（4）

严文井．《日本童话名作集》序．中国青年 1984 年 9 月 27 日

莫邦伟．1983年日本文坛掠影．译林 1984（2）

郭来舜．当代日本文坛若干倾向管窥．当代文艺思潮 1984（3）

叶永烈．日本文坛的女强人．新民晚报 1984年12月2日

柯森耀．喜看神州尽知己：访日本作家水上勉．文学报 1984年8月9日

海　笑．井上靖印象记：访日追记．花城 1984（4）

韦旭升．谈朝鲜古典小说《谢氏南征记》．国外文学 1984（1）

许文燮．论流浪诗人金笠及其诗作．延边大学学报 1984（2）

曹　汾．春香传的艺术成就．外国文学欣赏 1984（3）

苏　晨．朝鲜"诗佛"申纬．读书 1984（3）

周有光．朝鲜李朝诗人和小说家金时习．国外文学 1984（3）

何鸣雁．新罗诗人崔致远：传播中朝文化的先驱．社会科学战线 1984（4）

周有光．朝鲜高丽末期杰出诗人李齐贤．外国文学研究集刊 1984（8）

朴忠禄．论罗稻香的小说．外国文学研究 1984（2）

郑判龙、紫荆．崔曙海及其《出走记》．延边大学学报 1984（3）

黎跃进．评李箕永的《鼠火》．衡阳师范专科学校学报 1984（2—3）

**四、东方总体文学研究**

季羡林．应当重视东方文学的研究．文学报 1984年5月24日

# 1985年

## 一、印度及南亚．东南亚文学

王介山．介绍几首印度古代格言诗．名作欣赏 1985（5）

吴永富．豆扇陀形象新释：读印度古典名剧《沙恭达罗》．牡丹江师范学院学报 1985（4）

胡传源．东方大地的女儿：试谈《罗摩衍那》中悉多的形象．黄石教师进修学院学报 1985（1）

吴晓铃．试论《鹦鹉》故事及其他（附作品集）．名作欣赏 1985（5）

房文斋．试谈《沉船》的结构．济宁师范专科学校学报 1985（1）

梁　工．《沉船》主题辨．河南大学学报 1985（2）

陈保平．生命之永恒的惊奇：读《泰戈尔评论》．书林 1985（5）

周而琨．泰戈尔政治抒情诗的发展及其特点．扬州师范学院学报 1985（3）

魏风江．我的老师泰戈尔．文化娱乐 1985（1）

冯金辛．浅谈《四个人》．外国文学研究 1985（1）

赵云龙．诗情画意，蕴意深刻：印度现代名剧《飞》浅谈．戏剧创作 1985（1）

倪培耕．印度民主作家联盟主席拉琼德拉·亚德沃谈印度文艺创作．外国文学动态 1985（8）

刘国楠．论印地语诗歌中的影象主义．南亚研究 1985（6）

李　健．西巫拉帕及其成名作《画中情思》．教学研究 1985（2）

王介南、王全珍．缅甸著名作家：比莫宁．东南亚 1985（1）

姚秉彦．缅甸社会的真实写照．东方研究论文集 1985（1）

栾文华．利欲和野心埋葬了道德：谈泰国长篇小说《夕阳西下》．外国文学季刊 1985（1—2）

姚秉彦．缅甸小说家吴登佩敏．外国文学动态 1985（3）

顾子欣．泰国现代文学的一部佳作《四朝代》．人民日报 1985 年 1 月 20 日

栾文华．泰国新诗发展概况．外国文学动态 1985（5）

关　偶．哈纳·米奈及他的新作《春天和秋天》．外国文学动态 1985（12）

## 二、中东各国文学

朱韵彬．《圣经·雅歌》诗新说：兼议对《雅歌》的几种评论．信阳师范学院学报 1985（1—2）

马书山．从《旧约》看希伯莱人的家长制家庭．齐鲁学刊 1985（5）

钱　炜．《圣经》与文学．玉林师范专科学校学报 1985（2）

孙大公．古代希伯莱文学《耶利米哀歌》赏析．河池师范专科学校学报 1985（2）

石家麟．《圣经》及其文学意义．安庆师范学院学报 1985（4）

张效之．萨迪不朽，蔷薇长青．聊城师院学报 1985（2）

张会宁．玫瑰传友谊：读伊朗大诗人萨迪的《真境花园》．宁夏艺术 1985（4）

邹节成．《鲁拜集》的艺术特色．吉安师范专科学校学报 1985（2）

刘清河．试谈《平民史诗》的主要创作特色．宁夏大学学报 1985（3）

李振中．阿拉伯现代戏剧概述．阿拉伯世界 1985（2）

郭　黎．对埃及当前改革的理性沉思与艺术表现：纳吉布·迈哈福兹《顶峰上

的人们》浅析及其它. 阿拉伯世界 1985（4）

吴　岩. 且说纪伯伦. 散文世界 1985（2）

周　威. 纪伯伦与《折断的翅膀》. 中国青年报 1985 年 10 月 10 日

闲　云. 阿拉伯文坛一枝"当代的奇葩"：喜读《风流赛义德》. 新书报 1985 年 10 月 9 日

邢旭东、解聘和. 生命如闪电，诗句似雷霆：纪念突尼斯爱国诗人沙比. 阿拉伯世界 1985（3）

展　舒. 源泉·职责：访黎巴嫩著名女作家埃米勒·拉斯纳拉赫. 光明日报 1985 年 6 月 4 日

### 三、日本及东北亚各国文学

叶舒宪. 仪式·神话·文学·风俗：读《古事记》札记. 广州师范学院学报 1985（1）

丘仕俊. 日本和歌的格律与技巧. 外国语 1985（3）

张凤莲. 日本最早的诗歌集：《万叶集》. 语文月刊 1985（7—8）

孙久富. 慷慨悲歌独放异彩：谈山上忆良和他的现实主义歌作. 日语学习与研究 1985（4）

傅加令. 论光源氏是"多余的人"形象. 九江师范专科学校学报 1985（3）

安复生. 贵族世界的一曲挽歌：读紫式部的《源氏物语》. 唐山师范专科学校学报 1985（3—4）

李　芒. 平安朝宫廷贵族的恋情画卷：《源氏物语》初探. 日语学习与研究 1985（3）

王向远. 杰出的日本古代女作家：紫式部. 文史知识 1985（8）

戴　盟. 俞曲园编《东瀛诗选》. 团结报 1985 年 1 月 12 日

黄轶球. 漫谈日本汉文学名著：《拙堂文话》. 暨南学报 1985（1）

张凤莲. 日本的汉诗文. 语文月刊 1985（3）

彭恩华. 傲世嫉俗的俳人小林一茶. 名作欣赏 1985（2）

彭恩华. 俳坛伟大的革新者正冈子规. 名作欣赏 1985（3）

吴肃森. 论日本词的审美价值. 河北大学学报 1985（2）

彭黎明. 东瀛词概观. 天津师范专科学校学报 1985（2）

彭黎明．日本的词学研究．河北大学学报 1985（2）

彭恩华．俳圣芭菲．名作欣赏 1985（1）

刘振瀛．谣曲的素材、结构及其特点：为拙译《熊野》的题解而作．日本文学 1985（1）

吕元明．井原西鹤创作简论：日本江户一代历史的伟大描绘者．日本研究 1985（2）

李树果．"狂歌"和"川柳"．日本语学习与研究 1985（6）

彭恩华．近代俳坛巨匠高滨虚子．名作欣赏 1985（4）

吕元明．日本近现代文学的两极发展．日本研究 1985（4）

许虎一．明治社会近代化与二叶亭四迷的《浮云》．延边大学学报 1985（4）

曹满生．《莽丛生》的杀人犯究竟是谁：兼谈日本作家芥川龙之介．昭乌达蒙古族师范专科学校学报 1985（1）

丹　东．日本推理小说之父江户川乱步．世界博览 1985（6）

李均洋．尾崎红叶论．西北大学学报 1985（2）

张雨恩．被金钱污浊了的社会《金色夜叉》评析．安庆师范学院学报 1985（3）

秋　兰．尾崎红叶和他的《金色夜叉》．今晚报 1985 年 12 月 11 日

黄晓燕．武者小路实笃：日本白桦派著名作家．文化译丛 1985（5）

於河舟．《越前竹偶》的艺术特色．外国问题研究 1985（1）

平献明．水上勉作品中悲剧性格的美学价值．日本研究 1985（4）

蕴　华．与谢野晶子和她的反战诗．中外妇女 1985（6）

柯　玉．木下顺二和他的民间故事剧．剧作家 1985（3）

张　克．日本木下顺二民间故事剧初探．山西大学学报 1985（3）

陶　力．在虚实之间：《禽兽》浅析．名作欣赏 1985（3）

越乐牲．“不成长啸但成嗥”：中岛敦的《山月记》读后．日本文学 1985（4）

叶渭渠．创造美的抒情世界：评《伊豆的舞女》．日本研究 1985（创刊号）

王育林．川端康成与超现实主义．教学研究 1985（3）

李正伦．《古都》初探．译海 1985（4）

李德纯．论《伊豆舞女》．日本文学 1985（4）

陈嘉冠．为哪种人生唱赞歌：也论川端康成的《雪国》．辽宁师范大学学报 1985（5）

周学军．日本的诺贝尔文学奖获得者：川端康成．文化译丛 1985（6）

叶渭渠．《南伊豆纪行》赏析．散文世界 1985（9）

唐月梅、叶渭渠．日本现代文学特点初探．日本文学 1985（1）

宋　兴．日本文学奖种种．日本研究 1985（3）

何少贤．1984 年日本文学简况．外国文学动态 1985（4）

莫邦富．日本大众文学和纯文学的交融．文汇报 1985 年 5 月 6 日

平献明．战后日本现实主义文学及主要作家作品．日本研究 1985（创刊号）

叶渭渠．战后日本文学思潮概观．日本问题 1985（3）

唐月梅．日本战后"战争文学"概述．外国文学报道 1985（4）

叶　菁．日本战后战争文学及其创作特点．外国文学报道 1985（4）

李德纯．血泪凝结的概叹：略谈日本战后初期的反战文学．人民日报 1985 年 8 月 19 日

李德纯．日本战后派两作家．日本研究 1985（3）

白　文．我的老师阿部知二．文汇月刊 1985（7）

高慧勤．时代的批判家：评石川达三战后的社会派小说．日本文学 1985（3）

李德纯．孤独但却幸福：献给石川达三的安魂曲．译林 1985（4）

孙利人．谈《活着的士兵》．日本研究 1985（4）

朱金和．日本文学流派"第三新人"及其作品．译海 1985（4）

胡毓文．谈谈井伏鳟二和他的小说创作．外国问题研究 1985（4）

张清华．井上靖及其小说世界．日本文学 1985（4）

吴永富．动中取像．贵在传神：井上靖短篇小说的肖像描写．外国文学研究 1985（4）

于　雷．格高调雅：读井上靖的《猎枪》．日本研究 1985（4）

李德纯．论井上靖．世界文学 1985（5）

莫邦富．当代日本大众文学盛行之我见．当代文艺思潮 1985（1）

李德纯．日本社会派推理小说．文艺评论 1985（1）

莫邦富．一个紧跟时代前进的女作家：有吉佐和子和她的社会问题小说．文学报 1985 年 1 月 10 日

李德纯．有吉佐和子和她的《非色》．工人日报 1985 年 2 月 10 日

舒迁译．桥田寿贺子谈《阿信》．外国戏剧 1985（3）

刘光宇．壶井繁治的诗歌艺术．日本研究 1985（3）

刘光宇．壶井繁治诗歌简论．学术研究丛刊 1985（3）

倪　玉．论悲剧人物青山半藏．日本研究 1985（3）

尚　侠、徐冰．《花影》抒情艺术的美感特征．外国问题研究 1985（3）

郎亨伯．神奇的珍珠：试论星新一超短篇小说．日本研究 1985（4）

陈喜儒．坐拥书城，心怀天下：访日本作家野间宏．新观察 1985（13）

陈喜儒．心灵的桥梁：记旅日爱国华侨作家陈舜臣．文艺报 1985（1）

陈喜儒．沙枣村：记松本清张．日本文学 1985（4）

陈德文．日本女作家仁木悦子访问记．当代外国文学 1985（4）

张　泸．"勇士的剑"：访日本著名女作家山崎丰子．中外妇女 1985（10）

龚伯禄．对照鲜明的人物性格：三浦绫子中短篇小说的艺术特色．岳阳师范专科学校学报 1985（2）

兰　明．他还需要眼力，他还需要勇气：读清冈卓行的诗．外国文学 1985（10）

倪申源．近几年蒙古长篇小说介绍．外国文学动态 1985（4）

史习成．蒙古当代长篇小说．国外文学 1985（3）

周有光．许筠和他的小说《洪吉童传》．外国文学研究 1985（2）

胡树森．朝鲜李齐贤和他的诗．河北大学学报 1985（2）

全国权、紫荆．朝鲜诗人金素月诗歌之再评价．延边大学学报 1985（2）

李　岩．论李奎报诗歌创作历程及其艺术风格．世界知识 1985（2）

**四、东方总体文学研究**

顾子欣．东方文学的参天巨人．世界知识 1985（3）

乐嘉乐．亚洲作家与诺贝尔文学奖为何无缘．文学报 1985（14）

# 1986 年

**一、印度及南亚、东南亚文学**

姚　俊、王介山．印度"格言诗"探微．河北师范学院学报 1986（3）

寿　生．印度名剧《眼睛》的戏剧"意境"构思．艺谭 1986（2）

杨传鑫．论泰戈尔的《古檀迦利》．中南民族学院学报 1986（1）

邹节成．浅论泰戈尔的故事诗．吉安师范专科学校学报 1986（4）

思秋、雪夫．童心世界的恋歌：读泰戈尔《新月集》．内蒙古社会科学 1986（5）

伊漪.纯洁美丽的精灵:泰戈尔《新月集》的童真美.外国文学研究 1986（12）

许　力.《沉船》散论.郑州大学学报 1986（2）

李　翔.越南近两年来反华文学评论文学简况.外国文学动态 1986（3）

栾文华.泰国近二十年来长篇小说概况.外国文学动态 1986（3）

顾庆斗.1985 年泰国老挝文坛情况综述.外国文学动态 1986（12）

## 二、中东各国文学

叶舒宪.英雄与太阳:《吉尔加美什史诗》的原型结构与象征思维.民间文学论坛 1986（1）

刘平炎.试论犹太教对希伯来文学的影响.湖北师范学院学报 1986（2）

元文琪.波斯古经《阿斯维塔》.外国文学研究 1986（1）

梁　工.《古兰经》文学成就初探.固原师范专科学校学报 1986（4）

梁　工.阿拉伯古典诗歌概观.广西民族学院学报 1986（4）

赵海银.试论阿拉伯蒙昧时的草莽诗人.阿拉伯世界 1986（1）

蔡伟良.哈桑·本·萨比特及其诗歌.阿拉伯世界 1986（3）

马瑞瑜.评陶菲格·龙京福·阿瓦德的长篇小说《面包》.北京第二外国语学院学报 1986（3）

李　琛.深沉的爱和执著的追求:论埃及作家纳吉布·马哈福兹.世界文学 1986（4）

朱　凯.纳吉布·马哈福兹的《三部曲》.外国文学 1986（4）

## 三、日本及东北亚各国文学

孟宪仁.春秋时代《竹取物语》原型传入日本考.日本研究 1986（3）

李　芒.平安朝宫廷贵族的恋情画卷:《源氏物语》初探.聊城师范学院学报 1986（1）

鲁　钝.日本文学的典范:评紫式部的杰作《源氏物语》.昌潍师范专科学校学报 1986（1）

裴　珍.《源氏物语》与日本文化:浅谈《源氏物语》的几处译文.日语学习与研究 1986（3）

缪伟群.说连歌.外国问题研究 1986（2）

刘德润.俳句和歌汉译之我见.教学研究 1986（3）

孙久富．芭蕉俳句美学琐谈．日本研究 1986（4）

李　芒．日本古典诗歌的源头：记纪歌谣．日语学习与研究 1986（1）

李　芒．从和歌到俳句．日语学习与研究 1986（5）

李　芒．和歌、俳句、汉诗、汉译．日本研究 1986（3—4）

王大均．日本俳人的友好使者：纪念大野林火先生．人民日报 1986 年 11 月 15 日

吕元明．日本古典文艺论．东北师范大学学报 1986（5）

王长新．江户时代的说唱文艺．日语学习与研究 1986（2）

管　林．论《日本杂事诗》中的日语词汇．嘉应师范专科学校学报 1986（1）

李　芒．长河奔向大海：评《宫本辉作品选》．译林 1986（3）

敖行维．试论樋口一叶的小说创作．毕节师专学报 1986（1—2）

陈慧君．"独木桥"难过：试论樋口一叶笔下的妇女形象．日本研究 1986（3）

陈慧君．被摧残了生命的蓓蕾：浅谈樋口一叶的《青梅竹马》．济宁师范专科学校学报 1986（2）

李均洋．论森鸥外早期小说中的浪漫主义．西北大学学报 1986（2）

严安生．夏目漱石对日本近代文明的批评．外国文学 1986（9）

许金林．漱石文学中的"低徊趣味"．外语与外语教学 1986（2）

倪　玉．对利己主义的无情揭露和鞭挞：夏目漱石的《心》试析．外国问题研究 1986（1）

叶幼华．二叶亭四迷的《浮云》．北京第二外国语学院学报 1986（4）

柴明俊．试论日本白桦派的人道主义．日本文学 1986（4）

刘利国．试论《竹林中》的创作意图：兼谈闪现于本篇的芥川的人生观．外语与外语教学 1986（2）

夏　刚．芥川奖五十年回顾．外国文学动态 1986（2）

范文瑚．在"死"与"非人"之间的抉择：谈芥川龙之介的《罗生门》．日本研究 1986（2）

林亚光．一篇扑朔迷离的小说：论芥川龙之介《竹林深处》．四川师范大学学报 1986（1）

林亚光．现实主义和超现实主义艺术方法相结合的例证：《竹林深处》艺术方法剖析．重庆社会科学 1986（4）

林亚光．一位从"新""奇""怪"风格出人头地的东方作家：芥川及其代表作《竹林深处》．外国语文教学 1986（2）

于长敏．宫泽贤治及其作品浅析．日本文学 1986（2）

王　敏．宫泽贤治研究五十年．日本文学 1986（2）

王　凌．论"纳普"和"劳艺"．辽宁大学学报 1986（5）

王　凌．心有灵犀一点通：评叶山嘉树和小林多喜二的信．日本研究 1986（2）

王述坤．试评井伏鳟二的《遥拜队长》．日本研究 1986（2）

陈喜儒．一滴水文库：访水上勉．报告文学 1986（4）

丹　晨．评川端康成的《雪国》．日本文学 1986（2）

高慧勤．从川端康成想到的．文艺报 1986（4）

陶　力．从《古都》看川端康成创作的积极倾向．外国文学研究 1986（4）

陈喜儒．温乎如春风，凛乎若秋霜：井上靖小说艺术初探．日本文学 1986（1）

陈嘉冠．雄雄阳刚，浩浩灵气：论井上靖历史小说《楼兰》．勃海学刊 1986（1—2）

陈雪萍．人生长路须几何：井上靖小说《路》浅谈（附作品）．外国文学欣赏 1986（4）

吴永富．井上靖短篇小说的象征手法．牡丹江师范学院学报 1986（4）

张效之．一幅诗意葱茏的西域画卷：井上靖的《敦煌》．聊城师范学院学报 1986（1）

唐月梅．论井上靖的艺术世界．日本文学 1986（1）

唐月梅．三岛由纪夫作家小论．日本问题 1986（2）

唐月梅．山崎丰子．世界文学 1986（5）

高烈夫．林芙美子及其小说．日本文学 1986（1）

陈喜儒．黑柳彻子的启示．日本文学 1986（1）

孟　柯．森村诚一小说简论．外国小说 1986（6）

尚侠等．大冈小说的美学构成及其价值．日本文学 1986（3）

徐　冰．大冈升平访问记．日本文学 1986（2）

李德纯．"司马文学"的魅力．人民日报 1986 年 11 月 9 日

柯森耀．试论石川达三《活着的士兵》．外国文学研究 1986（2）

隋　汴．思考与自身：读石川达三《小说经验谈》．外国问题研究 1986（4）

陈德文．和野间宏的一席谈．当代外国文学 1986（3）

张　伟．解迷小说：评野间宏的《阴暗的图画》．外国问题研究 1986（4）

孙维才．自我否定与生活的软弱性：评析太宰治．锦州师范学院学报 1986（3）

莫邦富．日本作家加藤幸子的新作《北京海棠之街》简介．外国文学动态 1986（3）

张笑天．悲剧：从舞台到生活：《W 的悲剧》读后随记．日本文学 1986（4）

马兴国．略论城山三郎的经济小说．日本文学 1986（4）

王若茜．试谈佐多稻子的早期生活与创作．外国问题研究 1986（3）

王若茜．试论佐多稻子的早期创作．日本研究 1986（3）

朱春雨．救人灾难的回声：关于日本"原子弹文学"作品的札记．日本文学 1986（3）

李德纯．论战后日本小说．日语学习与研究 1986（5~6）

朱金和．"战后出生的一代"及其作品．当代文艺思潮 1986（6）

兰　明．战后日本文学战争的第一个"热点"："主体性"论争．文学研究参考 1986（10）

缪伟群．日本文学的阵容、题材和方法．日本文学 1986（4）

朱金和．日本文学的流派"内向一代"的诞生．译海 1986（1）

崔成德．日本社会的多棱镜：日本现代派文学初探．长春师范学院学报 1986（4）

何培忠．莜田一士谈日本现代诗．外国文学研究 1986（1）

李德纯．论五六十年代的日本文学．外国文学报 1986（4）

李德纯．谈日本的推理小说．啄木鸟 1986（1）

王　敏．日本儿童文学中的童心主义．外国文学研究 1986（3）

王　敏．日本的儿童文学．外语与外语教学 1986（2）

孙久富等．关于日本大众文学．外国文学报道 1986（4）

夏　刚．新老之间：八十年代前半期日本纯文学回顾（一）．文艺报 1986 年 4 月 12 日

文洁若．一九八五年的日本文学．日本文学 1986（2）

陈祖芬．日本的启示：《挑战与机会》．十月 1986（3）

于长敏．当代日本文学概况．外国文学动态 1986（8）

乌丙安．当代日本口承文艺学的开拓者关敬吾．民间文学 1986（5）

夏　刚．十年——世纪的冲刺：对"劫后文学"的双焦点参照透视．当代作家

评论 1986（5）

黄景旭．当代日本文坛鸟瞰．河北大学学报 1986（3）

玄东彦、紫荆．从《金鳌新话》看朝鲜早期古典小说的艺术倾向．延边大学学报 1986（3）

何　鸢．朝鲜古代新罗诗人崔志远诗作初探．东疆学刊 1986（1）

韩　钰．虎——朝鲜民族文化心理结构的历史积淀：兼及朝鲜民族传统故事中虎的社会意义．延边大学学报 1986（1）

蔡美花．朴趾源小说的近代思想因素与艺术形态探索．延边大学学报 1986（1）

李海山．试论李齐贤诗歌与思想倾后性．延边大学学报 1986（1）

沉　默．南朝鲜文学家知多少．国外社会科学动态 1986（8）

周有光．解放后朝鲜四十年小说简介．外国文学动态 1986（8）

# 1987 年

## 一、印度及南亚、东南亚文学

巫白慧．世界最古的诗集《梨俱吠陀》．东疆学刊 1987（3）

李　黎．泰戈尔短篇小说人物描写的独特性．求是学刊 1987（4）

杨正润．哲人的梦游：泰戈尔的画．文艺报 1987（6）

麦春芳．试论泰戈尔《沉船》的艺术特色．玉林师范专科学校学报 1987（4）

刘　建．论《吉檀迦利》．南亚研究 1987（3）

倪培耕等．文学，人间感情的沟通者：访问印度作家阿葛叶．世界文学 1987（4）

彭端智．《戈丹》和印度近现代文学．华中师范大学学报 1987（5）

田　力．印度作家 R·K·纳拉扬．外国文学研究 1987（2）

刘清河．丹尼亚·安南达摩依形象比较及其他．宁夏大学学报 1987（1）

顾庆斗．泰国科幻小说简况．外国文学动态 1987（4）

居三元．呕心沥血．巨著惊人：印尼著名作家普拉姆和他的《足迹》．文艺报 1987 年 6 月 20 日

李　翔．越南文艺界谈论文艺"改革"．外国文学动态 1987（8）

## 二、中东各国文学

陈思广．"天、地、人"假说：《吉尔伽美什》主题之我见．民间文学论坛

1987（6）

俞灏东．阿拉伯最早的散文作品《古兰经》．宁夏大学学报 1987（5）

石海军．《一千零一夜》的特色．阿拉伯世界 1987（4）

李　琛．阿拉伯文学近况综述．外国文学动态 1987（7）

关　偁．马格里布文学在崛起．阿拉伯世界 1987（4）

周锡昌．塔哈·侯赛因与他的《日子》．南京师范学院学报 1987（1）

谢秩荣．纳吉布·马哈福兹创作道路上的转折：《新开罗》．阿拉伯世界 1987（4）

魏新宇．阿拉伯文学古今谈：第二次阿拉伯文学讨论会侧记．文艺报 1987（17）

## 三、日本及东北亚各国文学

丘仕俊．日本民族文化的先驱：试论山部赤人风景诗的特色．中山大学学报 1987（3）

赵小柏．《枕草子》浅说．外国问题研究 1987（1）

叶宗敏．和歌的五、七调初探．日本研究 1987（4）

赵　石．"蛙跃古池内，静潇传清响"：谈芭蕉俳句中的禅趣．读书 1987（11）

刘振瀛．优美典雅的剧诗《谣曲》．日语学习 1987（5）

李树果．从《英草子》看江户时代改编小说．日语学习与研究 1987（3）

李树果．对日本古典历史剧《国姓爷大战南京城》的评价：评近松门左卫门对历史的歪曲．日语学习与研究 1987（1）

张效之．试论《平家物语》．聊城师范学院学报 1987（4）

吴　锦．《日本汉诗选》前言．文教资料 1987（4）

陈　岩．浪漫孤独的吟唱：浅谈北原白秋诗歌创作道路．外语与外语教学 1987（3）

傅加令．试论内海文三与东三郎是两种类型"多余的人"的形象．上饶师范专科学校学报 1987（2）

礼　立．藤村文学传友情：记"岛崎藤村文学翻译与阅读奖"授奖活动．译林 1987（3）

雷石榆．试评石川啄木的创作思想及其艺术成就．河北师范学院学报 1987（2）

刘介人．志贺直哉的文学观及其创作实践．日语学习与研究 1987（2）

马家骏．《为党生活的人》探艺．江西师范大学学报 1987（3）

张明辉．日本文坛泰斗水上勉．海峡 1987（5）

叶渭渠．《雪国》论．日本问题 1987（1—2）

李亚白．川端康成的"美"与"悲"：读《美丽与悲哀》．文科教学 1987（2）

孙维才等．川端小说的艺术风格．锦州师范学院学报 1987（3）

魏　威．读《千羽鹤》．外国文学研究 1987（1）

柴明俊．谈谈川端康成笔下的人物美．现代日本经济 1987（5）

陈　融．潮流与河床：析日．西文化碰撞中的川端康成．江西师范大学学报 1987（4）

夏　刚．"魔界"的魔力：当代中国文学中的川端康成．萌芽 1987（4）

李德纯．"殉教美学"的毁灭．日语学习与研究 1987（4）

李德纯．松本清张论．日语学习与研究 1987（5）

吴永富．论井上靖战后初期的崛起．天津师范大学学报 1987（6）

赖泰禄．井上靖和他的《天平之甍》．赣南师范学院学报 1987（3）

陈　泓．试论安部公房．日本研究 1987（4）

张　伟．野间宏的"全体小说"与西方现代主义文学．外国问题研究 1987（4）

陈喜儒．抱朴舍杂谈：访日本老作家住井末．译林 1987（2）

陈喜儒．访三浦绫子．日本文学 1987（4）

夏　刚．浅谈三好达治．外国文学欣赏 1987（2）

沈迪平．庶民作家石坂洋次郎．日本文学 1987（2）

何培忠．日本目前最受欢迎的作家：赤川次郎．外国文学研究 1987（2）

陈　泓．开高健浅论．外国文学 1987（6）

赵　耀．浅论《野火》．日本文学 1987（3）

雷石榆．试评石川啄木创作思想及其艺术成就．河北师范学院学报 1987（2）

夏　刚．从《白色巨塔》到《两个祖国》：论山崎丰子的"社会派"长篇小说．外国文学研究 1987（2）

陈明山．攀登：山崎丰子印象．世界博览 1987（9）

黄俊英．略论侵华战争时期的日本反战文学运动．日本问题 1987（1~2）

李德纯．论日本战后派文学．外国文学 1987（2）

李德纯．对传统的亵渎．外国文学 1987（6）

陈　泓．日本现代非虚构文学浅探．外国文学动态 1987（10）

罗兴典．日本现代诗歌的开端．日语学习与研究 1987（6）

李德纯．内部精神的深层开掘：简评日本现代派文学．日语学习与研究 1987（2）

施小炜．作为社会文学与个我文学之间关系演变的历史与文学史：兼论现当代日本文学史．日本文学 1987（1）

兰　明．日本评说"20世纪文学"．外国文学动态 1987（12）

李　佩．他为艺术节而来：记日本著名剧作家藤田敏雄．世界博览 1987（12）

汪　流．日本电影剧作家谈剧作家问题．电影文学 1987（2）

李　芒．日本文学争鸣概述．日语学习与研究 1987（5）

杨晓文．日本作家的命运．东方世界 1987（5）

苏　波．日本文学向何处去．外国文学动态 1987（7）

李德纯．日本社会派文学．日语学习与研究 1987（1）

唐月梅．日本文坛一角．世界文学 1987（5）

金真义．李箕永和他的《故乡》．学术研究丛刊 1987（5）

高治荣．从瘫痪战士到时代歌手：朝鲜诗人金时权．环球 1987（12）

**四、东方总体文学研究**

黎跃进．成就·影响·特点及其他：简论东方文学的几个问题．上海教育学院学报 1987（3）

黎跃进．东方人民宝贵的精神财富：现代东方文学鸟瞰．衡阳师范专科学校学报 1987（4）

# 1988 年

## 一、印度及南亚、东南亚文学

季羡林．《梨俱吠陀》几首哲学赞歌．北京大学学报 1988（4）

李　频．也谈《五卷书》连串插入式的艺术特点．青海民族学院学报 1988（2）

郭良鋆．梵语佛教文学概述．南亚研究 1988（2）

季羡林．喜读《罗摩功行之湖》．世界文学 1988（3）

董红钧．人是中心，人道是灵魂：从三个创作时期看泰戈尔的现实主义倾向．上海大学学报 1988（3）

阎惠中等．印度近代社会的投影：谈泰戈尔短篇小说的思想价值．唐山师范专科学院学报 1988（3）

佐　禹．神的礼赞，人道主义的颂歌：论泰戈尔《吉檀迦利》的思想倾向．辽宁广播电视大学学报 1988（1）

袁　慧．从"人神合一"到"生死合一"：浅谈《吉檀迦利》的思想倾向．长沙水电师范学院学报 1988（2）

林承节．1905～1908 年的泰戈尔．南亚研究 1988（2）

栾文华．为泰中友谊铺路架桥：记泰国作协主席素哇·瓦拉迪罗先生．文艺报 1988 年 10 月 15 日

栾文华．赋予历史以血肉和灵魂：评克立·巴莫的长篇历史小说《四朝代》．外国文学评论 1988（3）

顾庆丰．泰作家座谈"文学作品中描写的泰国妇女形象"．外国文学动态 1988（5）

林明华．越南古典名著《征妇吟曲》评说：兼谈汉文化对《征妇吟曲》的影响．东南亚研究 1988（1）

林明华．中越文化交流的结晶：读胡主席汉文诗有感．东南亚研究 1988（2）

颜　保．越南戏剧发展初探．国外文学 1988（2）

杨　羽．老挝十年来小说一瞥．外国文学动态 1988（1）

顾　骧．马来西亚文坛泰斗乌斯曼·阿旺．文艺报 1988 年 10 月 15 日

林文锦．南洋为何没有伟大作品产生：回忆战前新马文坛的一次文艺论争．华文文学 1988（1）

孙　艳．快添几张彩照给他：访巴基斯坦著名作家肖克特·西迪基．世界知识 1988（9）

凌　彰．论黎萨尔小说中的悲剧：纪念《不许犯我》发表一百周年．外国文学欣赏 1988（1）

## 二、中东各国文学

齐揆一．从《圣经》中的《诗篇》看希伯来诗歌的语言特色点．齐齐哈尔师范学院学报 1988（4）

朱韵彬．关于《圣经·先知书》文学的几个问题．信阳师范学院学报 1988（2）

李荣建．利比亚文豪阿里·米斯拉提．阿拉伯世界 1988（4）

鼓龄等．她前进在通向未来的道路上：记黎巴嫩女作家依姆莉·纳斯尔娜．文艺报 1988 年 11 月 19 日

李 琛．阿拉伯的女性文学．文艺报 1988 年 11 月 19 日

仲跻昆．谈阿拉伯文学翻译．阿拉伯世界 1988（4）

史丽清．沙特阿拉伯女作家及其作品．阿拉伯世界 1988（1）

伊 宏．也门现代文学的主要流派及其代表：阿拉伯也门驻华使馆参赞哈米西先生带来的信息．阿拉伯世界 1988（2）

伊 宏．陶菲克·哈基姆社会哲学观初探（未完）．阿拉伯世界 1988（4）

钱学文．戏剧《洞中人》小议．阿拉伯世界 1988（3）

钱学文．对小说《作家》的初探．阿拉伯世界 1988（2）

俞灏东．"东方赠送给西方的最好礼物"：纪伯伦和他的《先知》．宁夏教育学院学报 1988（1）

彭龄等．他是棵绿树：记黎巴嫩作家穆罕默德·达克鲁博．阿拉伯世界 1988（4）

林丰民．埃及现代短篇小说与成就．阿拉伯世界 1988（3）

丁文等．诺贝尔文学奖第一位阿拉伯获得者．瞭望 1988（45）

关 偶．纳吉布·马哈福兹：文学金字塔的建造者．文艺报 1988 年 11 月 19 日

关 偶．追求理想世界，不断探索革新：记 1988 年诺贝尔文学奖获得者纳吉布·马哈福兹．文化报 1988 年 11 月 13 日

关 偶．1988 年诺贝尔文学奖获得者纳吉布·马哈福兹谈创作．文汇报 1988 年 11 月 14 日

李 琛．阿拉伯文坛的骄傲：记埃及作家纳吉布·马哈福兹．人民日报 1988 年 10 月 30 日

李 琛．新生活的探索者：纳吉布·马哈福兹．外国文学评论 1988（3）

顾耀铭．埃及作家马夫兹获诺贝尔文学奖．人民日报 1988 年 10 月 14 日

蔡伟良．尼罗河上的絮语：纳吉布·马哈福兹在非理性小说上的初探．文艺报 1988 年 3 月 12 日

赖伯疆．嘲剧在泰国的沧桑．戏曲研究 1988（27）

### 三、日本及东北亚各国文学

王若茜．藤原定家的《每月抄》与《文心雕龙》．现代日本经济 1988（2）

万莹华．日本妇女的哀歌《源氏物语》．杭州师范学院学报 1988（5）

廖枫模．《源氏物语》所反映的日本贵族社会．中山大学学报 1988（4）

陈京松. 一个混世厌世最终出世的封建贵族政治的否定者：谈《源氏物语》中的源氏形象. 承德师范专科学校学报 1988（1）

李树果. 吉田兼好的审美观. 日语学习与研究 1988（5）

王向远. 井原西鹤市井文学初论. 北京师范大学学报 1988（增刊）

王大均. 罗苏山人俳句译析. 徐州师范大学学报 1988（1）

李树果.《小仓百人一首》中的女性恋歌. 日语学习与研究 1988（4）

屠茂芹. 世态、人情、含泪的冷笑：樋口一叶小说论. 山东师范大学学报 1988（3）

魏 迎. 日本自然主义文学的全方位思考. 外国问题研究 1988（1）

雪 桦."白桦派"文学和志贺直哉. 外国文学欣赏 1988（3）

柴明俊. 武者小路实笃的创作、思想略论. 现代日本经济 1988（2）

刘春英. 初论日本文学的理想主义和理智主义. 外国问题研究 1988（3）

王 敏. 外国文学对宫泽贤治的影响. 外国译文 1988（3）

姚 英. 探索者的足迹：评吕元明先生著《日本文学史》. 光明日报 1988 年 2 月 13 日

兰 明. 日本近现代文学百年说要. 文学知识 1988（5—6）

穆广菊. 日本现代诗坛近貌. 文艺报 1988 年 6 月 4 日

洁 泯. 日本文学的走向：评李德纯著《战后日本文学》. 人民日报 1988 年 10 月 18 日

李德纯. 审美的困惑：日本战后文学的发展脉络. 世界博览 1988（2）

李德纯. 战后初期日本诗歌. 日语学习与研究 1988（4）

叶渭渠. 战后派文学运动诸问题. 日本问题 1988（5）

窦时超."无赖派"与新生一代小说. 萌芽 1988（3）

叶渭渠. 略论无赖派的本质. 日本问题 1988（3）

张 竞. 社会结构的变化和文学：浅析六十年代以后的日本文学. 华东师范大学学报 1988（5）

高海宽. 回顾 1987 年日本文坛. 外国文学动态 1988（5）

何少贤. 1987 年日本五部纯文学作品简介. 外国文学动态 1988（10）

兰 明. 憧憬的坠落与本体的焕发：二十世纪日本文学特征论要. 外国文学评论 1988（3）

朱绍瑾. 小林多喜二的文艺思想初探. 杭州大学学报 1988（3）

朱　震. 论小林多喜二的《党的生活者》. 西南民族学院学报 1988（2）

李国栋. 试论有吉佐和子的《地歌》的主题. 日语学习与研究 1988（5）

晏　妮. 川端的文学作品及其电影改编：关于电影与文学的一点思索. 世界电影 1988（2）

陈　艳. 壶中天地：从《古都》看川端康成对日本传统美的追求. 文科月刊 1988（11）

李德庆. 默默此情谁诉：《伊豆舞女》. 外国文学理论 1988（1）

陈慧君. 美的徒劳：川端康成笔下女性形象浅论. 日本研究 1988（2）

贾文明. 芥川龙之介创作中的现实主义意识. 河北大学学报 1988（2）

吴兆汉. 论芥川龙之介的创作思想. 暨南学报 1988（1）

王　蒙. 井上先生与西城小说集. 世界文学 1988（2）

吴永富. 细节的深化：井上靖短篇小说艺术谈（五）. 牡丹江师范学院学报 1988（1）

郭祝崧. 整饬戒律，用以纠政弊：重读《天平之甍》剧本. 日本研究 1988（3）

唐若石. 对侵略战争的深层控诉：石川达三的《风雪》分析. 福州师范专科学校学报 1988（1）

张　伟. 人生、社会、宇宙：野间宏作品的哲学意蕴. 外国问题研究 1988（2）

西　央. 独特的角度，新颖的表现：评野间宏的《脸上的红月亮》. 烟台师范学院学报 1988（1）

叶舒宪. 斜阳下的痛苦：评太宰治的《斜阳》. 日本研究 1988（2）

流　火. 奇人奇书：安部公房的《樱花号方舟》. 外国文学评论 1988（1）

半　岛. 日本社会形而上学的现实：安部公房的《樱花号方舟》. 外国文学理论 1988（1）

王　琢. 人·存在·历史·文学：大江健三郎小说论纲. 社会科学战线 1988（2）

胡志昂等. 从推理小说转向人生小说的创作：日本作家水上勉采访录. 外国文学报道 1988（3）

李德纯. 司马辽太郎论. 日语学习与研究 1988（1）

李德庆. 朝鲜诗人赵基天的创作. 郑州大学学报 1988（2）

### 四、东方总体文学研究

李德庆. "不能忘记东方!"：东方文学的成就和历史地位. 大学文科园地 1988（2）

## 1989 年

### 一、印度及南亚、东南亚文学

黄　鼎．试评沙恭达罗形象．语文学刊 1989（5）

张朝柯．泰戈尔短篇小说的成训．辽宁大学学报 1989（1）

赵琼笙．东方文学中的一颗明珠：浅论《吉檀迦利》．云南师范大学学报 1989（5）

叶舒宪．《吉檀迦利》：对自由和美的信仰和追求．外国文学评论 1989（3）

徐曙玉．在痛苦中觉醒的女性：摩诃摩耶．青岛教育学院学报 1989（2）

黄超美．普列姆昌德创作的二重组合．外国文学研究 1989（3）

王晓丹．印度语"新小说"浅析．南亚研究 1989（2）

高树榕．《四朝代》：一部表现泰民族命运的史诗．文艺报 1989 年 9 月 30 日

李连庆．谈谈印度文学．文艺界通讯 1989（9）

东　瑞．从小说看马来西亚社会．环球文学 1989（3）

### 二、中东各国文学

梁　工．圣经启示文学论述．河南大学学报 1989（2）

梁　工．希伯来文学中上帝形象的演变．南开学报 1989（5）

艾山·马木提．波斯古典文学光辉的代表作《蔷薇园》．新疆师范大学学报 1989（1）

俞久洪．《一千零一夜》中的妇女形象．河北大学学报 1989（4）

赵海银．试论阿拉伯贾希利亚时期讽刺诗的产生和特点．阿拉伯世界 1989（4）

朱威烈．阿拉伯文学的骄傲．环球文学 1989（1）

王燕生．阿拉伯世界的诗歌盛典．诗刊 1989（2）

林则飞．萨尔瓦特·艾巴扎和他的代表作《遁世者》．阿拉伯世界 1989（3）

林则飞．朱哈其人其事．阿拉伯世界 1989（1）

关　偶．征服黑暗，拥抱光明：纪念"阿拉伯文学之柱"塔哈·侯赛因诞辰 100 周年．文艺报 1989 年 11 月 25 日

彭龄等．她与春同去：记黎巴嫩女诗人纳迪雅·图威妮．阿拉伯世界 1989（2）

潘定宇．埃及人民的骄傲：纳吉布·马哈福兹．阿拉伯世界 1989（1）

李　琛．赢得世界声誉的埃及作家纳吉布·马哈福兹．国外社会科学 1989（2）

关　俤．"我为阿尔及利亚人民而写"：同阿·哈·本·赫杜格的对话．文艺报 1989年9月30日

关　俤．把我当作建金字塔的工人：记纳吉布·马哈福兹的几次谈话．世界文学 1989（2）

伊　宏．作家应该和真理站在一起：埃及作家哈马米绥的文学观．阿拉伯世界 1989（3）

刘元培．也门文学家哈米尔谈纳吉布·马哈福兹．阿拉伯世界 1989（1）

李荣建．利比亚文坛宿将阿卜杜拉·古维里印象记．外国文学研究 1989（2）

李荣建等．利比亚文坛明星法格海．阿拉伯世界 1989（3）

## 三、日本及东北亚各国文学

王大均．罗苏山人俳句赏析．常用外国语 1989（3）

蓝泰凯．东方古典文学宝库中的璀璨明珠：论紫式部的长篇小说《源氏物语》．贵阳师范专科学校学报 1989（1）

张　石．一水紫流处处通：读《日本古代随笔谈》．读书 1989（7—8）

王若茜．论藤原定家《每月抄》中的"有心"理论．现代日本经济 1989（5）

文洁若．德富芦花的《黑潮》和《谋叛论》．日语学习与研究 1989（1）

文　林．岛崎藤村诗歌简论．河北大学学报 1989（4）

李德纯．独特文化背景下的青春嗟叹：《家》．外国文学评论 1989（4）

崔吉顺．浅谈《源老头儿》的浪漫主义特色．现代日本经济 1989（2）

刘光宇．黑岩重吾及其小说．现代日本经济 1989（5）

平献明．正宗白鸟的创作道路．日本研究 1989（4）

郭来舜．试论日本的自然主义文学运动．深圳大学学报 1989（1）

西　央．理想与现实的冲突：评夏目漱石初期创作的思想倾向．牡丹江师范学院学报 1989（1）

何乃英．展示内心冲突，批判利己主义：评夏目漱石后期三部曲的思想倾向．河北大学学报 1989（1）

于素秋．谈《我是猫》的讽刺批判精神．现代日本经济 1989（2）

梁　潮．《三四郎》的恋爱心理描写剖析．日本研究 1989（3）

林少华．谷崎笔下的女性．暨南学报 1989（4）

李均洋.谷崎润一郎明治时期作品的特质.西北大学学报 1989（3）

张 伟.悲凉的困惑：二元对立中的有岛武郎.外国问题研究 1989（4）

曹志明.《罗生门》语言艺术简析.外语学刊 1989（2）

何乃英.论日本新感觉派.现代日本经济 1989（5）

潘朝禄、车光斌.在现实、理想、哲学的层次上表现爱与美的悲哀与虚无：从川端康成的《初恋的母亲》的结尾谈起.信阳师范学院学报 1989（4）

何乃英.记川端康成的创作方法.北京师范大学学报 1989（2）

何乃英."我被卑鄙的所吸引"：评川端康成美学思想特点.鞍山师范专科学院学报 1989（1）

何乃英.从《雪国》看川端康成的神美观.日本问题 1989（6）

卢雄飞.川端康成的禅宗意识.外国文学研究 1989（2）

谭晶华.日本川端康成文学研究的近况.环球文学 1989（5）

张 石.深挚、精微的日本美：谈川端康成文学的文化人类学意义.日本问题 1989（6）

郭 飞.从接受美学看川端文学研究.现代日本经济 1989（2）

张 薇.试论《雪国》的幽情美.南通师范专科学校学报 1989（3）

叶渭渠.生的变奏曲：从《千鹤子》到《睡美人》.外国文学研究 1989（3）

何乃英.地下党员的光辉形象：谈《为党生活的人》的典型塑造.承德师范专科学校学报 1989（2）

李英武.试论井上靖的西域小说.现代日本经济 1989（2）

尚侠等.从"俘虏作者"到"正宗文人"：《武藏野夫人》小说艺术札记.东北师范大学学报 1989（3）

刘白羽.东山魁夷的宇宙.世界文学 1989（4）

文洁若.三岛由纪夫和他的《丰饶之海》.日语学习与研究 1989（2）

彭 懿.日本儿童文学的旗手：记日本著名儿童文学作家古田足日先生.文学报 1989 年 6 月 22 日

小 草.童心未泯写童话：访日本当代童话作家寺村辉夫.文艺报 1989 年 11 月 30 日

林 林.漫谈日本随笔文学.散文世界 1989（6）

张 玲.日本大众文学的发展与变迁.日本研究 1989（1）

李德纯．论日本现代派文学．外国文学欣赏 1989（1—2）

李德纯．躁动与倾斜：日本都市文学剖析．世界文学 1989（4）

李德纯．物欲世界中的异化：日本"都市文学"剖析．世界博览 1989（4）

李德纯．五十至七十年代的日本诗歌．日语学习与研究 1989（2）

李德纯．反思、悲愤、醒悟：日本战后文学述评．日语学习与研究 1989（5）

吕元明．从战俘产生的日本反战文学．社会科学战线 1989（2）

唐月梅．日本内向文学的新倾向．中国文化报 1989（8）

何少贤．日本纯文学"断流"意味着什么．文艺报 1989（9）

西　央．当代日本战争文学的特点．昆仑 1989（1）

平献明．日本当代现实主义文学问题．现代日本经济 1989（5）

郭洁敏．日本将迎来"文艺复兴"吗．环球文学 1989（5）

李德纯．论松本清张的创作与艺术．外国文学研究 1989（2）

萧　雨．鲜为人知的松本清张．公安论坛 1989（1）

高慧勤．漫谈日本的大众文学．文艺报 1989（1）

**四、东方总体文学研究**

高慧勤等．无限追求的东方文学．外国文学评论 1989（3）

# 1990 年

**一、印度及南亚、东南亚文学**

立　道．《薄伽梵歌》及其宗教思想的探析．贵州大学学报 1990（1）

黄宝生．印度戏剧的起源．外国文学评论 1990（2）

沈　尧．古典梵剧寻踪．中国戏剧 1990（8）

文良辰．试论《沙恭达罗》的抒情艺术．牡丹江师范学院学报 1990（3）

徐　坤．论印度"诗以言教"的诗歌传统（一）．南亚研究 1990（4）

刘曙雄．迦利布和乌尔都语近代文学．南亚研究 1990（1）

何乃英．泰戈尔论．外国文学 1990（1）

南　山．读泰戈尔诗一得．固原师范专科学校学报 1990（3）

杨俊才．成人童话：泰戈尔《新月集》评析．丽水师范专科学校学报 1990（10）

不　斋．泰戈尔短篇小说新论．外国文学研究 1990（2）

王晓丹．论普列姆昌德的文学观和创作实践．南亚研究 1990（3）

邓淑蓉．柬埔寨文学．国外文学 1990（1）

蔡师仁．萌芽时期的新马话剧创作．厦门大学学报 1990（4）

尹湘玲．浅析缅甸著名剧作家吴邦雅的《卖水郎》．教学研究 1990（1）

许友年．简论印尼土生华人马来语文学．暨南学报 1990（4）

梁立基．在"民族性"与"世界性"的争论中发展：略谈印度尼西亚的当代文学．文艺报 1990 年 12 月 1 日

## 二、中东各国文学

元文琪．帕拉维语和帕拉维文学初探．外国文学研究 1990（1）

李　琛．对传统的再发现与超越：埃及小说名家杰马勒·黑托尼．文艺报 1990 年 9 月 15 日

石　铁．阿尔及利亚知名作家赫亚莎．文艺报 1990 年 9 月 15 日

谢秩荣．论纳吉布·马哈福兹的《三部曲》．外国文学研究 1990（2）

赵建国．纳吉布·马哈福兹小说的现实主义．阿拉伯世界 1990（1）

杨耐冬．纳吉布·马哈福兹的稚情：1988 年的诺贝尔作品译介之一．当代作家 1990（1）

杨耐冬．纳吉布·马哈福兹的少年的伙伴：1988 年诺贝尔文学奖作品评介之二．当代作家 1990（4）

邱紫华．希伯来民族精神中的非悲剧性．外国文学研究 1990（2）

刘连祥．《圣经》伊甸园神话与母亲原型．外国文学评论 1990（1）

刘平炎．圣经文学的源流与原型（续）．宗教 1990（1）

胡大雷．《古兰经》美学观．文艺研究 1990（6）

马智雄．中世纪的文学之花：麦卡姆．阿拉伯世界 1990（3）

唐孟生．大时代与畸形儿：评《阿扎德的故事》主人公胡契．南亚研究 1990（2）

赵建国．《沙漠骑士安特拉》浅析．阿拉伯世界 1990（2）

伊　宏．阿拉伯文学复兴：从梦想到现实．文艺报 1990 年 10 月 13 日

陆培勇．阿拉伯文学的一朵奇葩．阿拉伯世界 1990（4）

关　偁．当代阿拉伯文学的新格局．世界文学 1990（4）

关　偁．崛起中的叙利亚．文艺报 1990 年 3 月 31 日

徐　新．阿格农及其佳作《大海深处》．当代外国文学 1990（2）

### 三、日本及东北亚各国文学

赵乐甡．好峰随处转，千山高复低：再谈日本"万叶学"动向．现代日本经济 1990（5）

赵乐甡．别载为体，不破天惊：日本"万叶学"的新动向．现代日本经济 1990（2）

王　蕴．从《源氏物语》看日本传统的自然审美观．上海师范大学学报 1990（1）

赵玉霞．《平家物语》与儒家思想．日语学习与研究 1990（2）

蓝泰凯．描绘时代本质的伟大民族画卷：简论长篇小说《平家物语》．贵阳师范专科学校学报 1990（2）

刘春英．日本纪行文学兴隆成因及其演变．外国问题研究 1990（1）

刘春英．日本平安朝日记文学的兴盛及其艺术成就．现代日本经济 1990（2）

刘春英．日本随笔文学论．日本研究 1990（2）

王向远．"物哀"与《源氏物语》的审美理想．日语学习与研究 1990（1）

王　勇．和歌格律探源．日语学习与研究 1990（3）

郑　强．孤独的抒情诗人：大伴家持．日语学习与研究 1990（3）

李　芒．俳句：短诗的万花筒．现代日本经济 1990（2）

唐月梅．日本启蒙文学思潮．日本问题 1990（5）

柴明俊．浅论日本明治维新的启蒙时期文学．现代日本经济 1990（5）

姜小凌．日本反战剧综述：从甲午战争到太平洋战争．中国戏剧 1990（10）

杨晓文．樋口一叶的悲剧性小说系统．日语学习与研究 1990（1）

黎跃进．论日本自然主义小说．衡阳师范专科学校学报 1990（4）

平献明．论日本近代现实主义文学．日本研究 1990（4）

何乃英．论夏目漱石创作的思想倾向．外国文学研究 1990（1）

西央等．个人爱情与世俗道德的冲突：评夏目漱石中期"三部曲"的思想倾向．辽宁师范专科学校学报 1990（2）

张　石．在"罪与丑"中提炼艺术力量：论芥川龙之介的小说《地狱图》的美学意义．外国问题研究 1990（1）

何乃英．《雪国》探究．日语学习与研究 1990（1）

沈洪泉．浅谈川端康成《古都》中的虚无思想和审美情调．宁夏大学学报 1990（3）

高鹏飞．《舞女》浅析．齐齐哈尔师范学院学报 1990（3）

朱宝荣．一曲工人运动的赞歌：《没有太阳的街》初析．龙岩师范专科学校学报 1990（1）

张春英．日本的推理小说．日本问题研究 1990（2）

平献明．略论日本无产阶级文学运动．日本研究 1990（1）

冯为群．日本对东北沦陷时期的文艺统治．社会科学战线 1990（2）

陈　泓．文学的沙漠是怎样形成的：战争时期日本文学管窥．日本研究 1990（3）

尚　侠．日本战后派文学与其主要作家．东北师范大学学报 1990（6）

李　征．文学的断层与再生：转型时期的日本文学扫描．世界文学 1990（2）

李均洋．日本七八十年代文学思潮评价．西北大学学报 1990（4）

刘春英．近十年日本文学概观．社会科学战线 1990（3）

梅　野．日本知名作家在 1989 年．文艺争鸣 1990（2）

张　玲．日本大众文学的发展与变迁．辽宁大学学报 1990（1）

梅野、一鸥．文学变容的缩影：日本当代文学批评概观．文艺争鸣 1990（4）

张　伟．野间宏小说的现代意义．外国问题研究 1990（3）

罗公元．切骨的艺术感召力：评日本当代著名作家水上勉的《一个北国女人的故事》．外国文学研究 1990（3）

刘桂瑶．惊世骇俗的"文学"：读坂口安吾《堕落论》札记．现代日本经济 1990（2）

孟庆枢．赤川次郎和他的推理小说．外国问题研究 1990（2）

李长声．吉川英治的《三国志》．读书 1990（9）

董晋骞．评时任谦作的悲剧命运．日本研究 1990（1）

兰　明．"中间者"：是境界也是方法：大冈信其人其文及其他．世界文学 1990（1）

陈喜儒．月洋亭记：访日本作家城山三郎．译林 1990（2）

李　芒．论反战俳句诗人山头火．外国文学研究 1990（4）

刘德有．山头火与自由律俳句．日语学习与研究 1990（3）

李　瑛．一个人的世界：论山头火并佳句选择．文艺报 1990 年 9 月 15 日

尚侠等．大冈文学对话录．外国问题研究 1990（1）

丛　文．大冈文学与宗教文化．外国问题研究 1990（2）

刘涤尘．源氏鸡太的创作思想及其风格．山西大学学报 1990（1）

肖　诚．天堂乎？地狱乎？读日本小说《异国刺客》．群众 1990（12）

周晓燕．向世界展现日本文学之美．真善美 1990（3）

陈　泓．筚路蓝缕、艰难前行．日本研究 1990（2）

林　林．攀登山巅路：东山魁夷《探索日本的美》读后．文艺报 1990 年 9 月 29 日

李　野．从朝鲜文学对中国传奇的接受试论文学的接受系统．绥化师范专科学校学报 1990（2）

黄拔荆．试论中国豪放派词风对朝鲜词人李齐贤的影响．外国文学 1990（2）

栾文海．朝鲜传统民间故事的思想价值及其教化功能．黑龙江民族丛刊 1990（2）

**四、东方总体文学研究**

何乃英．东方文学与宗教关系初探．天津教育学院学报 1990（3）


## 1991 年

### 一、印度及南亚、东南亚文学

薛克翘．谈印度神话的分类：读《人类学入门》的一点体会．南亚研究 1991（2）

何乃英．印度神话特点刍议．南亚研究 1991（2）

曲历川．印度圣母悉多形象中的文化信息．外国文学研究 1991（1）

李　南．试论阎摩的源与流．南亚研究 1991（2）

何乃英．论《沙恭达罗》的艺术构思：史诗插话与戏剧剧本异同之比较．南亚研究 1991（1）

姜小凌．一首水乳交融的优美诗：论迦梨陀娑及其诗剧《沙恭达罗》的"情境"美．电视与戏剧 1991（1）

陈　融．试论印度古代文化中的"味"．江西师范大学学报 1991（3）

徐　坤．论印度"诗以言教"的诗歌传统（二）．南亚研究 1991（3）

何乃英．泰戈尔文学观初探．宁夏大学学报 1991（1）

何乃英．泰戈尔诗作新论．北京师范大学学报 1991（4）

侯传文．论泰戈尔的人格追求．南亚研究 1991（2）

王　燕．《吉檀迦利》与印度传统宗教哲学的精神同一．南亚研究 1991（2）

杨美宇．《吉檀迦利》艺术特色初探．黑龙江教育学院学报 1991（3）

贲立人．甜美忧伤的相思：泰戈尔《我的情人的消息》赏析．语文月刊 1991（5）

岳　生．说《戈拉》．四川师范大学学报 1991（5）

甘丽娟．从泰戈尔小说创作看妇女观的衍变．语文函授 1991（5）

吴　岩．望霞听雨札记：泰戈尔的一部分诗篇．读书 1991（7）

徐步青．泰戈尔逝世 50 周年纪念举行．人民日报 1991 年 8 月 8 日

孙菊兰．论鲁斯瓦的《名妓》．南亚研究 1991（1）

刘曙雄．印度进步文学运动中的乌尔都语文学．国外文学 1991（3）

刘曙雄．印度进步文学运动及其意义．南亚研究 1991（4）

元文琪．帝王传奇中的神权观念：巴列维语名作《阿尔达希尔·帕帕克的业绩》主题探讨．国外文学 1991（1）

栾文华．情到切时总是诗：记泰国著名诗人瑙瓦拉·蓬柏本先生．世界文学 1991（2）

李修章．读越南诗人阮攸《北行杂录》有感．东南亚研究 1991（1）

祁广谋．越南陈朝汉文诗小议．解放军外国语学院学报 1991（2）

木　岚．浅论古代越南妇女与文学．解放军外国语学院学报 1991（4）

陈继章．越南当代桂冠诗人素友．解放军外国语学院学报 1991（6）

吕士清．从越文特点谈译诗．国际广播 1991（6）

## 二、中东各国文学

刘平炎．圣经文学的源流及原型（续完）．宗教 1991（1）

凌继尧．犹太文学片论：兼评《中国大百科全书·外国文学》有关条目．南京大学学报 1991（1）

乔丽媛．《鲁斯塔姆和苏赫拉布》悲剧精神浅析．国外文学 1991（1）

卢　娅．内扎米爱情诗歌管窥．国外文学 1991（1）

陈　融．欧玛尔·海亚姆在中古波斯文学上的地位．国外文学 1991（1）

曲历川．论《果园》的主题思想．国外文学 1991（1）

张　晖．论萨迪及其《果园》．外国文学研究 1991（1）

张朝柯．《果园》和《蔷薇园》中萨迪的诗歌主张．国外文学 1991（1）

何乃英．深邃隽永，新颖别致：《蔷薇园》思想艺术简论．国外文学 1991（1）

李　湘．试论菲尔多西《王书》中四个年轻主人公的悲剧．国外文学 1991（1）

晓　明．沙特阿拉伯文学发展现状．中国青年报 1991 年 7 月 14 日

希　达．第三次阿拉伯文学讨论会综述．文艺报 1991 年 12 月 28 日

梁今如．《一千零一夜》的音乐史料价值．青海师范大学学报 1991（2）

王向远．《一千零一夜》与阿拉伯民族精神．宁夏大学学报 1991（2）

陆培勇．阿拉伯文苑的一朵奇葩（续）．阿拉伯世界 1991（1）

米双全．阿拉伯民族之魂：评纳吉布·马哈福兹的创作．锦州师范学院学报 1991（1）

杨耐冬．从《开罗三部曲》到镜子：1988 年诺贝尔文学奖作品译介之三．当代作家 1991（2）

赵建国．理想世界和人生真谛的探索：纳吉布·马哈福兹小说《平民史诗》初探．阿拉伯世界 1991（1）

王雨海．深沉的社会思考、执著的艺术探求：论马哈福兹的创作轨迹．信阳师范学院学报 1991（2）

赵建国．爱情、女性、重大事件：优素夫·西巴伊的小说创作．阿拉伯世界 1991（3）

伊　宏．东方赠给西方的一份佳礼：纪伯伦的文学和绘画艺术．文艺报 1991 年 12 月 28 日

## 三、日本及东北亚各国文学

赵乐牲．大伴旅人·筑紫歌坛及其他．外国文学评论 1991（3）

吕　莉．从《万叶集》看日本文学的形成．日本学刊 1991（3）

王继杰．读山上忆良的《贫穷问答歌》．现代日本经济 1991（5）

林少华．《古今和歌集》中的自然．外国文学评论 1991（2）

孙维才．日本古典诗歌中的"比兴"．外国问题研究 1991（2）

余志兰．"宇治十帖"创作意图初探．殷都学刊 1991（2）

苏琼华．日本古典文学名著：《源氏物语》浅谈．保山师范专科学校学报 1991（3）

肖瑞峰．日本诗坛轶闻录：兼议日本汉诗的历史地位．古典文学知识 1991（3）

孙德高．论《枕草子》中的"谐趣"．现代日本经济 1991（5）

王若茜．论藤原定家《每月抄》中"有心"理想的形成．现代日本经济 1991（2）

许昌福．巧妙的构思，精湛的笔法：《雁》的写作技巧管见．现代日本经济

1991（2）

黎跃进. 德田秋声和他的自然主义作品. 衡阳师范专科学校学报 1991（1）

刘桂瑶. 论芥川龙之介《地狱变》的悲剧意识. 现代日本经济 1991（5）

钟志清. 简论东西文明撞击中的日本近代文学. 浙江师范大学学报 1991（2）

于洪笙. 日本侦探小说之父江户川乱步：日本推理小说漫谈之三. 人民公安报 1991 年 3 月 19 日

雷石榆. 三十年代日本普罗文学运动与诗人新井彻. 日本问题研究 1991（4）

杨晓文. 盘马弯弓惜不发：横光利一的《春天乘着马车来》赏析. 日语学习与研究 1991（1）

张　石. 川端康成美意识与东方思想. 外国问题研究 1991（1）

张　石. 死之美的东方性：谈川端康成创作的一个美学特征. 外国问题研究 1991（3）

张　石. 佛界易入，魔界难进：川端康成晚年代表作《睡美人》. 读书 1991（8）

乌拉乐. 略论川端康成及其《雪国》. 国外文学 1991（4）

赵沛林.《雪国》人物形象刍议. 现代日本经济 1991（5）

陈德文. 肩负时代使命的作家：试论野间宏的创作. 当代外国文学 1991（1）

张　伟. 野间宏·亲鸾·现代文明. 外国问题研究 1991（1）

华炎卿. 论《没有太阳的街》的历史价值和现实主义. 广西师范学院学报 1991（1）

兰　竹. 日本民歌歌词鉴赏. 词刊 1991（1）

叶渭渠. 空幻的理想与不安的现实：论日本理想主义和新现实主义文学思潮. 日本学刊 1991（1）

叶渭渠、唐月梅. 野间宏，我们崇敬的人：悼念野间宏先生. 文艺报 1991 年 3 月 23 日

唐月梅. 美的创造与幻灭：论日本唯美主义文学思潮. 外国文学评论 1991（1）

唐月梅. 从美的困惑到危险的美与恶：论三岛由纪夫的审美意识. 世界文学 1991（1）

张文举. 必须烧毁金阁：试析《金阁寺》的深层象征意义. 庆阳师范专科学校学报 1991（1）

王向远. 三岛由纪夫小说中的变态心理及其根源. 北京师范大学学报 1991（4）

马　林. 金阁之光：评三岛由纪夫的《金阁寺》. 文论月刊 1991（4）

李　芒．三岛由纪夫的《春雪》．解放军外国语学院学报 1991（6）

刘立善．日本农民文学的纪念碑：《土》．日本研究 1991（1）

林　岚．大笑后的沉思：谈简井康隆的短篇集《心狸学·社怪学》．外国问题研究 1991（1）

靳明全．论森村诚一推理小说的人性表现．贵州大学学报 1991（1）

平献明．战后日本的中间小说与井上靖．日本研究 1991（2）

高振锋．对井上靖《孔子》的引文与译文的商榷．东北师范大学学报 1991（3）

李德纯．井上靖的中国历史小说．人民日报 1991 年 6 月 15 日

张　泓．"作为人"的忧郁：高桥和己的文学及其周边．日本研究 1991（3）

刘立善．略论"第三新人"文学．日本研究 1991（3）

平献明．论战后日本新戏作派文学．日本研究 1991（3）

西　央．日本私小说论．辽宁商业专科学校学报 1991（4）

刘湛秋．痛苦地体验生命的诱惑．读书 1991（4）

严　霞．日本时代小说被女性垄断．新时代文化报 1991 年 3 月 5 日

唐月梅．日本无产阶级文学理论的形成及发展．日本学刊 1991（5）

尚　侠．日本 90 年代文坛鸟瞰．文艺报 1991 年 6 月 1 日

文洁若．松本清张和社会派推理小说．文艺报 1991 年 6 月 1 日

朱自强．战后日本儿童文学的变革．东北师范大学学报 1991（6）

阿　炜．描绘心中的彩虹：记日本著名作家山崎丰子和她的新著．人民政协报 1991 年 7 月 23 日

冯亦代．飘泊的幽灵：小泉八云．读书 1991（8）

李长声．乌头草、推理小说与模仿的社会学：《奥州小路杀人行》．读书 1991（11）

常海青．论西乡信纲的文艺观：《日本文学史》读后．现代日本经济 1991（2）

杨乃晨．《春香传》是一枝传播与发展中国文化的娇艳之花．东疆学刊 1991（1）

余一光．晚年晚明之间应居一席：朝鲜诗人李德懋．延边大学学报 1991（2）

罗忼烈．高丽、朝鲜词说略．文学评论 1991（3）

柳京学．朝鲜"汉文学"琐谈．解放军外国语学院学报 1991（1）

甘章贞．《故乡》主题和它的乡土色彩．延边大学学报 1991（1）

朴忠禄．佛教文化对朝鲜诗歌文学的影响．延边大学学报 1991（4）

金贞义．评朝鲜进步作家韩龙云及其长篇小说《黑风》．学术研究丛刊 1991（4）

### 四、东方总体文学研究

微　君．将眼光转向东方文学：评《新东方文史》：兼谈对文学史著作的要求．文艺报 1991 年 3 月 9 日

岳　生．东方文学教学管见：兼评《新东方文史》．广西民族学院学报 1991（4）

李　江．大胆地开拓，历史的超越：评《新东方文史》．社会科学家 1991（6）

傅加令．古老的东方重放光彩：试评东方获诺贝尔文学奖的四位作家．九江师范专科学校学报 1991（1）

# 1992 年

## 一、印度及南亚、东南亚文学

张培勇．印度神话的思维形态．社会科学家 1992（6）

曲历川．梵语文学理论与印度教．外国文学研究 1992（3）

张培勇．谈莎维德丽与阎摩对话的逻辑艺术：兼评莎维德丽形象特征．外国文学研究 1992（4）

周志宽．试论印度民族主义诗歌的产生及其审美特征．南亚研究 1992（1）

巫白慧．泰戈尔的预见及其对当代的影响：巫白慧教授参加泰戈尔逝世 50 周年国际学术讨论会的学术观感．齐齐哈尔师范学院学报 1992（1）

余祥基．泰戈尔的艺术生涯．艺术世界 1992（2）

刘炎生．（添加：评）泰戈尔提倡复活"东方文化"及其反响．江西社会科学 1992（2）

李咏吟．自然与泰戈尔诗歌的爱情旋律．绍兴师范专科学校学报 1992（3）

牛宏华．《吉檀迦利》符码破译．外国文学研究 1992（3）

徐　坤．泰戈尔诗歌中的原型．南亚研究 1992（4）

王　镛．诗人泰戈尔：印度现代绘画的先驱．名作欣赏 1992（5）

陈　榕．论泰戈尔的短篇小说《弃绝》．天水学刊 1992（4）

胡杏天．钱达尔短篇小说艺术浅谈．南亚研究 1992（2）

殷　同．当前印度文学评论界关注的热点．外国文学评论 1992（3）

栾文华．泰国作家的读者意识．文艺报 1992 年 4 月 11 日

陈贤茂．新马短篇小说创作的发展．湖南师范学院学报 1992（4）

李　翔．越南文学评论现状．外国文学评论 1992（4）

钟逢义．论越南李朝禅诗．国外文学 1992（3）

杨振昆．高扬爱国主义精神的旋律：缅甸当代著名诗人吴梭纽诗歌读后．边疆文学 1992（7）

陈贤茂．新加坡、马来西亚散文掠影．唐山师专、唐山教育学院学报 1992（2）

## 二、中东各国文学

杨　雁．文明古国的戏剧复兴：埃及现代戏剧述评．世界文学 1992（11）

程静芬．尼罗河畔的奇葩：现代欧洲戏剧巨匠陶菲格·哈基姆的象征主义戏剧．文艺报 1992 年 2 月 29 日

程静芬．陶菲格·哈基姆：从现实主义到象征主义．外国文学评论 1992（2）

张佑周．评纳吉布长篇小说《两宫之间》．龙岩师范专科学校学报 1992（1）

王雨海．评纳吉布·马哈福兹的短篇小说的创作．信阳师范学院学报 1992（4）

侯传文．《米拉马尔公寓》与东方现代主义．青岛大学学报 1992（4）

陈　融．论"三条街"中的性爱描写．国外文学 1992（3）

刘洪一．犹太文学的阈限界定：兼论非族语犹太文学的意象化品性．文艺理论研究 1992（6）

徐　新．现代希伯来文学一瞥．外国文学评论 1992（2）

徐　新．现代希伯来文学论述．当代外国文学 1992（3）

马瑞瑜．独具异彩的阿拉伯古代文艺理论．阿拉伯世界 1992（3）

钟　驿．闯出中国研究阿拉伯文学的路：在第三届全国阿拉伯文学研讨会上的发言．阿拉伯世界 1992（2）

朱　凯．独具特色的阿拉伯文学．世界知识 1992（2）

袁义芬．浅析《日子》的语言结构．阿拉伯世界 1992（2）

周顺贤．阿拉伯自由诗的产生．阿拉伯世界 1992（3）

解传文．阿拉伯文学与中东巨变．淮阴教育学院学报 1992（1）

文　华．情与诗的观照：读中篇小说《弃婴》札记．阿拉伯世界 1992（4）

## 三、日本及东北亚各国文学

朱　凯．纪伯伦和他的散文诗．外国文学 1992（3）

陶　力．哀歌一曲，悲金悼玉：《源氏物语》为谁而作．国外文学 1992（1）

罗应先．《源氏物语》初探．国外文学 1992（1）

白　杨．现实的目光，理想的幻觉：重读紫式部的《源氏物语》．吉林师范学院学报 1992（3）

何乃英．日本汉诗变迁概说．扬州师范学院学报 1992（4）

林　岫．日本古代汉诗初探．学术交流 1992（2）

高文汉．日本古代汉文学．文史哲 1992（5）

赵乐甡．诗有漂流远处新：日本汉语诗述略．文艺争鸣 1992（4）

王若茜．从《每月抄》的"有心"理论看日本传统文化的审美特征．吉林大学社会科学学报 1992（6）

杨知秋．明初日本僧人旅滇诗．云南文史丛刊 1992（3）

李莜平．试谈夏目漱石小说《从此之后》中的儒家思想．吉林师范学院学报 1992（3）

管三元．殊途风雨共泥泞：浅论"大逆事件"前后石川啄木和夏目漱石的文学创作．承德师范专科学校学报 1992（2）

刘立善．托尔斯泰影响下的日本白桦派．日本研究 1992（3）

王　符．论志贺直哉的《在城崎》与心境小说在日本文学中的地位．暨南学报 1992（1）

何乃英．日本佛教文学研究概观．世界宗教研究 1992（1）

何乃英．论日本战后派文学及其代表作家．衡阳师范专科学校学报 1992（1）

何乃英．论日本无赖派文学．国外文学 1992（1）

方志华．谷崎润一郎作品的女性美．牡丹江师范学院学报 1992（4）

宋延平．《伊豆的舞女》：小说、电影比较论．东疆学刊 1992（2）

高慧勤．川端康成："感觉即表现"．外国文学评论 1992（1）

李均洋．《雪国》主题新论．外国文学评论 1992（1）

谢建明．川端康成：女性美和爱的旋律．淮阴师范专科学校学报 1992（4）

张　石．《伊豆舞女》论．外国问题研究 1992（1）

张　石．美与生命的冲突：评三岛由纪夫著《金阁寺》．读书 1992（3）

金　中．论石川达三．山东大学学报 1992（3）

刘士林．返归童贞：东山魁夷散文的美学思想初探．郑州大学学报 1992（4）

汪　政．读《东山魁夷》．文学自由谈 1992（1）

李德纯．情节的推理与人生的揭示：介绍已故日本作家松本清张．人民日报 1992 年 10 月 7 日

刘峰晋．关于井上靖的历史小说《敦煌》．成都师范专科学校学报 1992（2）

黄侯兴．凝结着鲜血的革命友谊：读尾崎秀树《三十年代上海》．鲁迅研究月刊 1992（11）

常海青．试论芥川奖的倾向性．外国问题研究 1992（1）

柳洪裕．母亲怀里没有冬天：谈日本龟田升诗歌的艺术风格．词刊 1992（2）

林少华．村上春树与"《挪威的森林》现象"：村上春树作品散论．当代文坛 1992（2）

杨　伟．论日本二十世纪"家庭小说"的演变．四川外国语学院学报 1992（2）

李　芒．子规清韵绕长城：当代俳句家赤松惠子作品管窥．外国文学评论 1992（2）

李先瑞．浅浅战后日本"第三新人"．解放军外国语学院学报 1992（3）

刘宝霞．从日本语言文学透视日本的开放型文化．日本研究 1992（3）

汪正球．优美的与忧伤的：评介吉本芭娜娜的小说．译林 1992（3）

戴文荷．中日友好之桥：读武田胜彦的《桥》．人民日报 1992 年 10 月 6 日

李　芒．芳园又矗一青松：论松木澄江的俳句创作．日本研究 1992（3）

叶渭渠．日本艺术美的主要形态．日本学刊 1992（5）

许金龙．日本"国际化小说"及种种议论．文艺报 1992 年 6 月 20 日

晓　风．小川洋子：日本文坛新星．中国文化报 1992 年 7 月 5 日

陈德文．春夜的怀思：漫评宫本辉．当代外国文学 1992（3）

陈　弢、陈敏．心灵的讴歌：读《中国大河之旅》．日本研究 1992（1）

田　川、邓兴器．构筑历史的真实，营造永久的真诚：日本音乐剧《李香兰》评析．剧本 1992（9）

孙自俊．以历史的眼光审视现实：访日本神户大学文学部部长谷川善计教授．社会 1992（1）

刘凤琴．朝鲜三国和新罗时期的汉字文学．解放军外国语学院学报 1992（5）

韦旭昇．历史发展与文化交流的交叉：关于朝鲜"军谈小说"．北京大学学报 1992（5）

崔雄权．现代朝鲜"卡普"文学的历史轨迹．延边大学学报 1992（1）

### 四、东方总体文学研究

黎跃进．古老东方的文学记录：上古东方文学概观．宁波大学学报 1992（1）

黎跃进．诺贝尔文学奖的东方得主．衡阳师范专科学校学报 1992（5）

何乃英．论东方文学的特征．河北大学学报 1992（3）

谢柏梁．上古东方悲剧雏形．戏剧艺术 1992（3）

# 1993 年

### 一、印度及南亚、东南亚文学

卢铁澎．悲伤与诗：论《罗摩衍那》的艺术美意识．南亚研究 1993（1）

陈生永．美与善的化身，刚与柔的典型：沙恭达罗形象浅析．韶关大学学报 1993（1）

何乃英．论泰戈尔的散文诗．南亚研究 1993（1）

侯传文．论泰戈尔的儿童文学创作．外国文学评论 1993（1）

管三元．神的灵性、诗人的感念、现实的折光：《吉檀迦利》思想内容浅析．河北大学学报 1993（1）

崔岩历．泰戈尔纪念庆典一瞥．外国文学动态 1993（4）

章无忌．一篇引人入胜的诗意小说：泰戈尔《摩柯摩耶》赏析．沈阳师范学院学报 1993（3）

邹节成．浅析泰戈尔戏剧的人道主义思想．吉安师范专科学校学报 1993（4）

石海峻．印度 20 世纪文学的脉络和特质．南亚研究 1993（1）

涂江莉．印度民间传说与古典戏曲在国家发展中的作用：一种传播学的分析．汕头大学学报 1993（1）

英　光．轰动世界文坛的《如意郎君》．光明日报 1993 年 5 月 15 日

邹海仑．印度文坛新人维克拉姆·赛恩．外国文学动态 1993（5）

邹海仑．一位"巨人"正在站起．文艺报 1993 年 7 月 10 日

陈风雨．维克拉姆和他的《如意郎君》．光明日报 1993 年 9 月 18 日

王　镛．印度现代艺术的先驱．文艺研究 1993（5）

程惠勤．与印度作家安纳德的对话．外国文学动态 1993（7）

杨晓莲．谈《金云翘传》的传承及主题思想．四川师范大学学报 1993（2）

王汉南．越南现代文学概述．三月三 1993（2）

李修章．越南革新文艺讨论综述．东南亚研究 1993（3）

李修章．越南"革新文学"的出现和发展．东南亚研究 1993（5/6）

李修章．战争、困惑、革新：越南"革新文学"一瞥．文艺报 1993 年 9 月 4 日

李　翔．越南 1992 年的散文和诗歌．外国文学动态 1993（8）

罗长山．越南古代女诗人胡春香和她的诗．东南亚纵横 1993（4）

于在照．越南光顺、洪德年间的汉语持评析．解放军外国语学院学报 1993（2）

## 二、中东各国文学

郅溥浩．在艰难中崛起、创新：记埃及 60 年代作家群及他们的近期创作．文艺报 1993 年 9 月 18 日

李　琛．埃及的土语诗．外国文学动态 1993（8）

梁　工．古犹太文学如是说．外国文学研究 1993（1）

齐揆一，齐晓松．《圣经》中启示文学的典型：谈《新约·启示录》的形成及其象征手法的运用．齐齐哈尔师范学院学报 1993（2）

刘洪一．犹太文学的阈限界定：兼论非族语犹太文学的意象化品性．国外文学 1993（2）

徐　新．以色列文学四十年．当代外国文学 1993（4）

傅　浩．他的语调永远令人难忘：记以色列诗人耶胡达·阿米亥．文艺报 1993 年 8 月 21 日

王　燕．《列王记》神话探奥．铁道师范学院学报 1993（3）

王　锋．伊朗杰出的穆斯林诗人萨迪和他的《蔷薇园》．宁夏大学学报 1993（2）

乔丽媛．从欧玛尔·海亚姆的哲理诗看波斯文学中人文主义思想的萌芽．外国文学研究 1993（3）

王向远．美色、美酒与波斯古典诗歌．国外文学 1993（3）

曲力川．尼扎米悲剧初探．四川师范大学学报 1993（1）

叶继宗．战胜黑暗的人：塔哈·侯赛因及《日子》．孝感师范专科学校学报 1993（1）

戴晓琦．略论阿拉伯蒙昧时期的诗歌．宁夏大学学报 1993（2）

郅溥浩．译事悠悠续千载：阿拉伯文学译介．中国翻译 1993（6）

郅溥浩. 译事悠悠续千载：阿拉伯世界 1993（1）

马瑞瑜. 阿拉伯比较文学的重要著作：介绍希拉勒的《比较文学》. 阿拉伯世界 1993（2）

良　言. 阿拉伯文坛的一次危机：巴勒斯坦著名文学家艾米勒·哈比尼获以色列文学创作奖. 阿拉伯世界 1993（2）

程静芬. 近代阿拉伯妇女文学. 阿拉伯世界 1993（4）

程静芬. 阿拉伯女作家谈人生和文学. 外国文学动态 1993（8）

李玉侠. 阿拉伯戏剧一瞥. 文艺报 1993 年 12 月 11 日

周文巨. 杂谈伊哈桑·阿卜杜·库杜斯的《蝙蝠窝》. 阿拉伯世界 1993（2）

文　华. 伊斯兰黎明时期的诗人与诗歌. 阿拉伯世界 1993（3）

周顺贤. 现代苏丹小说的诞生及发展. 阿拉伯世界 1993（3）

周顺贤. 苏丹现代诗歌. 阿拉伯世界 1993（2）

李唯中. 东方送给西方的鲜花：纪伯伦的散文作品. 对外经济贸易大学学报 1993（1）

仲跻昆. 爱挖苦人的诗人：伊本·鲁米. 阿拉伯世界 1993（4）

### 三、日本及东北亚各国文学

陈东生.《古事记》漫谈. 解放军外国语学院学报 1993（5）

蓝德凯.《竹取物语》：日本物语文学的鼻祖. 贵州师范专科学校学报 1993（1）

蓝德凯. 日本和歌物语的先驱：《伊势物语》. 贵州师范专科学校学报 1993（4）

张龙妹. 试论《源氏物语》的主题. 日语学习与研究 1993（2）

刘　铁. 源氏形象的情感特征. 辽宁大学学报 1993（6）

李　莹. 紫式部及其《源氏物语》. 西北师范大学学报 1993（4）

陈东生. 吉田兼好与《徒然草》. 日语学习与研究 1993（4）

阿　占. 俳句纵横谈. 绥化师范专科学校学报 1993（3）

张福深. 漫谈日本汉诗. 辽宁教育学院学报 1993（2）

徐一平. "川柳"二十首赏析. 日语学习与研究 1993（4）

蓝德凯. 上田秋成和他的《雨月物语》. 贵阳师范专科学校学报 1993（2）

王晓平. 仿构与翻新：江户时代翻案的话本小说十三篇. 明清小说研究 1993（3）

麦永雄. 试论漱石文学的特质. 暨南学报 1993（1）

高鹏飞.日本的批判现实主义大师:试论夏目漱石的文学创作与文明批评.外语学刊 1993(5)

高　宁.试评《舞姬》的主题思想与人物塑造:从文学批评的历史把握谈起.南开学报 1993(5)

覃道炳.寓真实于虚幻之中:寓言小说《水虎》研究.湖南教育学院学报 1993(1)

朱新华.从心理描写看《罗生门》.当代外国文学 1993(4)

方　斐.略谈太平洋战争时期的日本文学.外国问题研究 1993(4)

平献明.日本侵华战争中的文学.日本研究 1993(4)

李均洋.日本战后文学的走向.西北大学学报 1993(3)

水丑木.用文字点染的大自然画册:读德富芦花散文集《自然与人生》.中国文化报 1993 年 7 月 7 日

林　岚.樋口一叶与《大年夜》.东北师范大学学报 1993(4)

竺家荣.论志贺直哉的创作道路.国际关系学院学报 1993(4)

刘立善.邂逅梅特林克后的志贺直域.日本研究 1993(1)

刘立善.试武者小路的文学及其"新村".日本研究 1993(6)

周秀丽.论国木田独步和他的短篇小说.国际关系学院学报 1993(2)

陈德文.谷崎笔下的女性世界:《细雪》人物论.当代外国文学 1993(1)

刘锋晋.关于井上靖的历史小说《敦煌》.成都师范专科学校学报 1993(1)

陈嘉冠.评《井上靖随笔全集》.渤海学刊 1993(3)

王　静.美的追求、美的呼唤:《伊豆的舞女》与川端康成的早期创作.合肥教育学院学报 1993(1)

曹　丹.在哀愁与解脱中创造美:评川端康成的小说《伊豆的舞女》.驻马店师范专科学校学报 1993(2)

白照芹、靳润林.展现日本民间风情的优美画卷:论川端康成的小说.山西师范大学学报 1993(2)

陈华香.川端康成和他的作品.渝州大学学报 1993(2)

刘白羽.川端康成的不灭之美.世界文学 1993(3)

杨瑞仁."美在距离"的心理体验:驹子、叶子与岛村的审美心态.唐都学刊 1993(3)

吴永恒.在"魔界"中表现真与美:《千羽鹤》初探.外国文学研究 1993(1)

张　石．论川端康成《禽兽》的奏鸣曲结构．外国文学评论 1993（4）

李均洋．论川端康成的战后代表作．日本问题资料 1993（11）

叶渭渠．川端文学研究的几点思考．日本学刊 1993（4）

叶渭渠．"三岛由纪夫热"的再思考．文艺报 1993 年 9 月 4 日

李弘慧．对侵略战争的诅咒：评里村欣三及其《旅顺》．日本研究 1993（1）

李弘慧．从"芜顺"到"齐齐哈尔"：评黑岛传治及其两篇反战小说．日本研究 1993（3）

雷石榆．为了未来，不要忘却：石川逸子的诗歌．日本问题研究 1993（1）

何乃英．日本作家自杀现象剖析．辽宁教育学院学报 1993（2）

李德纯．在命运的背悖与冲突中挖掘人生：论石川达三和山崎丰子的创作．外国文学评论 1993（3）

李德纯．论日本战后派．解放军外国语学院学报 1993（6）

孙树林．大江健三郎及其早期作品．日语研究与学习 1993（2）

赵小柏．日本部落问题小说．外国问题研究 1993（2）

曲　维．高杉良及其"经济小说"．日语学习与研究 1993（4）

邹建军．冷峻怪诞、底蕴深厚：评栗原小荻的抒情诗．当代文坛 1993（4）

魏大海．"私小说"定义与"自我"问题．外国文学动态 1993（3）

兹　心．日本通俗文学杂志的现状．译林 1993（3）

刘　洪．试论三浦哲郎及其"私小说"创作．当代外国文学 1993（3）

熊泽民．寻找精神家园的心灵路程：吉本芭娜娜的小说浅析．厦门大学学报 1993（3）

吕　莉．评古说今，东瀛论爱：记"爱在日本艺术中的表现"国际学术研讨会．日本学刊 1993（3）

叶　琳．井伏鳟二和他的《山椒鱼》．当代外国文学 1993（4）

陈喜儒．黑井千次的微笑．译林 1993（4）

罗兴典．借八面来风，创扶桑诗韵：论日本现代诗歌流派的形成和发展．外语与外语教学 1993（4）

西　央．日本现代主义文学流派述评．北京师范大学学报 1993（5）

李德纯．开拓者：异化与荒诞的涌动：献给安部公房的安魂曲．世界文学 1993（5）

徐　冰．试论日本小说与日本文化的个性化．日本学刊 1993（5）

唐月梅．享誉日本文坛的才女：曾野绫子．文艺报 1993 年 5 月 29 日

郑逸文．开垦处女地：大冈信的诗．读书 1993（11）

尚　侠．忆大冈升平．文艺报 1993 年 6 月 12 日

孙　歌．第三种文学：从日本的向田邦子说起．读书 1993（6）

刘立善．岛木健作眼中的"满洲"．日本研究 1993（4）

魏大海．村上春树及其"告白"．外国文学动态 1993（6）

孙树林．从 1992 年日本最新文学用语看当今日本文坛．日本学刊 1993（3）

孙树林．从 93 年日本最新文学用语看当今日本文坛．外国文学评论 1993（4）

任晓丽．试论朝鲜时调的产生．解放军外国语学院学报 1993（1）

李　岩．《九云梦》的佛教倾向．中央民族学院学报 1993（2）

李　炬．李齐贤和他的汉文诗．解放军外国语学院学报 1993（2）

金锦子．朱蒙传说初探．民间文学研究 1993（2）

玉　弩．论朝鲜诗人李奎报的《开元天宝咏史诗》．东疆学刊 1993（4）

**四、东方总体文学研究**

文　淑．《新东方文学史》评介．外国文学研究 1993（2）

余嘉川．虚幻思维对诗性思维的催化：试论东方原始宗教与艺术审美的关系．华中师范大学学报 1993（1）

# 1994 年

## 一、印度及南亚、东南亚文学

蒋登科．智者与哲人的生命之流：论泰戈尔的散文诗．东方丛刊 1994（1）

蒋登科．泛神论与泰戈尔散文诗的生命探索．西南师范大学学报 1994（4）

杨　沐．泰戈尔诗的哲理意蕴．贵州师范大学学报 1994（1）

邹节成．点点流萤、熠熠生辉：试评泰戈尔《流萤集》．吉安师范专科学校学报 1994（5）

李建欣．戛戛独造、金针度人：评《泰戈尔诗歌的意象》．中国图书评论 1994（1）

孟昭毅．泰戈尔与比较文学．南亚研究 1994（1）

石秀峰．泰戈尔对自然的情感态度略说．文科教学 1994（2）

王　燕．泰戈尔抒情诗窥微．铁道师院学报 1994（3）

刘　建．泰戈尔短篇小说中的抒情风格．南亚研究 1994（4）

钱　琪．泰戈尔短篇小说特色浅说．丹东师范专科学校学报 1994（4）

魏善浩．《吉檀迦利》：印度返朴归真的新神话．南亚研究 1994（3）

李　翔．越南作家、翻译家陶武．文艺报 1994 年 1 月 29 日

李　翔．胡志明《狱中日记》起风波．外国文学动态 1994（2）

余富兆．试论越南 80 年代的小说．解放军外国语学院学报 1994（1）

游明谦．评越南古典名著《金云翘传》．东方丛刊 1994（3—4）

凌　彰．新加坡文坛的微型小说热．外国文学动态 1994（4）

王振科．从现实主义到现代主义：新马现代主义文学扫描．海南师范学院学报 1994（3）

### 二、中东各国文学

郅溥浩．情感的失落，性的困惑：埃及当代女性文学一瞥．文艺报 1994 年 5 月 28 日

郅溥浩．一部近七十年来争论不已的作品：塔哈·侯赛因《论蒙昧时期诗歌》．外国文学动态 1994（3）

文　华．古朴的民族风情，炽烈的淡漠情怀：读《利比亚现代短篇小说选记》．阿拉伯世界 1994（1）

张奎武．一个神化了的艺术形象：试析《圣经》里的耶稣．东北师范大学学报 1994（4）

阎根兴．热情与幻想的结晶：希伯来先知文学简论．上海师范大学学报 1994（4）

朱韵彬．耶利米《哀歌》的哲理情趣．殷都学刊 1994（3）

朱韵彬．论希腊化时期希伯来之诗歌创作．宝鸡文理学院学报 1994（4）

郭静如．述说三位犹太文学"经典大师"．九江师范专科学校学报 1994（3—4）

孙大公．浅议基督教《圣经》对西方文学的影响．丽水师范专科学校学报 1994（4）

于维雅．当代希伯来诗歌概论．国外文学 1994（3）

高秋福．"一个天生的叛逆者"：访以色列作家阿莫斯·奥兹．世界文学 1994（6）

何文林．莫拉维哲理寓言诗巡礼：兼谈苏菲文学风格．河北大学学报 1994（3）

周文臣．试谈《来自上苍的敲门人》的创作艺术特点．阿拉伯世界 1994（1）

仲跻昆．"玛卡麦"与赫迈扎尼．阿拉伯世界 1994（3）

仲跻昆．穆圣身边的调皮鬼努阿伊昆的笑话．阿拉伯世界 1994（1）

周顺贤．巴勒斯坦文学（二）．阿拉伯世界 1994（3）

蒋登科．漫谈纪伯伦的散文诗．中外诗歌研究 1994（2）

### 三、日本及东北亚各国文学

赵乐甡．高桥虫麻吕记：《万叶集》研究之一．东北亚论坛 1994（2）

罗兴典．梅花笑春光，朝霞笼穗端：日本和歌之始及鼻祖考证一得．外语与外语教学 1994（4）

陈东生．日本古代短歌选析．解放军外国语学院学报 1994（4）

迟　军．日本名诗鉴赏．日语学习与研究 1994（4）

潘会平．物语文学探源．青岛师范专科学校学报 1994（4）

乔丽媛．"物哀"与"物之感"探源．锦州师范学院学报 1994（2）

蓝泰凯．日本古代的一部警世小说：《落洼物语》．贵阳师范专科学校学报 1994（4）

陈祝君．出污泥而不染的奇葩：试谈《源氏物语》中的空蝉形象．海南师范学院学报 1994（7）

梁巧娜．贵族社会风情画卷还是政治斗争历史：《源氏物语》主题探究．广西民族学院学报 1994（1）

牛水莲．紫式部笔下的妇女形象．开封大学学报 1994（2—3）

王艳凤．对《源氏物语》思想内涵探源．内蒙古师范大学学报 1994（4）

邱　岭．日本文学言心传统成因初探．福建外语 1994（1—2）

肖瑞峰．且向东瀛探骊珠：日本汉诗三论．文学评论 1994（2）

王向远．论井原西鹤的艳情小说．外国文学评论 1994（2）

袁忠鑫．从日本汉诗看中日文化交流．学术交流 1994（4）

刘庆会、刘德润．芭蕉俳句的美学意蕴．解放军外国语学院学报 1994（5）

秦　弓．论日本近代文学主潮．日本研究 1994（4）

韩贞全．从"三部曲"看夏目漱石的精神世界．山东师范大学学报 1994（5）

王若茜．论日本战后派文学创作中的审丑性哲学蕴意．日本研究 1994（4）

仁　章．日本近代文学史上一个新的难解之谜：尾崎红叶．译林 1994（3）

刘立善．梅特林克影响下的武者小路实笃．外国文学评论 1994（1）

王光民．太宰治的女性观．聊城师范学院学报增刊

刘光宇．论国木田独步的短篇小说．日本学刊 1994（2）

刘立善．论西方美术对有岛武郎的影响．日本研究 1994（2）

范川凤．川端康成的镜子视觉艺术．外国文学研究 1994（1）

肖四新．川端康成与虚实理论．外国文学研究 1994（1）

吴舜立．川端康成自然观初探．山东外语教学 1994（1）

陈春香．川端康成的无奈：《睡美人》之我见．东方丛刊 1994（2）

阎丽杰．透过白茫茫的雪：从民俗谈《雪国》．辽宁大学学报 1994（1）

邢正阳、张学库．试论川端康成小说的艺术风格．长白论丛 1994（5）

丁武君．川端康成创作中色彩的表现模式及其象征性．外国文学研究 1994（4）

曾照华．《古都》两题：禅与景、禅与语言．外国文学研究 1994（4）

孟庆枢．爱的渴望、祈祷、形变与升华：川端康成作品世界探微．东方丛刊 1994（3—4）

何乃英．日本新感觉派文学评析．河北大学学报 1994（3）

魏　泉．人生的风景：读《东山魁夷散文选》．东岳论丛 1994（1）

李德纯．三岛由纪夫论．日语学习与研究 1994（1—2）

唐月梅．关于三岛由纪夫"武道"新论．日本研究 1994（2）

唐月梅．文艺上古典美之展现：三岛由纪夫美学思想的核心．外国文学评论 1994（4）

唐月梅．鬼才三岛由纪夫的文学世界．外国文学 1994（3）

叶渭渠．"三岛由纪夫现象"辨析．外国文学 1994（2）

叶渭渠．日本文学研究方法论：以文学思潮史为中心．日本学刊 1994（4）

孙树林．当代日本女性文学中的反"母性"问题及其他．日本学刊 1994（1）

王德昌．历史的记忆：评长篇纪实小说《战争和人》．中国图书评论 1994（2）

刘　洪．生命不息，笔耕不止：三浦哲郎交谈录．当代外国文学 1994（2）

孙静娴．地质学与文学联姻：读《日本沉没》．吉林师范学院学报 1994（2）

赵乐甡．水光山色寄深情：记歌人川口美根子．日本研究 1994（2）

李青果．栗原小荻：在诗歌覆盖之中独领风骚．贵州民族学院学报 1994（2）

邹建军．冷峻怪诞．底蕴深厚：评栗原小荻的抒情诗．当代文坛 1994（1）

路　侃．经济场上的连续剧：日本文坛的"第二小说"．当代文坛 1994（6）

任文学．论井上靖西域小说的审美意识．北京大学研究生学刊 1994（6）

尚　侠．偶然与必然、历史与现实：大江健三郎的辉煌与荣耀．文艺报 1994 年 12 月 24 日

孙燕君．本年度诺贝尔文学奖得主：大江健三郎．经济日报 1994 年 10 月 23 日

刘世龙．大江健三郎谈：文学家之梦．文艺报 1994 年 12 月 24 日

周长才．大江西去：大江健三郎的文学创作．文艺报 1994 年 12 月 24 日

王向远．日本后现代主义文学与村上春树．北京师范大学学报 1994（5）

朱自强．二十世纪日本少年小说纵论．浙江师范大学学报 1994（6）

古爱萍．绚丽之极，归于平淡：从几个日本作家的自杀管窥日本人的生死观．淄博师范专科学校学报 1994（4）

蒋　风、杨汝贤．儿童文学能生存下去吗？日本儿童文学现状系列报道之一．浙江师范大学学报 1994（6）

蒋　风、杨汝贤．反战儿童文学的新趋向：日本儿童文学现状系列报道之二．光明日报 1994 年 5 月 21 日

高慧勤．曾经创造了古典辉煌：日本女作家的时代到来了吗．中国青年报 1994 年 3 月 18 日

路　易．当前日本的文学一瞥．当代文坛 1994（1）

高晓华．从《人虎传》到《山月记》．外语与外语教学 1994（2）

陈喜儒．黑井千次的眼睛．世界文学 1994（3）

徐　冰．大冈升平和他的创作．日本学习与研究 1994（2）

平献明．日本文学研究三十年．日本研究 1994（3）

平献明．日本作家笔下的东北亚．日本研究 1994（4）

任卫平．试论日本作家浅田清三郎．日本研究 1994（1）

刘光宇．《少年的悲哀》艺术赏析．外国问题研究 1994（1）

崔成德．韩国文学四十年概览．世界文学 1994（3）

李　岩．试析崔汉琦的文艺反映"今之运化之气"说．外国文学评论 1994（3）

李炳汉．韩国古典诗论的民族文学论性格．当代韩国 1994（3）

张玄平．韩国的文学艺术及国民的精神文明．当代韩国 1994（6）

刘凤琴．试论 20 世纪初期朝鲜小说．解放军外国语学院学报 1994（4）

### 四、东方总体文学研究

晓　霖．读《东方文学史通论》．书域杂志 1994（11）

黄汉平．独具特色的《新东方文学史》．北京大学学报 1994（5）

## 1995 年

### 一、印度及南亚、东南亚文学

卢铁澎．自然畅神与情景交融：论《罗摩衍那》的自然美意识．国外文学 1995（1）

张建华．论《罗摩衍那》表现的社会理想与伦理观念．南亚研究季刊 1995（2）

李　玲．浅谈《沙恭达罗》的主题．嘉庆大学学报 1995（2）

邹节成．试评泰戈尔的《游思集》．吉安师范专科学校学报 1995（3）

肖四新．论泰戈尔的审美理想．东方丛刊 1995（2）

尚　晖．试论泰戈尔《摩诃摩耶》的社会价值．淄博师范专科学校学报 1995（1）

李孝佺．泰戈尔诗歌思想探析．青岛大学师范学院学报 1995（4）

董立安．在有限之中达到与无限结合的欢娱：浅析《吉檀迦利》的思想倾向．河池师范专科学校学报 1995（3）

卓　玛．《吉檀迦利》中相似性逻辑的合理运用．青海师范大学学报 1995（4）

刘安武．留得清白在人间：谈普列姆昌德的几篇小说．国外文学 1995（4）

钟逢义．越赋纵横．解放军外国语学院学报 1995（4~6）

白舒荣．新加坡微型小说的繁荣及特色．评论和研究 1995（1）

何昌邑．泰国中世纪文学的发展轨迹和特征管窥．云南民族学院学报 1995（1）

黎跃进．东方民族英雄的艰难选择：论黎萨尔的两部长篇小说．外语与翻译 1995（2）

杨正先．《一个女人和苦行僧们》展示的尼泊尔妇女悲剧．曲靖师范专科学校学报 1995（1）

### 二、中东各国文学

王有勇．塔哈·侯赛因小说《日子》的篇章风格．阿拉伯世界 1995（2）

张嘉南．蒙昧与觉醒：谈纳吉布《三部曲》中的妇女形象．国外文学 1995（3）

张嘉南．纳吉布·马哈福兹《三部曲》中的女性形象．阿拉伯世界 1995（3）

梦　禾．论马哈福兹作品的三个轴．外国文学研究 1995（2）

丰　民．《瓦德·哈米德棕榈树》文本分析．国外文学 1995（3）

杨慧林．对《圣经·约伯记》的再读解．名作欣赏 1995（1）

周　辉．试论旧约文学中的妇女形象．新疆师范大学学报 1995（1）

齐揆一．谈象征与修辞在《旧约·路得记》中的运用．齐齐哈尔师范学院学报 1995（1）

黄汉平．智慧·智慧人·智慧文学：兼论希伯来智慧文学的特质．广东社会 1995（4）

许鼎新．浅论希伯来诗歌．合肥教育学院学报 1995（2）

邵　建．从文学到文化：由《以色列文学专辑》读开去．当代外国文学 1995（1）

傅　浩．以色列诗歌的历程．文艺报 1995 年 4 月 8 日

管三元．哈菲兹抒情诗的创作个性．河北大学学报 1995（2）

王雨海．谈《阿里巴巴和四十大盗》的美感意蕴．信阳师范学院学报 1995（2）

王德新．沙特阿拉伯现代小说概述（二）．阿拉伯世界 1995（1）

王德新．试析小说《罪人》的人物形象．阿拉伯世界 1995（3）

马　众．诗人之醉．阿拉伯世界 1995（3）

丁克家．华美的诗章、深刻的哲理：纪伯伦《先知园》赏析．阿拉伯世界 1995（1）

黎跃进．纪伯伦：异乡人的哀伤与幸运．衡阳师范专科学校学报 1995（1）

黎　中．文学是友谊的桥梁：《纪伯伦全集》首发式侧记．文艺报 1995 年 4 月 8 日

仲跻昆．穷诗人、穷人的诗人：艾布·舍迈格．阿拉伯世界 1995（4）

程静芬．伊米丽·纳苏尔拉及其小说《人质》．阿拉伯世界 1995（4）

徐　新．意第绪语文学简论．当代外国文学 1995（4）

李　琛．阿拉伯文学中的女性与女性意识．外国文学评论 1995（3）

张洪仪．阿拉伯女性的觉醒．阿拉伯世界 1995（4）

### 三、日本及东北亚各国文学

刘　毅．文化的受容与变异：刍议日本神话的几个特点．日本学刊 1995（3）

苏　榆．紫式部和她的《源氏物语》．杭州师范学院学报 1995（1）

陈东生．紫式部及其《源氏物语》．日语学习与研究 1995（2）

牛水莲．紫式部笔下的女性形象．郑州大学学报 1995（3）

黎跃进．《源氏物语》主题思想争鸣评析．衡阳师范专科学校学报 1995（4）

李祝亚．社会·人生·文学：日本平安时代女作家与作品结晶探微．贵州民族学院学报 1995（1）

刘德有．俳句·HAIKU·汉俳．日语学习与研究 1995（2）

高文汉．论日本文学史上"敕撰三集"的诗风．日语学习与研究 1995（3）

黄　裔．琉球汉诗：中国诗歌移植的硕果．福建师范大学学报 1995（3）

蓝泰凯．日本物语文学简论．贵州大学学报 1995（1）

蓝泰凯．日本中世纪的社会风俗画：狂言．贵阳师范专科学校学报 1995（4）

蓝泰凯．井原西鹤与"浮世草子"．贵州师范专科学校学报 1995（3）

徐东日、崔吉元．执着寻"梦"的宫崎滔天：析《桃中轩牛右卫门之梦》中的人物形象．东疆学刊 1995（2）

黎跃进．矢野龙溪及其代表作《经国美谈》．衡阳师范专科学校学报 1995（5）

古爱平、姜秀丽．日本近代文学史上的丰碑：有关《破戒》的思考．山东外语教学 1995（1）

陈德文．岛崎藤村的《嫩叶集》（藤村诗论之一）．当代外国文学 1995（3）

刘晓芳．岛崎藤村的文学轨迹．国外文学 1995（1）

刘宏多．夏目漱石早期创作中的思想矛盾：试析《我是猫》与《旅宿》．山东大学学报 1995（3）

于长敏、徐明真．在激流中苏醒独立：评夏目漱石、森鸥外的文明开化观．日语学习与研究 1995（3）

肖　霞．夏目漱石和他的小说《心》．山东社会科学 1995（1）

张抗抗．可能：芥川龙之介及其小说．读书 1995（4）

伯　仲．"用银镊子翻弄人生"：芥川龙之介走向短篇小说的必然性．东北师范大学学报 1995（1）

王柯华．一幅寓意深刻的世态画：读《鼻子》．天中学刊 1995（增刊）

张晓宁．与谢野晶子及其反战诗．辽宁师范大学学报 1995（2）

刘立善．有岛武郎与《绿色的谷》．东北师范大学学报 1995（1）

丁　泽．谷崎润一郎当叹"吾道不孤"．读书 1995（3）

魏大海．日本战后文学：旁观者文学．文艺报 1995 年 9 月 22 日

牛水莲．试析德山道助的战争态度及其变化．开封大学学报 1995（2）

许昌福．莫忘悲怆的战争：小说《堕落》场景分析．现代日本经济 1995（2—3）

韩贞全、吴舜立．"川端文学"的自然观．日语学习与研究 1995（1）

何乃英．悲哀美的颂歌：评川端康成小说的艺术风格特色．山西大学学报 1995（3）

何乃英．《水晶幻想》：川端康成文学创作的变奏曲．日本研究 1995（4）

何乃英．"雪月花时最怀友"：评川端康成创作中的自然描写特色．吉安师范专科学校学报 1995（3）

何乃英．单纯而自然，自由而灵活：评川端康成小说的结构特色．宁夏大学学报 1995（3）

何乃英．川端康成：新感觉派的理论家．国外文学 1995（1）

何乃英．川端康成小说的人物塑造．文史哲 1995（5）

何乃英．《雪国》论考．河北大学学报 1995（4）

何乃英．川端康成手掌小说论评．东方丛刊 1995（2）

刘劲予．试论川端康成《睡美人》的美学意义．广东教育学院学报 1995（4）

黎跃进．《古都》：川端康成的精神故乡．台州师范专科学校学报 1995（5）

卢燕．川端康成虚无思想的集中体现：谈《雪国》．郑州大学学报 1995（3）

李晓梅．川端康成的伊豆世界．上海师范大学学报 1995（4）

罗春兰．川端康成与日本文化传统．南昌大学学报 1995（4）

丁武军．美的沉沦：评川端康成文学创作的美学倾向．南昌职业技术师范学院学报 1995（4）

邓友梅．关于川端康成．世界文学 1995（2）

管三元．川端康成自杀成因浅探．日本问题研究 1995（1）

黄来顺．日本作家堀辰雄的小说《散穗子》的写作特点．日语学习与研究 1995（2）

赵秀敏．爱·性·性别的悲歌：评松本清张《女人的代价》．辽宁教育学院学报 1995（6）

于长敏．大江健三郎和他的作品．日本学刊 1995（1）

欧阳友权．大江健三郎与作家角色．当代文坛 1995（4）

平献明．大江健三郎论．日本研究 1995（1）

刘立善．论大江健三郎《个人的体验》．日本研究 1995（1）

周长方．大江西去：写在大江健三郎获诺贝尔文学奖之后．外国文学 1995（1）

王中忱．倾听小说的声音：试说大江健三郎的方法意识与创作特征．世界文学

1995（1）

周海林．评大江健三郎的战争反思录：《拔苗斩仔》．上海大学学报 1995（3）

叶继宗．再现人类困境中的不安：大江健三郎初探．外国文学研究 1995（4）

于进江．大江健三郎和"大江文学"特色．聊城师范学院学报 1995（2）

乔　桑．以理论和思想作为支柱，关心政治社会问题和人类命运：评大江健三郎的作品．南京社会科学 1995（2）

王　琢．"被监禁状态"下的苦闷与不安：论大江健三郎第一阶段初期小说．海南大学学报 1995（4）

尚　侠．倾听作家最后的诉说：大冈文学对话录．日本学刊 1995（3）

魏大海．媒体革命与文学变革基于日本文学的一点思考．外国文学评论 1995（1）

杨国华．樱花、殉情、切腹及其他．解放军外国语学院学报 1995（1）

何晓毅．"小说"一词在日本的流传及确立．陕西师范大学学报 1995（2）

孟庆枢．文化转型期的文学史重构：日本文学史研究之管见．戏剧文学 1995（11）

马兴国．现实与神话的凝聚：论《奇妙的工作》．日本研究 1995（1）

李灌凡．《小仓百人一首》中的咏春歌．日语学习与研究 1995（1）

谢志宇．困惑、不安与矛盾：论小说《柠檬》的主题思想．日本研究 1995（3）

周乐诗．边缘的对位：日本传统的文学和女性．东方丛刊 1995（2）

苏　晖．析《母亲的初恋》的意蕴四层次．高师函授学刊 1995（3）

叶渭渠．加藤周一的眼睛．世界文学 1995（5）

唐月梅．日本文化与文学：访谈录．世界文学 1995（5）

迟　军．日本名诗鉴赏．日语学习与研究 1995（3）

迟　军．宫本辉随笔散文选评．日语学习与研究 1995（4）

许彭程．现代日本文学的新名词．书与人 1995（2）

赵钟山．儒学思想对朝鲜朝文学之影响．文学遗产 1995（2）

何镇华．论韩国三大古典小说的艺术特色．国外文学 1995（3）

全弘哲．简说朝鲜传奇小说集《金鳌新话》．明清小说研究 1995（4）

陈蒲清．论古代朝鲜的寓言创作．湖南教育学院学报 1995（6）

刘凤琴．朝鲜传统诗歌格律刍议．解放军外国语学院学报 1995 年（增刊）

丛　光．朝鲜诗人李德懋诗学观：情感论．延边大学学报 1995（3）

赵钟山．儒学思想对朝鲜朝文学之影响．文学遗产 1995（2）

朴忠禄、杨伟群．爱国之歌：朝鲜诗人黄玹的诗歌创作．延边大学学报 1995（1）

金成玉．朝向民族统一的"门"：评析韩国作家李浩哲的小说世界．东北亚论坛 1995（4）

皇甫群星．民间文学对蒙古二三十年代文学影响的原因初探．解放军外国语学院学报 1995（4）

### 四、东方总体文学研究

司空草．富有开拓意义的《东方现代文学史》．外国文学评论 1995（2）

## 1996 年

### 一、印度及南亚、东南亚文学

梅晓云．试论印度古代文化中"阴性原则"的演变：从两大史诗到《摩奴法典》．西北大学学报 1996（4）

刘安武．试论印度大史诗《摩诃婆罗多》中的妇女观．北京大学学报 1996 年东方文化研究专刊

苏永旭．试论《莎维德丽》的艺术独创性：兼及西印典型观的比较研究．国外文学 1996（1）

张培勇．漫谈《莎维德丽》插话的崇善情味．通俗文学评论 1996（2）

易新农．从"英雄历险"原型母题看《罗摩衍那》．中山大学学报 1996（5）

仝祥民．东方之珠《小泥车》重读．国外文学 1996（1）

邱紫华．印度佛教文学的审美特征．东方丛刊 1996（4）

胡吉省．《沙恭达罗》形象的文化意蕴．浙江师范大学学报 1996（3）

侯传文．《佛本生经》与故事文学母题．东方丛刊 1996（1）

邹节成．《吉檀迦利》新论．吉安师范专科学校学报 1996（4）

杨正禹．在儿童的新月之园里：泰戈尔《新月集》的艺术探微．云南师范大学哲学社会科学学报 1996（2）

负　业．泰戈尔《沉船》国内评论撮要．广西社会科学 1996（4）

走　江．泰戈尔的哲学观和文学观研究要略．东方丛刊 1996（2）

牟宗艳．泰戈尔的"人生亲证"：泰戈尔人学思想探析．理论学刊 1996（6）

熊南雁．论泰戈尔诗歌的理想主义．高等函授学报 1996（4）

尚晖．《摩诃摩耶》艺术谈．淄博师范专科学校学报 1996（4）

梁潮．泰戈尔《吉檀迦利》国内评论要端蠡测．广西社会科学 1996（4）

刘鹏、彭树满．《吉檀迦利》何以给泰戈尔带来如此殊荣．冀东学刊 1996（4）

孟昭毅．泰戈尔象征剧美学初探．贵州师范专科学校学报 1996（4）

陈明．"你是天空，你也是鸟巢"：简论《吉檀迦利》中的神秘主义．国外文学 1996（2）

魏丽明．"诗意现实主义"和现代主义：安纳德早期三部曲解读．国外文学 1996（2）

谭少青．印度英语诗探讨．四川外语学院学报高等教育研究专版 1996（增刊）

司空草．后殖民印度英语小说的现代性与印度性．外国文学评论 1996（4）

山蕴．论明都小说中的自然主义色彩：兼与《明都传》作者金德先生商榷．北京大学学报 1996 年东方文化研究专刊

贺圣达．越南古代汉语文学简论．东南亚 1996（2）

罗长山．越南古代汉字诗集序文选辑．广西教育学院学报 1996（1）

余富兆．越南批判现实主义文学的一代宗师阮公欢．解放军外语学院学报 1996（4）

林明华．从另一角度透视战争：越南当代短篇小说谈片．解放军外语学院学报 1996（1）

周婉华．泰国历史小说《四朝代》中的珀怡性格的文化意蕴．思想战线 1996（2）

李健．泰国小说《四朝代》的主题论考．解放军外语学院学报 1996（5）

黎跃进．慕依斯小说创作的文化思考．衡阳师范专科学校学报 1996（1）

尹湘玲．缅甸作家摩摩茵雅笔下的女性文学．解放军外语学院学报 1996（2）

## 二、中东各国文学

麦永雄．古埃及神话的基本背景和文化蕴含．外国文学研究 1996（2）

麦永雄．古埃及神话中的宇宙论与象征体系．广西师范大学学报 1996（2）

张嘉南．艰难的历程：从马哈富兹"三部曲"看埃及妇女解放运动．北京大学学报 1996 年东方文化研究专刊

张莉．试析纳吉布·马哈福兹的创作．重庆师范学院学报 1996（1）

王有勇．浅谈埃及乡村小说．阿拉伯世界 1996（2）

李荣建．我爱好写作，因为生活鼓励我：小记埃及著名女作家德娃阿述尔．文

艺报 1996 年 8 月 2 日

周顺贤．叙利亚现代文学论述．理论与创作 1996（1）

周顺贤．突尼斯的中篇小说．阿拉伯世界 1996（4）

周顺贤．阿尔及利亚柏柏尔人的诗歌．阿拉伯世界 1996（2）

周顺贤．巴林现代文学．阿拉伯世界 1996（3）

王贵发．阿联酋的文学运动．人民日报 1996 年 3 月日

王有勇．也门现代小说的历程．阿拉伯世界 1996（3）

程　程．也门文学一瞥．阿拉伯世界 1996（4）

于维雅．海湾国家当代小说的发展．国外文学 1996（3）

虞晓贞．试析伊赫桑·阿卜杜·库杜斯的文学创作思想：读《谎言与真情》札记．阿拉伯世界 1996（2）

林丰民．女性存在写作：科威特女诗人苏阿德·萨巴赫诗解读．国外文学 1996（4）

文　华．米哈依尔·埃努曼的《纪伯伦传》．阿拉伯世界 1996（3）

魏善浩．人类文明启示录？抑或警示录？——史诗《吉尔伽美什》象征意义述评．外国文学研究 1996（4）

梁　工．古犹太先知文学散论．南开大学学报 1996（3）

徐莉华．参孙悲剧的心理效应．成都大学学报 1996（1）

王光铸．铸生存意志，生民族光华：巴勒斯坦人文学．文艺报 1996 年 8 月 2 日

温　诚．当代巴勒斯坦著名作家诗人简介．阿拉伯世界 1996（4）

李朝全．土地的歌声：介绍以色列女诗人芭提娅·福罗姆．国外文学 1996（4）

屈文．阿拉伯文学的不幸与辉煌．中国出版 1996（8）

### 三、日本及东北亚各国文学

姚继中．论《日本书纪》的产生及其文史价值．东方丛刊 1996（1）

周倾轮．日本文化研究的一个启示：评《高天原浮世绘》．外国文学研究 1996（1）

吕　莉．"炎"考：关于《万叶集》第 48 首歌的探讨．外国文学评论 1996（2）

吕　莉．"渡"考：关于《万叶集》第 48 首歌的探讨．日语学习与研究 1996（4）

邓秋良．从光源氏的塑造看紫氏部矛盾心理在作品中的物化．河南师范大学学报 1996（5）

徐东日．试论源氏的形象：从他的官场生涯谈其形象．东疆学刊 1996（3）

张哲俊．日本能戏与悲剧体验．外国文学评论 1996（4）

王继磊．"狂言"的笑．东北亚论坛 1996（3）

周　蕊．《小仓百人一首》浅议．沈阳师范学院学报 1996（4）

成春有．川柳修辞刍论．日语学习与研究 1996（3）

迟　军．日本铭诗鉴赏．日语学习与研究 1996（3）

文洁若．日本小说漫谈．日语学习与研究 1996（4）

孙维才、北溟．松尾芭蕉俳句美学价值论略．长春大学学报 1996（4）

蓝泰凯．日本文学史上一部里程碑式的作品《浮云》．贵阳师范专科学校学报 1996（1）

王秀珍．夏目漱石创作风格的展开．日本问题研究 1996（1）

于长敏、王新新．可怜身后识方干：写于宫泽贤治百年诞辰纪念之际．吉林大学社会科学学报 1996（5）

刘立善．论有岛武郎的《生活与文学》．贵阳师范专科学校学报 1996（4）

秦　弓．女性站起来之后怎样：有岛武郎《叶》赏析．博览群书 1996（5）

秦　弓．复归伊甸园的困境：论有岛武郎《一个女人》里的叶子．外国文学评论 1996（2）

成春有：试论芥川之介晚期作品思想．解放军外国语学院学报 1996（1）

文洁若．岛崎藤村的《破戒》：一部为"贱民"人权呼吁的小说．日语学习与研究 1996（5）

陈德文．岛崎藤村的《一叶舟》和《落梅集》：藤村诗论之二．当代外国文学 1996（2）

陈生保．森鸥外的汉文．天津师范大学学报 1996（1）

黎跃进．日本近代启蒙文学的发展轨迹．衡阳师范专科学校学报 1996（4）

张中良．论日本近代文学的人性深层探询．日本研究 1996（3）

王向远．法西斯主义与日本现代文学．社会科学战线 1996（2）

何少贤．论日本私小说．外国文学评论 1996（2）

南宫宇．日本的"私小说"．连云港文学 1996（4）

李希华．川端康成早期儿童小说评述．辽宁教育学院学报 1996（1）

沐学坤．川端康成的"物哀"．玉溪师范专科学校学报 1996（4）

龚维敏．川端康成自杀之谜．合肥教育学院学报 1996（3）

何文林．传统·个人·时代：川端康成小说的艺术美．天津师范大学学报 1996（1）

孙鸿亮．男人眼睛里的女人：试论川端康成小说的叙事模式及审美内涵．延安大学学报 1996（1）

丁武军．美的沉沦：评川端康成文学创作的美学倾向．南昌职业技术师范学院学报 1996（1）

赵秋棉．川端康成小说艺术表现手法初探．日本研究 1996（4）

赵秋棉．川端康成笔下的女性．河北师范大学学报 1996（3）

李希华．川端康成早期儿童小说评述．辽宁教育学院学报 1996（1）

葛永海．畸形爱恋的诗化演绎：《雪国》探赏．浙江师范大学学报 1996（3）

牛水莲．《千鹤》的超常之爱：菊治恋母情结、恋父情结探秘．河南师范大学学报 1996（5）

洪　烛．川端康成与花的圆舞曲．青年文艺家 1996（5）

甘丽娟．在东西方文化的交接点上：川端康成《雪国》评析．东北亚论坛 1996（3）

吴炳芬．谈日本作家川端康成和他的《雪国》．语文函授 1996（3）

吴舜立．《雪国》女性审美和自然审美的深度化模式．陕西师范大学学报 1996（4）

张佑周．清淡·纯真·朦胧·哀怨：川端康成的艺术世界．龙岩师范专科学校学报 1996（2）

范传新．东西合璧：一条希望之路——川端康成《雪国》艺术摭谈．外国文学研究 1996（3）

王彦彦．从《雪国》到《古都》：试论川端康成小说的"日本化"及其进程．三明师范专科学校学报 1996（3）

谭晶华．典型的中间小说：论川端康成《山之声》的创作．解放军外国语学院学报 1996（6）

木　都．亚洲第二个获得诺贝尔文学奖的作家（川端康成）．大家 1996（5）

何乃英．《伊豆的舞女》探析．日语学习与研究 1996（1）

肖四新．悲哀即美：论川端康成后期"性爱小说"的审美意识．日本研究 1996（2）

龚北方．论川端康成前期创作中的下层女性群像．大庆高等师范专科学校学报 1996（3）

白小易．以自己的话语与世界对话：试论川端康成创作的民族化倾向．学海

1996（5）

蔡定国．日本反战作家鹿地亘在桂林初探．学术论坛 1996（5）

陈春香．毁灭与拯救的双重变奏：试析《金阁寺》的生命意识与美学意识．东方丛刊 1996（4）

肖四新．试论《金阁寺》的审美观．东方丛刊 1996（1）

曾照华．血与肉浸润的一朵鲜花：浅谈《忧国》中的丽子形象．外国文学研究 1996（1）

叶渭渠．日本当代文学家三岛由纪夫．百科知识 1996（3）

唐月梅．疯子？还是鬼才：三岛由纪夫素描．人物 1996（1）

张哲俊．论坂口安吾的"堕落的文学"．东方丛刊 1996（1）

顾　农．评清水凯夫"新文选学"．齐鲁学刊 1996（3）

孙洪杰．试论水上勉的文学创作风格．外国问题研究 1996（2）

姚继中．论现代日本幽默文学．四川外国语学院学报 1996（3）

李德纯．千古地火的奔涌：日本战后文学透视．人民日报 1996 年 7 月 7 日

曹正文．日本推理小说三杰：外一篇．啄木鸟 1996（5）

胡孟奎．浅说《松鸦》的情爱意象．日本研究 1996（4）

李德纯．雕栏玉砌应犹在：记日本作家清冈卓行．世界文学 1996（1）

傅　刚．他山之石，可以攻玉：简析日本学者清水凯夫《诗品》、《文选》论文集．文学遗产 1996（3）

尚　侠．从《武藏野夫人》看大冈升平的战争观．日语学习与研究 1996（2）

陈　薇．浅析日本二战文学创作：兼议五味川纯平的《战争和人》．日本研究 1996（2）

李德纯．民族历史的自我解剖与反思：日本"战后派文学"评价．人民日报 1996 年 8 月 23 日

何乃英．无赖派：日本战后文坛的特异流派．百科知识 1996（5）

何乃英．日本当代文学的发展轨迹及其特点．河北大学学报 1996（2）

叶渭渠．安部公房与日本存在主义．外国文学 1996（3）

叶继宗．再现人类困境中的不安：大江健三郎初探．孝感师范专科学校学报 1996（3）

李长声．大江健三郎获奖之后．读书 1996（4）

霍士富．试析《万延元年的足球队》的艺术手法．西北大学学报 1996（2）

杨晓文．"美丽的日本"与"暧昧的日本"．东方艺术 1996（4）

文洁若．在暧昧的日本：谈日本作家大江健三郎．读书 1996（8）

魏善浩．大江健三郎：怪诞的心理现实主义．扬州师范学院学报 1996（2）

魏善浩．世纪之交的"东方诺贝尔文学奖情结"：大江健三郎获奖的启示．日本研究 1996（4）

王 琢．大江健三郎的客观关联物或凝视自我的机遇：《个人的体验》的体验及两级特色．海南大学学报 1996（4）

王 琢．"反英雄"人物与"性"冒险的意义：大江健三郎的创作意识或探索者的误区．海南大学学报 1996（2）

王新新．发自心底的无声呐喊：大江健三郎《万延元年的足球队》浅析．日语学习与研究 1996（2）

张 莉．从大江健三郎的文学世界里看日本"私小说"流向的赓续和发展．解放军外国语学院学报 1996（5）

李长声．大江健三郎获奖之后．读书 1996（4）

文洁若．大江健三郎：拒绝接受日本文化勋章的诺贝尔文学奖获得者．日语学习与研究 1996（1）

林 林．日本文学研究的新成果：读叶渭渠著《日本古代文学思潮史》．世界文学 1996（4）

洪 蓝．日本文学史研究的新著：读叶渭渠著《日本古代文学思潮史》．日本学刊 1996（4）

章金琨．试论《金云翘传》的艺术成就．扬州师范学院学报 1996（1）

张伯伟．朝鲜古代汉诗总说．文学评论 1996（2）

黄 平．朝鲜诗文集的开山鼻祖：《桂苑笔耕集》．益阳师范专科学校学报 1996（2）

孙德彪．朝鲜诗论批评的精华：《小华诗评》．延边大学学报 1996（1）

吴绍釚．朝鲜诗话研究的历史文化背景与《朝鲜古典诗话研究》．延边大学学报 1996（1）

邹志远、李玉珍．《九云梦》的主题情绪：一次精神世界的漫游．东疆丛刊 1996（4）

斯见巴图．蒙古文学史诗抱母马题的产生与发展．民族文学 1996（3）

史习成．蒙古诗人的"我的蒙古"情结．北京大学学报 1996 年东方文化研究专刊

**四、东方总体文学研究**

侯传文．近百年东方文学反思．东方论坛 1996（3）

梁潮、刘燕．东方文化语境与文学特质及其断代．东方丛刊 1996（2）

梁　潮．国内东方文学研究现状及其整理方法．东方丛刊 1996（4）

何乃英．东方文学研究的硕果：评《东方文学史》．国外文学 1996（3）

# 1997 年

## 一、印度及南亚、东南亚文学

陈　明．《摩诃婆罗多》插话的审美意义．东方丛刊 1997（1—2）

光　宇．《罗摩衍那》在泰北和云南．民族文学研究 1997（2）

赵建国．《五卷书》叙事结构的文化阐释．国外文学 1997（3）

毛小雨．库提亚塔：古典梵剧的遗响．戏曲艺术 1997（2）

陈　兰．浅谈迦梨陀娑及其《沙恭达罗》．江苏教育学院学报 1997（4）

郑苏淮．仙人诅咒的文化内涵：对诗剧《沙恭达罗》矛盾转折的阐释．戏剧 1997（1）

黎跃进．复兴与借鉴：印度近代启蒙文学．宁波大学学报 1997（4）

赵　俊．论《吉檀迦利》中"神"的多义性．淮阴师范专科学校学报 1997（3）

殷人平．试论《奥义书》对泰戈尔《吉檀迦利》的影响．四川外语学院学报 1997（1）

熊南雁．论泰戈尔诗歌的理想主义：兼及泰戈尔对于西方的意义．湖北师范学院学报 1997（1）

吴惠敏、骆锦芳．泰戈尔诗歌艺术新论．云南教育学院学报 1997（4）

田秀平．大地之子：戈拉艺术形象浅析．吉林大学学报 1997（4）

董红钧．浅谈泰戈尔的小说创作．上海大学学报 1997（2）

邹节成．泰戈尔与民族传统文化．吉安师范专科学校学报 1997（3）

王纯菲．泰戈尔诗歌的意象性叙述．东方丛刊 1997（1—2）

张德福．普列姆昌德小说中的女性人物形象．南亚研究季刊 1997（1）

石海峻．九十年代印度英语小说掠影．外国文学动态 1997（5）

祁广谋．论越南喃字小说的文学传统及其艺术价值：兼论阮攸《金云翘传》的艺术成就．解放军外语学院学报 1997（6）

李　健．泰国小说《风尘少女》主人公心理揣摩．解放军外国语学院学报 1997（3）

## 二、中东各国文学

刘曙雄．伊克巴尔诗歌的"自我哲学"构建．国外文学 1997（1）

周烈、齐明敏．一枝独秀报春光：谈埃及短篇小说的发展与现状．阿拉伯世界 1997（2）

谭辉霞．利比亚小说《昔日恋人》研讨会综述．武汉大学学报 1997（4）

罗壹邻．铸造灵魂真善美的颂歌：评利比亚长篇小说《昔日恋人》．阿拉伯世界 1997（1）

周顺贤．摩洛哥的中、长篇小说．阿拉伯世界 1997（1）

舜　之．往事之忆．文艺理论与批评 1997（2）

梁　工．《创世纪》对创世的两种记考证．河南大学学报 1997（3）

刘洪一．犹太文学的世界化品性．当代外国文学 1997（4）

刘洪一．犹太性与世界性：一块硬币的两面：关于犹太文学本体品性的思考．国外文学 1997（4）

周　烈．尤素福·依德里斯其人．外国文学 1997（3）．外国文学 1997（3）

周　烈．依德里斯的创作及其作品．外国文学 1997（3）

师　华．试析《一个诗人的持续沉默》的叙事艺术．延安大学学报 1997（1）

赵龙根．关于《一千零一夜》的版本．阿拉伯世界 1997（3）

纪焕贞．山鲁佐德的现代文学形象．阿拉伯世界 1997（3）

李荣建．谈谈阿里·米斯拉提的短篇小说．阿拉伯世界 1997（2）

沈　飚．痛苦的灵魂：《纪伯伦散文诗选》介绍．少年文艺 1997（12）

## 三、日本及东北亚各国文学

李　芒．日本古典诗歌《万叶集》发展论述．日本学刊 1997（3）

赵小柏．《方丈记》和《徒然草》中的无常观．东北亚论坛 1997（4）

迟　军．日本俳句鉴赏．日语学习与研究 1997（4）

王占锋．俳句纵横谈．解放军外语学院学报 1997（2）

蓝泰凯．松尾芭蕉与"俳句"．贵阳师范专科学校学报 1997（1）

刘德有．漫话季语：兼谈俳句的欣赏．日语学习与研究 1997（1~2）

纪　鹏．俳缘、俳句、汉俳与我的汉俳观．文艺理论与批评 1997（4）

肖端锋．论菅原道真的汉诗艺术．杭州大学学报 1997（3）

卢盛江．《文镜秘府论》对属论与日本汉诗学．江西师范大学学报 1997（4）

贺　群．论《源氏物语》中的女性婚恋悲剧模式．西北民族学院学报 1997（1）

胡孟圣．寻觅人性的母爱：浅说《松鸦》的情爱意象．日语学习与研究 1997（4）

蓝泰凯．井原四鹤的"好色物"与"町人物"．贵州师范大学学报 1997（4）

秦　弓．日本近代文学中的女权主义色彩．日本研究 1997（2）

黎跃进．岛崎藤村及其代表作《破戒》．衡阳师范专科学校学报 1997（5）

邱　玲．也谈《破戒》的创作主题．福建师范大学学报 1997（1）

罗兴典．日本诗界巡礼．译林 1997（6）

罗兴典．"荒原"上升起的百花园：日本"战后诗"五十年扫描．日语学习与研究 1997（4）

罗兴典．失掉幸运机会的爱：森鸥外《雁》中的阿玉．世界文学 1997（2）

陈生保．"犹有一双知己目，绿于春水绿"：从日本文豪森鸥外的一首词谈起．中国比较文学 1997（4）

刘立善．论森鸥外的长篇小说《青年》．日本研究 1997（2）

刘立善、刘鹤岩．论有岛武郎的《生活与文学》．日本研究 1997（4）

刘立善．爱是夺取，还是奉献：论有岛武郎《爱是恣意夺取》．外国文学评论 1997（2）

刘立善．有岛武郎文艺思想中的自我．日语学习与研究 1997（1）

高鹏飞．有岛武郎文学的批判性格．外语学刊 1997（1）

刘立善．论志贺直哉《学徒的神仙》．东北亚论坛 1997（4）

韩小龙．被压抑的灵魂的诉说：试析芥川龙之介的《戏作三昧》．外国问题研究 1997（4）

苏思纯．关于小说《罗生门》的创作过程与创作方法．日语学习与研究 1997（1）

王　晶．浅析芥川龙之介及其《罗生门》．日本研究 1997（4）

柏　伟．倒置的爱：谷崎润一郎《春琴抄》中的春琴．世界文学 1997（2）

詹懿虹．被动爱情的悲剧：井上靖《猎枪》中的彩子．世界文学 1997（2）

于进江．井上靖的自然观初探：以报纸小说《榉树》为中心．解放军外国语学院学报 1997（4）

李德纯．井上靖论．国外文学 1997（4）

陈　龄．《伊豆的舞女》中的情爱描写．当代外国文学 1997（1）

陈　龄．《伊豆的舞女》汉译小议．外语研究 1997（1）

郑忠信．黑色乐章：川端康成死亡论．外国文学研究 1997（3）

何宝年．川端康成与"虹"．外国文学研究 1997（3）

甘丽娟．川端康成的虚无思想浅探．语文函授 1997（3）

王艳凤．试论川端康成情感发展轨迹．内蒙古师范大学学报 1997（6）

肖四新．本真生命的追求与探寻：论川端康成后期作品的实质与价值．外国文学研究 1997（1）

范传新．洁白的幻想：川端康成《雪国》思想探微．安徽师范大学学报 1997（3）

王奕红．《金阁寺》与《雪国》比较初论．解放军外国语学院学报 1997（增刊）

王奕红．从《雪国》看川端康成文学的美学意象．当代外国文学 1997（3）

滕智红．川端康成《古都》中的千重子形象探析．暨南学报 1997（4）

王子平．物哀：《雪国》的审美理想和艺术境界．贵州大学学报 1997（1）

于荣胜．炽热、执著的爱：川端康成《雪国》中的驹子．世界文学 1997（2）

肖　黛．浅议川端康成文学作品的民族性．青海民族学院学报 1997（1）

王晓梅、胡喜明．美丽的邂逅，净化的灵魂：川端康成小说《伊豆的舞女》评析．黔南民族师范专科学校学报 1997 年（增刊）

王源章．川端康成的创作同唯美主义的毗连与分野．菏泽师范专科学校学报 1997（1）

赵明智．也谈川端康成《伊豆的舞女》．宁夏教育学院．银川师范专科学校学报 1997（4）

刘秀英、王玉芳．浅谈川端康成的艺术风格．佳木斯教育学院学报 1997（4）

刘炳范．简论日本战后派文学．日本研究 1997（1）

徐东日、李玉珍．战后派文学：日本现代反战文学的高峰．东疆学刊 1997（4）

李先瑞．太宰治和他的晚期创作．解放军外国语学院学报 1997（2）

竺家荣．现代的孤独与困惑：安部公房《砂女》中的女人．世界文学 1997（2）

宋瑞兰．论"水上调"．东方丛刊 1997（4）

陈喜儒．记日本作家丰田正子．译林 1997（1）

刘光宇．日本的"原子弹文学"述略．外国问题研究 1997（3）

刘光宇．《夏天的花》艺术浅析．外国问题研究 1997（4）

文洁若．日本民族良知的唤醒者：大江健三郎．群言 1997（4）

魏善浩．小宇宙与大宇宙相结合的审美体验：《个人的体验》艺术谈．扬州大学学报 1997（1）

王　琢．现代森林神话与救治的可能性：论大江健三郎《万延元年的足球队》．东北亚论坛 1997（1）

麦永雄．日本艳情文学传统与大江文学的性．广西社会科学 1997（4）

麦永雄．燃烧的绿树：大江健三郎思想特质论．东方丛刊 1997（1）

霍士富．大江反战意识的剖析：评《饲育》和《拔芽杀仔》．西北大学学报 1997（4）

熊泽民．边缘文化狂想曲：《万延元年的足球队》的文本阐释．外国文学研究 1997（2）

涂险峰．大江健三郎小说与现代文明的危机．武汉大学学报 1997（4）

丁振祺．诺贝尔文学奖得主的绝望：大江健三郎采访录．外国文学动态 1997（3）

高　宁．从小说的发表形式论日本文学的问题．外国文学评论 1997（3）

奚欣华．权威的日本现代文学奖芥川奖和直木奖．外语教学 1997（2）

李德纯．悠悠书情总是诗：日本笔会会长尾崎秀树印象点滴．世界文学 1997（2）

何乃英．日本近年文坛的新动向．铁道师范学院学报 1997（5）

冉　毅．日本现代女性文学．湖南文学 1997（9）

郑成宏．倡导经世致用，崇尚自然之情：《朝鲜李朝实学派文学观念研究》简介．当代韩国 1997（1）

马金科．崔曙海小说：对朝鲜二三十年代社会的心灵感应．延边大学社会科学学报 1997（1）

席永杰．十六世纪朝鲜汉文女诗人许兰雪轩．内蒙古师范学院学报 1997（4）

任范松．近年来中国研究朝鲜古典诗话综述．延边大学学报 1997（4）

徐志啸．独抒胸臆：从《次康节首尾吟韵》看宋子．当代韩国 1997（3）

张伯伟．关于《补春天》传奇的作者及其内容．文学遗产 1997（4）

朴涌植．韩国的故事：以上下关系为中心的三国时代故事（说话）文学．当代韩国 1997（1）

林荧泽．碧初洪命熹与《林巨正》：其现实主义的民族文化特性．当代韩国 1997（6）

席永杰．13世纪朝鲜杰出的现实主义权文诗人：李奎报．内蒙古民族师范学院学报 1997（2）

赵恒瑾．韩国现代文学先驱：李光洙．怀化师范专科学校学报 1997（1）

金弘明．金南柱诗作寄语．当代韩国 1997（1）

张逸九．崔明姬《魂火》评介．当代韩国 1997（6）

卢星华、紫荆．丁荣山的美学观．延边大学学报 1997（2）

**四、东方总体文学研究**

何乃英．论东方文学的历史地位．北京师范大学学报 1997（1）

何乃英．我国东方文学研究史要．东方丛刊 1997（4）

李　谋．略论二十世纪东方文学的特征．东方论坛 1997（1）

梁潮、刘燕．古代东方文学论列．东方丛刊 1997（3）

黎跃进．东方中古三大文化圈及其文学演进．衡阳师范专科学校学报 1997（2）

奚博先．摆脱"西方中心"，唤醒"东方意识"：评《东方文学史》．光明日报 1997年3月22日

奚博先．一部集大成的空前巨著：《东方文学史》评析．北京社会科学 1997（4）

# 1998 年

**一、印度及南亚、东南亚文学**

邓　兵．略论印度神话．解放军外语学院学报 1998（1）

卢铁鹏．印度两大史诗的"达磨"与审美意识．国外文学 1998（3）

刘安武．神和人的死与生：读印度大史诗《摩诃婆罗多》札记．国外文学 1998（2）

刘安武．剖析印度大史诗《摩诃婆罗多》的正法论．外国文学评论 1998（2）

欧东明．印度教传统中的战争观：对史诗《摩诃婆罗多》的个案分析．南亚研究季刊 1998（4）

王　燕．《罗摩衍那》探奥．南亚研究 1998（2）

黎　蔷．印度梵剧的发生与东渐．敦煌研究 1998（4）

姜景奎．梵剧《沙恭达罗》的显在叙事．河南教育学院学报 1998（4）

刘作忠．说"我前世一定是中国人"的泰戈尔．炎黄春秋 1998（7）

杨应军、张星迪．人格真理的终极追求：也论《吉檀迦利》的主题．青海师范专科学校学报 1998（增刊）

张　莉．对印度"理想人格"的文化解读．解放军外国语学院学报 1998（3）

张德福．熔诗情与哲理于一炉：泰戈尔宗教诗歌评述．南亚研究季刊 1998（4）

曾照华．论《吉檀迦利》的宗教神秘主义．阜阳师范学院学报 1998（1）

光玲玲、范传新．深邃和谐的自由之歌：解读泰戈尔的《吉檀迦利》．淮北师范学院学报 1998（1）

刘劲予．论《摩诃摩耶》及共悲剧．华南师范大学学报 1998（3）

刘劲予．《吉檀迦利》探幽．惠州大学学报 1998（2）

李静晨．谈《新月集》的题名及美学思想．函授教育 1998（3）

黎跃进．民族寓言：安纳德三四十年代小说创作论．南亚研究 1998（2）

邹海仑．一部印度女作家的新长篇：吉兰·德赛和她的长篇小说新作《番石榴园中的喧哗》．外国文学动态 1998（4）

姜景奎．"冷板凳"上的学问：刘安武教授的印度文学研究．北京大学学报 1998（5）

贺　喜．印度文学与文化研讨会暨印度文学研究会年会在张家界召开．外国文学评论 1998（3）

余富兆．家庭、社会与人生：评越南当代作家麻文抗的长篇小说《园中落叶》．东南亚纵横 1998（4）

王后法．越南汉文小说文仕渊源论．零陵师范高等专科学校学报 1998（4）

祁广谋．第八才子书与越南喃字小说创作观念的嬗变．东南亚研究 1998（5）

王晓平．越南汉文小说女作家阮氏占和她的《传奇新谱》．国外文学 1998（3）

赖伯江．泰国戏曲的嬗变轨迹和艺术特征．中国戏剧 1998（2）

李　健．义素分析法与泰国小说《风尘少女》．解放军外国语学院学报 1998（2）

傅光宇．源于缅甸的阿銮故事．楚雄师范专科学校学报 1998（4）

尹湘玲．论缅甸现代女作家摩摩茵雅的小说．国外文学 1998（3）

**二、中东各国文学**

黎跃进．东方原始主义与民族精神：论哈基姆的小说《灵魂归来》．国外文学

1998（1）

方志华、刘丽．浅析纳吉布·马哈福兹的短篇小说《金字塔高地上的爱情》．牡丹江师范学院学报 1998（4）

师　华．析《一个诗人的持续沉默》中的荒原感：对当代以色列人民心境的提示．西北大学学报 1998（1）

师　华．试析《一个诗人的持续沉默》的叙事艺术．国外文学 1998（1）

梁　工．古犹太启示文学简论．外国文学研究 1998（3）

钟志清．"九八"以色列畅销书榜作家：梅厄、沙莱夫．外国文学动态 1998（6）

钟志清．以色列的福克纳·约书亚及其作品．外国文学动态 1998（5）

常文昌．走近阿拜．外国文学评论 1998（3）

马　众．古诗比较．阿拉伯世界 1998（3）

尹振球．父子冲突的悲剧意义：论《列王记》．青年思想家 1998（2）

王广大．伊斯兰前阿拉伯诗歌的特点．阿拉伯世界 1998（4）

卢铁澎．《一千零一夜》文化意蕴蠡测．东方丛刊 1998（3）

刘安军．生命在话语中延宕：山鲁佐德叙事话语分析．郑州大学学报 1998（4）

亚　尼．《一千零一夜》研讨会召开．国外文学 1998（1）

赵培森．从《辛巴达航海记》看阿拉伯人的民族文化意识：读《一千零一夜》有感．外国文学研究 1998（3）

林丰民．《一千零一夜》的魔幻现实主义观照．东方丛刊 1998（3）

林丰民．女诗人的情怀：访科威特公主诗人苏阿德·萨巴赫．外国文学动态 1998（4）

林丰民．哈黛·萨曼的女性主义思考："从女人中解放出来"．国外文学 1998（2）

叶文楼．穆泰奈比与他的爱国诗歌．对外经济贸易大学学报 1998（1）

刘　闽．伊斯兰天才诗人：萨迪与《果园》．中国穆斯林 1998（6）

纪焕祯．阿拉伯文学奖面面观．阿拉伯世界 1998（2）

张　莉．经典中透射出的人文光芒：浅议《古兰经》中的人文主义思想．外国文学研究 1998（4）

蔡伟良．试论倭马亚时期的阿拉伯散文．阿拉伯世界 1998（1）

李　玲．阿拉伯近代女性文学的悲剧．阿拉伯世界 1998（2）

李　玲．阿拉伯游记文学概述．阿拉伯世界 1998（3）

孔令涛．纪伯伦和他的长诗《行列》．阿拉伯世界 1998（4）

李荣健、程伟江．叙利亚著名文学家阿里巴格莱．阿拉伯世界 1998（3）

陈冬云．纪念当代杰出的阿拉伯剧作家兼文学理论家萨阿德拉·瓦努斯．阿拉伯世界 1998（2）

陈　杰．尼扎尔·葛巴尼作品浅析．阿拉伯世界 1998（4）

郅溥浩．不可避免的艰难历程：谈几部反映东西方文明冲突的阿拉伯小说．百科知识 1998（12）

郅溥浩．斯人长逝，诗名永存：记叙利亚诗人尼扎尔·格巴尼．外国文学动态 1998（5）

穆宏燕．《盲枭》的现代和传说．外国文学动态 1998（2）

### 三、日本及东北亚各国文学

潘金生．简析《徒然草》所受该时代语法变迁的影响．解放军外国语学院学报 1998（2）

林　岚．论《落洼物语》中的王朝贵族思想．外国问题研究 1998（4）

肖瑞锋．嵯峨天皇与日本宫廷汉诗沙龙．古典文学知识 1998（5）

马兴国．日本古代文学特征辨析．日本问题研究 1998（3）

李寅生．论小林一茶诗歌产生的思想基础及其艺术创作观．日本问题研究 1998（4）

陶　子．大树风姿，森林气派：日本民间故事谈．杭州师范学院学报 1998（4）

邱紫华．日本民族意识中的喜剧精神．外国文学研究 1998（4）

刘春英．平安朝女性文学成就简论．日本学刊 1998（1）

刘亚珍．精心雕琢的活"标本"：紫姬形象小议．牡丹江师范大学学报 1998（1）

尤海燕．《源氏物语》中的雨和月的审美意义．外国文学研究 1998（3）

曲　维．军记物语《太平记》与《参考太平记》论析．外国问题研究 1998（1）

宿久高．浅析"幽玄"．日语学习与研究 1998（4）

麻国钧、有泽晶子．名闻遐迩的佛教哑剧：壬生狂言．剧作家 1998（5）

王　燕．不该发生的失误：解读《国姓爷合战》．铁道师范学院学报 1998（6）

成春有．俳句修辞刍议．解放军外国语学院学报 1998（4）

孙维才、于逢春．松尾芭蕉俳句美学价值论略．外国问题研究 1998（1）

李寅生．论小林一茶诗歌产生的思想基础及其艺术创作．日本研究 1998（2）

肖瑞锋．从"诗"到"诗人"的蜕变：论菅原道真的汉诗创作历程．吉林大学

社会科学学报 1998（5）

黄　裔．三探琉球汉诗．语文学刊 1998（2）

武和平．论日本近代文学中的小资产阶级知识分子形象．外国文学研究 1998（1）

李光瑞．试论夏目漱石《我的个人主义》．日本研究 1998（4）

何少贤．论评论家的天职：兼及夏目漱石的批评实践．外国文学 1998（5）

何少贤．夏目漱石的"F+f"文学公式．外国文学评论 1998（2）

常骄阳．夏目漱石的"自我本位"思想日本学论坛 1998（2）

刘立善．二叶亭四迷《面影》中的爱与金钱．日本研究 1998（4）

刘立善．论森鸥外小说《雁》的人物悲剧．日本学刊 1998（2）

林　岚．樋口一叶早期小说中的汉文表达．外国问题研究 1998（3）

吕继臣．试论日本私小说的产生与发展．沈阳师范学院学报 1998（3）

李爱文．"私小说"与日本近代文学．日语学习与研究 1998（3）

黎跃进．日本唯美主义文学的演变与实绩．外国文学研究 1998（2）

王　晶．虚荣的本质与自尊的软弱：谈芥川龙之介及其《鼻子》．辽宁大学学报 1998（3）

秦　弓．菊池宽前期创作的女性主义色彩．日本研究 1998（2）

管　虹．川端康成的孤儿根性：读《十六岁的日记》和《油》．日语学习与研究 1998（4）

王　静．《伊豆的舞女》与川端康成的早期创作．安庆师范社会科学学报 1998（4）

刘劲予．悲美、丑美：论川端康成的《美丽与悲哀》．中国人民大学学报 1998（5）

周　阅．美丽与悲哀：川端康成笔下的女性形象分析．日本学刊 1998（4）

石竹青．川端康成散文的美学追求．辽宁师范大学学报 1998（5）

雷武峰．充满味的隐喻世界：川端康成小说的符码分析．西藏民族学院学报 1998（1）

许金龙．读《川康端成三岛由纪夫往来书简》的联想．外国文学 1998（3）

徐　学．川端康成文学的悲美风格．衡阳师范专科学校学报 1998（4）

李德纯．读川端康成《伊豆的舞女》．日语学习与研究 1998（2）

李德纯．出色的荒诞也是一种美：论日本现代派文学．国外文学 1998（3）

李德纯．透视战后日本反战文学．北京晚报 1998 年 8 月 13 日

李德纯．天涯涕泪一身遥：读有吉佐和子的《非色》．日语学习与研究 1998（1）

金哲会．横光利一的文学．延边大学学报 1998（4）

谭晶华．为"社会派"小说创作奉献毕生精力：写在《石川达三作品系列》出版之际．解放军外国语学院学报 1998（6）

刘振生．浅论石川达三的《苍氓》．外国问题研究 1998（2）

杨　伟．太宰治思想发展试论．外国文学 1998（1）

刘光宇．叶山嘉树创作简论．外国问题研究 1998（4）

周政保．迟到的，也是及时的：山崎朋子文学《望乡》的启示．文艺报 1998 年 3 月 12 日

刘　英．才情之作：评价第 116 届芥川文学奖获奖作品《家庭戏》．东北亚论坛 1998（3）

冉　毅．日本文坛奇才：吉本香蕉．湖南文学 1998（8）

张晓宁．佐多稻子及其处女作《奶糖工人》．日本研究 1998（4）

竺家荣．日本文学"暗谷"之成因探析：二战时期日本国策文学述评．外国文学评论 1998（2）

林　林．井上靖和他的小说．人民日报 1998 年 9 月 18 日

郑民钦．井上靖文学中的人的原型．日语学习与研究 1998（2）

蒋　风．井上靖散文诗集《远征路》中译本序．福建日报 1998 年 4 月 2 日

张　晶．解开村上春树之谜．文学报 1998 年 10 月 1 日

孙树林．论"村上春树现象"．外国文学 1998（5）

孙树林．风为何歌：论村上春树《听风歌》的时代观．外国文学评论 1998（1）

高　军．感伤之外的存在：读村上春树《四月一个晴朗的早晨，遇见一个百分之百的女孩》．百花园 1998（6）

刘雪芹．解读《万延元年的足球队》．外国文学研究 1998（3）

庞希云．"东方存在主义"：大江健三郎向世界说话的方式．广西大学学报 1998（3）

魏善浩．世纪之交的"东方诺贝尔文学奖情结"：大江健三郎奖的启示．国外文学 1998（1）

王　琢．试论大江健三郎《同时代游戏》的意义．外国问题研究 1998（3）

霍士富．超越心灵地狱：大江健三郎《个人的体验》和《空中怪物》解读．西北大学学报 1998（4）

邓国琴．试论大江健三郎小说的国缘意识．河池师范专科学校学报 1998（3）

郝　杰．大江健三郎的创作思想及其艺术特征．吉林师范学院学报 1998（6）

刘雪芹．解读《万延元年的足球队》．外国文学研究 1998（3）

马兴国．日本文学基本特征及日本文学史研究意义．日本研究 1998（4）

王向远．日本的"笔部队"及其侵华文学．北京社会科学 1998（2）

王向远．"笔部队"：日寇侵华的一支特殊部队．北京日报 1998 年 7 月 20 日

王向远．"七七事变"变前日本的对华侵略与日本文学——以几篇代表性作品为中心．日本学刊 1998（6）

王向远．从日本文坛看日本军国主义侵华"国策"的形成．抗日战争研究 1998（4）

魏大海．九十年代初日本文学印象．外国文学动态 1998（6）

李均洋．日本当代文学研究的新收获：读《日本当代文学研究》．日本学刊 1998（4）

王　琢．日本当代文学述评．海南大学学报．1998（4）

王纪宴．"日本文学史研讨会"在京召开．外国文学评论 1998（1）

祁庆富、权纯姬．关于明代吴明济《朝鲜诗选》的新发现．当代韩国 1998（9）

祁庆富、陈彩娟．论朝鲜诗人金时习的陶诗．延边大学学报 1998（2）

赵丽明．我原本自那边：读许世旭《东方之恋》．国外文学 1998（3）

全国权．雨田．论世纪之交朝鲜民族文学的形成与发展．延边大学学报 1998（4）

萧瑞峰．论《本朝无体诗》的创作特征．杭州大学学报 1998（3）

钟志清．新罗乡歌的宗教性质．当代韩国 1998 年（冬季号）

张美兰．《训世评话》词语考释．南京师范大学学报 1998（3）

朴忠禄．蔡万植和讽刺文学．当代韩国 1998（6）

李承梅．心灵之诗李桂生及汉诗创作．延边大学学报 1998（2）

金柄珉．略论韩国现代文学及其研究．延边大学学报 1998（2）

**四、东方总体文学研究**

郁龙余．旧红新裁，熠熠生辉：简评《东方文学史》．外国文学研究 1998（1）

侯传文．论中古东方文学及其文化底蕴．东方论坛 1998（2）

黎跃进．觉醒与困惑：近现代东方文学放谈．湘潭大学报 1998（2）

## 1999 年

### 一、印度及南亚、东南亚文学

郁龙余．印度古代文学的世界影响．深圳大学学报 1999（3）

邓　兵．略论印度神话．解放军外国语学院学报 1999（2）

刘安武．《摩诃婆罗多》中的插话《莎维德丽传》．东方丛刊 1999（4）

周卫忠．《罗摩衍那》的道德系统探源．齐齐哈尔大学学报 1999（3）

孟昭毅．《罗摩衍那》的人文精神的现代阐释．外国文学研究 1999（3）

刘安武．印度史诗《罗摩衍那》中的罗摩和悉多的爱情：一夫一妻的典范．国外文学 1999（3）

张德福．《罗摩衍那》和罗摩崇拜：试析印度文学与宗教的高度结合．南亚研究季刊 1999（2）

臧天婴．迦梨陀娑的审美思想．江苏教育学院学报 1999（4）

吴文辉．《摩罗维迦与火友》序幕散论．中山大学学报 1999（3）

刘雅倩．《沙恭达罗》昭示的印度中古审美准则．龙岩师范专科学校学报 1999（1）

方志华．天然去雕饰，清水出芙蓉：沙恭达罗形象浅议．黑龙江教育学院学报 1999（6）

伊　漪．美丽天真的儿童园：重读泰戈尔《新月集》．文化月刊 1999（5）

邹节成．泰戈尔的散文诗和人生探索．吉安师范专科学校学报 1999（1）

唐仁虎．《沉船》的魅力之所在．南亚研究 1999（1）

符本清．诗化哲人泰戈尔．中国文化报 1999 年 5 月 4 日

肖淑芬．泰戈尔笔下的"寡妇世界"．锦州师范学院学报 1999（1）

唐东霞．《戈拉》：宗教理性与本真人性的冲突与和谐．文艺报 1999 年 9 月 23 日

李　静．罗梅西婚姻悲剧的偶然性与必然性．呼兰师范专科学校学报 1999（1）

牟宗艳．泰戈尔的"人生亲证"：泰戈尔人学思想探析．理论学刊 1999（6）

赖志明．印度妇女的哀歌：浅论《丧宴》的思想性．广州师范学院学报 1999（6）

司空草．后殖民印度英语小说的现代性与印度性．外国文学评论 1999（4）

石海峻．"杂交"的后殖民印度英语小说．外国文学动态 1999（6）

余富兆．越南古代女性文学．东南亚纵横 1999（2）

余富兆．越南现代作家高南．解放军外国语学院学报 1999（4）

马家骏．巴基斯坦现代文学的典范：简论伊克巴尔诗歌的思想及其艺术特质．陕西师范大学成人教育学院学报 1999（1）

张惠兰．尼泊尔文学的发展与特点．南亚研究 1999（1）

王国祥．兰纳文学及研究现状：访泰笔记．版纳 1999（2）

冉　斌．论雷努的边区长篇小说．南亚研究 1999（2）

侯传文．《阿含经》的文学意义．南亚研究 1999（2）

## 二、中东各国文学

周顺贤．二战时期埃及文学中的现实主义倾向．阿拉伯世界 1999（2）

程静芬．法哈拉·安东及其小说创作．阿拉伯世界 1999（2）

蒋洪生．漂泊者的鲁丁·法拉赫．中华读书报 1999 年 4 月 7 日

张湘东．阿契贝小说《瓦解》．世界文化 1999（6）

蔡德贵．读李荣建翻译的两部利比亚文学作品．外语教学 1999（2）

宋志明．尼日利亚戏剧与宗教神话．外国文学评论 1999（1）

梁　工．略论古代犹太文学创作残篇的特质和地位．外国文学评论 1999（3）

冯　驰．《雅歌》中的希伯来游牧理想．吉林师范学院学报 1999（4）

张思齐．论依斯帖形象的美这意义．东方丛刊 1999（2）

周　平．《路得记》的人性与文学魅力．四川外国语学院学报 1999（3）

钟志清．八九十年代以色列文学刍议．世界文学 1999（2）

钟志清．以色列文坛之音：阿摩司·奥兹访谈录．译林 1999（1）

钟志清．来自遥远的地中海彼岸：阿摩司·奥兹及其作品．湖南文学 1999（1）

钟志清．奥兹的"米海尔"．中华读书报 1999 年 2 月 19 日

钟志清．现代希伯文学中阿拉伯意象．国外文学 1999（1）

钟志清．地中海之滨的"缪司"女神：简谈以色列女性文学创作．科学时报 1999 年 3 月 9 日

钟志清．追逐时尚的希伯来文学创作．外国文学动态 1999（6）

钟志清．谁是当代最优秀的希伯来小说家：希伯来文学评论家格肖姆·谢克的得教授一席谈．文艺报 1999 年 2 月 23 日

盖　双．千夜之花谁选采：兼与李长林先生商榷．阿拉伯世界 1999（3）

张吉宁．《一千零一夜》的特性浅谈．吕梁高等学校学报 1999（3）

王广大．倭马亚时期的阿拉伯诗歌．阿拉伯世界 1999（4）

穆宏燕．波斯中世纪诗歌中的苏菲思想审美价值．国外文学 1999（4）

王有勇．阿拉伯文学语体风格．阿拉伯世界 1999（2）

陈　杰．阿拉伯现代散文发展一瞥．阿拉伯世界 1999（2）

李荣建、程伟红．阿里·阿尔桑：叙利亚著名文学家．文学报 1999 年 2 月 23 日

林丰民．苏阿德·萨巴赫：私人性话语与宏大叙事的交叉层叠．阿拉伯妇女写作策略的一个典型．国外文学 1999（3）

### 三、日本及东北亚各国文学

马兴国．《古事记》、《日本书纪》的文学特征异同辨析．日本研究 1999（2）

马　骏．《万叶集》和歌表现的古典研究（一）．日语学习与研究 1999（1）

马　骏．《万叶集》和歌表现的古典研究（二）．日语学习与研究 1999（3）

严绍璗．《万叶集》的发生学研究：兼评四乡信纲的《日本文学史》．日本学刊 1999（1）

严绍璗．确立解读文学文本的文化意识：关于日本古代文学的发生学研究的构想．日本研究 1999（4）

张北川．《竹取物语》和《斑竹姑娘》中的难题考验．西藏艺术研究 1999（1）

张哲俊．《源氏物语》的诗化悲剧体验．北京师范大学学报 1999（3）

王晓燕．悲剧之美：论《源氏物语》的审美情趣．社会科学家 1999（3）

赵汉英．日本俳圣松尾芭蕉及其句作．工会论坛 1999（5）

佟　君．日本古典文艺理论中的"物之哀"浅论．中山大学学报 1999（6）

印　鸣．《太平记》：日本文学的另一个侧面《平安物语》比较．日语学习与研究 1999（2）

蓝泰凯．日本古典文学中的瑰宝：谣曲．贵州大学学报 1999（6）

顾也力、郭晓青．日本近代文学的第一块里程碑：简评小说《浮云》中的人物形象．日语学习与研究 1999（4）

肖玉林．试论二叶亭四迷长篇小说的批判性意义．郴州师范专科学校学报 1999（3）

高　宁．试论《浮云》在日本文学史上的地位．南开学报 1999（3）

孙静霞．岛崎藤村和他的《破戒》．北方论丛 1999（4）

张晓玲．森鸥外和《舞姬》的悲剧性．佳木斯大学社会科学学报 1999（1）

于丽萍．论《高濑舟》主题创作的多重性．辽宁大学学报 1999（4）

刘立善．论夏目漱石《其后》的"爱"与"自然"．日本研究 1999（1）

戴晓威．日本批判现实主义小说的里程碑：简谈夏目漱石的小说《我是猫》．辽宁教育学院学报 1999（1）

谭艳红．简论夏目漱石的散文诗《梦十夜》．湘潭大学社会科学学报 1999（6）

余六一、韦立新．暗夜时闪现的星：试论《公子哥儿》中的"阿清"这一人物形象．解放军外国语学院学报 1999（增刊）

伯　仲．论芥川龙之介的儿童文学创作．日本学论坛 1999（3）

李安凤．试论芥川龙之介作品中"火"的意象．日本问题研究 1999（1）

易国定．无法逃离的生存悖谬：浅析《鼻子》的悲剧意蕴．名作欣赏 1999（6）

方志华．掩盖在"新"、"奇"、"美"之下的真实：芥川龙之介小说简析．牡丹江师范学院学报 1999（4）

于丽萍．芥川龙之介及其晚期作品《河童》．日本研究 1999（1）

魏大海．日本现代小说中的"自我"形态：基于"私小说"样式的一点考察．外国文学评论 1999（1）

邱　玲．非虚构传统：论日本现代私小说与古典文学．福建师范大学学报 1999（4）

施秀娟．论永井荷风中短篇小说的特色．外国文学研究 1999（3）

郑成芹．论田山花袋小说的思想艺术风格．北方工业大学学报 1999（2）

方志华．从谷崎润一郎的小说《文身》看日本唯美主义文学的特点．牡丹江师范学院学报 1999（3）

杨　雪．东南枝下独盘桓：读《永井荷风散文选》．云南日报 1999 年 6 月 28 日

李先瑞．志贺直哉与心境小说．解放军外国语学院学报 1999（2）

李德纯．三岛由纪夫论．国外文学 1999（3）

金哲会．《金阁寺》序论：审美和伦理的关系．延边大学学报 1999（1）

王鲁鲁．川端康成与《伊豆的歌女》．戏剧丛刊 1999（4）

沈慧君．悲哀美：川端康成审美意识之精髓．江淮论坛 1999（4）

徐承本．理想王国的破灭与精神追求的永存：《雪国》．大连教育学院学报 1999（2）

卢　华．川端康成的《舞姬》．北京行政学院学报 1999（4）

卢焱．隐藏在美丽后的虚无思想：川端康成《美丽与悲哀》的一种阐释．郑州大学学报 1999（4）

毕兆明．雪·月·镜：川端康成艺术美的建构与解析．内蒙古民族师范学院学报 1999（3）

李强．《雪国》与川端康成的"回归传统"情结：兼论传统与现代的价值取向．国外文学 1999（4）

蓝泰凯．一脉清溪诉衷情：论川端康成的"伊豆纪念"三部曲．贵阳师范专科学校学报 1999（4）

吴舜立．佛禅与川端康成的"虚无"．陕西师范大学学报 1999（2）

杨正先．《雪国》的艺术特色初探．曲靖师范专科学校学报 1999（2）

赵柏田．分成两半的川端康成．中华读书报 1999 年 5 月 5 日

赵柏田、周阅．百年川端康成．中华读书报 1999 年 5 月 5 日

周阅．佛国与仙界．中华读书报 1999 年 9 月 15 日

周阅．川端康成大量遗稿发现．文学报 1999 年 7 月 22 日

周阅．懒散背后的暧昧与玄幽．理论与创作 1999（5）

止庵．川端康成文学之美．中华读书报 1999 年 8 月 11 日

卢华．川端康成的《舞姬》．北京行政学院学报 1999（4）

孟庆枢．春蚕到死丝方尽：论《雪国》中的驹子形象兼及《雪国》主题．日本学刊 1999（4）

叶渭渠．新感觉派的骁将横光利一．外国文学 1999（4）

刘振生．石川达三与火野苇平：以《活着的士兵》、《麦子和士兵》为中心．日本学论坛 1999（2）

李德纯．理性与良知：论日本社会派文学．中国社会科学院研究生院学报 1999（2）

刘炳范．日本战后文学转换的代表：论日本战后文学中的"第三新人"派．日本研究 1999（2）

何乃英．论日本战后派文学．国外文学 1999（1）

王琢、卢丽．日本"战后派"文学的社会性与实验性：兼论战后派文学的形成及意义．海南大学学报 1999（4）

王向远．"大陆开拓文学"简论．日本学刊 1999（6）

王向远．日本有"反战文学"吗．外国文学评论 1999（1）

王向远. 日本有"反法西斯文学"吗. 北京日报 1999 年 9 月 8 日

王向远. 日本的"军队作家"及其侵华文学. 北京社会科学 1999 (1)

王向远. 日本侵华诗歌中的战争喧嚣. 现代文明画报 1999 (6)

王向远. "笔部队"和侵华战争：侵华"笔部队"的秘密. 中国教育报 1999 年 9 月 26 日

王向远. 真实与谎言，"笔祸"与罪责：对石川达三侵华文学的剖析与批判. 国外文学 1999 (4)

王新新. 中岛敦与日本战时文学"艺术抵抗派". 吉林大学社会科学学报 1999 (3)

叶　琳. 野间宏文学创作的艺术风格. 解放军外国语学院学报 1999 (6)

刘光宇. 来自社会底层的日本作家黑岩重吾. 日本论坛 1999 (2)

杨晓辉. 日本文学中的一束奇葩：简评战后日本诗歌. 北方论丛 1999 (4)

李寅生. 简论日本汉诗的艺术特色. 日本研究 1999 (1)

大　正. 日本诗坛忧郁中的繁荣. 中国图书商报 1999 年 8 月 13 日

蒋洪生. 永远的宫本百合子. 中华读书报 1999 年 5 月 5 日

蒋洪生. 东山魁夷：迢迢大和路. 中华读书报 1999 年 6 月 2 日

钱有珏. 新型喜剧作家周防正行. 中国电影报 1999 年 5 月 20 日

李德纯. 浮躁与困顿：村上春树小说述评. 世界文学 1999 (6)

贾蕙萱. 扶桑歌虽好，尚需译释人：读王瑞林同志新作有感. 日本学刊 1999 (2)

竺家荣. 评安部公房文学创作的寓意表现. 国际关系学院学报 1999 (2)

冉正宝. 对死亡的一种独特体验：谈安部公房作品中的死亡. 牡丹江师范学院学报 1999 (3)

冉　毅. 恋爱伦理总检阅、恋情文学的新纪元：日本现代文学名著《失乐园》的暗喻. 湖南文学 1999 (2)

方　敏. 带着童心飞翔：评价《大幻想文学：日本小说》. 新闻出版报 1999 年 9 月 3 日

何宝年. 部落民文化的时代审视：评中上健次的小说《岬角》. 外国文学研究 1999 (4)

林　宇. 小说《冰壁》的描写艺术. 解放军外国语学院学报 1999 (3)

林少华. 村上春树作品的艺术魅力. 解放军外国语学院学报 1999 (2)

林少华. 把玩孤独，把玩无奈：村上春树作品译读一得. 文汇报 1999 年 6 月

5日

陆新之．属于这一代的村上春树．周口师范高等专科学校学报1999（1）

高尔纯．枫叶如丹照嫩寒：防新藤兼人先生．电影创作1999（3）

曾枣庄．评日本濑山阳的《东坡诗钞》．四川大学学报1999（1）

王奕红．试论小说《死者的奢华》的主题表达．解放军外国语学院学报1999（增刊）

郑民钦．大江健三郎文学中性与政治的冲撞．北方工业大学学报1999（2）

关立丹．森林情结与"监禁状态"：从大江健三郎的《饲育》谈起．外国问题研究1999（4）

蓝泰凯．日本新时代文学的旗手：大江健三郎．贵阳师范专科学校学报1999（4）

刘　边．大江健三郎推出新作《空翻筋斗》．文学报1999年7月8日

王若茜．日本文学研究的回顾与展望．东北亚论坛1999（1）

刘　奔．历史岂容歪曲：评山崎丰子的《大地之子》．作品与争鸣1999（8）

冷　舟．《大地之子》陆一心的原型刘奔来日：称山崎丰子玩弄残留孤儿心灵的创伤．作品与争鸣1999（8）

李均洋．日本文学的发生和起点：《日本文学史研究序说》．外国文学评论1999（1）

林　林．日本文学史研究的新体系：读加藤周一著《日本文学史序说》．世界文学1999（3）

黄　芳．浅议日本近代文学的"东洋回归"现象．四川外国语学院学报1999（2）

叶渭渠．东方情调，日本之美：日本文学百年回顾．环球日报1999年9月24日

钱有珏．新喜剧作家周防正行．中国电影报1999年5月20日

孔庆东．快餐中的精品：星新一的小说．中华读书报1999年12月22日

关立丹．论日本儿童文学的发展趋向：兼论日本儿童文学作家今江祥智的创作．吉林大学社会科学学报1999（3）

崔雄权．李朝中期山水田园诗歌的艺术风格论"自然天成"与"不为而为文"．延边大学学报1999（1）

徐东日．悲剧与意境美：韩国传奇爱情小说的美感特征．延边大学学报1999（4）

高远东．以主体的姿态面对：《全球化时代的文学和人：分裂体制下的韩国视

角》．读书 1999（6）

萧瑞峰．论《本朝丽藻》的时代性．文学遗产 1999（2）

许辉勋．浅谈朝鲜神话的形成与演化．延边大学学报 1999（1）

陈　辽．朝鲜汉文小说《训世评话》的发现．书屋 1999（2）

何镇华．朝鲜诗人李根及其诗作．延边大学学报 1999（1）

巴·苏和．蒙古文学发展史研究概述．民族文学研究 1999（1）

**四、东方总体文学研究**

何乃英．论东方文学的基本特征．黄河科技大学学报 1999（1）

黎跃进．东方文化与东方文学．湘潭大学学报 1999（3）

王　燕．"跨世纪的东方文学与东方文化研讨会"侧记．东方丛刊 1999（2）

## 2000 年

### 一、印度及南亚、东南亚文学

魏善浩．从南亚神话到史诗：《印度文化源头论》．长沙电力学院学报 2000（2）

赵建国．印度中期神话与超自然神的崇拜．中山大学学报 2000（4）

孟昭毅．印度两大史诗成因的文化意蕴．外国文学评论 2000（2）

真　知．《佛本生经传》：一部被忽略的经典巨著．博览群书 2000（6）

杨宝玉．《百喻经》述要．五台山研究 2000（2）

邹节成．泰戈尔的文学观．吉安师范专科学校学报 2000（1）

石秀峰．理想主义的现实主义：泰戈尔短篇小说创作风格略说．集宁师范专科学校学报 2000（1）

石秀峰．泰戈尔的诗歌鉴赏观点略说．阴山学刊 2000（4）

李祝亚．大师与女性：漫谈泰戈尔与身边及其笔下的女性．贵州民族学院学报 2000（4）

潘一禾．《戈拉》：探求印度的现代化之路．浙江社会科学 2000（3）

瞿光辉．奈都夫人和她的诗．书与人 2000（1）

魏丽明．心灵的魅力：印度小说家介南德尔·古马尔早期创作简论．国外文学 2000（2）

空　草．美学决定着文化的生态：印度现代文学．外国文学评论 2000（2）

司空草．纳姆沃尔谈二十世纪印度文学及其批评．外国文学评论 2000（1）

金鼎汉．印地语中一部优秀的现实主义小说：谢巴耶尔的《虚假的事实》．文学报 2000（3）

薛克翘．印度文学通讯三则．南亚研究 2000（2）

**二、中东各国文学**

邱紫华．《吉尔伽美什》哲学美学解读．外国文学评论 2000（3）

蔡茂松．吉尔伽美什是英雄，不是太阳．外国文学评论 2000（3）

袁　霁．非洲中心主义文学批评理论．吉林大学社会科学学报 2000（5）

周顺贤．埃及文坛往事琐记．阿拉伯世界 2000（2）

郅溥浩．人为炒作还是现实潮流：埃及女作家谈"女性文学"．外国文学动态 2000（2）

李　玲．塔哈·侯赛因的文学批评历程．阿拉伯世界 2000（2）

罗公元．荒诞、理想与离奇：读法格海的长篇小说三部曲之三．阿拉伯世界 2000（4）

罗先霖．发人深省的西方生活与文化：读法格海的《爱丁堡之恋》．阿拉伯世界 2000（4）

牛玉秋．跨文化中的两性关系：读利比亚长篇小说《一个女人照亮的隧道》．阿拉伯世界 2000（4）

邱紫华．《圣经·旧约》中的崇高观．华中理工大学学报 2000（4）

张金玲．《旧约》神话的特点．甘肃高师学报 2000（3）

杨　建．试论犹太圣经《旧约》中的"非圣经化"倾向．外国文学评论 2000（2）

傅　浩．耶路撒冷之忆：耶胡达·阿米亥．外国文学动态 2000（6）

高秋福．忆以色列诗人耶胡达·阿米亥．外国文学动态 2000（6）

钟志清．以色列诗人阿米亥逝世．外国文学动态 2000（6）

邱紫华、李宁．中世纪波斯文学中的悲剧意识．江汉大学学报 2000（1）

齐文东．试析《鲁斯塔姆与苏赫拉布》的艺术特点．解放军外国语学院学报 2000（1）

唐　均．贾希利叶时代阿拉伯人月神考述．阿拉伯世界 2000（3）

徐曙玉．论《一千零一夜》中的女性形象：兼论中古阿拉伯妇女的社会地位．青岛教育学院学报 2000（1）

石燕京．阿什塔露特与受难耶稣：浅论纪伯伦小说《被折断的翅膀》．乐山师

范高等专科学校学报 2000（1）

赵中干．土库曼诗人马赫图姆库里．中华读书报 2000 年 8 月 2 日

林丰民．20 世纪最佳阿拉伯语小说一百部评选揭晓．国外文学 2000（1）

张洪义．阿拉伯现代诗歌发展的历史轨迹．阿拉伯世界 2000（2—4）

薛庆国．揭开面纱看阿拉伯．中华读书报 2000 年 4 月 19 日

郅溥浩．当代阿拉伯女性文学扫描．中华读书报 2000 年 4 月 19 日

### 三、日本及东北亚各国文学

佟　君．试论日本神话中的文艺思想．兰州大学学报 2000（2）

叶舒宪．吉田敦颜与日本比较神话学．民俗研究 2000（2）

雷　华．《竹取物语》与古代日本的伦理、君权意识．日本研究 2000（2）

钱昕恰．"孤悲"：从《万叶集》"恋"歌看日本人的恋爱意识．日语知识 2000（8）

马　骏．《万叶集》汉语词汇表达的出典研究："口号"考．日语学习与研究 2000（3）

马　骏．《万叶集》和歌表现的古典研究（三）："幼妇"的表记．日语学习与研究 2000（1）

姚继中．于破灭中寻觅自我：《源氏物语》主题思想论．外国文学评论 2000（1）

林　佳．从"源氏物语"看日本审美文化的一种特质："和"美．青海师范专科学校学报 2000（4）

李秀梅．于破灭中寻觅自我：论《源氏物语》主题思想．牡丹江师范学院学报 2000（2）

林　岚．《平家物语·敦盛之死》的美学意识．日本学论坛 2000（3）

毛峰林．和歌表现的樱花与日本人的无常观．日语知识 2000（12）

肖瑞峰．论日本平安朝汉诗的兴衰历程．东方丛刊 2000（1）

肖瑞峰．《怀风藻》：日本汉诗发轫的标志．浙江大学学报 2000（6）

陈红蕾．论日本俳句中的"季语"与"季题"．广东职业技术师范学校学报 2000（2）

黄　芳．芭蕉蕉风的形成及特色．四川外国语学院学报 2000（3）

宋协毅．"能乐"历史与日本文化．日语知识 2000（7）

宋协毅．歌舞会漫谈．日语知识 2000（10）

姜天喜．日本歌舞伎的起源与发展．西北大学学报 2000（30）

师　歌．日本话剧，无数朵小小的花．中国文化报2000年12月28日

揭侠、华桂萍．日本近代小说文体的变迁．中国人民解放军国际关系学院学报2000（1）

张　莉．二叶亭四迷作品表现的日本文化模式和人格模式．解放军外国语学院学报2000（1）

刘立善．再论二叶亭四迷《面影》中的爱与金钱．日本研究2000（1）

王　梅．从《安愚乐锅》到《浮云》：论日本近代小说的确立．日语知识2000（11）

于荣胜．岛崎藤村的"旧家"与"新家"．日本研究2000（4）

姚新红．关于《破戒》的部落歧视问题．解放军外国语学院学报2000（3）

杨再明．日本明治时期知识分子的"梦幻""追求"与"失败"：浅谈夏目漱石的前三部曲．陕西广播电视大学学报2000（5）

王　梅．评夏目漱石的《梦十夜》之《第一夜》．日语知识2000（6）

方志华．夏目漱石后三部曲主人公心态浅析．牡丹江师范学院学报2000（2）

林少华．夏目漱石和他的《心》．文汇报2000年7月15日

蓝泰凯．夏目漱石的爱情三部曲．贵州社会科学2000（6）

臧运发．夏目漱石早期思想浅析．解放军外国语学院学报2000（2）

高　宁．夏目漱石的政治倾向研究．日本研究2000（4）

李远喜．永井荷风作品的艺术特色与社会意义：兼为永井荷风一辩．日本问题研究2000（2）

顾也力．自我意识文学与明治社会．日本学论坛2000（3）

刘光宇．"日本的安徒生"：小川未明．日本学论坛2000（2）

关立丹．日本的新戏运动与菊池宽的戏剧创作．东北亚研究2000（2）

吴立丹．理与情的矛盾和统一：日本剧作家菊池宽和他的《父归》．戏剧文学2000（5）

钱定平．罪恶谷底有樱花：浅谈谷崎润一郎．文汇读书周报2000年9月9日

谢志宇．论谷崎润一郎的唯美主义文学作品．日本学刊2000（5）

赵迪生．芥川龙之介《地狱图》人物形象分析．日本研究2000（2）

易国定．丑恶的美：试论《地狱图》的美学意义．东方丛刊2000（1）

李雁南．无法破解的谜案：解读芥川龙之介的短篇《树丛之中》．天津外国语学院学报2000（1）

蓝泰凯．略论芥川龙之介的短篇小说．贵州师范大学学报2000（2）

肖传国．传统的继承与再创作：从《鼻子》与《今昔物语》的比较看芥川的历史小说．解放军外国语学院学报2000（1）

顾也力、郭小青．《罗生门》与芥川龙之介文学主题的确立．日本研究2000（3）

梁济邦．芥川龙之介的文学之路及其《罗生门》．西安外国语学院学报2000（2）

乔莹洁．借鉴与创新：评《罗生门》．外国文学研究2000（4）

任现品．《苦闷的象征》：西方文化思潮的创造性整合．烟台大学学报2000（2）

徐　静．《西班牙犬之家》的"前卫"特色．日本研究2000（1）

刘立善．论武者小路的《妹妹》．日本研究2000（3）

庄凤英．有岛武郎的创作观及小说《叶子》．北京科技大学学报2000（2）

陈　黎．"三岛热"精神分析和《金阁寺》．安徽教育学院学报2000（2）

王咏梅．"抗争"悲剧意识的变异与"武士道"悲剧意识的形成．湖北大学成人教育学院学报2000（5）

文洁若．日本的两部家族史．读书2000（4）

文洁若．她写出了"光和爱以及生命"：悼念三浦绫子．文艺报2000年4月4日

刘光宇．略谈黑岩重吾的反战倾向．日语学习与研究2000（2）

吴舜立．《为党生活者》艺术魅力探微．陕西师范大学继续教育学报2000（2）

翁家慧．新感觉派作家横光利一前期创作的"非新感觉"手法．国外文学2000（3）

李青林．雪境禅踪：解构《雪国》．陕西师范大学学报2000（2）

王文宏．川端康成的禅意．外国文学研究2000（4）

王　琢．川端康成在日本当代文学史上的意义．海南大学学报2000（3）

袁文平．川端康成美学思想初探．武警工程学院学报2000（2）

吕　颖．飞翔的《千只鹤》：川端康成《千只鹤》情爱心理探微．朔方2000（4）

王艳凤．从《雪国》看川端康成对传统文化的继承．内蒙古师范大学学报2000（5）

张晓宁．从《雪国》看川端康成的"感觉艺术"．沈阳师范学院学报2000（1）

张晓宁．谈川端康成笔下的女性形象及美学追求．日本研究2000（2）

张建华．论《山音》的象征隐喻．内江师范高等专科学校学报2000（3）

徐　学．死亡与悲哀：川端康成的艺术思维．衡阳师范学院学报2000（2）

苏　炜．人之旅、心之旅：读川端康成之《伊豆的舞女》．名作欣赏2000（2）

王凤莉、高兴兰．川端康成与《雪国》的余情美．佳木斯大学社会科学学报 2000（1）

吕颖．飞翔．川端康成《千只鹤》情爱心理探微．朔方 2000（4）

周阅．不灭的美：论川端康成的传统之根．广东社会科学 2000（1）

谭晶华．另一种反体制的文化人：论川端康成《雪国》中的岛村形象．外国语 2000（6）

彭国栋．川端康成的少女情结．商丘师范学院学报 2000（3）

孙郁．《现代日本小说集》琐谈．人民日报（海外版）2000 年 2 月 21 日

刘振生．《人墙》与石川达三的教育观．日本学论坛 2000（2）

杨晔．简论战后日本文学．佳木斯大学社会科学学报 2000（6）

李卉．海拉尔河作证：评长谷川四郎短篇小说《张德义》．日本问题研究 2000（2）

李卉．日本战后无赖派文学．日本研究 2000（1）

于华．醉人与狂人：读坂口安吾的《来自朔风的酒窖》．日语知识 2000（12）

刘炳范．论日本战后"无赖派"文学．齐鲁学刊 2000（2）

刘炳范．论"无赖派"与日本战后文学的转型．东北亚论坛 2000（2）

孙树林．论日本战后派文学．日语知识 2000（1—3）

孙树林．战后日本民主主义文学．日语知识 2000（4）

孙树林．日本战后的"无赖派"文学．日语知识 2000（5）

孙树林．"第三代"新人的文学．日语知识 2000（6）

孙树林．大众传媒对战后大众文学的影响．日语知识 2000（7）

孙树林．多元化的昭和三十年代．日语知识 2000（8）

孙树林．日本战后的反现实主义文学．日语知识 2000（9）

孙树林．日本当代作家创作主题管窥．日语知识 2000（10—11）

李燕．井伏鳟二及其作品《山椒鱼》．日语知识 2000（10）

唐岫敏．历史的余音：石黑一雄小说的民族关注．外国文学 2000（3）

邹海仑．石黑一雄出版长篇小说新作．外国文学动态 2000（4）

李心峰．回顾历史，开辟新境：日本美学近况．文艺研究 2000（2）

卢铁澎．文学思潮与文学风格：竹内敏雄文学思潮观辨正．国外文学 2000（2）

刘曙琴．论司马辽太郎的战争观：以《坡上云》为中心．日本学刊 2000（1）

刘振生、王红岩. 生死的抉择, 灵魂的更生: 谈大冈升平的《俘虏记》及其他. 内蒙古民族师范学院学报 2000 (2)

梁济邦. 日本作家井伏鳟二的《黑雨》评析. 渭南师范学院学报 2000 (6)

蓝泰凯. 日本当代文坛巨擘: 井上靖及其小说创作. 贵阳师范专科学校学报 2000 (3)

陈爱阳. 试论井上靖的西域小说. 日本学论坛 2000 (1)

孙树林. 大江健三郎的想象力探源. 外国文学动态 2000 (4)

孙树林. 《燃烧的绿树》白描. 外国文学动态 2000 (4)

孙树林. 大江健三郎的二元世界: 《燃烧的绿树》白描. 日语知识 2000 (12)

于荣胜. 大江健三郎和他的早期小说创作. 百科知识 2000 (9)

罗帆. 契约型叙事模式与故事深层语法结构: 从《万延元年的足球队》看大江文学再生原型文本结构模式. 益阳师范专科学校学报 2000 (3)

竺家荣、冯雪梅. 与残疾儿共生: 大江健三郎文学主题的转换. 外国文学动态 2000 (4)

王新新. 挞伐邪教, 探索灵魂拯救之路: 介绍大江健三郎新作《空翻筋斗》. 外国文学动态 2000 (4)

曹巍. 寻找失落的家园: 大江健三郎"乌托邦—森林意识"小说的主题研究. 北京师范大学学报 2000 (3)

麦永雄. 论大江健三郎的叙事视角与空间化小说. 日本研究 2000 (1)

程绍虹. 继承与发展, 借鉴与创新: 大江健三郎作品风格探析. 日语知识 2000 (9)

张英. 大江健三郎: 我是一个知识分子. 中国青年报 2000 年 10 月 24 日

叶渭渠. 认识大江健三郎: 兼谈《大江健三郎自选随笔集》. 中华读书报 2000 年 9 月 27 日

林涛. 日本当代女作家津岛佑子. 外国文学 2000 (2)

唐月梅. 东山魁夷的世界. 世界文学 2000 (4)

罗兴典. 二十世纪日本新诗流派简述. 外国文学动态 2000 (6)

郑民钦. 从前卫俳句看未来俳句的时代性. 日本学刊 2000 (2)

李辛. 发掘人性的本源: 《失乐园》作者访谈录. 厦门文学 2000 (4)

李美皆. 生命真谛的清醒感情: 话说渡边淳一的《无影灯》. 文学报 2000 (3)

林少华. 村上春树何以为村上春树. 译林 2000 (2)

白晓煌．1999年日本文学回眸．博览群书2000（3）

何少贤．日本后现代主义问题．东方丛刊2000（3）

何少贤．试论日本的后现代主义小说．国外文学2000（1）

王　成．日本女性文学进入新时代．外国文学2000（2）

林　林．日本文学史研究的新成就：评新出版的《日本文学史》（近/现代卷）．文艺报2000年4月4日

彭修银、郑博超．试论日本审美文化的抒情性．日本学刊2000（5）

冉　毅．日本文学三鼎足作品中的伦理观念剖析．求索2000（4）

储福金．读两位日本作家．世界文学2000（5）

帅松生．日本推理小说的发展与特点．当代外国文学2000（4）

金东勋．揭开朝鲜神话迷宫的金钥匙：简评《朝鲜神话研究》．延边大学学报2000（3）

李风能．李齐贤和他的旅蜀词．文史杂志2000（1）

张哲俊．韩国汉文学与母语文学表现力之争．国外文学2000（4）

张伯伟．韩国历代诗学文献总说．文献2000（2）

卢圭榕．试析韩国古代山水游记的创作：以作者及作品的历史展开为中心．延边大学学报2000（1）

林　辰．由借鉴到创新：初识韩国汉文小说．中国典籍与文化2000（1）

刘　强．高丽君臣的文学活动对其汉诗兴盛的影响．古典文学知识2000（1）

刘广铭．试论韩国小说《回归线》的创作艺术．解放军外国语学院学报2000（1）

金英今．南北朝鲜当代文学比较．解放军外国语学院学报2000（2）

尹允镇、金顺女．建国五十年来中国的朝鲜文学研究状况与未来．东疆学刊2000（3）

蒋　风．东北亚儿童文学百年回眸．学术研究2000（3）

**四、东方总体文学研究**

苏永旭、黄俊英．东方文学与东方文学精神．河南教育学院学报2000（4）

晓　棣．东方美学与艺术：面对全球化的挑战：首届东方美学国际学术会议综述．哲学动态2000（9）

宋生贵．"首届东方美学国际学术会议"综述．文艺研究2000（5）

侯传文．试论上古东方四大文明的关系．东方丛刊2000（2）

# 初版后记

20世纪快要终结，21世纪就要来临。时间本来是绵延不断的，在任何时候都不会停顿下来划上一个逗号或句号。所谓"世纪"，纯粹就是一种观念。但是，这几年来，许多人在心理上恐怕都不免有一个越来越强烈的感觉：新世纪就要来了。而对学术研究而言，新旧世纪之交同样也是一个百年一遇的"天时"。我想，在这个时候，对即将过去的一个世纪的学术史进行回顾、总结、研究和展望，是恰逢其时的。

在长期的学习、研究与教学过程中，我深深意识到学科史研究及学科史类的著作对人文学科的学科建设、对人文科学研究者、对学生、对读者的极端重要性。一个人文学科没有自己的学科史，就很难说它是一门学科；有自己的学科史而不把它总结和书写出来，就会迷失它的传统，就不能很好地了解和借鉴学科史上的成果和经验，也就会丧失创新的基础。

基于这种想法，我暂先搁置了构想中的其他选题，想用新旧世纪之交的这几年时间，集中研究我所熟悉的我国的日本文学、东方文学译介与研究的历史，研究20世纪最后二十年中国比较文学的研究史，并计划连续写出三部书——《二十世纪中国的日本翻译文学史》《东方各国文学在中国——译介与研究史述论》《中国比较文学研究二十年（1980—2000）》。1999年底，我完成了《二十世纪中国的日本翻译文学史》，该书已由北京师范大学出版社出版；2000年，我撰写了这部《东方各国文学在中国——译介与研究史述论》。这本书是《二十世纪中国的日本翻译文学史》的延伸，研究的范围扩展到了包括日本在内的东方各国，选题的角度由翻译文学史转为学科史，试图全面而有重点地评述我国的东方文学学科发展的历程。在有关章节中利用或改写了《二十世纪中国的日本翻译文学史》一书中的某些观点和材料。现在接近岁尾，任务如期完成。眼下我正在为它续上一条"尾巴"——照例写上这一篇"后记"。至于《中国比较文学研究二十年》的资料准备工作，现在也已完成，将在21世纪头一年开始的时候——实际上也就是几天之后——动笔写作。

学科史的研究是学科建设的基础工程。撰写上述三种学科史著作的目的，是想为我国方兴未艾的"比较文学与世界文学"的学科建设做一点基础性的工作。我想，对于一个想了解这个学科、想进入这个学科，甚至已经进入了学科圈子的人来说，这些书是有用处的。仅从研究生培养的角度来看，学科史类课程的设置就非常迫切。例如，对写论文的学生来说，选题最难。选题时必须了解该学科研究的历史与现状，看看哪些问题别人已经研究过了，哪些问题的研究还有待深入，哪些问题已经解决了，哪些问题别人还没有研究。只有了解学科史，才可能选出有价值的课题，才有可能吸收以往学科研究史上的成果，才能在现有的基础上有所发现和有所推进。常见有些文章，动辄就声称"我认为"云云。实际上，他所"认为"的，也许别人早在多年前就早那样"认为"了，可是由于不了解学科史，却以为是自己的新见。可见，不懂学科史，可能就会重复别人，甚至重复得还不如别人。因此，在学术研究、人才培养和研究生的课程设置方面，学科史研究是必不可少的。

本书对除了东方总体文学研究之外的有关东方比较文学的内容（包括东方文学交流史、中国与东方各国文学的比较研究等）没有过多涉及，那是为了避免在内容上与《中国比较文学研究二十年》相重叠。本书对提到的人名，一般不在姓名后加"先生"之类的尊称，非不敬也，而是为了行文简练和节省字数。这些都是需要向读者交待的。

## 初版后记

本书列为"比较文学与世界文学学科建设丛书"中的一种,并首先出版,我深为荣幸。我要特别感谢承担出版任务的江西教育出版社。该社姚敏建副编审在与我的一次长谈中,决定接受和申报这项选题并出任责任编辑,共同策划了这套丛书;周榕芳社长兼总编作为知名的编辑出版家和学者,对这套丛书给予了有力的支持和指导。江西百花洲文艺出版社的李晃生先生对本丛书给予了卓有成效的举荐。没有他(她)们的努力和支持,如此规模的纯学术丛书的问世是不可想象的。我的硕士研究生奎战、阳妍、吴毓华、袁惠、陈玲玲,为本书附录"20世纪中国的东方文学研究论文编目"的收集整理,分工合作,历时大半年,付出了辛勤劳动。在此对他(她)们深致谢意。

在书稿完成的时候,我更加怀念为我国的东方文学学科建设做出长期努力的、在今年六月不幸逝世的恩师陶德臻先生。我愿以我的研究成果告慰他的在天之灵。

王向远
2000年12月26日

# 卷末说明与志谢

2020年1月初,有出版界朋友建议我,将以往三十多年间出版的单行本著作予以修订,出版一套学术著作集。时值"百年未遇之大变局"的特殊时期,居家读写,时间上有保证,我觉得此事可行。于是在二十多位弟子的帮助下,将已有的作品做了编选、增补、修订或校勘,编为二十卷。6月份,当全部书稿完成排版后,被告知《"笔部队"和侵华战争》等侵华史研究的三部著作按规定须送审,且要等待许久。考虑到二十卷若缺少这三卷,就失去了"学术著作集"的完整性,于是决定放弃二十卷本的编纂出版方式,另按"文学史书系"(七种)、"比较文学三论"(三种)、"译学四书"(四种)、"东方学论集"(四种)几类不同题材,分别陆续编辑出版。其中文学史类著作先行编出,于是就有了这套"文学史书系"(七种)。

感谢我的弟子们帮忙分工负责,他们各用了两三个月的时间精心校勘。其中,"文学史书系"中,曲群校阅《东方文学史通论》和《东方文学译介与研究史》,姜毅然校阅《日本文学汉译史》,张焕香校阅《中国题材日本文学史》,郭尔雅校阅《中日现代文学关系史论》,寇淑婷校阅《中国比较文学百年史》,渠海霞校阅《中国日本文学研究史》。子曰:"有事,弟子服其劳",诚如是也!这七部书稿最后又经九州出版社责任编辑周弘博女士精心把关校改,发现并改正了不少差错,可以成为差错最少的"决定版"。

就在这套书编校的过程中,我已于去年初冬从凛寒的北地来到温暖的南国,面对着窗外美丽的白云山,安放了一张新的书桌。现在,这套"文学史书系"就要出版了。我愿意把它献给我国外语及涉外研究的重镇——广东外语外贸大学,献给信任我、帮助我的广外的朋友和同事们,献给新成立的广外"东方学研究院",以此为研究院这座东方学研究的殿堂添几块砖瓦。

王向远

2020年7月16日,于广外,白云山下